La Source

Michael Cordy

La Source

Traduit de l'anglais (États-Unis)
par Diniz Galhos

le
cherche
midi

Direction éditoriale : Arnaud Hofmarcher
Coordination éditoriale : Roland Brénin

23, rue du Cherche-Midi 75006 Paris
Vous pouvez consulter notre catalogue général et l'annonce
de nos prochaines parutions sur notre site Internet :
www.cherche-midi.com

À Phoebe

Note de l'auteur

Le manuscrit de Voynich dont il est question dans ce roman existe. Chaque détail décrit ici quant à son apparence, son contenu hors du commun ou son histoire connue, est strictement fidèle à la réalité. L'original est conservé à la Beinecke Rare Book and Manuscript Library de l'université Yale. En dépit des efforts et de la persévérance des meilleurs chercheurs et experts mondiaux, parmi lesquels on compte les cryptologues de la fameuse National Security Agency américaine, ce manuscrit n'a toujours pas été déchiffré. À ce jour, le manuscrit de Voynich demeure le manuscrit le plus mystérieux du monde.

MICHAEL CORDY
Londres, 2007

Prologue

Rome, 1561

Alors qu'il observe la petite foule réunie, elle s'oblige à ne pas détourner les yeux. S'il est assez fort pour endurer tout cela, alors elle se doit d'être assez forte pour regarder.

Il clopine sur ses pieds bandés, carbonisés et rompus par les tortionnaires de l'Inquisition. Le bourreau lui fait une ultime proposition : qu'il abjure et il sera étranglé avant d'être attaché sur le bûcher ; qu'il s'obstine, et il sera brûlé vif. Il la cherche du regard, et lorsqu'il la trouve dans la foule, il hoche la tête dans un dernier acte de défi. Elle voudrait lui exprimer son appui et son amour, mais elle est incapable de bouger. Elle est médusée par ce qui est en train de se passer, encore déstabilisée par ce qu'il lui a demandé d'accomplir.

Ce dont elle a fait le serment de s'acquitter.

L'*autodafé* se déroule de nuit, à la lumière des torches, dans la cour d'une église anonyme des environs de Rome. Un petit groupe, d'une vingtaine de personnes au plus, se masse autour du bûcher. La Très Sainte Église n'a aucune envie d'ébruiter la mort de cet hérétique, encore moins son hérésie. À la limite de son champ visuel, elle surprend un éclat rouge, mais ne se retourne pas vers le Grand Inquisiteur, le cardinal Michele Ghislieri, pour le voir s'avancer dans sa robe écarlate. Le Grand Inquisiteur a remis l'hérétique aux autorités séculaires afin que l'exécution puisse être menée sans que la Très Sainte Église n'ait à violer l'un de ses canons : *ecclesia abhorret a sanguine*, « le sang répugne à l'Église ». Mais tout ceci n'en est pas moins son œuvre de Grand Inquisiteur. Et le feu ne fera pas couler la moindre goutte de sang.

« Brûlez son livre avec lui, ordonne le Grand Inquisiteur. Brûlez le "Livre du Diable" avec l'hérétique. » À la grande consternation de tous, le bourreau et les ecclésiastiques fouillent le futur supplicié sans rien trouver. « Où est-il ? »

Elle sent la peur l'envahir alors, mais le condamné reste muet.

« Hérétique, donne-nous le livre ou affronte les conséquences de ton refus. »

Un rire amer : « Que pourriez-vous me faire subir de plus ?

– Brûlez-le ! » ordonne alors le Grand Inquisiteur.

Les hommes le traînent jusqu'au sommet du bûcher et le lient au pilori. Ils déposent les derniers fagots de bois avant d'y appliquer leurs torches. Le feu prend, et elle prie pour qu'il succombe d'asphyxie avant que les flammes atteignent sa chair. Serrant de toutes ses forces le crucifix qu'il lui a donné, elle soutient son regard jusqu'à ce que l'âcre fumée voile son visage. Ce n'est qu'alors qu'elle baisse les yeux et laisse ses larmes couler. La fumée monte dans le ciel nocturne, sa chair se met à brûler, à cuire, et l'odeur douceâtre, désagréablement familière, la saisit de nausée. Il hurle, et ses hurlements ne sont heureusement que de courte durée, mais cela est loin de la consoler.

Lorsque les flammes sont au plus haut, le Grand Inquisiteur et sa suite quittent les lieux. Puis le reste de l'assemblée, petit à petit, se dissout dans les ténèbres. Seule, elle reste jusqu'à ce que tout ne soit plus qu'os, cendre et braises. Elle s'approche alors du bûcher et recueille les rares vestiges de sa dépouille. En se baissant, elle sent le manuscrit qu'elle a dissimulé sous sa robe. Elle espère que le « Livre du Diable » vaut bien toutes les souffrances qu'il a endurées, ainsi que cette mort indigne. Et de tout son cœur, elle prie pour que le livre justifie le terrifiant serment qu'elle lui a fait avant qu'il meure.

« Seul le temps le dira, murmure-t-elle pour elle-même en s'enfonçant dans la nuit. Seul le temps le dira. »

PREMIÈRE PARTIE

LE LIVRE DU DIABLE

1

SUISSE. QUATRE SIÈCLES ET DEMI PLUS TARD

AU DÉBUT, IL N'ÉPROUVA AUCUNE PEUR. Juste de la tristesse à l'idée que tout dût finir ainsi. Tout au long de sa vie, il avait amassé une véritable fortune, acheté de nombreuses propriétés dans le monde entier, appris plusieurs langues et couché avec un nombre incalculable de superbes femmes. Et pourtant, tout ceci lui semblait à présent complètement vain. Il avait vécu seul et mourrait seul, sans que personne ne le sache, sans que personne ne se souvienne de lui, et son corps serait jeté en pâture à des animaux ou dans le béton frais des fondations d'un immeuble en construction. Ce serait comme s'il n'avait jamais vécu, jamais existé.

« À genoux. Au milieu de la bâche plastique. »

En s'agenouillant, les mains jointes comme en prière, il remarqua la scie chirurgicale, le sac plastique et le rouleau de chatterton qui reposaient aux pieds du tueur professionnel. Il n'avait nul besoin de relever les yeux sur le Glock 19 semi-automatique que l'assassin tenait dans sa main gauche pour savoir ce qui l'attendait. Il connaissait la procédure mieux que personne : c'était lui-même qui l'avait inventée. Il y aurait d'abord deux balles tirées en pleine tête. Puis sa main gauche serait amputée et déposée dans le sac plastique. Son cadavre ensanglanté serait ensuite empaqueté dans la bâche de plastique noir à l'aide du chatterton. Enfin, une escouade de « vautours » serait chargée de disposer de son corps, et l'assassin remettrait à son client la main gauche amputée, preuve de la mort de la cible.

« Tu sais qui je suis ? » demanda l'assassin.

Il acquiesça : « *La mano sinistra del diavolo*, la main gauche du diable. L'assassin le plus redouté dans le monde entier.

– Mon vrai nom. Connais-tu ma véritable identité ? Regarde-moi. Regarde-moi bien en face. »

Ce ne fut qu'à ce moment précis qu'il éprouva de la peur. Une peur paralysante. Il était incapable de relever le regard. Ce qu'il verrait l'épouvantait.

« Regarde-moi, ordonna le tueur. Regarde droit dans les yeux de l'homme qui a détruit ta vie et t'a condamné à l'enfer, pour des siècles et des siècles. »

Lentement, il releva les yeux. Et soudain, son cœur parut s'arrêter dans sa poitrine. Le visage de l'assassin n'était autre que le sien. Il fixait son propre regard. Il tremblait de terreur lorsqu'une série d'aboiements assourdissants déchira son cauchemar et le tira jusqu'au monde réel.

Marco Bazin s'arracha doucement à son sommeil médicamenteux et finit par ouvrir les yeux : dehors, les chiens de garde continuaient à aboyer telle une meute infernale hurlant après son âme. Épouvanté, désorienté, il scruta les ténèbres dans lesquelles il se trouvait. Il ne reconnut pas tout de suite sa chambre : on y avait installé tant d'appareils et d'équipements qu'elle ressemblait plus à une chambre d'hôpital qu'à sa propre chambre à coucher. En essuyant d'un revers de main son front baigné de sueur, il effleura son cuir chevelu, complètement chauve. Ses cheveux, encore forts pour un homme à la quarantaine bien avancée, avaient toujours été sa seule et unique vanité. Les docteurs avaient dit qu'ils repousseraient, mais avaient montré moins d'enthousiasme quant à la rémission de sa maladie. En caressant sa tête, il tira sur la perfusion fixée à son poignet : le flacon de verre contenant le cocktail chimiothérapique tinta contre son support métallique.

Il ralentit le rythme de sa respiration et se calma. Il méprisait la peur. Jusqu'à une date très récente, avant qu'il entre dans la clinique suisse proche de sa résidence alpine, à deux pas de Davos, il avait été la source même de la peur : *La mano sinistra del diavolo*, la main gauche du diable. Il était réputé pour être le tueur le plus efficace et le plus impitoyable du monde : on racontait que lorsqu'un client lui donnait le nom d'un homme, cet homme était déjà mort.

À présent, c'était *lui* qui allait mourir. À présent, il se devait d'affronter sa propre fin, imminente.

Sans y penser, Marco gratta l'entrejambe de son pyjama de coton, comme pour vérifier l'absence de ce qu'on lui avait retiré. Les chirurgiens avaient regretté qu'il ne les eût consultés plus tôt, avant que le cancer du testicule non-séminome se fût généralisé. Ils lui avaient dit qu'il devait s'attendre à ce que surviennent un certain nombre de symptômes après la fin de la dernière phase de la chimiothérapie. Mais le cancer n'était qu'un souci parmi d'autres.

En regardant dans le noir, attentif au bruit des appareils et au son de sa propre respiration, il analysa posément sa situation. Il n'avait parlé à personne de sa maladie, et l'équipe de la clinique lui avait promis la discrétion la plus totale. Et pourtant, il savait que la rumeur devait déjà courir. Il avait décliné trois offres importantes avant d'entrer à la clinique, et de nombreux clients avaient tenté de le contacter lors des interventions chirurgicales et tout au long de sa chimiothérapie. Bientôt les rumeurs se changeraient en certitudes, et les certitudes en actes. Des clients finiraient par se demander pourquoi leurs appels restaient sans réponse ; certains le suspecteraient de travailler pour des rivaux. Ses ennemis sentiraient l'odeur du sang et saisiraient cette occasion de régler d'anciens comptes.

Peut-être étaient-ils d'ores et déjà à l'œuvre. Certes, il avait été jadis un lion, un des rois de cette jungle, mais il était à présent blessé, et les chacals, enhardis, rétrécissaient leur cercle autour de lui. Si le cancer ne l'achevait pas, une balle s'en chargerait. De toute façon, il était mort.

Les chiens se remirent à hurler dehors et une peur panique l'envahit.

Pour la première fois depuis ses dernières frayeurs d'enfant, Marco ressentait de la peur. Pas la peur de mourir (cette perspective était à présent bien ancrée en lui) mais la peur de ce qui l'attendait après. Depuis le diagnostic et l'intervention chirurgicale, il s'était vu contraint de revenir sur son existence violente. Il avait alors conclu qu'il y avait perdu son âme, et que le fait d'avoir gagné sa vie en tuant ne lui avait rien apporté de vraiment important. Un frisson le parcourut. Il lui fallait donner un sens à sa vie avant de mourir. Il saisit le rosaire qui reposait sur sa table de chevet – un cadeau d'enfance qu'il avait gardé plus par affection que par foi – et en serra dans sa paume les perles de bois. Il porta son attention sur les rideaux de grande valeur tirés devant la fenêtre, et se mit à imaginer le profil menaçant des montagnes qui se dressaient au-delà. Habituellement, la beauté et l'isolement de sa résidence des Alpes l'apaisaient, mais à présent, elles ne faisaient qu'intensifier son insondable solitude.

Pourquoi les chiens continuaient-ils à aboyer ?

Il secoua la tête, tâchant de recadrer le cours de ses pensées, et jeta un coup d'œil au réveil posé sur sa table de chevet : 3 h 16. Il entendit murmurer dans le couloir l'infirmière de nuit missionnée par la clinique, et songea au prix faramineux qu'il payait pour ses soins à domicile. Alors qu'il écoutait distraitement sa voix douce, une autre voix se fit entendre, plus grave.

Marco s'assit dans son lit, soudain pris de vertiges, le cœur battant la chamade, le souffle court.

Un homme, au moins un, se trouvait ici. Chez lui. Au beau milieu de la nuit.

Il n'était pas surprenant que ses nombreux ennemis cherchent à lui nuire alors qu'il était faible et sans défense. Mais comment étaient-ils parvenus à retrouver sa trace ? Personne à la clinique ne connaissait sa profession. Et très peu connaissaient l'emplacement de cette maison. Il comprit alors que tout cela ne signifiait rien. Chaque individu avait son prix. Il se souvint des gens qui avaient tenté de *lui* échapper autrefois. Il les avait tous retrouvés. Et tués.

La peur le galvanisa. Il devait vivre. Il ne pouvait pas se laisser tuer maintenant. Il chercha dans l'obscurité un objet avec lequel se défendre, mais les infirmières avaient fait place nette, ne laissant que les appareils et les drogues nécessaires à sa survie. Il ne restait plus rien qui pût servir à *achever* une vie.

Il entendit les pas s'approcher de la porte close de sa chambre. Leur rythme irrégulier avait quelque chose de singulièrement familier. Ignorant la douleur et ravalant la nausée qui menaçait de le submerger, il sortit de son lit. Il devait faire quelque chose. Son front ruisselait de sueur. Le simple fait de se tenir debout le faisait trembler de fatigue. Ils osaient s'attaquer à lui à présent qu'ils le croyaient faible et qu'il n'était que l'ombre de l'homme qu'il avait été jadis. Mais il leur montrerait. Il les tuerait. Il tira sur la fine corde du rosaire, mais elle cassa aussitôt. Laissant tomber les perles de bois sur le lit, il arracha l'une des extrémités du cathéter de la canule plantée dans son poignet, puis l'autre extrémité fixée au goutte-à-goutte. Il saisit fermement le cathéter dans ses mains : il l'utiliserait pour étrangler quiconque entrerait dans sa chambre. En se concentrant pour assurer l'assise de ses jambes, il traversa la pièce et se plaça derrière la porte close.

Celle-ci s'ouvrit doucement, et une dague de lumière parut déchirer le rideau. Il ne se sentait plus ni malade ni faible. Il ne pensait plus qu'à une chose : éradiquer ce qui menaçait sa vie. L'intrus s'arrêta un court instant dans l'encadrement de la porte, comme s'il hésitait à entrer, avant de jeter un coup d'œil derrière la porte. Marco ne lui laissa pas même le temps d'apercevoir le lit. Dès que la tête de l'homme apparut, il lui passa le cathéter autour du cou et serra de toutes ses forces.

Avec un fil à couper le beurre, Marco pouvait étrangler un homme en quelques secondes, en rompant la jugulaire et en écrasant la trachée. Mais le cathéter en plastique s'étirait sous la pression, repoussant la mort de l'intrus. C'est ce qui lui sauva la vie. Tout en tentant de serrer de toute la force de ses bras affaiblis, Marco remarqua le col de l'homme, son habit, et se rendit compte qu'il n'était pas armé. Il se souvint alors de sa démarche irrégulière, sa claudication. Il retourna brusquement l'intrus afin de le regarder en face. En croisant ce regard furieux, Marco se figea. Il sut à cet instant pourquoi cet homme était venu nuitamment. Ce n'était pas pour le tuer, mais pour dissimuler sa propre identité à d'éventuels indiscrets. L'homme était embarrassé à la simple idée qu'on eût pu le voir ici. Et Marco en éprouvait une certaine honte.

Il relâcha le cathéter autour du cou de l'homme : « Leo, tu es venu, finalement. » Il n'essaya de dissimuler ni sa surprise ni sa gratitude. « Je n'arrive pas à croire que tu sois venu. »

L'homme bredouilla et toussa en se frottant la gorge : « Tu es mon demi-frère, Marco, dit-il dans un grincement de dents. Tu as dit que tu allais bientôt mourir. Bien sûr, je suis venu. » Ses yeux s'emplirent d'un mépris éloquent. « Alors qu'as-tu à me demander, Marco ? Qu'est-ce que *la mano sinistra del diavolo* pourrait bien avoir à demander à un prêtre ? »

À la gratitude et la honte qu'éprouvait Marco s'ajoutèrent la colère, et quelque chose qui s'approchait vaguement de l'amour. Bien que plus robuste et plus fort que son frère aîné, il avait toujours eu la sensation de vivre dans son ombre. Jamais assez bon. Toujours indigne de lui. Il jeta un coup d'œil au rosaire brisé sur le lit, avant de reporter son regard sur son frère : « Je veux la rédemption. Je dois faire absoudre mes péchés avant de mourir. »

C'était à présent au tour de son frère d'avoir l'air surpris. Ses yeux sombres et intelligents se plissèrent : « Tu es sérieux ?

– Terriblement sérieux.

– Alors va à confesse.

– Il me faut plus que quelques "Je vous salue Marie". Beaucoup plus. Il me faut honorer l'Église d'un acte fort, une sorte de pénitence. Dis-moi ce que je dois faire. »

Les yeux sombres, surmontés d'une lourde paupière, se plantèrent dans les siens, jaugeant, évaluant : « Je ne suis plus surpris par le nombre de pécheurs revenant dans le giron de l'Église lorsque rien ne va plus dans leur vie. Mais toi, Marco... » Il soupira. « Dieu n'abandonne jamais une âme perdue, tant que sa contrition est sincère.

– Mon repentir est sincère, se défendit Marco d'un ton suppliant. Je ferai tout ce que l'Église exigera de moi. »

À nouveau, le regard sombre plongea au plus profond du sien, sondant son âme : « Tout ?

– Oui, répondit Marco en tombant à genoux. Absolument tout. »

2

New York. Cinq semaines plus tard

À peine la limousine s'arrêta-t-elle devant la tour de verre noir qui se dressait dans Manhattan que Ross Kelly en sortit, attaché-case dans une main, ordinateur dans l'autre, pour se ruer vers l'entrée principale. Malgré sa grande fatigue, il éprouvait un certain plaisir à courir après avoir passé ces vingt-quatre dernières heures enfermé dans divers avions. De plus, il était en retard. Il traversa comme une flèche le vaste hall d'accueil, s'engouffra dans un ascenseur vide et appuya sur le bouton du 33e étage.

Durant l'ascension, Ross surprit son propre reflet sur la surface polie de l'intérieur de la cabine. Il fronça les sourcils. Il portait un costume très cher qui, mis en valeur par son bronzage, sa taille et sa carrure, aurait dû paraître coûter quelques milliers de dollars. Mais il semblait plus mal à l'aise qu'autre chose. Ross se dit que cela était dû au fait que le long voyage avait fripé ce costume, enfilé en toute hâte après une douche expresse dans le salon business de la British Airways à l'aéroport JFK de New York. Mais la vérité était que Ross Kelly s'était toujours senti, et semblait toujours plus à l'aise sur le terrain, Timberland aux pieds, vêtu d'un jean et coiffé d'un casque de chantier, qu'au bureau dans un costume. Il resserra le nœud de sa cravate et plaqua en arrière ses cheveux clairs et rebelles, aussi drus que les poils d'un balai-brosse.

L'ascenseur émit un tintement et les portes s'ouvrirent. Il sortit de la cabine et s'avança en direction de deux battants de verre qui dévoilaient un hall de réception cossu. On pouvait lire, gravés à l'acide fluorhydrique sur le verre, ces mots : XPLORE – CONSULTANTS GÉOLOGUES – SPÉCIALISTES EN PÉTROLE ET GAZ NATUREL. Un homme portant une combinaison bleue était justement en train d'ajouter une ligne en dessous de ces quelques mots : FILIALE DU GROUPE ALASCON OIL. Ross hocha la tête et entra. Les rumeurs allaient bon train depuis plusieurs mois, mais il ne s'attendait pas à ce que de tels changements surviennent alors qu'il était en mission sur le champ pétrolifère reculé de Kokdumalak, dans le sud-ouest de l'Ouzbékistan. Il se consola en se disant qu'il n'aurait pas pu rentrer plus vite au bercail. À peine son assistante, Gail, l'avait-elle informé de l'OPA, qu'il avait pris le premier vol intérieur pour Tachkent, avant de s'envoler pour Moscou qu'il avait quittée pour New York *via* Londres. Il n'avait pas même pris le temps de passer chez lui pour voir son épouse.

Gail faisait les cent pas dans le hall. Dès qu'elle l'aperçut, son visage inquiet gagna en tranquillité : « Ross. »

Il lui sourit : « Salut, Gail.

– Dieu merci, te voici. Comment cela s'est-il passé, en Ouzbékistan ?

– Bien, mais j'aurais pu collecter encore plus de données si je n'avais pas dû revenir à toute vitesse à cause de ça. » Il consulta sa montre : 10 h 22. « Où se tient la réunion ? »

Elle lui prit son attaché-case des mains : « Dans la salle de conférence. Ils ne t'ont pas attendu pour commencer.

– Tu ne leur as pas dit que mon avion aurait du retard ?

– Ils s'en contrefoutent.

– Et Bill Bamford ?

– Bamford a été remercié. Ross, *tous* les anciens responsables d'Xplore ont été remerciés.

– Et que font-ils de leurs promesses de reprise en douceur ? »

Elle baissa alors la voix : « C'est tout sauf une reprise en douceur, Ross. Tout ce blabla sur le respect dont témoignerait Alascon à l'égard des compétences et du savoir-faire de Xplore, toutes ces belles paroles sur le partenariat qu'ils voulaient instituer, c'était de la foutaise. C'est un bon gros rachat à l'ancienne. Bill Bamford, Charlie Border et tous les autres ont dû faire leurs cartons. Ils se sont fait escorter jusqu'au pied de l'immeuble, ce matin même.

– Et toi, Gail ?

– Ne t'inquiète pas pour moi, Ross. Je peux trouver un boulot à peu près n'importe où. Je ne bosse ici qu'à cause de toi. » Elle sourit en réajustant sa cravate. « Alors tu serais bien avisé de me dire si tu as pour projet de quitter la boîte.

– Tu en seras la première informée. C'est juré.

– Bien. À présent, si tu veux sauver ton projet de pétrole ancien, tu ferais mieux d'y aller. Ces types-là ne font pas de prisonniers. Mais j'imagine que tu le sais déjà.

– Effectivement, répondit Ross dans une grimace. Je le sais mieux que personne. »

Lorsque le chasseur de têtes engagé par Xplore l'avait contacté trois ans auparavant, il travaillait en tant que géologue dans le très renommé département Sciences de la terre d'Alascon. Bien que le salaire proposé par Xplore fût plus qu'alléchant, ce n'était pas pour cette raison qu'il avait rejoint la petite entreprise de conseil et d'expertise. Alascon, l'une des plus puissantes entreprises pétrolières au monde, lui avait permis d'apprendre pleinement son métier, mais les cadres dirigeants étaient inflexibles, arrogants et allergiques à la moindre prise de risque. La direction de Xplore lui avait ouvert de véritables perspectives d'exploration et de recherche qu'Alascon ne lui aurait jamais proposées. À présent, il s'apprêtait à travailler à nouveau pour Alascon, et cela l'inquiétait.

Mais ce qui l'inquiétait plus encore était l'autre raison pour laquelle il avait quitté Alascon, la principale raison de son départ, en réalité. Il se lissa une nouvelle fois les cheveux et s'engagea dans le couloir qui menait à la salle de conférence.

En approchant de la porte à double battant de verre, il entendit sa propre voix. Il marqua le pas pour regarder à travers les parois translucides. Les lumières étaient tamisées mais il parvenait à discerner trois dirigeants d'Alascon assis autour de la vaste table de conférence, en train de regarder un écran plasma où Ross présentait sa théorie du pétrole ancien. Deux des trois hommes lui étaient inconnus : le plus vieux des trois (un chauve portant des lunettes rondes) et un homme aux cheveux roux grisonnants et bouclés, le visage maculé de taches de rousseur. Le troisième cependant, un blond vêtu d'un costume gris anthracite, le fit presque sursauter : ce n'était autre que George Underwood, la principale raison pour laquelle il avait quitté Alascon. En toisant son ancien patron, Ross ne put s'empêcher de remarquer que, comme toujours, le costume de celui-ci était absolument impeccable. Durant un instant, Ross resta immobile, tâchant de jauger leurs réactions.

Sur l'écran, une boule de lave en fusion tournait sur elle-même dans les ténèbres de l'espace. De gigantesques météorites, semblables à des bolides enflammés, pleuvaient sur la sphère, balafrant et déformant sa surface déjà criblée de cratères. La planète carbonisée semblait le dernier lieu dans l'univers susceptible d'accueillir la vie, et il paraissait encore plus improbable qu'elle puisse s'y développer. Ross entendit de nouveau sa propre voix enregistrée sur le DVD, calme et péremptoire, décrire les images numériques : « À sa naissance, il y a plus de 4,5 milliards d'années, la Terre n'était qu'un enfer, bombardé par des milliards d'astéroïdes et de comètes, brûlé par les radiations ultraviolettes, et dont l'atmosphère primitive était polluée par les gaz nocifs libérés par les éruptions volcaniques. Mais ces astéroïdes et ces comètes qui mitraillaient notre planète regorgeaient d'acides aminés, l'origine même de toute vie. Aujourd'hui encore, près de quarante mille tonnes de météores tombent sur Terre chaque année. On a extrait de ces roches venues de l'espace plus de soixante-dix variétés d'acides aminés, parmi lesquelles seules huit sont les constituants des protéines que l'on trouve dans les cellules vivantes terriennes. »

Un impact particulièrement spectaculaire oblitéra tout l'écran.

« Tels des spermatozoïdes se précipitant contre un ovule, ces graines de vie percutèrent notre planète et, très étonnamment, c'est l'un de ces impacts, un seul parmi un nombre inimaginable, qui déclencha un jour une réaction, une étincelle qui donna naissance aux premières formes de bactéries, quelque part sur Terre. Tout aussi étonnamment, ces embryons de vie se développèrent, puisant leur énergie des réactions chimiques du bouillon infernal qui les entourait. Plusieurs éléments nous poussent à croire que toute vie sur cette planète – y compris chacun d'entre nous – a pour origine cet instant fortuit, cet impact unique, créateur de vie, à un emplacement tout aussi fortuit, il y a près de 4 milliards d'années. »

Sur l'écran, les images de la jeunesse de la Terre laissèrent place à celles de fossiles incrustés dans la pierre, datant de 3,6 milliards d'années, et originaires d'Isua, au Groenland, ainsi que du plateau d'Ustyurte, en Ouzbékistan, non loin du site que Ross venait d'étudier.

« Ces formes de vies primitives constituèrent bientôt d'autres formes de vies plus complexes qui furent fossilisées, et devinrent en partie des sources d'énergie fossile, telle que le pétrole. Nous savons d'ores et déjà qu'il nous serait possible de trouver du pétrole dans des strates beaucoup plus anciennes que celles que nous avons l'habitude de prospecter. C'est sur ce pétrole ancien que nous devrions concentrer tous nos efforts et tous nos moyens.

– Incroyable, n'est-ce pas ? s'exclama Underwood en regardant le plus âgé de ses collègues. Du pétrole *ancien*. Moi qui croyais que le pétrole en soi était déjà sacrément ancien ! »

Il rit à sa propre plaisanterie, ce qui finit d'irriter Ross qui pénétra alors dans la salle de conférence. « Par *ancien*, George, je fais référence à un type de pétrole plus vieux de 250 millions d'années que n'importe quel autre gisement découvert jusqu'à ce jour. »

Underwood pressa un bouton de la télécommande et le logo de l'entreprise emplit tout l'écran. Les stores remontèrent, dévoilant les fenêtres et révélant l'horizon de Manhattan, hérissé de gratte-ciel qu'un soleil de mai illuminait. Underwood consulta ostensiblement sa montre avant de daigner se lever pour serrer la main de Ross : « Eh bien, Ross. Ça fait un bail. » Il eut un sourire de serpent. « Laissez-moi vous présenter mes collègues. » Ross leur serra la main : le rouquin grisonnant était le nouveau directeur financier, et le plus âgé des trois, David Kovacs, était le nouveau patron de Xplore. C'était à lui qu'on devait le rachat de la boîte par Alascon.

« Alors, Ross, cette histoire de pétrole ancien ? demanda Underwood. Vous y croyez *vraiment* ?

– Tout à fait.

– Et pourquoi donc, monsieur Kelly ? » demanda Kovacs tandis que le financier étudiait silencieusement un document sur son ordinateur portable.

Ross s'assit : « De nouveaux éléments indiquent que la formation de pétrole a débuté sur Terre à une date bien plus ancienne que nous l'envisagions jusqu'alors. À l'aube de ce nouveau millénaire, le gisement le plus ancien était vieux de 1,5 milliard d'années. Nous avons cependant trouvé en Ouzbékistan des sédiments plus anciens d'au moins 250 millions d'années. Les hydrocarbures composant ce pétrole ancien sont le résultat de la décomposition des créatures qui vivaient sur Terre il y a au moins 3,2 milliards d'années. Ceci indique que des strates de roches particulièrement anciennes contiennent des ressources inexploitées jusqu'ici parce que négligées par les prospecteurs pétroliers. Mais il ne se passera pas longtemps avant que certaines entreprises s'y intéressent très sérieusement. »

Underwood consulta ses notes : « Vous êtes actuellement en train de travailler là-dessus avec un client, Scarlett Oil. C'est une très petite compagnie.

– Tous nos clients, qu'ils soient américains ou étrangers, sont des entreprises relativement modestes dans le secteur, ne bénéficiant que de faibles moyens de prospection et d'expertise géologiques. C'est pourquoi ils ont recours à nos services. »

Underwood lança un nouveau coup d'œil à ses notes : « Quelles probabilités de trouver ce pétrole ancien ? »

Ross sourit : « Bien supérieures à la moyenne. » Même avec des moyens technologiques de pointe, le taux moyen de découverte de gisements pétroliers conventionnels n'atteignait que 10 %. Ross sortit son PDA de la poche de sa veste, l'ouvrit et le posa sur la table. Sur l'écran apparut une carte du monde où étaient indiqués, en fonction des différents types de roches, les emplacements des gisements de pétrole potentiellement exploitables. Cette carte attristait toujours un peu Ross : en effet, elle illustrait non seulement la connaissance humaine de la surface de la Terre et de ce qui se trouvait en dessous, mais présentait également un monde dépouillé de tout mystère. « Mon équipe a développé un programme permettant de synthétiser l'ensemble des données géographiques, sismographiques, gravitométriques et magnétométriques en s'appuyant sur l'imagerie et le positionnement de pointe par satellite afin de déterminer les sites les plus riches en sédiments existant sur terre. En concentrant les recherches sur les sites les plus anciens, et plus particulièrement ceux qui présentent une combinaison "roches couvertures/roches réservoirs", on est en mesure d'affiner la relation entre cette configuration géologique et la présence de gisement pétrolifère. » Ross observa une pause afin de ménager son effet. « Notre modélisation actuelle nous permet d'approcher les 20 % de pertinence. Soit *deux fois plus* que les probabilités habituelles. »

Underwood hocha la tête : « Mais vous ne disposez pas encore de données réelles ? Vous n'avez que des données issues de cette *modélisation* ?

– C'est pour cette raison précise que je me suis rendu en Ouzbékistan. Afin de vérifier ces résultats. » Il sortit une chemise de la sacoche de son portable et la posa sur la table. « Nous aurons besoin de plus de temps pour le confirmer, mais les premières prospections ont donné des résultats encourageants. Très encourageants. Scarlett Oil est extrêmement enthousiaste.

– Ah oui, la *puissante* Scarlett Oil, ironisa Underwood en se tournant vers le financier. Combien tout cela a-t-il coûté jusqu'ici ? » Il posa cette question comme s'il en connaissait déjà la réponse. Le financier fit pivoter son ordinateur portable afin qu'Underwood en voie l'écran. « Eh bien, Xplore n'a vraiment économisé ni son temps ni son argent sur ce coup. Au même titre que Scarlett Oil. »

Ross serra les dents, résolu à garder son calme : « George, il s'agit d'un investissement, basé sur des données sérieuses, et dont la valeur est en ce moment même prouvée par des prospections sur le terrain. Si nous les menons à terme, nous posséderons la primeur des techniques de recherche et d'extraction, ce qui nous permettrait d'offrir aux compagnies les plus modestes – c'est-à-dire le gros de notre clientèle – l'opportunité de damer le pion à leurs concurrents plus importants. » Il observa un court silence. « Y compris Alascon, à moins que ne vous décidiez de saisir aussi cette formidable opportunité. »

Underwood se pencha et échangea quelques murmures avec Kovacs. Celui-ci réunit alors ses notes en un tas, et sourit à Ross : « N'allez surtout pas vous méprendre, monsieur Kelly. Vous jouissez d'une excellente réputation dans l'industrie pétrolière. Nous aimerions vraiment vous compter dans notre équipe. Mais si Alascon a acquis ce petit cabinet de conseil, c'est uniquement afin de bénéficier de ses contacts de premier choix en Extrême-Orient et dans les anciennes républiques soviétiques. Sans parler du fait que Xplore ne coûtait qu'une bouchée de pain. » Il jeta un coup d'œil au tableau ouvert sur l'écran du financier. « Et très honnêtement, quand je vois comment Xplore dépensait ses fonds, je comprends tout à fait pourquoi. Cher monsieur Kelly, Alascon Oil se moque éperdument de pareilles aventures ineptes pour le compte d'entreprises pétrolières américaines de moindre importance. Nous n'avons rien à apprendre d'elles. » Il désigna Underwood d'un bref mouvement de la tête. « Je charge George des prospections pétrolières. Vous et votre équipe serez sous sa direction. Je crois savoir que vous avez déjà travaillé pour lui par le passé. » Il se retourna franchement vers Underwood. « C'est à vous, George. »

Underwood adressa un sourire à Ross : « Nous souhaiterions que vous axiez votre travail sur le développement de votre réseau de contacts dans des zones géographiques importantes d'un point de vue stratégique, et susceptibles de présenter des gisements pétrolifères conventionnels. Ces recherches de pétrole ancien devront cesser.

– Et qu'en est-il de notre partenariat avec Scarlett Oil ?

– Scarlett Oil ? Rien que du menu fretin. »

Ross grinça des dents : « Mais cela va rapporter de l'argent. *Beaucoup* d'argent. Et très bientôt. » Il avait investi deux ans de sa vie professionnelle dans ce projet en lequel il croyait de toutes ses forces. Il saisit la chemise qu'il avait déposée sur la table. « Laissez-moi vous montrer. J'ai ici les derniers graphiques. Ils sont plus qu'éloquents. »

Underwood eut un geste de dédain : « Je sais qu'il s'agit de votre marotte, Ross, mais Alascon n'a que faire de votre pétrole ancien. Nous ne nous intéressons qu'au bon vieux pétrole habituel.

– Mais tout le monde va bientôt s'y intéresser. » Ross fit claquer la chemise contre la table. « Jetez au moins un coup d'œil à ces fichus graphiques ! »

Underwood lança à Kovacs un regard qui de toute évidence signifiait « *Je vous avais bien dit que ce serait difficile* », avant de se retourner vers Ross : « Ross, j'ai toujours admiré vos qualités. Vous êtes un géologue admirable, doté d'un don unique pour trouver du pétrole. Pourtant, votre seule faiblesse, c'est ce goût immodéré pour la prospection sur le terrain. Pour vous, le doute et le mystère sont aussi agréables que la découverte d'un gisement, si ce n'est plus encore. Alascon ne se targue pas de faire de grandes découvertes, mais de réduire les risques d'investissement. Nous nous moquons comme d'une guigne de l'aventure et du mystère : seuls les résultats comptent. Et si vous souhaitez rester dans cette entreprise et recevoir le très généreux salaire qui vous revient, alors vous feriez bien de vous mettre ça dans la tête. Je veux que vous dirigiez votre équipe dans le seul et unique but de trouver des gisements conventionnels exploitables à très court terme. »

Ross resta silencieux, les yeux fixés sur son porte-documents. Deux ans de dur labeur, d'excellent travail, ignorés, dédaignés comme une simple « marotte », juste au moment où ils allaient enfin porter leurs fruits.

Underwood fronça les sourcils en se levant de son fauteuil : « Est-ce que vous saisissez, Ross ? » Il longea la table pour se placer derrière Ross, en direction duquel il se mit à pointer un index impérieux. Si c'était bien Ross qu'il désignait ainsi, il était évident que cette démonstration de son autorité était principalement destinée à Kovacs. Son doigt heurta l'épaule de Ross. « Est-ce que vous saisissez ? »

En relevant les yeux, Ross vit le reflet de sa future carrière chez Alascon sur le visage empourpré d'Underwood et dans le mouvement impitoyable de son index. Il se sentit exténué. En rogne, plus que jamais. Il avait eu sa dose. Il se leva, se redressant de toute sa taille. Il dépassait Underwood d'une tête et il dut baisser les yeux pour croiser ceux de son ancien et peut-être futur patron. Il soutint longtemps son regard, jusqu'à ce qu'Underwood perdît ses moyens et détournât le sien. Ross saisit la chemise et, très précautionneusement, la déchira en deux, puis en quatre, et enfin en huit.

« Est-ce que vous saisissez ? répéta à nouveau Underwood d'une voix tremblante.

– Allons, calmons-nous, George, dit Kovacs. Je suis certain que M. Kelly a parfaitement compris. Alascon a besoin d'hommes comme lui. » Le financier et lui se penchèrent sur la table, apparemment aussi à leur aise que s'ils avaient assisté à un accident de la route.

« Est-ce que vous saisissez ? insista Underwood, heurtant la poitrine de Ross de son index.

– Oui, j'ai parfaitement saisi », répondit paisiblement Ross, tenant dans sa main droite les morceaux du dossier. Puis, enfonçant sa main gauche dans la poche intérieure de sa veste, il en sortit son téléphone portable et composa automatiquement un numéro. À la seconde sonnerie, Gail décrocha.

« C'est moi, dit-il. Je t'ai juré que tu serais la première à être mise au courant. » Sans lâcher le regard d'Underwood, il fit tomber sur la tête de celui-ci les bouts de chemise déchirée en une pluie de confetti. « Je démissionne, conclut-il.

– Attendez, attendez, dit Kovacs en bondissant de son siège, lançant un regard noir à Underwood qui d'un geste hystérique, époussetait son costume. Tout ceci n'est qu'un malentendu. » Tout en desserrant son nœud de cravate, Ross rangea son téléphone portable et son PDA dans sa veste, saisit son ordinateur portable et s'avança vers la porte de la salle de conférence. Il l'ouvrit, se retourna vers les trois hommes, et leur sourit : « Cela n'a rien d'un malentendu, dit-il. Pour moi, c'est même tout le contraire d'un malentendu. » Il referma alors la porte et s'en alla.

3

À QUELQUES KILOMÈTRES À PEINE DU SIÈGE DE XPLORE, un invité d'honneur quittait l'Auditorium McNally du Campus Lincoln de l'université de Fordham, l'université jésuite de New York. Cet ecclésiastique avait suffisamment fait acte de présence à la conférence, et se félicitait d'avoir dûment rempli ce devoir qui incombait à ses fonctions. Mais il était à présent impatient de s'en aller. Après avoir remercié ses hôtes, il se précipita si vite vers sa limousine qu'on remarqua à peine sa légère claudication.

Sur la banquette arrière, dissimulé derrière les vitres opaques, il regarda sa montre. Il avait encore beaucoup de temps devant lui avant le vol qui le ramènerait à Rome ce soir. « Université Yale, indiqua-t-il au chauffeur. À la Beinecke. »

Alors qu'ils remontaient la Henry Hudson Parkway en direction du nord, les souvenirs de la conférence à laquelle il venait d'assister s'effacèrent, chassés par ce qui avait pleinement occupé son esprit depuis son arrivée aux États-Unis, quelques jours auparavant. Il ouvrit son attaché-case pour consulter le fac-similé des actes d'un procès vieux de 450 ans, que ses services avaient découvert dans le *secretum secretorum*, le « secret des secrets » des archives de l'Inquisition, au Vatican. En lisant le manuscrit écrit en latin, l'une des cinq langues qu'il maîtrisait parfaitement, il envisagea non sans excitation les menaces et les opportunités que ce document représentait.

Si seulement ce qu'il avait appris était vrai.

À peine une heure et demie plus tard, la limousine s'arrêta devant la *Beinecke Rare Book and Manuscript Library* de l'université Yale, l'une des plus vastes bibliothèques au monde entièrement consacrées aux livres rares. Ce long bâtiment recouvert de « fenêtres » de marbre rappelant les dentelures de la surface d'une balle de golf, contrastait fortement avec les autres édifices de Yale, bien plus traditionnels. L'ecclésiastique ignora cependant cette architecture inhabituelle en gravissant les marches qui menaient à l'entrée de la bibliothèque. Il jeta un bref coup d'œil aux affiches informant d'une collecte de fonds de la bibliothèque à l'occasion d'une conférence organisée autour de l'un de ses plus mystérieux manuscrits, et il ne put s'empêcher de ressentir un nouveau frisson d'excitation.

On l'attendait à l'accueil : l'un des doyens de l'université l'accompagna jusqu'au hall principal.

« Il n'y a pas grand monde, fit remarquer l'ecclésiastique.

– C'est vrai. » Sous le coup de l'excitation, le visage du professeur rougit. « Mais les lieux seront bondés ce soir. Nous attendons un nombre incroyable d'invités au séminaire. L'une des participations promet d'être particulièrement explosive ». Il pointa du doigt un cube de plexiglas sur un socle disposé au beau milieu du hall. Il était vide. « Le manuscrit a été exposé ici toute la semaine, mais nous nous sommes arrangés pour que vous puissiez l'étudier dans l'une des salles de lecture durant une demi-heure. Si toutefois vous aviez besoin de plus de temps pour ce faire, des fac-similés numérisés sont disponibles sur notre réseau, ou sur Internet. » Le doyen le conduisit jusqu'à une petite pièce savamment éclairée et lui tendit une paire de gants blancs. « Il vous faudra les enfiler pour feuilleter le manuscrit. »

L'ecclésiastique s'approcha de la table où reposait le manuscrit : « Bien sûr. Je vous remercie infiniment. »

Le professeur s'éclaircit la gorge : « Alors, que voulez-vous savoir ? L'étude du manuscrit de Voynich est l'une de mes spécialités. Que puis-je vous apprendre à son sujet ?

– Rien. Rien du tout, merci. » L'ecclésiastique enfila les gants blancs. Il doutait que le doyen pût lui apprendre quoi que ce soit qu'il ne savait déjà. Il était beaucoup plus probable qu'il ait lui-même deux ou trois choses à apprendre au chercheur. « J'aimerais simplement passer quelque temps seul en sa compagnie. Profiter pleinement de sa présence... en chair et en os, si j'ose dire.

– Bien, bien, certainement. » L'homme hésita un instant avant de se diriger vers la porte. « Je vous laisse, alors. N'hésitez pas à m'appeler si vous avez besoin de quoi que ce soit. »

Mais l'ecclésiastique n'écoutait déjà plus. Le regard figé, il était comme pétrifié par le livre. Le manuscrit jauni, pas plus grand qu'un livre contemporain, n'avait à première vue rien de remarquable. Il n'avait rien des apparences qu'on eût pu prêter au manuscrit le plus mystérieux du monde. Ce ne fut que lorsque ses mains gantées se mirent à feuilleter délicatement les pages que le mystère se manifesta.

Elles étaient noircies d'un texte incompréhensible :

et illustrées de dessins aux couleurs frustes, représentant des plantes étranges qui rappelaient vaguement la flore habituelle mais ne correspondaient en réalité à rien de connu sur Terre :

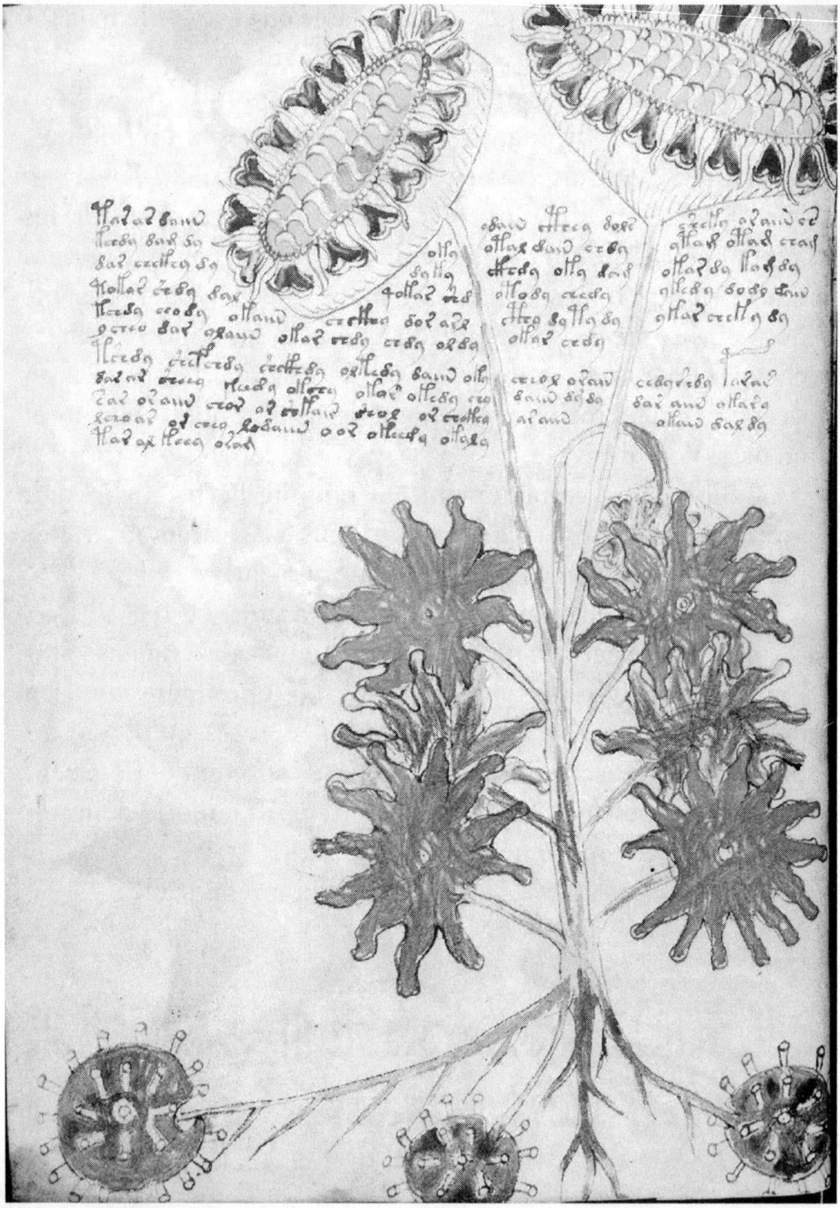

1. Fol. 33v, Manuscrit de Voynich, Beinecke Rare Book and Manuscript Library, Université Yale.

D'autres illustrations représentaient des femmes nues au ventre singulièrement rond, nageant dans un liquide vert :

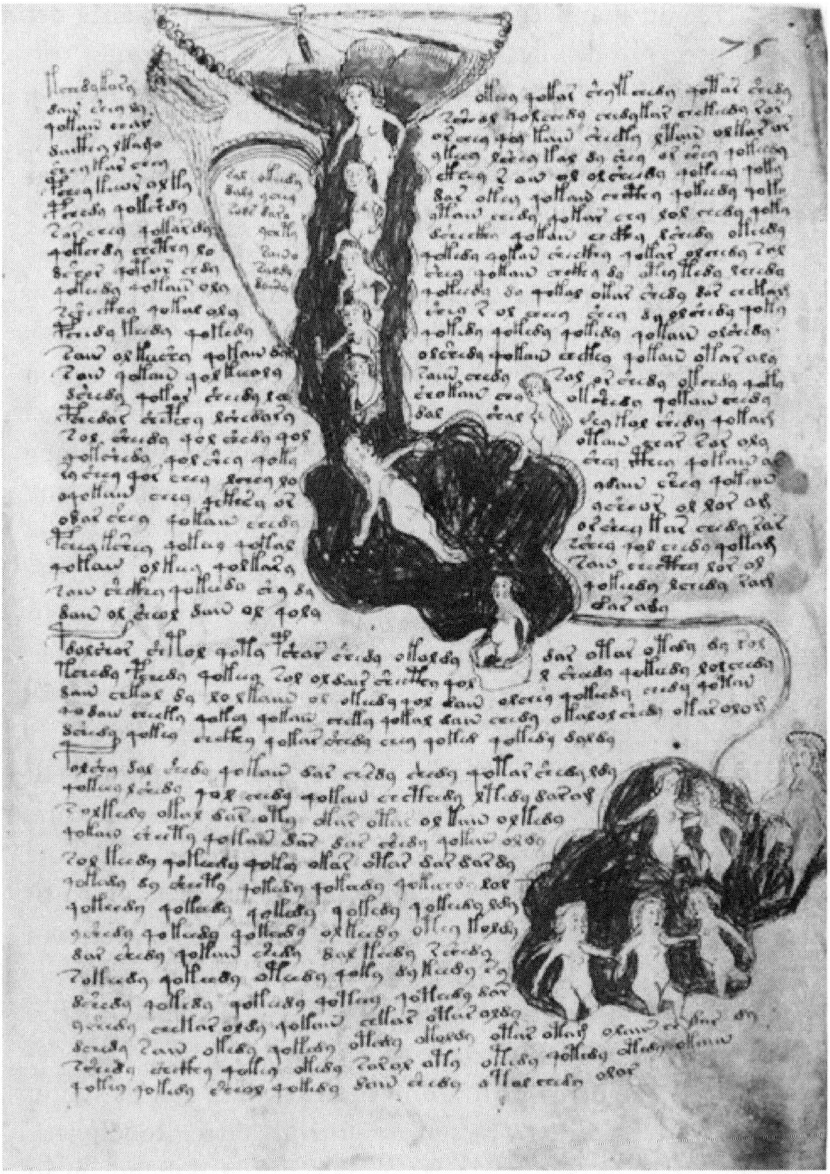

2. Fol. 75r, Manuscrit de Voynich, Beinecke Rare Book and Manuscript Library, Université Yale.

Le trait presque enfantin de ces illustrations ne diminuait en rien leur puissance évocatrice. À côté du livre, sur la table, reposait le catalogue de la Beinecke Library, ouvert à la page consacrée au manuscrit de Voynich : « La quasi-totalité des pages présente des dessins botaniques et scientifiques, très souvent en pleine page, d'un caractère fruste mais très vivant, des lavis d'encre aux teintes vertes, marron, jaunes, bleues et rouges. Le contenu du manuscrit, décrivant certainement les objets illustrés, se divise en six parties. »

La description de ces parties ne faisait qu'intensifier l'étrangeté et le mystère qui émanaient du manuscrit. La section consacrée à la botanique contenait près de 113 dessins d'espèces végétales inconnues, accompagnés de texte. La section consacrée à l'astronomie et à l'astrologie était constituée de 25 figures astrales très singulières. La section biologique présentait des dessins de petits personnages féminins, nus, aux abdomens protubérants et aux hanches hypertrophiées, émergeant parfois de curieux fluides, voire interagissant avec des tubes ou des capsules. La section pharmaceutique contenait quant à elle les représentations de plus de 100 types d'herbes, tandis que les deux dernières sections étaient composées d'un texte continu et d'un dépliant illustré de six pages.

Le livre était en soi très curieux, et l'ecclésiastique n'était que trop au fait de son histoire, peut-être plus étrange encore.

La fascination mondiale exercée par ce manuscrit débuta en 1912, lorsque le libraire et bibliophile Wilfrid Voynich fit par hasard l'acquisition de ce mystérieux ouvrage de deux cent trente-quatre pages à la Villa Mondragone, collège jésuite de Frascati, en Italie. Glissée dans le livre se trouvait une lettre datée de 1666, dans laquelle le recteur de la Faculté de médecine de Prague demandait à un érudit très fameux de tenter d'en déchiffrer le texte. Selon cette même lettre, Rodolphe II du Saint Empire romain germanique, roi de Bohême, avait acheté l'ouvrage pour le prix de 600 ducats d'or. On parvenait à lire sur la première page du manuscrit une signature à demi effacée : Jacobus de Tepenec. Jacobus Horcicky était issu d'une famille pauvre, et avait été élevé par des jésuites, avant de devenir médecin et pharmacien renommé à la cour de Rodolphe II. Il reçut le titre de noblesse « de Tepenec » en 1608, après avoir sauvé l'empereur d'une grave maladie. Son rôle dans l'histoire du manuscrit était beaucoup moins documenté, et beaucoup plus obscur. D'aucuns croyaient que Rodolphe II l'aurait chargé de le déchiffrer, d'autres avançaient qu'à la suite de l'abdication de l'empereur en 1611 et de sa mort un an plus tard, le manuscrit ainsi que d'autres trésors de sa collection furent légués à Horcicky « par défaut ». Quoi qu'il en soit, et sans que l'on sût vraiment comment, le livre échoua par la suite dans le collège jésuite où Voynich le découvrit. Beaucoup prétendaient qu'il avait été composé en Italie, avant d'être volé dans l'une des bibliothèques jésuites pour être vendu à l'empereur Rodolphe : d'éminents membres de l'Église catholique romaine l'auraient alors réclamé, et il serait par la suite retombé dans l'oubli, recouvert par la poussière des siècles qui auraient occulté à tout jamais son sens originel.

Bien que les illustrations du manuscrit fussent pour le moins singulières, ce fut le texte en soi qui intrigua le plus Voynich et la foule d'experts qui par la suite, tout comme lui, tentèrent en vain d'en déchiffrer la signification. Il était extrêmement tentant de considérer les caractères utilisés comme familiers : certains ressemblaient à des lettres romaines, d'autres à des chiffres arabes, d'autres encore à des abréviations latines. Des caractères élaborés évoquant la forme d'une potence enjolivaient le début de nombreuses lignes, et l'on trouvait à la fin d'un nombre important de mots une volute énigmatique rappelant le chiffre 9. Malgré ces observations, et au grand désespoir des chercheurs, l'ouvrage restait incompréhensible.

Lorsque Voynich revint aux États-Unis avec ce livre, il invita des cryptologues à tenter de le déchiffrer. De son vivant, beaucoup de spécialistes et d'illuminés prétendirent en avoir décodé certaines parties, mais aucune de leurs méthodes ne s'avéra pertinente pour l'ensemble du manuscrit. H.P. Krause, marchand de livres anciens à New York, acheta en 1961 le mystérieux ouvrage, dont il fit don en 1969 à la Beinecke Rare Book and Manuscript Library de l'université Yale. Au cours des années qui suivirent, de nombreux érudits, universitaires ou dilettantes, tâchèrent de dévoiler les secrets de ce que l'on nomma bien vite le Code Voynich, mais sans résultat probant. Dans les années soixante et soixante-dix, la National Security Agency chargea ses meilleurs cryptologues d'étudier le manuscrit. Ils traduisirent le texte en données compréhensibles par un ordinateur et entreprirent un petit nombre d'analyses statistiques. Mais même la célèbre NSA, pourtant réputée pour ses moyens et ses techniques de pointe, échoua.

Certains prétendaient qu'il ne s'agissait que d'un canular. Cependant, la fréquence et l'utilisation des caractères du texte étaient si remarquables et si cohérentes qu'il était impossible d'envisager qu'un canular puisse atteindre un tel raffinement et une telle complexité. Ces dix dernières années, des chercheurs employèrent tout un éventail de méthodes d'analyse statistique, telles que l'analyse entropique ou l'analyse harmonique, et découvrirent que le « voynichese » (ainsi que les chercheurs anglo-saxons nommèrent la langue du manuscrit de Voynich) présentait des propriétés statistiques propres aux langues naturelles, ce qui finit d'invalider la thèse selon laquelle ce texte aurait été écrit au petit bonheur la chance par un fou ou un charlatan. Ils découvrirent également que le texte se lisait de gauche à droite, et était composé de 23 à 30 caractères. La totalité du manuscrit contenait près de 234 000 caractères et 40 000 mots, avec un vocabulaire d'environ 8 200 mots. La plupart des mots étaient longs de six caractères et présentaient moins de variété que les mots anglo-saxons, latins, ou de la plupart des langues indo-européennes. Néanmoins, malgré toutes ces conclusions, nul n'avait réussi à découvrir, même approximativement, le sens du manuscrit, pas plus que l'identité de son auteur ou ses motivations.

Jusqu'à présent. Apparemment, du moins.

On frappa discrètement à la porte de la salle de lecture. La demi-heure était écoulée. L'ecclésiastique s'attarda un instant, hypnotisé par les pages de l'ouvrage, sentant en son for intérieur que ce livre était sur le point de changer pour toujours son existence, et que c'était Dieu qui l'avait guidé jusqu'ici. Il retira ses gants, et passa ses doigts nus sur le manuscrit, ressentant aussitôt le pouvoir du livre pénétrer sa peau. Lorsque la porte s'ouvrit sur le doyen, l'ecclésiastique le remercia, jeta un dernier regard au manuscrit et prit la direction du hall de réception.

Il s'arrêta devant une affiche du séminaire de ce soir, intitulé « Résoudre l'Énigme ». Présentées comme le point fort de la Semaine Voynich, trois présentations devaient avoir lieu. Un mathématicien de Cambridge et un informaticien du Massachussetts Institute of Technology présenteraient les toutes dernières techniques susceptibles de permettre de déchiffrer le texte du manuscrit. Mais c'était la troisième présentation qui intéressait l'ecclésiastique. Son intitulé, fort énigmatique, fit battre plus fort son cœur : « Le Manuscrit de Voynich : une quête maudite de l'Eldorado ? »

La main de l'ecclésiastique se resserra autour de la poignée de son attaché-case, et il pensa au document photocopié que celui-ci contenait. L'original relatait les actes du procès et la déposition d'un prêtre jésuite condamné au bûcher pour hérésie. Il mentionnait également l'existence d'un livre qui aurait dû brûler avec lui : le « Livre du Diable ».

Voyant que l'heure du début du dernier exposé n'avait pas été modifiée, il se réjouit de pouvoir y assister avant de s'envoler pour Rome et vérifia le nom de l'universitaire : Kelly. Lauren Kelly.

4

DANS LE TRAIN DE LA LIGNE DE NEW HAVEN, en provenance de Grand Central et à destination de Darien, Ross Kelly était loin de penser à l'exposé de sa femme, le soir même. De retour chez lui, il se souciait beaucoup plus de sa propre carrière.

La géologie, beaucoup trop liée à la théorie de l'évolution, n'avait pas été une vocation très simple à assumer pour quelqu'un qui avait grandi dans ce que l'on appelait la « Bible Belt », la « Ceinture de la Bible », région du sud-est des États-Unis connue pour son fondamentalisme chrétien. La mère de Ross avait toujours cru que la Terre n'était vieille que de quelques milliers d'années et que le Déluge était l'événement géologique le plus important dans l'histoire de l'espèce humaine. Le créationnisme avait eu beau se travestir en ce que l'on appelait à présent le « Dessein Intelligent », les choses n'avaient pas vraiment changé. Et ce n'était pas vrai que pour la seule Bible Belt. Le nouveau pape venait tout récemment de rejeter la théorie darwinienne de l'évolution comme fausse, voyant la main de Dieu dans le moindre aspect de la création, et encourageant ses fidèles à faire de même.

Mais Ross n'avait jamais eu peur de se battre pour sa passion. Encore tout jeune garçon, dans la ferme de son père, à l'ombre des majestueux Monts Ozark, il avait considéré la géologie comme une science romantique, magique, qui étirait l'histoire de cette planète sur une durée inconcevable. Il se souvenait encore du frisson qui avait hérissé les poils de sa nuque lorsqu'il avait lu pour la première fois que le Mont Everest, la plus haute montagne du Globe, était constitué de roches marines qui avaient jadis formé le plancher océanique. Comment ne pas s'émerveiller à la simple idée des pressions et du temps qu'avait nécessité l'élévation de l'Himalaya, du fond des mers jusqu'au sommet du monde ?

Sa bourse d'étude en géologie à Princeton, son doctorat obtenu au M.I.T. et jusqu'aux premières années au département des Sciences de la Terre chez Alascon avaient nourri cet émerveillement. Ross Kelly avait cependant vite compris que l'industrie pétrolière se souciait plus de profit que de l'exploration des merveilles du monde. Lorsque Xplore, alors très modeste société de conseil, l'avait engagé, leur attente d'idées neuves avait ravivé son feu sacré.

Mais sa carrière dans cette entreprise était à présent terminée : les visionnaires qui l'avaient recruté étaient partis, balayés par des hommes tels qu'Underwood et Kovacs, qui se comportaient plus en comptables qu'en explorateurs. Et à ses yeux, il ne faisait aucun doute que les autres compagnies du secteur pétrolier partageaient leur opinion butée quant aux nouvelles idées et aux découvertes de pointe.

Durant le court trajet en taxi entre la gare et chez lui, Ross pensa à son avenir. Exténué, il s'obligeait à ne pas se demander s'il avait fait le bon choix et à ne pas imaginer la réaction de son épouse. Lorsque le taxi s'engagea dans sa rue, il aperçut son vieux coupé Mercedes garé à côté de la Prius de Lauren, bien plus économique. Il s'était offert ce coupé juste après avoir signé son contrat chez Xplore. Le véhicule avait été alors le symbole resplendissant de son succès professionnel. Mais à présent, et à l'instar de sa carrière, son lustre avait terni, et la voiture ne ressemblait plus qu'à ce qu'elle était en réalité, à savoir une vieille bagnole recouverte de fientes de pigeon. Une troisième automobile ressemblant à une petite boîte, était stationnée le long du trottoir. Ross grogna intérieurement : il n'était pas d'humeur à recevoir des invités. Son travail le menait aux quatre coins du monde, et si, sur le terrain, il était un véritable aventurier, il n'aspirait plus qu'à une seule chose lorsqu'il rentrait chez lui : passer son temps avec son épouse. Il n'aimait rien de plus au monde que de partager avec elle une bouteille de pinot noir et une pizza, faire l'amour et se disputer la télécommande : il n'avait jamais compris comment une personne aussi intelligente que Lauren pouvait préférer des émissions de téléréalité imbéciles et dégradantes, plutôt qu'une bonne vieille comédie, un bon film ou n'importe quelle émission de David Attenborough sur Discovery Channel.

Ross paya la course, sortit du taxi et foula le gravier crissant du sentier qui conduisait à la grande maison blanche pour laquelle il avait contracté un emprunt plus énorme encore.

La porte s'ouvrit sur Lauren. Dans la lumière de ce début d'après-midi, ses cheveux blonds coupés au carré avaient l'éclat de l'or, ses doux yeux verts scintillaient et son teint resplendissait. À sa simple vue, Ross se sentit tout de suite mieux. La porte s'ouvrit plus largement, dévoilant une autre femme, non moins remarquable, mais très différente. Loin de la beauté conventionnelle de Lauren, celle de son assistante à Yale ne correspondait pas aux canons classiques. Grande et mince, Elizabeth Quinn ressemblait au croisement improbable d'une punk, d'une activiste écologiste et d'une extraterrestre. Ses cheveux longs et bouclés étaient teintés au henné, elle portait des lunettes aux verres épais, un jean usé, une veste de chanvre informe et un T-shirt qui proclamait : « *Gaia est votre mère ! Arrêtez de la tuer !* »

Lauren l'embrassa : « Ross, enfin. Mon Dieu, je suis si heureuse.

– Pas autant que moi. » Il la serra fort dans ses bras, respirant à pleins poumons le parfum de ses cheveux. Puis, regardant au-dessus de son épaule : « Salut, Elizabeth. »

Elizabeth Quinn sourit et le salua de la main. Ross et Elizabeth avaient des rapports aussi courtois que pouvaient en entretenir un prospecteur pétrolier et une éco-guerrière convaincue que toute personne travaillant dans l'industrie pétrolière violait plus ou moins directement notre mère la Terre. « Ne t'inquiète pas, je vais vous laisser tranquilles, tous les deux. J'aidais un peu Lauren à préparer sa présentation de ce soir.

– Sa présentation ? »

Lauren roula des yeux : « Tu sais, le Voynich. La traduction. Mon grand soir.

– Ah oui, c'est vrai. Bien sûr. » En fait, il avait tout simplement relégué l'exposé de Lauren aux confins de sa mémoire pour la simple et bonne raison qu'en principe, il n'était pas censé rentrer d'Ouzbékistan avant la fin de la semaine. Il aurait dû arriver juste à temps pour s'envoler en sa compagnie pour leurs premières vacances depuis des années, en l'occurrence, deux semaines de spéléologie dans la jungle de Bornéo, suivies d'une semaine sur une plage de Malaisie. Il avait dû se battre bec et ongles pour obtenir ces congés. À présent, ce n'était plus le temps qui lui manquait.

« Profite bien de ton retour, Ross », dit Elizabeth en entrant dans sa petite voiture hybride. En démarrant, elle passa la tête par la vitre baissée : « À plus tard, tous les deux. Bonne chance pour ce soir, Lauren. Et surtout, quoi que puisse te dire Talbot, ne lui en raconte pas plus que le strict nécessaire.

– Compte sur moi. Merci. » Elle attendit que la voiture d'Elizabeth disparaisse au loin pour passer son bras autour de celui de Ross, et le guider à l'intérieur.

L'esprit un peu ailleurs, il fouilla dans une des poches de sa veste et en sortit un caillou. Sa surface métallisée, enflammée par un rayon de soleil qui traversait l'entrée, lui donnait l'apparence d'une grosse pépite d'or. Il avait l'habitude de ramener à Lauren un caillou hors du commun, après chaque voyage à l'autre bout de la Terre. « C'est de la *schreibersite*, une pierre météorite assez rare. »

Elle s'en saisit en le remerciant : « Elle est magnifique. Merci beaucoup. » Elle sourit, les yeux brillant d'excitation. « Je suis tellement heureuse que tu aies dû rentrer aussi précipitamment d'Ouzbékistan. J'ai une nouvelle à t'annoncer. Une excellente nouvelle.

– Génial. » Il observa un bref silence. « Moi aussi, j'ai du nouveau. À propos du rachat de la boîte. Je t'en avais parlé au téléphone. Mais j'ai bien peur que mes nouvelles ne soient pas aussi bonnes que les tiennes.

– Qu'est-ce qu'il y a ? »

Un nouveau silence, puis : « J'ai démissionné. »

Ross ne se souvenait plus très bien de la réaction à laquelle il s'était attendu, mais ce ne fut de toute façon pas celle qu'il suscita : Lauren le regarda droit dans les yeux un court instant, avant d'éclater de rire.

« Qu'est-ce qu'il y a de si drôle ? » *C'est facile de rire, pour toi,* pensa Ross sans rien dire. Autant lui n'avait été qu'un petit boursier issu du milieu paysan, autant Lauren était issue d'une famille new-yorkaise très aisée. Cela ne la dispensait cependant pas de comprendre ce que cette démission pouvait impliquer, ne serait-ce que pour le remboursement de l'emprunt pour la maison.

Elle secoua la tête, tentant de regagner son calme. « Je suis désolée. Je ne me moque pas de toi. C'est juste la façon dont les choses s'enchaînent qui me fait rire.

– De quoi parles-tu ? Ça a quelque chose à voir avec ton excellente nouvelle ? Ne me dis pas que ta carrière est sur le point de prendre un superbe tournant alors que je viens de foutre en l'air la mienne.

– Non, Ross, pas du tout. En fait, ce n'est pas *mon* excellente nouvelle : c'est la nôtre. » Elle prit sa main et la posa sur son ventre. « J'ai vu le docteur aujourd'hui. Nous allons avoir un bébé. »

Un bref instant, il ne sut plus quoi dire. Cela faisait des années qu'ils tentaient d'avoir un enfant, mais à la suite de la découverte d'une lésion sur l'un des ovaires de Lauren, d'une opération chirurgicale et de trois tentatives infructueuses d'insémination artificielle, ils s'étaient résolus à l'idée de ne pouvoir fonder une famille. Il la serra dans ses bras et la souleva de terre : « C'est fantastique ! Depuis combien de temps ?

– J'en suis à presque trois mois.

– Trois mois. » Il caressa son ventre, tâchant de sentir l'enfant qui grandissait en elle. Sa carrière et ses inquiétudes financières semblaient soudain insignifiantes. « Pourquoi ne me l'as-tu pas dit plus tôt ?

– Je viens à peine de l'apprendre. Mes règles étaient tellement irrégulières que je n'y ai pas cru avant que le docteur me le confirme. Ça doit dater de ton retour de ce long voyage en Arabie Saoudite. Tu te rappelles comment on a rattrapé tout le temps perdu ? »

Ross sourit. Il s'en souvenait parfaitement.

« Et ne t'inquiète pas pour ton boulot, Ross. Tu veux toujours *tout* assurer tout seul pour nous deux. Mais on s'en sort bien. Plus que bien. Et si ce soir, je ne suis toujours pas titulaire d'une chaire, je suis sûre de l'obtenir après avoir fini de traduire la dernière section du manuscrit de Voynich. Un poste de professeur émérite à Yale ne rapporte sûrement pas autant que de vendre son âme à l'industrie pétrolière, mais c'est amplement suffisant. Plus que suffisant. »

Il l'embrassa : « Je ne suis pas inquiet. Le seul véritable problème, ce sont nos vacances. Il va falloir que nous annulions l'expédition spéléo, c'est bien trop exigeant physiquement, vu ton état. Nous nous contenterons de passer les trois semaines sur la plage.

– Ça me va très bien.

– Sans blague ? » Il éclata de rire. Elle préférait toujours passer son temps sur la plage, à lire et lézarder, alors qu'il ne fallait que quelques jours de ce régime pour que Ross s'ennuie et ait envie de partir à l'aventure. Pourtant, à cet instant précis, la perspective de passer quelques semaines avec Lauren en bord de mer lui plaisait énormément. Il regarda sa montre. « À quelle heure doit commencer ta conférence ? J'avais prévu de faire un petit somme avant de partager avec le monde entier ton *autre* grande victoire, mais maintenant, je crois que je suis bien trop excité pour dormir. »

5

Université Yale

Le soir même, lorsqu'ils arrivèrent à la beinecke library, Lauren serra fort la main de Ross dans la sienne et déposa un baiser sur ses lèvres : « Je veux te savoir dans le public, lui murmura-t-elle en sortant de la voiture. Mais ne t'assieds pas dans les premières rangées : ça me rendrait nerveuse. »

On avait retiré la cloison amovible séparant les salles trente-huit et trente-neuf de la Beinecke afin d'obtenir une salle de conférence capable d'accueillir soixante-dix personnes. Consciencieusement, Ross s'assit dans le fond. Les lieux se remplirent rapidement, et il aperçut au premier rang les boucles rousses de henné d'Elizabeth Quinn. Un homme portant une veste de tweed était assis à ses côtés : il s'agissait de Brian Talbot, professeur de linguistique à Yale et supérieur de Lauren. Ross ne l'aimait pas. Talbot traînait une réputation d'opportuniste éhonté qui s'accaparait sans vergogne les résultats des travaux des chercheurs sous sa coupe. Il n'avait cessé de harceler Lauren que lorsqu'elle avait accepté de révéler ses conclusions préliminaires, au cours de la Semaine Voynich.

Un prêtre au visage anguleux et aux yeux mi-clos par de lourdes paupières s'assit à côté de Ross. Bien que le séminaire fût ouvert à tous, il était évident, à en juger par les vestes de velours et de tweed, que la plupart des personnes présentes étaient soit universitaires, soit chercheurs indépendants, soit fanatiques du manuscrit de Voynich. En majorité, des hommes. Ross hasarda un bref coup d'œil en direction de l'homme qui venait de s'asseoir à côté de lui, et se demanda ce qu'un prêtre pouvait bien venir faire ici.

Les lumières de la salle se tamisèrent et les deux premiers intervenants parlèrent si longtemps d'analyse harmonique, de suites numériques, de chiffrage polyalphabétique et d'autres aspects encore plus abscons de l'art ésotérique de la crypto-analyse, qu'ils parvinrent à donner du manuscrit de Voynich une image particulièrement ennuyeuse. Une profonde torpeur s'empara de l'assistance, et Ross, éreinté par le décalage horaire, s'efforçait de rester éveillé. À sa grande surprise, il émanait du prêtre assis à ses côtés une tension, une fébrilité et une énergie inexplicables.

Ce fut alors au tour de Lauren de se lever. Ses cheveux blonds et sa robe émeraude mettaient en valeur ses yeux qu'elle dardait avec assurance sur le public. Malgré la solennité qu'elle affichait, on pouvait sentir la joie et l'excitation qui l'habitaient : ses lèvres pleines semblaient à chaque instant sur le point de se fendre en un franc sourire. Le prêtre se pencha en avant, et sortit de sa poche un carnet de notes et un stylo. En observant Lauren mettre ses notes en ordre et se présenter à l'assemblée, Ross ressentit une féroce bouffée de fierté envers cette jeune femme qui était son épouse, et serait bientôt la mère de son enfant. Bien qu'il n'eût rien d'un imbécile, il s'était toujours senti médiocre, en comparaison avec sa femme. Son doctorat concernait la préservation des langues en voie de disparition, mais elle s'était consacrée ces dernières années à la seule étude de l'énigme du manuscrit de Voynich : son génie avait réussi là où tous ses prédécesseurs avaient échoué. Et elle devait cette victoire non pas à des heures interminables passées à compulser des nombres et à analyser des séquences sur ordinateur, mais à ses connaissances encyclopédiques et à sa passion pour les langues.

Encore enfant, Lauren avait un jour écrit à ses parents « Je n'aime pas cette école. Je m'y ennuie », en cinquante langues. Ses parents s'étaient empressés de l'inscrire dans un autre établissement. Elle s'enthousiasmait encore à la simple idée qu'en Amazonie, il existait un dialecte appelé tariana, qui exigeait du locuteur d'ajouter un suffixe affirmatif à la fin de chaque phrase, sans lequel le récepteur pouvait déduire qu'il s'agissait d'un mensonge. Elle trouvait merveilleux qu'il existe un dialecte du Caucase dénué de voyelles, et une langue du sud de l'Asie aux verbes innombrables, parmi lesquels on trouve *gobray* (« tomber sciemment dans un puits ») et *onsra* (« aimer pour la dernière fois »). Et elle s'indignait du fait qu'à la fin de ce siècle, plus de la moitié des six mille langues existant aurait disparu.

Lauren s'éclaircit la voix et la salle entière se tut. Elle débuta en désignant Elizabeth Quinn et en la remerciant, ce qui la fit tellement rougir que son visage et ses cheveux semblèrent brièvement de la même couleur. Puis Lauren baissa les yeux sur son pupitre et se mit à lire : « Bienvenue, ami savant, tes efforts n'ont pas été vains. Bien que ton nom et le mien soient insignifiants, cette histoire est loin de l'être. Sache ceci : si les découvertes excitent notre sang, ce sont les mystères qui nourrissent notre âme. Lorsque nous nous montrons forts et arrogants, ce sont les mystères qui nous rappellent ô combien peu nous connaissons du monde de Dieu. Et lorsque nous sommes faibles et sans recours, ils nous poussent à voir que tout est possible. » Lauren marqua une pause, releva les yeux sur l'assistance coite, et sourit : « Vous venez d'entendre l'adresse liminaire du manuscrit de Voynich, lue pour la première fois en anglais. »

Un murmure sourd parcourut le public comme une rafale de vent dans un champ d'orge, et le texte issu du manuscrit de Voynich apparut soudain sur l'écran qui se trouvait derrière

Lauren. Elle poursuivit : « Avec l'aide d'Elizabeth Quinn, j'ai enfin traduit la totalité du manuscrit, à l'exception de la section astrologique. Je ne présenterai une transcription exhaustive de ma traduction que lorsque j'en aurai fini avec cette dernière partie, mais j'aimerais vous livrer ici un bref résumé de mes travaux inachevés. Et je peux vous dire d'ores et déjà que je n'ai trouvé *aucun* code dans le texte. » Le murmure enfla en un léger brouhaha. Une grande partie des spectateurs griffonnaient sur leur carnet de notes. « Je suis à présent convaincue que le *voynichese* est en réalité une langue construite. Les linguistes qui se trouvent parmi vous ne sont pas sans savoir qu'il existe deux sortes de langue construite : les langues construites *a posteriori*, reposant sur des langues préexistantes, et dont l'exemple le plus fameux est l'espéranto, et les langues construites *a priori*, qui sont des créations absolument originales. Une langue construite *a priori* est impossible à traduire sans avoir connaissance des règles grammaticales et lexicales utilisées par son créateur. Et force est de constater que nous ne connaissons rien des partis pris syntaxiques et autres de l'auteur du manuscrit de Voynich. Cependant, et bien heureusement pour nous, le *voynichese* semble appartenir à la catégorie des langues construites *a posteriori* : il s'agirait d'un mélange de deux langues anciennes, translittéré par le biais de ces caractères uniques que nous ne trouvons que dans le manuscrit de Voynich. »

Une main se leva dans la salle : « De quelles langues s'agit-il précisément ? »

Les doigts du prêtre se mirent à courir nerveusement sur les perles d'un rosaire. Lauren sourit en hochant la tête : « Je ne peux malheureusement pas encore vous révéler les langues mères du *voynichese*. Pas avant d'avoir mis un point final à ma traduction. Je rendrai alors publics mes résultats et publierai mes recherches *in extenso*.

– Êtes-vous sûre que le texte ne présente aucun code ? » demanda une femme assise dans les premiers rangs.

Les doigts du prêtre manipulèrent plus fébrilement encore le rosaire.

« Grâce aux modélisations d'Elizabeth Quinn, nous avons très tôt compris qu'il était très peu probable que l'auteur du manuscrit de Voynich ait eu recours à un code, répondit Lauren. Étant donné l'âge du document et la nature éminemment complexe du texte, si un code avait été utilisé, il aurait dû s'agir d'un chiffrage polyalphabétique. Mais nos analyses entropiques, qui permettent de dégager des suites récurrentes de caractères dans tout texte traité, ont très vite montré que ces suites étaient bien trop régulières, à l'instar d'une véritable langue, et contrairement à ce qu'aurait généré un code de cryptage. »

Sans laisser le temps à quelqu'un d'autre de poser une nouvelle question, le prêtre assis à côté de Ross leva la main. Son anglais parfait présentait un accent italien à peine perceptible : « Madame Kelly, avant que vous nous expliquiez comment vous êtes parvenue à traduire le manuscrit de Voynich, peut-être pourriez-vous nous dire ce que votre traduction a révélé ? »

Lauren acquiesça : « Tout d'abord, permettez-moi de m'excuser auprès de tous ceux qui, comme moi, espéraient que ce manuscrit enferme un terrible secret. Contrairement aux conclusions de nombreux autres chercheurs, le manuscrit ne fut pas écrit par le moine médiéval Roger Bacon, et, bien malheureusement, il ne s'agit pas non plus d'un texte cathare, pas plus que d'un traité d'alchimie, une vision de mystique, un message de Dieu écrit dans la langue des anges, ou quoi que ce soit d'autre de ce genre. »

On entendit quelques soupirs de déception dans l'assistance.

« Le manuscrit de Voynich n'est rien d'autre qu'une histoire, une quête mythique imaginée et écrite dans la plus pure tradition utopique, une allégorie de la cupidité, qui dénote une vive conscience, rétrospectivement prophétique, des questions écologiques. L'histoire est celle d'un prêtre érudit qui accompagne une troupe de soldats dans une forêt vierge en quête de l'Eldorado, la fameuse cité d'or légendaire. Les soldats trouvent la mort un à un dans les tréfonds de la forêt. Alors que les derniers survivants perdent tout espoir, ils trouvent un jardin inconnu couvert de plantes étranges et habité par des femmes encore plus étranges, semblables à des nymphes, ainsi que par d'autres singulières créatures. Ce jardin se révèle être à la fois l'éden et l'enfer. Ils y trouvent des merveilles miraculeuses, mais également quelque chose d'horrible. Aucun soldat ne survit à l'ultime épreuve qu'ils rencontrent. Seul reste le prêtre, qui narre leur histoire. »

Lauren se mit alors à raconter l'histoire en s'attardant sur les détails, et en soulignant certains points par des illustrations du manuscrit de Voynich, projetées sur le grand écran, et qui, en regard du récit, apparaissaient aussi pertinentes que dérangeantes. Ross remarqua que la plupart des personnes présentes l'écoutaient dans un silence poli. Ce résumé ne représentait après tout qu'une théorie inachevée, tant que Lauren n'aurait pas publié son étude et que celle-ci n'aurait pas été acceptée par ses pairs. Pourtant, le prêtre était comme pétrifié, son visage anguleux reflétant un mélange d'incrédulité, d'émerveillement et d'inquiétude.

Le résumé détaillé de Lauren touchait à sa fin : « Notre auteur inconnu a recours à un ultime coup de théâtre. En plus d'utiliser une langue unique et originale, de nous montrer de singulières illustrations et de nous narrer une histoire encore plus étrange, il prétend – je crois effectivement qu'il s'agit d'un homme – que le merveilleux jardin représenté et décrit dans le manuscrit existe bel et bien, et que son histoire est vraie. Il conclut ainsi : *"Félicitations, ami savant, tu as lu mon histoire et prouvé ainsi ta persévérance, ton intelligence et ta sagesse. Quelle que soit ta foi ou ton origine, Dieu t'a choisi pour accomplir ce que je ne puis : protéger Son jardin et t'assurer que Ses pouvoirs miraculeux ne servent que Sa seule gloire. Le jour viendra où l'humanité aura sans nul doute besoin de ces pouvoirs. Je ne puis que prier pour qu'elle les mérite alors. Amen".* » Lauren sourit, apparemment toujours aussi émerveillée par l'audace de l'auteur. « Étant donné les efforts extraordinaires qu'il a dû fournir pour raconter cette histoire fantastique, on est tenté de croire que celle-ci est authentique, et que l'auteur a inventé de toutes pièces cette langue ingénieuse dans le but de protéger son secret. »

De nouveau, des murmures empressés se mirent à emplir la salle. « Vous n'avez pas la moindre idée quant à l'identité de l'auteur ? demanda le prêtre.

– Non. Il ne révèle son nom nulle part.

– Qu'espérez-vous trouver dans la section astrologique, cette dernière partie que vous n'avez pas encore traduite ? demanda une autre voix sur un ton impérieux.

– S'agit-il de cartes ? » cria une autre.

Lauren leva les mains dans un signe d'apaisement : « Avant de trop nous enthousiasmer, il faut bien nous rappeler qu'à l'époque de la rédaction du manuscrit de Voynich, probablement à la fin du XVIe siècle, le cryptage était extrêmement à la mode. Aussi, je dois avouer, à mon grand regret, que notre auteur jouissait d'une intelligence extraordinaire et d'un sens de l'humour diabolique. Et selon toute vraisemblance, il disposait du loisir nécessaire pour laisser libre cours à l'une comme à l'autre. »

Lauren attendit que les rires se taisent pour conclure :

« Quoi qu'il en soit, le manuscrit de Voynich demeure l'œuvre d'un génie authentique et original. Si vous désirez consulter plus en détail le résumé synthétique de ma traduction, je vous invite à visiter les pages qui lui sont consacrées sur le site Internet de l'université Yale. »

Dans le vaste hall qui communiquait avec la salle de conférence, des membres de l'assistance assaillaient Lauren de questions.

À l'écart, Ross l'observait, elle, centre de l'attention de tant de personnes, et il ressentit la vive morsure du regret et de la jalousie. À la suite de son doctorat, lui aussi aurait pu poursuivre une carrière d'universitaire. Quatre excellents établissements, parmi lesquels la fameuse université Harvard, lui avaient proposé des postes de professeur en géologie très intéressants, mais il avait décliné toutes ces offres. Il aurait été impensable de dire à ses parents, après avoir passé son bac, que leur seul enfant – leur *fils* unique – ne désirait pas reprendre la ferme familiale, mais la quitter afin d'entrer à Princeton en tant que boursier, sans que ce projet soit couronné du plus beau des succès. Et le plus beau des succès, pour Ross, était de gagner de l'argent. Le plus possible. C'était pour cette raison qu'il avait jeté son dévolu professionnel sur l'industrie pétrolière. Et en toute franchise, il n'avait jamais eu envie de poursuivre une carrière universitaire. Il aimait profondément le piquant et l'excitation des prospections, autant d'aventures qui le menaient dans les coins les plus inhospitaliers au monde, en quête de ce que personne d'autre n'avait encore découvert.

Mais tout changeait, et à une telle vitesse. Longtemps, il avait été le brillant géologue et prospecteur à la carrière prometteuse, tandis que Lauren n'avait été que l'universitaire dévouée, destinée à passer toute sa vie professionnelle dans les ténèbres vénérables des bibliothèques, le nez enfoncé dans la poussière d'anciens manuscrits. À présent, sa bonne étoile atteignait son firmament, et Ross ne pouvait s'empêcher de se dire, en la regardant répondre avec tant de grâce et de patience à chaque question qui lui était posée, qu'elle ne comprenait pas encore toute l'importance de ses découvertes. Elle espérait que sa traduction du manuscrit de Voynich lui vaudrait une certaine promotion au sein de son université, mais aux yeux de Ross, il était évident qu'après publication, Lauren pourrait prétendre à n'importe quel poste dans son domaine, où que ce soit dans le monde. Il s'imagina alors en homme au foyer, s'occupant sagement de leur bébé à la maison, tandis que Lauren était promue à des postes d'une importance insoupçonnable.

Il se consola en pensant aux trois semaines de vacances qu'il passerait avec Lauren, les premiers congés ensemble depuis plusieurs années. Il aurait tout le temps de s'inquiéter de son propre avenir professionnel après cette escapade.

Lauren sourit en lui faisant signe d'approcher, mais le prêtre qui s'était assis à côté de lui s'empressa d'engager la conversation avec elle. Malgré sa taille moyenne, l'homme avait un charisme impressionnant, qui confinait presque à l'arrogance. Ross l'observa tandis qu'il se présentait et, en dépit du brouhaha qui régnait, l'entendit dire : « Je vous ai demandé si vous connaissiez le nom de l'auteur parce que j'ai consulté des archives confidentielles du Vatican susceptibles de révéler son identité. Des archives susceptibles également de vous aider à percer le mystère de la section astronomique. »

Lauren ouvrit de grands yeux : « Vraiment ?

– Tout à fait. Et ce serait un réel plaisir de pouvoir collaborer avec vous.

– Et un réel plaisir pour moi de pouvoir consulter ces archives.

– Il va sans dire que nous serions heureux de tout vous soumettre, sous certaines conditions, cependant.

– Certaines conditions ?

– Le Vatican devrait bien évidemment avoir un droit de regard sur la publication, afin de contrôler tout élément susceptible d'offenser l'Église. »

Lauren lui adressa alors son sourire le plus poli, et le plus dangereux : Ross comprit aussitôt que le prêtre partirait les mains vides. « Veuillez m'excuser, dit-elle, mais ce n'est pas ainsi que j'ai l'habitude de travailler.

– Je vous fais cette proposition au nom de la Compagnie de Jésus », précisa le prêtre comme s'il était inimaginable que quiconque puisse refuser cette offre. « Au nom de notre Très Sainte Église.

– C'est pour moi un grand honneur, mon père, mais de mon point de vue, la recherche universitaire ne saurait souffrir aucune forme de restriction. »

Il y eut un bref silence gêné, vite brisé par le prêtre qui sortit de sa soutane une carte de visite : « Je respecte votre décision, madame Kelly. Néanmoins, si vous changiez d'avis, n'hésitez pas à me contacter. »

Elle prit la carte, et Brian Talbot s'immisça dans la conversation : « Ne le prenez pas mal si Lauren se montre un peu cachottière, mon père. Elle a l'habitude de tenir secret son travail, et conserve la majorité de ses documents chez elle. Je suis son supérieur, et pourtant je connaissais à peine le détail de son intervention de ce soir. » Talbot saisit délicatement Lauren par le bras pour l'amener à l'écart. « Si vous me le permettez, je vous vole un instant notre chère chercheuse. »

Le prêtre les observa s'éloigner à l'autre bout du hall, hors de portée d'oreilles indiscrètes. Il paraissait plus vieux que Ross ne l'avait imaginé de prime abord, malgré le peu de gris visible dans sa chevelure d'un noir de jais, et la quasi-absence de rides sur son visage, à l'exception de profondes rides du lion. Il se retourna, et à l'instant où son regard croisa le sien, Ross s'aperçut que, malgré ses manières affables, le prêtre était furieux, bouillant de colère et d'indignation. Presque aussitôt, son regard se détourna, et il n'en parut plus rien.

Lorsque Lauren, resplendissante de joie, rejoignit enfin Ross, celui-ci passa son bras autour de ses épaules et la conduisit jusqu'à la sortie. « Félicitations. Tu as réussi à monopoliser tous les sujets de discussion de ces chercheurs. Ce prêtre m'a semblé un peu vindicatif, non ?

– Il m'a dit que le Vatican avait en sa possession des documents qui pouvaient m'intéresser, répondit-elle dans une grimace. Mais il voulait m'imposer une sorte de clause de confidentialité, alors j'ai décliné.

– Et Talbot ? Il avait l'air assez survolté.

– Il l'est. Complètement surexcité ».

Dehors, dans la brise douce du soir, elle releva les yeux vers Ross et lui lança un étrange sourire, presque suppliant. « Tu veux la bonne nouvelle ou la mauvaise ? »

Il eut un grognement de mécontentement. Il n'avait jamais été un grand amateur de mauvaises nouvelles : « La bonne.

– Talbot m'a promis de mettre à ma disposition tous les moyens dont j'aurais besoin. J'aurai ma chaire. Une importante hausse de salaire. Entre autres.

– C'est génial.

– Il veut que je traduise la dernière partie aussi vite que possible. Il dit qu'il y a actuellement un énorme engouement autour du manuscrit de Voynich. »

Ross fronça les sourcils. Il ne comprenait que trop bien ce que tout cela impliquait. « Mais nous partons en vacances pour trois semaines d'ici quelques jours… »

Elle lui adressa le même sourire suppliant : « Je sais. C'est ça, la mauvaise nouvelle. »

6

Le lendemain. Rome

On dit que trois hommes se partagent le pouvoir au Vatican : le « pape Blanc », le souverain pontife, le « pape Rouge », Grand Inquisiteur, à présent connu sous le titre de Préfet de la congrégation pour la doctrine de la foi, et le « pape Noir », chef des jésuites, c'est-à-dire Supérieur général de la Compagnie de Jésus.

Près de vingt-quatre heures après la participation de Lauren Ross au séminaire de Yale, le silence régnait dans l'enceinte de l'État du Vatican : la rumeur même de Rome semblait étouffée en ses murs. Pourtant, le pape Noir devait supporter le vacarme des multitudes de pensées qui harcelaient son esprit, alors qu'il s'enfonçait dans le labyrinthe de pièces et de couloirs qui jouxtaient la bibliothèque apostolique. Le père Leonardo Torino avait été incapable de trouver le sommeil dans le vol qu'il avait pris la veille au soir, de l'aéroport JFK de New York à l'aéroport Leonardo Da Vinci, à Rome : les implications de ce que Lauren Ross avait présenté au cours du séminaire l'en avaient empêché. Bien qu'épuisé, il n'avait alors qu'une seule chose en tête, une seule hâte :

consulter les archives de l'Inquisition afin de comparer le document original et la copie. Cependant, il avait dû tout d'abord soumettre un débriefing à son équipe au sujet de sa visite à la Province new-yorkaise de la Compagnie de Jésus et de la conférence donnée à l'université Fordham. Puis il avait dû assister à d'interminables réunions avec la Curie afin de discuter de l'éventualité de la fondation d'un second État du Vatican, quelque part dans un pays en voie de développement. Enfin, il avait informé le Saint-Père des nouvelles avancées de l'Institut des miracles, pour le moins antinomique, en ceci qu'il semblait que son véritable rôle était plus de récuser que de prouver l'existence de miracles de nos jours.

Torino n'était parvenu à convaincre le nouveau pape de ressusciter l'ancien Institut des miracles uniquement parce que le précédent souverain pontife avait galvaudé la valeur des miracles, en en authentifiant plus et en canonisant plus de saints que jamais auparavant dans toute l'histoire de l'Église. L'importance de la Compagnie de Jésus, ainsi que sa réputation de rigueur intellectuelle, désignait naturellement les jésuites comme les plus à même d'authentifier les miracles, authentifications dont l'utilité était double : permettre la canonisation d'ecclésiastiques ou de croyants, et révéler au monde les preuves irréfutables de l'action de Dieu. Pourtant, depuis que l'Institut des miracles avait été refondé, aucun miracle n'avait été validé. Pire encore : Torino avait été personnellement responsable de l'annulation d'au moins six faits jadis reconnus comme miracles.

Mais tout cela pouvait changer si ce qu'il avait entendu à Yale était vrai.

Lorsqu'il arriva enfin au *secretum secretorum,* le département consacré aux archives les plus sensibles de l'Église, l'un des conservateurs était justement en train de fermer la porte pour la nuit. « Ne fermez pas encore, commanda Torino. Je dois entrer. »

Le vieil homme, tête baissée, ne s'interrompit pas, tournant une grosse clef dans la serrure. « Il est tard. Vous viendrez demain. » Il releva les yeux, reconnut Torino et son visage refléta une terreur certaine. « Votre Excellence. Je suis confus. Je n'avais pas vu que c'était vous. »

Torino s'avança à grandes enjambées dans le dédale de pièces poussiéreuses, presque sordides, jusqu'à la salle la plus reculée. Depuis l'ouverture au public des archives de l'Inquisition, en 1998, les chercheurs s'étaient surtout intéressés aux procès les plus fameux, particulièrement celui de Galilée, le scientifique connu pour avoir ébranlé l'Église en prouvant que la Terre tournait autour du Soleil, et non l'inverse. Le procès dont Torino cherchait à présent les actes était loin de représenter un moindre sujet de controverse.

Un an après que l'Institut des miracles eut été à nouveau institué, Torino désespérait de trouver un jour un miracle authentique. En ce règne des médias, le premier charlatan venu avait tout à gagner à falsifier un, voire plusieurs miracles. Aussi avait-il chargé les prêtres érudits qui constituaient l'Institut de rechercher dans le passé, et plus précisément dans les archives de l'Inquisition, ceux qui avaient enduré la torture et la mort au nom du miracle en lequel ils avaient cru. L'un des cas qu'ils avaient ainsi trouvés avait enflammé l'imagination de Torino : les aveux et le procès du père Orlando Falcón, jésuite lui aussi, qui n'avait pas assisté à un seul miracle, mais avait tout bonnement découvert un lieu aussi merveilleux que terrible, *empli* de miracles. Torino avait décidé d'enquêter personnellement sur ce procès, et très vite, celui-ci était devenu sa seule obsession.

Le dossier avait été jusque-là relégué dans un coin sombre. Avant que sa petite armée de prêtres érudits l'ait trouvé et en ait fait des copies, quelques mois auparavant, ces documents n'avaient probablement pas été lus depuis des centaines d'années. Méprisant le conservateur qui l'observait, ainsi que la pancarte qui indiquait que tout emprunt d'un original était formellement interdit, le Supérieur général rangea les actes vieux de quatre siècles et demi dans son attaché-case, quitta la pièce, et prit la direction de ses appartements dans la *Curia Generalizia,* le quartier général mondial de la Compagnie de Jésus.

7

Le haut plafond, le mobilier ancien et les riches tapis de la résidence officielle du Supérieur général conféraient à ces lieux une splendeur fanée par le temps, à laquelle le système suranné d'air conditionné ajoutait une touche de chaleur claustrophobe. Épuisé, Torino congédia son équipe, et se retira dans sa chambre dont il ouvrit les fenêtres, faisant entrer l'air frais de la nuit.

Sur sa table de chevet reposaient deux photos encadrées. La première lui rappelait d'où il venait : on pouvait y voir Torino, enfant, aux côtés d'un autre garçon, bien plus robuste, dans un orphelinat napolitain tenu par des jésuites. La seconde illustrait sa réussite : Torino, qui n'avait pas encore atteint la cinquantaine, vêtu de sa soutane noire de Supérieur général des jésuites, se tenait à côté du Très Saint-Père en personne. Au-dessus de son lit avaient été accrochés un crucifix, et, de part et d'autre, deux diplômes dans des cadres dorés : un doctorat en médecine obtenu à l'université de Milan, et un autre en théologie. Il posa son ordinateur portable sur son lit, et se mit à vider son attaché-case à côté : les documents, les livres et le dossier qu'il venait de tirer des archives de l'Inquisition formèrent vite un monticule chaotique qui jurait dans cette chambre dont l'ordre confinait à la manie.

Les mains tremblantes, Torino saisit la carafe sur la table et se servit un verre d'eau froide qu'il avala d'un trait. Il s'assit sur son lit et ouvrit le dossier de l'Inquisition vieux de plusieurs siècles. Il fut soudain pris d'une peur irrationnelle, craignant que le manuscrit original diffère du fac-similé qu'il avait lu.

Mais bien évidemment, tous deux étaient identiques.

Il se mit à feuilleter le vélin jauni, et le texte latin dont il était noirci parut le saluer comme un vieil ami :

En ce jour de l'an de Grâce 1560, jeudi 8 du mois de Juillet, en la présence de Son Éminence le Grand Inquisiteur, le Cardinal Michele Ghislieri.

Fut entendu, après avoir été convoqué par la Sainte Inquisition, le père Orlando Falcón, ci-devant prêtre jésuite, et accusé d'hérésie.

Lui fut demandé, « père Orlando, quelle était la mission de ces cent conquistadores ?

– Conquérir de nouvelles terres, Votre Excellence, et découvrir l'Eldorado au nom du Roi Charles d'Espagne.

– Quelle était votre mission, en tant qu'accompagnateur ?

– Sauver les âmes des peuples conquis et prélever sur l'or découvert la part dévolue à notre Mère la Très Sainte Église.

– Et de la Cité d'Or, aucune trace, n'est-ce pas ? Avez-vous trouvé autre chose ?

– Oui, Votre Excellence.

– Redites-moi ce que vous avez trouvé, afin que nous puissions l'enregistrer ci-avant... »

Le cœur de Torino s'emballait à mesure qu'il relisait la description faite par Falcón de ce qu'ils avaient découvert, ce jardin magique, les miracles et les créatures dont il était plein. Lorsqu'il arriva au sinistre dénouement de leur aventure, au cours duquel les conquistadores survivants trouvèrent une mort atroce qui n'épargna que le prêtre érudit, il éprouva les plus grandes difficultés à se contenir. L'histoire de ce jésuite accompagnant une troupe de soldats en quête de l'Eldorado, et trouvant à la place quelque chose d'encore plus fantastique et dangereux que la mythique Cité d'Or, était à peu de choses près identique au résumé du manuscrit de Voynich soumis par Lauren Kelly. La seule véritable différence était que le témoignage de Falcón devant le Grand Inquisiteur contenait une référence à quelque chose qu'il appelait *radix*, ce qui en latin signifie « racine », ou « source ». Bien que ses allusions à cette *radix* fussent très vagues, Falcón insistait sur le fait qu'il la considérait comme potentiellement plus puissante et plus importante que le reste du miraculeux jardin. *Peut-être en est-il question dans la traduction complète de Lauren Kelly, ou dans la dernière partie qu'elle n'a pas encore intégralement traduite*, médita Torino.

Il feuilleta rapidement les actes du procès pour parvenir à la fin du document :

... Le père Orlando ayant exposé exhaustivement la nature de sa découverte, lui fut demandé : « Pourquoi persistez-vous dans votre hérésie ? Un tel jardin d'éden ne saurait exister dans le Nouveau Monde, au milieu de sauvages idolâtres. La nécessité veut que vous vous trompiez, que vous mentiez ou que vous soyez possédé. »

Le père Orlando répondit : « Je dis la vérité. Je la profère pour le seul bien de la Sainte Église du Christ.

– Vous êtes un prêtre respecté de tous, l'un des protégés du fondateur de votre Compagnie, le très dévoué Ignace de Loyola. Vous vous devez de comprendre que votre hérésie menace l'Église.

– Comment la vérité pourrait-elle menacer notre Très Sainte Mère l'Église ?

– Comme vous persistez, je ne puis malheureusement que vous témoigner mes regrets et ma tristesse de constater que Satan a jeté ainsi son dévolu sur un prêtre si exemplaire. Je promets cependant ici de faire tout ce qui est en mon pouvoir afin de racheter votre âme. » Ordonnant aux clercs de présenter à l'hérétique une confession manuscrite, Son Éminence dit alors : « Repentez-vous, père Orlando. Renoncez à vos allégations. Signez la confession. »

L'hérétique refusant, il fut conduit jusqu'à sa geôle où l'on brûla ses pieds avec des charbons ardents, sans qu'il abjure pour autant. L'hérétique fut confié aux soins d'une nonne désignée pour soigner ses blessures et l'encourager à revenir sur le chemin du bien et de la vérité. Le lendemain, au matin, la nonne rapporta que les pieds de l'hérétique avaient miraculeusement guéri.

Son Éminence demanda à l'hérétique : « Comment expliquez-vous cette sorcellerie ? »

Il répondit : « Ceci est la preuve que ce que je dis est vrai. »

Ce à quoi Son Éminence rétorqua : « Ceci n'est rien, si ce n'est la preuve que Satan a pris possession de vous, corps et âme. »

Le père Orlando fut reconduit jusqu'à sa geôle, où l'on plaça ses pieds dans des vis de bois qu'on serra jusqu'à lui briser les os. Il refusa d'abjurer.

Le lendemain au matin, la nonne rapporta que les pieds de l'hérétique n'avaient pas guéri et que les os du père Orlando étaient bel et bien rompus. Il n'y avait donc plus sorcellerie. Après examen du prêtre, Son Éminence conclut que le Diable l'avait enfin quitté. Il fut à nouveau présenté à l'hérétique la confession manuscrite, et Son Éminence lui demanda : « À présent, père Orlando, acceptez-vous de signer votre confession et d'abjurer votre hérésie ? »

Il refusa à nouveau et fut emprisonné durant de nombreux mois. On découvrit alors un manuscrit dans la cellule du père

Orlando, écrit dans la langue du Diable, et dévoilant les images d'un éden blasphématoire. L'hérétique fut aussitôt condamné à mort par le bûcher. Il fut également ordonné de brûler avec lui le Livre du Diable...

Torino relut ces dernières lignes : *On découvrit alors un manuscrit dans la cellule du père Orlando, écrit dans la langue du Diable, et dévoilant les images d'un éden blasphématoire.* À ce jour, les autorités du Vatican avaient depuis longtemps oublié l'existence de l'ouvrage de Falcón : cependant, une centaine d'années auparavant, un document officiel émanant de la Curie exposait que le livre impie pourrait être celui-là même que le monde entier connaissait sous l'appellation de manuscrit de Voynich. La veille, à New York, Torino s'était rendu à la Beinecke Library spécialement pour consulter l'original, et assister à la présentation de Lauren Kelly. La campagne de communication de ce séminaire, et notamment le titre de la conférence – Le Manuscrit de Voynich : une quête maudite de l'Eldorado ? – avaient suffi à piquer sa curiosité. Et après l'avoir écoutée, il était à présent convaincu que le Livre du Diable de Falcón n'était autre que le manuscrit de Voynich.

En consultant les notes qu'il avait prises la veille au soir, Torino ressentait encore l'amère frustration qui avait été la sienne lorsque Lauren Kelly avait refusé toute collaboration pour la fin de sa traduction. Il avait appris qu'elle avait l'intention de partir en vacances durant trois semaines, puis d'achever seule son travail. Il alluma son ordinateur portable. Internet pullulait d'individus et de communautés obsédés par les secrets qu'était censé receler le manuscrit. Il suffisait de taper « Voynich » sous n'importe quel moteur de recherche pour aboutir à une liste grosse de milliers de sites, forums et *chat-rooms* consacrés au mystérieux ouvrage, et dont l'écrasante majorité était tenue par des illuminés, des amateurs, des auteurs ou des chercheurs soucieux de dévoiler à tous leur théorie personnelle au sujet du manuscrit de Voynich. Lorsque la page d'accueil de la Beinecke apparut à l'écran, Torino cliqua sur le lien intitulé « Résumé du Voynich », rapprocha les actes du procès du père Orlando Falcón, et compara scrupuleusement les deux textes. Les similitudes étaient incroyables. Bien que la section astrologique du manuscrit de Voynich ne fût pas encore déchiffrée, la traduction de Lauren Kelly représentait d'ores et déjà une énorme victoire sur cette énigme, jusqu'ici impénétrable. Malgré la présence d'une poignée de journalistes lors de la conférence, Torino était tout autant surpris que soulagé que la linguiste ait choisi de révéler la primeur de sa découverte dans le cadre d'un obscur séminaire, plutôt que dans celui d'une conférence de presse lourdement médiatisée. Il se rappela alors que Lauren Kelly n'avait encore *rien prouvé* de ce qu'elle avait découvert. D'un point de vue purement académique, tant qu'elle n'aurait pas achevé sa traduction et qu'elle ne l'aurait pas publiée *in extenso*, il ne s'agissait que d'une simple théorie, perdue parmi une multitude d'autres. Néanmoins, aux yeux de Torino, il ne faisait aucun doute que sa traduction était fidèle au manuscrit.

Très logiquement, elle avait conclu que cette histoire fantastique n'était qu'une allégorie. Mais plusieurs siècles auparavant, l'Église avait jugé ce « Livre du Diable » avec la plus grande gravité. On avait alors considéré cet ouvrage comme rien de moins qu'une réécriture blasphématoire de la Genèse, doublée d'une menace pour tout ce que pouvait représenter l'Église. L'abominable décision que les autorités religieuses avaient prise ne prouvait rien en soi, mais elle soulevait une question de première importance : pourquoi le père Orlando Falcón se serait-il donné la peine de créer de toutes pièces ce manuscrit particulièrement complexe et, qui plus est, d'endurer des tortures abominables et une mort plus ignoble encore, plutôt que d'abjurer, si tout cela était bel et bien une simple supercherie ?

Se pouvait-il que ce jardin miraculeux existât ?

Torino se leva de son lit, étira ses muscles endoloris et s'approcha de la fenêtre ouverte en claudiquant. Cette claudication était un souvenir de l'orphelinat. Sa petite taille, son sérieux et son intelligence avaient fait de lui le chouchou des prêtres jésuites, mais également une cible toute choisie pour les autres pensionnaires. L'une des bastonnades qu'il avait endurées, particulièrement vicieuse, lui avait valu une hernie discale dans la partie inférieure de la colonne vertébrale, qui avait provoqué un écrasement de son nerf sciatique. Bien que la douleur ne fût à présent plus qu'un lointain souvenir, la lésion nerveuse diagnostiquée comme irrémédiable l'empêchait pour le restant de ses jours de relever la plante de son pied droit.

Respirant à pleins poumons l'air nocturne, regardant au loin le dôme de la basilique Saint-Pierre, par-dessus les bâtiments de la cité du Vatican, il était convaincu que Dieu l'avait chargé de résoudre l'énigme du jardin miraculeux du père Falcón. Il pensa à nouveau à Lauren Kelly et ne put réprimer un froncement de sourcils. En refusant toute collaboration pour la dernière partie de ses travaux, elle avait prouvé qu'elle était une ennemie de l'Église. Une idée traversa soudain son esprit, le figeant net, comme si la brise tiède s'était subitement rafraîchie.

Et si elle avait déjà déchiffré la dernière section du manuscrit, et que celle-ci, en plus d'expliquer ce qu'était la mystérieuse « radix » du père Falcón, était de surcroît une carte ?

Et si elle avait pour projet de publier la totalité de sa traduction et de prouver l'existence du jardin de Falcón en révélant son emplacement géographique ?

À cette simple pensée, Torino fut saisi d'une peur viscérale. Ce qu'impliquerait une telle annonce pour l'Église catholique romaine, à qui il devait tout, dépassait l'imagination. Oubliée, la controverse de Galilée. Oublié aussi, Darwin. Si ce jardin existait bel et bien, et selon qui en serait propriétaire, il pourrait conférer à son Église chérie un pouvoir absolu sur le monde. Ou la détruire en un clin d'œil.

Il envisagea un instant de partager ses craintes avec le Saint-Père ou le Préfet de la Congrégation pour la doctrine de la foi, mais l'un et l'autre n'étaient que des vieillards totalement dénués d'imagination. Ils riraient de cette théorie, ou ne la comprendraient tout simplement pas : dans tous les cas, ils resteraient les bras croisés. Hormis leur projet de fondation d'un second État du Vatican quelque part dans l'hémisphère sud, ils n'étaient prêts à aucun acte fort dans le but d'élargir et de protéger l'influence de l'Église, qui ne cessait de faiblir. Il lui fallait réunir plus de preuves avant de les avertir. Il devait savoir précisément ce que Lauren Kelly avait découvert, et quelles étaient ses intentions. Mais comment l'approcher une seconde fois en personne sans éveiller ses soupçons ?

En rejoignant son lit cahin-caha, il posa le regard sur la photographie où on le voyait enfant aux côtés d'un garçon plus robuste que lui, dans l'orphelinat napolitain tenu par les pères jésuites. Il consulta sa montre. Le décalage horaire jouait en sa faveur. Il fouilla dans ses notes éparses et finit par trouver une carte de visite anonyme, où l'on ne pouvait lire qu'un simple numéro de téléphone. Il saisit le combiné posé à côté de son lit et composa le numéro.

À la troisième sonnerie, une voix répondit : « Oui ? »

Il regarda le garçon robuste de la photographie : « Marco. C'est moi.

– Leo, Dieu merci. J'attendais ton appel.

– Écoute-moi bien. » Le regard de Torino se posa sur les actes du procès. « As-tu fini ton traitement ?

– Oui.

– Veux-tu toujours l'absolution ? »

Une brève inspiration : « Oui.

– Es-tu prêt à accomplir n'importe quelle pénitence au nom de l'Église ?

– N'importe laquelle.

– Bien, dit Torino en souriant. Alors il est grand temps que la main gauche du Diable devienne la main droite de Dieu. »

8

Six jours plus tard

La longue route du retour avait épuisé Ross Kelly, et il était presque minuit lorsqu'il engagea sa Mercedes dans la petite rue de Darien, où se trouvait leur maison. Ce long week-end dans le Vermont avait été une idée de Lauren, à la fois substitut de leurs vacances, remises aux calendes grecques, et occasion de fêter tant sa grossesse que sa traduction du manuscrit de Voynich. Ross avait adoré ces instants passés avec elle, mais à la suite de sa démission, son désir de fuir tous ses soucis à l'autre bout du monde s'était révélé bien plus impérieux qu'il ne l'aurait imaginé : ainsi, ce week-end, pour long et agréable qu'il fût, ne parut à ses yeux qu'une maigre consolation pour ces trois semaines en Malaisie qu'ils avaient dû annuler.

Alors qu'il ralentissait, Lauren se pencha vers lui et l'embrassa sur la joue : « Merci, Ross. J'ai passé un super week-end.

– Moi aussi. Mais ça ne m'aurait pas embêté que ça dure plus longtemps. » Il eut un sourire un peu forcé. « Trois semaines, par exemple. »

Elle éclata de rire, et hocha la tête : « N'essaye pas de me culpabiliser. Je sais que tu es très déçu, mais notre assurance a couvert les frais d'annulation. Nous n'avons pas perdu un seul *cent*.

– Tu sais très bien que ça n'a rien à voir avec des questions d'argent, dit-il très rapidement. Simplement, tout était prévu depuis des mois. Et nous n'avons pas passé une seule semaine de vacances depuis des années. »

Elle haussa un sourcil incrédule : « Et ça, c'est parce que tu étais toujours trop pris par *ton* travail.

– Un point pour toi. » Ross ressentait toute l'ironie du sort, qui voulait qu'au moment même où il se retrouvait avec du temps libre à ne plus savoir qu'en faire, Lauren était tenue par les impératifs de sa traduction. « Seulement, ça fait plus de sept ans que tu travailles sur ce manuscrit. Trois semaines de plus ou de moins, quelle différence cela peut bien faire ?

– Exactement la même différence qui existe entre le fait d'être la première à en achever la traduction, et le fait de *gâcher* ces sept ans en laissant à quelqu'un d'autre le soin de le faire. Je suis près du but, mais la dernière partie du texte n'a rien de commun avec le reste. Elle est très différente. Bien plus difficile. » Il gara la voiture, et elle posa sa main sur la sienne. « On va faire un marché, d'accord ? Je serai encore en état de voyager en avion dans deux mois. Nous partirons en vacances à ce moment-là, que j'aie déchiffré ce manuscrit ou pas. Marché conclu ? »

Il lui sourit un instant, en pensant à quel point il l'aimait. « Marché conclu. Mais dans deux mois, je serai probablement surchargé de travail dans une nouvelle entreprise.

– Ça me va de toute façon. » Elle se pencha et l'embrassa à nouveau, avant de saisir ses mains pour les poser sur son ventre. « Dans peu de temps, nous aurons une troisième bouche à nourrir. »

Ross éclata de rire à son tour, saisit les bagages qu'ils avaient posés sur la banquette arrière, et sortit de la voiture. Il débrancha le système de sécurité de leur maison, ouvrit la porte d'entrée, alluma la lumière et laissa Lauren entrer en premier dans le hall. « Je suis désolé de t'embêter comme ça. Je crois que je me sens un peu... »

Mais elle ne l'écoutait plus. Elle regardait le palier plongé dans l'obscurité qui surplombait le hall d'entrée. « Tu as entendu ? murmura-t-elle.

– Quoi ? » Il se surprit à murmurer, lui aussi. Il déposa les bagages par terre, sur le plancher de cèdre ciré, et se mit à gravir les marches une à une. « Ça venait d'où ?

– De mon bureau, à l'étage. J'ai cru entendre quelque chose. »

Lui n'avait rien entendu du tout. Il arriva sans un bruit en haut de l'escalier.

Elle le rejoignit, et posa une main sur son bras : « On ferait mieux d'appeler la police.

– Ce n'est probablement rien. Attends-moi ici. Je vais vérifier. »

Il se dirigea vers la première porte à gauche, celle de la plus petite chambre. La maison comportait cinq pièces et un bureau. Il utilisait ce bureau pour son travail, et Lauren avait aménagé son propre bureau dans la plus petite chambre. Il s'immobilisa devant la porte et tendit l'oreille. Sans rien entendre. Rassuré, il se retourna vers Lauren en hochant la tête.

« Sois prudent », articula-t-elle sans émettre un son.

Il lui sourit, et elle lui renvoya son sourire.

Il tourna la poignée, et poussa la porte. Quelque chose clochait. Il entendit le chuchotement de Lauren : « N'entre pas, Ross. Je ferme toujours cette porte à clef. Quelqu'un est sûrement à l'intérieur. »

Puis tout bascula.

Une force irrésistible referma violemment la porte, qui frappa de plein fouet le visage de Ross et le propulsa sur le palier. Sa tête heurta la balustrade. Le sang coula sur ses yeux, obscurcissant tout, mais il parvint à distinguer une silhouette encagoulée s'extraire des ténèbres. Un homme moins robuste que lui aurait perdu connaissance sur le coup, mais Ross parvint à se redresser, se tourna vers sa femme qui restait figée en haut des marches, et lui cria de toutes ses forces : « Cours, Lauren, cours ! » L'intrus lui décocha alors un puissant coup de talon sur la tempe, qui le coucha instantanément.

Lauren se mit à courir. Ross, à deux doigts de perdre connaissance, comprit pourtant que son épouse enceinte ne fuyait pas : elle se précipitait dans sa direction, et il pouvait lire dans ses yeux une flamme allumée autant par un souci de protection que par une colère noire. « Laissez-le, hurla-t-elle. Laissez mon mari tranquille ! »

La silhouette enjamba Ross et se rua vers l'escalier. Lauren était le seul obstacle sur sa route. Ross tendit le bras et attrapa la jambe de l'intrus, mais il ne put que tirer faiblement sur son pantalon, dévoilant une large cicatrice qui balafrait sa jambe au-dessus sa cheville droite. Il voulut crier à Lauren de s'écarter de son chemin, mais aucun son ne sortit de sa bouche. Impuissant, il vit l'homme cagoulé pousser sa femme contre la balustrade, avec une telle force que la rampe de bois céda : Lauren tomba dans le vide en criant. Il y eut un bruit sourd contre le plancher de cèdre, suivi d'un craquement atroce. Puis elle se tut. Le dernier bruit que Ross entendit avant qu'une inconscience miséricordieuse engloutisse son esprit, fut celui de la porte d'entrée se refermant derrière l'intrus qui prenait la fuite.

9

À DES MILLIERS DE KILOMÈTRES DE LÀ, EN AFRIQUE, dans un village reculé d'Ouganda, le cybercafé Jambo faisait figure d'avant-poste technologique, et son air conditionné transformait l'endroit en une véritable oasis au cœur de la fournaise. Parmi la jeune clientèle composée d'autochtones à la peau noire et de voyageurs au teint hâlé par les randonnées, on pouvait remarquer une femme très pâle et d'un certain âge. Buvant son café au lait par petites gorgées, sœur Chantal avait le regard fixé sur l'écran de son ordinateur, ne clignant presque pas des yeux, des yeux extrêmement singuliers.

Chaque mois, elle prenait sa canne et, de la colline où se dressait le dispensaire spécialisé dans l'encadrement des malades du sida, elle cheminait jusqu'au village tout proche. Elle entrait dans le cybercafé, commandait un café au lait et une pâtisserie, avant de prendre place face à l'un des ordinateurs. Chaque mois, ses doigts graciles épelaient le même mot sur les plus grands moteurs de recherche d'Internet. Et chaque mois, elle ne trouvait rien de nouveau. Elle finissait son gâteau et son café au lait avant de retourner au dispensaire, en se disant que le mois prochain, quelque chose arriverait. Que le mois prochain, elle serait enfin libérée de son fardeau.

Elle avait passé les douze dernières années de sa vie dans ce dispensaire. Le travail qu'elle y menait lui plaisait, mais elle savait qu'il serait bientôt temps pour elle de partir. La mère supérieure et les autorités ecclésiastiques ne tarderaient pas à poser beaucoup trop de questions, comme cela avait toujours été le cas dans tous les dispensaires et hôpitaux où elle avait œuvré. Mais plus important encore, son précieux stock était à deux doigts de l'épuisement, et elle devait le renouveler afin de continuer sa solitaire mission. Elle avait quelque difficulté à se dire que le temps lui était compté. Une pointe d'apitoiement sur elle-même parvint à percer l'épaisse carapace d'autodiscipline qu'elle avait toujours portée, sentiment qu'elle refoula aussitôt au fond d'elle pour se concentrer sur son écran.

Elle visita d'abord les sites des principaux médias internationaux. Comme toujours, les nouvelles n'étaient pas bonnes. Le projet de nouvel oléoduc présenté par Alascon Oil l'inquiétait plus particulièrement. Après en avoir lu assez, elle se rendit sur Google et tapa son mot. Elle parcourut les quatre premières pages de résultats en n'accordant à chaque entrée qu'un lourd soupir de déception.

Et puis quelque chose accrocha son regard.

Elle marqua une pause, son café à la main, en conservant pourtant son calme : il lui était déjà arrivé de trouver des éléments encourageants qui, par la suite, et sans exception, n'avaient abouti à rien. Elle cliqua sur le lien en question et parcourut attentivement la page. Sans même s'en rendre compte, elle posa sur la table son café sans en avoir bu une seule gorgée. À mesure qu'elle lisait, le rythme de son cœur s'emballait et les paumes de ses mains devenaient de plus en plus moites. Elle desserra sa guimpe, le souffle court. Au prix d'un douloureux effort pour maîtriser sa joie, elle visita deux autres sites, recoupant et complétant les informations du premier, et imprima les pages les plus éloquentes. Puis elle accéda au site de la Banque de Genève où elle composa son numéro de compte et son mot de passe. Elle ne jeta qu'un bref coup d'œil à l'imposant solde. L'argent n'était qu'un moyen pour atteindre une fin. Rien de plus. Elle acheta un billet d'avion et transféra une somme importante sur un autre de ses comptes, dans la banque la plus proche, à Jinja. Enfin, elle se leva de sa chaise, paya les pages imprimées et sortit en trombe, laissant son café refroidir sur la table.

À son retour, le dispensaire était complètement silencieux. La plupart des sœurs se trouvaient dans la chapelle ou dans le petit jardin de terre rouge et fertile où poussaient des plants pleins de vigueur. Elle se rendit aussitôt dans sa cellule, à la décoration plus que spartiate, et se mit à ranger le peu qui lui appartenait dans une petite valise. Avant de fermer celle-ci, elle en sortit un coffre en bois ancien, de la taille d'une boîte à chaussures, dont elle ouvrit le cadenas. À l'intérieur se trouvait une autre boîte, plus petite encore, gravé d'ornements. Elle l'ouvrit et en examina le contenu. La bourse de cuir était presque vide. Sœur Chantal se sentit envahie par un sentiment de soulagement et d'allégresse. La bourse avait jadis été pleine à craquer, mais peu importait à présent que son stock fût quasiment réduit à néant. Son attente prendrait bientôt fin.

On frappa timidement à la porte de sa cellule. Refermant brusquement la boîte en bois, elle se retourna. Deux petits garçons faméliques se tenaient dans l'encadrement de la porte. « Qu'est-ce que vous faites, ma sœur ? »

Elle leur sourit : « *Jambo,* Samuel. *Jambo,* Joshua. » Samuel et Joshua Jarimogi étaient jumeaux, atteints du sida depuis leur naissance. Après une longue lutte contre la maladie, leur mère était morte six mois auparavant et, à en croire les docteurs, ses deux fils la rejoindraient bientôt. Sœur Chantal tâchait toujours de ne pas trop s'attacher aux malades. Au long de toutes ces années, elle en avait vu beaucoup trop mourir. Mais malgré elle, Samuel et Joshua étaient ses préférés.

« Et si on jouait ? » demanda Samuel.

Sœur Chantal jeta un regard à sa valise, puis au petit coffre. Elle partirait avant que la mère supérieure ou l'une des religieuses n'aient le temps de lui demander des comptes, mais sa mission touchait bientôt à sa fin, et l'euphorie qu'elle en concevait la poussa à agir avec une témérité inhabituelle : un geste de rébellion infime en regard d'une vie de discipline, d'obéissance, de patience et de sacrifice. « Très bonne idée, Samuel. Nous allons jouer, tous les trois. Nous allons jouer à prendre le thé. »

Elle saisit la petite boîte gravée et conduisit les deux petits garçons jusque dans la cuisine. Elle mit l'eau à chauffer et leur demanda de sortir deux tasses et deux soucoupes. Elle ouvrit la bourse de cuir et vida la plus grande partie de son contenu dans la boîte, ne conservant que le strict minimum nécessaire à l'accomplissement de son ultime tâche : elle se sentait devenir de plus en plus faible, et elle savait qu'elle aurait besoin de toutes ses dernières forces pour accomplir sa mission et passer le relais de son fardeau. Mais elle avait vu trop de personnes mourir. Quel mal y avait-il à faire ce qu'elle s'apprêtait à faire ? Elle tapota la boîte afin que son contenu tombe dans un coin, avant d'en verser une moitié dans une tasse et la seconde dans l'autre. Elle versa alors l'eau bouillante. Elle reposa la petite boîte, et Samuel tendit les doigts vers l'objet, fasciné par les ornements exotiques gravés dans le bois. « Vous pouvez nous la donner ? » demanda-t-il.

La première réaction de sœur Chantal fut de reprendre la boîte, mais elle se rendit soudain compte qu'elle n'en aurait plus jamais besoin. Elle rangea la bourse de cuir dans l'une de ses poches et acquiesça : « Bien sûr, Sam, je vous la donne, à tous les deux. Mais elle est très, très ancienne, et très, très précieuse : il faudra en prendre bien soin. » Elle versa un peu de lait concentré sucré dans les tasses et attendit que le liquide refroidisse. « À présent, vous allez être de très gentils garçons, et vous allez boire tout votre thé. »

10

Rome. Trois jours plus tard

Gorgeant ses poumons du parfum apaisant de pins et d'orangers, Marco Bazin baissa le regard vers le dôme de la basilique Saint-Pierre, qui émergeait de la brume matutinale où était plongée la Ville éternelle. À cette heure, l'Aventin était tout à fait désert, et Marco se plut à s'imaginer, un bref instant, seul au monde. Un homme apparut au loin : Marco reconnut aussitôt sa démarche. En se préparant mentalement à l'échange qui s'ensuivrait, il ne put s'empêcher de penser à l'ironie du sort. Durant toutes ces années de service en tant que tueur, *la mano sinistra del diavolo* avait dûment rempli tous ses contrats. Et pourtant, trois jours auparavant, la seule fois où on lui avait demandé de ne nuire à personne, il avait échoué.

On remarquait à présent parfaitement la claudication de l'homme, de même que sa soutane noire. Marco se souvint de cette nuit où l'homme d'Église lui avait rendu visite dans sa résidence alpine. Les émotions contradictoires qu'il avait ressenties alors le ramenèrent, plus loin encore dans le temps, à son enfance, à la cour poussiéreuse du vieil orphelinat jésuite de Naples. Là-bas, pas de doux parfum de conifères et d'orangers : rien que la puanteur des égouts, de la sueur et de la peur.

Demi-frères et se vouant à l'époque une amitié sans pareille, ils étaient nés de la même prostituée. Deux contraires parfaits, unis par le même besoin de se sentir partie d'un tout, d'une fratrie, et animés du même désir de survivre. Plus petit et plus intelligent, son frère aîné aidait Marco pour ses leçons, tandis que celui-ci protégeait Leo contre ceux qui le chahutaient sur sa taille ou son intelligence.

Puis ils avaient quitté l'orphelinat, et tout avait changé.

Les jésuites avaient toujours apprécié les qualités intellectuelles de Leo à leur juste valeur, et l'avaient encouragé à rejoindre leur congrégation afin d'y poursuivre ses études. L'Église avait été son salut. Marco, pour sa part, avait toujours détesté les prêtres, qui n'avaient jamais témoigné la moindre indulgence vis-à-vis de son comportement violent. Il avait donc définitivement tourné le dos à l'Église pour rejoindre la Camorra, la branche napolitaine d'une autre institution italienne : la Mafia. Tout au long des années qui suivirent, les routes des deux frères ne s'étaient croisées que très rarement, mais chacun avait suivi le cheminement de l'autre, se tenant informé de ce qu'il devenait. Pour l'un, un homme d'Église très influent voué au salut des âmes. Pour l'autre, un assassin craint de tous, payé à tuer.

Lorsque Marco avait appris qu'il allait bientôt mourir, il avait appelé la seule personne qu'il connaissait capable de sauver son âme. Il avait éprouvé un improbable mélange de surprise, de gratitude et de honte lorsque Leo avait répondu à son appel et lui avait proposé un moyen de racheter ses péchés. Mais à présent que le Supérieur général Leonardo Torino s'avançait vers lui dans les brumes de l'aube, Marco savait qu'il avait manqué à son engagement. À présent, il lisait parfaitement la colère et le mépris dans les yeux de son demi-frère.

« Que s'est-il passé, Marco ? siffla Torino. Je croyais que tu étais le meilleur dans ta profession. Ta tâche était simple : entrer, obtenir les informations et sortir. Certainement pas de mettre en péril le travail de Lauren Kelly alors qu'il n'est pas finalisé. À aucun moment je ne t'ai demandé de nuire à qui que ce soit, ni d'impliquer la police dans cette affaire. Je voulais simplement savoir ce qu'elle sait. »

Marco évitait soigneusement son regard. « Tu m'avais dit qu'ils seraient absents pendant trois semaines, Leo.

– Ne m'appelle pas Leo. Ne t'adresse à moi qu'en m'appelant "Votre Excellence". » Il observa un court silence. « Ils auraient dû être en vacances, en effet. Mais plus important encore, tu étais censé faire preuve de discrétion.

– Et ça a été le cas, Votre Excellence. J'ai dissimulé mon visage et n'ai laissé aucune trace. La police conclura que j'ai pris la fuite avant d'avoir mis la main sur des biens vraiment importants. Si les Kelly avaient été en vacances, comme vous l'aviez dit, personne n'aurait jamais su que j'avais mis les pieds chez eux. Mais j'ai dû avoir recours à la violence pour sortir de là. Sans ça, vous n'auriez pas eu ce que vous vouliez. J'ai même volé quelques objets de valeur pour que ça ressemble à un cambriolage classique. »

Torino se tut un instant, faisant peser un regard noir sur Marco, qui, quant à lui, regardait au loin, l'air désolé. « Tu m'as déçu, Marco. Ton chemin vers l'absolution ne commence pas sous les meilleurs auspices. » Il inspira une pleine bouffée d'air matinal. « Mais nous pourrons peut-être y remédier, malgré tout. Si toutefois tu as bien ce que je t'avais demandé, Marco. »

Marco sortit de sous sa veste un disque dur externe. « Avant l'arrivée des Kelly, j'ai copié la plupart des fichiers intéressants que tu m'avais demandé de chercher. » Il tendit le disque dur en direction de Torino. « Mais pas la totalité. »

Le regard de Torino se posa sur le disque dur, puis croisa celui de Marco. « Il vaudrait mieux que ceci contienne ce que je veux. Je te contacterai si j'ai encore besoin de ton aide. » Torino fit disparaître le disque dur sous sa soutane, tourna les talons et commença à s'éloigner, mettant un terme à l'entretien.

Cependant, Marco n'arrivait pas à effacer de son souvenir l'image des corps rompus de Ross et de Lauren Kelly, incapable d'oublier ce qu'il avait fait pour obtenir ce que Torino convoitait. « Tu es sûr... je veux dire, vous êtes sûr que c'est ce que l'Église veut, Votre Excellence ? cria-t-il dans le dos de Torino. Vous êtes vraiment certain que c'est comme ça que j'obtiendrai ma rédemption ? »

Torino se figea alors, et Marco put sentir la tension de ses épaules. « Tu oses me questionner ? » demanda-t-il en se retournant vers Marco, exposant un visage déformé par la colère. Si j'ai besoin d'un conseil sur la meilleure façon de tuer quelqu'un, je m'adresserai à toi. Mais je resterai le seul et unique juge de ce que veut l'Église, et de ce dont elle a besoin. » Les lourdes paupières de Torino s'abaissèrent, réduisant ses yeux à deux fentes infimes. Il s'approcha assez près de Marco pour sentir la menthe et l'ail de son haleine. « Tu m'as *supplié* de t'apporter mon aide. Tu t'en souviens ? » Avant même qu'il pût répondre, Torino saisit à pleines mains l'entrejambe de Marco, agrippant son scrotum à travers le tissu de son pantalon.

« Bordel de merde, qu'est-ce que tu fais ? » Marco enferma dans sa paume le poignet de son demi-frère, mais celui-ci n'en serra que plus fort. Il savait que d'un seul coup de poing, il aurait pu tuer Torino, mais le regard sombre de celui-ci lui interdisait le moindre mouvement.

« Écoute-moi bien, Marco. Tu as demandé mon aide. Ne l'oublie jamais. » Il pressa. « Sais-tu pourquoi Dieu a laissé les chirurgiens te couper l'une de tes couilles ? Parce que toutes deux représentent tes deux vies : celle que tu es en train de vivre, et celle que tu vivras, pour des siècles et des siècles, après ta mort. Dieu a pris la première comme prix de tes péchés passés, et si tu veux conserver celle qui te reste, celle qui représente ta vie éternelle, alors tu dois Le suivre, tu dois suivre Son Église. Dieu te tient par les couilles, Marco. Tu m'as dit que tu voulais la rédemption. La vraie question est : à quel prix ?

– Je te l'ai dit. N'importe lequel. J'ai besoin d'être absous.

– Au Moyen Âge, en Angleterre, lorsqu'un homme témoignait sous serment, il ne posait pas sa main sur la bible. Il saisissait ses testicules. Le mot *testimony*, « témoignage », vient de cette pratique. Et à présent que je tiens ton dernier testicule, ô combien précieux, sache qu'il s'agit ici d'un témoignage devant Dieu. Nous sommes engagés dans une croisade, Marco. L'Église se bat en ce moment même pour sa propre survie, et Dieu exige de toi que tu aides Son Église en faisant *tout* ce qui sera nécessaire. » Il observa une pause afin que ses mots se gravent définitivement dans son esprit. « Tu ne travailles plus pour la Mafia. Tu n'es plus *la mano sinistra del diavolo*, un vil assassin qui gagne sa vie en tuant : tu es un croisé, un saint guerrier, la main droite de Dieu brandissant Son épée purificatrice face aux ennemis mortels de Rome. À compter de ce jour, *tout* ce que je te dirai d'accomplir en Son nom sera pour toi juste, pur et droit. Tu as compris ?

– Oui. »

Marco comprenait en effet. Malgré la douleur, ou peut-être grâce à elle, une vague de soulagement le submergea. Il avait enfin trouvé un but à son existence, et il s'y soumettait corps et âme. Ce chemin menant tout droit à la rédemption, ce chemin intransigeant que lui montrait Torino, il le suivrait jusqu'au bout. Quoi qu'il advienne.

Comme s'il lisait dans l'esprit de Marco, le Supérieur général relâcha son étreinte : « Es-tu prêt à faire tout ce dont l'Église aura besoin ? Quelle qu'en soit la difficulté ? Et prêteras-tu serment de la servir sans poser de question ?

– Oui.

– Si tu révèles tout cela à quelqu'un, l'Église niera tout en bloc. Je nierai tout en bloc. As-tu compris ?

– Tout ce que je désire, c'est l'absolution de mes péchés, Votre Excellence.

– Et tu l'obtiendras, Marco. Tu l'obtiendras au prix de ton dévouement. »

11

De retour dans ses appartements, Torino brancha le disque dur sur son ordinateur portable. Tout en examinant les fichiers qu'il contenait, il n'éprouvait que peu de remords pour ce qui était arrivé à Lauren Kelly et son époux. Il lui avait proposé de collaborer avec le Vatican, et elle avait refusé. Bien qu'il n'eût souhaité en aucun cas que Marco leur fît du mal, il était vital d'apprendre ce que Lauren Kelly savait. Et si l'on voulait être cynique, ce qui était arrivé pourrait même se révéler bénéfique pour l'Église. Une fois la chercheuse réduite au silence, il serait bien plus aisé de protéger la découverte que recelait le manuscrit de Voynich, si toutefois elle en avait achevé la traduction. Torino se souciait bien plus du Saint-Père et des autres membres de la Curie. À moins de se voir présenter une preuve solide, ils ne pardonneraient jamais ce qu'il était en train de faire, et tout particulièrement cette alliance immorale avec Marco.

Sur l'écran, les fichiers informatiques dévoilaient la plupart des succès et des échecs qui avaient jalonné le cheminement de Lauren Kelly, jusqu'au décodage du mystérieux manuscrit. Torino lut comment, avec l'aide d'Elizabeth Quinn, elle avait très rapidement renoncé à envisager l'existence d'un code polyalphabétique à cause du très bas niveau d'entropie du texte : les récurrences textuelles faisaient apparaître une forte structure formelle, type de structure que tout code polyalphabétique tendait précisément à briser en une suite aléatoire.

Grâce à l'impressionnante ampleur de ses connaissances linguistiques, elle avait développé une série d'hypothèses tendant à expliquer comment l'auteur avait écrit le manuscrit de Voynich, puis elle avait testé chacune d'entre elles, au prix d'innombrables heures de travail acharné. Après des permutations et des itérations sans nombre, elle avait conclu que l'auteur avait utilisé un langage artificiel construit *a posteriori*, créé à partir de deux langues préexistantes, et non une langue construite *a priori*, c'est-à-dire de toutes pièces.

Elle avait ensuite déduit que ce *voynichese* était un croisement de latin extrêmement structuré et du dialecte mandarin, dont les caractères ne représentent pas simplement des sons, mais des mots, voire des phrases entières. Les lettres latines et les idéogrammes chinois avaient alors été translittérés grâce aux caractères originaux du manuscrit de Voynich, dissimulant plus efficacement encore cette langue hybride. Pourtant, mise à part cette translittération, et comme Lauren Kelly l'avait dit lors du séminaire, les sections du manuscrit qu'elle avait traduites ne présentaient aucun code. L'utilisation du mandarin cadrait à merveille avec les résultats des recherches que Torino avait effectuées sur le père Falcón. Celui-ci avait été l'un des plus proches disciples d'Ignace de Loyola, et, tout jeune jésuite, avait fait partie des toutes premières missions en Chine, entre 1540 et 1550.

Les archives de l'Inquisition avaient permis à Torino de comprendre que le père Falcón jouissait d'une intelligence nettement supérieure à la normale : c'était justement l'une des raisons qui avaient poussé l'Église à prendre ses allégations très au sérieux, ainsi qu'à le punir si sévèrement. Torino était du reste tout autant impressionné par la sagacité d'esprit et les connaissances de Lauren Kelly, notamment par la façon dont elle avait tenté de se mettre à la place du brillant auteur du manuscrit afin de trouver la clef de son énigme.

Ou en tout cas la plus grande partie de cette énigme.

En fouillant plus attentivement les fichiers, Torino trouva la traduction *in extenso* de l'histoire du Voynich. Elle était encore plus vivante et plus terrifiante que le résumé que Lauren Kelly en avait présenté, même si la traduction de la section astrologique en était également absente. Pas trace non plus de la *radix*, la Source du père Orlando Falcón. Dans l'un des fichiers les plus récents, Lauren Kelly avait écrit :

À ce stade de mes recherches, j'en viens à croire que la dernière partie, la section astrologique, pourrait contenir une série d'indications à la boussole, de repères topographiques et astraux. Je suppute fortement que plus j'en découvrirai, plus je me verrai forcée à réviser mes conclusions quant à la nature de ce texte et des mystères qu'il décrit...

Qu'avait-elle voulu dire par ces mots ? Avait-elle abandonné sa thèse de l'allégorie, pour considérer à présent ce texte comme la chronique de ce que l'auteur avait réellement vécu et vu ? Et si cela était le cas, avait-elle réussi à déchiffrer la section astrologique, et à en tirer la carte qu'elle était susceptible de receler ? Toutes ces considérations étaient désespérément peu concluantes.

Maudissant Marco pour ne pas avoir accompli parfaitement la tâche dont il l'avait chargé, Torino parcourut le reste des fichiers sans trouver pour autant le moindre élément qui lui aurait permis de savoir si Lauren Kelly avait déjà traduit et déchiffré la dernière partie du manuscrit. Il n'en restait pas moins que cette cruciale et dernière section pouvait se trouver dans les fichiers que Marco n'avait pas pu copier avant le retour des Kelly. Et si c'était le cas, Torino devait s'en emparer au nom de l'Église.

Mais comment ?

Il eut l'envie soudaine de sortir du Vatican pour ordonner à Marco de retourner chez la chercheuse et faire main basse sur les fichiers qu'il n'avait pas eu le temps de copier. Mais la maison des Kelly était à présent considérée comme une scène de crime, probablement sous surveillance continue. En tant que Supérieur général des jésuites, il n'aurait pu se risquer à la moindre incrimination dans une telle affaire. Il n'avait pas le choix. Il devrait se montrer patient, en attendant le meilleur moment pour revenir sur le devant de la scène. Mais il se sentait très peu enclin à la patience. Il avait la sensation qu'une horloge emplissait son esprit de son tic-tac, comptant à rebours les secondes qui le séparaient du moment fatidique où sa très chère Église atteindrait son apogée, reconnue de tous comme la seule représentante de Dieu sur Terre, ou disparaîtrait à jamais, reléguée au fond du gouffre de l'Histoire comme une relique obsolète.

12

Trois semaines plus tard

La mort les a rapprochés.

C'est aux funérailles d'un ami commun, à Boston, qu'ils ont fait connaissance. Lui étudiait au M.I.T., elle à Harvard. Elle dirait plus tard que la première impression qu'elle eut de lui fut tout à fait négative. Elle l'avait trouvé trop confiant en son apparence physique, trop sûr de lui. Et puis ils s'étaient mis à parler ensemble, à parler véritablement. Elle venait de perdre son père, et lui sa mère.

La mort les a unis.

Ils s'entendaient sur peu de choses. Elle était assez religieuse, et croyait avec ferveur à la nécessité de sauver la vie sauvage de notre planète. Lui était athée et n'avait pas le moindre scrupule à travailler pour des compagnies pétrolières. Mais tous deux aimaient la façon dont l'autre pensait. Il aima la courbe de sa nuque et son odeur. Elle aima sa force et sa façon d'écouter. Et très vite, ils s'aimèrent. Tout simplement. Ils avaient coutume de dire qu'ils vivraient éternellement ensemble, quitte à mourir en essayant. Rien ne saurait les séparer. Jamais. Si elle ou lui devait disparaître sans laisser de trace, l'autre irait jusqu'aux confins du monde afin de le retrouver.

Et à présent, Ross se trouvait face à un gouffre de ténèbres, pétrifié par la terreur, incapable de retrouver son âme sœur. Il lui semblait avoir perdu Lauren.

La mort menaçait de les séparer.

« Ross, Ross, Ross. »

Son cœur bondit dans sa poitrine. Il pouvait l'entendre l'appeler dans les ténèbres. Elle était prisonnière, elle avait besoin de son aide. Il devait la retrouver, et faire tout ce qui était en son pouvoir pour la sauver...

« Ross. »

Une main secoua doucement son épaule.

« Ross, réveille-toi. »

Ross ouvrit les yeux sur son visage, et éprouva un soudain soulagement : tout cela n'avait été qu'un cauchemar. Lauren allait bien. Elle était là.

Mais il ne s'agissait pas de Lauren. Ses cheveux étaient rouge auburn. C'était l'assistante de Lauren, Elizabeth Quinn. L'insupportable sentiment de tristesse s'empara à nouveau de lui.

« Ross, il doit être trois heures de l'après-midi. Je t'ai laissé dormir quelques heures après le déjeuner, pendant que je veillais Lauren. Je vais partir pour Yale, mais ton père et la mère de Lauren ne vont pas tarder. Le neurochirurgien, le docteur Greenbloom, m'a dit qu'il désirait vous parler, à vous trois. Est-ce que tu es d'accord ?

– Oui, oui, tout à fait. » Il se frotta les yeux et se leva de la chaise installée au chevet de Lauren. Il portait un jean et un sweat-shirt délavé. Il était encore engourdi de sommeil. Il consulta sa montre. « Merci beaucoup, Elizabeth. Merci pour tout.

– Si tu as besoin de moi pour quoi que ce soit, vraiment quoi que ce soit, tu m'appelles, d'accord ? Tu as mon numéro de portable.

– Oui. Merci encore. »

Elizabeth sortit de la chambre et Ross alla dans la petite salle de bains pour se passer un peu d'eau fraîche sur le visage. Trois semaines étaient passées depuis le cambriolage, et en ce court laps de temps, il avait manifestement vieilli. Son visage avait perdu de ses couleurs, ses yeux bleus étaient injectés de sang et ses cheveux – partiellement rasés, là où on avait dû recoudre une plaie avec douze points de suture – présentaient quelques fils argentés. Les docteurs avaient dit que sa fracture crânienne se résorbait à merveille et que son épaule démise était à présent tout à fait guérie. Mais il était bien le seul à s'en être tiré à aussi bon compte.

Ross revint auprès de Lauren. La chambre particulière de l'hôpital du Sacré-Cœur, aux abords de Bridgeport, était aussi claire qu'impeccable. Une vaste fenêtre donnait sur le détroit de Long Island ; si l'on regardait tout à fait à droite, on pouvait deviner au loin les tours de Manhattan. Des fleurs et des cartes ornaient le large rebord de la fenêtre. Au cours de ces dernières semaines, ils avaient littéralement croulé sous les messages d'amis. Les rares à s'être déplacés s'étaient montrés attentionnés mais assez maladroits, ne sachant trop comment réagir face à l'état de Lauren. Ross était heureux que très peu parmi eux aient été au courant de la grossesse de Lauren. Il n'aspirait à présent à rien d'autre qu'au calme et à la solitude : il avait déjà assez de mal à gérer ses peurs et sa tristesse pour ne pas avoir à se préoccuper de celles des autres. À la seule exception d'Elizabeth Quinn. Bien qu'elle et Ross n'aient jamais été très proches, elle s'était révélée une véritable amie, au pragmatisme précieux.

Les deux orchidées posées sur le rebord de la fenêtre avaient été envoyées par les sœurs de Lauren qui vivaient à présent à l'étranger, l'une à Londres et l'autre à Sydney. À l'annonce de l'accident de Lauren, elles avaient toutes deux pris le premier vol pour les États-Unis, où elles avaient passé deux semaines, apportant toute leur aide et leur soutien à leur mère. Puis elles avaient rejoint leurs familles respectives. L'un des plus gros bouquets avait été envoyé par Xplore. À la suite de tous les salamalecs compatissants de rigueur, Kovacs avait dit à Ross qu'ils désiraient le voir réintégrer l'équipe, et étaient prêts à attendre le temps qu'il faudrait avant de pouvoir discuter sereinement de sa réintégration. Mais à cet instant précis, Ross se fichait éperdument de sa carrière.

Le lit de Lauren occupait le centre de la pièce. Elle reposait partiellement sur son flanc gauche, position visant à éviter l'apparition d'escarres. Des câbles et des tubes reliaient son corps à une batterie d'appareils et de perfusions. Un tube blanc sortait de sa trachée pour disparaître dans un ventilateur mécanique dont le rythme régulier emplissait la chambre silencieuse. On avait retiré les bandages dont on avait recouvert sa tête après les opérations chirurgicales, et ses cheveux blonds repoussaient déjà avec vigueur. Ses yeux étaient clos. Elle était tout à la fois d'une fragilité et d'une beauté absolues, semblable à une princesse endormie. Ross s'imagina un bref instant que s'il l'embrassait de toute la force de son amour, il la réveillerait, et soignerait son corps rompu. Il aurait tout fait, tout donné pour la tirer des ténèbres de ce sommeil, pour entendre à nouveau sa voix, pour voir à nouveau son sourire.

En la contemplant ainsi, il éprouva un brusque sentiment de haine envers le manuscrit de Voynich. Si elle n'avait pas été sommée d'en finir la traduction, ils seraient à cette heure précise en train de revenir de leurs vacances. Or ce n'était pas en Malaisie qu'il venait de passer ces dernières semaines, mais bien en enfer, traînant le pas dans leur maison vide, que Lauren, toute seule, avait aménagée et décorée, de sorte que le moindre détail lui rappelait son épouse et les heures heureuses qu'ils avaient égrainées. Avant. Il se pouvait que l'individu qui était entré par effraction ait été intéressé par les fichiers de Lauren, bien qu'aucune piste et aucune preuve ne semblassent soutenir cette thèse. La police avait tenté en vain de déterminer le mobile de l'intrus, mais la seule chose qu'ils étaient parvenus à établir avec certitude était que Ross et Lauren l'avaient dérangé dans sa besogne, et que Lauren s'était malheureusement trouvée en travers de son chemin.

Un simple incident fortuit. Totalement dénué de sens.

Des murmures filtrèrent sur le palier, interrompant ses réflexions. On frappa à la porte, qui s'ouvrit sur Henry Greenbloom. Il tenait sous son bras un porte-documents. Le neurochirurgien était un homme mince, à la peau pâle et aux traits anguleux. Il salua Ross, les yeux rivés sur le lit d'hôpital. La mère de Lauren, Diana Wharton, entra à son tour dans la chambre, suivie du père de Ross. Ils le serrèrent tour à tour dans leurs bras, et Ross s'étonna, pour la énième fois, des différences qui semblaient les opposer. Sam Kelly était un robuste fermier aux mains calleuses et au visage buriné, taillé à la serpe, alors que la mère de Lauren était l'élégance même, une sommité universitaire de Manhattan au teint d'albâtre. Et, contre toute attente, ils étaient devenus les meilleurs amis du monde. Tous deux avaient perdu leur conjoint à peu près à la même époque, mais la véritable raison de leur amitié était beaucoup plus simple. Tous deux étaient des gens bien, qui s'appréciaient et se respectaient mutuellement, et qui aimaient par-dessus tout leurs enfants.

Greenbloom désigna les chaises disposées autour du lit et croisa le regard de Ross pour la première fois : « Nous serons mieux assis. » Le ton du neurochirurgien était détaché, d'une neutralité clinique. « Il est important que vous compreniez tous pleinement la situation. Le fait est, crûment, que quand bien même Lauren sortirait de son coma, ce qui est très improbable étant donné la gravité de ses traumatismes, elle n'échapperait pas aux conséquences de ces lésions, dont la plus importante serait la paralysie. Les lésions entre les vertèbres cervicales C3 et C4 laissent augurer une paralysie totale, du cou aux pieds. Elle a actuellement besoin du ventilateur mécanique pour respirer, et cela pourrait ne jamais changer. »

Ross jeta un coup d'œil à Lauren et se demanda si elle pouvait entendre les sinistres prédictions que le docteur faisait de son avenir, ou plutôt de son absence d'avenir. Il entendit, de l'autre côté de la fenêtre, une voiture démarrer, un joyeux *Au revoir*, et un éclat de rire. Il n'arrivait pas à accepter que hors de cette chambre, la vie suivait son cours, inchangé malgré ce qui était arrivé à son épouse.

Greenbloom poursuivit : « La nouvelle la plus encourageante est sans doute que, la tête et la nuque de Lauren ayant encaissé en grande partie l'impact de sa chute, le bébé est toujours viable. » À ces mots, Ross se surprit à espérer, au prix d'une incroyable douleur. De son porte-documents, Greenbloom sortit une échographie qu'il se mit à commenter : « Selon l'obstétricien, le fœtus a une taille convenable pour seize semaines, avec en l'occurrence une longueur crânio-caudale d'environ onze centimètres, pour un poids de 150 grammes. L'échographie révèle une activité tout à fait normale. Il reste encore beaucoup de chemin à parcourir, et nous devrons prêter la plus grande attention à son développement, mais il est possible que le bébé puisse arriver à terme.

– Et si nous perdons le bébé ? Quels choix s'offrent à nous ? demanda Ross.

– Si l'on écarte l'hypothèse du miracle, il ne nous restera plus que deux choix. Ou bien nous attendons indéfiniment que Lauren sorte spontanément de son coma, en espérant que les lésions cérébrales ne soient pas trop graves. Ou bien, après un certain laps de temps dont nous conviendrions, nous débranchons le respirateur.

– Et on la laisse mourir ? C'est ça ? demanda Ross, horrifié. Et qu'est-ce que vous faites des thérapies à base de cellules-souches, et de tous les autres traitements miracles sur lesquels vous autres, docteurs, êtes censés travailler ? J'ai lu quelque part que les années à venir pourraient voir d'incroyables avancées dans la guérison des lésions de la moelle épinière.

– *Pourraient*, effectivement, Ross, mais je dois vous avouer que je ne pense pas que Lauren puisse un jour se réveiller, encore moins marcher. La vérité, si douloureuse soit-elle, est que dans l'état actuel des connaissances médicales, et à l'instar de n'importe quelle équipe soignante au monde, nous ne pouvons rien faire de mieux pour Lauren que ce que nous sommes en train de faire. C'est sur le bébé que nous devons concentrer nos efforts et nos espoirs. »

Diana Wharton s'essuya les yeux et saisit l'échographie : « Est-ce que Lauren souffre ?

– Non. »

Elle considéra l'image médicale. « Et il existe bien un espoir que le bébé naisse ?

– Oui. »

Elle se retourna vers Ross et son père. « C'est déjà ça. N'est-ce pas ? »

Le père de Ross posa doucement sa main sur la sienne, dans un sourire : « C'est déjà ça, et c'est beaucoup. Il y a toujours de l'espoir. »

Ross ne put s'empêcher d'éprouver une admiration confuse pour son père. Ce fermier dur à la tâche, assailli toute sa vie par la tristesse et la tragédie, avait appris à les accepter toutes deux et à ne pas s'y arrêter. Ross se souvenait du jour où son père lui avait appris que son frère nouveau-né ne viendrait pas à la maison, et que sa mère ne pourrait plus jamais avoir d'enfants. La seule chose que son père avait pu exprimer était la joie qu'il éprouvait à l'idée que sa femme avait survécu, en ajoutant que Ross devait s'estimer heureux d'avoir une mère encore en vie. Même lorsque, plus tard, un cancer fulgurant l'avait emportée, le père de Ross s'était estimé heureux et chanceux d'avoir passé toutes ces années avec elle. Mais Ross était incapable d'un tel stoïcisme. Il ne parvenait tout simplement pas à accepter ce qui arriverait tôt ou tard. Il regarda Lauren. Était-elle en paix, dans les ténèbres de ce sommeil sans rêve, ou, comme dans son cauchemar, l'appelait-elle sans fin, dans l'espoir qu'il la sauve ?

Greenbloom se leva. « Il va sans dire que nous ferons tout ce qui sera en notre pouvoir pour le bébé. Je voulais simplement m'assurer que vous connaissiez tous les tenants et les aboutissants de la situation afin que vous puissiez vous préparer à toute éventualité. »

Ross ravala des larmes de peine et d'impuissance. Toute sa carrière avait été vouée à découvrir ce que les autres n'arrivaient pas à trouver. Mais à présent, à cet instant où ce talent lui aurait été le plus utile, il était incapable de trouver le moindre moyen d'aider Lauren. La mère de Lauren lui passa l'échographie, et il put voir sur le visage de la vieille femme se refléter sa propre douleur. Puis il regarda son père, dont les traits exprimaient toute la tristesse et la compassion. Mais dans les yeux de l'un comme de l'autre, il lut également autre chose : de la résignation. Ils étaient d'ores et déjà en train d'accepter ce qui arriverait à Lauren, quoi que ce fût, et mettaient tous leurs espoirs en leur futur petit-fils ou petite-fille.

Ross en était incapable. Il examina l'échographie. Le fœtus ressemblait effectivement déjà à un bébé : une fine toison de lanugo recouvrait sa tête, ses ongles étaient déjà bien développés, et ses jambes étaient plus longues que ses bras. Ross désirait plus que tout avoir un enfant, et il voulait également lui donner les frères et les sœurs que lui n'avait jamais eus, mais il ne connaissait pas encore *ce* bébé. En revanche, il connaissait Lauren, et il l'aimait de tout son être. Une évidence s'imposa alors à lui, et il s'en sentit coupable : il aurait volontiers sacrifié le bébé pour sauver son épouse. Il sentit sa poitrine se contracter et une bouffée de chaleur envahir son visage. Quoi qu'eût dit le docteur au sujet de Lauren, et quelque espoir qu'on eût pu nourrir pour la venue au monde de leur enfant, Ross n'était pas prêt à abandonner sa femme. Pas encore. Jamais.

13

Université Yale.
Plus tard dans la journée

« Pourriez-vous m'indiquer où se trouve le bureau de Lauren Kelly ? »

Le jeune étudiant hocha la tête : « Désolé, ma sœur. Yale est un site assez grand. Il faudrait que vous demandiez à l'administration. Ils sauront vous renseigner. Prenez la direction du bâtiment de briques rouges, tournez à gauche, en dessous de l'arche, et ce sera dans le gros bâtiment en pierre, juste de l'autre côté de la pelouse. » Il regarda sa montre. « Il commence à se faire tard, mais vous devriez y trouver encore quelqu'un pour vous indiquer votre chemin. »

Sœur Chantal, qui avait complètement oublié l'heure, posa les yeux sur une grande horloge au-dessus d'eux : « Merci beaucoup.

– Je vous en prie. »

En reprenant sa route, aidée de sa canne, elle sentit que ses forces commençaient déjà à la quitter. Bientôt pourtant, elle pourrait enfin se reposer. Cette promenade sur le campus lui plaisait énormément. La sérénité académique de Yale, ornée d'arbres majestueux, contrastait agréablement avec l'agitation du monde moderne, et lui rappelait une époque révolue, plus portée à la réflexion qu'à l'action. Ce calme était cependant loin de tempérer son enthousiasme. Son cœur semblait palpiter au rythme des ailes d'un oiseau-mouche. Au moment précis où sa patience avait été le plus mise à l'épreuve, elle venait d'être récompensée. L'attente était enfin terminée.

Elle sourit, pleine de gratitude envers les étonnants progrès technologiques du monde moderne : grâce à l'invention de l'avion, elle avait pu relier au plus vite Entebbe à Londres, d'où elle avait pris un autre vol pour Genève afin de mettre la touche finale à ses savants mouvements de fonds, et retirer de son coffre particulier le seul objet qu'il contenait, avant de partir pour New York. Et sans Internet, il va sans dire qu'elle n'aurait pas pu avoir vent aussi rapidement de la fabuleuse découverte de Lauren Kelly. Dieu avait daigné lui sourire ce jour-là, au cybercafé Jambo, lorsqu'elle avait trouvé le résumé de la traduction de Lauren Kelly sur le site de l'université Yale.

Elle ouvrit sa petite valise, négligeant le paquet sous vide qu'elle était allée chercher à Genève, et sortit une feuille imprimée froissée. La simple relecture du résumé de la jeune chercheuse avait encore le pouvoir de lui faire marquer le pas pour se signer. Sœur Chantal en avait même oublié tous ces jours de désespoir où elle s'était dit que sa délivrance ne lui serait jamais accordée. Il n'y avait rien de plus normal en définitive à ce que tout doive se conclure ici, à quelques centaines de mètres à peine de la Beinecke Library, où l'original reposait.

Elle entra dans le bâtiment de pierre que l'étudiant avait mentionné et s'approcha de l'accueil. Les deux femmes qui se trouvaient derrière étaient en train de prendre leurs sacs à main, prêtes à partir. « Puis-je vous aider ? demanda la plus jeune.

– Je l'espère. Où puis-je trouver Lauren Kelly ? »

La jeune femme consulta l'écran de son ordinateur : « Je suis désolée. Cela fait déjà plusieurs jours qu'elle ne s'est pas rendue sur le campus, et nous n'avons aucune date de retour...

– Attends, Maisie, je vais m'occuper de madame », l'interrompit l'autre femme. Elle rajusta ses lunettes et adressa un sourire de sympathie à sœur Chantal. « Maisie est toute nouvelle, ici. Est-ce que cela a quelque chose à voir avec ce qui s'est passé, ma sœur ? »

Sœur Chantal manipula avec anxiété la croix qui pendait à son cou, désarçonnée d'apprendre que la découverte de Lauren Kelly suscitait déjà tant d'intérêt. « Oui, oui, effectivement. » Elle avait espéré que la traduction attire le moins possible l'attention du public avant sa finalisation. Et elle restait persuadée que si elle n'intervenait pas, le monde entier se passionnerait très vite pour les recherches de Lauren Kelly. « Sauriez-vous où je peux la trouver ?

– Bien sûr, oui. Je dois pouvoir trouver très facilement sur mon ordinateur le nom de l'hôpital.

– De l'hôpital ?

– Je suppose que vous désirez voir Lauren Kelly suite à son agression ? »

Le cœur de sœur Chantal se figea : « Son agression ? »

La femme fronça les yeux, consternée : « Vous ne savez pas ce qui s'est passé ? »

14

À QUELQUES KILOMÈTRES DE LÀ, ROSS tentait encore d'accepter le terrifiant pronostic du docteur Greenbloom. Il avait besoin d'être seul, et en sortant de l'hôpital du Sacré-Cœur, se sentit étrangement attiré par sa petite chapelle.

Ross n'était pas croyant. Si l'existence entière de la Terre était réduite à vingt-quatre heures, l'humanité ne serait apparue que dans les dernières secondes. Il paraissait donc curieux que Dieu ait créé l'homme à son image. Il était beaucoup plus raisonnable d'envisager que l'homme, grâce à sa conscience, avait créé Dieu. C'était là l'un des sujets qui avaient opposé Ross et Lauren dès leur rencontre. Il enviait parfois le réconfort qu'elle trouvait dans sa foi, et s'émerveillait du fait que les croyants remerciaient toujours Dieu, responsables des bienfaits dont ils jouissaient, sans jamais le blâmer des coups du sort qu'ils subissaient.

Au cours des épreuves de la vie, sa mère aussi avait puisé sa force et son courage en sa foi. Lorsqu'elle avait perdu son deuxième fils en couches, et qu'on lui avait expliqué qu'elle ne pourrait plus avoir d'enfants, elle n'avait pas tenu Dieu pour responsable : au contraire, elle s'était consolée en Lui. Et lorsque, plus tard, elle fut victime d'un cancer, elle ne cessa de Le prier de lui donner la force nécessaire. Le père de Ross lui-même s'était consolé en acceptant l'adversité comme la volonté de Dieu. Mais Ross en était incapable. Il aurait aimé croire que ce monde était régi par quelque volonté divine : tout aurait été alors si facile à accepter. Mais il n'existait aucune preuve de l'existence d'une telle volonté. Durant ces dernières semaines, Ross avait eu la sensation d'errer dans les ténèbres, priant pour le rétablissement de Lauren, sans jamais rien sentir d'autre en retour qu'un vide absolu. Les rares occasions où il avait ressenti une dimension spirituelle, cela avait été en admirant les merveilles de la nature : les concrétions cristallines de l'énorme grotte de Lechuguilla, les Monts Ozark au crépuscule, tout près de la ferme de son père, ou tout simplement l'incroyable histoire de notre planète, tout cela avait la faculté de le surprendre, et de l'amener à reconsidérer sa place dans le cours du temps et des choses.

Quand bien même Dieu existerait, Ross aurait refusé de se mêler aux trois monothéismes qui s'acharnaient à l'accaparer. Il était toujours stupéfié par la facilité avec laquelle les croyants – qu'ils soient juifs, chrétiens ou musulmans – rejetaient les autres religions, sans lui accorder, à lui qui était athée, le droit de rejeter la leur. La religion lui avait pourtant rendu un menu service : on l'avait encouragé, encore enfant, à rejoindre la chorale de l'église, au sein de laquelle il avait pu constater qu'il avait hérité de l'oreille absolue de sa mère, ainsi que de sa faculté à reproduire parfaitement n'importe quelle note.

Peut-être étaient-ce ces joyeux souvenirs qui l'attiraient à présent vers le calme silencieux de la chapelle vide. Avec sa discrète odeur d'encens, ses bancs de bois clair, ses murs blancs et ses vitraux contemporains, l'endroit offrait un véritable refuge au milieu des soucis du monde. Il s'assit dans les premiers rangs, releva les yeux sur la croix, et se demanda pourquoi les religions se souciaient plus de la foi des gens que de ce qu'ils *faisaient* de leur vie. Pourquoi fallait-il croire en Dieu pour être sauvé ? Se pouvait-il qu'il soit vain, peu confiant et mesquin au point de vouloir à tout prix que nous reconnaissions sa toute-puissance ? Le simple fait de savoir que nous menons une belle vie ne devrait-il pas lui suffire ? Pourquoi permettait-il que Lauren souffre, elle qui croyait en lui, et épargnait-il Ross qui ne croyait pas ? Ross resta assis là à méditer durant un certain temps, plongé dans un silence assourdissant. Il surprit soudain un bruissement derrière lui.

« Puis-je m'asseoir ici ? »

Il se retourna pour voir un prêtre, debout dans l'allée centrale. Le personnage lui était étrangement familier. « C'est votre chapelle, après tout, répondit Ross. Je ne suis pas croyant. »

Le prêtre sourit : « Nous avons tous besoin de croire en quelque chose. La foi est ce qui nous différencie des animaux. » Il s'assit à côté de lui. « Et ceci est *votre* chapelle. Elle a été bâtie pour celles et ceux qui se trouvent dans une situation aussi douloureuse que la vôtre, monsieur Kelly.

– Vous connaissez mon nom. »

Un autre sourire : « Je suis un fervent admirateur du travail de votre épouse. Celui-ci mériterait une plus large reconnaissance. Elle-même mériterait d'être plus célèbre. »

Ross le reconnut alors : il s'agissait du prêtre passionné qui avait assisté au séminaire de Lauren. « Vous étiez à la Beinecke lorsque Lauren a présenté sa traduction du manuscrit de Voynich. »

Le prêtre tendit la main : « Je suis le père Leonardo Torino. Effectivement, j'étais bien à la Beinecke. J'avais fait le voyage de Rome. Comme c'est le cas aujourd'hui. Lorsque j'ai appris ce qui était arrivé à votre épouse, j'ai compris qu'il me fallait vous toucher deux mots à propos de son travail. » Il observa un court silence. « Puis-je vous entretenir de ce point, ou préféreriez-vous que je vous laisse à votre recueillement ? »

Depuis la conférence de Lauren, une foule d'universitaires, de journalistes et de fanatiques de tout poil du manuscrit de Voynich, surgie de nulle part, demandait sans cesse si elle avait une chance de se remettre de son agression, et quand elle projetait de publier la totalité de sa traduction avec ses éléments d'analyse. Certains étaient même allés jusqu'à camper devant leur maison pendant plusieurs jours. Ross avait dû changer de numéro de téléphone afin de mettre fin aux innombrables appels, mais il était encore obligé de trier chaque matin une pile entière de lettres avant de pouvoir lire le courrier réellement important. Deux jours auparavant, Brian Talbot, directeur du département de Lauren à Yale, avait demandé l'accès aux fichiers et aux notes que Lauren gardait à la maison, afin que l'université puisse compléter et valider sa traduction du manuscrit de Voynich. Ross avait refusé, en lui répondant qu'il revenait à elle, et à elle seule, de compléter son travail. À l'idée que certains vautours attendaient la mort de Lauren pour faire main basse sur le fruit de ses recherches, Ross éprouvait une colère sans bornes. « Vous êtes venu ici spécialement pour le manuscrit de Voynich ?

– Oui. »

Il regarda droit dans les yeux du prêtre : « Pourquoi vous intéresse-t-il à ce point ?

– C'est très simple. Je suis le Supérieur général de la Compagnie de Jésus, et les archives du Vatican indiquent que c'est un prêtre de ma congrégation, un jésuite, qui a écrit le manuscrit de Voynich il y a plus de quatre cents ans, manuscrit dont nous ne sommes pas encore parvenus à traduire le texte ni à comprendre les illustrations. Bien que cet ouvrage soit conservé à la Beinecke, nous le considérons de droit comme notre bien. L'histoire qu'il conte a beau être une simple allégorie, une parabole, nous considérons ce manuscrit comme un texte d'une grande valeur écrit par l'un des nôtres, et nous entendons revendiquer son sens profond. Lorsque nous avons eu vent de la traduction de votre épouse, je me suis empressé de lui suggérer de mettre en commun notre fonds d'archive et son excellent travail afin qu'elle puisse achever ses recherches. Elle a décliné ma proposition, en avançant qu'elle ne pouvait accepter les conditions auxquelles nous souhaitions soumettre la publication de ses recherches. Bien que déçu, j'ai respecté sa décision tout en lui signifiant que ma proposition restait ouverte, avant de rentrer à Rome. » Une courte pause. « Et puis j'ai appris qu'elle avait été ignominieusement agressée, et je me suis tenu au courant de l'évolution de son état. Nous aimerions la récompenser pour ce qu'elle a fait pour l'Église, tant dans ce monde que dans l'autre. Nous continuerons à prier pour elle, cela va de soi. Afin de lui assurer une place au paradis. »

Le mot « assurer » gêna Ross : « C'est très gentil de votre part, mais comment pouvez-vous être aussi sûr de détenir les clefs du paradis ? » Quelque chose s'alluma brièvement dans le regard sombre du prêtre – une flamme offensée, peut-être plus simplement de la colère – et s'effaça aussitôt. « Je ne voulais pas vous blesser, reprit Ross. Seulement, je préférerais que vos prières visent à aider Lauren dans ce monde plutôt qu'à la préparer à l'autre.

– Nous *pouvons* l'aider dans ce monde. C'est précisément la raison pour laquelle je suis ici. Nos spécialistes sont certains de pouvoir compléter la traduction du manuscrit à plus ou moins long terme, mais s'ils pouvaient consulter les notes de votre épouse, son travail serait achevé en un rien de temps. Par respect pour ses qualités et conformément à ses souhaits, nous renoncerions à toute condition imposée à la publication. Naturellement, la totalité de la traduction lui serait attribuée, et nous la dédommagerions financièrement, qu'elle se remette de ses blessures ou pas. Les ressources de la Très Sainte Église sont loin d'être insignifiantes, et nous ferons le nécessaire – et pas seulement d'un simple point de vue financier – pour vous aider tous les deux dans cette épreuve.

– Vous voulez simplement pouvoir consulter ses notes ?

– Oui. » Une pause. « À titre purement indicatif, sauriez-vous si ses notes font référence à une certaine *source*, ou à son équivalent latin, *radix* ? »

Ross hocha la tête : « Je ne saurais vous le dire. Ma femme a toujours gardé jalousement le secret de ses recherches. Pourquoi ? »

Le prêtre eut un geste vague : « Peu importe. Ce qui est réellement important, c'est que ses notes pourraient nous permettre de finaliser la traduction du manuscrit, et valoir à votre épouse la reconnaissance qu'elle mérite amplement. Je ne vous demande pas une réponse définitive dès maintenant, mais, de grâce, réfléchissez-y. » Il tendit une carte de visite. « Je prendrai le chemin de Rome demain soir. Je vous serais infiniment reconnaissant de m'accorder une entrevue d'ici là afin que je puisse répondre à n'importe quelle question qui vous viendrait à l'esprit. Je n'épargnerai aucun effort pour que vous nous confiiez l'œuvre de votre épouse en toute sérénité et en toute confiance. Puis-je vous téléphoner demain après-midi ? Disons, vers quatre heures ? »

Ross fixa attentivement le prêtre, tâchant de sonder ces yeux sombres à demi recouverts par de lourdes paupières, puis acquiesça : « Ça devrait aller. » Malgré tous ces *a priori* concernant la religion, il était rassurant d'imaginer que d'autres experts, qui partageaient et appréciaient la passion de Lauren pour ce manuscrit, mais qui plus est le considéraient comme leur bien, pourraient achever sa traduction. Et à ses yeux, il était également très important qu'elle reçoive toute la reconnaissance qui lui était due. Il redoutait que Talbot ne s'accapare les lauriers de la gloire universitaire, au nom de son département et de l'université Yale, au détriment de Lauren. Il en parlerait à Elizabeth Quinn, mais il était quasiment certain qu'elle lui donnerait raison. Il donna son adresse au prêtre.

« Je vous laisse à votre recueillement, monsieur Kelly. À demain. »

Ross jeta un coup d'œil à la carte de visite du Supérieur général. Presque malgré lui, il était impressionné par le fait qu'un homme de son statut ait fait personnellement le déplacement de Rome jusqu'ici. C'était une preuve supplémentaire du respect et de l'estime qu'il témoignait au travail de Lauren. Il releva les yeux et, en voyant le prêtre quitter la chapelle, remarqua pour la première fois sa légère claudication.

15

Le lendemain matin

Sœur Chantal avait fait tout ce qui était en son pouvoir pour remplir sa mission. Et juste au moment où elle s'apprêtait à passer le relais de son lourd fardeau, tout était perdu. Après tout ce qu'elle avait dû endurer, cette ultime épreuve paraissait au-dessus de ses forces.

Sœur Chantal avait dit à l'accueil de l'hôpital du Sacré-Cœur qu'elle désirait prier pour Lauren Kelly, mais lorsqu'elle l'avait vue, étendue sur ce lit, reliée à des câbles et des tuyaux, elle n'avait eu pour seul désir que de prier pour elle-même. Elle s'était avancée vers le lit, s'était effondrée à genoux, et s'était mise à pleurer. Pour la première fois depuis le début de sa mission, elle se sentait véritablement désespérée. Mais elle ne pria pas.

Elle se concentra sur ce qu'elle devait faire. Cela ne pouvait pas finir ainsi. Il n'y avait qu'un seul moyen de mettre bon ordre à tout ceci. En pensant à ce seul recours, elle laissa cependant tomber sa tête, sous le poids de la déception et du remords.

« Si seulement je n'avais été aussi inconséquente, se dit-elle, amère, considérant sa valise, puis la perfusion de Lauren.

Si seulement j'avais tout gardé. » Par-dessus son épaule, elle jeta un coup d'œil au couloir de l'hôpital qui menait à la chambre. Elle alla fermer la porte, puis ouvrit sa valise et en sortit la bourse de cuir. Elle contempla le peu qui lui restait, et comprit qu'il s'agirait d'un geste futile. Mais elle ne pouvait pas rester là sans rien faire.

Cela ne lui prit que six minutes. Elle rangeait tout juste la bourse à présent vide dans sa valise lorsqu'elle entendit dans son dos la porte s'ouvrir.

À l'exception de quelques rêves sinistres mettant en scène Lauren, le docteur Greenbloom et le prêtre, Ross avait à peine dormi cette nuit. Il ne s'était pas encore habitué à dormir seul dans le lit qu'il avait toujours partagé avec Lauren. Depuis le début de leur vie de couple, il lui était souvent arrivé de partir en mission à l'étranger, mais il ne parvenait à se souvenir que de quelques nuits où il avait dormi seul chez eux.

La veille au soir, incapable de trouver le sommeil, il avait bu une bouteille de vin entière en regardant la télévision jusqu'aux premières heures du jour, tout en veillant à ne pas déranger son père qui dormait dans l'une des chambres d'amis. Libre de choisir la chaîne à sa guise, Ross s'était finalement endormi devant l'une des émissions de téléréalité à moitié truquée que Lauren aimait regarder, pour se réveiller le lendemain matin roulé en boule du côté du lit où elle dormait habituellement. Après le petit déjeuner, son père s'était rendu à Manhattan afin de rendre visite à la mère de Lauren, tandis que Ross avait effectué son pèlerinage quotidien à l'hôpital. La dernière chose qu'il aurait pu s'attendre à voir en entrant dans la chambre, l'esprit embrumé par une légère gueule de bois, était sans doute une religieuse agenouillée au chevet de son épouse.

« Qui êtes-vous ? demanda-t-il d'une voix impérieuse. Qu'est-ce que vous faites ici ? »

Lorsqu'elle se retourna vers lui, il constata qu'elle avait dû pleurer. Son visage, encadré par sa guimpe, était d'une beauté sereine, sans âge, et ses yeux étaient les plus étranges que Ross ait jamais vus, des iris d'un bleu ciel perçant cerclés de violet. À ses côtés reposaient une valise et une canne. « Sœur Chantal. Je suis venue rendre visite à Lauren Ross. » Son anglais présentait les inflexions précises que l'on retrouvait souvent dans la bouche des Européens les plus instruits. « Et vous, qui êtes-vous ?

– Ross Kelly. Le mari de Lauren. Êtes-vous venue avec le Supérieur général Leonardo Torino ? »

Les yeux de la sœur scintillèrent brièvement de peur. « Le Supérieur général ? Non.

– Alors comment connaissez-vous Lauren ?

– Par ses travaux. Nous ne nous connaissons pas personnellement, mais c'est tout comme, en ceci qu'elle a su comprendre l'esprit d'un homme que j'admire grandement. » S'appuyant sur sa canne, elle essaya très péniblement de se relever. Ross s'empressa de l'aider. « Qu'est-il arrivé précisément à votre épouse ? » demanda sœur Chantal. Il lui raconta le cambriolage, et lorsqu'il précisa qu'ils avaient surpris l'intrus dans le bureau de Lauren, les yeux sublimes de la sœur scintillèrent à nouveau : « Est-ce que quelque chose a été dérobé dans son bureau ?

– La police n'a aucune certitude. Il est possible qu'on ait accédé à son ordinateur pour en copier certains fichiers. Pourquoi cela ?

– Quelqu'un d'autre vous a-t-il contacté au sujet du manuscrit du père Orlando ?

– De quel manuscrit parlez-vous ?

– De celui que vous connaissez sous le nom de manuscrit de Voynich. Vous avez mentionné le Supérieur général. Voulait-il vous entretenir du manuscrit ? »

Toute cette affaire prenait un cours bien trop singulier : « Qu'est-ce qui se passe, au juste ? Qu'est-ce que tout cela veut dire ? »

Les yeux irréels, scrutateurs, fixèrent son regard sans le moindre clignement : « J'ai besoin de votre aide. » Elle désigna Lauren d'un mouvement de la main. « Et vous avez besoin de la mienne. » Derrière sa fragile sérénité couvait un féroce désespoir. « Le temps nous manque. Je deviens de plus en plus faible, et il nous reste beaucoup à faire.

– Il *nous* reste beaucoup à faire ?

– Oui, *nous* : vous, votre épouse, et moi.

– Mon épouse ? Qu'est-ce que vous racontez là ? Elle est... »

Sœur Chantal tendit une main frêle et saisit le bras de Ross avec une force surprenante : « Laissez-moi tout vous expliquer. C'est très important. Pour nous tous. Pourrions-nous trouver un lieu où l'on ne nous dérangerait pas ? Un endroit discret ? »

Ce fut au tour de Ross de sonder le regard de son interlocutrice. Alors qu'il se plongeait dans ces yeux clairs proprement déconcertants, son rationalisme naturel lui enjoignait d'inviter la sœur, poliment mais fermement, à quitter les lieux. Pourtant, il lui sembla qu'elle partageait avec lui la même détermination et le même désespoir. Et puis après tout, qu'avait-il donc à perdre ? Il prit alors une décision qui devait changer pour toujours son existence, déjà considérablement bouleversée : « Suivez-moi », dit-il simplement.

16

Un peu plus tard dans la journée

En sortant de sa limousine pour s'engager sur le chemin de gravier qui menait à la résidence des Kelly, le Supérieur général Leonardo Torino se sentait particulièrement confiant. Il se piquait de lire clairement dans le cœur des hommes, et son entrevue avec Ross Kelly dans la chapelle de l'hôpital s'était mieux déroulée qu'il n'aurait osé l'espérer. Il avait pris congé de lui, certain que si Ross Kelly était convaincu que le travail de son épouse serait publiquement reconnu, il ne manquerait pas de lui communiquer ses fichiers. Torino avait même bon espoir de retourner au Vatican en leur possession dès ce soir.

Il sonna et patienta. Des voix se firent entendre, et la porte s'ouvrit. Lorsque Ross Kelly lui serra la main, Torino lut l'expression circonspecte sur le visage du géologue, et sa belle confiance se volatilisa aussitôt. Ross Kelly le conduisit jusqu'à la cuisine, où Torino fut très surpris de voir une vieille religieuse assise à la table, face à une tasse vide. La vague panique que reflétèrent les yeux de la religieuse lorsque Kelly les présenta ne fit qu'alimenter la surprise de Torino. Bien que se perdant en conjectures, il la vit glisser discrètement une pochette plastique opaque dans sa valise.

« Bonjour, ma sœur.

– Bonjour, Votre Excellence. » Sa main droite se mit à manipuler nerveusement la croix qu'elle portait en pendentif. Elle courba la tête, et se leva de sa chaise : « Veuillez m'excuser, je suis fatiguée. Je dois vous laisser. »

Ross Kelly s'approcha d'elle dans un élan protecteur, et tous deux échangèrent un regard. « Sœur Chantal, je vais vous conduire jusqu'au salon. Vous pourrez vous reposer pendant que je m'entretiendrai avec le Supérieur général. »

Sœur Chantal saisit avec peine sa valise et sa canne, et s'appuya sur le bras de Ross.

Son nom aviva plus encore la curiosité de Torino. Il était certain de l'avoir entendu récemment, mais ne parvenait pas à se souvenir des circonstances. Il attendit patiemment dans la cuisine le retour de Ross. « Je suis très étonné de voir une religieuse vous rendre visite, vous, un non-croyant. »

Ross fronça les sourcils : « Vous l'avez dit vous-même : nous avons tous besoin de croire en quelque chose. » Ses sourcils se courbèrent plus encore. « Dites-moi, mon père : pourquoi la traduction de ma femme vous intéresse-t-elle, *en réalité* ?

– Je pensais vous l'avoir expliqué hier. Le manuscrit de Voynich est l'œuvre d'un des nôtres. Nous considérons cet ouvrage comme notre bien. Nous aimerions en achever la traduction.

– Pourquoi ?

– Parce qu'il fait partie de notre patrimoine. Et qu'il s'agit d'une des plus grandes énigmes existant à ce jour. Raison pour laquelle votre épouse voulait également le traduire.

– Vous m'avez dit hier que vous pensiez que son contenu n'était qu'une parabole, une simple histoire. » À présent, Ross étudiait attentivement la réaction du Supérieur général. « Est-ce vraiment ce que vous pensez ? »

Cette question finit d'inquiéter Torino. La veille, Ross Kelly avait confiance en lui. Ce n'était plus le cas aujourd'hui. Que lui avait-on dit ? Qu'avait-il appris ? Il repensa à la pochette que la religieuse avait fait disparaître dans sa valise et un frisson le parcourut : qu'avait-elle *montré* à Ross Kelly ? « Il s'agit bien évidemment d'une parabole. Tout cela ne saurait être vrai, si c'est bien ce que vous sous-entendez. N'est-ce pas ?

– Parlez-moi de la Source, cette *radix* que vous avez mentionnée hier. À votre avis, de quoi peut-il s'agir ? »

Les yeux de Torino se plissèrent : « Pourquoi ? Que savez-vous à son sujet, *vous*, monsieur Kelly ? »

Ross ne répondit pas.

« Je suppose que tout cela a quelque chose à voir avec la présence de sœur Chantal. Pourquoi ne pas me confier ce qui vous préoccupe ? Je peux être un allié très puissant. Comme je vous l'ai dit hier, l'Église possède des moyens non négligeables. Si vous pensez que le manuscrit de Voynich recèle des mystères qui nous sont inconnus, il est dans votre intérêt de nous en faire part et de vous placer par là même sous la protection de l'Église.

– La *protection* de l'Église ? De qui devrais-je me protéger ? Je ne confierai à personne les notes de Lauren tant que je n'aurai pas découvert ce qui se trame réellement. Je commence à croire très sérieusement que l'individu qui s'est introduit chez nous par effraction et a agressé Lauren, quelle que soit sa véritable identité, désirait mettre la main sur ses notes. Plus que tout au monde. » Ross lança un regard noir au jésuite. « Jusqu'où êtes-vous prêt à aller pour les obtenir, mon père ? »

Torino, qui considérait la maîtrise de soi comme l'une de ses plus grandes qualités, perdit un instant tous ses moyens. Arriver si près de ce qu'il convoitait le plus au monde, uniquement pour voir ses plans contrariés au dernier moment, lui était insupportable. La colère et la frustration le submergèrent : « Vous croyez que j'ai essayé de dérober les notes de votre épouse ? Je n'en ai pas besoin. Nos archives au Vatican, les archives de l'Inquisition, nous fournissent assez d'information pour pouvoir nous passer du travail de votre épouse. Je ne suis venu ici que pour accélérer notre traduction, et pour vous aider.

– Pour m'aider ? Vous êtes sûr que ce n'est pas plutôt pour utiliser les notes de Lauren à vos propres fins, quelles qu'elles soient ?

– Faites attention, monsieur Kelly. Vous n'avez pas idée de ce dont vous êtes en train de vous mêler. Je vous offre simplement de partager le fardeau que représente le sens profond du manuscrit, avant qu'il soit trop tard. Ne commettez pas l'imprudence de refuser.

– Sinon quoi ? Que ferez-vous ? »

Torino serra la mâchoire, et sa rage se changea en quelque chose de plus dur, de plus dangereux aussi. Il était inutile d'en dire plus – il en avait déjà beaucoup trop dit – et Ross avait déjà fait son choix. Que lui avait dit la mystérieuse sœur Chantal ? Que lui avait-elle montré ?

« Vous allez le regretter », dit froidement Torino.

Il quitta la demeure des Kelly, parcourut le sentier de gravier, et entra dans sa limousine. En passant en revue les possibilités qui s'offraient à lui, il se rappela soudain dans quelles circonstances il avait entendu pour la dernière fois le nom de sœur Chantal. Il appela son bureau à Rome et demanda à être mis en relation avec le père Seamus Dunleavy, de l'Institut des miracles. « Père Seamus, je vous téléphone à propos de cette lettre d'un dispensaire ougandais sur laquelle vous aviez attiré mon attention, la semaine dernière.

– La guérison spontanée des deux jumeaux atteints du sida ?

– Tout à fait. Quel était le nom de la religieuse qui a disparu à peu près à la même date ?

– Sœur Chantal. » Torino acquiesça, et s'apprêtait à raccrocher lorsque le père Seamus, poursuivant, le coupa dans son élan : « Je ne sais pas si cela peut vous être utile, Votre

Excellence, mais le dispensaire nous a fait parvenir un objet lié à l'affaire.

– Quoi donc ?

– Une boîte en bois gravé. Les garçons guéris ont prétendu que c'était la religieuse qui la leur avait donnée.

– Décrivez-moi les motifs gravés.

– Je les photographie de suite et vous les transmets. »

Lorsque l'image apparut sur l'écran du téléphone portable de Torino, sa bouche s'assécha. « Merci bien, père Seamus, cela me sera extrêmement utile. » Cela confirmait ce que Torino avait à peine osé espérer jusqu'à ce jour. Le jardin de Dieu décrit par le père Orlando Falcón, et les miracles que Torino avait jusqu'ici traqués en vain, existaient bel et bien. Qui plus est, il était à présent évident que seule sœur Chantal pouvait le conduire jusqu'au lieu saint. Il lui faudrait rivaliser de prudence pour la prochaine étape de son plan. Si le géologue et la religieuse agissaient conformément à ce que Torino pressentait, ils représenteraient dès lors, et à leur insu, des pions d'une valeur inestimable. S'ils s'avisaient cependant d'agir différemment, Torino n'aurait d'autre choix que d'intervenir. D'une façon aussi violente que définitive.

Il composa un numéro sur son téléphone portable : « Marco, c'est moi. L'Église a besoin de tes services. »

17

Ross Kelly ne savait plus quoi penser. Ce que sœur Chantal lui avait conté était si absurde, si insensé qu'il refusait d'y croire. Lorsqu'il avait été confronté à Torino, Ross s'était attendu à ce que le pape Noir influe positivement sur son scepticisme, mais les menaces à peine voilées du Supérieur général n'avaient fait que confirmer les propos de la religieuse.

Une fois Torino parti, Ross alla voir sœur Chantal, qui dormait sur le canapé. Il la recouvrit d'une couverture, prit la pochette plastique opaque qu'elle serrait encore entre ses doigts, et alla à l'étage, dans le bureau de Lauren. Il alluma son ordinateur, entra son mot de passe et ouvrit son dossier secret consacré au manuscrit de Voynich. Avant d'ouvrir le moindre fichier, il se surprit à fixer la pochette de la religieuse. Il voulait à tout prix croire en son histoire, parce qu'elle représentait sa seule lueur d'espoir. Tout en se massant les tempes, il revit sœur Chantal assise dans la cuisine, sirotant son café au lait sucré, et tenta de se souvenir de ses paroles.

« Ross, savez-vous qui est l'auteur du manuscrit de Voynich ?

– Non. Personne ne le sait, n'est-ce pas ?

– C'est un jésuite, le père Orlando Falcón, qui l'a écrit dans la seconde moitié du XVIe siècle, quelques années après que le conquistador espagnol Pizarro eut conquis l'empire inca, qui s'étendait alors sur ce qui est aujourd'hui la république d'Équateur et le Pérou. Le manuscrit raconte la quête malheureuse de l'Eldorado, la légendaire Cité d'Or, au nom du roi Charles d'Espagne. Et il dévoile également ce que le père Orlando et les conquistadors qu'il accompagnait découvrirent à la place.

– Je croyais qu'il ne s'agissait que d'une allégorie, d'une histoire inventée de toutes pièces. »

La religieuse avait hoché la tête : « Non, c'est le récit de ce qu'il a vraiment trouvé. Lorsque le père Orlando Falcón revint du Nouveau Monde, l'Inquisition battait son plein. Pas moins de trois Grands Inquisiteurs se sont succédé au poste de souverain pontife durant la seconde moitié du XVIe siècle. Le deuxième d'entre eux, Pie V, était en charge lorsque le père Orlando arriva à Rome et déclara avoir trouvé un jardin miraculeux qui remettait lourdement en question l'histoire de la Genèse. Cela gêna bien évidemment le pape et ses cardinaux. Son récit s'opposait au dogme et sapait l'autorité des Saintes Écritures. Il menaçait tout bonnement les fondements de l'Église. Il ne pouvait y avoir qu'un seul éden, et celui-ci devait nécessairement se trouver en Terre sainte, ou dans la chrétienté. Un second jardin originel ne pouvait exister dans le Nouveau Monde, en terre païenne, parmi les sauvages, à moins d'être l'œuvre du Diable. Cependant, ni le pape ni ses cardinaux ne pouvaient ignorer les propos du père Orlando, qui était un jésuite respecté de tous, autrefois l'un des protégés du grand Ignace de Loyola en personne. Aussi l'accusèrent-ils d'hérésie, faisant de ce prêtre jadis exemplaire une pauvre âme que le Diable avait possédée au cours de son voyage au Nouveau Monde.

– Que lui ont-ils fait ?

– Ils lui ordonnèrent d'abjurer. Il refusa, et on le laissa aux soins des tortionnaires, qui brûlèrent ses pieds avec des charbons ardents, mais il s'obstina dans son refus. Le lendemain matin, ses pieds ne présentaient plus la moindre trace de brûlure. Il déclara que ce miracle était la preuve de la véracité de sa découverte, mais aux yeux du Grand Inquisiteur, cela ne fit que confirmer que Satan avait pris possession de son âme. Les tortionnaires placèrent ses pieds dans des vis de bois et lui rompirent les os. Cette fois-ci, ils ne guérirent pas, et le Grand Inquisiteur s'empressa d'en conclure que le Diable avait quitté son corps. Mais le père Orlando refusait toujours de signer une confession de ses prétendus péchés et de sa prétendue hérésie. Durant plusieurs mois, il fut retenu prisonnier dans sa geôle, jusqu'à ce que l'Inquisition eût décidé de son sort. Loin de se morfondre ou de revenir sur son témoignage, le père Orlando mit à profit ce temps qui lui fut alloué. »

Elle s'était tue pour avaler quelques gorgées de café au lait. Malgré tout son scepticisme, Ross s'était senti impatient de connaître la suite de son histoire. Elle avait poursuivi : « Lorsqu'il eut compris qu'il ne pouvait se fier à l'Église, et que sa découverte resterait lettre morte lorsqu'il aurait disparu, il décida d'en faire le récit exhaustif, en prévision d'une époque où de tels miracles auraient plus de chances d'être compris et acceptés. » Elle avait plongé son regard dans le fond de sa tasse. « Vous devez comprendre une chose : le père Falcón était un homme exceptionnel. Afin de conter son histoire et de la protéger de ceux qui n'auraient pas manqué de s'en servir pour leur propre compte, il créa une langue hybride, avec ses propres lettres. Mis à part quelques symboles dénués de sens, qu'il inclut dans son texte à seule fin de confondre ceux qui tenteraient de le déchiffrer, la majeure partie de son propos et de ses illustrations décrivent fidèlement les merveilles qu'il eut la chance de découvrir. Et il écrivit tout cela de mémoire, alors qu'il croupissait dans une minuscule cellule, mutilé par les tortures qu'il avait endurées, en utilisant les stylets, l'encre et le vélin qui lui parvenaient secrètement. L'Inquisition finit par découvrir ce manuscrit, et c'est ce qui finit de sceller son destin. L'ouvrage fut appelé le « Livre du Diable » à cause de son texte incompréhensible et de ses illustrations représentant un éden démoniaque. Le père Orlando Falcón fut condamné au bûcher, et il fut décidé que le manuscrit disparaîtrait avec lui dans les flammes.

– Et que s'est-il passé ?

– Il a été brûlé vif, mais un complice sauva le manuscrit du feu en le cachant dans l'une des bibliothèques jésuites. Le père Orlando avait souhaité que son ouvrage soit dissimulé en un lieu où l'on pourrait le retrouver un jour, pour le déchiffrer et redécouvrir le miraculeux jardin dont il traitait.

– Vous croyez vraiment que ce jardin a existé ? »

Sœur Chantal observa Ross, comme un professeur patient observe un élève un peu lent : « Il existe bel et bien.

– Mais qu'est-ce que tout cela a à voir avec Lauren ?

– Le père Orlando a écrit ce manuscrit dans un langage composé de deux langues préexistantes, afin de s'assurer que le texte puisse un jour être traduit, mais uniquement par un savant assez intelligent, assez persévérant et assez sage pour se mettre à sa place, déchiffrer son œuvre et en saisir le sens profond. En somme, une personne digne du jardin. »

Ross s'était alors souvenu de la participation de Lauren lors du séminaire à la Beinecke, et très précisément de ce moment où elle avait lu les derniers mots du manuscrit de Voynich : *« Félicitations, ami savant, tu as lu mon histoire et prouvé ainsi ta persévérance, ton intelligence et ta sagesse. Quelle que soit ta foi ou ton origine, Dieu t'a choisi pour accomplir ce que je ne puis : protéger Son jardin et t'assurer que Ses pouvoirs miraculeux ne servent que Sa seule gloire.* » Ross avait éprouvé un douloureux sentiment de nostalgie. Un peu plus tôt, ce même jour, il avait démissionné d'Xplore et avait appris que Lauren attendait un enfant de lui. Sa seule préoccupation était alors la suite à donner à sa carrière professionnelle. Heureux temps !

« Une personne telle que ma femme ? avait-il demandé.

– Exactement. Mais le père Orlando avait fait en sorte que l'une des parties essentielles du manuscrit soit impossible à traduire. Bien qu'il utilisât les mêmes caractères pour rédiger cette section, le langage dans lequel elle fut écrite fut totalement inventé. À moins d'en connaître a priori la grammaire et les règles lexicales, il est impossible de traduire cette ultime partie. »

Ross avait acquiescé : « Cela signifie que, sans même le savoir, ma femme a d'ores et déjà traduit tout ce qui peut être traduit dans ce manuscrit ?

– Oui. »

Il avait alors regardé sœur Chantal droit dans les yeux : « Alors nous ne saurons jamais ce que contient la dernière section du texte ? »

Elle avait observé un bref silence, comme si elle avait hésité sur la formulation de ce qu'elle allait dire, comme si elle s'était même demandé s'il était bien judicieux de poursuivre : « Lorsque le père Orlando revint à Rome, il fit le serment de ne parler de ce qu'il avait découvert qu'au pape en personne. Mais lorsqu'il comprit qu'il ne pouvait pas même se fier à la plus haute autorité de l'Église, il préféra mentir à l'Inquisition, en prétendant avoir brûlé lui-même son journal de route. En vérité, il l'avait mis en sûreté dans un petit coffre avec d'autres effets personnels, et avant de mourir, il en révéla l'emplacement à son complice. Ce journal indiquait très précisément les directions à suivre pour retrouver le jardin, ainsi que les dangers qui le protégeaient.

– Un journal ? Distinct du manuscrit de Voynich ?

– Un journal distinct du manuscrit, indiquant la route à suivre jusqu'au jardin, et écrit dans sa langue maternelle. » Ses yeux qui semblaient ne jamais cligner soutenaient le regard de Ross. « Il donna également à son complice la traduction de la dernière section de ce que vous appelez le manuscrit de Voynich.

– Et que recelait cette dernière partie ?

– Un mystère plus grand encore que le jardin lui-même. Quelque chose que le père Orlando appelait la Source et qui, d'après lui, était à l'origine même du jardin et de ses miracles. »

Se rendant soudain compte qu'il s'était avancé jusqu'au bord de sa chaise, Ross s'était appuyé contre le dossier, et avait croisé les bras : « Comment savez-vous tout cela ?

– Parce que je suis la Gardienne », avait-elle répondu, comme si cette simple affirmation se suffisait à elle-même.

« La Gardienne ?

– La Gardienne du Jardin. J'ai pour mission de protéger la découverte du père Orlando jusqu'à ce que quelqu'un d'assez persévérant, intelligent et sage pour comprendre ce qu'il convient d'en faire, parvienne à déchiffrer la majeure partie de son manuscrit. Si cela devait arriver, ma mission serait alors de retrouver la personne en question, m'assurer qu'elle est digne de sa tâche, lui remettre le journal et la traduction de la dernière section. Ensuite, il m'appartiendrait de lui transmettre mon fardeau. Selon la prophétie du père Orlando, cela devait arriver au moment précis où le jardin serait le plus menacé. Et il n'a jamais été autant menacé qu'à présent. » À mesure qu'elle parlait, elle prenait un ton de plus en plus enflammé : « Chaque année, l'humanité semble plus proche de sa découverte, ce qui signifierait alors l'exploitation abusive du jardin et de la source de ses miracles. Chaque mois, j'apprends que des exploitants forestiers, des paysans, des routes et des compagnies pétrolières empiètent plus avant sur ce qui fut jadis une forêt vierge, loin de toute civilisation. Je commençais même à désespérer de voir un jour le manuscrit déchiffré, avant d'avoir vent de la traduction de votre épouse sur Internet, de son cursus professionnel et de son amour pour la nature. En apprenant tout cela, j'ai su qu'elle était l'élue. » Sœur Chantal avait sorti de sa valise une pochette en plastique opaque, hermétiquement close. Ce faisant, elle avait laissé tomber par terre une bourse de cuir, maculée de poussière claire, résultant sans doute de l'écrasement d'une roche cristalline qu'il n'était pas parvenu à identifier, malgré ses connaissances de géologue.

Il avait reporté son attention sur la pochette que sœur Chantal avait ouverte, emplissant la cuisine d'une faible odeur de moisissure. « Ceci est le journal de route du père Orlando. » Elle sortit le carnet de la pochette et l'ouvrit précautionneusement. Les dernières pages étaient d'une couleur différente de celle du reste de l'ouvrage. Elle avait immédiatement remarqué que ce détail intriguait Ross : « Afin de conserver les deux documents en un seul tenant, la traduction de la section astrologique et le journal à proprement dit ont été reliés ensemble, il y a de nombreuses années. » Elle le lui avait ensuite tendu. La reliure de cuir du petit livre avait été dûment protégée, mais son très grand âge ne faisait aucun doute. « Ouvrez-le. Il est la preuve de ce que j'avance. Si votre épouse était en mesure de le lire, elle s'empresserait de vous le confirmer. »

Il avait ouvert le livre. Les pages jaunies par le temps étaient recouvertes d'une écriture très fine et précise. À sa grande surprise, il avait compris la plupart des passages qu'il avait lus au hasard : « C'est de l'espagnol.

– La langue maternelle d'Orlando Falcón. Rien de plus logique à ce qu'il ait préféré cette langue romane au latin, la langue officielle de l'Église. Après que ses représentants l'eurent trahi, il se jura de ne plus jamais faire confiance à Rome. Nous serions bien avisés de l'imiter sur ce point.

– Mais pourtant, vous appartenez vous-même à l'Église.

– En tant que sœur, j'ai toute latitude pour occuper mon temps à faire le bien de par le monde, tout en restant anonyme. Le père Orlando n'a jamais perdu foi en Dieu : uniquement en ceux qui détiennent le pouvoir à Rome. Ceux-là ne servent pas Dieu, mais leurs propres intérêts, et le pouvoir de leur Église. Ils sont dangereux, Ross. Ils ne reculent devant rien. »

Ross avait secoué la tête : « Moi-même, je ne suis pas un inconditionnel de l'Église catholique romaine, mais je ne peux pas décemment imaginer que...

– Il existe à Rome certains individus prêts à *tout* pour protéger et servir leur précieuse Église, quitte à aller à l'encontre des enseignements du Christ. » Elle avait alors plissé les yeux pour lui faire comprendre ce qu'elle préférait taire. Et une nouvelle fois, il avait surpris dans son regard serein la même ombre de désespoir.

Reportant son attention sur le livre, il s'était mis à en tourner délicatement les pages. Les deux premières étaient recouvertes d'illustrations qui lui coupèrent le souffle. Elles étaient aussi naïves que familières : une fleur ovale ne ressemblant à rien de connu au monde, et la représentation d'une femme nue aux formes pour le moins étranges. Ces dessins ressemblaient à s'y méprendre aux illustrations du manuscrit de Voynich. Les courbes mêmes des mots espagnols rappelaient les singuliers caractères du manuscrit.

Il s'était ensuite intéressé aux dernières pages, celles qui contenaient la traduction impossible de l'ultime section du manuscrit de Voynich, qui avait poussé Lauren à remettre à plus tard leurs vacances, dans le vain espoir de finaliser son travail. Le texte était également écrit en espagnol, et émaillé de plusieurs occurrences de *el origen*, « l'origine », « la Source ». À mesure qu'il avait examiné ce livre, une évidence avait commencé à s'imposer à lui : le jardin d'Orlando Falcón devait bel et bien exister. Les implications que cela supposait avaient soudain augmenté la cadence de son cœur, et les questions avaient submergé son esprit : « Où vous êtes-vous procuré ceci ? Qui vous l'a donné ?

– Le dernier Gardien.

– Depuis combien de temps êtes-vous en sa possession ? »

À nouveau, ces yeux déstabilisants avaient happé son regard. « Tout ce que je pourrais vous dire ne vous fera pas changer d'opinion. Sachez simplement que si votre épouse voyait cet ouvrage, elle en certifierait l'authenticité. Que ce livre soit donc la preuve de mes propos.

– Vous voulez que Lauren devienne à son tour la Gardienne ? C'est cela ? Depuis combien de temps êtes-vous la Gardienne ? Combien de Gardiens vous ont-ils précédée ? Comment avez-vous été *choisie* ? »

Elle lui avait alors adressé un sourire las, avant de hocher la tête : « Trêve de questions. Vous découvrirez tout par vous-même en temps voulu. Sachez simplement que j'ai fait le serment de protéger la découverte du père Orlando et que je ne pourrai trouver le repos qu'après avoir remis cet ouvrage à la traductrice du manuscrit dit "de Voynich". En l'occurrence, votre épouse Lauren. À présent que la prophétie du père Orlando s'est réalisée, le destin de Lauren est de devenir la nouvelle Gardienne. Mais pour qu'elle puisse remplir son rôle et protéger le jardin, les pouvoirs miraculeux de celui-ci doivent avant toute chose l'aider, la *guérir*. Seulement alors, elle héritera de mon fardeau et elle assurera la protection de ce qu'il nous a légué. Vous ne comprenez donc pas, Ross ? Nous n'avons pas le choix. Nous devons nous rendre dans le jardin. » Elle avait alors posé sa main sur la sienne. « Ross, vous et moi partageons un seul et même but. Vous voulez que votre femme se réveille. Et je ne pourrai dormir que lorsqu'elle se réveillera. »

18

À PRÉSENT, ASSIS DANS LE BUREAU DE LAUREN, Ross avait les yeux rivés sur la pochette de plastique qu'il avait empruntée à sœur Chantal durant son sommeil. Il méditait sur la peur qu'il avait lue dans les yeux de la religieuse lorsque Torino, éminent représentant de Rome, était entré dans la cuisine. Quoi qu'en puisse penser Ross, il était évident que tous deux croyaient fermement que le manuscrit de Voynich était bien plus qu'un simple conte de fée.

Il ouvrit la pochette. À l'exception de quelques pages endommagées, le journal de route vieux de plusieurs siècles était dans un état de conservation remarquable. Il tira de la bibliothèque de Lauren un dictionnaire bilingue espagnol/anglais. Se félicitant d'avoir eu comme première petite amie sérieuse une Barcelonaise qui avait étudié à Princeton dans le cadre d'un échange universitaire, Ross ouvrit l'ancien ouvrage et se mit à déchiffrer le texte espagnol finement calligraphié. Il se pencha tout d'abord sur les dernières pages dépareillées, et les vagues références à *el origen*, la Source, le fascinèrent. Le Supérieur général Leonardo Torino avait lui aussi mentionné ce terme, en en précisant l'équivalent latin, *radix*.

Il s'intéressa ensuite au plus gros de l'ouvrage. On y trouvait des directions, souvent précisées en fonction d'éléments topologiques très spécifiques, des caps, et des données astronomiques, telles que des diagrammes indiquant les étoiles à suivre selon différentes périodes de l'année : des pages et des pages d'instructions détaillant la voie menant au jardin. À aucun moment cependant n'était présentée une carte à proprement parler, et il eût été impossible d'en dessiner une en se reposant sur les indications du père Orlando Falcón. Seul un lieu était nommé : la ville où débutait la quête. Toutes les autres directions découlaient de ce point, et devaient être déduites à partir de mesures prises à la boussole, de la position des étoiles et de points de repères. C'était comme si le père Orlando Falcón avait considéré cette quête au cœur de la forêt vierge comme un voyage sur un océan vert jamais cartographié, et qu'il y avait plus navigué que marché. Afin de suivre ses instructions, il fallait se rendre au point de départ et, physiquement, suivre les directions, où qu'elles puissent mener. Bien que celles-ci parussent précises, les quelques points de repères topologiques portaient des noms aussi vagues que poétiques, à l'instar du point d'arrivée que le père Falcón avait baptisé *El jardín de Dios*, « le jardin de Dieu ». Même si ces directions vieilles de quatre siècles et demi étaient encore justes, et si le jardin existait bel et bien, les chances de le trouver semblaient extrêmement minces.

Ross revint à la traduction du manuscrit de Voynich figurant dans les fichiers informatiques de Lauren, et en compara le début avec le journal de route du père Falcón. La suite des événements décrits de manière très générale correspondait largement aux épisodes détaillés qui figuraient dans l'ouvrage.

Il s'empressa de faire quelques recherches sur Internet autour de l'Inquisition. Conformément à ce que sœur Chantal lui avait dit, trois Grands Inquisiteurs avaient été élus papes au XVIe siècle, et le deuxième d'entre eux était effectivement Pie V. Il ne trouva aucun renseignement sur Orlando Falcón, mais en s'attachant aux détails historiques de la conquête du Nouveau Monde par Pizarro, il remarqua que la chronologie des faits correspondait parfaitement à la date à laquelle, selon sœur Chantal, le père Falcón s'était engagé dans sa quête.

Pourtant, bien qu'il eût aimé plus que tout au monde croire en l'existence du jardin de Dieu décrit par le père Falcón, il en était incapable. Ross était un géologue, un scientifique. Comment un endroit pareil aurait-il pu exister ? Tout cela relevait trop du merveilleux pour être. Une migraine atroce lui battait les tempes. Il était trop impliqué. Il avait besoin de prendre du recul. Il avait besoin de parler à quelqu'un en qui il pouvait avoir confiance, et qui connaissait un minimum le sujet. Il jeta un nouveau coup d'œil au journal de route. Qu'avait dit sœur Chantal ? *Que ce livre soit la preuve de mes propos. Si votre épouse était en mesure de le lire, elle s'empresserait de vous le confirmer.* Lauren n'était pas en mesure de le lire. Mais il connaissait quelqu'un d'autre qui en était capable.

Il saisit son téléphone et composa un numéro.

19

NOMBREUX ÉTAIENT CELLES ET CEUX qui se méprenaient au sujet d'Elizabeth Quinn. Certains la traitaient ouvertement de « gouine » uniquement parce qu'elle n'avait pas de petit ami. Mais elle n'était pas lesbienne : elle considérait simplement la plupart des hommes comme tout à fait inintéressants. En fait, bien qu'elle prêchât l'amour de son prochain, elle trouvait en règle générale tous les gens inintéressants. Sa vision du monde ne comportait que deux extrêmes : le grand-angle et les gros plans. Elle s'impliquait avec passion dans des grandes questions de société telles que le destin de notre planète, et elle adorait plus que tout le caractère direct et pur d'un problème mathématique complexe, mais cette linguiste, fille de diplomate qui avait voyagé aux quatre coins du monde, ne s'embarrassait paradoxalement que très peu des trivialités de la vie quotidienne.

Mince et sculpturale, aux longs cheveux bouclés teints de henné rouge, elle ressemblait à une improbable reine guerrière et universitaire, plus particulièrement lorsqu'on ajoutait à son portrait ses lunettes épaisses, son jean usé, sa veste de chanvre et ses T-shirts qui dispensaient au monde ses leçons sur la nécessité de sauver la planète, ou plutôt « Gaïa », comme elle tenait à l'appeler. Pourtant, sous ses boucles rouge auburn bouillonnait un puissant cerveau, et sous ses *Sauvez Gaïa* battait un cœur plein de passion. Et si le monde entier ou presque ne suscitait que son intolérance, il existait cependant une personne dont Elizabeth reconnaissait les qualités, souvent jusqu'à l'idolâtrie : la brillante, la compatissante, la spirituelle, la superbe Lauren Kelly. Elizabeth lui pardonnait même d'avoir épousé un sbire de l'industrie pétrolière.

« C'est hallucinant. Cet ouvrage est tout à fait authentique », déclara-t-elle après avoir feuilleté quelques pages du journal d'Orlando Falcón. À l'appel de Ross, elle avait immédiatement accouru, et l'avait avidement écouté parler de Torino et de sœur Chantal.

« Tu en es sûre ? demanda Ross en marchant de long en large dans le bureau de Lauren, tandis qu'Elizabeth commençait à lire l'ouvrage. Tu n'as pas besoin de l'examiner un peu plus pour t'en convaincre ?

– Non. Il a été écrit par le même mec qui a écrit le manuscrit de Voynich. Aucun doute là-dessus.

– Comment peux-tu en être aussi certaine ?

– Écoute, j'ai beau avoir aidé Lauren sur des questions d'ordre purement informatique et mathématique, je suis avant tout une linguiste, spécialisée entre autres dans l'expertise graphologique, et j'ai passé des heures à étudier méticuleusement le manuscrit de Voynich. Cet ouvrage-ci a été écrit de la même main. J'en suis absolument certaine. Regarde un peu les "i" et la boucle des "g". » Elle secoua la tête, incrédule. « Lauren et moi, nous nous sommes souvent demandé si ce jardin existait vraiment. »

Ross marqua aussitôt le pas. « Même si c'est rigoureusement impossible ?

– Et pourquoi cela serait-il forcément impossible ? Tu crois que vous autres géologues avez découvert tout ce qu'il y avait à découvrir sur cette planète ? À chaque instant, quelqu'un découvre quelque chose de nouveau. Tu te rappelles, il y a deux ou trois ans, lorsqu'on a découvert une nouvelle espèce de gorilles au Congo, et cette ethnie pygmée d'Indonésie inconnue jusqu'alors qu'on a appelée *hobbits* ? Sans compter les innombrables espèces végétales et animales qu'on ne cesse de trouver dans les forêts primaires. Pourquoi ne pourrait-il pas exister un jardin comme celui-ci, caché quelque part ?

– Un jardin *miraculeux* ? Tu ne penses pas que quelqu'un l'aurait déjà trouvé, depuis le temps ? »

Elle tapota le journal de route. « On dirait justement que ça a été le cas, il y a quatre cent cinquante ans, et que ce *quelqu'un* s'appelait Orlando Falcón.

– Écoute, je suis un scientifique...

– Et moi donc ! Et notre boulot consiste à déchiffrer les mystères de ce monde, pas à les nier. Utilise la méthode scientifique, Ross. Développe une hypothèse. Tu n'as qu'à prendre ça comme un défi. Supposons que ce jardin existe bien. Pourrais-tu, en ta qualité de géologue, mettre sur pied une théorie qui l'expliquerait ?

– Je pense. Une théorie partielle, du moins, mais oui.

– Très bien, alors allons-y. » Se saisissant de la souris de l'ordinateur de Lauren, elle fit défiler la traduction jusqu'aux premières pages. Ross s'assit à côté d'elle, et tous deux se mirent à lire :

... Notre quête fut maudite dès ses prémices. Elle débuta dans la forêt vierge qui coiffe les montagnes. Le brouillard était si dense que nous ne pouvions voir nos propres pieds. Dès la première semaine, sept soldats périrent dans des gouffres, tombant dans le vide que dissimulait la brume spectrale. Nous parvînmes à rejoindre la plaine, où nous attendait une forêt impénétrable que seule perçait un puissant fleuve. Nous construisîmes des embarcations de fortune et laissâmes le courant nous porter jusqu'aux tréfonds d'une verdure insondable.

Pendant des jours le fleuve nous mena là où il le voulut, à travers de violents rapides, entre de dangereux écueils, jusqu'à une terrifiante chute. Deux embarcations furent réduites en copeaux et sombrèrent dans les tourbillons, où se noyèrent leurs équipages. Le troisième et dernier équipage survécut en précipitant aveuglément son radeau vers la chute d'eau. Après avoir dénombré nos pertes, nous suivîmes un fin bras de la rivière où vivaient des dragons qui emportèrent plusieurs d'entre nous.

Nous laissâmes finalement nos embarcations pour poursuivre notre route dans la forêt impénétrable. Les conquérants étaient d'ores et déjà devenus les soumis. Infestée de créatures et de fièvres, la forêt était si dense que le temps bientôt perdit tout sens. Le jour et la nuit ne firent plus qu'un. Lorsque nous marchions, des serpents venimeux mordaient les pieds et les jambes des soldats, avant de disparaître dans l'épais sous-bois, tandis que des créatures invisibles se tapissaient dans les profondeurs émeraude des frondaisons. Je désespérais bientôt de jamais trouver la Cité d'Or. La mort paraissait la seule chose que nous pouvions trouver ici.

Nous étions perdus, et nos effectifs clairsemés. Je montrai au capitaine mon journal, dans lequel j'avais consigné les repères les plus évocateurs, les caps à suivre et la position des astres. Ceci nous permettra de retrouver notre chemin de retour, lui dis-je. Mais les ordres du capitaine étaient sans appel : il ne prendrait le chemin du retour que chargé d'or.

Elizabeth jeta un regard à Ross : « Rien de bien problématique jusqu'ici. »

Ross hocha la tête : « Non. Continuons. »

Elle fit défiler le texte jusqu'au passage où le père Falcón et les soldats suivent ce qu'ils prennent pour un filon d'or, pour finalement se retrouver dans le jardin de Dieu :

Nous nous enfonçâmes plus avant dans l'enfer vert. Exténués et désespérés, nous souffrîmes maints obstacles avant de pénétrer une vaste grotte, véritable cathédrale de roche, aux parois sillonnées de ce qui nous parut de l'or. Nous suivîmes le filon qui descendait jusqu'à une salle très haute qu'éclairait une faille unique au plafond, et où régnait une chaleur infernale. L'or serpentant le long des murs nous conduisit plus bas encore, jusqu'à une rivière de feu barrée d'un pont naturel de pierre noire. Nous le traversâmes pour entrer dans une autre grotte. L'air y était empoisonné, chargé de soufre, et des parois tombait une pluie brûlante. Nous couvrîmes nos bouches et nos nez, protégeâmes nos yeux et continuâmes notre route, bien que saisis de terreur à l'idée que nous nous trouvions dans le vestibule de l'enfer. Je vis enfin un rayon de lumière. Puis un son, harmonieux autant qu'inquiétant, emplit mes oreilles. Je me précipitai en direction de la lumière, et fus presque aveuglé par la beauté de ce qui m'apparut. Ce n'était pas l'enfer, mais bien le paradis terrestre, le Jardin d'éden...

Elizabeth immobilisa sa main sur la souris, et tourna son regard sur Ross : « Ça va toujours ?

– Je crois, oui. Le filon peut être aurifère, à moins qu'il ne s'agisse de pyrite. Une coulée de lave souterraine est aussi commune qu'une grotte présentant de nombreuses infiltrations d'acide sulfurique, et qui plus est, ces deux types de manifestations géologiques vont souvent de pair sur un même site.

– O.K. Un rayon de lumière les guide ensuite vers l'extérieur, dans un jardin empli de plantes étranges, différentes de toutes les espèces végétales existantes, et encerclé de toutes parts par des falaises particulièrement escarpées. Que penses-tu de ces plantes ? »

Malgré son scepticisme, Ross se sentait peu à peu contaminé par l'enthousiasme d'Elizabeth : « Si le jardin clos est entouré de lave, cet écosystème a très certainement dû évoluer indépendamment du reste de la forêt. En Israël, un jeune homme a récemment découvert un écosystème préhistorique entier, isolé depuis des millions d'années, une grotte qu'on a baptisée Ayalon : longue de deux kilomètres et demi, elle baigne depuis toujours dans la plus parfaite obscurité sous d'épaisses strates de roches calcaires, et comporte même un lac souterrain. Sa faune et sa flore ne tirent pas leur énergie du soleil, absent dans ses profondeurs, mais de l'oxydation du soufre qui s'y trouve en grande quantité. À ce jour, on y a déjà répertorié près de huit nouvelles espèces inconnues jusqu'alors, et vieilles de plusieurs millions d'années.

– Eh bien tu vois que tu y arrives, quand tu te donnes un peu de mal ! » Elle fit à nouveau défiler le texte. « Et que penses-tu du lac parfaitement circulaire présent au milieu du jardin, apparemment alimenté par une source d'eau brillante, issue elle-même du réseau de grottes interdites, tout au fond du jardin ?

– La formation d'un lac parfaitement circulaire n'a rien d'inhabituel : on en trouve un au milieu de la forêt vierge du Congo. La luminosité naturelle de l'eau peut être due à la phosphorescence de micro-organismes qui y vivent. » Par-dessus l'épaule d'Elizabeth, Ross désigna alors du doigt une image qui reposait sur le bureau de Lauren. « Et toi, que penses-tu de ces femmes nues au ventre gonflé qui sont censées vivre dans les grottes interdites et chanter d'une voix aussi pure qu'irréelle ? Comment les appelle-t-on, déjà ?

– Les chercheurs les ont toujours désignées par le terme de « nymphes », mais dans le manuscrit de Voynich, elles sont appelées « èves ».

– O.K., alors qu'est-ce que ces nymphes, ou ces èves, peuvent bien faire là ? Et qu'est-ce que toutes les créatures décrites dans le manuscrit de Voynich peuvent bien fabriquer dans ce jardin ?

– Tu as dit toi-même que le jardin pouvait être un écosystème qui aurait évolué indépendamment du reste du monde. De ce point de vue, les nymphes, ainsi que toutes les autres espèces qui les entourent, peuvent être comparées aux hobbits découverts sur une île reculée d'Indonésie, ou plus pertinemment, aux nouvelles espèces découvertes dans la grotte israélienne d'Ayalon.

– Ça me semble assez plausible.

– Une hypothèse n'a besoin que de ça : être plausible. »

Ross désigna une partie de l'écran de l'ordinateur : « Très bien, mais c'est à partir de ce passage que les problèmes se posent vraiment. » Il lut le texte à haute voix : *« Lorsque les soldats blessés se nourrirent des plantes et burent de l'eau du lac, leurs plaies et leurs os brisés guérirent miraculeusement. Même ceux qui étaient au chapitre de la mort recouvrèrent toute leur santé. »*

Elizabeth se mit à manipuler fébrilement ses boucles rouges. C'était bien là que le bât blessait. Elle voulait de toutes ses forces croire en l'existence du jardin. Elle s'enthousiasmait à l'idée qu'il s'agissait de l'origine des bienfaits nourriciers de Gaïa, du cœur même de notre mère la Terre, où tout était possible. Mais le côté rigoureux et purement logique de sa personnalité savait que le simple fait de souhaiter quelque chose n'en faisait pas pour autant une réalité. Il lui fallait une bonne raison de croire. « D'accord, d'accord. Restons dans la théorie. Qu'est-ce qui pourrait expliquer l'existence d'un jardin unique au monde, isolé du reste de la planète, dont l'écosystème aurait évolué d'une façon tout à fait originale, jusqu'à produire une eau et des végétaux aux propriétés curatrices exceptionnelles ? »

Ross haussa les épaules : « Orlando Falcón pensait qu'il s'agissait d'un lieu saint. Le jardin de Dieu, selon lui.

– Mais il était prêtre, et toi, tu es géologue. Tu es un scientifique. Comment, toi, tu expliquerais cela ? »

Il secoua la tête et posa son regard sur le mur qui lui faisait face, et où avait été accrochée, au-dessus du bureau de Lauren, la reproduction en couleurs d'une carte du monde, vieille de plusieurs centaines d'années. De vastes territoires étaient estampillés *Terra Incognita*, « terre inconnue », et les monstres marins qui semblaient infester les océans du monde étaient accompagnés de l'avertissement écrit : « *Prenez garde ! Ici vivent hydres et dragons.* » Ross étudiait déjà la carte depuis un bon moment lorsque soudain, son visage refléta une curieuse expression, comme s'il venait d'apercevoir quelque chose d'extraordinaire, ou de penser à quelque chose qu'il avait du mal à croire.

Elizabeth surprit la flamme qui brillait dans ses yeux. « Qu'est-ce qu'il y a, Ross ? demanda-t-elle. À quoi penses-tu ? »

20

Ross ne répondit pas immédiatement. Il ne parvenait pas à détacher les yeux de la carte accrochée au-dessus du bureau de Lauren. Il comparait mentalement le planisphère incomplet et obsolète avec la carte extrêmement précise d'Xplore, qui ne se contentait pas de présenter les détails de la surface de la planète, mais détaillait également la nature de ce qui reposait en dessous. Cette idée qui germait en lui et lui faisait tout appréhender sous un nouveau jour découlait directement de la dernière fois où il avait consulté la carte d'Xplore, lorsqu'en vain, il avait présenté à Underwood et Kovacs sa théorie du pétrole ancien, le jour même de sa démission.

Il arracha la souris des mains d'Elizabeth et rechercha dans la traduction de Lauren la description de la rivière de lave et de la grotte empoisonnée de soufre dont les parois suintaient d'une pluie brûlante. Ces éléments lui rappelaient les conditions qui régnaient sur Terre lorsque la planète était encore jeune, et cette comparaison suscitait en lui une déduction si peu orthodoxe qu'elle ne pouvait être qu'erronée. À moins que... Malgré son esprit critique de scientifique, il ne pouvait empêcher son cœur de battre la chamade. C'était là la seule théorie capable de tout expliquer. Il fit défiler le texte jusqu'au passage où les soldats survivants trouvaient la mort, en quête d'une chose mystérieuse, cachée au plus profond des grottes interdites, aux confins du jardin, et qu'ils pensaient être un trésor. Le prêtre érudit tentait de les empêcher d'aller plus avant, mais tous se firent tuer, et la Source d'eau ne tarda pas à se teinter de leur sang. Ross saisit le journal de route du père Orlando Falcón et l'ouvrit à la fin, parmi les pages dépareillées où était révélée la traduction de la section indéchiffrable du manuscrit de Voynich. En parcourant le texte, Ross eut la sensation que toutes les occurrences du même mot lui sautaient aux yeux : encore et toujours, à chaque nouvelle page, revenait *el origen*, la Source. Tout semblait corroborer sa théorie, pour absurde qu'elle pût paraître.

« Quoi ? » demanda à nouveau Elizabeth. À travers ses verres épais, ses yeux écarquillés prenaient des proportions impressionnantes. « Qu'est-ce qu'il y a ? »

Ross tenta de rassembler et d'organiser ses idées disparates pour aboutir à la théorie qu'Elizabeth lui avait demandé de formuler. « Il est un fait que tout le monde s'accorde à considérer comme vrai : il a existé un moment avant lequel la Terre était totalement stérile, et après lequel elle ne l'était plus. Or si l'on tient pour vraie l'existence de ce moment qui, bien qu'improbable et miraculeux, est attesté par un grand nombre de preuves scientifiques, alors *tout* devient possible.

– Tu veux parler du moment où la vie est apparue sur Terre ?

– Pas seulement du moment en soi où la vie est apparue, mais de l'origine et des modalités de cet événement. Et plus encore, du *lieu* où c'est arrivé. »

Elizabeth acquiesça lentement : « D'accord. Donc tu veux parler du moment et de l'endroit où la vie est apparue sur Terre. Continue, je t'en prie. »

Ross poursuivit en ayant recours à une série de suppositions et de conclusions. « Admettons, comme semble le suggérer un grand nombre d'éléments, que les précurseurs de toute vie terrienne furent des acides aminés présents dans un astéroïde qui percuta la planète il y a quatre milliards d'années. Admettons aussi que le lieu d'impact de cet astéroïde fécondateur a été préservé (à l'instar du site géologique d'Isua vieux de 3,8 milliards d'années, dans l'ouest groenlandais, ou des gneiss d'Acasta, vieux de quatre milliards d'années, au nord-ouest du Canada)... Alors, le jardin de Dieu, le jardin édénique d'Orlando Falcón pourrait bien être l'épicentre de toute vie, le point d'impact originel dont sont issues toutes les espèces végétales et animales de la planète, et que le temps aurait comme qui dirait oubliées. Dans la dernière section, le père Falcón fait référence à plusieurs reprises à ce qu'il appelle *el origen,* la Source. » Il observa une courte pause, mais Elizabeth resta silencieuse. Elle avait pâli à vue d'œil, et se contentait de fixer Ross. « En outre, poursuivit-il, *si* le jardin, ou sa source, existe vraiment, et *si* ce jardin est le point d'origine de toute vie, *alors* il pourrait encore renfermer le reste de la soupe primordiale, le substrat originel, le précurseur premier de l'ADN, ce qui expliquerait la singularité de sa faune et de sa flore, ainsi que ses miraculeuses propriétés régénératrices. »

Il y eut un bref hiatus, et lorsque Elizabeth ouvrit la bouche, il n'en sortit qu'un faible murmure : « Et dans ce cas, comme la religieuse l'a dit, quelque chose provenant de ce jardin pourrait guérir Lauren ?

Oui », répondit-il avec lenteur, sentant la première véritable lueur d'espoir illuminer un coin de son esprit. Si – et ce « si » était le plus hypothétique des « si » – cet étrange jardin était bel et bien ce que sa théorie semblait suggérer, alors non seulement Ross pourrait sauver Lauren, mais il découvrirait qui plus est le Saint-Graal de la géologie, si ce n'est le Saint-Graal de toute science : l'origine même de la vie.

Elizabeth s'adossa à sa chaise, prit sa tête entre ses mains et lâcha un rire nerveux : « Putain. Le jardin de Dieu du manuscrit de Voynich serait tout bonnement la matrice de Gaïa, le berceau de toute vie sur Terre. Ça, Ross, c'est une sacrée théorie. Pas étonnant que le cureton en ait pété son string. »

Il éclata de rire avec elle, heureux de relâcher un peu de pression. « Mais nous devons encore prouver cette théorie.

– Il y a une façon très simple d'y arriver », dit Elizabeth en se saisissant du journal de route du père Orlando Falcón. « Il suffit de trouver le jardin. »

Ross pensa alors à Lauren et à l'enfant qu'elle portait, et son enthousiasme s'évapora aussitôt : « Je ne peux pas laisser Lauren pour une improbable chasse au dahu. Elle a plus que jamais besoin de moi.

– Ce n'est pas une chasse au dahu », corrigea une voix derrière eux.

Ross se retourna : « Cela fait longtemps que vous nous écoutez ?

– Assez longtemps pour avoir entendu votre théorie.

– Vous devez être sœur Chantal, dit Elizabeth en se levant. Enchantée. Je m'appelle Elizabeth Quinn. J'ai assisté Lauren dans sa traduction du manuscrit.

– Tout le plaisir est pour moi, Elizabeth. » Sœur Chantal traversa la pièce pour serrer la main d'Elizabeth. Elle saisit ensuite le journal de route du père Falcón et le serra contre sa poitrine. « Alors, m'accompagnerez-vous tous les deux jusqu'au jardin ?

– Vous pouvez compter sur moi, répondit Elizabeth.

– Holà, pas si vite », lança Ross, ne sachant toujours pas que croire, et quelle décision prendre pour le bien de Lauren. Il pointa du doigt le journal du père Falcón. « Si ce jardin existe, et ça n'est là qu'une pure hypothèse, il n'en reste pas moins que certaines indications contenues dans cet ouvrage sont assez sibyllines, pour ne pas dire indéchiffrables.

– Je suis en mesure de les décrypter, dit sœur Chantal.

– Vraiment ? Et comment pouvez-vous en être aussi sûre ?

– Je suis la Gardienne, répondit-elle. Je les ai déjà suivies, jadis.

– Pour vous rendre dans le jardin ? » Ross fronça les sourcils, incrédule. « Vous y êtes déjà allée ?

– Oui.

– Alors pourquoi auriez-vous besoin de notre aide pour y retourner ?

– Parce que je ne suis plus très jeune, que cette aventure est aussi longue que périlleuse, et que la dernière fois que je m'y suis rendue remonte à bien longtemps. » Elle tapota la reliure de l'ouvrage. « Afin d'en retrouver le chemin, nous devrons suivre méticuleusement ce *vade-mecum.* »

Ross se massa à nouveau les tempes, incapable de déterminer si la religieuse disait bien la vérité, ou si elle n'était qu'une mythomane patentée. « Ma sœur, j'aimerais de tout cœur croire en votre histoire. Je veux vraiment croire qu'il existe un jardin miraculeux, quelque part au monde, capable de sauver ma femme. Mais si vous croyez que je laisserai Lauren seule dans l'état où elle se trouve, simplement parce que vous prétendez que cet endroit existe et que vous y êtes déjà allée, alors vous vous trompez lourdement.

– Et votre théorie ?

– Ceci n'est pas une expérience scientifique. Je ne peux pas me permettre d'abandonner ma femme uniquement pour vérifier une théorie aussi absurde. J'ai besoin de plus que cela. Il me faut de véritables preuves.

– Je vous ai montré le journal de route. »

Il hocha la tête.

Elle observa un silence, puis reprit : « J'avais en ma possession quelque chose qui aurait pu vous convaincre des pouvoirs curateurs du jardin, mais pas en quantité suffisante. Et j'ai donné tout ce qui me restait... (elle hésita alors, et planta ses yeux sublimes dans ceux de Ross)... à Lauren. »

Ross sentit son cœur bondir dans sa poitrine, et surprit le choc que reflétait le visage d'Elizabeth. « Qu'est-ce que vous dites ? » Il se rappela alors de la première fois où il avait vu sœur Chantal, à genoux au chevet de Lauren, toute proche de sa perfusion. Il en eut presque la nausée. « Vous lui avez inoculé quelque chose ? »

Sœur Chantal n'avait pas baissé son regard impassible : « Uniquement ce qui me restait, et ce n'était pas grand-chose. Ce fut un geste pour le moins futile, je dois le reconnaître, mais je souhaitais tellement qu'elle aille mieux. Je lui en aurais donné plus si cela avait été possible. Je suis convaincue que cela aurait eu un effet certain, même si je doute fortement que cela eût pu la guérir tout à fait.

– Qu'est-ce que vous lui avez donné au juste ? » demanda Elizabeth sur un ton impérieux.

Ross bondit en direction de son téléphone. Comment avait-il pu se laisser berner ainsi ? Il n'y avait pas de jardin. Et en plus de souffrir de mythomanie, la vieille religieuse avait empoisonné son épouse : « Qu'est-ce que vous avez fait, nom de Dieu, qu'est-ce que vous avez fait ? » Il n'avait pas saisi son téléphone que celui-ci se mit à sonner. Il mit le haut-parleur en lançant un regard menaçant à sœur Chantal. « Ross Kelly à l'appareil.

– Ross, c'est Diana. » La mère de Lauren semblait à bout de souffle. « Je suis à l'hôpital. »

Elizabeth blêmit et l'estomac de Ross se noua. « Qu'est-ce qui ne va pas ? Que s'est-il passé ?

– Rien de grave, Ross, ne t'inquiète pas, répondit Diana très rapidement. L'état de Lauren s'est amélioré, très modestement, mais de façon très significative. Elle n'a plus besoin de ventilateur mécanique. Elle respire d'elle-même, et le bébé est mieux oxygéné. Les docteurs m'ont conseillé de ne pas trop m'emballer : le pronostic vital de Lauren n'a pas vraiment changé, mais celui du bébé s'est un peu amélioré. »

La surprise et le soulagement se mêlaient dans l'esprit de Ross. N'était-ce vraiment qu'une simple coïncidence ? Il ne lâchait pas du regard la religieuse. « Quand est-ce que les docteurs se sont avisés de ce changement, Diana ?

– Il y a moins d'une heure.

– Est-ce qu'ils savent ce qui s'est passé au juste ?

– Pas encore. Ils lui font passer un certain nombre d'examens. Mais ils ont dit qu'il était *très* inhabituel de voir ce type d'amélioration dans des cas similaires. En vérité, Ross, c'est un petit miracle.

– J'arrive tout de suite.

– C'est inutile, Ross. Il est tard, et comme je te l'ai dit, ils sont en train de lui faire passer tout un tas d'examens. Je resterai à ses côtés jusqu'à minuit. Tu n'auras qu'à venir demain matin à la première heure. »

Ross regarda sa montre. Il était effectivement assez tard, et il n'aurait pas plus d'éclaircissements avant la fin des examens. « D'accord, on fait comme ça, Diana. Merci de m'avoir prévenu.

– À demain. Tâche de te reposer. »

Il raccrocha, et, pendant un long moment, resta muet, tentant de comprendre ce qui venait d'arriver, incapable de savoir s'il devait haïr ou remercier la religieuse.

Ce fut Elizabeth qui brisa le silence : « Ce que vous avez inoculé à Lauren provenait du jardin ?

– Oui.

– Qu'est-ce que c'était, très précisément ? » demanda Ross.

Sœur Chantal haussa les épaules : « Peu importe. Il n'y en a plus, désormais. Ce qui importe vraiment, c'est que c'était le peu qui me restait, et que cela n'a pas suffi. Il nous en faut plus. Beaucoup plus. » Elle parut soudain très lasse. « Ross, je me moque des explications, religieuses, scientifiques ou spirituelles que vous pourrez trouver pour vous convaincre de l'existence du jardin. Sachez simplement qu'il a le pouvoir de guérir votre épouse, entre autres. » Elle s'effondra sur une chaise à ses côtés. « Et il ne nous reste que très peu de temps pour le retrouver. Le remède que j'ai donné à Lauren m'était en principe réservé : il aurait dû m'aider dans ce périlleux voyage jusqu'au jardin. Chaque jour qui passe me rend plus faible que la veille, et sans moi pour interpréter les indications du père Orlando Falcón, je crains que vous ne puissiez y parvenir. » Elle sourit. « Alors, quel que soit votre choix, Ross, décidez-vous vite. Très vite. Parce que, avec ou sans vous, je n'attendrai pas longtemps pour partir. »

21

CETTE NUIT MÊME, L'INDÉCISION NE QUITTA PAS ROSS, qui rêva de sa précaire famille : Lauren et l'enfant qu'elle portait, s'accrochant tous deux à la vie, l'enfant tentant désespérément de venir au monde, la mère luttant pour ne pas le quitter.

Alors même qu'il dormait, l'assassin qui avait été jadis *la mano sinistra del diavolo* exécutait sans un bruit les ordres de son maître.

Il posa tout d'abord des mouchards numériques sur chaque prise téléphonique de la maison des Kelly. Plus tard, aux premières minutes de l'aube, il emprunta les couloirs déserts de l'hôpital du Sacré-Cœur, vêtu d'une blouse d'assistant médical, un sac noir au bout du bras. Après s'être assuré que personne ne se trouvait dans les parages, il pénétra dans la chambre 36 du service réservé aux victimes de lésions de la moelle épinière. Il s'approcha, vérifia le nom qui figurait sur la plaquette accrochée au pied du lit, et ouvrit son sac. Pendant un long moment, il resta immobile, scrutant le corps inerte de la patiente, écoutant les sons réguliers des appareils qui la maintenaient en vie. Son visage demeurait totalement impassible, ne trahissant pas la moindre pensée. Il plongea finalement la main dans son sac et fit ce que le Supérieur général lui avait ordonné de faire.

Après avoir accompli sa tâche, il jeta un dernier regard au lit, et quitta les lieux. Personne n'avait remarqué son court passage dans l'hôpital, et quand bien même la patiente qui occupait le lit l'aurait vu, elle était dans l'incapacité d'en informer qui que ce fût.

22

Ross avait espéré qu'il se réveillerait le lendemain matin en sachant très clairement ce qu'il convenait de faire, mais il ouvrit les yeux en proie au même doute profond que la veille. Et lorsqu'il arriva à l'hôpital en compagnie de son père, le neurologue de Lauren ne fit rien pour arranger les choses.

« L'état de Lauren s'est amélioré, indubitablement, leur dit le docteur Greenbloom dans son bureau, bien que nous soyons incapables d'expliquer pourquoi. Elle peut à présent respirer sans assistance, et la tuméfaction que présentait son tronc cérébral s'est résorbée. Les radios ont également révélé que certaines lésions de ses vertèbres ne sont plus visibles, ce que, une fois encore, nous ne parvenons pas à nous expliquer. Tout cela est bel et bien bon, mais son état ne s'est pas vraiment amélioré pour autant. Elle est toujours plongée dans un coma profond, niveau 1 de l'échelle de Rancho, niveau 3 sur celle de Glasgow, et rien ne nous encourage réellement à modifier notre pronostic.

– Et pour le bébé ?

– Celui de l'enfant s'est très légèrement amélioré, répondit le neurologue de façon très circonspecte, mais je ne dirais pas pour autant qu'il est bon.

– Ce que vous dites, en clair, c'est qu'il y a eu une légère amélioration que vous n'arrivez pas à expliquer, mais que rien n'a vraiment changé ?

– J'ai bien peur que ce soit effectivement le cas. »

Bien que Ross fût soulagé de ne plus voir le tube du ventilateur enfoncé dans la trachée de Lauren et de ne plus entendre le ronronnement froid et mécanique de l'appareil, les conclusions du docteur Greenbloom ne prêtaient guère à l'enthousiasme. En prenant son petit déjeuner en compagnie de son père dans la petite cafétéria de l'hôpital, Ross ne pouvait s'empêcher de penser au jardin du père Orlando. Il attendit que son père ait fini ses œufs brouillés et ses galettes de pommes de terre pour lui en parler. Il s'était attendu à ce que cet homme qui avait toujours eu les pieds bien sur terre secoue simplement la tête et lui demande pourquoi il s'encombrait l'esprit de pareilles imbécillités. Au lieu de ça, son père avait pris sa tasse de café entre ses mains calleuses, et avait froncé les sourcils d'un air pensif. « Tout ce que mon boulot de fermier m'a appris, c'est que la nature a le don de nous surprendre, et de façons bien étranges. Alors ne compte pas sur moi pour te dire que ce jardin ne peut pas exister. C'est toi qui as quitté la ferme pour faire des études, fiston. Avec tout ce que tu as appris dans ta vie, qu'est-ce que tu penses de tout ça ? Est-ce qu'il est possible que ce jardin existe ? »

Ross se remémora sa théorie et haussa les épaules : « J'imagine que c'est possible. En théorie, en tout cas.

– Et est-ce que ce jardin pourrait aider Lauren ? J'ai lu quelque part que les jungles du monde entier sont pleines de plantes et de substances dont la science moderne n'a jamais entendu parler. »

Ross repensa à l'amélioration de l'état de Lauren : « Encore une fois, c'est possible.

– Il me plaît bien, à moi, ce "possible", dit son père. Bougrement plus que ce que le docteur Greenbloom se borne à nous répéter. »

Il resta silencieux un bref instant et lança un regard franc à Ross. « Fiston, tu n'as jamais été du genre à rester assis sur ton derrière en attendant que les choses arrivent d'elles-mêmes. Qu'est-ce qui te retient, cette fois ?

– Le fait de laisser Lauren et le bébé tout seuls. Si je pars en quête de cet endroit, ça n'aura rien d'une promenade de santé. Je devrais partir au fin fond de nulle part, pour une durée de deux mois au grand minimum. »

Une flamme s'alluma soudain dans le regard de son père, habituellement calme : « Je vais te dire une bonne chose, fils. Si j'avais pu faire quoi que ce soit, même si ça avait paru complètement fou, pour sauver celui qui aurait dû être ton petit frère, ou pour sauver ta mère quand le cancer l'a emportée, je l'aurais fait les yeux fermés, sans réfléchir une seule seconde. » Il eut un sourire triste. « Tu as de la chance, fiston. Toi, tu *peux* faire quelque chose. Je ne sais pas très bien à quoi rime ton boulot, mais je sais que ça consiste surtout à trouver des choses. C'est ton truc. Et tu es bon là-dedans. S'il y a une toute petite chance pour que ce jardin existe, alors tu le trouveras. Et si pour sauver Lauren et junior, il faut que tu les quittes pendant quelques mois, alors fais-le. Je serai là pour m'occuper de tout. De toute façon, je vais vendre la ferme. J'ai plus le cœur à y travailler, et tu ne veux pas la reprendre. Le vieux Lou Jackman m'a proposé un prix plutôt correct, et je vais prendre ma retraite. Alors, ne te fais pas de bile pour Lauren et pour mon petit-fils. La mère de Lauren et moi, on sera assez pour s'en occuper un temps. »

Ross se sentit envahi par un sentiment de gratitude et d'espoir. Il pouvait enfin agir. « Tu es sûr, papa ?

– Dieu tout-puissant, fiston, j'ai jamais été plus sûr de quoi que ce soit de toute ma vie. Va dire au revoir à Lauren, explique-lui où tu vas, et fais tout ton possible pour la sauver.

Parce que si tu ne fais rien, tu le regretteras pour le restant de tes jours. »

Porté par son nouveau but, Ross se dirigea à grands pas vers la chambre de Lauren en saisissant son téléphone portable. Le ton enthousiaste d'Elizabeth Quinn le fit sourire : « Alors Ross, tu as déjà pris ta décision ?

– Et toi, toujours partante ? demanda-t-il.

– Plus que jamais. Alors on y va ou quoi ?

– Oui, dit-il. On y va. »

Le ton d'Elizabeth changea brusquement : « Ça ne te pose pas de problème de laisser Lauren ?

– Non, ça ira, répondit-il en s'efforçant d'étouffer ses doutes pour partager son enthousiasme et sa résolution. Mais uniquement parce que je fais ça pour elle. »

23

Marco Bazin se débarrassa de son manteau, s'assit sur le lit de sa chambre d'hôtel, à deux pas de l'hôpital du Sacré-Cœur, et attendit de voir réapparaître Ross Kelly sur son écran. Les images qui s'affichaient sur son ordinateur portable et les sons que reproduisaient ses écouteurs lui provenaient de la caméra et du micro miniaturisés qu'il avait installés dans le cadre de la photo qui reposait sur la table de chevet de Lauren Kelly. Torino pensait que, quels que soient ses plans, Ross ne manquerait pas d'ouvrir son cœur à son épouse plongée dans le coma.

La veille, en fin d'après-midi, Bazin se trouvait dans un hôtel de Manhattan lorsque le Supérieur général lui avait téléphoné. Ses instructions avaient été tout à la fois mystérieuses et explicites : une religieuse, traîtresse à sa foi, s'était alliée au géologue athée, et tous deux représentaient à présent un danger mortel pour l'Église. Ils étaient sur le point de révéler l'existence d'un lieu saint détenant un immense pouvoir qui appartenait de droit à l'Église, et à personne d'autre. Dans un premier temps, il s'agissait uniquement de surveiller Ross Kelly. Mais s'il s'avisait de rendre public le moindre détail de sa quête, Bazin devrait s'emparer de la religieuse et réduire Ross au silence. Pour toujours. Torino n'aurait pu souligner ce point plus explicitement.

Après avoir installé un dispositif d'écoute très simple sur la ligne téléphonique de la maison des Kelly, Bazin était allé tout droit à l'hôpital pour placer la caméra et le micro miniatures. Au cours des vingt dernières années, les exigences technologiques inhérentes à sa profession n'avaient fait qu'augmenter. Il ne suffisait plus d'être un expert dans le maniement des armes. S'il voulait survivre, il lui fallait maintenant se montrer compétent dans tout un éventail de technologies spécifiques.

Bazin se redressa soudain, comme un chien de chasse à l'arrêt.

Sur l'écran, on pouvait voir Ross entrer dans la chambre et s'asseoir au chevet de son épouse. La tendresse avec laquelle le géologue saisit la main de la femme émut Bazin malgré lui. Il ne lui fallut qu'une fraction de seconde pour éliminer ce sentiment. Il se mit à enregistrer le son et l'image, et envoya à l'adresse e-mail personnelle de Torino un lien qui lui permettrait de visionner la scène en direct. Ross n'allait pas tarder à révéler ses plans.

Toc toc.

Le bruit mat perça la protection des écouteurs de Bazin, qui cria : « Pas besoin de ménage. La chambre est parfaite. »

Toc toc. Plus fort cette fois-ci.

« J'ai dit : ça ira, merci. »

Toc toc. Encore plus fort.

Bazin fronça les sourcils en enlevant ses écouteurs, saisit le Glock sur son lit et s'approcha de la porte. Il regarda au travers du judas. L'individu, trop proche, lui barrait la vue. Il tira le verrou et ouvrit la porte : « Je n'ai pas besoin de... »

Clic.

Avant que Bazin ait pu reculer, un pistolet assez semblable au sien s'était posé sur sa tempe.

« Lâche ça. Gentiment. »

Regardant toujours droit devant lui, Bazin laissa son arme tomber au sol.

« C'est presque trop facile, mon vieux. J'ai entendu dire que t'avais eu un cancer. Perdu une couille, ou un truc du genre. Mais je m'attendais pas à ce que *la mano sinistra del diavolo* soit devenue une tantouze pareille. Recule. Doucement. » L'homme poussa du pied le pistolet de Bazin sur le pas de la porte, qu'il referma ensuite.

Bazin le reconnut alors : Vinnie Pesci, un des porte-flingues américains de la famille Gambini. Don Gambini avait eu recours aux services de Bazin autrefois. Depuis qu'il avait prêté allégeance à Torino, Bazin avait fait preuve de la plus grande des discrétions, se servant de toute une batterie de passeports et d'identités différentes, mais il savait qu'un jour viendrait où son ancienne vie le rattraperait. « Qu'est-ce que tu veux, Vinnie ? J'ai pris ma retraite. J'ai remboursé le fric que les Gambini m'avaient versé pour le dernier contrat.

– C'est pas comme ça que ça marche. Personne ne part à la retraite sans l'accord de Don Gambini. Et puis, de toute façon, il est persuadé que tu te fous de la gueule du monde et que tu travailles en fait pour les Trapani.

– Je te le répète, j'ai pris ma retraite.

– Ah ouais ? » Pesci désigna l'ordinateur portable et les écouteurs sur son lit. À l'écran, Ross parlait à sa femme avec une intensité presque palpable. « Tu es en train de bosser pour *quelqu'un*. Quoi qu'il en soit, le Don a demandé la main gauche du diable – dans un sac. Et ce que veut Don Gambini, Don Gambini l'obtient. »

Bazin resta silencieux, plissant ses yeux en deux fentes. Pesci n'aurait jamais osé venir tout seul, dans le temps. Du temps où Bazin n'était pas malade.

Pesci sortit de sa veste une scie de chirurgien, et une bâche de plastique pliée qu'il jeta par terre. « J'ai toujours admiré ton style. Tu peux prendre ça comme un hommage à *la mano sinistra del diavolo*. Tu sais comment t'y prendre. Déplie la bâche et je ferai au plus vite. Comme tu avais l'habitude de le faire. Joue au con et je te coupe la main *avant* de te mettre une balle. »

Bazin hocha la tête : « Ne fais pas ça, Vinnie. Ne m'oblige pas à te tuer. »

Pesci éclata de rire. « *Me* tuer ? Mais de quoi tu causes, bordel de merde ?

– Je ne te laisserai pas me tuer alors que je n'ai pas encore reçu l'absolution. »

Pesci pointa son arme en direction de son aine : « Je vais te la donner, ton absolution, mon pote. Déplie cette bâche et agenouille-toi comme un bon enfant de chœur. Ou c'est moi qui te mets à genoux. T'as entendu ce que je t'ai dit ? »

En imagination, et dans ses pires cauchemars, Bazin avait déjà vécu cet instant des milliers de fois, en se demandant toujours ce qu'il pourrait faire pour sauver sa peau si un jour *la mano sinistra del diavolo* venait le chercher, *lui*. Et la réponse était toujours la même : pas grand-chose. À moins que l'assassin ne commette une erreur.

Heureusement, Pesci en avait commis une. Et une grosse. Il n'avait pas déplié la bâche plastique avant de la jeter au sol. Bazin s'en saisit et la jeta devant lui, comme s'il secouait un drap propre avant de le plier. Le plastique noir se gonfla comme une voile opaque, le soustrayant à la vue de Pesci. À cet instant précis, Bazin se jeta jambes fléchies sur l'Américain. Avant que Pesci ait eu le temps de tirer ne serait-ce qu'une fois, la main gauche de Bazin prit la direction du plexus solaire de l'assassin, sa main droite celui de la trachée-artère. Le coup au plexus immobilisa Pesci. Le coup à la trachée le tua.

Considérant le corps de l'homme, Bazin ne ressentit ni joie ni soulagement. Il venait de commettre un péché de plus qu'il lui fallait faire absoudre, et qui plus est, Gambini ne manquerait pas de lâcher un autre Vinnie Pesci sur sa piste, puis un autre, jusqu'à ce que, tôt ou tard, Bazin se trouve empaqueté dans du plastique noir et enterré dans quelque lieu anonyme.

S'il voulait vivre assez longtemps pour obtenir l'absolution de ses fautes, il devait trouver à tout prix un endroit sur terre où Gambini et tous les ennemis que son ancienne vie lui avait valus ne pourraient jamais découvrir.

L'un des deux téléphones portables posés sur sa table de chevet retentit. Pendant un bref instant, il se contenta de le fixer du regard, se demandant qui pouvait l'appeler. Puis il se rendit compte qu'il s'agissait du téléphone que Torino lui avait donné. Seul le jésuite en connaissait le numéro. Il s'en empara.

« Tu es en train de regarder ? » Son demi-frère, sous le coup de l'excitation, semblait essoufflé.

Bazin jeta un coup d'œil à l'écran de son ordinateur portable. « Je vois que Ross Kelly est en train de parler à sa femme.

– Tu n'as rien entendu ? demanda Torino sur un ton incrédule.

– J'étais... occupé, on va dire.

– Écoute ce qu'il est en train de lui dire, et repasse-toi ensuite le début de l'enregistrement, mais ne révèle à personne ce que tu auras appris. J'aurai ensuite besoin de toi. Et si tu réussis, je te promets que le Saint-Père en personne te donnera l'absolution pour tous tes péchés. »

Bazin jeta un coup d'œil au cadavre de Pesci. « Que dois-je faire ?

– Ross Kelly et la fausse religieuse qui lui a rendu visite hier vont quitter le pays. Une troisième personne les accompagnera, une universitaire du nom de Quinn. J'ai quelques affaires à régler au Vatican, mais je veux que tu les suives, et que tu ne les lâches pas d'une semelle.

– Où vont-ils ?

– Écoute ce que Ross Kelly est en train de dire à son épouse. Tu sauras. Surveille-les, lui et la religieuse, où qu'ils aillent. Ils vont très certainement sortir des sentiers battus pour s'enfoncer dans la jungle. Est-ce que tu es en mesure de les suivre ? »

Bazin pensa aux hommes de main de Gambini et à la foule innombrable de tous ceux qui se lanceraient tôt ou tard à sa recherche. Il s'imagina disparaître dans la jungle. Il s'imagina également le pape effaçant son énorme ardoise, lui offrant la rédemption. Il sourit. « Oui, répondit-il. Ça ne devrait poser aucun problème. »

DEUXIÈME PARTIE

TERRA INCOGNITA

24

Le Pérou

Le troisième plus grand pays d'Amérique du Sud est situé juste en dessous de l'équateur, sur la côte nord-ouest du continent, et peut être divisé en trois régions principales : la bande côtière très mince qui longe l'océan Pacifique, et sur laquelle se trouve la capitale, Lima ; la cordillère des Andes, splendide et imposante, au cœur du pays ; et la partie orientale, qui recouvre plus de la moitié du territoire national et représente la partie occidentale du fameux bassin amazonien.

Se jouant des frontières de neuf pays et recouvrant une vaste partie de l'Amérique du Sud, le bassin amazonien éclipse à lui seul la superficie non négligeable d'une nation telle que le Pérou. Son fleuve principal, qui lui donne son nom, traverse tout le continent, des Andes péruviennes à l'ouest jusqu'à l'océan Atlantique à l'est, sur une distance de plus de 7 000 kilomètres. Le fleuve Amazone et ses affluents représentent le cinquième de la totalité des ressources en eau douce de la planète entière, soit plus de l'équivalent des six plus grands fleuves mondiaux réunis. Son débit est si puissant qu'il dilue la salinité de l'Atlantique jusqu'à plus de 150 kilomètres des côtes est du continent. Marajó, l'une des îles de son embouchure, est aussi grande que le Danemark.

La forêt amazonienne est tout autant impressionnante. Elle s'étend sur plus de quatre millions de kilomètres carrés, dont seul un faible pourcentage a été exploré jusqu'ici, et représente plus de la moitié de la superficie globale des forêts tropicales humides au monde. Grouillante de vie, elle présente une diversité d'organismes vivants qu'on ne trouve nulle part ailleurs sur la planète : plus de deux millions d'espèces d'insectes, une centaine de milliers d'espèces végétales, deux mille espèces de poissons et six cents espèces de mammifères, pour ne compter bien évidemment que celles répertoriées. Pas une année ne passe sans que de nouvelles espèces soient découvertes. On trouve qui plus est au sein de la forêt amazonienne de nombreux minéraux aussi rares que précieux.

Toutes ces données contenues dans le guide touristique qu'il avait acheté décourageaient Ross autant qu'elles l'encourageaient, alors que l'avion de la compagnie AeroCóndor survolait les Andes, reliant l'*Aeropuerto Internacional Jorge Chávez* de Lima aux plateaux du nord. La démesure de la forêt amazonienne augurait des pires difficultés pour sa quête. Mais elle rendait plausible le fait qu'au sein d'une région si gigantesque et si peu connue, n'importe quel événement ou prodige aurait pu passer inaperçu. Y compris le jardin magique du père Falcón. Plus que tout, il prenait pleinement conscience de l'énormité de sa tâche.

Après avoir enfin décidé de partir en quête du jardin, il s'était senti habité par un incroyable espoir, mais à présent, il se sentait déprimé, et terriblement seul. Lorsqu'il travaillait pour Xplore, il n'avait jamais fait économie des moyens qui lui étaient offerts, qu'il s'agît d'enquêtes, d'études ou de personnel. Sa situation actuelle était bien différente. Il se trouvait dans un pays pour le moins exotique, et ne pouvait compter que sur l'aide d'une vieille religieuse probablement folle, d'une doctorante impétueuse et des indications énigmatiques d'un journal de route vieux de plus de quatre siècles.

Ross jeta un regard à sa gauche. Elizabeth était absorbée dans la lecture d'une histoire du Pérou. À côté d'elle, sœur Chantal était confortablement adossée à son fauteuil, la bouche ouverte, les yeux clos, et ronflait paisiblement. Elle avait renoncé à sa robe et à sa guimpe, et portait un pantalon de coton, des chaussures de marche et une veste de randonnée, vêtements bien mieux indiqués pour l'aventure qui les attendait.

Elizabeth lui donna un petit coup de coude : « Tout va bien ?

– Oui, ça va. »

Elle l'observa attentivement : « Ne t'inquiète pas pour Lauren. Elle est entre de bonnes mains. »

Dès leur arrivée à Lima, Ross avait appelé son père, et il l'avait rappelé juste avant qu'il prenne ce vol intérieur. L'état de Lauren restait stationnaire, ce qui ne l'empêchait pas de continuer à se demander s'il avait bien fait de la quitter. Sa hantise, son cauchemar récurrent était que peu avant de mourir, elle se réveille brièvement pour l'appeler, et qu'il ne puisse être à ses côtés pour la réconforter et lui faire ses adieux. Elizabeth tapota son livre : « Ça va te mettre de bonne humeur : je sais où a commencé l'expédition du père Falcón. »

Il haussa les épaules : « Nous le savions déjà : à Cajamarca. C'est justement là qu'on va atterrir. »

Elizabeth lui lança un regard blasé : « Je voulais dire que je sais *précisément* où elle commence. »

Il sortit de la poche de sa veste de lin froissé le journal de route. Le père Falcón avait écrit que sa quête avait débuté à Cajamarca, dans un lieu qui portait le nom de *La Prisión del Rey*, « la prison du roi ». « Tu sais où se trouve *La Prisión del Rey* ?

– Tout à fait. »

Comme elle l'avait prédit, il se sentit effectivement de bien meilleure humeur. Si le premier indice énigmatique correspondait à quelque chose dans le monde réel, indépendamment des interprétations de la mystérieuse sœur Chantal, alors le reste des indices, et partant, cette improbable chasse au trésor tout entière, avaient quelque chance d'être bien plus qu'une pure fantaisie. D'autant plus que Ross n'avait toujours pas trouvé la moindre référence à une quelconque *Prisión del Rey* dans son guide touristique.

Elizabeth désigna du doigt une page de son ouvrage : « Cela remonte à la conquête espagnole du Pérou, l'une des conquêtes les plus bizarres de toute l'histoire de l'humanité. Écoute un peu ça : en 1532, Francisco Pizarro, parti de la côte, franchit les montagnes à la tête de deux cents hommes, tout au plus, et pose son barda sur la place principale de la ville inca de Cajamarca. L'empereur inca, Atahualpa, avec un cortège de plusieurs milliers de personnes sans armes, arrive sur la place sans mauvaise intention, afin de rencontrer les curieux hommes blancs. Pourtant, Pizarro refuse de rencontrer Atahualpa, et préfère lui envoyer son aumônier. Celui-ci se présente à l'empereur inca, et l'informe qu'un certain "Dieu le père" a envoyé son Fils, l'un des membres de la sainte Trinité, sur Terre où Il a été crucifié. Avant de finir ainsi, explique l'aumônier, le Fils, qui s'appelait Jésus-Christ, a transmis Son pouvoir à un apôtre, Pierre, qui à son tour, au cours des siècles, a légué ce pouvoir à d'autres hommes, les papes, et il se trouve que l'un des derniers papes a justement chargé le roi Charles Quint de conquérir et de convertir l'empereur inca et son peuple. Le seul espoir de salut d'Atahualpa, conclut l'aumônier, est de prêter allégeance à Jésus-Christ et de reconnaître Charles Quint comme son souverain. Après avoir écouté, Atahualpa informe l'aumônier que lui, l'empereur inca, est le plus grand souverain à la surface de la Terre et qu'il n'est le sujet d'aucun autre. Ce pape, dit-il, doit être fou pour s'attribuer ainsi des pays qui ne lui appartiennent pas. Et en ce qui concerne ce Jésus-Christ qui est mort, l'empereur inca en est bien désolé, mais, "Mon dieu, lui, (et il désigna alors le soleil) vit toujours dans les cieux et continue à veiller sur ses enfants". »

Ross sourit. Le style d'Atahualpa lui plaisait beaucoup.

Elizabeth poursuivit : « Les conquistadores assistaient à cet échange, cachés dans les bâtiments imposants qui entouraient la grande place. Lorsque l'aumônier vint leur soumettre la réponse de l'empereur inca, Pizarro, ses fantassins et sa petite cavalerie cernèrent aussitôt les lieux. Les mousquets et les canons retentirent, les conquistadores massacrèrent entre deux mille et dix mille Incas ce jour-là, et ils firent prisonnier l'empereur.

– Tout ça au nom de Dieu et de son Église, bien entendu, commenta Ross.

– Tout à fait. Durant sa captivité, Atahualpa s'entretint souvent avec les envahisseurs espagnols, et comprit que, malgré toutes ces histoires de papes et de Trinité, c'était la soif d'or qui avait guidé les hommes blancs jusqu'à son empire. En échange de sa liberté, il offrit à Pizarro assez d'or (les *larmes du soleil*, comme l'appelaient les Incas) pour remplir une salle de cinq mètres de large sur sept de long, pour une hauteur de trois mètres. Atahualpa fut exécuté peu après, mais la rançon du roi fut versée, et l'on raconte que la chambre où elle fut déposée, *El Cuarto del Rescate*, fut l'une de celles où le roi inca avait été détenu : *La Prisión del Rey*. »

Ross, qui feuilletait son guide, tomba à la page 336 sur la principale attraction touristique de Cajamarca, qui se trouvait dans le dernier bâtiment de la ville datant de l'empire inca : *El Cuarto del Rescate*, « la chambre de la rançon ».

À ce moment précis, le capitaine annonça que leur avion amorçait sa descente, et Ross regarda par le hublot. Il vit s'approcher Cajamarca, sise sur les flancs des Andes orientales, au-dessus des nuages. Au loin, il entrevit ce qui lui parut un énorme océan vert : la forêt amazonienne.

Plongé dans cette infinité couleur d'émeraude, tentant d'imaginer ce qu'il trouverait dans ses profondeurs, il ne remarqua pas l'homme qui, cinq rangs derrière lui, l'observait fixement.

25

Rome. Cité du Vatican

La salle Clémentine était une pièce énorme au sol de marbre. La partie supérieure de ses murs et son haut plafond, recouverts d'une fresque, semblaient donner directement sur le paradis. La Congrégation pour la cause des saints l'utilisait souvent afin de plaider les cas de leurs candidats. Mais pour l'heure, seuls trois hommes occupaient la vaste salle : ceux que l'on appelait les trois papes, les trois hommes les plus puissants du Vatican.

À gauche, dans une resplendissante soutane rouge, symbole de sa fonction, siégeait le Cardinal préfet Guido Vasari, le pape Rouge. Grand et maigre, nez crochu et regard de chien battu, Vasari était le chef de la Congrégation pour la doctrine de la foi, la plus ancienne et la plus puissante des neuf congrégations de la curie romaine. Autrefois connue sous le nom de Sainte Inquisition, et chargée de protéger l'Église de l'hérésie par les moyens les plus impitoyables, elle avait à présent pour mission de promouvoir et conserver la doctrine catholique à travers le monde. Pourtant, beaucoup faisaient encore référence au Préfet de la Congrégation par son titre originel de Grand Inquisiteur.

À droite, vêtu d'une sobre soutane noire, était présent le père Leonardo Torino, le pape Noir, Supérieur général de la Compagnie de Jésus, congrégation fondée par Ignace de Loyola et réputée tant pour sa rigueur intellectuelle que pour son ascétisme. Des siècles auparavant, au cours de la contre-réforme, alors que l'Inquisition avait employé la peur et la torture pour endiguer le flot du protestantisme, la Compagnie de Jésus avait privilégié de son côté l'intelligence et l'argumentation. Les jésuites s'étaient toujours piqués de comprendre les croyances religieuses, les coutumes et le langage des futurs convertis mieux encore que ceux-ci. Et cela était valable pour les représentants de la plus jeune des religions, la science.

Présidant la séance, entre Vasari et Torino, était assis un homme corpulent vêtu d'une soutane blanche : il s'agissait du véritable pape, le souverain pontife.

Torino jeta un bref coup d'œil aux deux hommes et ressentit une certaine compassion pour le père Orlando Falcón. Il imaginait ce jésuite, debout devant les prédécesseurs de ces vieillards ainsi que son prédécesseur, tentant de leur faire comprendre ce qu'il avait découvert. La tâche apparaissait impossible. Les représentants de Dieu sur Terre devaient être des visionnaires, pas de précautionneux vieux messieurs qui voyaient des obstacles partout. Les mains de Torino reposaient devant lui, sur son ordinateur portable et une boîte d'archives. En son for intérieur, il priait pour que les éléments qu'il leur présenterait suffiraient à les convaincre de faire le nécessaire afin de mettre un terme à la perte d'influence croissante de l'Église catholique romaine dans le monde.

Le regard bleu passé du Saint-Père croisa le sien : « Vous avez demandé cette audience, mon père. Pourquoi ? »

Torino ouvrit la boîte et disposa devant eux les actes du procès du père Orlando, y compris la déposition de celui-ci. « Il y a quatre cent cinquante ans, nos illustres prédécesseurs ont condamné un jésuite respecté de tous au bûcher. Son seul crime avait été de déclarer qu'il avait trouvé un jardin miraculeux au nom de la Très Sainte Église. » Il résuma alors le contenu des archives de l'Inquisition, en insistant particulièrement sur la nature de la découverte du père Orlando Falcón.

« Je ne comprends pas, père Torino, lâcha le pape en fronçant les sourcils lorsque celui-ci eut fini, depuis que vous avez pris la direction de l'Institut des Miracles, vous n'avez pas fait montre de la moindre pitié envers les cas qui vous ont été présentés. Vous passez votre temps à me répéter que, bien que l'Église ait besoin de miracles afin de montrer à tous l'implication directe de Dieu dans le cours du monde, ces miracles doivent être avérés scientifiquement, ce sur quoi personne ne vous contredira. Depuis votre accession à cette fonction, vous n'avez pas confirmé un seul miracle. Alors pourquoi vous intéresser à présent aux déclarations d'un prêtre remontant à plusieurs siècles ?

– Parce que je ne pense pas que l'Église devrait être obligée de rechercher des miracles, comme un chien grattant la terre pour y trouver sa maigre pitance. Elle devrait être plutôt l'inspiratrice de ses propres miracles, la corne d'abondance d'où ils s'épancheraient. » Torino ouvrit à nouveau la boîte d'archives et en sortit une copie de la traduction du manuscrit de Voynich réalisée par Lauren Kelly. « Ceci est la traduction faite par une universitaire de Yale de ce que nous appelons le manuscrit de Voynich.

– Le manuscrit de Voynich ?

– Le document même que le père Orlando Falcón écrivit durant son incarcération par ordre de l'Inquisition, il y a plus de quatre cents ans. Le « Livre du Diable » que l'Église, par le truchement des trois hommes qui occupaient nos fonctions à l'époque, avait considéré comme le délire dangereux d'un homme possédé par le Malin. Cette traduction est quasiment *identique* au récit fait par le père Falcón durant son procès, fidèlement transcrit dans les présents actes. » Torino observa une courte pause. « Il semble qu'il a écrit ce texte dans une langue codée que l'on vient de déchiffrer seulement maintenant.

La question essentielle est la suivante : pourquoi le père Orlando Falcón aurait-il pris la peine d'inventer un langage incroyablement complexe si tout cela n'était qu'un mensonge, une hérésie pure et simple ?

– Vous vous aventurez sur un terrain dangereux, père Torino, avertit le pape.

– Le temps n'est plus à la circonspection, Votre Sainteté. Le temps est venu de faire acte d'audace. » Il observa un court silence. « Si ce jardin divin rempli de miracles, à propos duquel Orlando Falcón a jadis voulu entretenir nos prédécesseurs, existe bel et bien, alors son existence même pourrait impliquer bien des choses pour l'Église. Et pas des moindres.

– Mais il ne saurait exister pareil endroit, dit Vasari en saisissant la déposition du jésuite. Le père Orlando a déclaré avoir trouvé le Jardin d'éden dans la jungle, au milieu des sauvages. L'éden ne *peut pas* se trouver dans le Nouveau Monde, en terre païenne. Et son jardin, avec ses étranges créatures et ses plantes singulières, ne correspond en rien à la description biblique. Pour l'amour de Dieu, ce prêtre a voulu tout simplement récrire la Genèse. »

Torino acquiesça. « Néanmoins, si ce jardin existe, le pouvoir qu'il représente pourrait permettre à lui seul de restaurer la puissance de l'Église dans le monde.

– Un tel lieu ne saurait exister, insista Vasari. Cela va à l'encontre de la doctrine, cela sape les Saintes Écritures, et cela menace l'Église.

– Autant de raisons pour lesquelles nous ne pouvons permettre à quiconque de trouver ce jardin avant nous, poursuivit Torino avant de se retourner vers le pape. Très Saint-Père, jusqu'à maintenant, la plupart des gens s'accordent à croire que le manuscrit de Voynich ne représente qu'une fable sans danger. Mais si le monde venait à apprendre qu'il a été écrit par un jésuite, seul survivant d'une mission ayant pour but de trouver l'Eldorado, et torturé à cause de ce qu'il déclara avoir découvert, alors l'Église pourrait se retrouver dans une position embarrassante, pour rester dans un doux euphémisme. » Il laissa passer un silence. « Et dans le pire des cas, cela pourrait encourager beaucoup d'individus à partir en quête de ce jardin, et à le *trouver*. Son existence, en menaçant le message de la Bible et notre doctrine, pourrait porter un coup fatal à l'Église, dont le bien-fondé est, aujourd'hui plus que jamais, remis en question. Repensez aux pouvoirs curateurs miraculeux que le père Falcón attribue à son jardin. Si la peur de la mort et de la maladie n'existe plus, à quoi servirait l'Église ? »

Il leva alors son index vers les cieux : « Mais si *nous* le trouvions, nous pourrions le refaçonner afin qu'il corresponde à notre doctrine, et apporte une nouvelle gloire à Rome. Son pouvoir serait alors le nôtre. La Très Sainte Église n'aurait plus à rechercher des miracles afin de prouver l'existence de Dieu, elle les contrôlerait elle-même. Rome serait alors à nouveau une force prédominante dans le concert des nations. »

Le pape plissa les yeux : « Pourquoi êtes-vous si sûr de l'existence de ce lieu ?

– Parce que le père Orlando Falcón a indiqué les directions à suivre pour le trouver dans un journal de route qui, malheureusement, est en ce moment même en la possession d'un mécréant, un géologue du nom de Ross Kelly, l'époux de l'universitaire qui est parvenue à déchiffrer le manuscrit de Voynich. Ce Ross Kelly se trouve déjà au Pérou afin de partir en quête du jardin.

– Comment ? » Le pape et le Préfet s'étaient simultanément dressés sur leurs sièges.

Torino eut un haussement d'épaules. « Bien sûr, il se pourrait que ce scientifique ne trouve rien. Mais supposons qu'il découvre quelque chose : qu'adviendrait-il alors ? »

Torino les informa succinctement de tout ce qu'il avait appris, en omettant toute référence à Marco Bazin. Jusqu'à présent, il avait gardé secrète l'existence de son demi-frère, et ce n'était certainement pas le moment de révéler les liens qui les unissaient et encore moins que Marco était un tueur. Il leur expliqua que Lauren Kelly avait traduit la totalité du manuscrit de Voynich, à l'exception d'une section primordiale qui, selon elle, contenait une carte. Il raconta ensuite qu'elle avait été gravement blessée à la suite d'un cambriolage, ce qui mettait en péril la publication de la traduction complète, et qu'il était entré en contact avec son mari qui avait accepté de lui soumettre les notes de son épouse. « Et puis la religieuse lui a fait changer d'avis.

– Quelle religieuse ?

– Une certaine sœur Chantal. Elle a rendu visite à Ross Kelly et l'a convaincu que le jardin du père Falcón n'était pas une invention, et pouvait contenir un remède au mal de son épouse. Elle lui a donné le journal de route du père Orlando.

– Comment se l'est-elle procuré ? Qui est cette sœur Chantal ? »

Torino sortit de ses archives une lettre et une petite boîte de bois sculpté. « Il y a quelques jours de cela, l'un de nos dispensaires ougandais pour malades du sida a fait parvenir une requête à mon bureau. Ses responsables exprimaient le désir de voir l'Institut des Miracles enquêter sur ce qui leur semblait être une authentique intervention divine. Deux de leurs patients en phase terminale, de jeunes jumeaux, avaient simultanément et spontanément guéri. Le même jour, l'une des religieuses avait quitté le dispensaire sans prévenir personne. Lorsqu'ils furent interrogés, les petits garçons prétendirent que la religieuse en question leur avait fait du thé avec la substance que renfermait cette boîte. » Il tendit alors celle-ci au pape. « Regardez les motifs qui y ont été gravés. »

Le souverain pontife haussa les épaules. « Ce ne sont que des fleurs.

– Ces fleurs sont loin d'être communes. Vous n'en trouverez de semblables nulle part ailleurs que dans le manuscrit de Voynich. »

Un lourd silence se fit. « D'après nos recherches, reprit Torino, la religieuse qui a disparu travaillait dans ce dispensaire depuis douze ans, et avant cela, avait rempli des tâches similaires dans deux autres hospices. Pourtant son ordre ne possède aucune trace de son existence avant ces missions. Aucune. Son nom ? Sœur Chantal. » Les deux hommes ne disaient rien, mais Torino savait qu'il avait à présent toute leur attention. « Tout ce que nous savons avec certitude, c'est qu'elle est liée au père Orlando Falcón et au manuscrit de Voynich. Quelle que soit la réelle identité de cette religieuse renégate, Ross Kelly est à présent en possession du journal de route contenant les directions à suivre, et en ce moment même, il se trouve sur la piste du jardin, dans l'espoir de guérir son épouse. »

Il alluma son ordinateur portable, le retourna dans la direction du pape et du Préfet, et durant près de cinq minutes, il leur montra des extraits des vidéos où l'on voyait Ross Kelly dans la chambre d'hôpital de sa femme plongée dans le coma. Il lui expliquait que le jardin que sa traduction avait mis à jour pourrait la guérir. Il lui répétait qu'il trouverait ce jardin, il l'embrassait, lui disait au revoir, et lui demandait de bien penser à lui.

« Comment vous êtes-vous procuré ceci ? demanda Vasari sur un ton un peu vif.

– Un allié, un serviteur dévoué de l'Église, me tient informé. »

Le souverain pontife fronça les sourcils : « Vous avez chargé quelqu'un d'*espionner* les Kelly ?

– Je préfère considérer cela comme une simple surveillance. Cet allié poursuit un unique but : servir l'Église. Comme nous.

– Prenez bien garde de ne rien entreprendre qui pourrait jeter l'opprobre sur Rome, père Torino, dit le pape.

– Je ne ferai jamais rien qui puisse léser notre Très Sainte Mère l'Église, mais vous devez bien comprendre que si Ross Kelly trouve un jour ce jardin et révèle son existence au monde, il pourrait entraîner la destruction de Rome. »

Vasari se pencha dans sa direction : « Vous croyez vraiment que ce géologue pourrait trouver un remède miraculeux pour son épouse ?

– J'ai peur qu'il trouve bien plus que cela.

– C'est-à-dire ? »

Torino plissa les yeux : « Le miracle de la création. La réponse scientifique au livre de la Genèse. » Il se retourna à nouveau vers le pape. « Très Saint-Père, vous avez annoncé il y a six mois la nouvelle position de l'Église au sujet de l'évolution. Vous avez rejeté la théorie de Darwin au profit du Dessein intelligent. Vous avez ancré dans la doctrine catholique romaine la croyance selon laquelle c'est Dieu, et non l'évolution, qui est l'origine de la création et du développement de la vie. »

Le pape acquiesça : « Soit. Et donc ?

– Dans ces archives de l'Inquisition, le père Orlando fait référence à quelque chose qu'il appelle *radix*, « la Source ». Dans le jardin, c'est sa brillance qui attira les conquistadors en quête d'or, tels des papillons de nuit attirés par une flamme, et qui causa leur perte à tous. Le père Falcón est extrêmement vague quant à la véritable nature de cette source, mais il a affirmé sous serment qu'elle était à l'origine de tous les miracles du jardin.

– Où voulez-vous en venir ?

– Sur la vidéo que je vous ai montrée, Ross Kelly présente une théorie permettant d'envisager scientifiquement l'existence d'un jardin tel que celui décrit par le père Orlando Falcón dans son témoignage blasphématoire. Une théorie qui fait de ce jardin de Dieu et de sa source l'origine de toute vie sur Terre. Peccadilles que Darwin et son évolution. Si Ross Kelly trouve ce jardin, non seulement il pourra sauver son épouse, en montrant par là même que les miracles sont indépendants de toute religion, mais qui plus est, il sera en mesure de montrer où, quand et comment la vie a commencé sur Terre. Il sera en mesure de prouver scientifiquement la validité de la théorie de l'évolution, une bonne fois pour toutes. Notre doctrine ne s'en relèvera pas. Toute religion repose sur le mystère, sur la foi. Ces révélations rendront l'Église, telle que nous la connaissons, et nous tous avec elle, irrémédiablement obsolètes. »

L'horreur qui se lisait sur le visage du pape était presque comique, mais Torino s'abstint de rire. « Alors que suggérez-vous ? demanda le souverain pontife.

– Tourner cette menace à notre avantage. Soyons les premiers à trouver le jardin et nous le contrôlerons.

– Comment ? »

Torino avait envisagé toutes les possibilités : enlever la religieuse, voler le livre, menacer Ross Kelly. Mais il ne pouvait rien dire de tout cela au pape. Il mentit : « Les érudits que j'ai sous mes ordres directs ont d'ores et déjà réussi à traduire la majeure partie de la dernière section du manuscrit. Les directions à suivre jusqu'au jardin y sont indiquées. Avec votre accord, j'aimerais partir à sa recherche moi-même.

– Mais vos devoirs et vos responsabilités vous retiennent ici.

– Il n'est pas plus grand devoir ni plus grande responsabilité que cette mission. Je m'éclipserai deux mois. Pas plus. J'ai déjà pris mes dispositions : le père Xavier Alonso me remplacera durant cette période. »

Le pape fronça à nouveau les sourcils : « Vous avez l'intention de faire mieux et plus vite que le géologue ?

– Tout à fait.

– Mettons que vous trouviez effectivement le jardin, dit Vasari. Qu'en ferons-nous précisément ? »

Torino sortit de sa boîte d'archives trois exemplaires d'un document d'une page. Il en distribua deux et garda le troisième. « Voici une liste des possibilités, selon ce que nous y trouverons. » En les regardant parcourir les différents points qu'il avait rédigés, Torino ne put réprimer un sourire : leurs peurs laissaient place à l'excitation. « Comme vous pouvez le constater, les opportunités qui s'offrent à nous sont sans limite. Le tout est d'agir avec doigté. »

Le pape releva les yeux, et son regard pâle se planta dans celui de Torino. « Je ne vous imposerai qu'une seule chose, père Torino : quoi que vous puissiez découvrir, en tant que Saint-Père, je ne saurais rien voir ni rien entendre qui contredise le dogme. Celui-ci est sacro-saint. Je ne dois en aucun cas être mis dans une position où je me verrais contraint de nier quoi que soit. L'infaillibilité du souverain pontife ne saurait être compromise. Me comprenez-vous ?

– Je vous comprends parfaitement. Et je puis vous assurer que si ce jardin existe, il n'apportera que gloire à notre Très Sainte Église, ainsi qu'à vous. »

Le pape acquiesça lentement. « Bien. En ce cas, comment contrôlerons-nous ce lieu ? Il semble logique qu'il soit reconnu comme la propriété de la nation où il se trouve. »

Torino sourit à nouveau. « Le cardinal préfet a d'ores et déjà trouvé la meilleure des solutions à ce problème. »

Vasari haussa un sourcil incrédule : « Vraiment ?

– Bien sûr. Grâce à votre brillant projet de raffermir notre rôle mondial en créant un deuxième Vatican dans l'hémisphère sud. »

Vasari comprit immédiatement le plan de Torino : « Vous pourriez prétendre être à la recherche du meilleur emplacement de ce Vatican du Nouveau Monde. Et si le jardin d'Orlando Falcón n'existe pas et que vous rentriez bredouille, l'Église ne perdrait pas la face. Nous n'avons rien à perdre.

– Et tout à gagner, dit le pape avec lenteur. Si vous trouviez effectivement quelque chose, nous pourrions l'incorporer au nouveau Vatican et en revendiquer la propriété. » Torino garda le silence, afin de les laisser se réapproprier son plan. Le pape se tourna vers Vasari, qui accompagna d'un haussement d'épaule un imperceptible acquiescement. « Prenez avec vous qui vous voudrez et tout ce dont vous aurez besoin. Faites le nécessaire, mais tenez-nous informés à tout instant. Et surtout, soyez prudent, Supérieur général. Soyez *extrêmement* prudent.

– J'y veillerai, Votre Sainteté.

– Alors partez dès maintenant, dit le souverain pontife. Accomplissez le dessein de Dieu. »

26

Cajamarca. Le lendemain

Ross, Elizabeth et sœur Chantal passèrent la nuit à l'hôtel *El Ingenio*, le meilleur de la ville. Sachant qu'ils allaient devoir se mesurer aux rigueurs de l'Amazonie, Ross avait décidé qu'ils profiteraient du confort de la vie moderne aussi longtemps qu'ils le pourraient. Après une nuit de sommeil étonnamment bonne, Ross prit une douche avant d'enfiler un jean, un T-shirt et une veste de randonnée assez chaude : la température était relativement fraîche ce matin, mais elle atteindrait une petite vingtaine de degrés l'après-midi, avec un taux d'humidité de près de 80 %. Après le déjeuner, Ross et les deux femmes décidèrent de se rendre en centre-ville afin de trouver un guide.

Ils comprirent très vite que ce n'était pas là le plus difficile. À quelques pas de l'hôtel, ils furent interpellés par un homme qui aiguisait son énorme machette sur une ceinture de cuir. « Vous voulez un guide ? Je m'appelle Chico », les informa-t-il fièrement, dans un sourire dément qui dévoila ce qui lui restait de dents. Avant même que l'un d'entre eux puisse répondre, Chico tapotait déjà l'épaule de Ross avec sa lame aiguisée comme un rasoir, lui assurant qu'il les emmènerait où ils voudraient, à condition qu'ils déposent 10 000 dollars sur un compte et signent un bout de papier le déchargeant de toute responsabilité s'ils venaient à être assassinés, violés, enlevés, emprisonnés, ou tout simplement à disparaître. Chico conclut cette offre sans égale en se vantant de n'avoir perdu que deux *gringos* au cours des dernières années.

Ross, Elizabeth et sœur Chantal déclinèrent à quatre reprises, et il leur fallut s'éloigner d'une bonne centaine de mètres avant que Chico parte en quête d'une nouvelle proie.

Bien qu'ancrée dans l'histoire de l'humanité, située sur un superbe plateau des Andes et entourée des ruines magnifiques de cités pré-incas, Cajamarca n'attirait pas beaucoup de touristes. Elle était bien trop loin au nord des circuits touristiques habituels qui incluaient des sites mondialement connus tels que le Machu Picchu, la ville de Cuzco et le lac Titicaca. Cependant, Cajamarca était le siège d'un bon nombre d'agences de voyage. Après une journée entière à les visiter presque toutes en vain, ils finirent dans les locaux d'Amazonas Tours.

« Vous êtes des *huaqueros* ? » L'homme portait un costume en sale état, arborait des dents plus abîmées encore, et emplissait la pièce de sa voix tonitruante.

Ross désigna les femmes qui l'accompagnaient : la fragile sœur Chantal dans sa veste de randonnée vert olive et son pantalon treillis, et Elizabeth Quinn, au visage jeune et frais encadré de cheveux rouges, vêtue d'un jean et d'un sweat-shirt trop large. « Est-ce que nous avons l'air de pilleurs de tombes ?

– Vous êtes des chercheurs d'or ?

– Non plus.

– Des prospecteurs pétroliers ? »

Ross hocha la tête : « Non. »

L'employé d'Amazonas Tours se gratta le cuir chevelu : « Alors pourquoi voulez-vous partir en exploration en dehors des zones touristiques habituelles et des parcs nationaux ? La forêt amazonienne est très dangereuse. Ceux qui quittent les sentiers battus finissent toujours par se perdre et disparaissent à jamais.

– C'est précisément pour cette raison que nous avons besoin d'un guide. »

L'homme fronça les sourcils. « Il ne s'agit pas que de votre sécurité personnelle. Cette zone est pleine de ruines et de tombes, et dans le passé, beaucoup ont pillé nos trésors nationaux. Le gouvernement a fait voter des lois qui protègent à présent notre patrimoine culturel. Si vous voulez vraiment sortir des sentiers touristiques, vous devrez vous procurer une autorisation. Chez Amazonas Tours, nous pouvons vous en procurer une dans un délai de quatre à six semaines. »

Ross releva un regard exaspéré au ventilateur du plafond. Il était assis devant l'un des trois bureaux des locaux de l'agence. Les autres tables accueillaient d'autres touristes, et quatre personnes attendaient leur tour, assises devant la large fenêtre qui donnait sur les jardins à l'élégance négligée de la *Plaza de Armas*, cette place où, des siècles auparavant, les hommes de Pizarro avaient massacré plusieurs centaines d'Incas et capturé l'empereur Atahualpa. « Je ne vois vraiment pas où est le problème. Nous ne désirons que louer un peu de matériel, un moyen de locomotion et les services d'un guide capable de nous aider à relier le fleuve et explorer la forêt tropicale en toute sécurité.

– Mais, *señor*, vous ne savez même pas où vous vous voulez aller. Comment un guide pourrait-il vous aider ? » Ses yeux se plissèrent, et sa voix baissa d'un ton. « À moins que vous soyez en réalité des *huaqueros* et que vous possédiez une carte illégale. »

Ross hocha à nouveau la tête. « Nous ne sommes pas des *huaqueros*.

– Alors pourquoi voulez-vous sortir des... »

Ross ne le laissa pas finir sa phrase. Il se leva et serra la main de l'homme. « Merci infiniment, *señor* Hidalgo, vous nous avez été d'un grand secours. »

En guidant Elizabeth et sœur Chantal vers la sortie, il frôla au passage un homme très soigné de sa personne, vêtu d'une tenue de safari impeccablement repassée.

« Que de bureaucratie », dit Elizabeth alors qu'ils débouchaient sur la *Plaza de Armas* qui baignait déjà dans le soleil couchant de cette fin d'après-midi. « On ferait peut-être mieux d'engager un guide non officiel. »

Ross se souvint de Chico et émit un grognement désapprobateur.

« C'est la quatrième agence à nous dire qu'on ne peut sortir des sentiers battus sans autorisation, reprit Elizabeth. Tout le monde veut savoir ce que nous recherchons.

– Chose que nous ne pouvons évidemment pas révéler, poursuivit Ross. Il nous faut trouver une fausse raison. On dirait que les gens d'ici n'ont que très peu de sympathie pour les pilleurs de tombes ou les chasseurs de trésors : je propose de nous faire passer pour des prospecteurs pétroliers.

– Je préférerais de loin jouer à la chasseuse de trésors, remarqua Elizabeth. C'est drôlement plus romanesque qu'une saleté d'exploitant d'énergie fossile.

– Ça me va droit au cœur », répondit Ross.

Elizabeth haussa les épaules et se retourna vers sœur Chantal : « Vous disiez que vous étiez déjà venue ici auparavant. Comment vous y étiez-vous prise ? »

La religieuse hocha la tête. « C'était il y a bien longtemps. J'étais bien plus jeune, et tout était si différent. »

Ça, je veux bien le croire, pensa Ross. Il sortit de son sac à dos un petit PDA sur lequel il avait copié diverses cartes géographiques, et qui incluait de plus un système de positionnement par satellite. « Nous pourrions suivre les directions sans l'aide de personne, proposa-t-il. Nous procurer par nous-mêmes les provisions et l'équipement nécessaire. Louer un véhicule pour rejoindre le fleuve, et de là, louer un bateau.

– Est-ce que tu as la moindre idée des provisions et de l'équipement dont nous avons besoin ? demanda Elizabeth.

Des quantités nécessaires ? Et qu'est-ce qui se passera quand nous serons au beau milieu de la forêt ? Est-ce que tu as la moindre notion de survie dans ce genre de milieu hostile ?

– J'en ai quelques-unes, effectivement », répondit Ross, se rappelant tristement que quelques semaines auparavant, Lauren et lui avaient prévu de partir en exploration spéléologique à Bornéo, avant qu'elle apprenne qu'elle était enceinte, avant qu'elle... Il s'obligea à cesser là le cours de ses pensées. « Je connais les fondamentaux : comment installer un hamac et une moustiquaire afin de nous protéger des insectes, et je connais également la plupart des dangers que nous serons susceptibles de rencontrer, comme les fers de lance.

– Les quoi ? demanda Elizabeth.

– Les fers de lance, répondit posément sœur Chantal. Ce sont de petits serpents extrêmement venimeux sur lesquels on peut marcher si on n'y prend pas garde.

– Voilà exactement où je voulais en venir, dit Elizabeth en croisant les bras d'un air résolu. Je n'irai nulle part sans un guide qui connaisse la forêt comme sa poche. »

En considérant la fragilité de sœur Chantal et l'obstination d'Elizabeth, Ross eut l'impression que leur quête, vaine et désespérée, était sur le point de s'achever avant même d'avoir débuté. Peut-être était-ce là le signe qu'il valait mieux retourner aux États-Unis auprès de Lauren, et accepter ce qui devait arriver. Il se retourna vers l'agence Amazonas Tours. Devant la large vitrine se tenait un couple, main dans la main. Une petite fille était assise sur les épaules de l'homme, roulant les boucles de ses cheveux entre ses petits doigts. Ross se souvint des centaines de fois où Lauren avait pointé du doigt des familles similaires : « Un jour, nous serons comme eux, Ross », disait-elle alors. *Plus maintenant*, pensa-t-il. *Pas si Lauren ne guérit pas. Pas si le bébé meurt.*

Cette pensée eut l'effet d'un coup de poing. Ross se retourna vivement vers Elizabeth. Il était sur le point de se lancer dans un discours visant à lui faire comprendre qu'il irait de l'avant, qu'elle le suive ou non, lorsque l'homme à la tenue de safari soigneusement repassée s'interposa. Il était plus corpulent et plus petit que Ross, son visage rasé de près était rougeaud, et ses cheveux impeccablement coiffés. Il émanait de lui un parfum subtil d'eau de Cologne.

« Veuillez excuser mon indiscrétion, dit l'homme avec un accent terriblement britannique, mais je n'ai pu m'empêcher de vous entendre vous débattre contre les formalités administratives de ce pays, à l'agence Amazonas Tours. Je pense avoir une solution à votre problème. » Il tendit la main en direction de Ross. « Hackett, Nigel Hackett, pour vous servir. J'ai une proposition à vous faire. Daigneriez-vous m'accorder un court entretien dans ce bar tout proche ? »

27

Nigel Hackett ne put s'en empêcher : « Je vous en prie, ne faites pas ça », dit-il au serveur du bar *Heladeria Holanda.* Après avoir déposé une bouteille d'Inca Kola sur la table, l'homme s'apprêtait à nettoyer son verre. « Votre torchon est sale. » Hackett remarqua que ses trois clients potentiels le dévisageaient, et eut un sourire désolé. « J'ai horreur de cette habitude qui consiste à nettoyer un verre tout propre avec un torchon répugnant. »

Durant sa vie entière, Nigel Hackett avait fait tout ce qu'on avait attendu de lui. Enfant maladif, en proie à une légion d'allergies, il s'était efforcé de se conformer aux ambitions que ses parents nourrissaient à son égard. Ils avaient investi pour lui dans un enseignement de choix : école primaire privée de Holmewood House, dans le Kent, internat de Charterhouse, dans le Surrey, et des études de médecine à Cambridge. En retour, il avait passé haut la main tous les examens qui lui avaient été imposés et, une fois son diplôme de médecine en poche, il avait brièvement exercé dans l'armée britannique, avant d'ouvrir son propre cabinet de généraliste pour patients huppés, près de Guildford. Marié à une jeune femme ayant trouvé grâce aux yeux de ses parents, il s'était conformé à ses désirs, en gagnant assez d'argent et en accédant à un statut professionnel qui lui permit de vivre l'existence enviable d'épouse d'un médecin renommé.

Pourtant, en dépit de ce conformisme de façade, Nigel Hackett dissimulait au monde la passion qu'il nourrissait depuis des années. Il était encore enfant lorsque le légendaire aventurier Matt Lincoln s'était rendu dans son école pour une petite présentation des civilisations pré-incas du Pérou et de l'Amazonie. Depuis ce jour, il avait rêvé de devenir un jour explorateur. Son plus grand désir était de découvrir la cité légendaire que Lincoln avait recherchée en vain durant des années : la métropole originelle, perdue au cœur de la forêt amazonienne, dont étaient issues toutes les civilisations précolombiennes. Hackett n'avait jamais révélé ce rêve à personne. En tout cas, pas avant que son épouse ne brise son cœur en le quittant pour son professeur particulier de salsa. Cela faisait à présent trois ans qu'il avait revendu son cabinet, payé les frais exorbitants de son divorce, et fait l'acquisition d'un bateau destiné à la navigation sur le fleuve Amazone. Son projet était d'y vivre, de subvenir à ses besoins en transportant des touristes jusqu'aux sites les plus recherchés, et de mettre à profit son temps libre pour réaliser son rêve : explorer la forêt tropicale, découvrir d'anciennes cités perdues, et le cas échéant, leur or.

Mais les rêves deviennent rarement réalité.

En dépit de sa soif d'aventure, Hackett n'avait rien d'un explorateur né. Ses allergies et sa peur compulsive de la saleté avaient été faciles à gérer au Royaume-Uni (même pendant son service militaire), mais c'était loin d'être le cas au cœur de l'Amazonie. Le sol, à lui seul, parvenait à emplir son nez de démangeaisons et ses yeux de larmes. Il devait préférer aux lentilles de contact des lunettes aux verres épais afin de corriger sa très mauvaise vue. Bien qu'il eût réussi à se faire d'excellentes relations et plusieurs amis qui lui procuraient des autorisations gouvernementales et se proposaient de vendre l'or qu'il trouverait sans passer par les autorités, son négoce de navigation touristique menaçait chaque mois de prendre l'eau. Les habitants de la région n'avaient jamais recours à ses services, et il ne parvenait à survivre qu'en convoyant jusque dans la forêt tropicale les géologues de compagnies pétrolières, à qui il offrait à bord ses services de médecin. En ce qui concernait son rêve, il n'avait disposé que de très peu de temps libre pour partir en quête de ruines, qui du reste, pour la plupart, avaient déjà été découvertes. Il avait rejoint Cajamarca dans une ultime tentative de s'associer aux agences de voyage du lieu, et d'offrir aux touristes un « pack découverte » de l'Amazonie. Mais aucun des tour-opérateurs de Cajamarca n'avait daigné mordre à l'hameçon : l'état actuel de leurs affaires leur convenait parfaitement.

Hackett devait absolument faire un gros coup. S'il ne gagnait pas sous peu une somme raisonnable, il serait confronté à ce qu'il s'était toujours refusé à envisager : la vente de son bateau, de son Land Rover, et le retour aux cieux gris d'Albion, la queue entre les pattes. C'était la raison pour laquelle, lorsqu'à l'agence Amazonas Tours, il avait senti la frustration du trio de voyageurs – le grand et robuste Américain, la jeune femme aux cheveux rouges singulièrement attirante, et la vieille dame élégante au regard déconcertant – il s'était empressé de tendre l'oreille.

Une fois les présentations faites, il sourit à ses clients potentiels, en se demandant ce qui pouvait réunir un géologue, une universitaire et une religieuse. « Il vous faut donc de l'équipement, des vivres, un moyen de locomotion et un guide pour affronter les périls de l'Amazonie, c'est cela ?

– Tout à fait, répondit Ross.

– Pour combien de temps ?

– Deux mois, maximum.

– Deux mois ? Cela risque de vous coûter une certaine somme.

– C'est évident. »

Il observa le trio improbable. « Vous participeriez tous les trois à l'expédition ?

– Oui, tous les trois », répondit la religieuse qui ne portait aucun signe distinctif de ses vœux, à l'exception de la grande croix qui pendait à son cou. Elle sourit en avalant une petite gorgée de son café au lait, et quelque chose dans son regard étrange convainquit Hackett de ne pas la sous-estimer.

« Mais vous ne savez pas exactement où vous désirez aller ?

– Pas exactement, confirma Ross. Nous savons d'où partir. Nous devrons suivre ensuite des indications qui nous guideront jusqu'au fleuve, puis au cœur de la forêt tropicale.

– Des indications ? » Les yeux de Hackett se plissèrent, puis s'ouvrirent soudain, comme dans une illumination. « Laissez-moi deviner. Vous recherchez de l'or ? »

Dans un silence complet, les trois clients potentiels se dévisagèrent mutuellement. La séduisante jeune femme, Elizabeth, ramassa du bout du doigt une goutte de café sur la table et la lécha. Il ne put réprimer un frisson. Avait-elle conscience du nombre de germes qu'elle venait d'absorber ? « Tout à fait, répondit-elle dans un geste théâtral. Nous sommes chasseurs de trésors.

– Qui ne l'est pas ici ? » dit-il sèchement. Il en naissait un toutes les minutes. « Ne me dites rien. Quelqu'un vous a vendu une carte.

– Non », répondit Ross.

Hackett sourit. « Vous avez bien une carte, n'est-ce pas ? Où vous l'êtes-vous procurée ? Un quidam a dû vous la vendre à Lima, aucun doute là-dessus. Il a dû vous dire qu'elle vous mènerait jusqu'à un trésor oublié, quelque or inca. » Hackett rit franchement. « Croyez-moi, il doit bien y avoir un millier de cartes en circulation, et aucune d'elles n'a la moindre valeur. J'en sais quelque chose. J'en ai fait l'expérience pour un certain nombre. » Il les observa à nouveau attentivement. L'étrange trio ne ressemblait pas aux touristes américains de base qui venaient en ces lieux, avec leurs T-shirts tape-à-l'œil et leurs jeans repassés, en quête d'aventures garanties sans risques. Il avait besoin d'argent, mais pas à ce prix. « Suivez mon conseil, mes amis, ne gaspillez ni votre temps ni votre argent. Profitez du Pérou : allez visiter les étonnantes ruines chachapoyennes des hauts plateaux ; remontez au nord pour vous prélasser sur la plage de Máncora ; allez prendre la cuite du siècle à Lima, et rentrez chez vous.

– Monsieur Hackett, nous n'avons pas de carte », dit l'homme. La colère qu'il contenait difficilement désarçonna Hackett. « Ce que nous possédons est un document extrêmement ancien, écrit par un jésuite peu après la conquête du Pérou par Pizarro. »

Hackett faillit éclater de rire, mais l'expression de Ross l'en dissuada. Il n'avait manifestement pas affaire à un aventurier du dimanche parti en goguette pour trouver de l'or. « Où avez-vous acheté ce document ?

– Je ne l'ai pas acheté, répondit la religieuse. Il n'en reste pas moins qu'il indique des directions que nous ne pourrons suivre qu'avec votre aide.

– Des directions menant vers où ?

– Le jésuite qui écrivit ce texte accompagnait une escouade de conquistadores en mission dans la forêt vierge. » Elle observa un silence infime, et ses yeux magnifiques pétillèrent d'un sourire énigmatique. « En quête de l'Eldorado.

– La légendaire cité d'or. » Bien malgré lui, Hackett frissonna d'excitation. « Est-ce que ce prêtre a trouvé quelque chose ? »

Le trio acquiesça à l'unisson. « Il a bien trouvé quelque chose. »

Hackett se redressa sur sa chaise : « Quoi donc ?

– C'est ce que nous aimerions justement savoir, répondit Ross.

– Puis-je voir ce document ? »

Sœur Chantal lui tendit un livre. Hackett l'ouvrit précautionneusement. Sa superbe reliure de cuir et ses pages de vélin jauni semblaient témoigner de son authenticité, ce qui exacerba d'autant plus l'enthousiasme de Hackett. À la fin de l'ouvrage avaient manifestement été rajoutées dans la reliure plusieurs pages à la teinte légèrement différente, mais apparemment tout aussi vieilles que les précédentes. Il feuilleta les premières pages : les informations étaient indiquées en vieux castillan dans un style obscur. Il pouvait sentir les regards de ses trois potentiels clients peser lourdement sur lui. Il prit connaissance du lieu de départ, *La Prisión del Rey*, lut la première indication, et au gré des pages suivantes, tenta d'en comprendre le plus possible. Au bout de quelques minutes, il releva les yeux, en tentant de paraître le moins chamboulé possible. « Toutes les informations se trouvent-elles ici ? »

La religieuse lui reprit le livre des mains : « Toutes.

– Ont-elles un sens à vos yeux, M. Hackett ? demanda Elizabeth.

– Oui, sans nul doute », répondit Hackett en humectant ses lèvres soudainement très sèches. Il aurait voulu s'emparer de son inhalateur, mais se contenta de ralentir sa respiration, apaisant quelque peu son cœur qui battait à tout rompre. Était-il en train de tirer de nouveaux plans sur la comète ? De bâtir un énième château en Espagne ? Ou s'agissait-il, au moment même où il était tout près de s'avouer vaincu et de rentrer chez lui, de la chance qu'il attendait depuis si longtemps ?

« Pouvez-vous par exemple nous préciser exactement où doit commencer notre quête ? » demanda Ross en échangeant un regard avec Elizabeth.

Hackett ne put réprimer un sourire : ils le testaient à présent. Il jeta un coup d'œil à sa montre. Bien. Le soleil se coucherait bientôt. Il se leva et déposa sur la table quelques billets de *nuevos soles* pour payer les consommations. Il se dirigea vers la sortie en leur faisant signe de le suivre. « Je peux faire mieux que vous dire où votre prêtre a débuté sa quête. » Il ouvrit la porte et mit un pied sur la route poussiéreuse. « Beaucoup mieux. »

En traversant la grande place à la suite de Hackett et en empruntant la rue adjacente qui menait au seul bâtiment inca qui subsistait dans tout Cajamarca, Ross était loin de s'imaginer qu'ils étaient eux-mêmes suivis. La petite pièce où Pizarro avait retenu prisonnier l'empereur Atahualpa n'avait rien de particulier, mis à part ce que Hackett désigna comme des signes distinctifs de l'architecture inca : des encadrements de portes et des niches dans les murs de forme trapézoïdale. Il flottait dans l'air une odeur de poussière. Une odeur de passé.

« Nous y voilà, dit Hackett. Les guides touristiques appellent cette pièce *El Cuarto del Rescate*, la chambre de la rançon, mais votre prêtre a éminemment raison. Il s'agit bel et bien de *La Prisión del Rey*, la prison du roi. » Hackett regarda Ross droit dans les yeux et sourit. « Mais vous le saviez déjà, n'est-ce pas ? » Ross répondit par un haussement d'épaules. « Cela vous impressionnerait-il un peu plus si je vous révélais jusqu'où mène la première direction indiquée dans votre document ? »

Ross échangea un bref regard avec Elizabeth. « Oui, répondit-il. Ça va sans dire. »

Sœur Chantal, Elizabeth et lui suivirent Hackett dehors. Il faisait déjà sombre. En contemplant le ciel pourpre et noir, Ross eut le regard happé par une étoile étincelante. Il tenta de se rappeler ce que le journal de route du père Falcón indiquait au sujet du ciel de juin. Hackett suivit son regard avant de se tourner vers sœur Chantal : « Pourriez-vous me lire la première indication ? »

Elle s'exécuta : « Avec la croix pour guide, marchez deux jours jusqu'à la cité perdue sur le sourcil de la forêt. »

Hackett sourit : « Ah oui, le sourcil de la forêt : *la ceja de la selva.* » Les mots roulèrent sous sa langue. Il pointa du doigt l'étoile étincelante : « Voici votre croix : *crux*, selon la désignation latine. Plus connue sous le nom de Croix du Sud. » Son sourire se fit alors presque enfantin. « Mais nous n'aurons pas à la suivre : je sais déjà où elle nous guidera. La cité qui se trouve sur le sourcil de la forêt était probablement perdue et oubliée à l'époque où votre prêtre écrivit ses notes, mais elle fut découverte en 1843 par Juan Crisóstomo Nieto. Elle a pour nom Kuelap. » Il désigna alors un Land Rover à la carrosserie métallisée immaculée, garée tout près de la grande place. « Et grâce à ceci, il ne nous faudra pas deux jours pour nous y rendre. » Il se retourna vers Ross. « Cela vous impressionne-t-il un peu plus ? »

Ross affichait malgré lui un large sourire : « Un peu plus, c'est certain. »

Hackett pointa le journal de route que sœur Chantal tenait dans ses mains. « D'après ce que j'ai lu, la plupart des premières directions indiquées semblent assez simples à trouver. Le tout est de savoir où elles vous guideront une fois sur le fleuve. Je suis quasi certain que lorsque vous aurez embarqué sur un bateau et que vous suivrez le cours de l'Amazone, les indications seront bien plus ardues à suivre. Fort heureusement, juin est le premier mois de la saison dite sèche, et le fleuve ne débordera pas de son lit, ce qui n'affectera pas la visibilité des points de repère du paysage. »

Ross acquiesça. Malgré les manies de Hackett, il ne pouvait s'empêcher d'éprouver de la sympathie pour ce sujet de la couronne britannique. « Dans ce cas, acceptez-vous de nous aider ? Pouvez-vous nous procurer un moyen de locomotion, un guide qui nous tiendra à l'écart du danger et tous les vivres dont nous aurons besoin pour mener à bien cette expédition ? Nous sommes prêts à vous payer le prix qui vous semblera le plus juste. »

Hackett ne répondit pas immédiatement, les jaugeant l'un après l'autre, comme s'il se demandait ce qu'il pourrait bien faire d'eux. « Tout cela est vraiment sérieux, n'est-ce pas ?

– Tout ce qu'il y a de plus sérieux.

– Admettons que je trouve quelqu'un pour vous guider, que je fournisse les vivres et l'équipement nécessaires, et que je vous accompagne. Imaginons que nous trouvions l'Eldorado. Partagerons-nous tout ce que nous y trouverons ? Je connais un homme qui peut se charger de vendre l'or pour nous.

– Je n'y vois aucune objection, répondit Ross avant de consulter du regard sœur Chantal et Elizabeth, qui acquiescèrent de concert. Ma façon de voir les choses est très simple : une part de quelque chose vaut mieux que la totalité de rien du tout. Nous partagerons tout l'or que nous pourrons trouver. À parts égales. » Ross et les deux femmes tendirent leurs mains, et Hackett les serra.

« Connaissez-vous un bon guide ? demanda Elizabeth.

– Oui. Juarez. Il m'aide à entretenir mon bateau. Il est d'origine quechua et connaît l'Amazonie comme sa poche. » Pris par une soudaine bouffée d'excitation, Hackett se saisit de son inhalateur. « Je dois vous préciser quelque chose, cependant. L'or n'est pas le seul enjeu à mes yeux. Cette zone de forêt vierge est jonchée de ruines pré-incas, vieilles de plusieurs milliers d'années. La raison qui poussa jadis des peuples tels que les Chachapoyas à vivre dans la jungle de ces hauts plateaux est l'un des plus grands mystères de l'histoire précolombienne, sans parler de l'origine même de leur civilisation. De nombreux archéologues sont convaincus que la culture chachapoya s'est répandue à travers l'Amazonie et que le berceau des civilisations de ce continent, l'immense cité originelle aux énormes tours, aux gigantesques remparts et aux incroyables places, se trouve encore quelque part dans la jungle amazonienne, perdue dans cet océan infini. Certains prétendent qu'il s'agirait de la fabuleuse cité d'Eldorado. » Hackett sourit alors. « Du plus loin qu'il me souvienne, j'ai toujours voulu découvrir cette ville légendaire. »

Ross se sentit coupable de faire croire à Hackett qu'ils partaient en quête de l'Eldorado, mais se dit aussitôt qu'ils avaient probablement plus de chance de trouver la cité d'or de l'aventurier anglais que le jardin miraculeux du père Falcón. « Et pour les autorisations dont on nous a rebattu les oreilles ? »

Hackett écarta ses craintes d'un faible mouvement de la main. « Je connais certaines personnes qui s'en chargeront. Le gouvernement se contrefiche de la sauvegarde du patrimoine national, leur seul souci est l'argent que peut leur rapporter l'histoire de leur pays par le biais du tourisme. En 2003, ils ont donné carte blanche aux compagnies pétrolières pour prospecter les terres ancestrales des indigènes de l'Amazonie péruvienne. Et vous savez comme moi le peu de cas que fait l'industrie pétrolière de la protection de l'environnement. Si quelque chose de réellement précieux se trouve quelque part dans cette forêt vierge, nous ferions aussi bien de le trouver au plus vite, avant qu'ils le détruisent. Et s'il s'agit d'un site assez important et intéressant, il se pourrait même que le gouvernement péruvien daigne cesser toute exploitation abusive dans ce coin de l'Amazonie.

– Quand pouvons-nous partir ? demanda Ross, impatient de se lancer vraiment dans l'aventure.

– Nous sommes lundi. Disons jeudi.

– Si tard ?

– Nous partons pour un certain temps : il me faut impérativement veiller à ce que nous ne manquions de rien. » Il sortit un carnet, griffonna, et arracha la feuille qu'il venait de noircir pour la donner à Ross. « Je m'occuperai du nécessaire, mais voici quelques effets personnels dont vous devrez vous munir pour affronter la forêt : crème solaire, chapeaux, sac à dos, ce genre de choses. Profitez de ces quelques jours pour vous procurer tout ce qu'il vous manque. »

Ross parcourut la liste. Ils avaient déjà la majorité des objets qui y figuraient, mais l'une des lignes rédigées le surprit énormément. « Des préservatifs ? » Il releva les yeux sur Hackett, sans savoir s'il devait se sentir offensé. « Je suis marié. »

Hackett éclata de rire. « Ils ne serviront pas à ce que vous pensez. Ils seront très utiles dans la forêt. Et procurez-vous les plus petits que vous pourrez trouver, quelle que soit votre fierté ou votre prétention. Vous aurez besoin d'un justaucorps de latex le plus serré possible. Les eaux de l'Amazone ne sont pas aussi chaudes qu'on peut le croire.

– Je ne vous suis pas.

– Vous comprendrez. Croyez-moi, vous comprendrez. Où logez-vous ?

– À l'hôtel El Ingenio.

– Je viendrai vous y chercher jeudi. Avant l'aube. Disons à 4 h 30. Une longue journée nous attend.

– Nous serons là », répondit Ross, les yeux rivés sur la liste, se demandant comment il allait bien pouvoir passer le temps une fois achetés les quelques objets qui leur manquaient. « Nous serons là. »

Des ombres où il se tenait tapi, Marco Bazin n'avait pas besoin de l'oreillette qui le reliait au micro directionnel qu'il tenait dans sa main. Il venait d'apprendre tout ce qu'il avait besoin de savoir, dans le bar comme en pleine rue. Il savait à présent quand et où Ross Kelly allait véritablement se lancer dans sa quête. Il profiterait de ces quelques jours pour rencontrer Torino et l'informer du plan dont il avait eu l'idée.

Malgré sa fatigue, Bazin se sentait bien dans sa peau, épiant Ross et les deux femmes qui serraient la main de l'Anglais avant de se séparer. Sa peau olivâtre avait déjà perdu de sa pâleur cireuse au soleil, ses cheveux repoussaient, et pour la première fois depuis des mois, il se sentait fort. Il avait pris en filature Ross, la religieuse et l'étudiante rousse depuis les États-Unis, et ne les avait quittés des yeux que depuis la veille au soir, lorsqu'ils étaient entrés dans leur hôtel. Il avait alors écumé les bars des quartiers les plus mal famés de la ville, en quête de main-d'œuvre.

Il avait toujours préféré travailler seul, mais il lui était déjà arrivé d'avoir recours aux services de petites mains pour les préparations, les éventuels renforts ou les travaux de nettoyage. Pour des raisons similaires, il devait à présent s'entourer de collaborateurs, mais c'était cette fois-ci dans un but autrement plus noble.

« Est-ce que le journal de route est une carte au trésor ? »

Bazin quitta l'allée où il se trouvait, ajusta son panama et se retourna vers l'homme. Les yeux cupides du Péruvien luisaient comme du jais. « Le livre, j'en fais mon affaire, Raúl. Contente-toi de t'occuper du matériel, des armes et des hommes dont j'ai besoin. Tu penses pouvoir réunir tout ça d'ici mercredi midi ?

– *Sí,* combien vous payerez les hommes, *señor* ?

– Ce dont nous avons convenu. Pas plus, pas moins. »

Un bref instant, Raúl sembla hésiter à renégocier le tarif, puis il haussa les épaules, en signe d'assentiment. C'était un amateur, mais Bazin n'avait d'autre choix que de s'en servir. Il n'avait aucun contact dans cette région, et le temps ne jouait pas en sa faveur. Même s'il s'agissait là de l'œuvre de Dieu, c'était un boulot de tous les diables de trouver des hommes sûrs, prêts à voler et à tuer pour de l'argent.

28

Lima. Le lendemain

Les deux limousines noires quittèrent la résidence jésuite et s'engagèrent dans les larges boulevards de Lima. Des vitres teintées dissimulaient aux yeux des passants les deux passagers assis à l'arrière de la voiture de tête. La vitre qui les séparait du chauffeur évitait toute indiscrétion de ce dernier.

« Et si cela ne marche pas ? » demanda Torino, après avoir écouté le plan de son demi-frère.

Bazin sourit. « Ça va marcher. Et au cas où quelque chose ne se passerait pas comme prévu, j'ai d'autres solutions de secours. » Il tendit à Torino un PDA et lui expliqua le fonctionnement du dispositif. « L'émetteur, grâce au positionnement par satellite, vous permettra de repérer son emplacement sur la carte avec une précision minimale d'un mètre. »

Torino eut la sensation que son demi-frère était mû par une nouvelle confiance en lui. Il ne se contentait plus d'accomplir les tâches qu'il lui assignait, il les complétait, les enrichissait. « Cela doit impérativement marcher, Marco. Nous ne pouvons nous permettre le moindre faux pas.

– Ça va marcher. »

Torino réfléchit un instant. Puis il appuya sur le bouton incorporé dans la vitre qui les séparait du chauffeur, et ordonna à ce dernier de s'arrêter. La limousine se gara presque immédiatement dans une petite rue anonyme. « Alors fais ce que tu dois faire, Marco », dit Torino. Bazin sortit de la voiture, et Torino abaissa sa vitre. « Et tiens-moi informé de tes faits et gestes. »

La voiture redémarra, emprunta une longue avenue et s'arrêta devant un grand bâtiment de style colonial, estampillé d'une large plaque de bronze où l'on pouvait lire MINISTERIO DEL INTERIOR. La délégation de Torino sortit de la seconde limousine : son secrétaire personnel, mince comme un roseau et portant des lunettes, et quatre hommes grands et robustes vêtus d'uniformes gris anonymes. Avant qu'ils aient pu le rejoindre, Torino leur dit de l'attendre dans leur véhicule. Il entra seul dans le bâtiment.

Le ministre de l'Intérieur péruvien reçut le Supérieur général de la Compagnie de Jésus avec les égards dus à un véritable chef d'État. Après l'avoir accueilli en personne, il l'amena jusqu'à son imposant bureau et le présenta à l'homme qui s'y trouvait déjà : l'avocat du gouvernement péruvien. Ils burent le café, échangèrent quelques civilités, et en vinrent rapidement à ce qui les réunissait en ces lieux.

« Avant tout, permettez-moi de vous faire savoir que nous avons signé l'accord de confidentialité que vos avocats nous ont envoyé de Rome. Rien de ce dont nous discuterons dans ce bureau n'en sortira. »

Torino sourit en sortant un document de son attaché-case, une bulle qui portait le sceau papal. « Vous m'en voyez rassuré. Je ne saurais assez souligner la délicatesse du sujet dont nous devons nous entretenir. Bien que le Pérou soit notre choix de prédilection dans le cadre de cette initiative, rien n'a encore été décidé officiellement. Si la moindre rumeur à propos de tout ceci venait à se répandre avant la finalisation totale de notre accord, le Vatican se verrait contraint de nier tout en bloc, vous comprenez ?

– Bien sûr. Nous ne mettrions en péril cette collaboration pour rien au monde. Je me suis entretenu plus tôt avec notre président qui m'a donné pour instruction de vous fournir toute l'aide dont vous aurez besoin pour ce projet. Il aurait dû être présent à cet entretien, mais il n'a pu quitter la Chine où il mène des négociations commerciales. »

Torino tendit la bulle papale au ministre : « Ceci certifie que je parle ici au nom du pape. »

Le ministre brisa le sceau, lut le document, puis le passa à l'avocat. « En quoi pouvons-nous donc vous être utile, Votre Excellence ?

– Comme vous n'êtes pas sans le savoir, le Vatican est une nation indépendante au sein même de l'Italie. Les accords du Latran, signés en 1929, ont juridiquement entériné sa souveraineté. Ce statut confère à l'Église catholique romaine l'indépendance et l'autorité lui permettant d'agir selon ses convictions morales, sans la moindre obligation vis-à-vis de la politique de l'État hôte. Notre Très Sainte Église aimerait par ailleurs étendre sa présence morale dans le monde. À cette fin, nous souhaiterions fonder un deuxième État du Vatican dans l'hémisphère sud, plus précisément en Amérique latine, loin des conventions sclérosées de l'Ancien Continent. Contrairement à la splendeur antique de la ville de Rome, ce nouveau Vatican serait un nouvel État, écologique, vivifiant, virginal et pur, un havre de paix, de spiritualité et de sauvegarde de l'environnement dans notre monde moderne, avec pour fondements premiers l'écologie et l'autarcie. Nous espérons que cette vision concrétisée du futur deviendra un modèle et un exemple pour le monde entier.

– Un nouvel éden, en somme ? » commenta le ministre.

Torino ne put s'empêcher de sourire : « Très exactement. Notre préférence va tout naturellement à l'Amérique du Sud, fille de l'Église, et le Pérou serait un lauréat de premier choix. Votre pays est politiquement stable, ni trop grand ni trop petit. Cependant, nous savons qu'il y a quelques années, vous avez accordé à des compagnies pétrolières le droit de prospecter la forêt amazonienne. Vous les avez même autorisées à construire un oléoduc. La réputation internationale de votre pays a souffert de ce que la communauté internationale a considéré comme un manque d'égards vis-à-vis de la faune et de la flore sauvages, au profit d'intérêts bassement mercantiles, dangereux pour l'équilibre de l'écosystème. »

Le ministre se redressa sur son siège. « Comment pourrions-nous vous convaincre d'opter pour le Pérou ?

– Voici l'accord que nous pourrions vous proposer : nous choisirions l'emplacement du nouveau Vatican en Amazonie, dans un périmètre protégé de la forêt vierge qui serait conservé tel quel, selon la volonté de Dieu. Vous céderiez ce territoire au Vatican et inscririez son statut perpétuel de nation souveraine dans les lois péruviennes et internationales. Vous vous engageriez en outre à protéger sa souveraineté. En retour, vous recevriez pour prix des terres un dédommagement conséquent, et redoreriez considérablement le blason de votre pays, tant d'un point de vue local que dans le concert des nations. Vous bénéficieriez d'une image positive en montrant au monde que vous vous souciez activement de la sauvegarde de l'environnement. Très pragmatiquement, vous accueilleriez en votre sein une petite nation, en soi de peu de valeur économique, en échange d'un prix non négligeable, de retombées touristiques certaines, et d'un tout nouveau prestige international. »

Le ministre jeta un bref coup d'œil à l'avocat qui exprima son accord d'un simple acquiescement. « Cela semble très raisonnable. » Le ministre se leva et s'approcha d'une carte accrochée au mur.

« Existe-t-il des zones de forêt primaire intouchables ou déjà réservées au secteur pétrolier ? demanda Torino.

– Pas spécialement. Si un périmètre vous intéresse, nous vous garantirons la préséance sur les compagnies pétrolières. » Il désigna du doigt un coin de la carte. « Permettez-moi du reste d'attirer votre attention sur une zone spécifique qui pourrait vous...

– Cela ne sera pas nécessaire, je vous en remercie. Je saurai reconnaître la terre que nous cherchons. Le Seigneur me guidera dans ce choix. »

Le ministre fronça les sourcils. « Votre Excellence, vous n'avez pas pour projet de parcourir l'Amazonie vous-même ?

– Je le dois.

– C'est un lieu très dangereux, Votre Excellence.

– Dieu me protégera, et le Saint-Père a délégué auprès de moi quatre soldats du Vatican.

– Des gardes suisses ? » Un début de sourire incrédule s'esquissa sur les lèvres du ministre. « Avec tout le respect que je vous dois, Votre Excellence, tout ministre de notre gouvernement désireux de s'enfoncer dans la forêt vierge se voit toujours accompagné par une équipe de soldats des Forces spéciales *tout spécialement* entraînés aux missions dans ce milieu.

– Et j'en ferai tout autant, monsieur le ministre. N'allez pas croire que nos gardes suisses, sous prétexte qu'ils portent des uniformes d'apparat multicolores et des hallebardes, ne sont que des arlequins de fer blanc.

– Je ne voulais en aucun cas vous offenser. Mais s'il devait arriver quoi que ce soit au Supérieur général de la Compagnie de Jésus, invité d'honneur de notre pays... »

Torino leva la main en souriant à nouveau : « Je comprends. »

Nombreux étaient ceux qui sous-estimaient la petite armée du Vatican, composée depuis le XVIe siècle de mercenaires helvètes. Pourtant, lorsque les troupes de Hitler étaient entrées dans Rome, les gardes suisses avaient enfilé leurs uniformes gris et avaient pris position à leurs postes, qui derrière des mitrailleuses lourdes, qui derrière des mortiers.

Les nazis n'attaquèrent pas le Vatican, mais les gardes suisses, bien que largement moins nombreux, étaient prêts à sacrifier leur vie pour protéger le souverain pontife. Tous les membres de la garde suisse étaient à présent catholiques, âgés de 19 à 30 ans, mesuraient au minimum 1,74 m et bénéficiaient d'un entraînement militaire au sein de l'armée suisse. La compétition était rude : le Vatican ne retenait que les meilleurs. Chaque nouvelle recrue jurait de défendre le pape et les palais pontificaux du Vatican. Les quatre gardes suisses qui accompagnaient Torino étaient des soldats d'élite. Ils parlaient couramment l'espagnol et jouissaient d'un entraînement spécial de survie en forêt tropicale humide. « N'ayez aucune inquiétude, monsieur le ministre : mes hommes sont parfaitement capables de me protéger. Néanmoins, j'apprécierais que vous consentiez à leur fournir les armes et l'équipement dont ils pourraient avoir l'usage durant notre séjour dans votre pays.

– Cela va de soi. »

Le ministre saisit une feuille posée face à l'avocat et la tendit à Torino. « Cette lettre vous conférera toute liberté de mouvement sur notre territoire. Elle vous permettra en outre de réquisitionner tout matériel et tout moyen de locomotion dont vous aurez besoin dans votre quête, y compris les armes et les munitions nécessaires à votre protection. Communiquez simplement vos besoins aux autorités locales, elles se feront un devoir d'y répondre. » Il se retourna à nouveau en direction de l'avocat qui présenta trois exemplaires d'un contrat très épais. « Ceci est l'accord que vos avocats et les nôtres ont finalisé hier. En substance, il confère au Vatican le droit de choisir vingt mille hectares de forêt primaire péruvienne au prix convenu.

– N'importe où ?

– Tout à fait. À condition que cela reste dans les limites de la forêt vierge et que le terrain n'appartienne à personne.

– Et pour ce qui est des peuples indigènes ?

– Aucun problème. Nous les déplacerons.

– Et si le territoire choisi dépasse la superficie requise de vingt mille hectares ? »

Un faible haussement d'épaules : « Nous ajouterons une annexe. » Le ministre sourit. « Comme vous aurez l'occasion de le constater, Votre Excellence, nous sommes loin de manquer de forêt vierge. »

29

Cajamarca. Jeudi, 4 h 30

Lauren avait toujours accusé Ross d'être trop impatient, mais il ne s'était jamais senti aussi impatient que durant cette attente de quelques jours à Cajamarca. Sœur Chantal s'était réfugiée dans la méditation, et avait profité de ce court délai pour dormir, rassemblant ainsi toutes ses forces. Elizabeth n'avait cessé, alternativement, de rassurer Ross, et de lire à peu près tout ce qui lui avait été possible de lire, à l'instar de Lauren lorsqu'elle était en vacances. Ross avait été incapable de se relaxer. Après avoir acheté les objets de la liste de Hackett qui leur manquaient, et après avoir visité Cajamarca pour la troisième fois, il s'était penché sur le journal de route du père Falcón, tâchant de déterminer le temps qui leur serait nécessaire pour trouver le jardin, si seulement il existait. Il se sentait comme dans des limbes, ni aux côtés de sa femme ni encore pleinement engagé dans sa quête pour la guérir, alors qu'il souhaitait se jeter à corps perdu dans l'aventure. Tous les jours, il téléphonait à son père, et tous les jours, son père lui répétait qu'il n'y avait eu aucun changement dans l'état de Lauren. Et chaque jour, Ross envisageait de rentrer aux États-Unis.

L'aube du jeudi arriva enfin. Ross, Elizabeth et sœur Chantal sortirent de leur hôtel, devant lequel les attendaient Hackett et son Land Rover étincelant. Il faisait encore nuit, et l'on pouvait voir la Croix du Sud resplendir dans le ciel.

Hackett portait un pantalon de treillis impeccable, une veste de safari, un chapeau digne d'Indiana Jones et ses lunettes aux verres en cul de bouteille. Il les salua et installa leurs bagages sur la galerie du Land Rover. « Essuyez bien vos pieds avant d'entrer, et veillez bien à maintenir les vitres fermées. Je suis allergique à la terre. Je brancherai la clim dès notre départ. »

Allergique à la terre? Ross échangea un regard avec Elizabeth mais s'abstint de la moindre remarque en s'asseyant à la place du passager, tandis qu'Elizabeth et sœur Chantal s'installaient confortablement sur la banquette arrière. Ross admirait non sans ironie ce Hackett, qui avait choisi la vocation à laquelle il semblait le moins correspondre, à savoir l'organisation de circuits touristiques dans la forêt amazonienne, l'une des plus importantes sources de terre et d'humus à la surface du Globe. Ross appréciait cependant ce bien curieux aventurier anglais. Malgré sa réserve toute britannique et ses étranges manies, Hackett était comme nimbé d'une profonde intégrité morale, presque surannée.

Ils mirent six heures à rallier Kuelap. La piste cahoteuse sillonnait la forêt des hauts plateaux jusqu'à un col de trois mille mètres, avant de redescendre à pic jusqu'au río Marañón. Leur première escale fut un petit village du nom de Tingo, au sud de Chachapoyas.

« Nous marcherons à partir d'ici », déclara Hackett. Il s'adressa à sœur Chantal : « La pente est plutôt raide. Peut-être préféreriez-vous nous attendre dans la voiture ? »

Sœur Chantal ne répondit même pas : elle sortit du Land Rover, passa son bras autour de celui d'Elizabeth, et se mit à marcher. Il faisait chaud, une légère brise humide soufflait, et Ross sentait l'odeur de la terre rouge que chacun de ses pas soulevait. Il leur fallut deux heures supplémentaires pour atteindre les ruines qui surplombaient Tingo de mille mètres. Lorsqu'il aperçut la forteresse abandonnée, Ross oublia complètement sa fatigue, et marqua le pas pour contempler le spectacle. L'endroit était gigantesque. À en croire Hackett, il s'agissait de la plus grande cité pré-inca de tout le Pérou. Juchée au sommet d'une crête de la rive gauche du río Utucamba, la place forte ressemblait à un navire éventré, perché sur une arête. Les remparts s'élevaient à près de 20 mètres, et s'étendaient sur plus de 600 mètres. Debout devant l'entrée principale, Ross se sentit minuscule et sans défense.

« Voici Kuelap, dit Hackett, brandissant son inhalateur dont il tira une profonde bouffée, la clef de voûte de notre connaissance de la culture chachapoya. La plupart des forteresses chachapoyennes furent construites sur de hautes crêtes, comme celle-ci. Elles se dressent au-dessus des forêts des hauts plateaux, et sont appelées pour cette raison *la ceja de la selva,* le sourcil de la forêt. »

Ross regarda autour de lui et fut surpris de constater qu'ils étaient apparemment seuls. Il aurait cru qu'un site aussi spectaculaire aurait attiré des nuées de touristes. Elizabeth et sœur Chantal s'assirent pour reprendre leur souffle, et Hackett fit signe à Ross de le suivre jusqu'à une tour située au point le plus élevé des fortifications. On accédait à son sommet, haut de plus de huit mètres, par des marches brisées par les siècles. Là, sur un petit cercle d'herbes courtes, Ross pouvait voir à plusieurs kilomètres à la ronde, dans n'importe quelle direction.

Debout à plus de trois mille mètres au-dessus du niveau de la mer, il regarda à l'est, où la forêt amazonienne s'étirait aussi loin que pût porter sa vue. Perdu aux confins de cet océan infini, il vit se détacher un ruban d'argent étincelant, serpentant dans la masse sombre et insondable. Tout cet espace à ciel ouvert lui parut singulier, étranger à l'espace confiné de la chambre d'hôpital de Lauren. Sa tristesse et le sentiment de culpabilité qu'il nourrissait pour l'avoir laissée seule, furent légèrement atténués par l'envie qu'il eut de faire découvrir un jour à Lauren cet incroyable paysage. Mais il éprouvait également un autre sentiment : l'espoir. Il se surprit à imaginer que quelque part dans cette immensité verte se trouvait le jardin du père Falcón, et peut-être, un remède pour Lauren. De cette époustouflante tour de guet, tout semblait possible.

Hackett pointa du doigt une route apparemment très utilisée qui conduisait jusqu'au bassin amazonien. « Les indications que donne par la suite votre prêtre nous guident vers l'est, en direction du fleuve. Depuis des siècles, cette route est la seule voie menant à l'Amazone, ce qui me pousse tout naturellement à croire que c'est elle que votre prêtre nous invite à suivre jusqu'à Tarapoto, et de là, jusqu'à Yurimaguas sur la rive du río Huallaga qui se jette dans l'Amazone. Je suis en contact radio avec Juarez : lorsque nous connaîtrons l'emplacement précis où nous feront déboucher les indications de votre jésuite, je contacterai Juarez qui viendra nous chercher pour l'étape suivante. » Il désigna l'immensité verte qui s'étendait devant eux. « Il ne fait aucun doute qu'une fois plongés dans cet océan végétal, nous aurons un besoin vital des informations du prêtre. »

Ross acquiesça, et durant un instant, tous deux restèrent silencieux, perdus dans leurs pensées, contemplant l'infini qui se déroulait à leurs pieds.

« Vous entendez ? » demanda abruptement Hackett.

Ross tendit l'oreille. « Qu'y a-t-il à entendre ?

– L'appel, dit Hackett alors qu'un sourire soulevait ses lèvres. L'appel de l'aventure. »

Le Land Rover étincelant quitta Tingo, aussitôt pris en filature par un Land Cruiser recouvert de boue.

« Pourquoi est-ce qu'on suit ces *gringos* ? Ils savent où trouver de l'or ? »

Marco Bazin abaissa ses jumelles et se retourna vers l'homme qui conduisait. « Tu les suis, Raúl, parce que tu es payé pour le faire. Garde tes distances mais ne les quitte pas de vue. » Bazin enleva son panama et se gratta la tête. Dans le rétroviseur, il surprit le reflet du personnage assis juste derrière lui, occupé à huiler son pistolet. C'était plus un adolescent qu'un homme : son long visage tanné par le soleil était ravagé par l'acné. « Vous savez ce que vous avez à faire ? » Il devait faire un certain effort pour maîtriser la colère qui perçait sous ses mots.

« *Sí* », ruminèrent les autres passagers. Ils échangèrent tous un rapide regard, et eurent le même sourire satisfait, comme si tout cela n'était qu'un jeu.

Il planta alors ses yeux dans ceux du boutonneux qui continuait à lubrifier son arme. « Gardez bien ça en tête : vous n'aurez le reste de l'argent que lorsque le boulot aura été fait. Pas avant. » Bazin se félicitait d'être totalement inconnu dans la région, même si sa réputation, à de nombreuses reprises, lui avait été extrêmement utile. Si ces amateurs avaient su qui il était – ou plutôt, qui il avait été – ils lui auraient témoigné beaucoup plus de respect.

Bazin jeta un coup d'œil à son téléphone portable pour vérifier s'il bénéficiait d'une couverture réseau digne de ce nom, et se rendit compte presque aussitôt de sa bêtise. Bien qu'aussi grand que la majorité des cellulaires, celui-ci utilisait une technologie de pointe par satellite qui garantissait à Bazin de pouvoir s'en servir où qu'il se trouvât. Il appela Torino sur son portable, identique au sien. À la troisième sonnerie, le Supérieur général répondit.

« Ils ont repris leur route, dit Bazin.

– Ne les lâche pas d'une semelle. Je te suivrai dès que j'en aurai fini à Lima. »

30

Yurimaguas

« Voyons voir... Quel peut bien être votre bateau, Nigel ? » dit Elizabeth sur un ton qui ne cachait rien de son ennui. « Laissez-moi deviner toute seule. » Elle pointa du doigt le navire blanc étincelant, qui dépareillait au milieu des embarcations répugnantes et des petits vapeurs délabrés qui mouillaient dans le port marinier, comme une dent blanche dans une bouche ravagée par les caries.. « Je parie que c'est celui-ci.

– Comment avez-vous deviné ? demanda Hackett.

– La chance, Nigel. La chance. »

Ross secoua la tête. Le trajet de Kuelap jusqu'à Yurimaguas avait pris quasiment deux jours, sur une route plus accidentée que toutes les pistes qu'il avait pu emprunter jusqu'ici. Malgré le confort du Land Rover, les six dernières heures, entre Tarapoto et Yurimaguas, avaient donné la nausée à chaque membre de la petite expédition, et mis à mal leur patience. La longueur du voyage n'était pas seule responsable de leur mauvaise humeur : le fait d'être coincés aussi longtemps ensemble dans le même habitacle y était pour beaucoup. Elizabeth avait beau être un esprit éminemment logique et mathématique, elle se moquait complètement de notions telles que le soin, et ne s'était pas gênée pour poser ses pieds sur le tableau de bord, lorsqu'était venu son tour de s'asseoir à côté du conducteur. Elle semblait même s'être fait un malin plaisir à provoquer Hackett, bien trop poli pour se permettre la moindre remarque.

Hackett gara le Land Rover à côté du bateau, et lorsque Ross ouvrit la portière, il constata que la température avait grimpé d'au moins cinq degrés, et qu'il faisait bien plus humide que dans les montagnes. Il sortit et étira ses jambes. Il ne pouvait s'empêcher d'admirer le bateau immaculé de Hackett. Les lettres de bronze resplendissaient, épelant le nom de *Discovery* sur le flanc aveuglant de la coque du navire, et lorsqu'ils s'engagèrent sur la passerelle, Ross eut l'impression que tout à bord n'était fait que de bronze poli ou de teck verni.

« C'est un bien joli bateau », commenta sœur Chantal.

Hackett rougit de fierté. « Le *Discovery* est un monocoque personnalisé de soixante-dix pieds, mû par deux moteurs de 150 chevaux.

– Combien de places ? demanda Ross.

– Six cabines. »

Ross poussa un soupir de soulagement. Chacun aurait son espace privé.

Un petit homme aux membres nerveux, aux yeux marron souriants, à la peau basanée et aux cheveux noirs et épais sortit de la cale moteur. Son T-shirt blanc et son jean bleu étaient aussi immaculés que le bateau.

Hackett fit les présentations : il s'agissait de Juarez. « L'ironie veut que j'aie quitté l'Angleterre pour rechercher dans la jungle les vestiges de civilisations disparues, alors que Juarez, qui est né dans la forêt vierge, rêve de visiter les grandes villes d'Europe et d'Amérique du Nord. Il a horreur des ruines, qu'il considère comme des lieux de mort, ce qui ne l'empêche pas pour autant de m'aider à m'occuper du navire et de faire le guide. Il parle couramment l'anglais, l'espagnol et le quechua, et connaît l'Amazonie comme sa poche. Et c'est un sacré cuistot, ce qui ne gâche rien. » Hackett s'avança en leur faisant signe de le suivre. « Venez. Je vais vous montrer vos cabines. »

Alors que Hackett leur faisait faire le tour du propriétaire, personne ne vit passer devant le *Discovery* un homme à la carrure imposante. Une première fois. Puis une deuxième fois. La deuxième fois, il fut si proche du bord du quai que lorsqu'il se pencha pour refaire ses lacets, il lui aurait suffi de tendre la main gauche pour toucher la coque du bateau.

Non seulement chaque petite cabine était aussi propre et bien rangée que Ross l'avait imaginé, mais elles étaient toutes équipées d'une douche et de W.-C. Une petite pile d'affaires reposait sur chacun des lits, avec entre autres choses un hamac et une moustiquaire minutieusement pliés, et une bombe de puissant anti-insectes. « N'économisez pas l'anti-insectes, dit Hackett, même lorsque vous vous trouverez à l'intérieur de votre cabine. Avant que nous quittions le bateau pour nous enfoncer dans la forêt, Juarez vous expliquera comment utiliser le hamac et la moustiquaire afin que vous ne vous fassiez pas dévorer vivants.

– Ce bateau m'a l'air d'avoir coûté très cher, fit remarquer Ross une fois que Hackett eut montré à chacun sa cabine. Vous en servez-vous souvent pour des excursions ? »

L'aventurier anglais fronça les sourcils : « Pas assez souvent. Je parviens à survivre en offrant mes services de convoyeur aux compagnies pétrolières, et occasionnellement aux compagnies pharmaceutiques. C'est à croire que tout le monde vient en Amazonie en quête d'un trésor, qu'il s'agisse d'or, de pétrole ou d'un remède contre le cancer. » Il désigna un coffre sur le pont. « Cette caisse est pleine de balles de tennis et de casquettes estampillées du logo de sociétés pharmaceutiques ou pétrolières. Les gamins de la région raffolent des balles de tennis, et les compagnies se font un plaisir d'en distribuer gratuitement. Ça fait partie de leur politique de relations publiques, apparemment. Les balles rouges de l'Alascon Oil sont particulièrement à la mode, en ce moment. »

Ross eut le déplaisir de se souvenir, malgré lui, d'Underwood et de Kovacs.

« Je vais vous laisser vous rafraîchir et vous reposer un peu, dit Hackett. Yurimaguas est l'une des portes de l'Amazonie. Si mon interprétation des informations du père Falcón est juste, nous devrons suivre le río Huallagas jusqu'à Lagunas, pour rejoindre le río Marañón avant de prendre plein est. Nous finirons par déboucher ainsi sur le fleuve Amazone, qui nous conduira jusqu'au cœur de la forêt. »

Hackett prit congé et Ross s'effondra sur son lit. Il saisit son portefeuille et en sortit une photo prise durant sa lune de miel : Lauren souriait dans la lumière d'un coucher de soleil hawaïen. Elle portait une fleur dans ses cheveux, et sa peau bronzée éclatait de santé. Il se demanda s'il la verrait sourire à nouveau, et s'il verrait un jour le premier sourire de l'enfant qu'elle portait. Le puissant rugissement des moteurs le tira de sa rêverie. Il se leva et regarda par le hublot. À mesure que défilait sous ses yeux l'eau brune de la rivière, le charme canaille et décati de Yurimaguas s'éloigna, tandis que devant eux, la rivière se frayait un chemin sinueux en direction de la plus grande forêt tropicale à la surface de la Terre.

Ce ne fut qu'à cet instant, en contemplant les tours et les détours de ce cours d'eau qui se courbait à perte de vue, que Ross eut la sensation que sa quête commençait enfin.

Bazin vit le *Discovery* quitter le port de Yurimaguas, puis consulta l'écran de son PDA, où s'affichait une carte du nord-est du Pérou. Lorsqu'il activa le transmetteur GPS qu'il avait fixé sur la coque du navire, un point se mit à clignoter sur l'écran, quittant lui aussi le village de Yurimaguas. Il ajusta son panama et se retourna vers les autres passagers du Zodiac.

« J'aime bien la fille avec les cheveux rouges », dit celui qui avait passé son temps dans le Land Cruiser à huiler son pistolet, et s'en prenait à présent aux boutons d'acné qui recouvraient son visage.

Bazin lui jeta un regard menaçant : « Oublie tout de suite la fille. Vous savez parfaitement ce que vous avez à faire. Je ne vous permettrai pas de commettre la moindre erreur. Vous m'avez bien compris ? »

Raúl éclata mollement de rire. « Tu t'inquiètes beaucoup trop. »

Bazin pensait au contraire qu'il ne s'inquiétait pas assez. Il démarra le puissant moteur hors-bord, et le Zodiac partit comme une flèche dans le sillon du *Discovery*. « Allons-y. »

31

Une balle qui frappe un crâne humain produit un son très particulier, qu'on ne peut oublier après l'avoir entendu ne serait-ce qu'une fois. Le lendemain matin, après une nuit de sommeil agité, Ross l'entendit pour la première fois, et à plusieurs reprises.

L'incident survint quelques heures après que le *Discovery* eut dépassé Lagunas, à l'endroit où le río Marañón, désert, s'étendait sur une largeur de près de 800 mètres. Ross lisait le journal de route du père Falcón, dressant mentalement la liste des points de repères topographiques qu'ils avaient déjà croisés, et faisant le compte de ceux qui les attendaient, lorsque Juarez appela soudain Hackett. Ross suivit des yeux la direction que Juarez désignait pour apercevoir trois hommes à bord d'un Zodiac, proche de la rive. Deux d'entre eux faisaient de grands mouvements de bras, tandis que le troisième, qui tenait une rame brisée, semblait manipuler le moteur.

« On les aide ? demanda Juarez.

– Bien sûr, répondit aussitôt Hackett. Si nous ne parvenons pas à réparer leur hors-bord, nous les conduirons jusqu'au village le plus proche. »

Le *Discovery* alla s'immobiliser au côté du Zodiac, et l'un des passagers, un homme robuste portant un panama blanc, saisit une bouteille : « *Usted tiene agua potable* ? Vous avez de l'eau potable ? »

Hackett déplia une petite échelle dans leur direction, tandis que Juarez leur jetait un bout afin de relier le Zodiac au *Discovery*. Les trois hommes montèrent à bord. Malgré la chaleur étouffante, ils portaient des vestes. Ross pensa qu'ils avaient rempli leurs poches des objets de valeur en leur possession, mais lorsque les hommes mirent pied sur le pont, il comprit qu'il s'était trompé quant à leurs intentions.

Lourdement.

L'homme au panama sortit de sous sa veste un pistolet dont il pointa la gueule noire et huileuse en direction de Hackett. Les deux autres brandirent des armes semi-automatiques de plus gros calibre et menacèrent les autres passagers. Panama les compta, comme s'il savait combien de femmes et d'hommes devaient se trouver à bord. « Vous allez tous lever vos mains et vous mettre en file indienne. » Puis il se retourna vers Ross et sœur Chantal. « Lequel de vous deux a le journal ?

– Quel journal ? » répliqua sœur Chantal.

Panama secoua la tête avec lassitude. « Le journal de route qui contient les directions. »

Comment peut-il connaître l'existence du journal de route du père Falcón ? se demanda Ross. Il jeta un coup d'œil à Hackett, dont l'expression choquée lui confirma qu'il n'y était pour rien. L'un des hommes, au visage boursouflé d'acné et aux petits yeux de fouine, toucha les cheveux rouges de henné d'Elizabeth. Il l'examinait comme s'il évaluait une simple marchandise dans une boutique. « Je l'aime bien, dit-il.

– Et moi je t'ai déjà dit, oublie cette fille, lança Panama. C'est le journal de route qu'il nous faut.

– Ne leur donnez rien, interdit Elizabeth. Gueule-de-pizza ne me fait pas peur.

– La ferme, Elizabeth », coupa Ross.

Hackett s'approcha insensiblement d'Elizabeth. « Doucement, doucement. Gardons tous notre calme. »

Ross se retourna vers sœur Chantal. « Donnez-le-lui », dit-il. Sa quête consistait à sauver la vie de Lauren, pas à risquer celle de qui que ce fût.

Sœur Chantal toisa posément l'homme au panama : « Non.

– Donnez-lui le bouquin, répéta Ross.

– Non. »

Gueule-de-pizza éclata de rire et tendit la main vers le sein gauche d'Elizabeth. Celle-ci se recroquevilla et Hackett fit reculer l'homme d'un coup d'épaule : « Ne la touchez pas. »

Gueule-de-pizza reprit son équilibre et frappa la tête de Hackett avec la crosse de son arme, précipitant l'Anglais au sol : du sang coulait de sa tempe, et ses lunettes avaient été projetées par le choc un peu plus loin sur le pont. Elizabeth s'agenouilla pour lui venir en aide, et Gueule-de-pizza pointa son pistolet en direction de Hackett.

« Je vais le tuer, grogna-t-il.

– Attends ! lança le troisième homme, épongeant fébrilement son front tout en maintenant son arme pointée vers Juarez.

– Donnez-lui ce foutu bouquin ! cria Ross à sœur Chantal.

– Ils nous tueront de toute façon, répondit-elle avec un calme glacial. Je refuse de leur simplifier la tâche.

– Rien de plus simple que de vous tuer », dit Panama en levant sa main gauche jusqu'à ce que son pistolet arrive à hauteur du front de sœur Chantal. « Je vais vous montrer à quel point c'est simple. »

Dès qu'il entendit les moteurs du *Discovery*, l'homme qui se frayait un chemin dans la forêt épaisse rengaina sa machette et se précipita vers le bord de la rivière. En apercevant les passagers du Zodiac monter à bord du bateau et brandir leurs armes, il se mit à couvert. Il observa la scène un instant, considérant les choix qui lui restaient, puis sortit son fusil, cala sa crosse dans le creux de son épaule et visa.

Il attendit un certain temps, rechignant à faire ce qu'il devait faire, jusqu'à ce que l'homme au panama pointe le canon de son pistolet en direction du front de la vieille femme.

Il sut qu'il devait agir maintenant.

Il ralentit le rythme de sa respiration, affina sa visée, et appuya sur la détente.

En voyant le doigt de Panama blanchir sur la détente, Ross sut que celui-ci allait tirer sur sœur Chantal, et un instinct futile le poussa à se lancer dans sa direction pour l'en empêcher.

Il n'était qu'à quelques centimètres de Panama lorsque le coup de feu éclata.

La déflagration claqua dans l'air, faisant s'envoler dans le ciel une nuée de perroquets aux superbes plumages, et lorsque la balle atteignit sa cible, le son qui en résulta n'eut rien de commun avec tout ce que Ross avait pu entendre de toute sa vie. Les films utilisent souvent le bruit que fait une pastèque qui explose, mais le son lui parut plus tranchant, plus vif, du fait des éclats d'os à l'entrée et à la sortie de la balle, qui nuancèrent l'impact sourd dans la chair et le cerveau. Malgré la canicule étouffante qui régnait, Ross sentit la chaleur du sang et des humeurs éclabousser son visage.

Choqué, horrifié, il se retourna vers sœur Chantal, incapable de comprendre pourquoi elle se trouvait toujours debout. Pourquoi elle n'était pas même blessée. Il comprit alors que c'était Panama qui avait été touché. Il gisait sur le pont, sans vie, son chapeau blanc et sa tête baignant dans une bouillie sanguinolente qui, sur le bois verni, s'agrandissait de seconde en seconde en une mare rouge et poisseuse.

Un deuxième coup de feu retentit et Gueule-de-pizza tomba à la renverse, par-dessus bord, un gros trou dans le front, et une expression de surprise grotesque sur le visage. Une troisième déflagration fit s'effondrer le dernier homme, comme une marionnette dont on coupe les fils, avant qu'il bascule dans la rivière.

Dans le sinistre silence qui suivit, les survivants se regardèrent les uns les autres, tâchant de comprendre ce qui venait d'arriver. Ross aperçut alors sur la berge toute proche un homme qui brandissait un fusil. « *Hola !* cria l'homme. Tout va bien ? »

Ross abaissa le regard sur Hackett qui acquiesça, tandis qu'Elizabeth lui tendait ses lunettes en épongeant délicatement sa blessure. Juarez, encore déboussolé, regardait fixement devant lui. Sœur Chantal se retourna vers la rive et sourit sereinement à leur sauveur : « Les voies du Seigneur sont impénétrables, c'est certain », dit-elle.

Ross salua l'homme d'un large mouvement de la main.

« Je peux venir à bord ? » demanda l'homme.

Juarez se rua vers la cabine de pilotage pour y chercher un fusil et un pistolet.

« Un peu tard pour cela », commenta Hackett.

Juarez rangea aussitôt le fusil mais laissa le pistolet à portée de main, tout en dirigeant le *Discovery* vers la rive. L'homme monta à bord, fusil pendant à l'épaule, et chargé d'un gros sac à dos. Il était grand et athlétique. Son beau visage reflétait un certain dédain, et ses yeux étaient tristes. Sa peau olive était brunie de soleil, et il portait une barbe de quelques jours non sans élégance. Le fait d'avoir éliminé trois hommes semblait ne pas le gêner le moins du monde. Après avoir accepté humblement les remerciements qui l'accueillirent, il s'adressa à Hackett comme à un vieil ami : « *Señor* Nigel Hackett. »

Hackett se releva. À côté de l'aventurier inconnu, il ressemblait à un banquier de province. « Nous nous connaissons ? »

L'homme haussa un sourcil, apparemment froissé. « Osvaldo Mendoza. J'ai moi aussi un bateau qui transporte des touristes sur les rivières. Nous avons fait connaissance à Lagunas.

– Ah oui, bien sûr ! » s'empressa de répondre Hackett. Ross faillit sourire. Il aurait été terriblement impoli, et assez peu britannique de snober un homme qui venait de vous sauver la vie. Hackett tendit la main et Mendoza la serra. « Je ne sais vraiment pas comment nous pourrions vous remercier de votre aide. »

Mendoza eut un haussement d'épaules. « Vous pouvez toujours me déposer à Iquitos, mon ami. Mon bateau n'est pas aussi beau que le vôtre. Raison pour laquelle je me trouve ici. Il a coulé, et j'attendais le passage du bac pour Iquitos lorsque je vous ai vus en difficulté. » Il désigna le corps qui se trouvait encore sur le pont. « La plupart du temps, les bandits n'opèrent pas si loin des champs de coca de la vallée de Huallaga. Qu'est-ce qu'ils vous voulaient ? »

Hackett se retourna vers sœur Chantal. « Pourquoi ne leur avez-vous pas donné le journal de route ? Sans l'intervention du *señor* Mendoza, ils nous auraient tous tués.

– Ils nous auraient tués de toute façon », répondit-elle.

Mendoza esquissa une grimace : « Elle a raison, *señor*. Ce genre d'homme ne vous laisse jamais la moindre occasion d'aller vous plaindre à la police. Qu'est-ce que c'est que ce journal de route ? Il doit être de grande valeur.

– Il contient des instructions concernant la direction à prendre, répondit Hackett en lançant un regard sombre à sœur Chantal.

– Des instructions ? » demanda Mendoza en haussant des sourcils incrédules, sans plus de commentaires.

Hackett se retourna en direction de Ross : « Comment diable en connaissaient-ils l'existence ? Vous m'aviez dit que personne d'autre ne savait que ce journal de route existait. »

Personne d'autre n'aurait dû en connaître l'existence, pensa Ross. Mais il existait bien une autre personne qui connaissait l'existence du jardin du père Falcón : Torino. Le religieux avait dû voir le livre du jésuite lorsqu'il avait croisé sœur Chantal dans la maison des Kelly, et en tirer des conclusions. Ross avait un peu de mal à croire qu'un haut dignitaire du Vatican ait pu engager des meurtriers afin de faire main basse sur ce journal de bord, mais il ne semblait pas y avoir d'autre explication. « Quelqu'un d'autre est peut-être bien au courant de l'existence de ce que nous recherchons, mais il ne dispose d'aucun moyen de le trouver sans le journal de route.

– Vous insinuez que... » commença à dire sœur Chantal. Ross lui jeta un regard intense et elle s'interrompit. Le temps n'était pas venu d'expliquer à Hackett et aux autres qu'un des membres les plus éminents de l'Église catholique romaine était impliqué dans cette affaire. Sœur Chantal parut alors plus inquiète qu'à aucun autre moment au cours de l'attaque.

« Alors nous avons affaire à de sérieux adversaires ? demanda Hackett.

– Nous *avions* affaire à de sérieux adversaires, corrigea Ross. Ces trois hommes étant morts, il est dans l'incapacité totale de nous suivre jusque dans la forêt.

– Et la police ? demanda Elizabeth.

– La police ? » reprit calmement Mendoza.

Tous se retournèrent vers l'inconnu.

« Elle veut parler des corps », précisa Ross.

Mendoza se pencha au-dessus du dernier cadavre qui gisait sur le pont, et le poussa dans la rivière. Une petite flaque rouge marquait l'endroit où son panama blanc avait reposé un instant auparavant. « Quels corps ? » Il montra du doigt trois gros crocodiles qui chaloupaient dans les eaux brunes. Les deux autres cadavres avaient déjà disparu. Mendoza sortit un mouchoir en tissu de sa poche et le tendit à Ross. « Essuyez votre visage. » Alors que Ross effaçait toute trace de sang, Mendoza le regarda droit dans les yeux : « J'ai tué trois hommes pour vous sauver. La police d'ici n'a rien à voir avec celle des États-Unis. Ils nous poseraient tout un tas de questions. Des questions dont je me passerais très bien. Des questions dont vous vous passeriez très bien. Ils vous confisqueraient votre journal de route, et ne vous le rendraient probablement jamais. Si vous êtes pressés de trouver ce que vous recherchez avant votre rival, *señor*, je vous conseille de ne pas mêler la police à tout ça. Vous comprenez ?

– J'ai bien peur de devoir lui donner raison, Ross, dit Hackett. La police ne nous ferait pas de cadeau. » Ross passa en revue les autres passagers, qui lui renvoyèrent un regard vide, le visage pâle, les yeux écarquillés témoignant encore de ce qu'ils venaient de vivre. Puis il examina les flots bouillonnants de la rivière où un énorme crocodile se saisissait déjà du dernier corps et l'entraînait au fond des eaux troubles. Depuis le début, Ross avait de nombreux doutes concernant cette quête, et leur liste venait de s'allonger considérablement.

Mendoza n'avait pas quitté Ross des yeux. « Là où vous allez, vous aurez bien besoin d'un homme qui sait se servir d'une arme. Après avoir quitté l'armée, j'ai mis tous mes espoirs dans mon bateau. Et celui-ci vient de couler. Je n'ai pas d'assurance. Je n'ai plus vraiment de perspectives d'avenir. Si vous me garantissez une part de ce que vous recherchez, je vous suivrai.

– Vous ne savez même pas ce que nous recherchons.

– Je sais que ce doit être quelque chose de très précieux. »

Ross tenta de sonder l'homme qui se tenait face à lui. Osvaldo Mendoza leur avait sauvé la vie et pouvait s'avérer un puissant allié, mais il pouvait également devenir un ennemi redoutable. À nouveau, il se retourna vers les autres passagers. Elizabeth et Juarez acquiesçaient, sans chercher toutefois à dissimuler leurs doutes. Sœur Chantal, les yeux baissés, ne disait rien. Ross se tourna vers Hackett : « Nigel, c'est vous le capitaine. C'est votre bateau. Qu'en dites-vous ? » Hackett hésita, toisant l'inconnu. « Au diable la politesse, Nigel, insista Ross d'un ton pressant. *Señor* Mendoza prétend que vous vous connaissez. Est-ce vrai ? »

Hackett grimaça, comme pour s'excuser : « Je ne sais pas. J'ai une très grande mémoire des visages, mais il n'a aucune raison de mentir, et il est plus que probable que nous nous soyons déjà croisés. Je me suis rendu un certain nombre de fois à Lagunas, et j'y ai fait la connaissance de nombreux transporteurs. Et puis quoi qu'il en soit, le *señor* Mendoza a amplement mérité de rester à bord.

– Alors marché conclu, dit Ross en se retournant vers Mendoza. À présent, fichons le camp d'ici. »

32

Hôpital du Sacré-Cœur. Bridgeport, Connecticut

L'enfant de Ross et Lauren Kelly en était à présent au cinquième mois de son développement embryonnaire, dans la deuxième moitié de la période de gestation. Sa longueur crânio-caudale était de vingt centimètres, pour un poids de 300 grammes. Bien que la croissance du bébé ait ralenti, les organes suivaient un développement satisfaisant.

La veille, les médecins avaient informé Diana Wharton du résultat des derniers examens, et les progrès du bébé l'avaient emplie d'espoir. À présent, elle était assise au chevet de sa fille, à mi-chemin entre veille et sommeil. Elle avait prévu de s'en aller à minuit, mais avait finalement préféré rester là, aux côtés de Lauren, plutôt que dans son lit, toute seule chez elle.

Un son la tira soudain de son léger sommeil. Désorientée, elle parcourut du regard la chambre plongée dans l'obscurité et le silence, à l'exception des pulsations régulières des appareils. L'horloge lumineuse indiquait au mur qu'il était presque trois heures du matin. Une fois accoutumée à la pénombre, elle jeta un regard au lit et ne put réprimer une exclamation, incapable d'en croire ses yeux : ceux de Lauren étaient ouverts, semblables à deux disques d'argent reflétant le clair-obscur, et fixés sur Diana.

Celle-ci bondit de son siège pour approcher son visage de celui de sa fille. Un bref instant, elle crut assister à un miracle, un miracle qu'elle avait appelé jour et nuit dans le secret de ses prières. Et puis son cœur se serra. Les yeux de Lauren étaient fermés. Elle ne les avait pas ouverts. Cela n'avait été qu'une illusion, un jeu d'ombres, un cruel mirage.

Les joues ruisselant de larmes, Diana caressa le visage de sa fille et fixa les ténèbres. Elle savait qu'elle ne pourrait plus refermer les yeux de la nuit.

33

Iquitos

La capitale de la région du Loreto était aussi reculée qu'unique. Iquitos, qu'on ne pouvait relier que par les airs ou par la rivière, était la seule agglomération au monde totalement entourée par la forêt vierge à n'être desservie par aucune route terrestre.

À l'origine mission jésuite fondée autour de 1750, plus d'un siècle après qu'Orlando Falcón eut écrit le manuscrit de Voynich, Iquitos avait dû dans un premier temps faire face à d'incessantes attaques menées par les tribus indiennes qui refusaient de se convertir. Le petit avant-poste avait réussi à survivre, se développant chichement jusqu'en 1870, où sa population avoisinait les 1 500 habitants. C'est alors qu'eut lieu le premier boom du caoutchouc, et le nombre d'habitants fut multiplié par seize. Les barons du caoutchouc amassèrent des fortunes colossales, tandis que les cultivateurs chargés de recueillir le latex, des autochtones pour la plupart, furent quasiment réduits à l'esclavage. Durant la Seconde Guerre mondiale, le cours du caoutchouc s'effondra, mais dans les années soixante, la région jouit d'un autre boom industriel : celui de l'exploitation pétrolière. Iquitos était à présent une petite ville florissante, violente mais prospère, attirant à elle autant de membres de l'industrie pétrolière que d'aventuriers ou de simples touristes.

Lorsque le *Discovery* se trouva une place parmi les autres bateaux qui mouillaient à Puerto Masusa, à quelques kilomètres au nord du centre-ville, Ross pouvait voir la marque de l'industrie pétrolière où que son regard portât. De jeunes enfants portant des T-shirts promotionnels de compagnies pétrolières jouaient avec des balles de tennis arborant des logos qu'il ne connaissait que trop bien. En bout de quai, une énorme pancarte présentait un paysage de forêt primaire, luxuriant et idyllique, ponctué de perroquets multicolores, de fleurs et d'une chute d'eau cristalline : pas trace de la moindre plate-forme pétrolière, du moindre oléoduc ou de la moindre flaque d'hydrocarbure. Sous la pancarte, on pouvait voir le logo discret d'une compagnie pétrolière, et le slogan *Ayudar Perú a optimizar sus recursos naturales,* « aider le Pérou à optimiser ses ressources naturelles ».

Une fois le bateau arrimé au quai, Hackett invita son équipage à se réunir dans la cuisine. « Après ce qui nous est arrivé, il est tout à fait naturel que certains d'entre vous puissent hésiter à aller plus avant. Iquitos est le dernier avant-poste de civilisation où il est possible de prendre un avion pour rentrer à Lima. Une fois faites nos dernières provisions, nous nous enfoncerons seuls dans la forêt vierge, pour une période d'au moins un mois. Après avoir quitté Iquitos, si l'un de nous veut faire marche arrière, c'est l'ensemble du groupe qui devra rebrousser chemin. Aussi, si vous voulez abandonner, c'est maintenant qu'il faut le faire. »

À ses mots, l'anxiété de Ross atteignit son paroxysme. Il avait atteint le point de non-retour, c'était là sa dernière occasion de faire un choix : ou bien prendre le premier avion pour retrouver Lauren, ou bien se lancer à corps perdu dans la quête d'un remède. Il parcourut du regard le reste de l'équipage, mais personne ne leva la main.

À l'exception de Juarez.

Hackett lança un regard sombre à son ami et non moins guide. « Nous avons *besoin* de toi, Juarez. Tu es le seul à connaître la forêt.

– Mais qu'est-ce qui me pousserait à vous suivre, Nigel ? répliqua Juarez d'un ton nerveux. C'est trop dangereux. Des gens ont essayé de nous tuer. Et je ne sais même pas ce que nous allons chercher.

– Nous partons à la recherche des ruines d'une civilisation disparue, répondit Hackett.

– J'ai horreur des ruines, dit Juarez d'une voix lugubre. Les ruines puent la mort.

– Nous partons à la recherche d'or, dit Elizabeth. D'un trésor.

– Un gros trésor ? demanda Mendoza, qui grimaçait en massant ses tempes, comme s'il souffrait énormément.

– Nous n'en savons rien, répondit prudemment Ross. Nous ne sommes pas sûrs de ce que nous trouverons.

– Mais vous croyez qu'il y a quelque chose à trouver ? insista Mendoza.

– Je le sais, dit sœur Chantal.

– Ça me suffit amplement, en ce qui *me* concerne, conclut Mendoza en lançant un regard éloquent à Juarez.

– Allez, Juarez, dit Elizabeth avec son plus charmant sourire, vous êtes dans la fleur de l'âge. Je ne peux pas croire que vous ayez peur de vous engager dans cette aventure, alors qu'une jeune fille fragile comme moi et une dame âgée telle que sœur Chantal sont prêtes à s'y lancer. »

Juarez rougit et bomba le torse. « Je n'ai pas peur. J'aimerais seulement savoir *pourquoi* je devrais accepter de vous suivre.

– Pour l'or et la gloire, répondit Hackett. Tu as toujours dit que tu voulais quitter la forêt pour visiter les grandes villes d'Europe et d'Amérique. Avec cet or, tu pourrais aller à New York, à Paris, à Londres... dans n'importe quelle ville de ton choix !

– Je ne partirai qu'à condition que le trésor soit partagé équitablement entre nous tous, lança Juarez malgré son indécision.

– Marché conclu », dit Ross, tout en se demandant comment ces gens réagiraient lorsqu'ils finiraient par comprendre que leur projet n'avait jamais été de trouver de l'or, mais un jardin qui n'existait sans doute pas. Sœur Chantal semblait ne pas s'en inquiéter, mais cette pensée le rongeait. Son téléphone portable retentit alors. Il prit l'appel, et lorsqu'il entendit la voix de son père relayée par satellite, son pouls s'accéléra. Il sortit sur le pont. « Salut, papa. Qu'est-ce qu'il y a ? Comment va Lauren ?

– Rassure-toi. L'état de Lauren est stationnaire. Sa mère a cru voir quelque chose la nuit dernière, mais ce n'était rien. Je te téléphone parce que c'est toujours toi qui appelles pour demander comment va Lauren, alors je me suis dit que pour une fois, je pouvais appeler pour te demander comment tu allais. Comment ça se passe au Pérou ?

– Pas encore tout à fait au cœur de l'action », répondit Ross. Il décida de ne pas lui parler de l'attaque qu'ils venaient de vivre. « On s'apprête à entrer vraiment dans la forêt. Le bateau a une radio, mais ça risque d'être difficile de continuer à communiquer. »

Son père eut un rire d'une infinie douceur : « Ce ne serait peut-être pas une mauvaise chose, fiston. Ça t'éviterait d'appeler tous les jours. » Il observa un court silence, comme si malgré la distance, il parvenait à lire l'indécision de Ross, et reprit : « Fils, quoi que tu penses de toute cette histoire, il faut que tu fasses ton choix. Ou bien tu reviens et tu acceptes ce qui se passera, ou bien tu te lances complètement dans la quête de ce jardin. Pas de place pour les demi-teintes. Et si tu décides de rester au Pérou, il faut que tu fasses tout ce qui est en ton pouvoir avant de rentrer à la maison. Sinon tu ne pourras jamais trouver la paix. »

En lui disant au revoir et en raccrochant, Ross savait que son père avait raison. Elizabeth et sœur Chantal vinrent le rejoindre sur le pont. « Comment va Lauren ? demanda Elizabeth en le dévisageant. Si tu veux rentrer, nous rentrons. » Elle consulta sa montre. « Demain à la même heure, nous serons de retour aux États-Unis. »

Sœur Chantal secoua la tête mais demeura silencieuse.

« Y a-t-il un problème ? demanda Hackett en les rejoignant. De mauvaises nouvelles ?

– Ma femme ne va pas très bien depuis un certain temps.

– Alors qu'est-ce que vous fichez en pleine Amazonie à la recherche d'un trésor ?

– C'est une longue histoire, Nigel. Une très longue histoire. »

Hackett hésita, déchiré entre sa curiosité et sa courtoisie naturelles. « J'espère qu'elle s'en remettra. Juarez et moi allons compléter nos provisions au village. Nous reprendrons notre route dans six heures. » Il observa une pause pour regarder intensément Ross. « Ça vous va ? »

Mendoza apparut soudain, massant ses tempes encore plus vigoureusement qu'auparavant. Il se dirigea droit vers Hackett et lui dit d'une voix sépulcrale : « Vous avez des antidouleurs ? Quelque chose de puissant ?

– Un peu, oui. Dans le sac de premiers secours. Pourquoi ? Vous souffrez de migraines ?

Mendoza acquiesça. « De *sales* migraines.

– Je vais vous faire une prescription, dans ce cas. Vous pourrez aller chercher vos comprimés en ville. » Hackett se retourna vers Ross. « Nous partons dans six heures. En êtes-vous ? »

Ross sentit les regards d'Elizabeth et de sœur Chantal rivés sur lui. Si Lauren venait à mourir en son absence, il s'en voudrait le restant de ses jours. Mais s'il revenait chez eux et qu'elle mourait, ce qui serait certainement le cas, alors il s'en voudrait encore plus de ne pas avoir tenté tout ce qui était en son pouvoir pour la sauver. Il n'avait pas le choix. Il avait fait tout ce chemin jusqu'ici, et ne pouvait faire autrement que de continuer. Même si le jardin n'était qu'un mythe, il représentait la seule chance de sauver Lauren, et Ross se devait de saisir cette chance. Contrairement à Hackett, à Mendoza et à Juarez, il ne recherchait pas qu'un simple trésor. Il était en quête de quelque chose de bien plus précieux et de bien plus insaisissable : l'espoir.

« J'en suis, Nigel, dit-il. Jusqu'au bout. »

Six heures plus tard

Le vol qui la veille lui avait permis de relier Lima à Iquitos avait été banal au possible, et la nuit que Torino avait passée à l'hôtel El Dorado Plaza aussi confortable que sans rêve. Après s'être séparé de son assistant personnel à Lima, il avait voyagé avec pour seule compagnie celle des hommes chargés de sa sécurité. Le nombre de personnes ayant connaissance de sa mission devait être réduit au strict minimum. Pour l'heure, son seul léger souci concernait Bazin. Il avait envoyé à ce dernier plusieurs SMS sur son téléphone afin de savoir comment son plan se déroulait, et n'avait encore reçu aucune réponse. Certaines rumeurs couraient dans la ville : des pêcheurs auraient retrouvé un corps à moitié dévoré dans la rivière, au sud d'Iquitos, la tête perforée par une balle. On parlait également d'échanges de coups de feu et d'un Zodiac abandonné.

Pourtant, debout sur le pont du bateau qu'il avait réquisitionné, Torino refusait de s'inquiéter outre mesure pour son demi-frère. Si Bazin avait trouvé la mort, cela avait été au service de l'Église. De plus, sa mort n'aurait pas été vaine : il avait d'ores et déjà mis en place les éléments clefs du plan.

Torino cligna des yeux face au soleil couchant, et se saisit d'une paire de jumelles. Il observa le *Discovery* quitter Puerto Masusa et descendre le large fleuve, jusqu'à ce qu'il disparaisse au détour d'un coude. Torino consulta alors l'écran du PDA que Bazin lui avait donné à Lima. Sur la carte, un point clignotant se déplaçait en direction du nord-est, suivant le cours de l'Amazone, s'éloignant peu à peu d'Iquitos.

Il releva les yeux et examina les quatre soldats, vêtus de treillis adaptés à la forêt tropicale, qui chargeaient le navire. Trois d'entre eux étaient grands et avaient les cheveux clairs, ce qui dans la foule des autochtones, plus petits et plus bruns, n'était pas sans attirer l'attention. La garde suisse avait pour coutume de recruter ses soldats dans les cantons alémaniques. Deux d'entre eux passèrent devant Torino, portant à bout de bras une caisse de fusils et de munitions. « De quoi s'agit-il ? » demanda Torino d'un ton impérieux.

Fleischer, le *feldwebel* (l'équivalent de sergent en suisse allemand) qui commandait le petit contingent attaché à Torino, fronça les sourcils. « Votre Excellence, nous partons pour la jungle. J'ai pour ordre de vous protéger. Ces armes à feu ont beau de ne pas correspondre à vos vœux et à votre fonction, elles ne nous en seront pas moins utiles. »

Torino hocha la tête : « Vous ne m'avez pas compris, feldwebel Fleischer. Le fait de nous munir d'armes ne me dérange pas. Mais est-ce là tout ce que vous comptez emporter ?

– Je ne comprends pas, Votre Excellence. »

Torino se souvenait de l'histoire du manuscrit de Voynich et du témoignage du père Orlando Falcón que contenaient les archives de l'Inquisition. Il se rappelait les dangers qu'il fallait braver pour parvenir à la Source du jardin, le *radix*, au cœur de grottes interdites, ainsi que la façon dont les derniers conquistadores furent massacrés, et leur sang teintant la Source d'eau phosphorescente d'un rouge profond. « Attendez-vous à être confrontés à des forces bien plus redoutables et bien plus féroces que vous l'imaginez, feldwebel. Munissez-vous des armes les plus puissantes et les plus sophistiquées dont vous pouvez disposer. Vous devez être en mesure de nous protéger contre tout type d'agression. » Il se souvint alors des points dont il avait convenu avec le souverain pontife. « Vous devrez ajouter à cet arsenal au moins deux autres éléments. » Lorsqu'il en dévoila la nature à Fleischer, le sergent ne put s'empêcher de se renfrogner.

« Votre Excellence, sauf votre respect, cela retardera notre départ d'un jour. Êtes-vous certain que nous en ayons vraiment besoin ?

– J'ai cru comprendre à la suite de mon entretien avec le Saint-Père que vous étiez prêt à tout pour m'aider à remplir ma mission, *sans poser la moindre question*. Me serais-je trompé, feldwebel ?

– Non, Votre Excellence.

– Alors je vous suggère d'obéir strictement à mes ordres. Et, croyez-moi, ces quelques précautions supplémentaires visent autant ma protection que la vôtre. » Torino leva les yeux sur le soleil qui se mourait et profita de la chaleur de ses derniers rayons. Le Seigneur lui souriait, l'encourageait sur sa voie. Torino jeta un bref regard à l'écran du PDA, où le point clignotant continuait à se déplacer en direction du nord-est. Puis il se tourna vers Fleischer : « À présent, dépêchez-vous. Je veux partir dans les vingt-quatre heures. »

34

AU COURS DES QUELQUES JOURS QUI SUIVIRENT, alors que le *Discovery* descendait l'Amazone, Ross se fit de plus en plus de soucis pour sœur Chantal. Depuis l'attaque dont ils avaient été victimes, elle n'avait cessé de se renfermer sur elle, chaque jour un peu plus. Elle devenait de plus en plus distante et confuse, et passait de plus en plus de temps dans sa cabine.

Chaque jour, ils suivirent les indications à la boussole consignées dans le journal de route du père Falcón, et chaque nuit, ils suivirent ses cartes du ciel. Au troisième jour, ils atteignirent deux petits caps, face à face, qui semblaient jaillir de la forêt pour se courber l'un vers l'autre : *los cuernos del toro*, les cornes du taureau.

C'était là que les indications du père Falcón leur intimaient de quitter le cours principal et rassurant du fleuve pour s'enfoncer dans le dédale des vaisseaux capillaires rattachés à la veine jugulaire de l'Amazone. Bien que relativement plus petites, ces rivières étaient vastes, et l'on constatait sur leurs berges l'empiètement de la civilisation moderne sur ces territoires sauvages. Dans de petits villages, qui encore quelques années auparavant prospéraient à l'écart du modèle occidental, on apercevait à présent des enfants portant des T-shirts et des casquettes de base-ball, jouant avec des balles de tennis où figuraient les mêmes sempiternels logos. Plus profondément encore dans la forêt vierge, Ross et ses compagnons virent de vastes zones déboisées en vue du passage d'oléoducs : des hommes coiffés de casques jaunes manœuvraient des pelleteuses rutilantes, tranchant à vif dans le vert d'émeraude de la forêt, soulevant des monceaux de terre rouge semblables à des blessures sanguinolentes.

« Les salauds, pesta Elizabeth. Est-ce qu'ils ne se rendent pas compte de ce qu'ils sont en train de faire ? Pourquoi tous ces cons qui bossent dans le pétrole sont-ils à ce point irresponsables ?

– Parce que le monde a besoin de pétrole, répliqua Ross. Tout ce que nous utilisons, tout ce que *tu* utilises, Elizabeth, ce sont des produits totalement ou partiellement dérivés du pétrole : le shampoing, le dentifrice, les bâtons de rouge à lèvres, les poêles antiadhésives, les CD, les DVD, les balles de tennis, sans compter les innombrables produits et objets en plastique.

– Et les conséquences, alors ? Quand est-ce que le monde entier décidera que ce qu'il nous reste de forêt vierge est plus important que tout le pétrole qu'on s'obstine à rechercher et à exploiter ? »

Il ne pouvait répondre à cette question. Si Lauren avait assisté au spectacle qu'ils avaient sous les yeux, elle aurait été aussi horrifiée qu'Elizabeth. Lui non plus ne pouvait s'empêcher d'être choqué. Il savait que l'homme avait détruit une grande partie de la forêt primaire au cours des dernières années. Il avait lu les statistiques. Mais le fait d'assister au processus de si près, le fait de constater sur le terrain l'efficacité des machines qui opéraient des coupes franches dans la forêt vierge lui fit comprendre pourquoi sœur Chantal avait tant à cœur de préserver le jardin. Combien de temps avant que ces engins n'atteignent l'éden du père Orlando Falcón, si toutefois il existait vraiment ?

Ils atteignirent enfin le cœur de la forêt, vierge de toute trace de civilisation. Alors que leur bateau se frayait un chemin sur des cours d'eau de plus en plus étroits, Juarez les avertit de la cabine de pilotage : « Ne vous baignez pas ici.

– Pourquoi ça ? demanda Elizabeth. À cause des piranhas ?

– Pire encore. À cause des candirus.

– Les quoi ? »

Hackett eut une déplaisante grimace : « De minuscules poissons-chats. Les candirus sont des créatures particulièrement répugnantes, surtout si vous êtes un homme. C'est pour cette raison que j'avais fait figurer des préservatifs sur la liste que je vous avais donnée.

– Je ne comprends toujours pas pourquoi, dit Ross.

– Les hommes doivent impérativement porter un préservatif lorsqu'ils se baignent dans ces eaux. Le candiru a pour habitude de remonter le long de l'urètre où, en dressant les épines qui recouvrent sa tête, à la façon d'un parapluie, il s'ancre à mi-longueur de votre pénis, et vous empêche ainsi d'uriner. Je vous passe le détail des douleurs insoutenables qui en résultent. Sans intervention chirurgicale, et pas des moindres, la vessie de l'hôte finit par éclater, provoquant ainsi la mort de son propriétaire. C'est sans doute une des façons les moins ragoûtantes de mourir que je connaisse. »

Inconsciemment, Ross croisa les jambes, à l'instar de tous les hommes qui se trouvaient à bord, et un silence gêné s'installa. Alors qu'ils s'enfonçaient plus avant dans le labyrinthe semi-aquatique, les poils de la nuque de Ross se hérissèrent, comme si des yeux l'observaient, des milliers d'yeux de créatures tapies dans la forêt. Ross chassa d'un geste brusque un essaim de mouches et moustiques presque aussi gros que de petits oiseaux, et apparemment immunisés contre sa lotion anti-insectes. Deux dauphins d'eau douce, totalement aveugles, dépassèrent leur navire. Il aperçut un énorme anaconda onduler nonchalamment hors de l'eau sur la berge, ses écailles luisant à la lueur du soleil, avant de disparaître dans la forêt. Ross consulta son portable et se rendit compte qu'il ne bénéficiait plus de la moindre couverture réseau. Son père ne pouvait plus l'avertir d'un éventuel changement dans l'état de Lauren. Il ressentit soudain une vive anxiété, aussitôt suivie d'une étrange allégresse, une sorte de soulagement. Il n'avait à présent plus d'autre choix que de se concentrer sur sa tâche. Il n'en restait pas moins que ce paradis aussi dangereux que superbe était sans doute l'endroit au monde où il était le plus facile de se perdre.

L'importance fondamentale des informations du père Falcón lui sauta alors aux yeux, et il se surprit à regarder autour de lui, à la recherche de sœur Chantal. Bien que son aide n'eût pas été nécessaire jusque-là, ils auraient bientôt besoin d'elle pour déchiffrer les indications à venir, bien plus obscures qu'au début. Mendoza était allongé sur le pont, là où le soleil ne tapait pas, la tête dans les mains. Elizabeth lisait dans la cuisine, tandis que Hackett et Juarez se relayaient à la barre. Il consulta sa montre. Il était quasiment quatre heures de l'après-midi. Sœur Chantal aimait faire une sieste après le déjeuner, mais elle avait l'habitude de se réveiller avant trois heures.

Elizabeth leva les yeux de son livre et vint à la rencontre de Ross d'un pas indolent : « Qu'est-ce qu'il y a ?

– Tu as vu sœur Chantal ?

– Elle doit sûrement être dans sa cabine. Pourquoi ? »

Il baissa la voix : « Je veux lui poser quelques questions à propos des indications du père Falcón. »

Elle jeta un regard aux méandres des cours d'eau qui n'en finissaient pas de rétrécir. « Tu veux parler de celles qui nous ont semblé si bizarres ?

– Tout juste.

– Je t'accompagne. »

Elizabeth tapa doucement à la porte de sœur Chantal pour entendre un faible « Est-ce l'heure ? » Elizabeth ouvrit la porte : les stores étaient baissés, la cabine baignait dans une semi-obscurité, et sœur Chantal gisait sur son lit, les yeux fermés. « Est-ce l'heure ? » répéta la religieuse, apparemment à moitié endormie, ou en transe. « Est-ce l'heure de me soulager de mon fardeau ? »

Elizabeth hocha la tête à l'attention de Ross. « Tout va bien, ma sœur. Nous reviendrons plus tard. Désolés de vous avoir dérangée. »

35

LE LENDEMAIN MATIN, LE *DISCOVERY* ARRIVA en vue de l'un des points de repères topographiques indiqués dans le livre du père Falcón. Elizabeth contempla le promontoire en forme de pain de sucre qui se dressait au-dessus de la cime des arbres et consulta sa boussole. « Nous devons à présent nous diriger dans cette direction », dit-elle en pointant du doigt un bras de fleuve dont les flots étaient plus agités.

Juarez courut à la proue du bateau et sonda la profondeur des eaux tourbillonnantes à l'aide d'une longue perche. « C'est bon, Nigel », cria-t-il en direction de la cabine de pilotage, avant de désigner un peu plus loin une zone où l'eau se brisait en écume : « Attention aux rochers. »

Ross étudia la carte géologique sur son PDA, et frissonna en comprenant qu'ils s'apprêtaient à pénétrer dans une zone de l'Amazonie que l'on ne connaissait que par extrapolation de données. Ils étaient à présent dans une authentique *terra incognita*. Son excitation ne fit qu'augmenter lorsqu'il s'avisa que, selon la modélisation informatique, la croûte terrestre qui reposait sous cette partie de la forêt était composée de roches précambriennes, dont la formation remontait à plusieurs milliards d'années. La modélisation appuyait la thèse qu'il avait élaborée au sujet du jardin du père Falcón, et cette simple observation suffit à lui redonner courage.

Elizabeth croisa son regard : Ross lut dans le sien une certaine inquiétude. Un peu plus tôt dans la matinée, Elizabeth avait apporté à sœur Chantal son petit déjeuner : la religieuse n'avait pas quitté son lit, pas plus que sa cabine, depuis la veille. Si l'état de confusion mentale dans lequel elle se trouvait empirait, ils n'auraient à terme d'autre choix que de rebrousser chemin. Elizabeth attira Ross à l'écart du groupe et lui montra le journal de route du père Falcón. « Après le pain de sucre, la rivière devient de plus en plus impétueuse jusqu'à aboutir à ce qu'Orlando Falcón appelle *"la boca del infierno"*, la bouche de l'enfer, contre laquelle il nous met en garde. Regarde un peu, c'est écrit en toutes lettres : *PELIGRO*, "danger". Il nous conseille de nous précipiter dans cette bouche de l'enfer afin de passer à travers *"el Velo de la luz"*, le voile de lumière. Entre nous, je n'y comprends rien.

– Pourquoi n'a-t-il pas écrit ces foutues instructions en anglais ? grommela Ross.

– Parce qu'il était castillan, qu'il vivait il y a plus de quatre siècles et demi et que c'était un génie, répondit Elizabeth sur un ton pince-sans-rire. Peut-être la bouche de l'enfer est-elle une chute d'eau ? » Elle parcourut la traduction du manuscrit de Voynich. « Tiens, regarde, là : il parle bien d'une chute d'eau.

– Très bien, mais pour ce qui est du "voile de lumière" ? remarqua Ross. Nous devons en informer Hackett. »

Ils s'empressèrent de le consulter, de même que le reste de l'équipage, et tous convinrent que la « bouche de l'enfer » devait certainement être une chute d'eau.

« Alors qu'est-ce qu'on fait ? demanda Mendoza.

– Naviguer le plus précautionneusement possible », dit Hackett sur un ton sinistre. Puis, s'adressant à Ross : « Si seulement nous savions un peu mieux où votre prêtre voulait en venir. » Il regarda autour de lui. « Et puis où est donc votre amie, sœur Chantal ? Je ne l'ai pas vue de toute la journée. Toujours dans sa cabine ?

– Elle est fatiguée, répondit aussitôt Elizabeth. Elle se repose un peu.

– Vous feriez bien de la prévenir qu'il risque d'y avoir de l'action, incessamment sous peu.

– Nous allons l'avertir », acquiesça Elizabeth en échangeant un regard avec Ross.

Une nouvelle fois, elle tapa à la porte, Ross derrière elle, et ils entendirent un murmure : « Entrez. » Sœur Chantal était toujours allongée sur son lit, et les stores étaient toujours baissés. Cette fois-ci cependant, Ross et Elizabeth ne s'en allèrent pas tout de suite. « Sœur Chantal, dit Ross, nous avons besoin de votre aide pour interpréter les instructions du père Falcón. C'est à propos de *la boca del infierno*. C'est très important.

– Approchez-vous, répondit-elle. Laissez-moi contempler votre visage. »

Tout en s'avançant, il surprit le regard insistant d'Elizabeth qui semblait l'encourager. En se penchant au-dessus de sœur Chantal, Ross aperçut sur son front une myriade de gouttes de sueur. Bien qu'elle levât les yeux dans sa direction, elle semblait fixer un point perdu derrière lui. « Vous êtes là, murmura-t-elle dans un sourire ravi. Je savais que mon sacrifice serait un jour récompensé.

– Sœur Chantal, comment vous sentez-vous ?

– Très bien », répondit-elle. Elle effleura son visage du bout de ses doigts. « Tout va bien, maintenant que vous êtes là, père Orlando. »

36

Cette même nuit

Torino fut soudain tiré d'un profond sommeil. On venait de taper à la porte de sa cabine.

« Quoi ? Que se passe-t-il ? »

Il quitta son lit pour surprendre le feldwebel Fleischer sur le seuil. « Votre Excellence, le Cardinal préfet Guido Vasari demande à vous parler à la radio, dans la cabine de pilotage.

– Le préfet ? À la radio ?

– Il appelle de Rome et exige que vous lui répondiez. »

Exige, se répéta Torino en son for intérieur, piqué par cette démonstration d'autorité. Il jeta un coup d'œil à l'extérieur. Les ténèbres étaient insondables. « Quelle heure est-il ? »

Le feldwebel eut un léger sourire. « À Rome, il est neuf heures du matin, Votre Excellence. Ici, deux heures. »

Torino se hissa hors de sa cabine et longea le pont presque à tâtons. La cabine de pilotage éclairée par une simple lanterne rendait le vaste fleuve et la forêt qui bordait ses rives encore plus sombres. Au-dessus de sa tête, le ciel de cette nuit chaude et étouffante était noir comme de la poix, à l'exception de la faible clarté d'une lune voilée de nuages.

Dans la cabine, le soldat chargé de la navigation lui tendit le combiné de la radio. Torino effaça d'un revers de la main toute fatigue de ses yeux et acquiesça en guise de remerciement. « Veuillez me laisser seul, je vous prie. »

Il attendit que les soldats quittent le pont pour approcher le combiné de sa bouche. « Cardinal préfet ?

– Père Torino, où êtes-vous ? » La voix de Vasari était pleine de colère. « Cela fait des jours que vous ne nous avez pas appelés. J'ai dû être mis en relation avec votre escorte par le biais du ministre de l'Intérieur. » La colère du cardinal augmentait à chaque mot, et Torino s'imagina son visage s'empourprer, jusqu'à devenir aussi rouge que sa soutane.

– Je me trouve sur l'Amazone, *au beau milieu de la nuit.*

– Je me moque de l'heure qu'il est, là où vous êtes. Vous devez revenir à Rome sur-le-champ.

– Pourquoi ?

– Lorsque nous vous avons donné notre accord pour cette expédition, vous aviez expressément dit au Saint-Père et à moi-même que vos experts avaient traduit l'ultime section du manuscrit de Voynich. Vous aviez prétendu détenir les indications devant mener au jardin. Or lorsque j'ai demandé à vos experts une copie de leur traduction, ils m'ont avoué ne jamais avoir entendu parler de ces prétendues informations. »

À son tour, Torino sentit la colère gonfler sa voix : « Votre Excellence, il n'est pas dans vos prérogatives de remettre en question mes actes, pas plus que de vous ingérer dans les affaires de la Compagnie de Jésus, cette congrégation dont *je* suis le Supérieur général. Celle-ci n'est pas placée sous votre autorité.

– Elle est pourtant placée sous l'autorité du Saint-Père. Il est tout aussi inquiet que moi. Vous avez prétendu pouvoir trouver le Jardin divin du père Orlando Falcón, et ce en toute discrétion, parce qu'à vous en croire, vous possédiez une carte, ou son équivalent. Nous pensions que vous saviez pertinemment où se trouvait ce jardin. Or il apparaît de plus en plus clairement que ce jardin n'est rien d'autre qu'un mythe. Une de vos obsessions personnelles.

– Ce n'est pas un mythe.

– Quand bien même il existerait, comment espérez-vous le trouver sans carte ?

– En suivant Ross Kelly qui lui, en possède une.

– En le *suivant* ? Vous êtes sérieux ? Ne comprenez-vous pas que Ross Kelly ne s'est fourvoyé dans une pareille aventure que dans le vain espoir de trouver un miracle capable de sauver son épouse ? Votre situation diffère en tout de la sienne. Vous êtes l'une des personnalités les plus illustres de notre Sainte Mère l'Église. Vous êtes un homme de Dieu. Vous vous devez d'être un exemple pour Rome.

– Et si Ross Kelly finit par trouver quelque chose ? Je pourrai le lui prendre. Je pourrai en faire la propriété exclusive du Nouveau Vatican. J'en ai l'autorité légale, et je dispose d'hommes pour la faire respecter.

– Vous êtes en train d'évoquer la possibilité d'une confrontation directe, une confrontation pour le moins *publique*, et c'est précisément ce type de confrontation que nous avons convenu ensemble d'éviter à tout prix. Votre Excellence, cette folie doit cesser. Vous êtes en ce moment même en train de mettre en péril tant la réputation de l'Église que le projet Nouveau Vatican. Vous et vos soldats devez revenir à Rome séance tenante.

– Depuis quand le Supérieur général de la Compagnie de Jésus est-il censé obéir aux ordres d'un cardinal ?

– Ce ne sont pas mes ordres. » Vasari semblait au bord de l'attaque d'apoplexie. « Ils viennent directement de...

– Je ne vous entends plus, Votre Excellence, la liaison est exécrable. »

Vasari criait à présent : « Vous devez revenir, père Torino ! Ceci est un ordre direct du Saint-Père ! »

Torino l'écouta encore un instant s'égosiller avant d'éteindre la radio. Il se releva et appela Fleischer. « Feldwebel, j'exige à partir de maintenant un silence radio absolu. Aucune réception, aucune émission.

– Votre Excellence, le protocole de sécurité veut pourtant que nous signalions notre position tous les deux jours.

– En ce cas, vous devrez contrevenir au protocole. Le Saint-Père en personne exige une discrétion absolue. D'aucuns veulent mettre un terme à ma mission : personne ne doit savoir où je suis. » Il tendit le combiné à Fleischer. « Dites aux autorités péruviennes que vous ne recevrez plus aucun appel, et que vous n'émettrez qu'en cas d'extrême urgence. Une fois que cela sera fait, je veux que cette radio soit momentanément mise hors d'état de marche. Avez-vous bien compris mes ordres ? »

Fleischer se renfrogna, puis acquiesça. « Oui, Votre Excellence.

– Bien. Réveillez-moi à l'aube. »

En réintégrant sa cabine personnelle, Torino imagina le Cardinal préfet Guido Vasari en train de saboter sa mission. Il ne faisait aucun doute qu'à cette heure précise, il se trouvait déjà dans les appartements du pape pour dresser celui-ci contre lui. C'était bien là le problème actuel de l'Église catholique romaine. Ses dirigeants ne voyaient pas plus loin que leurs petits intérêts directs. Mais lorsqu'il aurait trouvé le jardin de Dieu et qu'il le montrerait au Saint-Père, alors ils comprendraient. Et ils reconnaîtraient en lui le sauveur de l'Église.

37

Le lendemain matin

D'abord, ils l'entendirent : c'était un grondement semblable au tonnerre. En dépit de l'avertissement du père Falcón, et malgré la vigilance de Hackett, la Bouche de l'enfer les surprit. Alors que le *Discovery* s'engageait dans une zone plus étroite du cours d'eau, les eaux tumultueuses semblèrent paradoxalement se calmer. Juarez se pencha à la proue pour enfoncer sa sonde. Il s'attendait à ce que l'eau soit moins profonde, signe que l'apparition de roches, de bouillons plus denses et d'une chute d'eau était imminente. Mais l'eau était au contraire plus profonde.

Beaucoup plus profonde.

Et le courant beaucoup plus puissant. Si puissant que Juarez dut tenir la sonde de toutes ses forces afin qu'elle ne soit pas emportée, et dut même reposer de tout son poids sur le garde-corps pour ne pas tomber à l'eau. Le courant entraînait le bateau, et tandis que Hackett tentait de toutes ses forces de faire ralentir le navire, le grondement distant enfla en un terrible mugissement de tonnes d'eau frappant l'eau encore et encore. Ils passèrent un coude étroit, mais même après avoir redressé leur cap, et malgré leurs efforts, ils ne purent rien distinguer au-delà des arbres gigantesques qui bordaient le cours d'eau en raison de la densité des embruns.

Puis soudain, ils aperçurent la chute d'eau, et Ross entendit Hackett souffler un « Fichtre ! » qui venait du cœur.

La chute d'eau n'était pas le saut de l'ange auquel ils s'étaient attendus. Elle ne se trouvait pas en dessous d'eux, mais *au-dessus*. Le bras du fleuve aboutissait à un cul-de-sac. Le *Discovery* se dirigeait droit vers une énorme falaise de roche noire, le long de laquelle cascadaient des tonnes d'eau pour plonger dans la rivière, juste en face d'eux. Mais ce n'était pas là la seule raison qui poussait Hackett à jurer et à inverser les gaz. Entre le navire et la chute d'eau tournoyait le plus gros tourbillon que Ross ait jamais vu de toute son existence. C'était là la Bouche de l'enfer, et Ross comprit immédiatement ce qui avait poussé le père Falcón à baptiser de la sorte ce monstre liquide : il semblait en effet que toute chose ou toute personne prise dans ce vortex démoniaque se verrait aspirée jusqu'aux profondeurs infernales.

« Qu'est-ce qu'on fait ? cria Juarez dans le tumulte.

– Accostez sur la rive, répondit Mendoza.

– Impossible. Trop de rochers, observa Hackett. Et de toute façon, je n'ai plus aucun contrôle sur le bateau.

– Ne dites pas ça ! lança Elizabeth.

– C'est vrai, je n'arrive plus à le maîtriser. Nous sommes en marche arrière, à pleine puissance, et pourtant nous continuons à être attirés par cette chose.

– Alors qu'est-ce qu'on fait ? On quitte le navire ? » Elizabeth désigna les deux canots à l'arrière du navire. « On pourrait se servir de ces embarcations. »

Hackett rit en secouant la tête. « Si les deux moteurs du *Discovery* ne suffisent pas à nous sortir de là, pensez-vous vraiment qu'on puisse s'en tirer à la rame ?

– Accélérez », ordonna alors une voix derrière eux.

Ross se retourna : sœur Chantal se tenait à côté de la cabine de pilotage, frêle et ébouriffée. Ses yeux étaient injectés de sang, mais ils avaient regagné de leur clarté.

Hackett grommela : « Nous sommes déjà à plein régime. Je ne peux pas aller plus vite.

– Pas en marche arrière, précisa-t-elle. *Droit devant.* Accélérez à plein régime en direction de la *boca del infierno.*

– En direction de la Bouche de l'enfer ? Ma sœur, vous êtes folle ? s'exclama Mendoza.

– Si vous voulez vivre, faites ce que je dis. Maintenant.

– Hors de question.

– Faites-le, lança Ross. Les indications nous disent de nous *précipiter* vers la Bouche de l'enfer. Faites confiance à sœur Chantal. Faites confiance à ces indications.

– Je suis d'accord », ajouta Elizabeth.

Hackett hocha la tête, incrédule. « Vous avez vu cette falaise ? C'est de la roche brute. Même si nous parvenions à traverser ce tourbillon et à éviter de nous faire écrabouiller par la chute d'eau, ce serait pour nous écraser contre la falaise.

– Allez tout droit, insista sœur Chantal. Aussi vite que vous le pourrez. Dirigez-vous vers *el Velo de la luz.*

– Vers quoi ? » demanda Hackett.

Ross comprit aussitôt. Il pointa du doigt la falaise, au moment précis où un large rayon de soleil frappait la chute d'eau, la faisant scintiller comme un immense rideau de diamants aveuglants. « Le Voile de lumière ! Cap sur la chute d'eau. Vitesse maximum. »

Hackett hésitait toujours. « À moins que vous ayez une meilleure idée, je vous conseille de réagir, insista Ross. Et vite. »

Hackett eut une moue contrariée mais renversa à nouveau les gaz et lança le bateau tout droit vers la Bouche de l'enfer et la chute d'eau. « Vous feriez mieux, tous autant que vous êtes, de trouver un coin sûr et de vous accrocher à quelque chose de solide, parce que la suite des événements risque d'être très désagréable. »

Les moteurs mugirent, et le navire rua violemment avant de glisser sur l'eau comme une planche de surf lancée sur une vague. Ross avait trouvé refuge avec les autres passagers dans la cuisine. Tous s'accrochaient comme ils le pouvaient alors que le bateau se dirigeait à pleine vitesse vers les eaux bouillonnantes du tourbillon. Pendant un instant infime, Ross regarda par-dessus bord le centre du vortex, ce puits d'eau noire apparemment sans fond, et il lui sembla que la Bouche de l'enfer allait tous les engloutir. Pourtant, à peine le *Discovery* était-il entré dans le tourbillon que la force centrifuge l'en chassa violemment. Il fut propulsé comme par une fronde géante en direction de la chute d'eau qui fit instantanément pleuvoir sur le navire un déluge d'une incroyable violence.

Le choc soudain fit chanceler Ross qui dans sa chute se blessa à la main gauche. Malgré l'insupportable douleur qui mordait son poignet, Ross parvint à se concentrer suffisamment pour ne pas lâcher la prise de son autre main.

Se redressant à grand-peine, il constata que le navire se faisait ballotter comme une coquille de noix dans le torrent et qu'il se dirigeait droit vers la falaise. À en croire les expressions médusées des autres passagers, ils étaient tous aussi terrifiés que Ross. À sa grande surprise, il vit Mendoza, le redoutable Mendoza, fermer les yeux et faire le signe de la croix. Même sœur Chantal, qui prétendait avoir déjà emprunté ce périlleux chemin, paraissait effrayée. *Ça n'est pas bon. Ça n'est pas bon du tout,* pensa Ross. Puis tout à coup, tout s'obscurcit, et le vacarme de la chute d'eau s'intensifia. Il se cramponna de toutes ses forces, prêt à l'impact.

Mais rien ne se produisit.

Le mugissement de la cascade s'affaiblit, s'étouffa, comme si l'on venait de fermer une porte, ou de baisser le volume. Ross gagna le pont et regarda en l'air. Ils ne se trouvaient plus sous la chute d'eau, mais dans une galerie, au cœur même de la falaise. Apparemment, le bras du fleuve ne s'arrêtait pas au pied de la falaise, dans le fracas de la cascade, mais suivait son cours dans la roche. Cette partie de la forêt était certainement criblée d'un dédale de rivières souterraines, les plus profondes devant être alimentées par le tourbillon.

Comme sur la barque de Charon qui menait les morts aux Enfers, ils suivirent le sombre cours d'eau. Pendant de longues minutes, tous se turent. Personne n'était encore prêt à exprimer ce à quoi ils avaient réchappé, ni leurs peurs quant à ce qui les attendait. La plus grande crainte de Ross était que la rivière les mène à un niveau plus bas encore et ne les précipite dans quelque noir abysse. Aussi, lorsque Hackett brandit son bras en direction de la proue en criant « Lumière droit devant ! Lumière droit devant ! » une vague de soulagement le submergea.

Ils finirent par déboucher dans un bassin relativement petit. Ross regarda par-dessus son épaule : ils venaient de traverser une chaîne montagneuse qui, aussi loin que portât son regard, semblait s'incurver de part et d'autre, pareillement au bord d'un énorme cratère. Les contours de la chaîne étaient partiellement dissimulés par les arbres et l'épaisse végétation, mais vue sous cet angle, sa configuration ne laissait aucun doute. Plus loin devant, un étroit filet d'eau serpentait dans la forêt vierge.

Hackett s'approcha. « Laissez-moi voir votre main. » Ross grinça des dents lorsque le docteur palpa sa main et son poignet. « On dirait que vous vous êtes brisé le poignet, le scaphoïde, pour être tout à fait exact. C'est plus moche que ça en a l'air, et ça pourra prendre un certain temps à guérir. » Il alla dans sa cabine et revint avec un sac de premiers secours noir. « En temps normal, je vous aurais fait faire une radio afin de déterminer si une opération est nécessaire, et je vous aurais plâtré ensuite. Mais nous sommes contraints de faire avec les moyens du bord. Si je vous pose un bandage bien serré et que vous limitez au mieux les mouvements de votre main gauche, ça devrait suffire pour un temps.

– Nigel, Nigel ! » tonna une voix provenant de la cabine de pilotage.

Hackett releva les yeux : « Que se passe-t-il, Juarez ?

– La radio ne fonctionne plus. Je ne vois rien d'endommagé, mais elle est morte. Peut-être est-ce dû au choc. »

Hackett fronça les sourcils et banda, en gestes experts, la main et le poignet de Ross. « Bon, la radio est fichue. Ça signifie que nous sommes coincés ici sans aucun moyen de communication avec le monde extérieur. Nous ne pouvons plus compter que sur nous-mêmes. » Il releva les yeux vers ceux de Ross. « Vous pouvez vous estimer heureux de ne pas vous être cassé une jambe. »

Elizabeth étudiait de son côté les indications du père Falcón et son exemplaire de la traduction du manuscrit de Voynich. « Nous devons à présent suivre ce cours d'eau. Mais le *Discovery* est bien trop gros pour passer, ça saute aux yeux. »

Ross désigna les deux canots en bois du *Discovery*, longs de deux mètres cinquante. « Ces embarcations devraient faire l'affaire. »

Hackett acquiesça : « À trois par canot. Plus tout ce dont nous aurons besoin. » Il se tourna vers Juarez et Mendoza. « Occupez-vous de les mettre à l'eau et commencez à charger nos provisions et notre matériel. N'oubliez pas les armes.

– Je vais les aider », dit Elizabeth.

Ross vit sœur Chantal, assise dans la cuisine, se balançant doucement, les yeux clos. Il posa sa main intacte sur son épaule. « Vous allez bien ? »

Elle ouvrit les yeux et, pendant un bref instant, sembla perdue, comme si elle ne savait plus où elle était. Mais elle reprit vite ses esprits et sourit à Ross. « Je vais bien, répondit-elle aussitôt. Je vais bien. » Il l'observa un temps, espérant de toutes ses forces qu'elle disait vrai. Les indications données par le père Falcón devenaient de plus en plus obscures, pour ne pas dire totalement absconses.

Pendant près d'une heure et demie, ils transférèrent tout ce dont ils avaient besoin dans les deux canots de sauvetage du *Discovery*, et décidèrent de la répartition des deux nouveaux équipages : Ross, sœur Chantal et Hackett dans l'une des embarcations, Mendoza, Elizabeth et Juarez dans l'autre. Alors qu'ils s'apprêtaient à partir, Hackett tourna soudain les talons et se dirigea vers la cabine de pilotage, une clef à la main.

« Qu'est-ce que vous faites ? demanda Mendoza. Vous avez déjà fermé toutes les écoutilles et toutes les portes de votre bateau. »

Hackett enfonça la clef dans une boîte noire aux côtés de la cabine de pilotage, et la tourna. « J'enclenche l'alarme. »

Elizabeth éclata de rire et Ross ne put réprimer un sourire. Hackett avait été d'un tel stoïcisme durant l'attaque des trois bandits et leur traversée de la Bouche de l'enfer que Ross en avait presque oublié ses manies. Les véritables crises semblaient n'avoir que peu de prise sur le Britannique, alors que de tout petits détails irrationnels éveillaient en lui des craintes disproportionnées.

« L'alarme ? dit Elizabeth en sautant dans son canot. Nigel, je peux comprendre que vous fermiez toutes les issues de votre bateau pour qu'aucun animal n'y rentre, mais une alarme ! Putain, qui pourrait bien venir voler votre bateau et tout ce qui se trouve à bord au beau milieu de l'Amazonie ? » Elle prenait un malin plaisir à jurer en présence du méticuleux Anglais.

« On n'est jamais trop prudent, répondit Hackett, d'un ton presque blessé.

– Mais qui va *entendre* cette alarme, dans le coin ? insista Elizabeth. Les serpents ?

– C'est un dispositif dissuasif, et c'est *mon* bateau », répondit-il en lui tournant le dos pour embarquer dans son canot, mettant ainsi un terme à leur discussion.

Elizabeth poussa un profond soupir et consulta ses notes et la traduction du Voynich. « Pour en revenir à nos véritables préoccupations, notre cher jésuite nous met à présent en garde contre les « dragons » qui vivent dans ces eaux.

– Des dragons ? répéta Mendoza.

– Des crocodiles, expliqua sœur Chantal.

– C'est une mise en garde tout ce qu'il y a de plus sensée, observa posément Hackett.

– Et merde ! s'exclama Elizabeth.

– Juarez, dis-nous, toi qui connais tout des crocodiles d'Amazonie, dit Hackett. Ils ne devraient pas trop nous embêter dans nos canots, n'est-ce pas ?

– Non », répondit Juarez sur un ton aussi confiant que rassurant, alors que les deux embarcations se mettaient en route. Puis, après une pause : « Mais nous devrons nous montrer prudents s'il y en a beaucoup. »

Ross adopta la position la moins inconfortable sur le petit banc du canot, et, jetant un coup d'œil entre ses pieds aux planches de bois qui constituaient la fragile coque de l'embarcation instable, posa la question que tout le monde avait aux lèvres : « Combien peut-on trouver de crocodiles dans une rivière vraiment infestée ?

– Entre deux et trois », répondit Juarez dans un haussement d'épaules.

Ross se sentit un peu soulagé. « Ça va, ce n'est pas si terrible que ça.

– Entre deux et trois *cents* », précisa Hackett.

38

À SES MOMENTS PERDUS, ELIZABETH se surprenait à comparer le très apprêté Nigel Hackett et le superbe Osvaldo Mendoza. À sa grande surprise, et de façon très inquiétante, le singulier Anglais l'intriguait bien plus que l'aventurier. Hackett était exaspérant, insupportable et royalement chiant. Pourtant, il était indéniablement intéressant. Elizabeth ne parvenait pas à comprendre ce qui le poussait à se soucier d'une petite motte de terre, ou du vol improbable de son bateau au beau milieu de la forêt vierge, et faire preuve d'un calme olympien en ramant sur une rivière étroite infestée de crocodiles.

Elizabeth, elle, était tout sauf calme. Peu de choses au monde l'effrayaient, et elle vénérait Dame Nature dans toute son incroyable diversité. Mais elle avait horreur des crocodiles. Elle les détestait vraiment de tout son être. Encore plus que les serpents. Et les serpents la terrorisaient. Après quelques kilomètres parcourus sur la rivière, elle arrêta de compter les crocodiles. Il y en avait beaucoup trop.

Et l'obscurité s'épaississait.

Elizabeth était incapable de déterminer s'il était préférable de voir les crocodiles dans toute leur hideuse splendeur, ou de deviner leurs silhouettes dans la pénombre du crépuscule. Alors que la nuit tombait, le reflet des étoiles sur les eaux noires et le mouvement des rames qui touillaient les cieux lui fut un court répit. Elizabeth aurait pu certainement se perdre dans la beauté d'un tel lieu, n'eussent été les deux yeux vitreux qui brisaient la surface de l'eau comme des périscopes jumeaux, luisant comme des rubis dans le faisceau de sa lampe. Ces yeux restaient parfaitement immobiles, sans le moindre clignement, apparemment insensibles, mais un grognement caverneux se fit entendre sous ce regard monstrueux, en dessous de la surface des eaux. Une multitude de paires d'yeux identiques était disséminée dans le reflet des étoiles, et lorsque les canots passaient devant eux, le même grognement d'avertissement se faisait entendre. Dans le silence moite, brisé uniquement par la cadence des rames, ces grondements semblaient résonner dans l'obscurité. Elizabeth avait du mal à discerner ses compagnons à l'avant du canot, et tous se taisaient. C'était comme si elle était toute seule dans ces ténèbres sans fond.

Peu à peu, Elizabeth se rendit compte d'une lueur qui se dressait au-dessus d'elle, dans son dos. Dépassant bientôt les cimes des arbres titanesques, un disque orange apparut. Elle savait qu'il s'agissait de la lune, mais elle avait plutôt l'impression qu'il s'agissait d'un lever de soleil sur une autre planète. À mesure que les étoiles s'estompèrent et que le ciel et l'eau prirent la teinte de l'argent, elle comprit qu'elle était la véritable intruse dans cet environnement inconnu.

Dans le clair-obscur, Juarez murmura très distinctement : « Chaque crocodile a sa propre couleur d'yeux. Le vert et l'orange sont très répandus. Ceux-là sont des caïmans noirs. Leurs yeux sont en réalité incolores : ils nous paraissent rouges parce que la lumière se reflète sur leurs vaisseaux sanguins. »

Le silence s'abattit à nouveau sur la rivière, et fut à nouveau brisé par un grognement. Cette fois-ci pourtant, Elizabeth s'aperçut grâce à sa lampe qu'il s'agissait de Juarez, accroupi à la proue du canot. Un autre grondement, proche de la berge, lui répondit aussitôt. « Mes imitations les perturbent, chuchota Juarez en souriant. Ils ne savent pas s'ils ont affaire à des intrus ou à des congénères. »

Tout retomba dans le silence.

Elizabeth entendit soudain derrière elle un grognement plus grave, plus puissant. Elle sursauta instinctivement pour se retrouver les pieds sur le banc du canot, faisant tanguer dangereusement celui-ci. Elle se retourna en brandissant sa lampe dans la direction d'où provenait le grondement, révélant une paire d'yeux plus espacés que tous ceux qu'elle avait vus jusqu'ici, deux énormes rubis montés sur une épaisse souche noire. Si la distance entre ces yeux était proportionnelle à la taille de l'animal, alors la bête devait être gigantesque. Soudain, quelque chose cogna brutalement contre la coque du canot. Celui-ci, déjà déséquilibré, tangua davantage, et Elizabeth se sentit basculer en arrière.

Il y eut un second choc. Plus puissant encore que le premier.

C'était une horrible sensation que de se sentir sur le point de tomber dans la rivière sans rien pouvoir y faire. Elle appela Juarez à la rescousse mais il était trop occupé à retenir les rames. Mendoza se précipita vers elle, mais trop tard. La fraîcheur de l'eau la saisit. Elle fut totalement submergée. Paniquée, son premier réflexe fut de battre des jambes à tort et à travers, tentant en vain de revenir à bord du bateau, redoutant plus que tout le moment où elle effleurerait quelque chose, juste avant que les mâchoires du crocodile se referment sur sa chair. Elle avait lu un jour que les crocodiles n'arrachaient pas les membres de leurs victimes, contrairement aux requins, mais les agrippaient entre leurs puissantes mâchoires, leur brisant les os, et les entraînaient dans les profondeurs jusqu'à les noyer, ou au moins épuiser leurs dernières forces. Le crocodile vous emmenait ensuite jusqu'à une cache sous les eaux, proche de la berge, et vous déposait sur le tas de ses proies plus anciennes. Après un temps variable, il finissait par revenir dans son garde-manger, et vous dévorait. Elle avait lu le récit de victimes qui avaient repris conscience dans le repaire sombre et à moitié inondé du reptile, entourées de chair en décomposition, avec tout juste assez d'oxygène pour apprécier pleinement la situation dans laquelle elles se trouvaient.

Toutes ces pensées s'emparaient d'elle, alors qu'elle tentait frénétiquement de rejoindre le canot, tandis que Mendoza tendait la main dans sa direction. Quelque chose effleura sa jambe et elle hurla. Elle battit plus fort encore des jambes, aveuglée par les flots d'adrénaline que charriaient ses veines.

Elle entendit alors un grognement encore plus profond et plus puissant que le précédent. Juste derrière elle. Cet animal devait être un véritable monstre. Elle n'avait jamais ressenti une terreur si brute, si viscérale. Quelque chose s'empara de son épaule avec une force stupéfiante, l'éloignant de Mendoza. Elle hurla à nouveau, et sut à cet instant précis qu'elle était sur le point de mourir. Elle se débattit comme une possédée, dans l'espoir de se soustraire à ce qui la retenait. Il était hors de question qu'elle se fasse traîner jusqu'à une immonde tanière emplie de chairs molles et décomposées. Pas sans se battre de toutes ses forces.

Le grognement se fit à nouveau entendre, tout près de son oreille. Elle fut littéralement tétanisée. Elle sentit qu'on la tirait de la rivière. Elle se débattit comme un poisson hors de l'eau, sans pouvoir se libérer de la puissante étreinte. C'est alors qu'elle entendit, bien malgré elle : « Du calme, Elizabeth. Tu n'as plus rien à craindre. » C'était la voix de Ross. « Nigel et moi t'avons rattrapée. Le crocodile est parti. »

Elizabeth continua à se débattre quelques instants au fond du canot où ils parvinrent malgré tout à l'allonger. Elle surprit soudain le visage de Hackett, qui exprimait une inquiétude certaine. Malgré la chaleur qui régnait, elle tremblait de la tête aux pieds. « Vous nous avez fait une peur bleue », dit Hackett en déposant une couverture sur elle.

Elle se redressa aussitôt. « Je *vous* ai fait une peur bleue ? répéta-t-elle en claquant des dents. Putain. Qu'est-ce qui s'est passé ? J'aurais juré qu'il m'avait attrapée. Je l'ai entendu. Il était si près. »

Hackett sourit en désignant Ross. « Les derniers grognements ne venaient pas d'un caïman. C'était Ross.

– Ross ? On aurait dit un vrai crocodile. Ses cris étaient tellement puissants. »

Ross haussa les épaules : « Je me suis dit que tant qu'à faire, il valait mieux être encore plus bruyant que les crocodiles qui se trouvaient avec toi dans l'eau. Histoire de les effrayer. Comment vas-tu ? »

Elle se sentait à présent plus calme. « Je crois que ça va. » Elle inspira profondément. « Merci beaucoup. C'était très rafraîchissant, mais je doute que ce soit le bon endroit pour un bain de minuit. »

Juarez les guida à travers les eaux infestées jusqu'à un coude plus dégagé. Après s'être assuré qu'il n'y avait aucun caïman, il leur indiqua l'une des rives, où se dressait un léger promontoire auquel menait un escalier de pierre naturel. « Nous allons faire un feu ici et nous reposer le reste de la nuit. » Il regarda par-dessus son épaule la rivière noire, grouillant au loin d'une myriade d'yeux rouges, et écarta les bras autant qu'il put : « Un feu énorme. »

Un peu plus tard

Torino et son escorte furent surpris par *la boca del infernio* tout comme le furent Ross et ses compagnons. Pourtant, lorsque le soldat qui barrait voulut renverser les gaz, Torino l'en dissuada immédiatement.

« En avant toute, et ne cédez pas à la peur. Le Seigneur nous protégera. »

Le feldwebel Fleischer s'interposa : « Votre Excellence, sauf votre respect, ce que vous ordonnez est très dangereux. Il fera bientôt noir, et nous avons pour mission de veiller à votre sécurité.

– Homme de peu de foi. Notre mission est sacrée, et le Seigneur guide mes pas. Aucun mal ne nous arrivera. Dirigez-vous droit vers la cascade. »

Torino ne savait pas exactement quel sort les attendait. Néanmoins, il avait longuement étudié le manuscrit de Voynich et les archives de l'Inquisition, et il pouvait voir sur l'écran qui reposait dans le creux de sa main le signal de l'émetteur GPS de Bazin clignoter quelque part au-delà du tourbillon et de la chute d'eau. Et, plus que tout, Torino était convaincu d'accomplir cette mission au service de Dieu : il savait que son heure n'était pas encore venue.

Un bref instant, alors que les eaux bouillonnantes s'emparaient du navire, Torino craignit que le sergent Fleischer outrepasse son autorité, mais le pilote fit preuve de courage et garda son cap.

Le bateau fut projeté hors du tourbillon, précipité à travers la violente cascade, et ne se brisa pas contre la falaise. Torino poussa un soupir de soulagement. Il n'était pourtant pas surpris. Même sur cette rivière sombre et souterraine, au cœur de la roche, il *savait* que Dieu le protégeait. Il savait aussi que le père Falcón et les conquistadores qu'il avait accompagnés avaient survécu à cette épreuve sur de simples radeaux, avec pour seule aide celle de leur foi, et il savait également que, comme le prouvait le point qui clignotait sur l'écran de son PDA, le bateau de Ross Kelly était quelque part devant eux. L'écran grésilla soudain et leur bateau sortit par l'autre flanc de la montagne, dans la douce lumière du crépuscule.

Une fois dans le bassin qui menait à l'étroit cours d'eau, le soulagement des soldats fut quasiment palpable. Ils aperçurent le *Discovery* impeccablement amarré à la rive gauche. Le navire moderne, étincelant dans les derniers rayons de soleil, était tout à fait incongru dans la forêt vierge. Les soldats épaulèrent leurs armes.

Le feldwebel Fleischer désigna le PDA que Torino tenait à la main. « Voici le bateau que nous avons suivi, Votre Excellence. Qui sont ceux que vous traquez ? »

Torino fronça les sourcils et rapprocha l'écran de sa poitrine. « Ce navire appartient à des ennemis de notre Très Sainte Église, prêts à tout pour m'empêcher de remplir ma mission.

– Quelle est votre mission, Votre Excellence ? Les seuls ordres que nous ayons reçus sont de vous escorter dans la jungle et de vous ramener sain et sauf.

– Tout deviendra clair en temps voulu, feldwebel. Mais pour l'heure, nous devons poursuivre ces individus et nous assurer qu'ils ne contrarient pas la volonté de Dieu.

– Mais comment les poursuivrons-nous ? Le bateau a été fermé à triple tour. Il n'y a plus personne à bord. » Fleischer pointa à nouveau du doigt le PDA de Torino. « Et c'est leur bateau que vous suiviez. »

Torino scrutait le point qui clignotait sur l'écran. Son expression était sinistre. « Le Seigneur me guidera. » Il releva le regard sur l'étroit cours d'eau qui serpentait dans la forêt. *Des dragons*. C'est ce que disait le manuscrit de Voynich. « Vérifiez qu'il ne reste plus personne à bord, puis faites en sorte que ce navire ne soit plus en état de fonctionner. »

Fleischer tiqua : « Est-ce absolument nécessaire ?

– Est-il absolument nécessaire de remettre en question mes ordres ?

– Non, Votre Excellence.

– Bien, alors obéissez. La nuit tombe. Chargez les armes et l'équipement dans les canots. Nous allons emprunter ce cours d'eau. »

39

« C'EST INCROYABLE. REFAITES-LE ENCORE UNE FOIS », dit Hackett en sortant une autre bouteille de bière des eaux fraîches de la rivière. À la grande surprise de Ross, et malgré toutes leurs péripéties, le treillis de Hackett était absolument propre, sans le moindre pli. Juarez poussa à nouveau un de ses longs grognements de caïman noir, et Ross l'imita. À la perfection.

« Comment est-ce que vous arrivez à faire ça ? demanda Mendoza. Je n'arrive pas à imiter le cri de Juarez, même imparfaitement, et ça fait maintenant des heures que j'essaye. Vous, vous avez réussi du premier coup. »

Ross haussa modestement les épaules. « J'ai ce qu'on appelle l'oreille absolue, et la faculté de répéter parfaitement tout son que j'entends. J'ai découvert que j'avais ce don quand j'étais enfant de chœur. C'est quelque chose que je tiens de ma mère. Ne soyez pas trop impressionnés. Ce n'est pas très utile. Ça amuse la galerie dans les soirées. Rien de plus.

– J'ai trouvé au contraire que c'était sacrément utile, objecta Elizabeth en se frottant les mains devant le feu.

– Ça veut dire que si je chante n'importe quelle note, vous pourrez l'imiter ? demanda Mendoza.

– Tout juste. »

Ils avaient tiré les canots jusque sur la berge et, après un dîner de haricots en boîte, de riz et de poisson, se trouvaient assis autour du feu, buvant du café et de la bière, se remettant un peu de toutes les émotions fortes qui s'étaient succédé au long de la journée. Seule sœur Chantal dormait, recroquevillée sur le côté, à un ou deux mètres à peine.

« Alors comme ça, tu as été enfant de chœur ? demanda Elizabeth.

– Ça n'a duré qu'un temps.

– J'avais l'habitude d'aller à l'église », lâcha Mendoza en gobant un antidouleur. Il semblait mélancolique, et Ross se rappela l'avoir vu en train de se signer lorsque le *Discovery* s'était retrouvé dans la Bouche de l'enfer. « Je crois toujours en Dieu. » Tous les autres regardèrent avec une surprise non dissimulée celui qui, sous leurs yeux, avait tué trois hommes, mais Mendoza les ignora, plantant son regard dans celui de Ross. « Est-ce que vous croyez en Dieu, *señor* Kelly ? »

Ross sourit en hochant la tête : « Je tâche de croire en moi. Pas en Dieu.

– Comment vous faites-vous pardonner vos péchés ? »

Ross réfléchit un instant avant de répondre : « En essayant d'endosser l'entière responsabilité de mes actes, dans un sens. Je ne crois pas qu'on puisse absoudre quelqu'un de ses péchés, comme vous semblez l'entendre. On ne peut que tenter de faire amende honorable par de bonnes actions. En effaçant le mal par le bien.

– Seule l'Église peut nous laver de nos péchés », lança Juarez dans un ferme mouvement de la tête.

Ross éclata de rire : « Ça, je n'y crois pas trop. Il ne suffit pas d'aller à l'église et de demander à un prêtre d'effacer votre ardoise. Quand vous avez causé du tort à quelqu'un, c'est à *cette personne* que vous devez demander pardon, pas à Dieu ou à des prêtres qui n'ont rien à voir là-dedans. Vous prouvez la valeur de vos remords par vos actes, pas par de pieuses prières. Nous sommes ce que nous faisons. Les actes sont tout ce qui importe. Une seule bonne action peut faire toute la différence.

– Une bonne action aux yeux de Dieu, ou des hommes ?

– Aux yeux des hommes, bien sûr.

– Mais comment l'homme peut-il savoir ce qui est bon sans Dieu pour guide ? demanda Juarez.

– Et comment l'homme peut-il reconnaître Dieu pour guide sans l'aide de l'Église ? renchérit Mendoza.

– Ça suffit. Assez de ces ennuyeuses conversations sur la religion ! s'exclama Hackett un peu bruyamment entre deux lampées de bière. Où avez-vous donc été élevés, vous tous ? Vous ne savez pas qu'il est extrêmement indélicat de discuter religion, politique ou sexe à table ? » Il se retourna vers Mendoza. « Permettez-moi de vous poser une question bien plus intéressante. » Il observa un bref silence. « Je n'ai pas l'intention de vous offenser, *señor* Mendoza, mais vous avez été soldat et nous étions tous présents sur le bateau, tout près d'Iquitos. Qu'est-ce que ça fait de tuer un homme ?

– À quoi rime cette question ? » demanda Elizabeth, scandalisée.

Hackett leva la main en signe d'apaisement. « J'ai obtenu mon doctorat en médecine, j'ai fait vœu d'aider mon prochain, mais j'ai également servi dans l'armée britannique, et j'ai suivi en conséquence un entraînement militaire. Je me suis souvent demandé quelle impression cela pouvait faire de tuer quelqu'un. » Il eut un sourire sournois. « Bon sang, ça a été mon principal fantasme pendant mon divorce. Alors dites-moi, *señor* Mendoza, qu'est-ce que ça fait ? »

Mendoza garda les yeux baissés, et pendant un long moment, Ross crut qu'il allait s'abstenir de répondre. Mais il redressa la tête : « Tuer un homme pour la première fois est difficile. En tuer un deuxième l'est moins. En tuer un troisième est nettement plus facile. Et très vite, cela devient tellement simple que la vie n'a plus la moindre valeur. Et lorsque la vie n'a plus aucune valeur, alors plus rien n'en a. Plus vraiment. Seul compte ce en quoi vous croyez. Votre foi. » Il croisa le regard de Hackett, et lui adressa un sourire presque chaleureux. « Restez fidèle au serment d'Hippocrate, docteur Hackett. Vous n'en dormirez que mieux. »

Hackett réfléchit un moment à cette réponse avant de se retourner vers Ross. « Puisque nous sommes tous en train de faire plus ample connaissance, dites-nous un peu : comment êtes-vous tombé sur le journal de route de ce jésuite ? » Il désigna Ross, Elizabeth et la silhouette assoupie de sœur Chantal. « Et comment vos trois chemins se sont-ils croisés ?

– C'est arrivé, tout simplement », répondit évasivement Ross.

Juarez vint à sa rescousse : « Et pourquoi vous autres *gringos*, vous ne pensez qu'à trouver de vieilles ruines ?

– À cause de leur histoire, répondit Hackett. Et à cause de leur or.

– Et vous vous moquez de la malédiction d'*el abuelo* !

– De qui donc ? » demanda Ross.

Hackett haussa un sourcil sceptique, renifla et inspira une bouffée de son inhalateur avant de répondre : « *El abuelo*. La malédiction du grand-père, si vous préférez. Le peuple de Juarez croit qu'il est dangereux de pénétrer dans les ruines d'anciennes cités à cause de la malédiction qui y plane, et qui à tout moment peut fondre sur vous. Très trivialement, cette malédiction consiste en un transfert pour le moins déplaisant : l'ensemble des maladies des personnes mortes dans les ruines s'abat tout bonnement sur l'organisme de l'importun. »

Tous éclatèrent de rire, mais Juarez demeura digne : « C'est la vérité. » Tout d'un coup, au milieu de l'hilarité, ils entendirent au loin un son aigu. Ils se turent.

« Qu'est-ce que ça peut bien être ? » demanda Elizabeth.

À la lueur du feu, le visage de Hackett pâlit brusquement. « C'était l'alarme de mon bateau, Elizabeth. L'alarme qui selon vous ne devait jamais s'enclencher et ne jamais se faire entendre. »

Le son, perçant bien que lointain, cessa aussi soudainement qu'il avait commencé.

« En tout cas, ça s'est arrêté, constata Mendoza. Ça devait être un animal un peu trop curieux, ou tout simplement un faux contact.

– Sans doute », dit Ross. *Qu'est-ce que cela pourrait bien être d'autre ?* Personne d'autre qu'eux n'avait de raison de venir en ces lieux. À l'exception de Torino. Mais il n'avait aucun moyen de savoir quel chemin ils emprunteraient. Quelque chose remua dans l'eau, tout près d'eux, et un grognement se fit entendre.

Un coup de feu déchira le silence de la nuit. Ross sursauta. « Nom de... » Il se retourna pour voir Mendoza debout, fusil en joue.

« Je l'ai eu, dit Mendoza en souriant. Ça les éloignera plus efficacement qu'aucun grognement. »

Hackett dirigea le faisceau de sa lampe vers la rivière, et Ross put apercevoir, tapis dans la vaste forêt et dans l'eau, reflétant la lumière artificielle, des yeux innombrables qui, sans le moindre clignement, les fixaient imperturbablement.

40

Le lendemain, ils atteignirent *el Halo*. À quelques kilomètres en aval de l'endroit où ils avaient passé la nuit, se dressait sur la berge un cercle vertical de six mètres de diamètre, tout de pierre noire veinée de quartz que le soleil faisait scintiller. Selon les notes du père Falcón, *el Halo* était le lieu où ils étaient censés quitter leurs embarcations pour continuer le reste de leur voyage à pied dans la forêt. Ross redoutait cet instant. C'était après cette étape que les indications du père jésuite devenaient les plus obscures, comme en témoignait celle qui les intéressait à présent : « Au Halo, laissez-vous guider par la flèche au travers de la forêt jusqu'à *la barba verde* (la Barbe verte) ».

Après une nuit sans sommeil passée à entendre les crocodiles, ils avaient repris leur route au petit matin. Face aux attentions répétées quant à sa santé, sœur Chantal avait fini par balayer les inquiétudes de Ross d'un froid « Je vais bien » qui avait mis court à ses incessantes questions. À présent qu'ils approchaient du singulier cercle de pierre, Ross était douloureusement conscient que les interprétations de la religieuse seraient cruciales. Le canot qui ouvrait le cortège avait déjà atteint la rive, et se tenait dans l'ombre d'*el Halo*. Lorsque l'embarcation où se trouvait Ross atteignit la berge, Hackett et Mendoza étaient déjà en train de décharger leur canot. Mais sœur Chantal semblait avoir disparu.

« Où est sœur Chantal ? » demanda-t-il en mettant pied à terre.

Hackett regarda tout autour de lui. « Mince, elle s'est volatilisée. Elle n'a pas dû aller bien loin. »

Ross commença à paniquer. Ils étaient perdus au milieu de la forêt vierge et la seule personne capable de les guider n'était plus là. Il l'aperçut alors derrière la pierre noire circulaire. Elle lui tournait le dos.

« Quelle direction devons-nous prendre à présent, sœur Chantal ? » demanda-t-il. En l'absence de réponse, il insista : « Que signifie la prochaine énigme ? »

Toujours aucune réponse.

Fixant *el Halo* d'un regard vide, elle se mit à palper la pierre noire. Ross perdit tout courage. Elle avait définitivement sombré dans la folie.

Il s'approcha pourtant et comprit qu'en réalité, elle était en train d'observer des marques gravées à même la pierre, des marques qui ressemblaient à celles que les prisonniers traçaient sur les murs de leur cellule afin de compter leurs jours de réclusion. Quatre traits barrés en diagonale par un cinquième, indiquant une valeur de cinq. À côté, un seul trait vertical, pour un total de six. En dessous de ces traits figuraient six suites composées de chiffres romains. Il fallut un certain moment à Ross pour comprendre qu'il s'agissait de six dates, la plus récente remontant à plus de soixante-dix ans. Avant même qu'il ait pu analyser ces informations, sœur Chantal passa à nouveau ses mains sur les signes gravés.

« Je sais où nous sommes », dit-elle sans s'adresser en particulier à qui que ce fût, les yeux scintillant d'intelligence. Elle saisit la croix qu'elle portait au cou. « Donnez-moi une boussole », ajouta-t-elle avec une nouvelle vigueur, les yeux brillant cette fois d'une tout autre lumière.

Alors que les autres finissaient de vider les canots, Ross fouilla dans ses poches et lui tendit sa boussole. Elle posa une dernière fois sa main sur la pierre et sourit.

« Sentez cela, Ross, dit-elle. Sentez. »

Il posa à son tour sa main sur la pierre et sentit, sous la mousse, un léger renflement. Ses doigts en suivirent le contour, et Ross comprit qu'il s'agissait d'un trait qui s'achevait par un triangle.

« Qu'est-ce que c'est, Ross ? demanda Elizabeth en s'approchant.

– C'est une flèche.

– Et elle est orientée sud-sud-ouest », ajouta sœur Chantal en consultant la boussole.

Ross baissa les yeux sur la carte de son PDA afin de déterminer dans quelle direction précise les guidait la flèche, mais l'écran ne présentait qu'une vaste zone muette de forêt vierge.

« Suivez-moi, lança sœur Chantal en pointant du doigt le cap donné par la flèche.

– Attendez, dit Mendoza en retournant vers les canots. J'ai oublié quelque chose.

– Vite ! Vite ! Dépêchez-vous ! » pressa la religieuse, sans la moindre trace de la confusion et de la fatigue qu'elle avait ressenties jusque-là. « Nous devons repartir au plus vite. Nous sommes près du but. Je le sens. »

41

La forêt était en tout point identique à la description qu'en faisait le manuscrit de Voynich. Bruyante, infernale et chaude comme une fournaise. Juarez obligea toute l'expédition à enfiler de grosses chaussures de marche et à faire attention à chaque pas, afin de se protéger de la menace permanente que représentaient les serpents fers-de-lance et toutes les autres créatures venimeuses qui vivaient en ces lieux. Se frayer un chemin dans cette végétation luxuriante, le dos chargé de sacs extrêmement lourds, était une tâche aussi lente qu'éreintante. Sœur Chantal prenait appui tantôt sur le bras de l'un, tantôt sur le bras de l'autre, mais ouvrait la marche avec une énergie qui confinait presque à l'obsession.

La nuit venue, après avoir avalé un rapide dîner de riz et de poisson, ils dormirent dans leurs hamacs respectifs, suspendus au-dessus du sol, enveloppés dans des moustiquaires qui les protégeaient des myriades d'insectes et d'animaux trop curieux, attirés par la chaleur de leurs corps. Épuisé, attentif au sempiternel murmure des mille voix de la forêt, Ross tenait dans sa main son poignet douloureux. Il regarda les étoiles qui perçaient au travers des rares trous de la voûte formée par la forêt, et se demanda comment allait Lauren. Sa tristesse était adoucie par l'espoir qu'avaient fait naître en lui les mots de sœur Chantal : « Nous sommes près du but. » Il ne tarda pas à sombrer dans un sommeil profond et sans rêve.

Le lendemain, dans l'après-midi, ils atteignirent une petite lagune au-delà de laquelle un escarpement leur barrait la route. Recouverte d'arbres et d'une végétation touffue, l'imposante falaise semblait les mener à un nouveau cul-de-sac. Ross et Elizabeth observèrent attentivement la paroi rocheuse sans distinguer le moindre passage. Ils entendirent alors sœur Chantal les appeler, avec une vigueur toute nouvelle : « Par ici ! Par ici ! »

Elle avait parcouru une quarantaine de mètres sur la droite et, à présent immobile, désignait de la main la paroi de la falaise. Ross examina les marques et les fissures, et se souvint alors du fameux visage visible sur le Mont Uluru en Australie. Il distingua ce qui apparut comme des yeux, un nez et une bouche. Sous la « bouche » pendait une lourde masse de plantes grimpantes qui atteignait le sol comme l'aurait fait une gigantesque barbe, *la barba verde*.

Hackett et Mendoza s'approchèrent de la barbe, et à l'aide de leurs machettes, taillèrent dans les végétaux, révélant une vaste entrée dans le flanc de la falaise. Ross jeta un coup d'œil à sa montre qui indiquait 13 h 58, et ouvrit la marche. La galerie qu'ils suivirent dans la roche les fit passer par un réseau de grottes très singulières, dont les parois présentaient toute une gamme de fossiles et de minerais. Dans d'autres circonstances, Ross n'aurait pas hésité à s'arrêter pour prélever des échantillons.

Ils finirent par déboucher de l'autre côté de la chaîne sur une haute saillie, de laquelle on pouvait admirer une vallée encaissée qui s'étirait à perte de vue. Dans la chaude lumière de l'après-midi, la vallée qui s'étendait à leurs pieds semblait un paradis vert et luxuriant, qu'éclaboussaient des fleurs aux teintes saturées de rouge, de bleu et de jaune. Il y avait beaucoup moins d'arbres que dans le coin de forêt qu'ils venaient de traverser ou sur les arpents qui dominaient la vallée. Ross avait lu un jour que lorsqu'on coupait des arbres dans une forêt, ou lorsque ceux-ci brûlaient, une abondance de nouveaux végétaux poussait pour combler le vide laissé dans la terre fertile, s'empressant de profiter de l'espace et de la lumière que la voûte des puissants arbres monopolisait jusqu'alors. Mais qu'est-ce qui avait pu détruire une partie des arbres de cette vallée ?

Il consulta une nouvelle fois sa montre et remarqua qu'il n'était que 14 h 02, ce qui était tout à fait impossible. Il s'était passé bien plus de quatre minutes depuis qu'il avait regardé l'heure pour la dernière fois : trente minutes lui semblaient plus vraisemblables. Il se rendit soudain compte que la trotteuse s'était arrêtée. Cette montre hors de prix et d'un raffinement parfait en termes mécaniques était un cadeau de Noël que Lauren lui avait offert. Ce n'était pas le genre de montre à s'arrêter ainsi, sans crier gare, et sans la moindre raison. Il tapota sur le cadran avant de se retourner vers Elizabeth : « Tu as quelle heure ?

– Deux heures et deux minutes, pourquoi ? »

Ross fronça les sourcils : « Et vous, Nigel ? »

Hackett jeta un coup d'œil à sa montre. « Pareil. » Puis il secoua son poignet, et le porta à son oreille : « Attendez. Elle s'est arrêtée.

– La mienne aussi, dit Ross. On dirait que nos montres se sont toutes arrêtées au même moment. » Il désigna la chaîne montagneuse qu'ils venaient de traverser. « Peut-être est-ce le magnétisme des minerais présents dans la roche qui en est responsable. » Il fouilla dans son sac, et vérifia le système de positionnement par satellite de son PDA. La carte s'afficha brièvement sur l'écran qui se brouilla presque aussitôt, comme une vieille télé sans antenne. « Eh bien, lâcha Ross. Quelle que soit la nature de cette force, elle est assez puissante pour stopper net nos montres et bloquer les signaux satellites. » En regardant la vallée en contrebas, il comprit qu'ils seraient à présent totalement aveugles. Perdus dans l'espace comme dans le temps. Sans la moindre idée du lieu où ils se trouveraient, ni même de *l'heure* qu'il était. À partir de cet instant, ils dépendaient totalement du journal de route du père Falcón, non plus seulement dans leur quête du jardin, mais également pour retrouver le chemin du retour. « Elizabeth, qu'est-ce que le père Orlando nous invite à faire maintenant ? »

Elizabeth parcourut rapidement ses notes. « Nous devons continuer à main gauche, longer la saillie en gardant la vallée à main droite. » Elle pointa du doigt l'épaisse forêt qui surplombait la vallée. « Nous devons nous enfoncer là-dedans. »

Pour une raison inconnue, sœur Chantal prit à droite, se fraya un chemin dans la dense végétation et se mit à suivre un sentier escarpé qui descendait en direction de la vallée verte. Ross sentit son cœur sursauter. Étaient-ils enfin arrivés à destination ? Le jardin du père Falcón se trouvait-il dans cette vallée secrète ?

« Ma sœur, où allez-vous ? » cria Elizabeth, faisant écho aux pensées de Ross. « Le journal indique la direction opposée ! »

Sœur Chantal continua sa route jusqu'à un belvédère naturel où elle marqua le pas.

« Vous voyez quelque chose ? demanda Hackett. Qu'y a-t-il en bas ? »

Elle se retourna et lui fit signe d'approcher. « Si vous me rejoignez ici, monsieur Hackett, je me ferai une joie de vous le montrer. »

Ross et Hackett se précipitèrent tant bien que mal, laissant derrière eux leurs compagnons avec les sacs et l'équipement. Peut-être était-ce l'angle du soleil qui déclinait, ou simplement la perspective qu'offrait la corniche, mais lorsque Ross arriva à hauteur de sœur Chantal et de Hackett, la vallée lui révéla son secret. C'en fut trop pour Hackett. En apercevant les formes régulières des structures géométriques dissimulées par la masse de la végétation, il tomba à genoux. « C'est elle, c'est elle, répéta-t-il en un murmure, comme dans une église. Nous l'avons trouvée, bon sang. » Des larmes roulèrent sur ses joues. « C'est elle. La cité mère de toutes les cités. »

Ross partageait sa stupéfaction. Les ruines de Kuelap, bien que vastes, faisaient figure de maquette, comparées à la Cité oubliée qui s'étendait devant leurs yeux. Bien que la végétation eût tout recouvert, il pouvait distinguer très nettement les contours de ce qui avait été une gigantesque métropole. Les rues, les places, et même quelques colonnes qui semblaient imiter les puissants arbres de la jungle environnante, se détachaient de ce paysage quasi onirique. Il surprit deux jaguars bondir çà et là sur les boulevards, signe que la nature avait repris ses droits sur cette œuvre des hommes jadis glorieuse.

Hackett secoua la tête. « Cette ville a probablement été abandonnée il y a plus de mille ans. Regardez ces cercles, Ross. Ces habitations circulaires sont typiques de la culture chachapoya. Je mettrais ma main à couper que cette civilisation est née ici, à l'instar d'un grand nombre d'entre elles. Par tous les saints, ce que nous avons sous les yeux pourrait être le berceau de *toutes* les civilisations sud-américaines. C'est incroyable. C'est le rêve d'une vie, le plus fou des rêves, enfin réalisé. » Il se tourna vers le reste de l'expédition et cria : « Approchez ! Nous l'avons trouvée. La mère de toutes les cités perdues !

– Vous pensez qu'on pourra y trouver de l'or ? demanda Mendoza.

– Il y a une façon très simple de le savoir. Descendons y jeter un œil.

– Et que faites-vous de la malédiction ? Que faites-vous d'*el abuelo* ? gémit Juarez.

– Et que faites-vous de votre courage, Juarez ? » grogna Mendoza.

Hackett éclata de rire : « Crois-moi, mon ami, ces ruines valent la peine d'affronter cette malédiction. Elles te rendront riche et célèbre. Elles *nous* rendront tous riches et célèbres. »

Alors que Hackett se dirigeait déjà vers la vallée, suivi de Juarez et Mendoza, Ross et Elizabeth restèrent sur place aux côtés de sœur Chantal. « Quel est cet endroit, ma sœur ? » demanda posément Ross en considérant sa montre arrêtée et l'écran de son PDA strié d'interférences. Sœur Chantal ne répondit pas, les yeux rivés sur la vallée.

« Il n'y est fait aucune mention, ni dans le manuscrit de Voynich ni dans le journal de route du père Falcón, fit remarquer Elizabeth en consultant ses notes.

– Peut-être s'agit-il vraiment de l'Eldorado, dit Ross. Le père Orlando et les conquistadores ne l'ont sans doute jamais trouvé. » Il secoua la tête, incrédule. « Peut-être ont-ils continué tout simplement leur route, en passant à côté de ce qu'ils étaient réellement censés trouver.

– Regardez-les », dit Elizabeth en voyant Hackett et les deux hommes se précipiter sur le sentier abrupt. Ross surprit dans son regard une improbable tendresse. « Regardez Nigel : on dirait un gamin. Qui aurait pu croire que ce pète-sec *made in England* était capable de tant d'enthousiasme ? Tout ce que je lui souhaite, c'est qu'il y ait vraiment de l'or dans cette ville.

– Il y en a, lança sœur Chantal. Il y en a tellement qu'ils voudront rester ici, et que nous pourrons pendant ce temps-là continuer notre quête, à la recherche de quelque chose d'autrement plus précieux que ce métal. Il ne nous faudra qu'une semaine pour relier le jardin et revenir. Nous leur laisserons un mot avant de partir. »

Ross jeta un regard dur à sœur Chantal, se rendant compte qu'il l'avait très lourdement sous-estimée : « Vous aviez prévu cette petite diversion depuis le début, n'est-ce pas ? »

Elle continuait à regarder droit devant elle : « Moins de gens seront au courant de l'existence du jardin, mieux ce sera. »

Ross fit un pas de côté afin de pouvoir voir son visage. « Comment connaissiez-vous l'emplacement de ce lieu ? »

Elle haussa les épaules, et lorsqu'elle croisa son regard, ses yeux étaient plus clairs que jamais, impitoyablement clairs. « Je suis la Gardienne », répondit-elle. Elle tourna la tête, puis s'avança en direction de la Cité oubliée. Ross et Elizabeth restèrent un instant immobiles, échangèrent un regard, et la suivirent.

42

À MESURE QU'ILS DESCENDAIENT, LA BRISE S'AFFAIBLIT. Lorsqu'ils arrivèrent dans la cité, il n'y avait plus le moindre souffle dans l'air chaud et humide, et la légère transpiration qui perlait sur la peau de Ross se mua en véritable ruisseau. Ils passèrent devant les hautes tours à moitié éboulées des portes de la ville, et soudain, les bruits de la jungle furent remplacés par un silence inquiétant. Ross avait beau tendre l'oreille, il n'entendait que le léger bourdonnement d'insectes passant de temps en temps à sa portée. En observant les ruines recouvertes de plantes grimpantes et les flancs luxuriants de la profonde vallée, Ross eut l'impression irréelle de marcher au fond d'un océan, dans une énorme Atlantide verdoyante. Cette impression fut encore plus vive lorsqu'il leva les yeux pour contempler, entre les deux gigantesques tours, le soleil réfracté par le ciel bleu légèrement voilé.

« Je n'aime pas cet endroit. C'est un lieu de mort, lâcha Juarez entre ses dents, en traînant les pieds à côté de Hackett. Quelque chose d'atroce s'est passé ici. Quelque chose de vraiment atroce.

– La ferme, dit sèchement Mendoza.

– C'est vrai, Juarez, tu ne pourrais pas te calmer un peu, pour l'amour du ciel ? » ajouta Hackett.

Mais alors que, dans la végétation épaisse, passant devant des ruelles perpendiculaires, ils longeaient la principale artère de la cité, rendue minuscule par les monumentaux édifices de pierre qui la bordaient, Ross remarqua que Mendoza et Hackett s'étaient bien gardés d'élever la voix en admonestant Juarez, comme s'ils avaient eu peur de déranger quelque force malveillante tapie dans les ruines. Malgré le silence qui régnait, la sensation d'être épié était plus forte encore que dans la forêt. Ross non plus n'aimait pas cet endroit, et il était certain que Hackett, en dépit de sa passion pour les sites archéologiques, ne l'aimait guère plus. Cette désagréable sensation rappela à Ross la fois où Lauren et lui avaient visité le Colisée. Il régnait dans cet endroit la même ambiance de terreur et de désespoir. Il jeta un coup d'œil à sœur Chantal qui regardait toujours droit devant elle. Elizabeth, pâle, se recroquevillait sur elle-même comme si elle avait froid, malgré la chaleur étouffante.

« Je ne vois pas trace d'or », dit Mendoza.

Hackett indiqua le bout de l'avenue, flanqué de deux colonnes grossièrement taillées. « À en croire ce que j'ai vu lorsque nous admirions le panorama, le centre de la vie publique devrait se trouver par-là. C'est là que nous devrions commencer à chercher.

– Je me fous de votre or, lâcha nerveusement Elizabeth. Je voudrais juste savoir où nous allons pouvoir passer la nuit.

– Moi aussi, renchérit Juarez.

– Les lieux publics et la Grand-Place devraient être plus ouverts, les rassura Hackett. Moins oppressants.

– Vous voulez dire moins flippants », corrigea Elizabeth.

Hackett avait raison. L'avenue menait jusqu'à une vaste place. Les énormes pierres qui la pavaient étaient irrégulières, souvent fissurées, et dans ces interstices avaient poussé des plantes, et même des arbres. À droite de la place se trouvait un losange de près de sept mètres de large, bordé de lourdes pierres. La terre qui constituait le losange, recouverte de végétation et d'inflorescences noires, s'était affaissée de plus d'un mètre en dessous du niveau des pierres, donnant l'impression d'un puits de fleurs.

À gauche de la Grand-Place se trouvait une pyramide à degrés, submergée par une masse végétale incroyable. Chacun des trois degrés était aussi haut qu'une maison sans étage, et la façade principale de l'édifice était parcourue de bas en haut par un escalier glissant à taille humaine qui menait à un portail au sommet de la ziggourat. Le monument était haut de vingt mètres, et évoquait dans la mémoire de Ross les pyramides aztèques et mayas qu'il avait vues dans des documentaires télévisés. Ross ne pouvait s'empêcher d'être très fortement impressionné par l'échelle de la construction. Le simple fait de disposer ces énormes blocs de pierre les uns sur les autres avec la technologie dont nous disposons de nos jours aurait constitué un véritable tour de force. Et cet édifice était loin de dater d'hier.

« N'est-ce pas incroyable ? demanda Hackett. Savez-vous qu'il y a plus de pyramides au Pérou qu'en Égypte ? Et qu'on trouve des pyramides à étages semblables à celle-ci jusqu'au Moyen-Orient ?

– Quel âge a ce monument ? »

Hackett s'approcha des marches glissantes, se frayant un chemin à l'aide de sa machette. « Je dirais... au moins mille ans.

– Comment ont-ils pu construire un édifice aussi imposant à cette époque ? »

D'un revers de main, Hackett essuya la sueur qui s'accumulait sur ses arcades sourcilières. « Avec la seule ressource dont ils disposaient à profusion : le nombre. Les civilisations anciennes n'avaient ni syndicats ni camionneurs, mais elles connaissaient la poulie, le principe du levier, et avaient une main-d'œuvre colossale. La cathédrale de Durham dans le nord de l'Angleterre et le temple gigantesque d'Angkor Vat au

Cambodge ont tous deux près de mille ans. Le Colisée en a le double, et Stonehenge, de même que la Grande Pyramide de Gizeh, est vieux de plus de quatre mille ans.

– Regarde un peu ça, Ross », cria Elizabeth de l'autre bout de la place. Elle pointait du doigt un large cercle de pierres, qui entourait une énorme vasque au centre de laquelle se dressait une colonne d'un mètre vingt, sculptée en forme de plante singulière.

Ross s'approcha pour en mieux distinguer les détails. Le pilier creux était profondément enterré, et les pétales de pierre ébrasés formaient autant de becs. « On dirait qu'il y avait là une source naturelle, et qu'ils l'ont coiffée d'une fontaine. » Il rechercha le regard d'Elizabeth, qui fixait à présent la ziggourat, bouche bée, le visage encore plus pâle qu'auparavant.

« Ross, murmura-t-elle en pointant à nouveau un index tremblant. Tu vois ça ? »

Il suivit la direction qu'elle indiquait et n'en crut pas ses yeux. Les plantes grimpantes dissimulaient en grande partie la pierre, mais il parvenait à distinguer l'image qui y avait été gravée. Une image étrangement familière. « Oui, répondit-il, la bouche sèche. Je vois. »

Il se précipita vers la ziggourat et, de sa main droite encore valide, se mit à tailler dans la végétation, dévoilant un bas-relief d'au moins un mètre quatre-vingt de haut. Alors qu'il s'escrimait ainsi, Elizabeth s'approcha de son sac à dos pour en sortir ses notes, et se mit à feuilleter avec frénésie ses photocopies du manuscrit de Voynich. Elle s'arrêta soudain, et brandit une page dans ses mains tremblantes.

« Regarde, Ross. C'est la page 93 du manuscrit de Voynich. »

Ross recula, saisit la feuille tendue par Elizabeth pour la plaquer sur la pierre, à côté du bas-relief. Ce dernier était plus beau et précis que l'illustration, mais à ceci près, tous deux étaient identiques. Il se rua sur le bloc de pierre suivant et

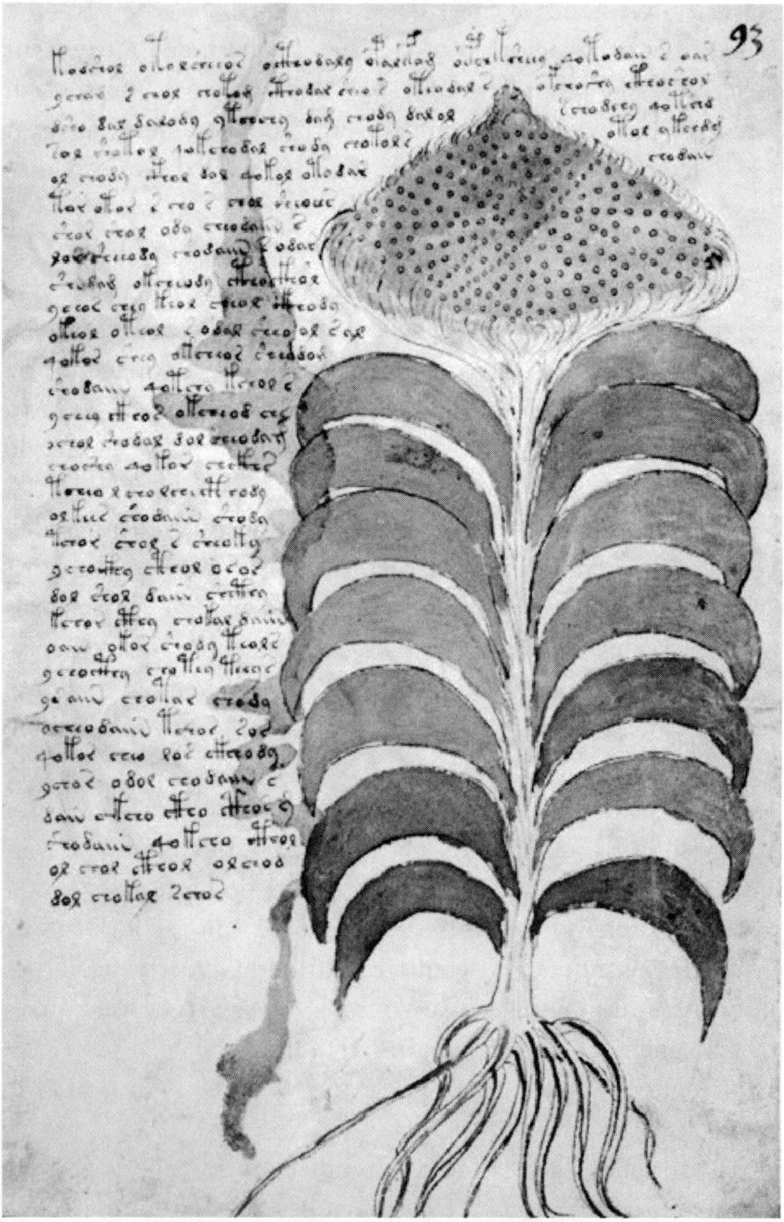
93

révéla à grands coups de machette un autre bas-relief, qui représentait une plante tout aussi étrange que la première. Puis une autre. Il consulta les photocopies d'Elizabeth et ne put réprimer un hochement de tête incrédule. Chacun des trois bas-reliefs qu'il venait de mettre à jour avait son strict équivalent dans le manuscrit de Voynich.

« Moi qui pensais que le père Orlando et les conquistadores n'avaient pas découvert ce lieu, souffla Elizabeth.

– Peut-être ne l'ont-ils effectivement jamais trouvé », dit Ross. La chaleur et les implications de ce qu'ils étaient en train de contempler lui donnaient le vertige. Il regarda alentour, cherchant sœur Chantal et les autres, mais ils semblaient avoir disparu.

On appela alors son nom : « Ross ! Ross ! » Il s'éloigna franchement de la pyramide et aperçut la tête de Hackett qui dépassait du portail, au sommet de l'édifice. L'Anglais leur faisait de grands signes de la main : « Ross ! Elizabeth ! Venez par ici ! Il faut absolument que vous voyiez ça ! »

43

Les marches qui conduisaient au sommet de la pyramide étaient plus faciles à gravir qu'elles ne le paraissaient du bas, même si certaines étaient totalement recouvertes par l'épaisse végétation. Tout en montant, suivi par Elizabeth, Ross tâchait de tirer quelque sens des images qu'ils venaient de voir. Il se surprit à jeter plusieurs coups d'œil sur la végétation qui s'étendait sous eux, à la recherche des fleurs et des plantes décrites dans le manuscrit de Voynich et sculptées sur la base de la ziggourat, mais en vain. Son regard tomba sur la fontaine en forme de fleur et le losange de terre affaissée, et Ross se sentit curieusement mal à l'aise.

Au sommet des marches, Elizabeth et lui traversèrent le portail coiffé d'un linteau trapézoïdal, similaire à celui de la chambre de la rançon de Cajamarca. Ils entrèrent dans une salle aussi fraîche que lugubre. Il y régnait une odeur de fauve, et la végétation grimpante de l'extérieur empiétait sur le seuil, mais malgré cela, les lieux étaient remarquablement propres et bien préservés. Hackett et les autres se tenaient au centre de la pièce, décrivant un cercle, et contemplant les murs. L'expression de sœur Chantal était impénétrable. « Vous connaissiez déjà ces bas-reliefs, dehors ? » lui lança Ross.

Elle ne répondit pas.

« Quels bas-reliefs ? » demanda Hackett. « Est-ce qu'ils ressemblent à ça ? » Il passa alors le faisceau de sa lampe torche sur les murs. Elizabeth ne put retenir une exclamation de surprise. Les parois de la chambre étaient recouvertes de bas-reliefs riches de détails, décrivant chacun une scène, dans des cadres carrés d'un mètre de côté, à l'image d'un *story-board* ou d'une bande dessinée. « Il ne nous reste aucune trace d'écriture inca, et très peu de trace des écritures des peuples qui les ont précédés, dit Hackett en effleurant les bas-reliefs. L'immense majorité des vestiges de leur histoire consiste en des fresques ou des sculptures de ce type, ce qui pousse à croire que c'était là leur moyen de communication de prédilection. »

Elizabeth restait interdite : « Et quelle histoire...

– Je vous avais bien dit que quelque chose d'atroce s'était passé ici », dit Juarez.

Bien qu'il ne connût rien ni à la cryptologie ni à la sémiologie, Ross n'eut aucun mal à comprendre le récit narré par les bas-reliefs. Le premier présentait la fontaine en forme de fleur, dont l'eau coulait abondamment, entourée par des humains agenouillés, comme en prière, sous les rayons bienfaiteurs du soleil. Le deuxième bas-relief montrait la même fontaine, cette fois-ci encerclée par une sarabande d'hommes et de femmes dansant et ingurgitant des plantes singulières, semblables à celles du manuscrit de Voynich. Dans le troisième, on pouvait voir la fontaine tarie et des fleurs mourantes. Dans le quatrième, des personnages creusaient le puits en forme de losange où ils précipitaient d'autres humains. Dans le cinquième, un homme arrachait le cœur d'un autre qui gisait au sommet de la ziggourat. Dans le sixième, on pouvait voir deux gouttes tomber dans la fontaine tarie : une goutte perlant du cœur sacrificiel, et une goutte du soleil. Le dernier bas-relief présentait une longue file d'êtres humains de tailles différentes (ce qui signifiait qu'il y avait des hommes, des femmes et des enfants) quittant la cité pour chercher refuge dans la forêt.

« Je ne comprends pas », dit Hackett.

Elizabeth fronça les sourcils : « C'est pourtant clair, Nigel, non ? Quand la fontaine s'est tarie, les gens sont tombés malades et beaucoup ont péri. Ils ont eu recours à des sacrifices afin de faire revenir l'eau, mais cela n'a pas marché et les survivants ont été contraints de quitter la ville.

– J'ai bien compris l'histoire, répondit Hackett. Ce que je n'arrive pas à comprendre, c'est leur extrême dépendance vis-à-vis de cette fontaine. Nous ne sommes pas en plein désert. Nous sommes au milieu d'une forêt tropicale, extrêmement humide par définition. Et la forêt amazonienne existe depuis des millénaires en l'état. Ces personnes n'avaient nul besoin d'une petite fontaine pour rester en vie et en bonne santé. »

Elizabeth lança à Ross un regard qui en disait long : « À moins que ce qui en coulait n'ait été autre chose que de la simple eau de source. »

Ross acquiesça discrètement, en repensant aux étranges plantes exposées tant par les bas-reliefs que par le manuscrit de Voynich. Leur singularité était-elle due à quelque chose que contenait la Source qui alimentait la fontaine, quelque chose d'unique qu'on ne pouvait trouver que dans le jardin du père Orlando ? Un regain d'excitation le parcourut. Cette eau avait-elle contenu des substances chimiques ou minérales aux propriétés inhabituelles, qui auraient causé l'accoutumance de ce peuple oublié ? « L'eau provenait sans doute d'une rivière souterraine dont la Source ne devait pas se trouver très loin d'ici, observa-t-il à haute voix. Quelque chose a dû sc passer, un phénomène géologique, peut-être un glissement souterrain qui aurait coupé le cours de la rivière et tari la fontaine. »

Elizabeth sourit, comprenant instantanément ce qu'il sous-entendait. « Dans ce cas, même si la fontaine s'est tarie, il se pourrait bien que la Source existe toujours.

– Tout à fait », répondit Ross en lui renvoyant son sourire. L'existence du jardin du père Orlando Falcón devenait de plus en plus crédible. « Elle pourrait bien exister encore. Et il se pourrait qu'elle soit très près de l'endroit où nous nous trouvons.

– Abstraction faite de ce que contenait l'eau selon ces gens, coupa Hackett en désignant le dernier bas-relief, le fait est qu'ils ont eu recours à deux sortes de sacrifice pour tenter de la ramener. » Il tapota la goutte qui tombait du cœur. « Du sang humain. » Puis il tapota la goutte qui tombait du soleil. « Et des larmes du soleil. » Il eut alors un sourire tout à fait enfantin. « Et vous savez ce que signifie cette métaphore traditionnelle ? De l'or. »

Ross se rappela les grottes veinées de minerais qu'ils avaient traversées pour aboutir à la vallée. Il n'aurait pas été surprenant qu'elles contiennent des filons d'or, que les habitants des lieux auraient jadis exploités.

« Où cet or peut-il bien se cacher ? demanda Mendoza.

– En un lieu sacré. » Hackett plaqua sa main sur une représentation de la ziggourat incluse dans l'un des bas-reliefs. « Quelque part là-dedans. »

C'est alors que la voix de Juarez, surexcitée, se fit entendre : « Sœur Chantal a trouvé quelque chose ! »

Tous se retournèrent pour suivre le faisceau de la lampe de Hackett, qu'il pointait au fond de la chambre, là où Juarez, au côté de sœur Chantal, éclairait de sa propre torche les marches sombres d'un escalier disparaissant dans les entrailles de la pyramide. Ross s'approcha et constata que les marches descendaient jusqu'à un court palier, puis continuaient dans le sens opposé leur descente dans les ténèbres. L'odeur de fauve qui se dégageait des entrailles de la ziggourat était bien plus forte. Des déjections animales jonchaient les marches de pierre brute. Des déjections abondantes.

Ils se regardèrent tous un instant. Mendoza arma alors son fusil, Juarez saisit celui qu'il portait à l'épaule, et Hackett sortit un pistolet de son sac à dos.

« S'il y a de l'or ici, c'est certainement en bas, dit celui-ci en se dirigeant vers les marches.

– Je viens avec toi, lança Juarez, les yeux brillants d'une témérité inhabituelle. Vous avez dit qu'on partagerait tout. Je veux voir cet or. »

Hackett repoussa d'une pichenette une branche de plante grimpante, en réalité un serpent qui déguerpit sans demander son reste. « Comme vous voulez. » Il examina son pistolet avant de lancer un regard nerveux à Ross et à Mendoza. « Vous nous accompagnez, n'est-ce pas ? »

Mendoza acquiesça. Ross hésita une seconde. Il n'était venu dans cette région ni pour trouver de l'or ni pour explorer une cité perdue, et il n'était pas armé, mais quelque chose le poussait à vouloir voir ce qui se trouvait en bas. « Je viens aussi, dit-il enfin.

– Pas moi, dit Elizabeth. Je reste avec sœur Chantal. »

Hackett ajusta son chapeau et se mit à descendre les marches : « Alors allons-y. »

44

Juarez et Hackett s'engagèrent sur les larges marches, suivis de Ross et de Mendoza. Avant de plonger dans les ténèbres où régnait une odeur âcre, Ross avait jeté un dernier regard à la religieuse, tentant en vain de déchiffrer son expression impénétrable. *Était-elle déjà venue ici ? Savait-elle ce qui se trouvait en bas ?*

« Soyez prudents », chuchota Elizabeth.

Sur le premier palier, l'air se rafraîchit, mais l'odeur devint plus forte encore. Ross sortit sa propre lampe dont il dirigea le faisceau dans l'obscurité. Ils descendirent les marches, traversant trois autres paliers, pour arriver dans une petite antichambre percée par un portail sans battants. Des supports de pierre étaient toujours fixés aux murs, mais il y avait bien longtemps qu'ils n'avaient plus porté le moindre flambeau. Dans la lumière des lampes, Ross vit que le portail donnait sur une vaste chambre au centre de laquelle se trouvait un passage, flanqué de part et d'autre de plusieurs rangées, chacune constituée de six niches de pierre superposées. Chaque niche contenait ce qui paraissait être un cercueil de pierre. Ross frissonna malgré lui.

« Ces tombes doivent contenir les corps des victimes sacrificielles les plus prestigieuses, commenta Hackett. À l'exception de leur cœur, bien évidemment. »

Ross remarqua que les épaules de Juarez étaient prises de tremblements. Pour le Péruvien, qui détestait les ruines parce qu'il craignait la malédiction d'*el abuelo*, selon laquelle toutes les maladies des morts étaient censées s'abattre sur lui, cet endroit devait être proprement terrifiant. Et à cet instant précis, dans l'espace réduit de ce caveau qui renfermait les cadavres de celles et ceux qui avaient trouvé la mort dans d'atroces souffrances, plus d'un millier d'années auparavant, Ross comprenait parfaitement la peur de Juarez. Ces lieux étaient tout bonnement lugubres, mortifères et inquiétants.

Juarez poussa soudain un cri perçant. Ross en lâcha presque sa lampe torche. « *Mirad ! Mirad ! Oro ! Oro !* Regardez ! De l'or ! »

« Bordel de merde ! » lâcha Hackett dans un souffle. C'était la première fois que Ross entendait pareil juron sortir de sa bouche.

Ross fit se croiser le faisceau de sa lampe avec celui de Juarez, et vit plus d'or qu'il n'en avait jamais vu de toute son existence. Ce n'était pas comme dans les films, où les trésors étaient systématiquement répandus dans une salle, dans un abandon presque indécent : l'or avait été fondu en lingots, et chaque lingot était disposé avec une précision architecturale. Il fallut à Ross un certain temps pour comprendre que le tas, presque aussi grand que lui, était en réalité une réplique à échelle réduite de la pyramide au cœur de laquelle ils étaient. Cela ne lui avait pas sauté immédiatement aux yeux à cause des quelques lingots manquants qui brisaient l'harmonie de l'ensemble. *Qui a bien pu les prendre ?* se demanda-t-il. *Les survivants qui ont fui pour bâtir de nouvelles cités et de nouvelles civilisations ? Sœur Chantal ?*

Mendoza émit un sifflement d'admiration. « Combien ça peut valoir, tout ça ? »

La réponse de Hackett fut vite recouverte par le souffle rauque d'une crise d'asthme provoquée par son excitation. Il sortit immédiatement son inhalateur, en aspira une profonde bouffée et se ressaisit. « Aux dernières nouvelles, l'or valait six cent cinquante dollars l'once. » Il soupesa l'un des lingots. « Chaque lingot doit peser au moins quatre cents, cinq cents onces, et il doit y en avoir des centaines, si ce n'est des milliers.

– Alors nous sommes riches, c'est ça ? demanda Juarez.

– Excessivement riches, précisa Mendoza. Riches à hauteur de plusieurs centaines de millions de dollars. Mais comment on va s'y prendre pour transporter tout ça ?

– La rivière n'est qu'à un jour et demi de marche, observa Hackett en reposant le lingot. Nous allons en prendre quelques-uns, trouver un moyen de transport plus adéquat, et revenir chercher le reste. »

Face à tout cet or, Ross éprouvait un curieux détachement. La découverte était très spectaculaire, il n'était pas insensible à la perspective d'une richesse sans limites, mais ce n'était pas là le trésor qu'il recherchait. Il pensa à tout le sang et à tout l'or qu'avaient versés les anciens habitants de cette cité pour tenter de sauver ce qui était à leurs yeux plus précieux encore : la fontaine, leur ville, leurs vies. Ross, lui aussi, aurait volontiers donné toute sa part d'or pour sauver celle qu'il aimait. Il tourna les talons.

« Ross, où allez-vous ?

– Prendre un peu l'air et informer Elizabeth et sœur Chantal de ce que nous avons découvert.

– Vous ne voulez pas rester un peu ici pour discuter de ce que nous allons faire de tout cet or ? »

Ross sourit : « Il ne risque pas d'aller bien loin. »

Hackett fronça les sourcils. « Nous venons de trouver un trésor à peine croyable, Ross, et pourtant vous ne semblez pas plus enthousiaste que cela.

– Bien sûr que je suis ravi de cette découverte. Je pense simplement que nous pourrons décider de ce que nous ferons de cet or à l'extérieur.

– Je vous suis, dit Juarez. Cet or me plaît, mais je n'aime pas du tout cet endroit.

– Moi non plus, ajouta Mendoza.

– Alors autant y aller *tous* », conclut Hackett avec une moue boudeuse, comme s'il avait voulu que ce moment dure à tout jamais.

Ross se dirigea vers l'escalier et, en passant devant les cercueils, il sentit quelque chose sur sa droite : un mouvement soudain, accompagné d'une odeur fauve qui fit se dresser les poils de sa nuque. Un grognement guttural emplit la chambre, et Ross se retourna instinctivement.

Derrière lui, Juarez s'était immobilisé, les yeux fixés sur les renfoncements des niches, derrière les cercueils. « *El abuelo, el abuelo* », répéta-t-il d'une voix étouffée, comme si ses cordes vocales ne lui appartenaient plus.

Dans le faisceau de la lampe de Ross, une ombre passa derrière les cercueils, et deux yeux féroces, affamés, croisèrent son regard. Il n'y avait aucune humanité dans ces yeux, et pendant un instant, Ross fut pétrifié.

L'ombre surgit des ténèbres dans un mugissement.

« Attention ! » cria Ross en tombant à genoux. Il se retourna aussitôt pour voir la créature bondir sur Mendoza, tétanisé par la peur. En une fraction de seconde, quelque chose d'incroyable se produisit alors : Juarez, leur guide censé avoir peur même de son ombre, s'interposa entre Mendoza et l'ombre, sur laquelle il pointa son fusil, et tira. Il manqua sa cible, et la bête s'abattit violemment sur lui, le précipitant à terre, lacérant sa gorge. Juarez hurla et Ross sentit quelque chose de chaud et d'humide lui éclabousser le visage. Hackett brandit son pistolet et Mendoza mit son fusil en joue, tous deux essayant de viser l'animal sans mettre en péril Juarez. Ross se précipita vers la bête et lui décocha un violent coup de pied. La coque de fer de sa chaussure pénétra profondément dans un muscle : la sombre créature se retourna, grogna, surprise par le faisceau de la lampe, la gueule sanguinolente, et prit la fuite en passant devant Ross.

Hackett se précipita vers Juarez pris de convulsions, les mains sur la gorge, les yeux rivés aux ténèbres. Le sang recouvrait tout. La pyramide d'or en était éclaboussée.

« Il me faut une arme, dit Ross en saisissant le fusil souillé de sang de Juarez et courant à la poursuite de la bête.

– Où est-elle allée ? demanda Mendoza.

– Elle remonte les escaliers, répondit Ross. En direction d'Elizabeth et de sœur Chantal. »

45

Elizabeth se réjouissait à plus d'un titre de rester seule à seule avec sœur Chantal. Avant tout, parce qu'elle n'aurait voulu pour rien au monde descendre cet escalier obscur jusqu'au tréfonds des entrailles fétides de la ziggourat. Et puis parce qu'elle mourait d'envie de poser quelques questions au sujet de la Cité oubliée à la mystérieuse religieuse. « Alors, que vont-ils trouver en bas ?

– De l'or.

– Comment le savez-vous ?

– Je le sais, c'est tout.

– Mais comment est-ce possible ? Vous êtes déjà venue ici ? Quand ? » Elizabeth secoua la tête, profondément frustrée par ces questions sans réponse. « C'est si difficile pour vous de donner une réponse claire ?

– Quoi que je puisse dire, cela ne changera en rien ce que vous pensez. Pourquoi est-il si important de savoir *comment* et *pourquoi* je connais telle ou telle autre chose ? Vous savez à présent que de l'eau provenant du jardin du père Orlando a jadis coulé en ces lieux. Ross et vous avez vu la fontaine et les bas-reliefs relatifs à l'histoire et aux illustrations du manuscrit de Voynich. Ross et vous avez vu la *preuve* de l'existence du jardin, et une fois que les autres auront trouvé l'or, nous pourrons les laisser pour partir à sa recherche. C'est tout ce qui importe.

– Est-ce loin d'ici ?

– À quelques jours de marche.

– Vous êtes certaine qu'il existe encore ? »

Un éclair de peur passa dans le regard de la religieuse. « Il existe encore. Il le *faut*. »

Elizabeth considéra le bas-relief qui représentait la fontaine tarie. « Mais, et si le... »

Elizabeth ne finit jamais de poser sa question. Elle fut interrompue par un cri étouffé et un coup de feu provenant des marches plongées dans les ténèbres. Elizabeth se dressa dans un bond et força sœur Chantal à se relever. Un autre hurlement retentit. Elizabeth avala péniblement sa salive, ne sachant que faire. Sœur Chantal se dirigea vers l'escalier, et Elizabeth la suivit. Alors qu'elle se penchait au-dessus du gouffre sinistre, une ombre en jaillit dans un grondement féroce, comme si une part des ténèbres s'en était subitement détachée. Elizabeth ne put qu'assister à l'horrible spectacle de l'ombre recouvrant sœur Chantal, lacérant l'air de ses griffes, et projetant la religieuse au sol. Ross apparut aussitôt, armé d'un fusil, et tira en l'air. L'énorme félin laissa sœur Chantal pour fuir par le portail éclatant de lumière.

Elizabeth courut vers sœur Chantal, et Ross se précipita vers la sortie, épaulant le fusil, et tirant à nouveau.

« Tu l'as eu ? » cria Elizabeth.

Ross hocha la tête. « Trop rapide. » Il aida Elizabeth à faire s'asseoir sœur Chantal dos au mur. Le sang coulait d'une blessure à sa joue, et sur son front enflait déjà une grosse contusion. Sa chemise était lacérée à hauteur de l'épaule droite, mais fort heureusement, son sac à dos avait encaissé la quasi-totalité de la force de l'impact.

« Qu'est-ce que c'était, bon sang ? demanda Elizabeth.

– Un jaguar mélanique, je pense.

– Un jaguar quoi ?

– Un jaguar à la pigmentation noire. Une panthère noire, si tu veux. »

Son ton était absent. Elizabeth aperçut alors son visage dans la lumière. « Tu as du sang partout sur la figure. Ça va ?

– Ce n'est pas mon sang, répondit Ross d'une voix monocorde, en touchant le poignet de sœur Chantal. Elle a perdu connaissance et son pouls est faible. Nous ferions mieux de l'allonger, afin d'alimenter au mieux son cerveau en sang. »

Elizabeth aida Ross à allonger délicatement sœur Chantal, puis desserra le col de la religieuse. « Il faut prévenir Nigel au plus vite. » Elle se retourna alors pour voir Hackett, pâle comme un linge, et Mendoza, portant tous deux le corps sanguinolent de Juarez à bout de bras. Elle comprit que le cher docteur avait d'autres priorités.

Ça n'était pas censé se passer comme ça. Ça n'était pas prévu au programme. Tout en essayant de juguler l'hémorragie de Juarez, Nigel Hackett, docteur en médecine, savait que son ami était proche de la mort, et qu'il n'avait aucun moyen de l'en empêcher. Il ouvrit la chemise de Juarez et examina les blessures mortelles qui sillonnaient sa gorge et sa poitrine, sans cesser de penser aux trois dernières années qu'ils avaient passées ensemble sur le pont du *Discovery*, à boire des bouteilles de bière Cusqueña et à se raconter leurs rêves.

Juarez, qui était né dans un village amazonien reculé, tout près de la frontière équatorienne, voulait depuis toujours voir l'Europe et l'Amérique du Nord. Hackett lui avait promis que lorsqu'il retournerait à Londres, après avoir trouvé richesse et célébrité en Amazonie, il emmènerait Juarez avec lui. La veille au soir encore, alors qu'il dormait dans son hamac, Hackett avait rêvé que Juarez et lui arrivaient à Londres pour faire part au monde entier de leur découverte du berceau de toutes les civilisations sud-américaines. Dans son songe, il donnait une conférence à la *Royal Geographical Society*. Et tandis que tout le gratin universitaire l'applaudissait, la magnifique Elizabeth Quinn (qui ne se moquait plus de ses petites manies, mais le comprenait, l'admirait et le *désirait*) se tenait à son côté, sa superbe chevelure allumant un incendie dans la vaste salle de conférence.

Mais il était à présent évident que son ami ne sortirait pas vivant de la forêt pour réaliser ses rêves, et bien que Hackett eût enfin découvert sa cité originelle et son or, ses propres rêves de gloire lui parurent soudain vides et vains.

Juarez agrippa son bras dans un sursaut, le visage déformé par la terreur, et dans des douleurs atroces, parvint à prononcer ces mots : « Je n'ai pas peur. Je ne suis pas un lâche.

– Je sais, mon ami, dit Hackett. Je sais. »

Juarez tourna difficilement la tête vers Mendoza : « Je ne suis pas un lâche.

– Non, tu n'es pas un lâche, dit Mendoza d'une voix douce. Tu es l'homme le plus brave que j'aie jamais connu. Tu m'as sauvé la vie. »

Juarez serra plus fort encore le bras de Hackett, il sembla s'apaiser, et un étrange sourire effleura ses lèvres. L'expression de son visage se détendit enfin. Hackett lui ferma délicatement les yeux et l'allongea tout à fait au sol. Ce ne fut qu'à cet instant qu'il se rendit compte que Ross s'était agenouillé à leurs côtés. « C'est fini, dit simplement Hackett.

– Je suis désolé, murmura Ross.

– Moi aussi », lâcha Hackett d'une voix blanche. Il se retourna et aperçut Elizabeth penchée au-dessus de sœur Chantal. Ses yeux étaient gonflés de larmes. Il secoua la tête et elle porta une main à sa bouche.

« Qu'est-ce qu'on fait, maintenant ? » demanda Mendoza.

Hackett poussa un soupir. Il était au bord des larmes. « Je n'en sais rien. »

Ross posa sa main sur son épaule. « Nigel, vous ne pouvez plus rien faire pour Juarez. Occupez-vous de sœur Chantal pendant qu'Osvaldo et moi enterrons notre ami. Nous ferons un feu ensuite. »

Hackett acquiesça, assommé de douleur, puis se retourna vers Ross. « Je veux que vous l'enterriez profondément, dit-il d'un ton féroce. Aucune saloperie d'animal ne doit plus toucher à un seul de ses cheveux.

– Nous l'enterrerons le plus profondément possible, *señor* Hackett, dit Mendoza. Je dirai une prière, et nous poserons une pierre sur sa tombe. »

Hackett resta sans rien faire un long moment avant de quitter son ami pour examiner sœur Chantal.

« Comment va-t-elle ? » demanda Elizabeth. Les larmes traçaient des sillons sur ses joues. Hackett aurait voulu les effacer d'un doux revers de la main. Il regarda attentivement les blessures et la contusion de sœur Chantal, et vérifia sa respiration.

« Elle est commotionnée, et son pouls est faible, mais elle respire régulièrement. Ses plaies sont superficielles et la bosse qu'elle a au front est plus bénigne qu'elle ne paraît. » Il saisit son sac de premier secours. « Je vais vérifier sa pression artérielle, puis nous lui trouverons un coin confortable où nous la laisserons se reposer.

– Il fera bientôt nuit, dit Ross. Je propose que nous passions la nuit au sommet de cette pyramide. On peut y faire un feu : il nous sera ainsi plus facile d'éviter la présence de voisins indésirables. Si vous vous sentez capables à vous deux d'amener sœur Chantal et nos bagages en haut, Osvaldo et moi allons nous occuper tout de suite de Juarez. »

46

« VOUS VOULEZ DES ANTIDOULEURS POUR VOTRE POIGNET ? demanda Mendoza en avalant un comprimé.

– Non merci », répondit Ross, heureux de ressentir la douleur irradier son poignet bandé, alors qu'il aidait Mendoza à descendre le corps de Juarez dans le trou qu'ils venaient de creuser dans la terre, derrière la pyramide. La douleur tenait ses pensées éloignées de la nuit qui s'abattait, rendant les lieux encore plus horribles et lugubres qu'en plein jour, et de la sinistre besogne qu'il était en train d'accomplir. Le fait d'enterrer Juarez ne se résumait pas à inhumer un ami mort. Ross avait l'impression qu'il enterrait aussi une part de lui-même. Il était venu jusqu'ici pour sauver Lauren, mais sa quête avait déjà coûté la vie de quatre personnes : celles des trois bandits qui avaient tenté de leur voler le journal de route du père Falcón, et à présent, celle de Juarez. Tout en continuant de jeter de la terre dans la tombe, il releva les yeux, et les étranges bas-reliefs à la base de la ziggourat le consolèrent un peu de sa peine.

Il était tout près. Tout près de réaliser son rêve désespéré en trouvant le remède qui sauverait Lauren, ou tout près de voir sa pire crainte confirmée, en comprenant que son aventure au cœur de la jungle n'avait été qu'un vaste gâchis de temps et de vies humaines. Sœur Chantal prétendait qu'ils pouvaient relier le jardin et revenir dans cette cité en tout juste une semaine. Et elle lui avait semblé convaincue de pouvoir achever cette ultime étape de leur voyage sans l'aide d'un guide, sans l'aide de Juarez. Selon le temps qu'ils prendraient alors pour revenir à la civilisation, Ross pourrait atterrir à New York en deux ou trois semaines, avec ce qu'il aurait trouvé dans le jardin, même s'il ignorait exactement de quoi il s'agissait. Son principal souci était pour l'heure l'état de l'énigmatique sœur Chantal. Elle était la seule à pouvoir interpréter les dernières instructions du père Falcón.

Tout en poursuivant sa tâche, Mendoza toussa. « Je n'arrive pas à croire qu'il ait fait ça, pour moi. Personne n'a jamais fait quelque chose de semblable pour moi.

– C'était un homme courageux et désintéressé, observa Ross.

– Mais j'étais sûr que c'était un lâche.

– Nous sommes ce que nous faisons, dit Ross comme à lui-même. Son dernier acte a prouvé la valeur de la personne qu'il était. »

Mendoza tapota délicatement la terre amassée : « Cet homme est maintenant au Paradis. »

Ross acquiesça : « Là-dessus, je ne vous contredirai pas. »

Après avoir empli le trou, ils traînèrent un énorme pavé déchaussé de la Grand-Place et le posèrent sur le tas de terre rouge. Mendoza fit ensuite une petite pile de pierres afin de marquer l'emplacement de la tombe. Lorsqu'ils eurent fini, ils appelèrent les autres. Hackett et Mendoza dirent une prière toute simple, tandis qu'Elizabeth veillait sur sœur Chantal.

Ils firent ensuite un feu au sommet de la ziggourat et préparèrent leur dîner. Ross n'avait pas faim, et savait que les autres non plus, mais tous se nourrirent machinalement, piquant leur fourchette dans les boîtes de haricot ou dans le ragoût de viande.

« Comment se porte sœur Chantal ? demanda Ross.

– Elle a bougé un peu, mais elle ne s'est pas encore réveillée, répondit Hackett. Sa pression artérielle est bonne. Je crois qu'elle a simplement besoin de repos. »

Ross se tourna vers Elizabeth qui, assise face au tas de sac à dos, fouillait frénétiquement celui de sœur Chantal, déchiré par la panthère noire. « Ça va, Elizabeth ? »

Lorsqu'elle releva la tête, ses yeux étaient encore rouges et luisants des larmes qu'elle avait versées. Dans l'humidité ambiante, ses cheveux étaient plus bouclés que d'habitude. « Non, Ross, répondit-elle tranquillement, ça ne va pas. » D'une main, elle brandit alors un tas de feuilles lacérées et recouvertes de sang. De l'autre, elle présenta le journal de route du père Orlando, ou plutôt ce qu'il en restait. « Sœur Chantal doit la vie à son sac à dos, mais le journal de route se trouvait dedans. Le jaguar l'a déchiré. »

Ross eut un vertige. « Montre-moi ça. » Il saisit le journal et l'examina. L'ironie du sort avait voulu que les premières pages fussent encore lisibles et que la dernière section fût quasiment intacte : seul le milieu de l'ouvrage, où se trouvaient les dernières pages de la première partie, avait été détruit. Il prit des mains d'Elizabeth les pages arrachées et comprit instantanément qu'ils ne pourraient plus rien en tirer. Les griffes du jaguar avaient ravagé le papier aussi bien que l'aurait fait un destructeur de documents. Il repensa aux étranges plantes sculptées aux pieds de la ziggourat, et à l'histoire de la fontaine. Le goût amer du désespoir lui vint à la bouche. Les bas-reliefs qui l'avaient encouragé plus tôt semblaient à présent se moquer de lui. Au moment où il commençait enfin à croire en l'existence du jardin du père Orlando, alors qu'il se trouvait si proche du but, tout semblait lui échapper. « Tout est perdu, dit-il. Nous avons perdu toutes nos informations.

– Et alors ? demanda Hackett. Nous n'en avons plus besoin.

– Nous en avons besoin, répondit Elizabeth. Les dernières indications étaient les plus importantes. »

Hackett plissa les yeux. « Mais nous avons réussi. La Cité oubliée était l'objet de notre quête. » Il se tut un instant pour regarder Elizabeth, puis Ross. « N'est-ce pas ?

– Non, répondit Ross avec lassitude. Ce n'est pas notre but.

– Qu'est-ce que vous racontez ? La découverte de cet endroit n'était donc qu'un simple bonus ? Qu'est-ce que vous nous cachez ? »

Ross jeta un coup d'œil à sœur Chantal qu'on avait installée dans son sac de couchage, se demandant comment elle pouvait connaître l'existence de ce site. « Je ne sais pas s'il s'agit d'un coup de chance extraordinaire, mais ce n'est pas ici que nous menaient les indications du père Orlando, lâcha-t-il. En fait, il ne fait aucune mention de ce lieu dans aucun de ses écrits. »

Hackett ouvrait de grands yeux incrédules. « Ceci est l'une des plus grandes découvertes archéologiques de l'histoire de l'humanité. Pas pour la seule Amérique du Sud, mais à l'échelle mondiale. Et vous êtes en train de me dire qu'il ne s'agit pas de la destination indiquée par votre jésuite ? Qu'est-ce qui pourrait être plus intéressant, plus important au monde que ça ?

– Ou d'une plus grande valeur ? » ajouta Mendoza.

Elizabeth sortit quelques photocopies de son sac à dos et les passa à Hackett. Elle résuma rapidement l'histoire du manuscrit de Voynich. « Nous sommes à la recherche du jardin où pousse ce genre de plantes.

– Vous avez fait tout ce chemin, à travers la plus grande forêt tropicale de la planète, uniquement pour trouver un *jardin* ? demanda Hackett, interdit.

– Oui. »

Hackett consulta les photocopies. « Ces plantes ressemblent à celles des bas-reliefs.

– Précisément, confirma Ross. Ce qui signifie que nous sommes tout proches. »

Hackett fronça les sourcils, tâchant de comprendre. « Ces plantes et ce jardin doivent être sacrément spéciaux.

– Nous l'espérons en tout cas, dit Elizabeth. Le père Orlando l'appelait "le jardin de Dieu".

– En quoi est-il spécial ? » demanda Mendoza.

Ross gardait son regard fixé sur le docteur Hackett. « Notre espoir est qu'il jouisse de propriétés curatives, comme il est exposé dans le manuscrit de Voynich.

– Des propriétés curatives ? » répéta Hackett. Ross vit s'afficher son propre scepticisme sur le visage du docteur. Hackett fixait les flammes du foyer. « Laissez-moi deviner. Vous pensez que ces plantes sont liées d'une façon ou d'une autre à l'eau de la fontaine qui coulait ici ? Vous pensez que cette eau provenait de votre jardin miraculeux ?

– Ça se tient, répondit Ross. Il se pourrait que cette fontaine ait eu pour origine une rivière souterraine dont la Source se trouvait dans le jardin, et dont le cours fut un jour bloqué. Peut-être les gens qui vivaient ici ont-ils développé une dépendance à cette eau, à cause d'un des éléments qui la constituaient. Peut-être sont-ils tombés malades lorsque la fontaine s'est tarie. »

Hackett ne put s'empêcher de secouer la tête à nouveau.

« Vous pensez que ce jardin est près d'ici ? demanda Mendoza, plus intrigué que sceptique.

– Oui, répondit Ross.

– S'il existe vraiment, ajouta Hackett. Qu'allons-nous décider au sujet de cette cité et de cet or qui, eux, existent bel et bien ?

– L'or peut attendre, dit Mendoza. Il acquiesça avec détermination. Je viens avec vous, Ross.

– Rien ne vous y oblige, Osvaldo. La fin du voyage ne sera pas sans risque. Selon le manuscrit, tous les conquistadores qui avaient survécu jusqu'ici ont trouvé la mort dans le jardin. Seul le père Orlando en a réchappé vivant. »

Mendoza éclata de rire. « Si une vieille religieuse, un homme au poignet cassé et une jeune femme peuvent affronter ces risques, alors je le peux aussi. Je viens.

– Attendez, dit Hackett. C'est de la folie. Nous venons de perdre Juarez en trouvant cette ville. À quoi bon mettre en danger quelqu'un d'autre en quête d'un jardin mythique ?

– Personne n'est obligé de nous suivre, prévint Ross. Je suis désolé pour Juarez, vraiment, mais je ne suis venu ici que dans un seul but : trouver ce jardin.

– Et vous, Elizabeth ? demanda Hackett. Vous aussi, vous êtes résolue à le trouver ?

– Oui.

– Bon. J'imagine que je n'ai d'autre choix que de vous suivre, en ce cas, dit Hackett dans un soupir las. Ce jardin m'a tout l'air d'être une pure fiction, mais nous devons rester ensemble. » Il regarda Elizabeth dans les yeux. « En cas de danger, vous aurez besoin de quelqu'un pour veiller sur vous. »

Elizabeth sourit pour la première fois de toute la soirée. « Quelqu'un comme vous, Nigel ? »

Hackett fut piqué au vif : « Tout à fait, quelqu'un comme moi : quelqu'un de prudent et de précautionneux. Après ce qui est arrivé à Juarez, je ne perdrai plus un seul membre de cette expédition. »

Tous se turent alors, et regardèrent dans la direction de la tombe de Juarez.

« Toute cette discussion n'est que théorique, de toute façon », dit enfin Ross. Il saisit le journal de route du père Orlando, à présent amputé de ses pages les plus cruciales. « La partie la plus importante, qui contenait les dernières indications pour arriver au jardin, est complètement illisible.

– Et vous ne vous rappelez pas ce que disait le texte ? » demanda Mendoza.

Ross soupira, et baissa la tête. « Tout ce dont je me souviens, c'est de l'un des derniers repères mentionnés, quelque chose que le père Orlando Falcón appelait *la sonrisa de Dios*, le sourire de Dieu. Après cela, nous sommes censés nous retrouver dans le réseau de grottes décrit dans le manuscrit de Voynich. Mais j'ignore totalement comment trouver cette *sonrisa de Dios*, et encore plus de quoi il s'agit. » Il se tourna alors vers Elizabeth. « Et toi ? »

Elizabeth hocha la tête. « Je me rappelle qu'il doit y avoir trois jours de marche entre *la barba verde* et *la sonrisa de Dios*, et que les étoiles doivent nous guider. Mais impossible de me souvenir de quelles étoiles il s'agit.

– Qu'est-ce que vous êtes en train de dire ? demanda franchement Hackett. Nous sommes coincés ?

– Oui, Nigel, répondit Ross en baissant à nouveau les yeux sur son repas intact, désespéré à l'idée qu'il ne savait où guider leurs pas pour sortir de cette cité maudite. C'est exactement ce que je suis en train de vous dire. »

Cette nuit passée au sommet de la ziggourat, à la belle étoile, entouré par les ruines d'une civilisation probablement morte depuis plus d'un millier d'années, fut celle où Ross se sentit le plus seul de toute sa vie.

Alors que les autres dormaient autour du feu, il montait la garde, le fusil de Juarez posé sur ses cuisses. Malgré son épuisement, il savait qu'il lui serait impossible de dormir de la nuit. Ce n'était pas son poignet douloureux qui le tenait éveillé, mais la sensation suffocante du temps jouant contre lui. Il pensait à Lauren, restée aux États-Unis, et à la vie qui s'éveillait en elle. Dans quelques semaines, cela ferait presque six mois. Trois mois de plus et elle atteindrait le terme de sa grossesse. Les quelques semaines qui restaient seraient critiques, et pourtant, elles semblaient insignifiantes en comparaison des siècles d'histoire qui l'entouraient à présent.

Il détourna le regard du feu qui crépitait, et fixa les ténèbres humides qui recouvraient tout alentour, regrettant de n'avoir aucun dieu auquel adresser ses prières. Le lendemain, il quitterait cet endroit oublié pour rentrer chez lui, et accepter le destin qui lui incomberait. Sa formidable aventure, sa quête désespérée, venait de s'achever.

47

Ross se réveilla dans un sursaut. La lune, d'une clarté de perle, brillait toujours dans le ciel, mais lorsqu'il dirigea son regard au-delà de la cité abandonnée, vers l'horizon, une lueur infime lui indiqua que l'aube était imminente. Il ne se souvenait plus de s'être endormi, pas plus que de ce qui l'avait réveillé, mais il se sentait frais et étonnamment alerte. Il se sentait également résolu à agir. Il ignorait la raison de ce retournement d'humeur : il ne se rappelait aucun rêve, aucune pensée en particulier. Tout ce qu'il savait, c'est qu'il devait faire quelque chose.

Il consulta sa montre, mais les aiguilles n'avaient pas bougé depuis qu'ils avaient passé *la barba verde*. Il se leva, passa devant Hackett et Mendoza qui dormaient, devant la silhouette immobile d'Elizabeth, et vint s'agenouiller à côté de sœur Chantal. Il la secoua très délicatement, jusqu'à ce qu'elle ouvre les yeux.

« Réveillez-vous, chuchota-t-il. Nous devons partir.

– Où ça ? » Elle porta une main à la bosse de son front. Elle semblait hébétée, désorientée et terrorisée.

La voix de Ross était douce mais ferme. « Vous allez vous lever et nous guider jusqu'au jardin du père Orlando. Sinon, nous rebroussons tous chemin et rentrons chez nous. »

Elle tendit la main, comme pour chercher quelque chose. « Où est le journal de route ?

– Il est détruit. Nous n'avons plus la moindre indication. Tout repose sur vous à présent. Vous prétendez être la Gardienne. Vous m'avez dit avoir déjà visité ce jardin. Le temps est venu de me le prouver. »

Elle regarda autour d'elle. « Et les autres ?

– Ils nous accompagnent.

– Mais ils ne doivent... »

Ross hocha fermement la tête. « Vos cachotteries sont à présent complètement inutiles. Votre plan qui consistait à vous servir de ce site comme d'une diversion pour le reste de l'expédition n'a pas fonctionné. Juarez est mort. Maintenant, nous sommes tous dans le même bateau. »

Les yeux de la religieuse s'écarquillèrent : « Juarez est mort ?

– Le jaguar qui vous a attaquée l'a tué. Nous sommes au milieu de nulle part, littéralement, et deux chemins s'offrent à nous. Ou bien nous partons pour ce jardin, tous ensemble, ou bien nous rentrons tous chez nous. Notre sort dépend de vous. Le sort de Lauren dépend de vous. »

Elle le regarda droit dans les yeux pendant un long moment. « Toutes les informations sont-elles perdues ? »

Il lui tendit le journal de route. « Voyez par vous-même. »

Elle observa une courte pause et massa son front en réfléchissant. « Les autres peuvent nous accompagner à la seule condition qu'ils jurent de ne jamais révéler à personne l'existence de ce jardin et de n'emporter rien qui en proviendrait.

– Je me chargerai de le leur faire promettre.

– Il existe bien un autre moyen de retrouver le jardin, mais j'aurais besoin d'une boussole.

– Vous pouvez vous servir de la mienne. » Il la tira de sa poche. « Cela dit, je doute qu'elle fonctionne encore. Le champ magnétique est très étrange, dans le coin. Mon système de positionnement par satellite ne fonctionne plus, et toutes nos montres se sont arrêtées.

– Donnez-la-moi. »

Il regarda la boussole, puis le soleil qui se levait. La position de l'aiguille confirma ses craintes. Quoi qu'elle ait pu indiquer, ce n'était certainement pas le Nord. « Comme je viens de vous le dire, elle ne fonctionne plus. »

Elle lui prit la boussole des mains et l'examina. Puis elle se redressa pour s'asseoir, et sourit. « Il faut suivre l'aiguille.

– Comment ça ?

– Il faut suivre l'aiguille. Elle nous mènera jusqu'au jardin. »

Il récupéra la boussole. Normalement, lorsqu'une boussole ne fonctionnait plus correctement, l'aiguille indiquait un cap sans cesse changeant. Mais ce n'était pas le cas ici. L'aiguille pointait obstinément dans la même direction. Il ne s'agissait pas du Nord, mais le cap était stable. Son cœur se mit à battre à toute vitesse. Se pouvait-il que l'interférence ne provînt pas, comme il l'avait cru, des grottes pleines de minerais qu'ils avaient traversées, mais bien du jardin, ou même de sa source ? « Vous êtes sûre que cela nous conduira au jardin ? »

Elle acquiesça, les yeux étincelants. « Sûre et certaine.

– Bien. » Ross osait à peine croire que leur quête n'était pas finie. « Dans ce cas, je vais réveiller les autres. »

Il leur fallut moins d'une heure pour être prêts. Ils empruntèrent à nouveau le sentier abrupt pour remonter jusqu'au belvédère naturel d'où ils avaient aperçu pour la première fois la cité abandonnée. Ils suivirent alors la direction indiquée par l'aiguille de la boussole, et longèrent le versant pendant une heure. Alors qu'ils s'apprêtaient à pénétrer dans la forêt vierge, Ross regarda derrière lui. De cette hauteur, la vallée était toujours aussi luxuriante, mais tout à fait anonyme, son secret bien gardé sous sa végétation. Il s'efforça de distinguer la ziggourat, mais en vain.

En se retournant vers les autres, il surprit un éclat de lumière sur la haute saillie où ils avaient débouché la veille, comme si le soleil s'était reflété sur du verre ou du métal. Il s'arrêta un instant, se demandant ce que cela pouvait bien être, puis se dit que ce ne devait être rien d'important, et rejoignit les autres qui, déjà, s'avançaient dans la forêt.

Le père Leonardo Torino abaissa ses jumelles et grimaça, aveuglé par la lumière du jour naissant. Pour la première fois depuis Iquitos, il venait de voir Ross Kelly et le reste de son groupe. Il lui fallut un sang-froid considérable pour ne pas laisser son visage trahir son soulagement.

« Comment saviez-vous qu'ils se trouveraient ici, Votre Excellence ? demanda Fleischer. Nous avons suivi leurs traces dans la forêt, mais comment saviez-vous qu'ils arriveraient ici ? Comment...

– Je vous l'ai déjà dit, feldwebel Fleischer, l'interrompit Torino, notre mission est sacrée. Le Seigneur guide nos pas. » Il se retourna vers le sergent qui, à l'instar des autres soldats, était chargé d'un énorme sac à dos militaire plein à craquer, et planta son regard dans le sien. « Doutiez-vous de moi ? »

Fleischer et les autres baissèrent la tête et se signèrent. Torino releva ses jumelles et regarda plus attentivement l'endroit où il venait de surprendre Ross Kelly. « Quoi qu'il en soit, il se pourrait que Dieu ait à présent besoin de toute notre diligence, feldwebel. Nous devons suivre notre proie en nous gardant de la perdre bêtement dans la forêt vierge. »

Fleischer opina du chef. « Je comprends, Votre Excellence. » Il désigna l'un de ses hommes, un soldat très musclé, le plus petit de l'escorte, aux sourcils épais, et à la joue droite sillonnée d'une vilaine cicatrice. « Weber, restez tout près, mais sans vous faire repérer. Laissez des traces afin que nous puissions vous suivre. Si votre sac est trop lourd, répartissez la charge excessive dans ceux de Petersen et Gerber. »

Le soldat sourit. « Aucun problème avec le sac, feldwebel. Ce n'est pas ça qui me ralentira.

– Bien. » Fleischer sortit de son propre sac deux émetteurs-récepteurs, et en tendit un à Weber. Ils allumèrent leurs appareils qui se mirent à crépiter, malgré la force qui avait pourtant stoppé net les montres. « Suivez-les et tenez-nous informés. »

Torino et le reste de son escorte regardèrent Weber se mettre en chasse d'un pas soutenu, le long du versant, sans qu'aucun d'entre eux ne remarque la cité perdue au fond de la vallée, qui semblait engloutie dans un océan de végétaux.

48

Juarez resta présent dans l'esprit de tous durant les deux jours et demi qui suivirent, passés à se frayer un chemin dans l'étouffante forêt. Sa présence alerte et son habileté à tailler une piste au cœur de l'enfer vert leur manquaient énormément. Même l'impeccable Hackett devint aussi sale et ébouriffé que ses compagnons. Ils dormaient la nuit, après des journées de marche épuisante, suspendus dans leurs hamacs recouverts de moustiquaires, en dessous de bâches imperméables afin de se prémunir contre les brusques averses. De jour, ils se déplaçaient lentement mais avec détermination, sans se soucier le moins du monde des traces qu'ils pouvaient laisser derrière eux.

Ross perdit vite le compte des créatures exotiques qu'ils croisèrent : des singes à la fourrure dorée, des serpents aux couleurs éclatantes, des araignées au corps aussi gros qu'une main, autant d'animaux parmi lesquels, selon Ross, beaucoup devaient être encore inconnus de la communauté scientifique. Plus il repensait aux plantes et animaux singuliers qu'il avait vus ou aperçus depuis qu'il avait pénétré dans la forêt amazonienne, et dont l'étrangeté et la bizarrerie étaient peu à peu devenues sa nouvelle normalité, plus l'existence du jardin du père Falcón, avec toute sa flore et sa faune, lui paraissait crédible.

Le troisième jour, ils arrivèrent à hauteur d'une nouvelle crête qui leur barrait la route. Ce versant était concave, et coiffé de roches d'un blanc d'ivoire, réparties de façon très égale. Dès le premier coup d'œil, Ross se convainquit qu'il s'agissait du seul point de repère dont il avait pu se souvenir, *la sonrisa de Dios*, le sourire de Dieu.

Ross se rendit soudain compte que le jardin du père Falcón était naturellement protégé par une série de cercles concentriques d'arêtes de roche, semblables aux ronds que produit un caillou tombant dans l'eau, à ceci près que, dans ce cas, les ronds étaient de véritables chaînes qui faisaient partie intégrante de l'écorce terrestre. Ils avaient traversé la première de ces chaînes en passant la furieuse chute d'eau d'*el velo de la luz*, et la deuxième en franchissant *la barba verde*. Alors que Ross admirait *la sonrisa de Dios*, un flot d'adrénaline éveilla ses membres las. Était-ce là l'ultime chaîne, la dernière barrière protectrice du mystérieux jardin du père Orlando Falcón ?

Comme s'il avait lu ses pensées, Hackett lui demanda : « Nous y sommes presque ?

– Oui, répondit sœur Chantal d'un ton confiant. Le réseau de grottes et de galeries qui conduisent au jardin se trouve sous les roches immaculées de cette colline. »

Ross jeta encore un énième coup d'œil à son PDA afin de déterminer leur position par satellite, mais le dispositif, qui n'avait révélé que des ondes parasites dans la Cité oubliée, était à présent totalement muet. Seuls deux mots emplissaient l'écran : ERREUR SIGNAL.

Le soleil commençait à décliner, et bien que Ross et sœur Chantal désirassent continuer plus avant, les autres décidèrent de se reposer avant de pénétrer dans les grottes le lendemain, à la première heure. Ross craignit que les idées qui se bousculaient dans sa tête le maintiennent éveillé, mais il était si épuisé qu'il s'effondra dans son hamac et sombra instantanément dans un sommeil profond et sans rêve.

Seule sœur Chantal ne dormit pas cette nuit. Serrant sur sa poitrine la grande croix qu'elle portait au cou, elle restait immobile, allongée dans son hamac, à écouter les bruits de la forêt, et à prier de toute son âme pour que vienne l'aurore. Bien qu'anéantie par la fatigue, et rompue par des douleurs qui parcouraient tout son corps, elle ne pouvait pas se détendre. Pas encore. Elle brûlait de parvenir à la fin de sa si longue aventure. Elle n'aspirait plus qu'à venir à bout de cette épreuve, tenir sa promesse, et recevoir cette récompense qui ne cessait de se dérober.

49

Le lendemain matin, tous suivirent sœur Chantal jusqu'à l'escarpement qui se trouvait sous les roches blanches de *la sonrisa de Dios*. Elle les conduisit jusqu'à une faille verticale, couronnée d'une arche naturelle, où ils s'engouffrèrent un par un pour aboutir à *la catedral*, la grotte sublime décrite dans le manuscrit de Voynich. De minces rayons de lumière illuminaient la gigantesque salle : Ross leva les yeux, et remarqua que le ciel de la grotte, haut de plus de cent mètres, était constellé d'une myriade de petites brèches qui brillaient comme autant d'étoiles parmi les stalactites. Les faisceaux de lumière allumaient çà et là des veines dorées sur les parois rocheuses.

« De l'or ! » s'exclama Mendoza, un éclair de cupidité s'allumant dans ses yeux.

Ross examina l'une des veines. « On dirait de l'or, mais j'ai bien peur que ce ne soit que de la pyrite, *l'or des fous*.

– Qu'il s'agisse ou pas d'or, c'est bien ce filon que les conquistadores et le père Orlando ont suivi jusqu'au jardin, expliqua sœur Chantal. Nous devons le suivre nous aussi. »

Tout en se laissant guider par la veine de pyrite, Ross comprit qu'ils étaient entrés dans la grotte à un niveau médian, entre le ciel percé de trous étincelants, et le sol qu'il pouvait apercevoir, au-delà d'un précipice, des dizaines de mètres plus bas. On aurait pu très facilement faire tenir un Boeing 747 dans cette grotte. *Bon sang, une flotte entière pourrait atterrir et décoller ici*, pensa Ross. Il faisait étonnamment chaud, et il planait dans l'air une mauvaise odeur qui ne fit que s'accentuer à mesure qu'ils s'enfoncèrent dans les entrailles de la grotte. La puanteur de l'ammoniac fit larmoyer Ross, et redoubla les effets des allergies dont souffrait déjà Hackett, qui aspirait bouffée sur bouffée de son inhalateur, tout en cherchant dans son sac de premier secours un masque chirurgical.

Plus loin au fond de la grotte, le sol s'inclina davantage, et le passage devint si étroit qu'ils durent avancer en file indienne. Ross put enfin voir la source de l'odeur nauséabonde qui régnait en ces lieux. Sur sa droite, au fond de l'abîme, se trouvait une montagne conique de déjections de chauves-souris. D'une base de douze mètres de large, et d'une hauteur équivalente, elle se dressait jusqu'à un sommet pointu, à un peu moins d'un mètre quatre-vingt de la corniche où ils avançaient. Un bruissement continu s'élevait de l'ignoble tas, et en se concentrant, Ross remarqua que la masse sombre fourmillait d'un mouvement incessant. Chaque centimètre carré était recouvert d'innombrables cancrelats, qui y vivaient et s'en nourrissaient. Elizabeth et les autres se couvrirent les yeux. La vue en était presque plus désagréable que l'odeur, et Ross posa une main sur sa bouche pour calmer les haut-le-cœur dont il était secoué. Il pouvait voir le dégoût de Hackett se refléter dans ses yeux, au-dessus de son masque chirurgical. Pour cet homme qui avait horreur de la moindre saleté, ce devait être une vision d'horreur absolue.

Ross surprit dans les recoins les plus sombres du ciel de la grotte des milliers de chauves-souris, accrochées à même le roc. Il fut alors saisi par la peur que toutes ces créatures ne s'éveillent d'un coup et ne les submergent en cherchant à fuir la grotte. Il pointa un doigt dans leur direction afin d'avertir ses compagnons. En levant la tête, tous eurent le même réflexe : ils se rapprochèrent de la paroi rocheuse, s'éloignant le plus possible du bord du précipice.

Le danger ne vint cependant pas d'en haut, mais d'en bas. Et il survint très rapidement.

Hackett fut le premier à apercevoir le serpent de couleur sable. Il tentait de les fuir en longeant le bord de la corniche lorsqu'Elizabeth faillit le piétiner. Le serpent se redressa et mordit dans l'épaisseur d'une de ses chaussures de marche. Au moment où il s'apprêtait à frapper une seconde fois, Hackett se précipita pour lui donner un coup de pied qui l'envoya en direction de Mendoza. Celui-ci voulut l'éviter mais perdit l'équilibre et tomba dans l'abîme en roulant sur la paroi. Il trouva un affleurement auquel il s'accrocha, mais sa prise fut de courte durée et incapable de l'empêcher de plonger dans le répugnant et grouillant monticule où il s'enlisa rapidement. Les cancrelats recouvrirent aussitôt ses bottes et la totalité d'une de ses jambes, avant de remonter doucement le long de son corps.

Ross avait à peine eu le temps de s'agenouiller en tendant sa main droite que déjà Mendoza était enseveli jusqu'au cou dans les excréments de chauves-souris. Alors que sa tête se recouvrait d'une nuée de cancrelats, il jeta un regard d'horreur à Ross, la bouche scellée, les yeux écarquillés. Ross se hissa encore plus avant, par-dessus la corniche, sans pouvoir atteindre sa main. Une main passa alors sur ses flancs, enroulant une corde autour de sa taille.

« Soyez rassuré, lui dit Hackett. On vous tient, Elizabeth et moi. »

Ses yeux larmoyaient et ses narines piquaient, mais Ross s'avança plus encore, jusqu'à ce que son visage ne soit plus qu'à quelques centimètres de l'ordure : il saisit le bras de

Mendoza juste au moment où celui-ci disparaissait. L'autre main de Mendoza s'agrippa à lui, et la surcharge manqua de lui flanquer la figure dans la montagne de déjections. « Tirez ! » cria Ross, luttant pour ne pas vomir. « Tirez ! »

Le coup brusque exerça une telle pression sur son bras que Ross dut se servir également de son autre main, malgré son poignet cassé, afin de ne pas se démettre l'épaule. Grinçant des dents de douleur, il sentit la corde lui garrotter la taille : ses compagnons étaient en train de le remonter. Petit à petit, Mendoza émergea du tas, et lorsque sa tête fut tout à fait hors des excréments, il inspira du plus profond de ses poumons, comme un plongeur en apnée remontant à la surface.

Alors qu'ils finissaient de remonter Mendoza, sœur Chantal l'aspergea de lotion anti-insectes. Étendu sur le bord de la corniche, il se débattait comme un possédé, et d'un mouvement convulsif de la main, fit voler les lunettes de vue de Hackett, ainsi que son sac de premier secours, dans le monticule de déjections. Sa terreur ne s'apaisa que lorsque Hackett se mit à palper ses vêtements, faisant ainsi fuir les derniers cancrelats. Tandis que Mendoza, encore choqué, reprenait peu à peu ses esprits, Ross observa les lunettes et le sac de Hackett s'enliser dans la masse d'excréments et d'insectes. Le serpent jaune sable y agonisait dans des contorsions frénétiques. Au bout de quelques instants, il s'immobilisa, et le monticule l'absorba.

Elizabeth passa une main sur l'épaule de Hackett, qui se frottait machinalement les mains comme pour effacer toute trace des cancrelats dont il avait débarrassé Mendoza. « Merci d'avoir éloigné le serpent de moi. » Elle baissa les yeux sur son pantalon treillis, habituellement d'une propreté qui relevait de l'obsession, et sourit. « Vous n'avez qu'à prendre ça pour une thérapie antiphobique. »

Hackett eut un pauvre sourire, et se redressa. « J'ai perdu mes lunettes incassables. Je suis aveugle comme une taupe, maintenant.

– J'ai du mal à croire qu'un homme comme vous n'ait pas une paire de rechange, remarqua Elizabeth.

– J'en ai bien une, répliqua Hackett en pointant le monticule du doigt. Elle est dans le sac des premiers secours. »

Mendoza se releva et aida Ross à en faire de même. « Merci, Ross. C'est la deuxième fois que quelqu'un me sauve la vie. » Malgré la sincérité de ses remerciements, il apparaissait très clairement que cette dette qui le liait à Ross était loin de le ravir. « Comment va votre poignet ? »

Comme si ma main s'apprêtait à se détacher de mon bras, pensa Ross, serrant toujours les dents. « Ça ira, ça ira », répondit Ross.

Ils reprirent leur route, suivant toujours la veine étincelante de pyrite, s'enfonçant de plus en plus bas jusqu'à pénétrer dans une autre grotte, pas aussi longue et large que la première, mais beaucoup plus haute, et illuminée par une seule brèche qui perçait son ciel, à une distance époustouflante. Un gratte-ciel de Manhattan aurait pu se dresser ici sans même toucher cette faille.

« Regardez ça », dit Hackett.

Ross regarda dans la direction qu'il indiquait, et il eut le souffle coupé. À quelques mètres d'eux, à moitié dissimulé par un éboulement, rongé par la rouille, reposait un morion, le fameux casque des conquistadores espagnols. À ses côtés, une ancienne coupe, sans autre marque du passage du temps que quelques bosselures.

« Ça ne date pas de l'expédition du père Falcón, quand même ? s'exclama Elizabeth.

– De quand pourraient-ils dater, alors ? » répondit Ross alors que Hackett saisissait la coupe, l'essuyait et la rangeait dans son sac à dos.

La chaleur était à présent oppressante. Ross aperçut un pont naturel de pierre ponce noire qui, plus loin, passait au-dessus d'un gouffre. Dans ce gouffre coulait un torrent luisant de lave rouge, la rivière de feu dont il était question dans le manuscrit de Voynich. Le sentier mourait au loin dans un réseau peu engageant de grottes sombres et humides.

L'excitation de Ross était à son comble. Ils se trouvaient maintenant sur le seuil du jardin, et pour la première fois depuis le début de cette quête, Ross s'autorisa à croire, à vraiment croire que le père Falcón et sœur Chantal n'avaient jamais rien inventé, et qu'il pourrait trouver quelque chose d'incroyable et de miraculeux, quelque chose capable d'aider Lauren.

« Ce sont les derniers obstacles, expliqua sœur Chantal. Au-delà de la rivière de feu se trouvent des grottes de pluie brûlante et de gaz méphitiques. Néanmoins, si nous continuons à suivre le filon doré, nous atteindrons le jardin. » Elle observa une pause. « Souvenez-vous de votre serment. Ne révélez à personne l'existence de ce lieu, et n'y prenez rien. » Elle regarda tour à tour les membres de l'expédition, ne passant au suivant qu'après avoir reçu un acquiescement.

Hackett n'avait pas l'air réjoui. Il considérait ses chaussures et son pantalon souillés. « Des montagnes de merde de chauves-souris, des cancrelats, des rivières de feu, de la pluie brûlante, des gaz méphitiques : merci bien. J'espère franchement que votre satané jardin en vaut la peine. »

Ross enfila ses lunettes de soleil. « Il n'y a qu'un seul moyen de le savoir. » Il désigna le pont noir. « Pour ma part, je vais suivre ce chemin au-dessus de la lave. Puis je retiendrai ma respiration, je couvrirai ma peau et mes yeux, et je traverserai ces grottes le plus vite possible, avec pour guide la veine de pyrite. Si vous me suivez, vous devrez bien veiller à ne pas respirer l'air vicié, et vous devrez éviter que les gouttes tombant du ciel des grottes ne touchent votre peau ou vos yeux. C'est de l'acide sulfurique quasi pur. » Il enfila son imperméable dont il tira la capuche, tâchant de protéger la plus grande surface de peau possible, puis il s'avança jusqu'au pont naturel. Il se tourna alors vers sœur Chantal et Elizabeth. « Ces dames sont-elles prêtes ? »

Sœur Chantal sourit : « Je suis prête.

– Et toi, Elizabeth ? »

Celle-ci acquiesça, les yeux brillants : « Plus que jamais. »

Mendoza les rejoignit, mais Hackett resta là où il était.

Le cœur de Ross battait à une cadence infernale. Il était incapable de se souvenir de la dernière fois où il s'était senti aussi excité. Il comprit alors que la vie de Lauren et celle de leur enfant à naître n'étaient plus les seuls enjeux. Sa passion pour la géologie, étouffée depuis si longtemps par les intérêts et les impératifs de l'industrie pétrolière, se réveillait enfin. Ross se tourna vers Hackett, un sourire aux lèvres : « Qu'est-ce que vous attendez ? Vous ne voulez pas découvrir ce qui a conduit un père jésuite à écrire le manuscrit le plus mystérieux du monde ? Vous n'êtes pas curieux de savoir à quoi peut ressembler un endroit encore plus merveilleux et extraordinaire que votre si précieux Eldorado ? » Il se retourna, s'engagea sur le pont de pierre volcanique, et sentit aussitôt la chaleur de la lave le saisir, comme s'il se tenait devant un gigantesque four. « Alors suivez-moi. »

TROISIÈME PARTIE

LE JARDIN DE DIEU

50

Une fois franchit le pont, Ross se retourna pour vérifier que tous le suivaient. Puis il plongea le faisceau de sa lampe dans les ténèbres des grottes, prit une dernière bouffée d'air acide, saisit la main de sœur Chantal et la guida, ainsi qu'Elizabeth, dans l'obscurité. Malgré ses lunettes de soleil, ses yeux larmoyaient à cause du soufre omniprésent. Une goutte d'acide tomba du ciel de la grotte sur sa main droite, et avant qu'il eût pu l'effacer d'un revers de manche, il en sentit la morsure vive. C'était la fameuse pluie brûlante dont il était question dans le manuscrit de Voynich. Cette pluie, ainsi que l'odeur toxique de la pierre volcanique et du soufre – cet élément traditionnellement associé au Diable – avaient fait craindre au père Orlando Falcón d'avoir passé les portes de l'enfer.

À cet instant précis, Ross compatissait avec le jésuite. De tout son être.

Retenant sa respiration, Ross observa les méandres du labyrinthe de grottes et de couloirs empoisonnés. À en croire la chaleur que diffusait le sol, et la proximité du torrent de lave, Ross se convainquit que sous la fine écorce solide qu'ils foulaient se trouvait du magma. Il pensa aux grottes de *Villa Luz* dans le sud du Mexique et aux failles thermales des profondeurs de l'océan Atlantique. Il avait l'impression d'avoir fait un bond de plusieurs milliards d'années dans le passé, à l'époque où la Terre, encore jeune, n'était qu'un incubateur toxique pour les formes de vie les plus primitives. Même dans cet enfer, la vie existait : il pouvait voir des colonies de petits organismes acidophiles vivant sur les murs gorgés de soufre dont ils se nourrissaient.

Tout en suivant la veine de pyrite, il traînait sœur Chantal et Elizabeth à travers le dédale de grottes. Cela dura si longtemps qu'il craignit de se perdre et de ne plus pouvoir sortir de ce labyrinthe pour respirer à nouveau.

C'est alors que la veine de pyrite se tarit. Brutalement. Tout ce qu'il pouvait voir devant lui, dans le faisceau de sa lampe torche, n'était qu'une paroi de roc brut. Un cul-de-sac.

Il n'avait jamais vu sœur Chantal si mal en point. Son visage était blafard, et ses yeux injectés de sang, à cause du soufre. Elle semblait au chapitre de la mort. Malgré la chaleur qui régnait, il eut un frisson. Allaient-ils tous mourir ici ?

Sœur Chantal sourit alors.

Elle prit la lampe de Ross, celle d'Elizabeth et la sienne, et les éteignit toutes les trois. Dans les ténèbres, presque à cours d'oxygène, Ross se sentit à deux doigts de vraiment paniquer. Mais une main saisit son bras, le poussant à se tourner. Dans l'obscurité vierge de toute lumière artificielle, il distingua une fine ligne de lumière verticale, à droite de ce qui lui avait semblé être une paroi de roche d'un seul tenant. Il s'approcha, et se rendit compte qu'il s'agissait en réalité de deux murs distincts qui se faisaient face, séparés par un passage étroit. Il s'engagea dans ce mince couloir qui s'élargissait au fur et à mesure qu'il avançait, pour déboucher sur l'éblouissante lumière du jour. Il avala alors une ample bouffée d'air, avec la même avidité qu'un enfant venant au monde. Ses yeux s'habituèrent à la luminosité, et il comprit qu'il se trouvait dans un lieu qui ne ressemblait à aucun autre. L'air empoisonné avait laissé place à un air doux et parfumé. Si les grottes étaient l'enfer, alors cet endroit devait être le paradis sur Terre. Il se retourna vers sœur Chantal, qui acquiesça avant qu'il ait pu dire un mot : « Oui, dit-elle alors que l'épuisement qui se lisait sur son visage laissait place à un sourire de quasi-extase. C'est bien ici. C'est bien le jardin. »

Ross se trouvait à l'une des extrémités d'une cuvette géographique en forme d'ellipse, longue de plus d'un kilomètre et large de plusieurs centaines de mètres, ceinte d'une chaîne montagneuse si haute que les rayons du soleil ne touchaient qu'à grand-peine son fond verdoyant. Ross eut l'impression de se trouver dans un œil gigantesque, dont la pupille aurait été ce petit lac qui décrivait un cercle parfait au centre du jardin. À l'autre extrémité de « l'œil », le sol s'élevait en une pente douce jusqu'à l'entrée d'une autre grotte. Un cours d'eau en jaillissait pour alimenter le lac limpide. L'eau en était verte, rayonnante, comme si une nuée de lucioles s'y baignait. Les ténèbres du lointain réseau souterrain luisaient de la même lueur.

Tout autour du lac avaient poussé des herbes verdoyantes, des arbres et des plantes qui ne ressemblaient en rien à celles et ceux qu'ils avaient pu observer dans la forêt amazonienne. Qui ne ressemblaient en rien à tout ce que Ross avait jamais vu dans la nature de toute son existence.

« Regarde, Ross, regarde ! » Elizabeth brandit ses photocopies du manuscrit de Voynich pour lui montrer des illustrations, puis elle désigna la végétation qui les entourait. « C'est identique à ce qu'on trouve dans le manuscrit. Et toutes les descriptions topographiques sont exactes. » Elle pointa du doigt l'entrée sombre à l'autre bout de la dépression. « Ce doit être par là qu'on accède aux grottes dont parle le père Falcón. Là où vivent les nymphes. »

Et là où les conquistadores sont morts, pensa Ross. Sur sa gauche, au pied de la falaise, il vit un tas de rocs parfaitement sphériques, en dessous de demi-sphères rocheuses encore parties intégrantes de l'affleurement. Ces formations lui rappelèrent les boulders de Moeraki, en Nouvelle-Zélande, sur l'Île du Sud. Mais c'était surtout les végétaux et l'eau brillante qui le captivaient.

Et l'air.

Il avait une odeur – un goût, même – subtile, où se mêlaient des arômes floraux, des saveurs de vanille et d'agrumes, en un ensemble sucré sans être écœurant.

Le reste de l'expédition se tenait immobile, bouche bée, comme ensorcelé, les sens ravis. Sœur Chantal alla s'agenouiller au bord du lac, formant une coupe de ses mains pour en boire avidement l'eau. Son visage était illuminé de joie et de soulagement. Ross remarqua que l'eau dans ses mains présentait des particules luisantes microscopiques, similaires à celles qu'il avait vues dans la poche de cuir de sœur Chantal lorsqu'il avait fait sa connaissance.

Soudain, un son singulier emplit l'air, comme un chœur d'église. Ni mots ni phrases, ce n'était qu'une succession de notes d'une perfection absolue. Beaux bien que sans âme, ces sons qui provenaient des grottes interdites, à l'autre bout du jardin, donnèrent la chair de poule à Ross. Ils s'interrompirent aussi brutalement qu'ils avaient débuté.

« Qu'est-ce que c'était ? » demanda-t-il. Il voulut se diriger vers l'entrée des grottes mais sœur Chantal saisit son bras pour l'en dissuader.

« Attendez, Ross, dit-elle avant de s'adresser également aux autres. Personne ne doit entrer dans ces grottes, à l'extrémité du jardin. Pas sans moi. »

Hackett plissa les yeux, se les frottant à plusieurs reprises, dans l'espoir d'en discerner l'entrée malgré sa mauvaise vue qu'aucun verre ne corrigeait désormais. « Pourquoi pas sans vous ? demanda-t-il à son tour.

– Parce que je suis la Gardienne, répondit-elle.

– La quoi ? » lança Mendoza.

Ross secoua la tête : « Contentez-vous de faire comme elle dit.

– Qu'est-ce que c'est que cet endroit, au juste ? » poursuivit Hackett.

Sœur Chantal posa alors son index sur ses propres lèvres. « Plus de questions. Il va bientôt faire nuit. » Elle s'agenouilla à nouveau au bord du lac, emplit ses mains d'eau phosphorescente qu'elle leur présenta. « Buvez de ce cours d'eau et de ce lac. Mangez les fruits des arbres. Et dormez un peu. Vous verrez sans doute de petites créatures dans le jardin, mais n'ayez crainte : elles sont inoffensives. Surtout, n'entrez pas dans la grotte. Demain, tout s'éclaircira. » Elle sourit à Ross. « Oui, tout s'éclaircira. »

Elle s'éloigna alors jusqu'à un endroit où le sol formait une légère bosse, coiffée d'un petit tas de cailloux. Elle s'agenouilla devant, et sembla prier. Ross avait des milliers de questions à lui poser, mais il jugea préférable de la laisser se recueillir. Comme les autres, il but de l'eau du lac. Elle avait un goût légèrement salin, à l'instar d'une certaine eau minérale pétillante française qu'il n'avait jamais appréciée. Il mangea également des fruits des arbres, qui avaient bien meilleur goût. Leurs saveurs étaient familières mais difficiles à déterminer, comme si chaque fruit étrange réunissait les goûts de plusieurs fruits connus. L'un d'eux, de la taille d'une pomme, rappela à Ross autant le goût de la grenade que ceux du fruit de la passion et de la cerise.

Alors que le crépuscule obscurcissait le jardin, il se sentit exténué, tant physiquement que nerveusement. Il ne se soucia même pas d'installer son hamac ou sa moustiquaire. Il sortit simplement son sac de couchage, et s'allongea sur l'herbe douce. Les autres firent de même, comme s'ils avaient tous compris qu'ils ne se trouvaient plus dans une forêt hostile, mais dans un jardin bienfaisant. En sécurité.

Avant de fermer les yeux, Ross contempla une dernière fois le lac calme et sombre, où il vit se refléter d'innombrables étoiles. Levant les yeux au ciel, il constata qu'il était très nuageux, sans la moindre étoile. Reportant à nouveau son regard sur le lac, il comprit que ce qu'il venait de prendre pour des étoiles était en réalité des éclats de cristal qui constellaient les profondeurs du lac limpide, et dont la clarté était révélée par l'obscurité. Ce phénomène de toute beauté ne fit que multiplier encore la foule de questions qui se pressaient dans son esprit engourdi. Un sommeil miséricordieux ne tarda cependant pas à s'imposer, et toutes les questions s'évanouirent.

Sœur Chantal ne se rappelait pas avoir aussi bien dormi de toute sa vie. Roulée en boule à côté du petit tas de pierres, loin des autres, elle rêvait qu'elle était libre.

Libre de son serment.

Récompensée de son sacrifice.

À nouveau unie à celui qu'elle avait perdu.

Elle se réveilla au milieu de la nuit, et alors que tous dormaient à poings fermés, elle alla s'agenouiller au bord du lac. Tout en buvant, elle laissa libre cours à son orgueil pour la première fois depuis son serment : elle observa son reflet sur la surface de l'eau. Ce qu'elle vit l'attrista. Ce visage qu'elle avait jadis contemplé, beau, jeune et plein d'espoir, était à présent vieux et las.

Se soucierait-il de son apparence physique ? Cette simple question la fit sourire, et la joie perça sous sa tristesse. Elle avait longtemps attendu, mais le plus difficile était à présent derrière elle. Bientôt, elle pourrait se décharger de son fardeau, et le rejoindre.

Elle soupira, tant son désir était grand. « Bientôt », murmura-t-elle pour elle-même. Elle se leva, et retourna à son sac de couchage. « Bientôt. »

51

Osvaldo Mendoza fut le premier à se lever ce matin. D'un pas encore ensommeillé, il chercha un coin de jardin discret, entouré de buissons. Avant même d'ouvrir sa braguette et de commencer à uriner, il constata que la migraine qui ne l'avait pas lâché depuis le début de l'aventure l'avait enfin quitté. Et lorsqu'il eut fini et qu'il regarda au sol, il remarqua quelque chose d'encore plus incroyable. Quelque chose qui le figea durant plus d'une minute, avant qu'il ne tombe à genoux pour prier.

Ross s'éveilla au milieu d'un rêve dont il ne put se souvenir, si ce n'est que Lauren en faisait partie, et que, pour la première fois depuis des semaines, il s'était senti heureux. Il aurait préféré ne pas se réveiller, mais il n'eut pas d'autre choix que celui d'ouvrir les yeux. Hackett était accroupi à côté de lui, et le secouait vigoureusement.

« Réveillez-vous, Ross. Réveillez-vous. »

Ross cligna des yeux à moitié endormis : « Quoi ? Que se passe-t-il ?

– Regardez cet endroit. C'est stupéfiant. Incroyable. »

Ross grogna en se retournant dans son sac de couchage. Pourquoi était-ce précisément au moment où il faisait le rêve le plus agréable depuis des siècles que ce cher sujet britannique, habituellement si réservé, se mettait dans tous ses états ? « Je sais que c'est incroyable. Je suis ici, comme vous. Je le vois bien.

– Ross, le fait est que *moi aussi*, je le vois bien.

– Nigel, qu'est-ce que vous racontez ?

– Donnez-moi votre main. » Hackett saisit son poignet fracturé, et Ross eut le réflexe de l'écarter. « Donnez-moi votre main, insista Hackett. Faites-moi confiance. »

Comprenant qu'il n'aurait pas la paix, Ross s'exécuta, et le docteur défit le bandage expertement enroulé. « Cela vous fait-il mal ?

– Pas du tout. »

Hackett pressa son poignet. « Et là ?

– Je viens de vous le dire, ça ne me fait pas mal. Maintenant, si vous voulez bien me laisser tranquille...

– Vous devriez avoir mal. Ce que je viens de vous faire aurait dû vous faire hurler de douleur. Si toutefois votre poignet était toujours cassé. »

Ross s'assit pour examiner son poignet. Il n'était plus enflé, et il n'y avait plus la moindre ecchymose. Ross ne sentait plus ni raideur ni douleur. « Peut-être n'était-il pas cassé.

– Mon œil. C'était une fracture tout ce qu'il y a de plus classique, et elle s'est résorbée d'elle-même en quelques heures, là où il aurait fallu plusieurs mois. Mais vous n'êtes pas le seul concerné. J'ai toujours eu une très mauvaise vue depuis mon enfance. Aujourd'hui, elle est parfaite. Corrigée en une nuit. 10/10 à chaque œil. Et depuis que nous sommes arrivés ici, je n'ai plus touché à ceci. » Il sortit son inhalateur et ses pilules antihistaminiques. Puis il pointa son nez en l'air et inspira deux énormes bouffées d'air. « Écoutez un peu ça. Le doux son de voies respiratoires impeccables. Avec toutes ces fleurs alentour, mes allergies auraient dû s'en donner à cœur joie, mais mes bronches et mes sinus n'ont jamais été aussi dégagés. »

Hackett pointa Mendoza du doigt : celui-ci était assis au bord du lac en tailleur, les yeux fermés, les mains jointes comme en prière. Ross crut voir des larmes rouler sur ses joues. « Osvaldo vient d'avoir, semble-t-il, une révélation mystique. Cela fait déjà un bon bout de temps qu'il se signe en murmurant des remerciements. Depuis Iquitos, ce cher homme se tenait la tête à deux mains et avalait des antidouleurs comme des bonbons à la menthe. Attention, je ne parle pas ici de vulgaires cachets d'aspirine, mais de médicaments qu'on ne peut obtenir que sous prescription, à fort dosage en codéine, un opiacé, de la même famille que la morphine. À chaque fois que je lui demandais s'il allait bien, il me répondait par l'affirmative, mais il est évident qu'il devait souffrir le martyre. Je me suis réveillé ce matin et je l'ai trouvé là, en train de pleurer. Un homme comme lui, pleurer. Quand je lui ai demandé ce qui n'allait pas, il m'a répondu que tout allait bien. Qu'il allait bien. *Vraiment bien*. Il dit que c'est un miracle. » Hackett embrassa alors la totalité du jardin d'un large mouvement de bras. « Cela doit venir de l'eau que nous avons bue ou des fruits que nous avons mangés. » Il s'assombrit soudain. « Mon Dieu, Juarez aurait dû voir ça. Cet endroit est incroyable. » Il saisit alors son sac à dos. « Il y a plus, Ross. » Il sortit la coupe qu'il avait ramassée la veille et la tendit à Ross. « Regardez à l'intérieur. »

Ross fit ce qu'il lui demandait. « Il y a une montre.

– La mienne, en l'occurrence. Je l'y ai mise hier soir. Regardez-la. » Ross observa le cadran et constata que la trotteuse bougeait. Lentement et avec hésitation, mais elle bougeait. « À présent retirez-la de la coupe », dit Hackett. Ross s'exécuta et la trotteuse s'arrêta instantanément. Il la remit dans le gobelet, et elle reprit sa course approximative. « Étrange, n'est-ce pas ? » demanda Hackett.

Ross enleva sa montre et la plaça dans la coupe. Là encore, l'aiguille des secondes se remit mollement à fonctionner. Ross examina la coupe. « Les gobelets de cette époque étaient constitués en grande partie d'étain et de plomb. À mon avis, la très grande imperméabilité aux champs magnétiques de l'étain et les propriétés du plomb, véritable bouclier contre les radiations, contribuent à protéger les montres des forces inconnues qui règnent ici. »

En remettant sa montre, Ross plia son poignet blessé sans y penser. Il le palpa de son autre main. Rien. Pas le moindre souvenir de l'insupportable douleur qu'il avait ressentie la veille après avoir tiré Mendoza du monticule de déjections de chauves-souris. Il se souvint alors d'un passage du manuscrit de Voynich, qui relatait dans quel état les conquistadores étaient arrivés ici, les os brisés, et comment ils avaient guéri. Un frisson le parcourut.

Elizabeth s'approcha d'eux. Elle était pieds nus, portait un jean et un T-shirt où l'on pouvait lire GAÏA AUSSI A DES SENTIMENTS. Ses cheveux rouges étaient ébouriffés, et ses yeux étaient encore à demi-clos de sommeil, mais elle paraissait pourtant fraîche et requinquée. « Je crois que j'ai un problème de vue », dit-elle, manifestement mal à l'aise derrière ses verres épais.

« Bien au contraire », lança Hackett en souriant. Il se releva et lui enleva ses lunettes. « Vous n'avez tout simplement plus besoin de cela. »

Elle cligna des yeux, avant de les écarquiller. « C'est incroyable.

– C'est justement ce que je disais à Ross, renchérit Hackett en éclatant de rire. Incroyable, c'est le mot. »

Ross les laissa s'extasier sur leur nouvelle vue pour aller se débarbouiller à l'eau du lac. Il observa attentivement les particules qui baignaient dans l'eau, mais elles étaient bien trop petites pour qu'il puisse en tirer quoi que ce soit de satisfaisant. Il tenta alors de distinguer les cristaux qu'il avait vus la nuit passée dans les profondeurs du lac transparent. À la lumière du jour, les éclats translucides étaient invisibles. Il se releva alors pour se promener dans le jardin. Il vit un lézard, haut d'une trentaine de centimètres, trottiner sur ses pattes postérieures jusqu'à un massif d'arbres. Il lui sembla vaguement familier, et Ross se souvint tout à coup d'une illustration du manuscrit de Voynich qu'il avait alors prise pour la représentation d'un féroce dragon. Il ne put s'empêcher de sourire. Il s'était manifestement trompé d'échelle.

Dans la lumière de ce matin encore jeune, le jardin était plus envoûtant que la veille, à la lueur d'une fin d'après-midi. L'air était frais et humide, et une légère brume flottait au-dessus du lac, dissimulant partiellement l'entrée de la grotte et le cours d'eau qui en sortait. Lorsque le soleil serait assez haut pour atteindre le sol du jardin, ses rayons ne manqueraient pas de disperser ce fin brouillard. À quelque distance de Ross, Elizabeth et Hackett s'assirent à côté de Mendoza, afin de partager les merveilles dont ils avaient été témoins.

Ross ne les rejoignit pas. Il n'avait nul besoin de nourrir son étonnement. Il avait besoin de réponses. Il poursuivit sa balade, et observa de plus près les parois des falaises qui les encerclaient. Elles n'étaient pas constituées de roche calcaire, qui prédominait pourtant dans cette région du monde. C'était une pierre plus dure et imperméable, sans doute d'origine volcanique. Elle avait formé cette cuvette dans laquelle se trouvait le jardin, entouré de magma, un cercle de feu qui le coupait totalement du reste du monde. Mais cela n'avait pas toujours été le cas. Si la théorie de Ross était juste, plusieurs milliards d'années auparavant, cet endroit avait répandu sa force vitale sur l'ensemble de ce qui n'était alors qu'une planète stérile, plantant ainsi les graines de toute vie à venir. Le cercle de feu se serait alors refermé, la cuvette volcanique aurait refroidi en une chaîne compacte qui aurait enfermé tout ce qui se trouvait dans le jardin originel. Le dernier lien entre cet endroit et le monde extérieur aurait été coupé un millénaire auparavant, lorsque la rivière qui alimentait la fontaine de la Cité oubliée s'était tarie.

Ross avait encore du mal à y croire. En continuant sa promenade, il vit de grands tournesols ovales, et d'énormes inflorescences bulbeuses assez proches de l'artichaut, qui lui rappelèrent les protéas d'Afrique du Sud. Il vit des créatures vaguement canines détaler dans les épais talus, et des insectes à l'aspect singulier. Autant d'êtres vivants que l'on retrouvait dans le manuscrit de Voynich. Ross imagina le père Orlando Falcón dans sa cellule, passant en revue toutes les étapes que lui-même et ses compagnons venaient de franchir, et illustrant son manuscrit de tout ce dont il se souvenait. Ross était moins frappé par les différences entre ces organismes et ceux du monde extérieur, que par leurs ressemblances. Même si les plantes et les animaux de cette dépression géologique avaient évolué indépendamment du reste du biotope terrestre, l'évolution était manifestement arrivée aux mêmes conclusions : des pétales, des graines, des feuilles, des yeux, des pattes. Depuis leur arrivée, il n'avait encore rien vu de véritablement étranger à ce qu'il connaissait. Surtout s'il comparait ces créatures et ces végétaux à la faune et à la flore de l'Amazonie.

Il porta son regard sur le petit tas de pierre à côté duquel avait dormi sœur Chantal. Elle ne s'y trouvait plus. Il l'aperçut un peu plus loin, sur le bord du cours d'eau qui alimentait le petit lac, toute proche de l'entrée des grottes interdites.

Sœur Chantal paraissait différente. Elle portait des sandales et une blouse blanche par-dessus une chemise de la même couleur. Elle avait détaché ses cheveux qui retombaient à présent plus bas que ses épaules. La lumière matinale lui donnait un air éthéré, et elle semblait plus jeune, plus forte. Ses rides n'avaient certes pas disparu, et ses cheveux étaient toujours zébrés de larges mèches grises, mais la contusion de son front et ses plaies superficielles avaient totalement disparu. Toute lassitude avait quitté ses yeux, et sa peau fine semblait presque briller d'une étrange lueur. Elle avait jeté un petit sac sur son épaule gauche, comme une écolière l'aurait fait avec son cartable. Ross s'approcha et, souriante, elle prit sa main gauche entre les siennes. « Votre poignet semble en meilleur état.

– Il est guéri, en fait. Totalement guéri. C'est justement à ce sujet que j'aimerais vous poser quelques questions. Et à propos de Lauren.

– Venez, dit-elle. Je vais vous expliquer certaines choses. » Elle indiqua le cours d'eau et le lac. « Comme vous en avez fait l'expérience, l'eau, ainsi que toute plante du jardin, a le pouvoir de rééquilibrer et de revigorer votre organisme, mais aussi de guérir n'importe quel mal. »

Ross considéra son poignet et pensa soudain aux lésions dont souffrait Lauren. « N'importe lequel ?

– La plupart, oui. » Elle passa une main sur son propre visage en souriant tristement. « La seule chose que le jardin ne puisse faire, c'est de nous rajeunir. Son pouvoir peut ralentir le processus de vieillissement, le stopper, même, mais il ne peut pas renverser le cours du temps déjà écoulé.

– Peut-il guérir Lauren ?

– Bien sûr. C'est pour cela que je vous ai amené jusqu'ici. »

Elle répondit avec une telle confiance et un tel sentiment d'évidence que Ross eut beaucoup de mal à ne pas pleurer de joie. « Alors qu'est-ce que je dois faire ? Emporter une bouteille de l'eau du lac, un fruit du jardin, autre chose ? »

Elle hocha la tête. « J'ai essayé tout cela jadis, mais toute eau ou toute plante perd son pouvoir en quittant le jardin. Aucune des formes de vie appartenant à ce milieu ne peut survivre à l'extérieur. Les fruits pourrissent en quelques heures, et l'eau croupit. J'ignore pourquoi. Tout ce qui se trouve ici semble si dépendant de ce pouvoir, que le fait de s'en éloigner signifie une mort quasi immédiate. Alors que par ailleurs, des êtres vivants tels que nous, qui ont évolué en dehors de son influence, se voient revitalisés en entrant ici. À la seule condition cependant de boire l'eau ou de manger les fruits du jardin en y restant.

– Alors je devrai amener Lauren ici ? »

Elle sourit en hochant à nouveau la tête. « Non. Il existe un autre moyen. » Elle indiqua derrière elle l'entrée sombre d'où sourdait le cours d'eau. « Venez, je vais vous montrer. »

Elle prit sa main et le conduisit jusqu'aux grottes interdites.

52

Alors que Ross suivait sœur Chantal le long du cours d'eau en direction des grottes interdites, son visage dut trahir son appréhension.

« Ne vous inquiétez pas, il ne peut rien nous arriver dans l'antichambre, dit-elle pour le rassurer. Les salles interdites, celles qui sont vraiment dangereuses, se trouvent au-delà. »

La première chose que Ross remarqua en entrant dans l'antichambre fut l'odeur discrète qui y régnait : c'était un parfum humide, évoquant le musc et le grain de moutarde, à l'instar d'une chambre close après une nuit d'amour. L'endroit était aussi vaste que haut. Dès l'entrée, le sol s'élevait en petites marches qui aboutissaient à une haute corniche, au-delà de laquelle un tunnel continuait à monter pour disparaître au cœur de la chaîne volcanique. Le cours d'eau qui alimentait le lac provenait d'une petite cascade qui tombait du bord de la corniche, et emplissait deux bassins avant de suivre son cours dans le jardin. Dans le tunnel, le cours d'eau était bordé d'un chemin assez large pour que deux hommes y avancent de front. Ross examina plus attentivement le chemin et remarqua qu'il scintillait. En fait, le tunnel entier était partiellement recouvert de cristaux.

Ross pouvait discerner tous ces détails grâce à la luminosité onirique dans laquelle baignait l'antichambre, et qui émanait du fond du tunnel, amplifiée par l'éclat des cristaux et la surface miroitante du cours d'eau. Le chemin de cristal rayonnait de sa propre phosphorescence tentatrice, semblant inciter quiconque s'en approchait à y pénétrer pour découvrir la Source de cette singulière lumière. *Mortelle tentation*, se dit Ross en se souvenant d'un passage de la traduction qu'avait faite Lauren du manuscrit de Voynich :

Bien que les conquistadores ne pussent communiquer directement avec les èves, le prêtre érudit parvint à comprendre qu'il était interdit d'entrer dans leur grotte. Pendant de nombreux jours, les conquistadores se reposèrent des affres de leur expédition et profitèrent pleinement du merveilleux jardin. Mais bientôt, en proie à l'oisiveté, ils ressentirent les aiguillons de la curiosité et de la cupidité, et se demandèrent ce que la grotte pouvait bien dissimuler. Ils déduisirent promptement qu'il devait s'agir d'un bien infiniment précieux. Et ils en conclurent que la grotte regorgeait d'or.

Le prêtre érudit leur conseilla d'obéir aux injonctions de leurs hôtes mais le capitaine de l'escouade était un homme fier qui n'obéissait qu'à son roi. À la tombée de la nuit, les conquistadores s'introduisirent dans la grotte. Les èves se baignaient dans les bassins qu'emplissait l'eau provenant de la galerie voûtée, dans le fond surélevé de la grotte, et qui s'épanchait en cascade. Une étrange lumière provenait aussi du fond du tunnel, et baignait tout d'un éclat doré. Le long de l'eau courait un sentier pentu qui, après un coude, se perdait dans la roche. Le tunnel étincelait de diamants scintillants. Convaincus que la source de cette lumière était un trésor, les conquistadores s'engagèrent dans le tunnel, attirés comme des phalènes par la flamme d'un flambeau.

Les èves poussèrent alors un cri d'alerte aigu et se mirent en travers de leur chemin. Le prêtre érudit supplia à nouveau les conquistadores de ne pas entrer. Mais ils le repoussèrent, ainsi que les èves, et gravirent le sentier. L'érudit les vit disparaître tour à tour dans le tunnel, et rien ne se passa pendant un long moment.

Puis soudain, leurs hurlements se firent entendre.

Et le cours d'eau devint rouge de leur sang.

Les vingt et un survivants de la troupe pénétrèrent dans le tunnel de sang, et aucun n'en ressortit. L'ensemble des conquistadores périt. Le prêtre érudit comprit alors que les èves n'avaient pas tenté de protéger ce qui se trouvait au fond du tunnel de la cupidité des hommes, mais avaient voulu préserver les conquistadores du danger qui y était tapi. À la vue de l'horreur dont avait accouché cette nuit, il comprit en outre que seul l'homme pouvait faire d'un paradis un véritable enfer.

La dernière partie du journal de route du père Falcón (la section astrologique du manuscrit de Voynich que Lauren avait été incapable de traduire) mentionnait également ce « tunnel de sang ». Selon ce texte, le tunnel menait à ce que Torino appelait la *radix*, et que le père Orlando Falcón nommait *el origen* : la source. Ross sortit de son sac à dos l'ouvrage abîmé et consulta les pages pertinentes qui, mise à part une référence énigmatique à un certain *árbol de la vida y la muerte*, « l'arbre de la vie et de la mort », ne lui apprirent rien de plus. Il sortit de sa poche sa boussole : l'aiguille se mit à tourner furieusement pour s'arrêter tout à coup, pointant tout droit en direction du tunnel.

« Qu'est-ce qu'il y a au juste là-bas ? demanda-t-il.

– Je n'en sais rien. Le père Orlando est le seul à avoir jamais vu *el origen*.

– Mais il n'explique pas ce que c'est. Il dit simplement qu'elle est la Source du pouvoir du jardin, qu'elle est d'une beauté indicible, et que le chemin qui y mène est très dangereux. »

Ross brûlait d'en savoir plus. Soudain, il aperçut quelque chose passer à la limite de son champ visuel. Il tourna la tête et comprit alors que le tunnel brillant n'était pas le seul élément intéressant de la grotte.

Au-delà de la lumière du tunnel, des silhouettes blanches et imprécises se déplaçaient dans les ténèbres. Il avança de quelques pas et l'une des créatures lui renvoya son regard. C'était un être bipède, d'environ un mètre vingt, à la peau si blanche qu'elle semblait presque translucide. Cela avait deux bras, un ventre ballonné et deux proéminences sur la poitrine, dénuées cependant de mamelon ou de tette. Sa face était ronde, avec de grands et beaux yeux, un petit nez et une large bouche. Le crâne était coiffé d'une touffe d'excroissances ressemblant à de fines cordes, et entremêlées de fleurs. La créature semblait aussi fascinée par Ross que ce dernier l'était par elle.

« Père Orlando avait beaucoup de qualités, dit posément sœur Chantal, mais comme vous pouvez le constater, le dessin n'était pas son fort. »

Il fallut un moment à Ross pour comprendre qu'il avait en face de lui l'une des nymphes du manuscrit de Voynich (ou « èves », pour reprendre la dénomination du père Orlando Falcón), bien que les illustrations ne l'aient pas du tout préparé à ce qu'il voyait. Il avait entendu dire que les marins prenaient jadis les lamantins pour des sirènes. Le père Orlando Falcón semblait ne pas avoir été plus perspicace en décrivant ces êtres comme des femmes. À moins qu'en les baptisant èves, il n'eût simplement voulu faire référence au mythe de la Création, et au fait que ce jardin était un véritable éden. La créature était cependant humanoïde, et en plissant les yeux, dans la semi-obscurité des lieux, Ross pouvait imaginer que cette silhouette pâle était un pygmée albinos, et que les sortes de cordelettes qui pendaient de sa tête étaient des cheveux finement tressés. Mais en l'observant attentivement, il sautait aux yeux que cela n'avait rien d'humain. Cela n'était pas même un primate, pas plus qu'un mammifère. Ross avait en fait les pires difficultés à le classer dans une catégorie connue. La créature se tenait debout sur ses membres inférieurs, comme un être humain, et faisait certainement partie de la vaste famille des vertébrés, mais sa peau blanche semblait aussi translucide que celle de certains amphibiens, et ses doigts et ses orteils étaient palmés. Ross était même incapable de déterminer son sexe, si toutefois cet être en avait un. Contrairement à toutes les créatures et végétaux du jardin qu'il avait observés, cela ne ressemblait à rien de ce qu'il avait vu de toute son existence. À l'exception, peut-être, d'une femme nue au ventre rond.

D'autres congénères émergèrent des ombres, mais l'attention de Ross se fixa sur les excroissances sinueuses qui parcouraient les parois du fond de la grotte. Ces étranges tentacules sortaient de la roche comme des plantes rampantes géantes. D'une beauté monstrueuse, présentant des veines qui palpitaient comme d'authentiques vaisseaux sanguins, ils semblaient un mélange improbable de végétal et d'animal. À l'extrémité de chacun d'eux pendaient d'énormes cosses aux formes très variées. Ross aperçut quelques nymphes s'y allonger, tandis que d'autres chevauchaient les tentacules. Une singulière relation symbiotique semblait les unir.

« Qu'est-ce que c'est ? demanda-t-il. Ces protubérances tubulaires ?

– À l'instar des èves, elles étaient déjà là lorsque le père Orlando découvrit le jardin. Elles parcourent la majeure partie de la grotte. »

Sœur Chantal sortit une lampe torche de son sac, l'alluma, et guida Ross jusqu'à l'extrémité opposée de l'antichambre. Cette salle, encore plus vaste qu'elle ne paraissait, donnait sur un dédale d'autres grottes et d'autres tunnels sillonnant la roche. À mesure qu'ils avançaient, les nymphes se volatilisaient dans les méandres des galeries, ou bien poussaient des sons aigus et menaçants. Sœur Chantal brandit le gros crucifix qu'elle portait au cou en chantant, bouche close, deux notes qu'elle répéta en boucle. Les nymphes s'apaisèrent immédiatement et se mirent à l'imiter. Les deux notes sans cesse répétées semblaient se fondre, et Ross eut l'impression que les nymphes prononçaient à l'infini deux syllabes distinctes, « *sal-vé* ». Au bout d'une minute, sœur Chantal s'interrompit et les nymphes parurent tout à fait calmes et sereines, comme si elles acceptaient à présent leur présence. Elle reposa la croix sur sa poitrine, la laissant bien en évidence. « Je ne sais pourquoi, mais cela les rassure », commenta-t-elle.

Dans le faisceau de la lampe de sœur Chantal, les tentacules tubulaires étaient omniprésents, à l'instar des canalisations et du système d'aération d'un immeuble. Ross suivit un certain nombre de tentacules particulièrement larges le long d'un couloir sur sa droite qui, à mesure qu'il s'enfonçait dans les profondeurs de la chaîne volcanique, s'emplissait d'un air de plus en plus chaud. À quelque distance devant lui, il aperçut un rougeoiement féroce.

« Faites attention, Ross. »

Une violente bouffée de chaleur le frappa soudain, et il marqua le pas au bout du tunnel, sur le bord d'une corniche abrupte. Risquant un regard vers le gouffre, Ross vit une vaste masse de magma, plusieurs mètres en contrebas. Un pont naturel de roche, étroit et brisé à plusieurs endroits, permettait de traverser le lac de lave pour accéder aux grottes sombres qui se trouvaient de l'autre côté.

« À l'époque du père Orlando, ce pont était intact, et bien plus large, dit sœur Chantal. Il prétendait qu'on pouvait également l'emprunter pour sortir du jardin. En parcourant ces grottes, on finissait par déboucher de l'autre côté de la chaîne montagneuse qui encercle cet endroit. »

Il faudrait être vraiment désespéré pour préférer cette sortie, pensa Ross. À côté de ce passage, les grottes gorgées de soufre par lesquelles ils étaient entrés dans le jardin faisaient figure de parcours de santé.

Sœur Chantal tourna les talons. « Rejoignons l'antichambre. J'ai quelque chose à vous montrer. Quelque chose de *vraiment* impressionnant. »

Dans l'antichambre, cinq nymphes étaient en train de se baigner dans le bassin qui se trouvait juste en dessous de la petite cascade, tandis que d'autres s'empêtraient sciemment dans les singuliers tentacules. On eût dit que les illustrations du manuscrit de Voynich prenaient vie sous leurs yeux.

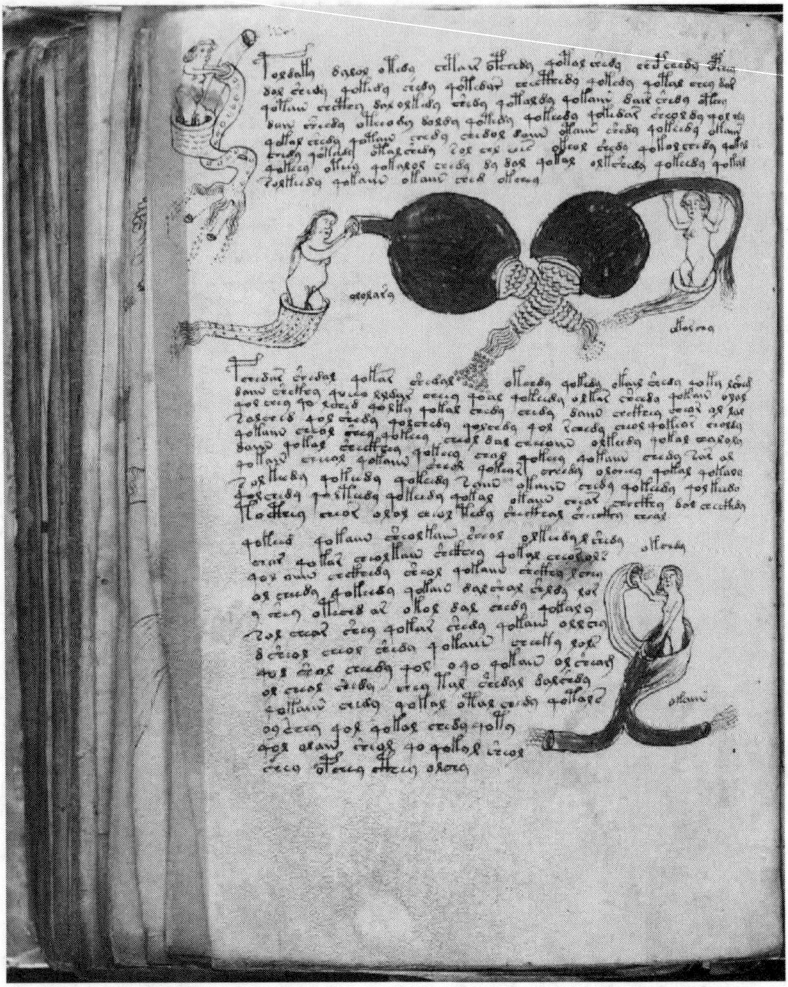

Sœur Chantal conduisit Ross jusqu'à la corniche, relativement proche du tunnel, et s'accroupit au bord du cours d'eau. Dans l'eau vive, elle plongea ses mains en coupe, comme un tamis d'orpailleur, et les en ressortit afin de présenter ce qu'elles contenaient à Ross. « Voici la raison de notre venue ici. Voici ce qui peut guérir Lauren. »

53

Les mains de sœur Chantal étaient pleines de petites particules cristallines très lumineuses. Elles étaient plus grandes que celles, microscopiques, de l'eau du lac qu'il avait bue, mais plus petites que les éclats de cristaux qu'il avait vus au fond du lac, la nuit précédente. Sœur Chantal remua doucement les mains, et les cristaux étincelèrent d'une multitude de couleurs. « Ce sont les seules choses que je me sois jamais autorisée à sortir de ce lieu. Ces cristaux-ci sont trop petits : leurs propriétés s'évanouiraient très rapidement une fois à l'extérieur du jardin. Les cristaux doivent être d'une certaine taille, d'un certain poids, pour conserver leur pouvoir. Une fois à l'extérieur du jardin, vous pouvez à loisir les moudre avant d'en faire usage, mais le cristal doit être relativement gros. Comme pour la glace, un morceau plus conséquent conserve plus longtemps ses propriétés que plusieurs petits bouts.

– Où puis-je en trouver un assez gros ? Au fond du lac ?

– Non. Ceux-là sont beaucoup plus petits qu'ils n'en ont l'air. L'effet grossissant de la masse d'eau est extrêmement trompeur. »

Elle plongea alors une main dans l'eau pour ramasser un gros éclat, qui s'était probablement détaché des parois du tunnel. Elle le tendit à Ross.

Il observa le cristal, médusé. Celui-ci était magnifique, partiellement opaque, partiellement transparent, et brillait lorsque Ross le tournait dans sa paume. Il pouvait presque sentir son pouvoir. Son cœur s'emballa. « Vous êtes sûre que cela guérira Lauren ? »

Elle hésita une fraction de seconde, lançant un regard au tunnel, et répondit : « Oui. Toute forme de vie que vous tirerez du jardin mourra quelques heures après en avoir franchi les limites. Mais tant que vous conserverez ce cristal intact, pour le réduire en poussière au moment précis où vous devrez l'utiliser, il conservera la majeure partie de ses pouvoirs curateurs.

– J'aimerais beaucoup l'analyser. »

Sœur Chantal eut alors un sourire coupable. « Bien que mon seul but ait toujours été de m'acquitter de mon serment, j'ai fait analyser un échantillon, il y a quelques années, par un laboratoire de Genève. Je craignais alors de ne jamais pouvoir me libérer de mes vœux. J'espérais qu'il fût possible de synthétiser ces cristaux, afin que le jardin ne soit plus en situation de monopole, en quelque sorte. Ce qui, par la même occasion, m'aurait soulagée de l'énorme responsabilité qui m'incombe. Je n'ai rien révélé aux scientifiques chargés de l'analyse quant à la nature et à l'origine de l'échantillon.

– Et qu'ont-ils trouvé ?

– Le rapport d'analyse indiquait que l'échantillon présentait un taux de radioactivité peu habituel mais non dangereux, et contenait l'ensemble des acides aminés, y compris des phosphoreux, ce qui est excessivement rare, d'après ce que j'ai entendu dire. Mais ils n'ont rien trouvé d'extraordinaire. Pas le moindre début d'explication de ses propriétés régénératrices. À partir de leur analyse, ils ont recréé un matériau présentant l'ensemble des éléments constituant le cristal, mais cette copie conforme n'avait aucune des fantastiques propriétés de l'original. Le facteur qui donne à ces éléments le pouvoir dont vous avez tous fait l'expérience dépasse de loin leur science. » Elle désigna le cristal que Ross tenait dans sa main. « Celui-ci devrait produire l'effet escompté. Emportez-le avec vous, moulez-en une bonne portion, dissolvez-la dans une boisson et faites ingurgiter celle-ci à Lauren. Personnellement, j'aime particulièrement la mélanger à du thé au lait. » Elle sourit. « Mais je suis une gourmande invétérée.

– Vous en avez déjà pris ? »

Sœur Chantal serra sa lourde croix contre sa poitrine. « Ce fut mon seul allié dans ma mission. Comment aurais-je pu m'acquitter autrement de ma promesse, durant toutes ces années ? Ces innombrables années... »

Dans ces yeux qui, pour la première fois depuis qu'il la connaissait, laissaient transparaître tous ses sentiments, Ross vit toute la douleur et la solitude de sœur Chantal. C'est alors qu'il comprit pleinement la profondeur de son dévouement vis-à-vis du jardin, et l'étendue de son sacrifice. Il fut saisi d'un frisson. « Aucun Gardien ne vous a précédée dans votre tâche, n'est-ce pas ? demanda-t-il.

– Non. Il n'y a jamais eu d'autre Gardienne que moi. Je suis la novice qui soigna et réconforta le père Orlando Falcón. Je fus sa complice, celle qui cacha le Livre du Diable. Je suis celle à qui il légua ses seuls biens : son journal de route, et le rôle de protecteur du jardin.

– Mais pourquoi ?

– *Pourquoi ?*

– Pourquoi l'avoir aidé ? Pourquoi lui avoir fait cette promesse ?

– Parce que je suis tombée amoureuse de lui. Parce que je l'aimais plus que l'Église. Parce que je l'aimais plus que la vie. » Un infime hochement de la tête. « Parce que je l'aimais plus que la *mort*. Lorsqu'il me fit promettre de protéger le jardin jusqu'à ce que quelqu'un ait déchiffré son manuscrit et se soit montré digne de reprendre le flambeau, je ne pouvais m'imaginer que mon attente serait si longue. » Elle caressa sa croix. « Il m'a donné ce crucifix en me disant que lorsque mon fardeau me semblerait trop lourd à porter, je trouverais toujours mon salut en ceci. » Elle se tut un instant, comme perdue dans ses pensées. « Avant de brûler sur le bûcher, lui aussi me fit une promesse.

– Laquelle ?

– Je lui ai demandé de m'attendre. Savez-vous ce qu'il m'a répondu ? » Un léger sourire parcourut ses lèvres. « "Pour toi, j'attendrai une éternité." » Elle désigna le jardin, en direction du petit tas de pierres à côté duquel elle avait dormi. « Ses restes sont inhumés là. J'ai ramené ses cendres de Rome. Un jour, prochain je l'espère, notre attente s'achèvera, et nous serons à nouveau réunis.

– Vous étiez là-bas quand il est mort ? »

Elle détourna le regard. « Je l'ai vu mourir. »

Ross scruta son visage, jadis si beau. « Vous vivez depuis plus de quatre siècles et demi ?

– J'ai *existé* tout ce temps, oui. Au cours de ces trop longues années, je n'ai pas eu toujours la sensation de *vivre*.

– Mais c'est impossible », lâcha-t-il spontanément, tâchant de toutes ses forces d'appréhender ce fait extraordinaire.

Sœur Chantal éclata de rire. Un rire dénué de tout humour. « Contemplez ce jardin. Regardez votre poignet guéri. Observez le cristal que vous tenez. Et dites-moi ce qui est impossible.

– Mais comment avez-vous vécu ? Avec quels moyens ? »

Elle haussa les épaules : « Le père Orlando Falcón était issu d'une riche famille de Castille. À sa mort, il me laissa une fortune assez conséquente qui me servit durant plusieurs années. J'ai par la suite découvert la Cité oubliée et son or, dont j'ai investi une partie, sur une *très longue* période. L'argent a toujours été le cadet de mes soucis. »

Il acquiesça, se souvenant des lingots manquants de la ziggourat d'or. « Mais qu'en est-il des autorités ? Votre passeport, votre identité ?

– Le fait de garder mon statut de religieuse fut un choix très judicieux. *Sœur Chantal* n'est qu'un nom officiel, qui m'a été donné par mon ordre à mes dix-sept ans. J'ai décidé de le garder, et au cours de toutes ces années, je suis *devenue* sœur Chantal. Mais durant ma vie, j'ai pris de nombreuses identités, empruntées aux enfants dont je me suis occupée dans des dispensaires. À leur mort, leur nom continuait à vivre à travers moi. J'ai eu bien des passeports, français, italien, britannique… mais jamais américain. » Elle sourit alors. « Votre pays est encore bien jeune. J'ai le double de son âge. »

Ross se rappela alors les six dates gravées sur *el Halo*, chacune séparée de soixante-dix ans. « Vous êtes revenue ici à intervalles réguliers afin de vous régénérer et de reconstituer vos provisions, avant de changer d'identité et de vie, en vous installant dans une nouvelle région du Globe. »

Elle acquiesça : « J'ai vieilli si lentement qu'il m'a fallu sans cesse veiller à déménager en changeant d'identité, afin de ne pas attirer l'attention. Je crois avoir vécu jusqu'ici l'équivalent de six vies. Je revenais ici pour vérifier que tout était en ordre, et pour faire provision de ce cristal qui seul m'a permis de continuer à protéger le jardin. Comme je vous l'ai dit, le cristal ralentit le vieillissement, mais ne peut renverser le processus. Je me suis souvent dit que si j'étais restée tout ce temps dans le jardin, je serais peut-être restée aussi jeune qu'au premier jour. Mais il me fallait rester dans le monde extérieur afin d'accomplir mon devoir et tenir ma promesse. Je devais impérativement me tenir au courant de l'emplacement sans cesse changeant du manuscrit du père Orlando (il a circulé dans une bonne partie de l'Europe pour revenir en Italie, avant de finir aux États-Unis), afin de savoir si l'un de ses possesseurs ou l'une des personnes qui y avait accès avait enfin réussi à le traduire. Et pour mon propre bien-être et ma santé mentale, il me fallait impérativement vivre dans le monde réel, et tâcher d'y faire le bien. »

Elle tapota affectueusement le bras de Ross. « Quoi qu'il en soit, j'en suis à présent à ma septième vie, pour ainsi dire.

La dernière, je l'espère. J'ai fait tout ce qui était en mon pouvoir. Vous pouvez à présent sauver votre épouse. Une fois qu'elle sera guérie, je pourrai lui léguer mon fardeau. Mon serment s'accomplira alors, et nous aurons alors obtenu, vous et moi, ce que nous désirons le plus au monde. Nous partirons dès demain.

– Demain ? »

Elle effleura le cristal dans la main de Ross. « Nous devons apporter ceci à votre épouse aussi vite que possible.

– Vous êtes vraiment certaine que cela la guérira ? »

Elle hésita à nouveau et regarda le fond du tunnel pardessus son épaule. « Aussi certaine qu'on peut l'être. Au long des années, à deux exceptions près, très récentes, je n'ai utilisé ce cristal que pour ralentir mon vieillissement et restaurer mes forces, mais je suis convaincue que cela guérira votre épouse. Les derniers grains que je lui ai administrés n'ont pas été sans effet.

– Leurs effets ont été négligeables. »

Sœur Chantal fronça alors les sourcils. « Ayez foi, Ross. Ce gros cristal suffira. » Elle indiqua le tunnel. « La seule façon de s'assurer inconditionnellement de la guérison de Lauren serait de prélever un échantillon de la Source elle-même, dont le pouvoir, selon le père Orlando, est sans limite. Mais il est impossible d'y parvenir.

– Le père Orlando a traversé ce tunnel et a survécu.

– C'est vrai, seulement j'ignore comment il y est arrivé. Et de toute façon, cela n'a que peu d'importance. Ce que vous tenez dans la main suffira amplement pour sauver Lauren et votre enfant. Venez, Ross, dit-elle alors en le guidant vers la lumière du jardin. Rejoignons les autres. Vous devez leur dire que nous partirons demain. »

Ross regarda le cristal dans sa paume. Il savait qu'il devait s'estimer heureux et reconnaissant. Pourtant, alors que son regard glissait le long du tunnel, il sentit le doute le ronger.

54

Cette nuit-là

Hackett hocha la tête à l'attention de sœur Chantal. « Savez-vous combien d'expéditions ont été envoyées par les principales compagnies pharmaceutiques dans les forêts vierges du monde entier, avec pour mission de trouver des plantes aux vertus médicinales ? Des centaines. Des milliers. On a parfois trouvé certains végétaux intéressants, mais jamais rien de réellement révolutionnaire. Rien de comparable à ceci. Cet endroit est incroyable. Ce jardin est une panacée à lui tout seul. Il est de notre devoir d'informer le monde de son existence. »

Sœur Chantal lui renvoya son hochement de tête. « Aucun organisme appartenant à ce biotope ne peut survivre à l'extérieur. Son eau et ses plantes ne sont d'aucune utilité une fois arrachées au jardin. Plus important encore, vous avez promis quelque chose avant de venir ici. Vous avez juré de ne jamais parler de ce lieu, et de ne rien y prendre. »

Hackett ne cachait pas son mécontentement. « Mais cet endroit est bien trop extraordinaire pour qu'on taise son existence.

– Vous avez fait une promesse. Vous vous devez de la tenir.

– Et je la tiendrai. Seulement, en tant que médecin… »

Sœur Chantal s'exprima alors avec toute la violence de sa passion : « Ne cherchez pas l'équivoque. Une promesse est toute noire ou toute blanche. Il n'existe aucune excuse, aucune raison justifiée de la briser. Ou vous la tenez, ou vous ne la tenez pas. Il n'y a pas de place pour les faux-semblants. C'est votre parole, et vous vous êtes engagé en prêtant serment. »

Le soleil s'était couché. Ils étaient maintenant tous assis autour d'un petit feu, à deux pas du lac. Ils venaient de finir leur dîner, et discutaient à présent du jardin en buvant du café. Ross était près de se ranger à l'avis de Hackett, mais plus tôt dans la soirée, lorsqu'il avait montré le cristal à Elizabeth en lui racontant ce qu'il avait vu et entendu dans les grottes interdites, la jeune universitaire avait complètement rallié le point de vue de sœur Chantal. « Ross, lui avait dit Elizabeth, Lauren a traduit le manuscrit de Voynich : elle mérite d'être sauvée par le jardin. En retour, sœur Chantal attendra d'elle qu'elle le protège. Le père Falcón et sœur Chantal croyaient que celle ou celui qui parviendrait à traduire le manuscrit devrait choisir ce qu'il convenait de faire de ce jardin : ils n'auraient pas pu tomber sur une personne plus responsable que Lauren. Et je peux te le garantir, la dernière chose que ferait Lauren serait de révéler l'existence de ce lieu. Pas avant de savoir ce qu'il adviendrait si elle le faisait. »

Sœur Chantal regarda tour à tour chacun des membres de l'expédition. « Vous devez tous honorer votre parole. » C'était plus un ordre qu'une question.

« Oui », confirma Elizabeth sans une hésitation.

Sœur Chantal scruta Mendoza. « Et vous ? »

Mendoza croisa son regard fixe. « Beaucoup de gens seraient prêts à dépenser des fortunes pour venir ici et guérir. Mais nous avons trouvé assez d'or dans la Cité oubliée. Je tiendrai parole », dit-il solennellement.

– Mais enfin, ma sœur, pourquoi ne voulez-vous pas révéler au monde son existence ? insista Hackett d'un ton implorant. Pensez au bien qui pourrait en résulter.

– Au profit de qui ? » demanda Elizabeth.

Hackett se retourna vers elle, surpris. « De l'humanité, bien sûr. Cet endroit peut sauver d'innombrables vies.

– Mais qui protégera cet endroit ?

– Que voulez-vous dire ?

– Ce jardin est une ressource naturelle. Il n'est pas la propriété exclusive de l'être humain. À votre avis, qu'est-ce que les hommes feraient de ce lieu s'ils le découvraient ?

– Ils s'en serviraient pour soigner leurs semblables, ça coule de source.

– Ce tout petit jardin pour soigner l'ensemble de la population mondiale ? Qui décidera de ceux qu'il faudra sauver en premier ? Qui en bénéficiera en priorité avant que cette ressource soit épuisée ou détruite ? Et que ferons-nous lorsque nous aurons fini d'exploiter cet endroit, lorsque nous aurons exterminé toute forme de vie qui s'y trouve, uniquement pour prolonger nos propres existences ?

– Nous pourrions aussi bien préserver ce jardin », dit Hackett.

Elizabeth éclata de rire. « La seule chose que l'homme (et je dis bien *l'homme*, pas l'humanité) parvient à préserver efficacement ce sont les ruines. Nous ne savons rien conserver de vivant. Nous exploitons jusqu'à la lie, jusqu'à ce qu'il ne reste plus que des ruines, et ce n'est qu'à ce moment-là que nous nous avisons de protéger quoi que ce soit. Ce n'est qu'alors, lorsqu'il est déjà trop tard, que nous pleurons sur nos erreurs. Sœur Chantal a totalement raison de vouloir garder secret ce jardin.

– Et si l'industrie pharmaceutique parvenait à analyser ce qu'il y a de spécial ici ? demanda vivement Hackett. Nous avons vu l'importance de l'eau de la fontaine de la Cité oubliée. L'eau d'ici pourrait contenir des régénérateurs cellulaires, des électrolytes ou des acides aminés hors du commun. Les scientifiques seraient en mesure de synthétiser tout cela. D'en faire une ressource inépuisable. »

Elizabeth rit à nouveau. « Nous avons également vu ce qui est arrivé à la Cité oubliée et à ses habitants une fois que la fontaine s'est tarie. Même si l'on arrivait à percer le secret du pouvoir qui règne ici, vous croyez vraiment que l'industrie pharmaceutique – un véritable parangon de morale et d'altruisme, n'est-ce pas ? – distribuerait gratuitement cette source de jouvence ? »

Hackett fronça les sourcils. « Ils pourraient au moins fixer un prix raisonnable, à la portée de tous.

– Vous avez déjà vu une seule compagnie pharmaceutique fixer un prix raisonnable pour un médicament (surtout pour un remède aussi puissant que celui-ci), ou mieux, le distribuer gratuitement ? Regardez ce qui se passe en ce moment même avec les trithérapies anti-VIH en Afrique. Et même si ces compagnies distribuaient gratuitement ce remède miracle, serait-ce pour autant une bonne chose ? Imaginez un peu : un monde sans mort ni maladie, avec une population sans cesse croissante, constituée de plusieurs milliards de toxicomanes obligés de prendre leur dose pour rester en vie et en bonne santé. Sans parler du fait que ce lieu rendrait l'ensemble de l'industrie pharmaceutique complètement obsolète, du jour au lendemain. Ils n'auraient d'autres recours que de détruire ce jardin avant que celui-ci les détruise. »

Malgré le farouche pessimisme d'Elizabeth, Ross était bien obligé de lui donner raison. Si ce jardin avait représenté une alternative aux énergies fossiles, il savait très bien le sort que l'industrie pétrolière lui aurait réservé : l'exploitation forcenée jusqu'à épuisement, ou la destruction pure et simple.

Hackett s'apprêtait à répondre à Elizabeth lorsque sœur Chantal l'interrompit en levant la main, comme l'arbitre d'un combat. « Rien ici ne peut être synthétisé, dit-elle. J'ai fait analyser un échantillon il y a quelques années, et mis à part des acides aminés et un certain niveau de radioactivité, ils n'ont rien trouvé. La synthétisation n'a absolument rien donné.

– Ils n'ont rien découvert ? demanda Hackett. Pas de séquences promotrices de cellules souches ? Rien qui puisse expliquer la façon dont l'ADN peut être réparé ? »

La religieuse hocha la tête.

« J'ai le sentiment que ce qui sous-tend la vie ici est un précurseur de l'ADN », dit Ross.

Hackett s'accorda un bref instant de réflexion. « Vous voulez dire que tout ce qui vit ici serait constitué de quelque chose de similaire à l'ARN ? Quelque chose de plus basique encore ?

– Disons la forme la plus primitive de vie sur cette planète, précisa Ross. En tant que géologue, je ne peux expliquer l'existence de ce jardin qu'en supposant qu'il s'agit du dernier vestige des premiers pas de la vie sur Terre. Ce pourrait même être *le* lieu où toute vie a commencé. Par comparaison, supposons que l'ADN soit un système d'exploitation informatique : ce qui se cache derrière ce jardin pourrait être l'équivalent du DOS, voire plus simple encore. La base de codage de l'ADN, tout bonnement. Il se pourrait que cet élément n'existe plus à la surface de la Terre, excepté ici. Cela expliquerait pourquoi les scientifiques sont incapables de le détecter : ils ne l'ont jamais vu. Ils n'ont pas la moindre idée de ce qu'ils sont censés trouver. »

Hackett acquiesça faiblement. « Tout ce qui vit dans ce jardin semble présenter des phénotypes radicalement différents de ceux que l'on trouve dans le reste du monde. Les raisons peuvent être liées à l'isolement de ce milieu, mais on pourrait également expliquer ce phénomène par le fait que toute forme de vie du jardin descende d'un génotype plus primitif.

– Rappelez-moi un peu la différence entre un phénotype et un génotype ? demanda Elizabeth.

– Le génotype est le patrimoine génétique d'une espèce vivante, une sorte de mode d'emploi, répondit Hackett. Le phénotype est la forme physique par lequel s'exprime le génotype, sa réalisation, déterminée par les gènes et par le milieu. Par exemple, vos cheveux, votre peau, vos yeux sont en grande partie *déterminés* par votre génotype, mais ils sont *exprimés* dans votre phénotype. Le fait est que la plupart des créatures vivantes ont un génotype et un phénotype distincts. Ainsi, le génotype humain utilise son phénotype pour survivre, par exemple en donnant envie à nos corps de faire l'amour, afin que nous transmettions nos gènes. Mais beaucoup de biologistes spécialisés dans la théorie de l'évolution pensent que les premiers organismes terriens étaient si simples qu'ils n'étaient en somme que des amas d'informations. Leur génotype aurait été leur phénotype. L'instruction et l'application ne faisaient qu'un. Si la vie est ici aussi primitive que semble le croire Ross, alors le génotype originel, les toutes premières instructions de la vie, devrait encore exister dans ce jardin dans sa forme primitive, quelle qu'elle soit.

– Cet endroit ne peut pas être expliqué par la science, affirma Mendoza avec gravité. C'est un lieu sacré. Il est bien trop important pour qu'on le remette entre les mains de scientifiques ou d'hommes d'affaires. Seule l'Église est capable de savoir ce qu'il convient de faire de ce jardin.

– De quelle Église voulez-vous parler ? » demanda sœur Chantal.

Mendoza fronça des sourcils réprobateurs. « Vous êtes une religieuse. Vous savez qu'il n'existe qu'une seule Église capable de discerner ce qui est bon pour cet endroit. »

Sœur Chantal hocha la tête. « Un grand homme, un prêtre, a dit un jour que cet endroit était le jardin de Dieu, et je le crois. Ce lieu est effectivement sacré. Trop sacré pour qu'aucune Église, pour qu'aucune religion mérite de le contrôler. » Sœur Chantal poussa un soupir las. « Je vais vous conter comment a été découvert ce jardin et pourquoi mes amis, Ross et Elizabeth, m'ont accompagnée jusqu'ici. » Elle leur raconta alors l'histoire du père Orlando Falcón, du manuscrit de Voynich, de

Lauren Ross et de Torino. Hackett et Mendoza l'écoutèrent, transportés.

Lorsqu'elle eut fini, Mendoza ne dissimula pas son incrédulité : « Ma sœur, vous préférez confier la protection de ce jardin à une femme plongée dans le coma plutôt qu'à votre propre Église ?

– Lorsque Lauren sera guérie, je pourrai lui transmettre mon fardeau. Je ne fais que tenir la parole que j'ai donnée. Ni plus ni moins. Tout ce que je veux, c'est tenir la vôtre. »

Hackett se tourna vers Ross. « Vous pensez que ce Torino pourrait être responsable de l'état dans lequel se trouve votre épouse ?

– Je n'ai aucune preuve, mais je l'en crois bien capable, surtout après ce qui s'est passé sur la rivière, avec les bandits.

– Mais c'est l'un des membres les plus éminents de l'Église catholique romaine », s'exclama Hackett.

Ross passa un regard sur le jardin plongé dans la nuit. « C'est précisément ce qui me pousse à croire que cet endroit est vraiment crucial pour l'Église.

– Quand partons-nous, alors ? demanda Elizabeth.

– Demain. Nous passerons par la Cité oubliée. » Sœur Chantal se retourna vers Hackett et Mendoza. « Afin de prendre votre or. Puis Ross, Elizabeth et moi rentrerons aux États-Unis. »

Hackett posa sa main sur l'épaule de Ross. « Nous avons peut-être perdu Juarez, dit-il tristement, mais il semblerait que notre expédition dans la jungle n'ait pas été complètement vaine. En définitive, nous avons tous trouvé ce que nous étions venus chercher. »

Ross acquiesça : « Oui. Je suppose que oui. »

Mais alors qu'il prononçait ces mots, son regard restait rivé sur les grottes interdites. Il ne parvenait pas à effacer de son esprit le souvenir de cette lumière qui émanait du tunnel de sang : l'éclat de la Source. Il était à présent évident que le jardin et les créatures étonnantes qui y vivaient n'étaient que des manifestations physiques des pouvoirs miraculeux qui l'avaient mené jusqu'ici. La véritable source de ce jardin extraordinaire, et sans doute la source de toute vie sur Terre, était ce que Hackett avait qualifié de génotype originel. Et en pensant à son pouvoir, sous l'aiguillon de son désir désespéré de s'assurer *totalement* de la guérison de Lauren, Ross se rendit compte que, malgré le cristal qui se trouvait dans son sac, il se pourrait bien qu'il ne détienne pas ce qu'il était venu chercher en ces lieux. Pas encore.

55

Le lendemain matin, Ross se leva aux premières heures, et alors que tous dormaient encore, il s'introduisit dans les grottes interdites. Il n'était pas sûr de ce qu'il venait y faire, si ce n'est les explorer une dernière fois avant de partir. En passant le seuil, il se demanda quel âge elles pouvaient bien avoir. Une simple datation radiométrique aurait certainement pu prouver qu'elles remontaient aux tout premiers âges de la Terre.

Dans la semi-obscurité, il aperçut deux silhouettes blanchâtres dans l'un des bassins, cueillant des éclats de cristal dans l'eau pour les mâcher, dévoilant ainsi de petites dents extrêmement acérées. Alors que les nymphes ingurgitaient le minéral, leur peau d'un blanc translucide semblait luire par intermittence dans le clair-obscur. Dès qu'elles le virent, elles s'interrompirent et ouvrirent la bouche. Leurs voix emplirent l'antichambre en un crescendo qui s'interrompit brutalement. Elles restèrent immobiles, les yeux fixés sur lui. Il imita alors leur cri. À la note près.

Les nymphes ouvrirent à nouveau la bouche. Ce fut cette fois une suite de notes plus complexes et plus aiguës.

Ross les imita à nouveau. À la même octave, et au même rythme.

L'une des nymphes s'approcha alors. Des fleurs rouges étaient entremêlées dans ce qui lui faisait office de cheveux. Sa bouche s'élargit et un doux jacassement en sortit, semblable à un rire. Ross n'avait pas encore vu de si près l'une de ces créatures déconcertantes. Ses larges yeux lui rappelaient ceux d'un personnage de dessin animé, mais il n'y distingua pas la moindre émotion, la moindre lueur d'intelligence, au sens humain du terme. Sa bouche, où brillaient des crocs affûtés, ne faisait que confirmer que cet être n'avait rien d'humain. Pourtant, lorsque Ross avait copié ses sons, la nymphe avait semblé lui répondre. Il se demanda si le père Orlando Falcón, érudit et brillant linguiste, avait tenté comme lui de communiquer avec les nymphes, des siècles auparavant. Quels liens avait-il noués avec ces créatures, après le massacre des derniers conquistadores ? Étaient-elles devenues ses uniques compagnons au cœur de ce paradis étrange et dangereux ? Était-ce cette proximité, cette dépendance qui l'avaient uni à elles, qui l'avaient poussé à leur donner ce nom anthropomorphique d'èves ? Avait-il fini par les considérer comme une version plus élémentaire et plus innocente de l'humanité, comme le reflet de ce que nous avions été avant que la corruption et la luxure nous excluent de l'éden ?

Ross fit une expérience. Il chanta sa propre mélodie. Seulement, à peine avait-il émis la première note, qu'il se rendit compte qu'elle n'avait rien d'original. Involontairement, il chantait le thème principal du film de Spielberg, *Rencontre du troisième type*. Lorsqu'il eut fini, pourtant, la nymphe l'imita. À la perfection.

Il essaya une autre mélodie : le thème de James Bond. À nouveau, la nymphe le répéta impeccablement. Et plusieurs de ses congénères sortaient à présent des ténèbres, curieuses d'assister à ce jeu improvisé.

Ross patienta un instant et sa nouvelle amie, la nymphe aux fleurs rouges dans les cheveux, produisit une autre suite de sons. Contrairement aux thèmes interprétés par Ross, les notes de la nymphe semblaient aléatoires, sans véritable tonalité ou cohérence, aussi différentes des mélodies de Ross que la prose l'était de la poésie. Il imita néanmoins la suite de sons, et toutes les nymphes présentes émirent le même jacassement qui ressemblait tant à un rire.

Il commençait à fredonner le thème de la *Panthère rose* lorsqu'un cri l'interrompit. Celui-ci ne dura que quelques secondes, mais il fut si perçant et aigu que Ross en eut la chair de poule. Les nymphes se turent toutes et d'un seul mouvement se tournèrent vers l'extrémité de l'antichambre. Ross suivit leur regard. Dans la semi-obscurité, au milieu des innombrables tentacules tubulaires qui sourdaient des murs, une des cosses s'ouvrit, révélant une nymphe au ventre particulièrement distendu. Entre ses jambes écartées, repliée en position fœtale, se trouvait une autre nymphe, plus grise mais guère plus petite que la « mère », si tant est qu'on pût l'appeler ainsi. « L'enfant » remua, et trois des nymphes qui assistaient à cet étrange spectacle la sortirent de la cosse et la portèrent jusqu'à l'un des bassins, où elles croquèrent des éclats de cristal, nourrissant ensuite la nouveau-née bouche à bouche. Alors qu'elle absorbait cette becquée, la peau grise de la nymphe se mit à briller d'un blanc aussi éblouissant que celui de ses aînées.

Quatre autres nymphes s'approchèrent de la cosse et soulevèrent la « mère ». Sa couleur changeait également, s'assombrissant comme celle d'un poisson pourrissant. L'odeur musquée que Ross avait remarquée la veille se fit plus forte. Bien que la créature semblât proche de la mort, les autres n'essayèrent pas de la régénérer dans un bassin, comme elles le faisaient pour la nymphe qui venait de naître. Elles se contentèrent de l'élever sur leurs épaules, et la portèrent jusqu'à l'entrée du tunnel de sang, où elles s'arrêtèrent.

Six autres nymphes coururent dans le jardin dont elles rapportèrent des plantes et des fruits. Le silence se fit alors qu'elles formaient une sorte de cortège derrière les quatre nymphes portant la « mère » agonisante. Comme si elles avaient répondu à un signal invisible, toutes se mirent alors à chanter. Les notes formaient une mélodie hachée, obsédante, et le petit groupe entra dans le tunnel, remontant le petit chemin le long du cours d'eau.

Ross regarda autour de lui. Les autres nymphes s'occupaient toujours de l'être nouveau-né. Il hésita un instant, le cœur battant à tout rompre, le cristal qu'il avait dans son sac pressant sa pointe contre son dos. Il savait qu'il aurait dû s'estimer heureux de ce qu'il avait, et partir sans se retourner. Mais il en était incapable. Il suivit le cortège dans le tunnel de sang.

56

Ross restait en retrait, maintenant une certaine distance entre les nymphes et lui. Le chemin sinueux était humide et irrégulier, mais les semelles de ses chaussures de marche lui évitèrent toute chute. Le tunnel était plus long qu'il ne l'aurait imaginé, et plus il s'enfonçait, plus la lueur des parois paraissait intense.

Il marchait déjà depuis près de quinze minutes lorsque les nymphes marquèrent soudain le pas. La lumière était à présent si forte qu'elle semblait tout décolorer. Ross ne pouvait plus rien voir sans plisser les yeux. Il chercha refuge dans un renfoncement de la paroi rocheuse et mit ses lunettes de soleil. Ses yeux s'accoutumèrent à la nouvelle luminosité, et les cristaux qui l'entouraient, du sol au ciel du tunnel, le laissèrent sans voix. Le spectacle en était encore plus extraordinaire que les étonnantes concrétions de l'énorme cave de Lechuguilla, au Nouveau-Mexique.

Ross jeta un coup d'œil hors du renfoncement. Plus loin, le tunnel décrivait une courbe et s'élargissait en une salle où coulait une petite cascade. Le sol de la salle était plat, mais le chemin continuait ensuite son ascension jusqu'à un niveau supérieur. À ce niveau, au sommet de la cascade, le tunnel s'élargissait à nouveau pour former une autre petite salle qui jouxtait le chemin principal sur sa droite, et dont les parois étaient vérolées de trous et d'étroits tunnels.

Chaque trou était d'un noir d'encre, hors d'atteinte de la lumière, mais en les observant attentivement, Ross crut y surprendre des ombres remuer. Dans l'un d'eux, deux points rouges brillèrent avant de disparaître dans les ténèbres, lui rappelant les yeux des caïmans noirs de la rivière infestée qu'ils avaient empruntée. Un frisson lui parcourut le dos.

Les nymphes s'étaient réunies au pied de la cascade. Trois d'entre elles, chargées de fruits et de plantes, empruntèrent le chemin qui menait au niveau supérieur. Alors qu'elles montaient, les autres se mirent brusquement à chanter. Cette fois, il s'agissait d'une lente mélopée, une incantation de deux notes, répétée encore et encore.

L'écho du chant se répercutait sur les parois jusqu'au niveau supérieur, que les trois nymphes venaient d'atteindre. Elles se dirigèrent vers la droite, jusqu'au centre de la petite salle. Elles déposèrent les plantes et les fruits par terre, en face des trous. Elles rejoignirent ensuite les autres nymphes qui s'arrêtèrent alors de chanter. En l'espace de quelques secondes, la salle du niveau supérieur fut emplie d'une horreur rampante. De longues silhouettes noires jaillirent des trous et des galeries pour s'abattre sur la nourriture. Elles ne s'y attardèrent pas : elles sortirent en un éclair, déchirèrent les fruits et les plantes avant de retourner aussitôt dans les ténèbres de leur terrier. Elles attaquèrent à nouveau, et attaquèrent encore, avec une violence frénétique, jusqu'à ce qu'il ne reste plus rien. Tout se passa si vite que Ross eut de la peine à comprendre ce qui venait d'arriver.

Ross pouvait voir les créatures enfouies se contorsionner dans leurs trous, leurs yeux rouges transperçant l'obscurité. Les nymphes se remirent à chanter leur mélopée, et les créatures se figèrent. Cette fois, les quatre nymphes emportèrent la « mère » mourante au niveau supérieur et la déposèrent à l'endroit où avait été présentée l'offrande. La nymphe geignit mais ne se débattit pas. Les autres revinrent au pied de la cascade, et lorsque le chant cessa, les créatures jaillirent à nouveau de leurs trous comme des missiles, sans que leurs longs corps annelés ne sortent jamais entièrement. Cette fois-ci, le déchaînement dura plus longtemps. Figé par la terreur, Ross vit ces énormes vers noirs, caparaçonnés d'une armure naturelle, forer littéralement leur proie, leurs mâchoires extensibles et leurs crocs semblables à des scies arrachant la chair de la nymphe par quartiers circulaires, avant de se retirer aussitôt dans leurs trous pour se projeter à nouveau sur leur offrande agonisante. En quelques secondes, la nymphe se retrouva percée et déchirée de blessures mortelles. Une minute plus tard, son corps avait totalement disparu.

Les nymphes tournèrent les talons et reprirent leur route en sens inverse, chantant la même mélodie hachurée et obsédante qu'à l'aller. Ross se colla à la paroi du renfoncement et les regarda passer. Il semblait que même en ce paradis miraculeux, la nature reposait sur un principe d'équilibre, pour cruel qu'il pût paraître. Pour chaque naissance, il devait y avoir une mort. L'un arrivait, l'autre partait.

Lorsque les nymphes furent assez loin, Ross se risqua hors du renfoncement et considéra le niveau supérieur. Le chemin continuait tout droit jusqu'à la source de la lumière. Sur la droite se trouvait la petite salle sombre perforée de trous. Une concrétion dépassant des cristaux attira son attention. Il lui fallut quelques instants pour comprendre qu'il s'agissait d'une épée. Sa lame était très largement recouverte de cristaux, mais sa garde et sa poignée étaient intactes. À ses côtés reposaient, incrustés dans le cristal, un plastron découpé de trous et la moitié d'un morion. Cette arme et ces pièces d'armure n'étaient qu'à quelques mètres des trous sombres. Ross comprit qu'ils avaient appartenu aux conquistadores qui avaient emprunté ce chemin dans l'espoir de trouver ce qu'ils croyaient être un trésor. Il se souvint à nouveau du passage du manuscrit de Voynich : *L'érudit les vit disparaître tour à tour dans le tunnel, et rien ne se passa pendant un long moment. Puis soudain, leurs hurlements se firent entendre. Et le cours d'eau devint rouge de leur sang.*

Les armures et les armes qui les avaient rendus invincibles face aux Incas ne leur avaient été d'aucun secours face aux vers géants. Ross frémit en imaginant ces vingt et un hommes se faire massacrer de la même manière que la nymphe, quelques instants plus tôt. Cela avait dû être un véritable bain de sang.

Il observa le chemin du niveau supérieur qui menait jusqu'à la lumière tentatrice. Contrairement aux conquistadores, Ross savait que ce n'était pas là l'éclat d'un trésor, mais de quelque chose d'infiniment plus précieux. Il se sentait tout près d'une incroyable découverte, et les brumes du mystère semblaient se disperser. Il était au comble de l'excitation et de la frustration. À portée de main, mais protégé par les vers monstrueux, se trouvait ce qui était certainement le Saint-Graal de la géologie, le Saint-Graal de *toute* science, l'origine de toute vie sur la planète, et un remède *absolu* au mal de Lauren. Les formes imprécises continuaient à onduler dans leurs trous, à l'affût du moindre intrus qui s'approcherait trop de cette mystérieuse source. Si seulement il disposait de plus de temps pour trouver un moyen de passer devant ces redoutables prédateurs sans courir de risque, comme le père Orlando.

Ross réfléchit un long moment, puis humecta ses lèvres sèches, et se mit à reproduire la mélopée de deux notes des nymphes. Aussitôt, tout grouillement cessa à l'intérieur des trous.

Il s'interrompit, et les mouvements reprirent. Certaines créatures jaillirent même, claquant des mâchoires comme si elles répondaient à un réflexe pavlovien. Il semblait que la mélopée ne se contentait pas de les immobiliser, mais les préparait à être nourries. Il chanta à nouveau les deux notes. Les vers se retirèrent aussitôt dans leurs galeries et ne bougèrent plus.

Il cessa, et certains se remirent à onduler, tandis que d'autres sortirent brutalement.

Était-ce ainsi que le père Orlando avait réussi à atteindre ce qu'il appelait *el origen* ?

Ross ne pouvait s'empêcher de fixer la lumière au-dessus de lui, se demandant à quelle distance pouvait se trouver la Source, et ce qu'elle était en vérité. Il se demandait également pendant combien de temps les vers géants pourraient rester immobiles s'il chantait sans discontinuer, et si une fois cet obstacle franchi, d'autres ne l'attendaient pas. La pointe du cristal dans son sac, poussant sur son dos, se rappela à sa mémoire. Sœur Chantal était convaincue qu'il suffirait à guérir Lauren, et elle avait quasiment autant à perdre que lui si elle se trompait. Il devait accepter ce qu'il avait reçu, et partir sans se retourner. Pourtant, il restait là, face à cette lumière.

Un coup de feu.

Étouffé par la roche, mais reconnaissable.

Un autre coup de feu.

Puis le silence.

Ross, horrifié, se précipita en direction de l'antichambre.

Qu'est-ce qui avait pu pousser ses compagnons à tirer deux coups de feu dans le jardin ?

57

Quelques instants plus tôt

Pour un orphelin, fils de protituée né dans les bas-fonds de Naples, Leonardo Torino avait remporté plus de triomphes qu'aucun autre aurait pu espérer. À ce titre, le jour où il avait été consacré Supérieur général de la Compagnie de Jésus n'avait certainement pas été l'un de ses moindres succès. Mais aucune de ces victoires n'approchait, même de loin, l'exultation qu'il ressentait à présent. En sortant enfin de ces grottes emplies d'immondices de chauves-souris et de vapeurs soufrées, il inspira à pleins poumons l'air parfumé, essuya ses yeux humides, et observa le paysage qui s'offrait à lui. Où que son regard portât, il voyait des végétaux décrits dans le manuscrit de Voynich. Là, juste en face de lui, se trouvait le lac circulaire décrit dans le témoignage du père Falcón. Et plus loin, les grottes interdites. Sa mission était enfin couronnée de succès. Le jardin mythique du père Orlando Falcón existait bel et bien, et Torino pourrait le réclamer comme propriété exclusive du Vatican. Il sauverait l'Église qui l'avait sauvé. Le monde entier se prosternerait devant la majesté et la puissance de l'Église catholique romaine qui, seule, pourrait lui offrir la rédemption.

Torino se retourna vers son escorte. Tous regardaient, bouche bée, presque incapables d'en croire leurs yeux.

« Où sommes-nous ? » parvint à demander Fleischer.

Torino sourit. « Ceci, feldwebel, est le bien de notre Très Sainte Mère l'Église. Ceci est le jardin de Dieu. »

Weber, le soldat qui avait poursuivi en éclaireur Ross et ses compagnons, pointa son fusil dans la direction du lac. « Ils sont là-bas, à droite du lac. Et ils viennent de nous repérer. »

Torino saisit ses jumelles et aperçut un homme et deux femmes à trois cents mètres. L'une des femmes était la jeune universitaire américaine aux cheveux rouges, l'autre était la religieuse, sœur Chantal. Mais Torino ne reconnaissait pas l'homme. Ross Kelly semblait absent. Tous trois se tenaient à côté d'un tas de sacs à dos, prêts à partir. Il était arrivé juste à temps.

« Ils sont armés », dit Fleischer en épaulant son arme.

Torino vit alors l'homme tirer d'un sac à dos un pistolet et un fusil. Il tendit le pistolet à la jeune femme, mit son fusil en joue et fit signe aux deux femmes de se positionner derrière lui. Torino concevait parfaitement la peur que devait susciter son escorte lourdement armée dans un endroit aussi féerique que celui-ci.

« Quels sont vos ordres ? » demanda Fleischer.

Torino examina un instant la situation. Il lui aurait été très facile de la normaliser. Il lui aurait suffi de commander aux soldats de baisser leurs armes, d'aller à la rencontre des compagnons de Ross et de leur montrer les documents officiels qui assuraient à l'Église la jouissance exclusive de ce lieu. Mais à quoi bon ? Il ne pouvait se permettre de les laisser partir. Ils n'auraient pas manqué d'ébruiter l'affaire. Ross Kelly n'était pas du genre à courber l'échine, pas sans avoir trouvé un remède pour son épouse, et pas sans une preuve qui lui permettrait de révéler au monde entier la plus incroyable découverte géologique de tous les temps. Il n'était pas dans l'intérêt du Vatican que qui que ce soit apprenne l'existence du jardin, du moins pas avant que Torino en sache un peu plus sur ses pouvoirs, et décide de la façon de les utiliser. L'affrontement était inévitable. Mieux valait tirer profit de sa supériorité militaire pour intimider et maîtriser Ross Kelly et son expédition.

« Ces personnes sont dangereuses : il convient de s'en méfier, dit-il. Désarmez-les. Ne prenez aucun risque. Tirez une fois en l'air en guise de sommation. »

Weber s'exécuta. L'homme au loin resta planté à sa place, faisant signe aux deux femmes de courir se réfugier dans les grottes.

Weber tira à nouveau, mais l'homme ne manifesta aucune panique. Il ne s'enfuit pas, et s'abstint de répondre aux coups de feu. Il recula en direction des grottes interdites, fusil en joue, couvrant la retraite des femmes.

Weber épaula franchement son arme, ferma un œil et posa son index sur la détente. « Je peux le désarmer d'ici. »

Torino scruta l'ensemble du paysage à travers ses jumelles afin de trouver Ross Kelly. Mais le jardin était à présent vide de toute présence humaine. « Non, c'est inutile. Laissez-les se réfugier dans les grottes. Cela nous facilitera la tâche.

– Il sera plus difficile de les en faire sortir une fois qu'ils seront à l'intérieur. »

Torino sourit, plus à lui-même qu'aux soldats. « Ce ne sera pas un problème, feldwebel, je puis vous l'assurer. » Il se mit en marche en direction des grottes interdites. « Venez. Allons accomplir la volonté de Dieu. »

58

La première chose que Ross vit lorsqu'il déboucha du tunnel fut la silhouette de Mendoza, tapi à côté de la petite cascade de l'antichambre, son fusil armé entre les mains. « Ross, où est-ce que vous étiez, bon sang ? » siffla-t-il.

Ross indiqua le tunnel dont il venait de sortir : « J'ai essayé de trouver ce qui se cache derrière tout cela. Si je vous racontais ce qu'il y a plus haut, vous ne me croiriez pas. » Il lança un regard anxieux au fond de l'antichambre où se tenaient les nymphes. « Sur qui avez-vous tiré ?

– Ce n'était pas moi, répondit Mendoza en désignant l'entrée de la grotte. On dirait qu'on a de la compagnie. On était en train de faire les derniers préparatifs du départ, une dernière petite balade pour dire adieu au jardin, j'allais vous chercher. Et puis ces mecs sont sortis de nulle part. »

Ross s'accroupit derrière un boulder et regarda au-delà du seuil de la grotte. Elizabeth et sœur Chantal couraient de toutes leurs forces dans sa direction. Elizabeth tenait à la main le pistolet de Hackett, et Hackett couvrait leurs arrières, fusil en joue, d'un pas nettement plus lent. Ross tendit le cou afin de voir qui ils fuyaient, mais en vain. Il se redressa, suivit le cours d'eau qui se jetait dans le lac, et son sang se figea soudain. « Comment a-t-il pu atterrir ici, bon sang ? » lâcha-t-il dans un murmure.

Le père Leonardo Torino était presque méconnaissable sans sa soutane noire, mais Ross sut immédiatement que c'était lui : sa claudication ne laissait aucun doute. Chaussé de bottes de cuir épais, vêtu d'un pantalon de toile, d'une chemise de coton et d'une veste sans manche, il était flanqué de quatre hommes en uniformes, tous armés et chargés de lourds sacs à dos. Ils marchaient paisiblement, sûrs que leurs proies ne leur échapperaient pas.

Elizabeth et sœur Chantal passèrent enfin le seuil de l'antichambre et vinrent se réfugier, haletantes, derrière un boulder non loin de celui de Ross. « Donne-moi le pistolet », dit Ross. Elizabeth sembla ravie de s'en débarrasser. La peur se lisait sur son visage, alors que celui de sœur Chantal, extrêmement pâle, ne reflétait que la colère. Au moment où elle s'était trouvée à deux doigts d'accomplir sa mission et de léguer sa charge sacrée, tout ce pour quoi elle s'était battue, tous les sacrifices auxquels elle avait consenti s'étaient finalement révélés inutiles.

Hackett arriva presque aussitôt, la main crispée sur son fusil. Il s'accroupit à côté de Ross. « Notre hôte indésirable serait-il votre prêtre retors ? »

Ross acquiesça : « Le Supérieur général Leonardo Torino, en personne.

– Que fait-il ici ? pesta sœur Chantal. Comment est-il parvenu jusqu'au jardin ?

– Nous avons dû le guider jusqu'ici, répondit Ross.

– Mais comment ? demanda Hackett. Je pensais que nos pistes avaient été brouillées après qu'Osvaldo eut tué les pirates du fleuve.

– Je n'en sais rien, dit Ross. Que s'est-il passé au juste ? Ils sont apparus, c'est tout ?

– Apparus comme par enchantement, et ils ont aussitôt ouvert le feu.

– S'ils avaient voulu vous tirer dessus, vous seriez en train de vous vider de votre sang à l'heure qu'il est, observa Mendoza du fond de la grotte. Ils voulaient que vous vous réfugiiez ici. Afin de réunir tout le monde. »

Hackett se retourna en direction de Mendoza, observant la grotte, le tunnel, les bassins et les silhouettes pâles qui se déplaçaient dans les recoins les plus sombres. « Est-ce qu'il y a une autre sortie ? » Il désigna le tunnel de sang d'un mouvement de la tête. « Où conduit ce boyau ?

– Oubliez cet endroit », répondit laconiquement Ross. Il pensa alors au pont fragile au-dessus du magma qui conduisait hors du jardin, et en indiqua la direction derrière eux. « Il y a peut-être une autre issue, mais je ne la recommande pas vraiment.

– Qu'est-ce qu'on fait, alors ? demanda Elizabeth. On les affronte ?

– Ces soldats sont puissamment armés, grimaça Hackett. Et à en juger par le volume de leurs sacs à dos, ils ont emporté un mini-arsenal.

– Nous ne pouvons pas les laisser prendre possession de ce lieu », lança sœur Chantal.

La voix de Torino retentit alors : « Monsieur Kelly, vos amis et vous êtes dans une propriété privée. » Il secoua au loin un attaché-case. « J'ai ici tous les documents officiels me permettant de réclamer ce lieu comme bien du Vatican. Nous ne vous voulons aucun mal, mais ces soldats ont pour but de s'assurer du respect dû à la propriété de l'Église. » Torino s'avança plus près encore de l'entrée des grottes, entouré par son escorte. « Montrez-vous. Vous n'avez rien à craindre de nous. »

Mais bien sûr, se dit Ross. Plus il regardait les visages durs des hommes en armes et uniformes, et plus le pont jeté au-dessus de la lave lui semblait séduisant. Torino continuait à s'approcher, et Hackett épaula son fusil. Ross regarda le Glock dans sa main. L'arme semblait aussi inoffensive qu'un jouet. C'était de la folie. Ils ne pouvaient pas l'emporter. Ils se feraient tous tuer. Il fallait accepter la défaite. Dans son dos, il entendit le cliquetis mécanique du fusil de Mendoza, et il se souvint de l'efficacité avec laquelle il les avait débarrassés des trois bandits du fleuve.

« Lâchez vos armes ou je tire, ordonna Mendoza.

– Vous êtes bien optimiste, observa Hackett en risquant un regard hors de l'antichambre. Sans compter qu'il faudrait parler beaucoup plus fort si vous souhaitez qu'ils vous entendent.

– Je ne m'adressais pas à eux. Je m'adressais à vous. »

Ross se retourna : le fusil de Mendoza était braqué en direction de sa poitrine. Il fronça les sourcils. « Comment ?

– C'est une plaisanterie ? renchérit Hackett.

– Au contraire, je suis très sérieux. Lâchez vos armes. Tout de suite. »

Hackett et Ross obéirent. Mendoza s'approcha et d'un coup de pied, éloigna le fusil et le Glock. « Je ne comprends pas, lâcha Ross.

– Vous comprendrez bientôt. » Mendoza éleva alors la voix : « Votre Excellence, vous m'entendez ? »

Une courte pause. « Marco, c'est bien toi ?

– Oui. Ils sont tous là. Il ne manque personne. Je les fais sortir.

– Marco ? demanda Elizabeth, abasourdie. Je croyais que vous vous appeliez Osvaldo Mendoza ? »

Il l'ignora. « Levez haut les bras et sortez de la grotte.

– Vous avez fait une promesse », dit sœur Chantal, désarçonnée.

Une fois passé le choc de la surprise, Ross ressentit un profond dégoût. Il n'arrivait pas à croire que ce qui était en train de se passer était vrai. Il avait permis à cet homme qui prétendait être leur ami de mettre en péril sa quête quasi désespérée d'un remède pour Lauren. Envers et contre tout, il avait trouvé la seule chose capable de sauver sa femme, et cet espoir lui était à présent arraché. Toute la colère, toute la frustration et toute la douleur qu'il avait cachées au plus profond de lui depuis la nuit de l'accident de Lauren surgirent d'un coup. Jamais il n'avait connu pareille rage. Il bondit sur Mendoza comme un forcené, par surprise.

« Qu'est-ce que vous faites ? » rugit-il en précipitant Mendoza au sol, luttant de toutes ses forces pour lui prendre son fusil. « Qu'est-ce que vous faites, connard ! » Submergé par la colère, Ross ne sut combien de temps il se battit ainsi, mais lorsqu'enfin il arracha l'arme des mains de Mendoza et la pointa vers l'homme qui les avait trahis, tout son corps fut secoué de tremblements.

Il jeta alors un coup d'œil à la jambe droite de Mendoza et ce qu'il vit le stupéfia.

Son jean était remonté au-dessus de sa botte, révélant un émetteur attaché à son tibia. Mais ce qui l'abasourdit le plus fut la large cicatrice au-dessus de sa cheville droite. Il comprit alors l'étendue de la fourberie de Mendoza et de Torino. Ross avait déjà vu cette cicatrice, la vue brouillée par le sang de sa blessure, la nuit même où Lauren avait été gravement blessée, quelques instants à peine avant qu'elle soit précipitée du palier. L'intrus responsable de son accident portait exactement la même cicatrice au-dessus de la cheville droite.

Ross n'avait jamais éprouvé l'envie de tuer qui que ce fût, mais à cet instant précis, en regardant l'homme qui avait brisé la vie de Lauren, son seul désir était d'assassiner cette pourriture, quel que fût son véritable nom. Son index commença à presser la détente, quand soudain un soldat surgit derrière lui en brandissant la crosse de son fusil, qu'il abattit violemment sur sa tête. Ross s'écroula à terre. La douleur était telle que son champ visuel fut oblitéré par une blancheur infinie. Un second coup, et tout ne fut que ténèbres.

59

Le feldwebel Fleischer et ses hommes traînèrent Ross hors des grottes interdites, où ils menèrent également ses compagnons sous la menace de leurs armes. Torino attendit sur le seuil, et sourit à l'homme qui, au cours des dernières semaines, s'était fait appeler Osvaldo Mendoza. Dans l'euphorie de la victoire, il ressentit vraiment de l'affection pour son demi-frère. « Tu as accompli un travail remarquable, Marco.

– Qui sont ces soldats, Votre Excellence ? »

Torino eut un geste désinvolte de la main. « Des gardes suisses du souverain pontife. Le Saint-Père en personne les a chargés de ma protection. À présent, dis-moi tout, Marco. Qu'est-il arrivé sur le fleuve, à Iquitos ? Je me suis fait beaucoup de soucis avant de recevoir ton message sur mon téléphone portable, au sujet de *la boca del infierno*.

– Ça ne s'est pas passé comme prévu. Les trois hommes que j'avais engagés pour effrayer l'expédition de Kelly étaient supposés prendre la fuite après une sommation, afin de me faire passer pour un héros. Mais ce n'était que des amateurs. Ils ont été trop gourmands.

– Trop gourmands ?

– Leur chef, Raúl, s'intéressait un peu trop au livre du prêtre détenu par Kelly. Il a dû s'imaginer qu'il conduisait à un trésor. Lui et ses acolytes ont tenté de mettre la main dessus. »

Torino fronça durement les sourcils. « Et tu les as tués ?

– Je n'avais pas d'autre choix. Raúl allait abattre la religieuse, et vous aviez dit qu'elle pourrait s'avérer très précieuse. » Bazin haussa les épaules. « Tout compte fait, cela m'a donné encore plus de crédibilité auprès de Kelly et de ses compagnons. Et puis j'avais prévu deux ou trois autres petites choses, au cas où. »

Torino acquiesça. « Et elles ont fonctionné à merveille, Marco. L'émetteur satellite posé sur le bateau ainsi que celui que tu portais ont parfaitement rempli leur rôle. Je ne cache pas que je me suis un peu inquiété lorsque le signal s'est brouillé. L'un de mes soldats a dû vous pister durant ces derniers jours. Mais selon lui, les traces que tu as laissées étaient parfaites, surtout dans les grottes de soufre.

– Avez-vous vu la Cité oubliée ?

– La Cité oubliée ? Non, pas que je sache. » Torino ne s'intéressait pas aux ruines.

« On y a trouvé de l'or », précisa Bazin.

Torino hocha la tête, impatient. « Ceci est bien plus précieux que de l'or. » Il se retourna pour examiner Ross et ses compagnons, que les soldats menaient jusqu'à un coin du jardin encerclé par des arbres et des rochers. « Que peux-tu me dire au sujet de ce lieu ? Qu'as-tu appris ?

– Ce jardin est extraordinaire. Le simple fait de boire de l'eau de son lac ou de manger ses fruits suffit pour guérir. » Il observa une courte pause, comme dépassé par cette découverte. « En arrivant à Iquitos, j'ai commencé à souffrir de migraines insupportables. Les docteurs m'avaient conseillé de guetter ce symptôme : ils m'avaient dit que ce serait le signe que le cancer avait atteint mon cerveau. C'était les pires maux de tête que j'aie jamais eus, et cela malgré les puissants antidouleurs que j'ai avalés jour après jour. Pas une minute ne passait sans ces foutues migraines. Et puis j'ai bu l'eau du lac, et le lendemain matin, la douleur a disparu. Je ne me suis jamais senti aussi bien. Je suis guéri. Je le sais. » Il baissa alors la voix. « Même le testicule qu'on m'a enlevé est en train de repousser, et il n'y a plus aucune trace de la cicatrice de l'opération. C'est comme si la main de Dieu m'avait touché, m'avait lavé de tous mes péchés, et qu'Il m'avait donné une seconde chance. Et je n'ai pas été le seul. » Bazin raconta à Torino la guérison spontanée du poignet cassé de Ross et la correction miraculeuse de la vue d'Elizabeth et de Hackett. « Buvez de cette eau. Mangez de ces fruits. Et voyez par vous-même.

– J'y compte bien, j'y compte bien, dit Torino, avide d'en apprendre plus. Quoi d'autre ?

– Vous devez parler à la religieuse. Elle sait presque tout de cet endroit. Selon elle, toute forme de vie présente ici meurt dès qu'on la sort du jardin. Même l'eau du lac croupit.

– Tout fruit ou toute eau perd son pouvoir guérisseur à l'extérieur ?

– C'est ce qu'elle prétend.

– Alors comment Ross Kelly comptait-il guérir son épouse ?

– La nuit dernière, je l'ai entendu parler avec Elizabeth Quinn, l'assistante de Lauren Kelly. Il lui a montré un cristal étrange que sœur Chantal lui a donné. Le cristal se trouve dans son sac à dos. » Bazin pointa les grottes interdites. « C'est là qu'elle l'a trouvé. »

Torino entra dans l'antichambre humide et son excitation s'accrut encore. Les bassins, la chute d'eau, le tunnel de sang, tout était tel que le décrivait le manuscrit de Voynich. Il se concentra sur les zones les plus sombres, et surprit des silhouettes blanches se hâter dans les ténèbres. *Ce doit être les èves dont le père Falcón parle dans son manuscrit et sa déposition*, pensa-t-il. Comme il l'avait craint, cet endroit impliquait pour l'Église autant de problèmes que d'avantages. Il se tourna vers le tunnel brillant et se souvint du passage du manuscrit de Voynich décrivant comment les conquistadores y avaient trouvé la mort.

Bazin désigna le couloir souterrain. « Quand je suis arrivé ici tout à l'heure, Ross Kelly était là-haut. »

Torino ne cacha pas sa surprise : « Kelly, là-haut ? Tu en es certain ?

– Je l'ai vu qui descendait. Il m'a dit que s'il me racontait ce qu'il avait vu, je ne le croirais pas. »

Torino voyait le sentier lumineux se perdre au fond de la chaîne volcanique, et son impatience atteignit son comble. Il approcha du tunnel et observa les cristaux qui en recouvraient le seuil. Il se baissa alors et plongea sa main dans le cours d'eau, remarquant les cristaux qui en tapissaient le fond, les éclats qui scintillaient dans les bassins en contrebas, et l'eau phosphorescente qui sortait de la grotte pour alimenter le lac. « Qu'est-ce que Kelly a vu là-haut ?

– Je n'ai pas eu le temps de le lui demander, répondit Bazin. Mais il a dit qu'il était en train de chercher ce qui se cachait derrière les pouvoirs miraculeux de cet endroit.

– Nous savons pertinemment ce qui se cache derrière ce jardin miraculeux, n'est-ce pas, Marco ? C'est Dieu qui est derrière tout cela. » Torino ne parvenait pas à détacher son regard du fond du tunnel. Il repensa à la mystérieuse *radix* que le père Orlando avait mentionnée face à l'Inquisition. « Mais il ne serait pas inintéressant de comprendre l'agent choisi par Dieu pour réaliser Son Œuvre. Je dois parler à Ross Kelly et à cette sœur Chantal. Toutefois, avant cela, j'aimerais inspecter seul les lieux et me faire ma propre idée à ce sujet. »

60

Le lendemain matin

La voix d'Elizabeth tira Ross du sommeil.

« Si nous sommes sur une propriété privée, pourquoi ne pas nous avoir virés directement ? demandait-elle.

– Je suis d'accord, dit Hackett. Ils n'ont aucun droit de nous garder contre notre gré.

– Le Supérieur général ne peut pas se permettre de nous laisser partir, répondit sœur Chantal d'un ton amer. Pas avant qu'il ait décidé de ce qu'il convenait de faire du jardin, et de nous. »

Le sommeil de Ross avait été très troublé, une succession infinie de courts épisodes d'endormissement et de réveil. Lorsqu'il se réveilla pour de bon, le mal de crâne qui l'avait harcelé durant toute la nuit avait disparu. Les soldats les avaient installés dans un petit massif d'arbres, tout proche de la tombe du père Orlando. Les arbres et quatre boulders formaient une clôture naturelle. Les hommes de Torino avaient fixé aux arbres une bâche cirée, et sous cet abri de fortune, les avaient allongés sur le sol recouvert de mousse, chevilles et poignets joints par des liens de plastique. Ils les avaient nourris et leur avaient permis d'utiliser le trou qu'ils avaient creusé dans un coin du jardin afin de subvenir à leurs besoins naturels. Malgré toutes ces attentions, il ne faisait aucun doute qu'ils étaient leurs prisonniers. Ross ouvrit enfin les yeux, et aperçut deux soldats sortant de leurs sacs à dos un véritable arsenal qu'ils se mirent à installer sous une autre bâche, plus loin.

« Nom de dieu, regardez un peu ce qu'ils ont amené avec eux, souffla Hackett en tendant le cou pour mieux voir.

– Qu'est-ce que c'est que ces machins avec des réservoirs d'essence ? demanda Elizabeth.

– Je crois que ce sont des lance-flammes, répondit Hackett. Et ces espèces de paquets jaunes ? Un de leurs sacs en était plein. Bon sang, qu'est-ce qu'ils s'attendaient à trouver ici ? Ils ne pensaient quand même pas que nous serions aussi dangereux, tout de même ?

– À mon avis, ces armes ne nous sont pas destinées », dit Ross en repensant à ce qu'il avait vu et aux circonstances de la mort des conquistadores dans le tunnel.

Elizabeth se tourna vers lui. « Tu vas bien ? Comment va ta tête ?

– Impeccable. » La douleur lui manquait presque. Elle l'avait aidé à nourrir sa colère, et à cet instant précis, il aurait préféré ressentir de la colère, plutôt que ce découragement qui peu à peu l'envahissait.

« C'est stupéfiant, dit Elizabeth. Il n'y a plus la moindre bosse ni la moindre ecchymose. » Elle redressa la tête. « Tiens. Voilà Osvaldo. Si c'est vraiment son nom, à ce fils de pute. Tu es sûr que c'est lui qui a blessé Lauren ? »

Ross roula sur lui-même et vit Mendoza quitter l'une des trois tentes montées autour du lac. La colère se remit instantanément à bouillir dans ses veines. « Absolument sûr.

– Le prêtre l'a appelé Marco, Marco Bazin, fit observer Hackett. Regardez ça, ce salaud est en train de fouiller nos sacs. »

Allongé ainsi, sans défense, à même le sol, Ross pensa à Lauren qui gisait, elle aussi sans défense, sur son lit d'hôpital. Elle lui manquait tellement. Plus que tout, il aurait voulu téléphoner à son père pour lui demander comment le bébé et elle se portaient. Il avait été si près du but, il avait tenu dans le creux de sa main le seul espoir de la sauver. Il se moquait à présent complètement de la Source et du tunnel interdit. Il ne désirait plus qu'une chose : que Lauren se réveille un jour. Marco Bazin retira de leurs sacs le cristal et le journal de route endommagé du père Orlando, et Ross ravala toute sa haine, la réservant pour plus tard. Il avait encore du mal à croire que Torino l'ait ainsi dupé. Ce soi-disant homme de Dieu lui avait témoigné toute sa sympathie en lui demandant d'accéder aux notes de son épouse, qui plus est dans la chapelle de l'hôpital où on la soignait, après qu'il eut *lui-même* ordonné le cambriolage qui avait provoqué l'accident de Lauren. Ross ne quitterait pas ce jardin sans avoir remis la main sur la seule chose capable de sauver sa famille. Si Torino voulait la guerre, il l'aurait.

Bazin arriva à leur hauteur, enjamba Hackett et dégaina le couteau qu'il portait à la ceinture.

« Vous venez nous poignarder dans le dos, c'est ça ? Mais pas au sens figuré cette fois », lui lança Hackett.

Bazin ignora son ironie et se tourna vers les soldats : « Bâillonnez-les. Son Excellence le Supérieur général ne veut pas qu'ils se parlent. » Il s'agenouilla et trancha les liens qui retenaient les chevilles de Ross et de sœur Chantal. « Son Excellence désire cependant s'entretenir avec vous. » Il les tira par les poignets, les forçant à se lever. « Venez. »

61

« Dites-moi une chose, Osvaldo », lança Ross à Bazin alors que celui-ci les menait jusqu'à Torino.

« Je m'appelle Marco.

– D'accord. Marco, mon fidèle et loyal ami, dites-moi combien vous paye Torino ? Combien vaut un sac à merde de dernière catégorie comme vous ? »

Le ton de Ross exaspérait Bazin. Ce scientifique, cet athée qui ne croyait en rien, n'avait aucun droit de se croire meilleur que lui. « Son Excellence ne me paye pas. Je fais cela pour laver mon âme. Je participe à l'œuvre de Dieu.

– Non, dit sœur Chantal. C'est peut-être l'œuvre du Supérieur général, mais ce n'est pas l'œuvre de Dieu.

– Qu'est-ce qu'une traîtresse à sa propre Église comme vous peut bien savoir des desseins de Dieu ? » répliqua Bazin.

Ross s'arrêta et le regarda dans les yeux. « Vous faites vraiment tout cela parce que vous êtes convaincu que c'est juste ? » Bazin le poussa pour qu'il se remette en marche, mais Ross n'avait pas fini : « Vous vous rappelez notre discussion, à propos des actes qui font de nous ce que nous sommes ? Vous m'avez dit que seuls Dieu et l'Église pouvaient déterminer si les actes d'un homme étaient bons ou mauvais. Expliquez-moi juste une chose. Comment est-ce que votre Dieu arrive à justifier le fait que ma femme soit dans le coma ? » Ross serrait si fort les dents que Bazin pouvait voir les stries des muscles de sa mâchoire. « Je n'arrive pas à croire que Juarez ait donné sa vie pour sauver la vôtre. Sa vie était tellement plus précieuse que la vôtre. Putain, je n'arrive pas à croire que moi-même, je vous ai sauvé la vie. Au lieu de vous tirer de ce tas de merde, j'aurais dû vous y laisser en compagnie de vos amis les cancrelats. »

Bazin voulait à tout prix faire comprendre au géologue que ses actes étaient purement vertueux. « Vous n'étiez pas censés vous trouver chez vous. Je n'avais pas l'intention de blesser votre épouse, mais Son Excellence voulait ses fichiers. Elle s'est malheureusement trouvée en travers de mon chemin.

– Rien que ça. Et ces hommes que vous avez tués sur le bateau, ceux dont vous vous êtes servi et que vous avez assassinés pour rejoindre notre groupe, pour nous espionner. Vous aviez l'intention de les tuer ?

– Non.

– Bon sang ! souffla Ross. Eh bien dans ce cas, j'espère que vous avez bien l'intention de me tuer. »

Bazin soupira en le regardant droit dans les yeux : « Non, mon ami, vous ne souhaiteriez ça pour rien au monde. J'étais jadis payé pour tuer. J'étais même plutôt bon. Beaucoup disaient que j'étais le meilleur. J'ai perdu le compte de tous les hommes que j'avais pour mission de tuer, mais ce que je sais, c'est qu'ils sont tous morts. »

Ross soutint son regard : « C'est vous qui parlez, Marco, ou le Fléau de Dieu ? J'ai de plus en plus de mal à faire la différence. »

Le refus du géologue de le comprendre, et son arrogante certitude d'être le seul à avoir raison rendaient Bazin furieux. Il avait eu de bonnes raisons de trahir Ross et ses compagnons. Après avoir vu le jardin, et senti en lui-même son pouvoir, il était définitivement convaincu que ce lieu était bien trop important pour qu'on le laisse entre les mains d'hommes tels que Ross. Ou entre celles de traîtres à Rome tels que sœur Chantal. Hackett lui-même était prêt à laisser l'industrie pharmaceutique exploiter ce jardin à des fins purement mercantiles. Seule la Très Sainte Église saurait comment utiliser à bon escient ce pouvoir miraculeux. Seul le demi-frère de Bazin, le pape Noir, était qualifié pour fixer les modalités de ce juste contrôle. Bazin se persuadait qu'il avait bien servi l'Église, et que sa rédemption était à présent assurée.

En poussant Ross et la religieuse sur le seuil des grottes interdites, il vit son frère émerger d'un coin obscur de l'antichambre. Le Supérieur général Torino tenait dans sa main droite un porte-documents, et souriait.

« Regardez, dit Torino en s'approchant. Je ne boite plus. Cet endroit est véritablement miraculeux. J'aimerais que vous m'en appreniez plus à son sujet. » Il désigna alors le tunnel brillant d'un mouvement de la main. « Et j'aimerais plus particulièrement savoir ce qu'il y a là-haut.

– Et qu'est-ce qui nous pousserait à vous révéler quoi que ce soit ? » demanda Ross.

Bazin adressa un lourd froncement de sourcil à l'arrogant scientifique, défit le petit paquet qui enveloppait le cristal, et passa ce dernier à Torino. « Ross, Son Excellence tient dans ses mains le destin de votre femme. Si j'étais vous, je lui dirais tout ce qu'il veut savoir. »

Torino examina le cristal. « As-tu trouvé le journal de route ? »

Bazin le lui tendit. « Il est en mauvais état, mais le texte est en grande partie encore lisible. La partie qui vous intéresse le plus se trouve à la fin.

– Merci, Marco. Je te prie à présent d'attendre dehors. Je t'appellerai si j'ai besoin de toi. »

62

TORINO NE S'ÉTAIT JAMAIS SENTI AUSSI PUISSANT et sûr de son destin. Lorsqu'il s'était réveillé ce matin, guéri de sa claudication, il avait eu l'impression que le sang même du Seigneur coulait dans ses veines. Et à présent qu'il consultait la dernière partie du journal de route du père Orlando Falcón, il savait que sa victoire était sur le point de dépasser ses plus hautes ambitions.

« Depuis quand l'Église catholique emploie-t-elle des assassins voleurs et menteurs ? » lança Ross.

Torino releva les yeux de l'ouvrage et vit son demi-frère quitter l'antichambre. « Marco a prouvé qu'il était un serviteur dévoué de l'Église. » Il sourit à Ross. « Je vous en prie, monsieur Kelly, laissons derrière nous toute rancœur. Il n'a jamais été dans mes intentions de faire du mal à votre épouse ou à votre enfant, et si ce cristal est aussi puissant que le prétend sœur Chantal, alors tout rentrera dans l'ordre. Rien ne justifie que cette animosité perdure entre vous et moi.

– Vraiment ? » Ross releva ses poignets liés. « Vous nous retenez prisonniers.

– Simple mesure de précaution. Je veux m'assurer que nous nous comprenions bien avant de vous laisser retourner à vos pénates. » Torino se tourna vers sœur Chantal. « Ma sœur, vous non plus n'avez nulle raison d'éprouver la moindre haine à mon encontre. L'intention première du père Orlando Falcón était d'informer le pape de sa découverte. Il pensait que seule Notre Très Sainte Église était digne de protéger ce jardin. » Il prit un air désapprobateur. « Bien malheureusement, Rome n'a pas apprécié sa découverte à l'époque. Mais à présent, le Saint-Père en personne souhaite qu'elle rejoigne le giron de l'Église.

– Le pape cautionne vos actes ? » s'exclama sœur Chantal, incrédule.

Torino ignora cette question. « Ma sœur, le père Orlando voulait que la responsabilité de ce jardin soit remise entre de bonnes mains, et c'est maintenant le cas. Quel que soit le serment que vous avez prêté, votre mission est accomplie.

– Qu'est-ce que vous allez bien pouvoir en faire ? demanda Ross. Un parc d'attraction miraculeux ? Une deuxième grotte de Lourdes qui guérirait *vraiment* les gens, et dont l'accès serait exclusivement réservé aux seuls convertis au catholicisme ?

– Il ne fera pas ça, siffla farouchement sœur Chantal. Il ne peut pas se permettre de révéler l'existence de ce lieu : le jardin va à l'encontre de la doctrine chrétienne. »

Torino plissa insensiblement les yeux : « Que savez-vous de la doctrine chrétienne, sœur Chantal, et en quoi peut-elle vous intéresser, vous qui avez trahi l'Église ?

– Je n'ai jamais trahi qui que ce soit, lança-t-elle avec véhémence. S'il y a bien une chose que j'ai apprise au cours de ma très longue existence, c'est que l'Église devrait avant tout *servir* la foi, et non en être la maîtresse inflexible. À mes yeux, cet endroit n'a pas besoin de correspondre à la doctrine pour être le jardin de Dieu. Tout ce qui se trouve ici contredit la description du jardin d'éden qu'on trouve dans l'Ancien

Testament et dans la somme des écrits théologiques. Ce jardin se trouve à des milliers de kilomètres non seulement de la Terre Sainte, mais aussi de n'importe quel lieu d'origine des autres religions importantes. Les animaux et les plantes de ce jardin sont les preuves que la vie peut évoluer totalement indépendamment de l'humanité ou de quelque religion que ce soit. Et pourtant, dans ce lieu inconnu de votre Dieu, les miracles fleurissent. Comment cela est-il possible ? Se pourrait-il qu'il existe d'autres façons d'interpréter la parole de Dieu, quand bien même elles s'opposeraient à l'infaillible doctrine prônée par le pape ? Le père Orlando était de cet avis. Je le suis. Je n'ai pas peur des étranges créatures qui vivent ici, pas plus que des questions qu'elles soulèvent au sujet de la création et de l'évolution. Rien ici ne menace ma foi. Tout me pousse à revoir simplement la définition que j'en ai. Je suis même prête à croire qu'il s'agit du *véritable* Jardin d'éden. » Elle poussa un rire amer. « Mais vous, père Torino, n'êtes qu'un esclave de votre si parfaite doctrine. Vous la considérez comme plus importante que tout. Plutôt que de changer vos croyances afin qu'elles correspondent à la vérité, vous préféreriez modifier la vérité afin qu'elle corresponde à ce en quoi vous croyez. »

Torino resta silencieux un long moment. Il n'éprouvait que de la colère envers cette religieuse. Elle qui parlait de serments avait été bien prompte à rompre les vœux qu'elle avait prononcés face à Dieu et à l'Église. « Vous avez entièrement raison, finit-il par dire. L'Église se doit de traiter une pareille découverte avec le plus grand soin et la plus grande prudence. Ceux qui pourraient mal interpréter l'existence de ce jardin et de ses créatures sont légions. » Il désigna les nymphes qui s'affairaient dans les ténèbres. « Ils pourraient voir en ces êtres une contradiction vivante des saintes écritures et des récents décrets papaux rejetant la théorie de l'évolution. De plus, c'est vrai, je ne peux me permettre de laisser quoi que ce soit appartenant au jardin entre les mains de ceux qui pourraient détruire notre Très Sainte Église, le phare et l'espoir de millions de croyants dans le monde. Je n'ai aucune excuse à fournir lorsque je défends la foi de ces personnes. Mais la vérité est encore plus simple que cela : je me moque éperdument de ce prétendu jardin de Dieu et de ses étranges créatures. » Il indiqua le tunnel. « Voici tout ce qui m'intéresse. »

Il se tourna vers Ross et sourit de sa surprise. « Et j'imagine que c'est également votre cas, monsieur Kelly. En tant qu'athée et que scientifique, comment expliquez-vous l'existence de ce jardin miraculeux ? Est-ce là le berceau de l'évolution, l'origine de toute vie sur terre, une sorte d'éden scientiste ? Ou ce jardin et tout ce qu'il contient ne sont-ils que la partie émergée de l'iceberg ? »

Ross ne répondit pas.

« Allons, monsieur Kelly, vous et moi savons pertinemment que ce jardin et ses créatures ne sont qu'une inutile aberration, une simple distraction. » Il leva alors le cristal. « Ceci même n'est qu'un pauvre produit dérivé du *véritable* pouvoir recélé en ces lieux. » Il laissa glisser son regard vers le tunnel et tapota la couverture du journal de route. « Le père Orlando le mentionne lui-même dans la dernière section du manuscrit de Voynich, celle que votre épouse n'a pas réussi à traduire. Il l'appelle *el Origen.* » Il ouvrit son porte-documents et montra à Ross le passage où il en était question, dans les actes du procès de l'Inquisition. « Face au tribunal de la Sainte Inquisition, le père Orlando utilisa jadis le mot latin *radix*. Ces deux termes ont la même signification : la Source. Ni le manuscrit ni son témoignage n'expliquent clairement ce dont il s'agit : tous deux la décrivent en des termes philosophiques et spirituels. Dans son journal de route, le père Orlando mentionne *el árbol de la vida y la muerte*, l'arbre de la vie et de la mort, et dans les actes de son procès pour hérésie, le scribe utilise les termes *vitae mortisque arbor*. Est-ce une référence à l'arbre de la science du Bien et du Mal, dans la Genèse ? Doit-on l'interpréter au sens littéral, ou figuré ? À votre avis, monsieur Kelly, qu'est-ce donc que cette Source ? Que trouverons-nous au bout de ce tunnel ? La source de tous les miracles ?

– La source d'un seul miracle, répondit Ross. Le plus grand qu'ait jamais porté cette planète : la vie. Et cela n'a rien à voir avec Dieu ou la religion. »

Torino sourit : « Je pense que nous ferions mieux d'oublier cette querelle : nous ne serons jamais d'accord sur l'origine, divine ou pas, de la vie sur Terre. Ce qui importe vraiment, c'est que nous voulons tous les deux savoir à quoi ressemble cette Source. » Il s'adressa alors à sœur Chantal. « Ma sœur, nous savons que les conquistadores ont été massacrés dans ce tunnel. Ce danger existe-t-il toujours ? »

Elle hocha la tête. « Je n'y suis jamais allée. Personne n'en est jamais ressorti vivant. Si ce n'est le père Orlando.

– Ce n'est pas tout à fait vrai. N'est-ce pas, monsieur Kelly ? Marco m'a dit vous avoir vu en sortir, peu après les coups de feu de mon escorte. »

Sœur Chantal jeta un regard sombre à Ross. « Vous vous êtes aventuré dans le tunnel ? »

Torino souriait toujours : « Vous y auriez vu quelque chose de tout à fait incroyable, à en croire Marco. Qu'avez-vous vu, monsieur Kelly ? Il vous suffit de me le révéler pour que nous signions un accord de confidentialité, à la suite de quoi je vous laisserai tous partir, avec la bénédiction de l'Église. » Il manipula le cristal dans sa paume. « Je vous laisserai même emporter ceci. Vous avez le pouvoir de sauver votre famille, Ross. N'est-ce pas pour cela que vous êtes venu jusqu'ici ?

– Quoi que vous ayez vu, ne lui dites rien, lança sœur Chantal. Il ne vous laissera pas partir, que vous signiez ou pas un vulgaire bout de papier. Il ne courra pas le risque de laisser s'échapper quiconque connaît l'existence du jardin. Celle-ci soulève beaucoup trop de questions, et son Église est bien trop précieuse à ses yeux pour qu'il accepte la moindre confrontation avec la vérité.

– Ne faites pas attention à elle, Ross. Je vous ai déjà dit n'avoir cure ni du jardin ni de ce qui s'y trouve. Seule la Source m'intéresse. Tout comme vous, je veux découvrir ce mystère. Dites-moi ce que vous savez, et votre famille sera sauvée. »

Ross poussa un lourd soupir. « J'ai rebroussé chemin dès que j'ai entendu les coups de feu. Je ne suis pas allé jusqu'au bout du tunnel. Mais j'étais tout près, et je peux vous assurer qu'il y a là-bas quelque chose d'extrêmement puissant. » À la grande surprise de Torino, Ross tomba soudain à genoux. Il se serait complètement écroulé par terre si ses mains ne s'étaient pas plaquées au sol. Il releva les yeux vers lui, serrant ses paumes l'une conte l'autre, comme en prière. « Je vous en supplie, Votre Excellence, permettez-moi de sauver ma femme. Elle croit en Dieu. Je n'ai rien contre votre religion. Je me fous de l'interprétation que vous donnerez à ce jardin. La Source ne m'intéresse même plus. Tout ce que je veux, c'est sauver ma femme.

– Alors sauvez-la. Dites-moi tout ce que vous savez et vous quitterez ce jardin avant la tombée de la nuit. En l'espace d'une semaine, si ce n'est moins, vous serez de retour aux États-Unis. » Il approcha la pointe du cristal des mains jointes de Ross. « Qu'avez-vous vu ? Avant de suivre ce tunnel avec mes soldats, je dois savoir si ce qui a tué les conquistadores est encore là. Avez-vous vu quelque chose qui pourrait nous aider ? Répondez. Immédiatement. »

Ross n'hésita qu'une seconde, les yeux rivés sur le cristal. « Je vais tout vous dire. Tout. »

63

« Je n'arrive pas à croire que vous l'ayez aidé, Ross » murmura sœur Chantal, incapable de contenir sa colère, alors que Bazin les ramenait sous la bâche cirée, auprès de Hackett et d'Elizabeth. « Je vous avais mis en garde. Je vous avais dit de ne pas aller dans le tunnel. Je vous avais dit de ne pas révéler au père Torino ce que vous y aviez vu. Et vous avez ignoré mes conseils. Comment avez-vous pu être aussi stupide ? »

Ross ne répondit pas.

Sœur Chantal ne s'était jamais sentie aussi découragée. Au long des années, elle avait vécu bien des moments de désespoir, mais elle s'était toujours souvenue de la promesse qu'elle avait faite au père Orlando, et y avait puisé des trésors de patience et de persévérance. Même lorsqu'elle avait appris que Lauren se trouvait dans le coma, elle avait cru que le jardin pourrait à lui seul tout régler. Mais cette fois-ci, l'ennemi n'était ni le temps ni l'impatience, pas plus que la déception. C'était le même adversaire implacable qui avait causé la perte du père Orlando. Pire encore, son allié venait de se montrer aussi faible qu'imbécile. « Je n'arrive pas à croire que vous l'ayez supplié, à genoux qui plus est ! Il ne vous laissera jamais sauver Lauren, pour la simple et bonne raison qu'il ne saurait se permettre de vous laisser partir. Ne comprenez-vous pas ? »

Hackett et Elizabeth étaient allongés dans un coin de la prison naturelle, bâillonnés. Bazin repoussa Ross et sœur Chantal à l'autre bout, les obligea à s'allonger et leur lia à nouveau les chevilles.

Sœur Chantal attendit que Bazin soit parti pour se tourner vers Ross. « Je vous avais dit de ne pas emprunter le tunnel parce qu'il est dangereux. Le père Orlando me l'a dit. Il a vu ce qui s'y terre.

– Je sais, murmura Ross. Ce tunnel est *extrêmement* dangereux.

– Alors pourquoi avez-vous dit à Torino que...

– Qu'il était sans danger ? Que j'étais allé assez loin pour me trouver à deux doigts de ce qui se trouve au fond de ce tunnel, sans rien remarquer de dangereux ? Tout simplement parce que je n'ai pas confiance en Torino. Pas plus que vous.

– Vous lui avez menti ?

– Bien sûr, je lui ai menti. Nous ne pouvons compter que sur nous-mêmes pour nous échapper de ce jardin avec ce que nous sommes venus y chercher. Tout ce qui pourra les retenir ou les occuper au bout de ce tunnel ne peut que nous aider. »

Les lèvres de sœur Chantal se fendirent lentement d'un sourire : « Peut-être n'êtes-vous pas aussi stupide que je le craignais. »

Debout devant le tas d'armes, Bazin parlait à deux soldats. Après concertation, ils prirent un fusil à pompe, deux mitrailleuses lourdes et un lance-flammes, et se dirigèrent vers les grottes interdites.

Ils se rendent dans le tunnel, pensa Ross.

Il remarqua les piles de paquets jaunes que les soldats avaient installées stratégiquement dans tout le jardin, et se demanda ce que cela pouvait bien être, et quelle pourrait en être l'utilité. Elizabeth et Hackett reposaient toujours à l'autre bout de la prison naturelle, et leurs yeux étaient fixés sur lui. Il voulait leur raconter ce qui s'était passé mais craignait d'élever la voix et de se faire surprendre par le soldat chargé de leur garde. « Je n'arrive pas à comprendre pourquoi Torino se soucie aussi peu du jardin et ne s'intéresse qu'à la Source, murmura Ross. Je pensais que le seul intérêt de ce lieu d'un point de vue religieux était le fait qu'il s'agisse du jardin de Dieu.

– Le père Torino veut faire main basse sur les miracles, seules choses que l'Église puisse contrôler, répondit sœur Chantal. Le jardin et ses créatures soulèvent bien trop de questions quant à la Genèse et à l'évolution. La religion n'a rien à voir avec la science. La science est fondée sur le doute et la remise en question, alors que la religion exige des fidèles une foi inconditionnelle.

– Mais en dépit de leur foi, la plupart des croyants ne préféreraient-ils pas se faire leur propre idée de la vérité, pour controversée qu'elle puisse paraître ? demanda Ross. Vous l'avez dit vous-même à Torino : si l'on croit vraiment en quelque chose, cette foi ne peut être remise en question. Seule la conception que l'on s'en fait peut être révisée à la lumière d'éléments nouveaux. La science adapte constamment la compréhension qu'elle a du monde en se fondant sur des éléments tangibles.

– Torino et ceux qui détiennent le pouvoir au Vatican préfèrent de loin ignorer les éléments tangibles plutôt que de modifier leurs croyances. N'oubliez pas ce point crucial : le pape est infaillible, il est l'émissaire de Dieu sur Terre. Il ne peut pas avoir tort. »

Bazin et ses soldats étaient à présent tout près de l'entrée des grottes. Le plus petit d'entre eux portait le lance-flammes sur l'épaule, le réservoir d'essence au dos. Ross jeta un bref coup d'œil au tas d'armes où se trouvait le second lance-flammes. Soudain, l'une des remarques faites la veille par

Elizabeth à propos de l'industrie pharmaceutique lui revint en mémoire, et ce souvenir s'associa étrangement aux mystérieux paquets jaunes.

Merde.

Il était à présent certain de la nature de ces objets, et de la raison qui avait poussé Torino à en apporter jusqu'ici. « Il faut absolument que nous nous échappions, dit-il.

– Je ne vous le fais pas dire, répliqua sœur Chantal en lui montrant ses poignets attachés. Mais comment ? »

Ross ouvrit sa main droite, dans laquelle étincela un éclat de cristal qu'il avait ramassé dans l'antichambre en s'agenouillant face à Torino. « Ce n'est pas bien grand, mais c'est assez tranchant. Je ne peux pas m'attaquer à mes liens, mais je peux essayer de couper les vôtres. »

Elle sourit, juste au moment où une ombre s'éleva au-dessus d'eux. Bazin était revenu avec l'un des soldats. « Bâillonnez-les », ordonna-t-il. Ross referma sa main et ne se débattit pas lorsque Bazin lui fit mordre un chiffon sale qu'il noua fermement derrière sa tête. Alors qu'elle se faisait bâillonner, sœur Chantal envoya un regard à Ross. Tous deux savaient que la meilleure occasion de recouvrer leur liberté se présenterait dès que Bazin et le reste de l'escorte se trouveraient dans le tunnel.

Bazin recula, et se mit à pointer du doigt, désignant tour à tour, chaque membre de l'expédition, en murmurant des mots inaudibles. Son index semblait les menacer comme le canon d'un pistolet : d'abord Hackett, puis Elizabeth, puis sœur Chantal. Ross se demanda pour quelle raison saugrenue il les comptait. Mais le doigt de Bazin épargna Ross, et pointa à nouveau Hackett, puis les deux femmes. Une boule se noua alors dans la gorge de Ross. Il n'était pas en train de les compter. Il était en train d'en choisir un.

Son index indiqua une dernière fois Hackett, qui jeta un regard interrogateur à Ross. « Nous l'emmenons avec nous », dit Bazin au soldat. Alors que ce dernier tranchait les liens qui retenaient ses chevilles prisonnières et poussait Hackett à se relever, Bazin s'adressa à Ross : « Notre bon docteur ouvrira la marche, au cas où quelque chose de désagréable nous attendrait dans le tunnel. Son Excellence aurait préféré que ce soit vous, mais puisque vous m'avez sauvé la vie, je vous ai exclu du tirage au sort. Nous sommes quittes à présent. » Il sourit, et tourna les talons. « Ne vous en faites pas pour Nigel, dit-il par-dessus son épaule. Vous l'avez dit vous-même : il n'y a aucun danger. »

Ross cria à travers son bâillon. C'était une chose de précipiter ses ennemis lourdement armés dans un piège. C'en était une tout autre d'envoyer un ami sans défense à la mort.

Sans prêter attention aux supplications étouffées de Ross, Bazin conduisit Hackett en direction des grottes interdites. Ross tendit le cou pour continuer à les voir, et surprit le regard d'Elizabeth, planté dans le sien, exigeant de savoir si leur ami allait au-devant d'un quelconque danger.

Ross se retourna, impuissant.

Plusieurs minutes passèrent, et un son singulier émana des grottes interdites. Ross savait qu'il s'agissait du chant des nymphes, avertissant Torino et ses hommes de s'éloigner du tunnel. Puis le son changea. Les nymphes ne chantaient plus. Elles hurlaient.

64

Quelques minutes plus tôt

Dans l'antichambre, le feldwebel Fleischer tendit à Torino un casque blindé avant de l'aider à attacher son gilet de Kevlar. Torino était si excité que ses doigts tremblaient sur le casque. Il désigna Hackett, toujours bâillonné, dont les poings étaient encore liés. « Il va devant, c'est cela ? » Tous portaient des lunettes de soleil afin de se protéger de la lumière aveuglante qui émanait du fond du tunnel. Derrière ses verres sombres, Hackett regarda nerveusement autour de lui.

« Exact, répondit Bazin. Nigel Hackett marchera devant Weber, armé du lance-flammes. Vous et moi suivrons, et le feldwebel Fleischer fermera la marche. »

Fleischer hocha la tête. « Ce sont mes hommes et Son Excellence est sous *ma* protection. Je me tiendrai à son côté. *Vous* fermerez la marche. »

Bazin jeta un regard furieux au sergent, puis se ravisa et lui adressa un simple haussement d'épaules. « Comme vous voulez. »

Fleischer tendit un talkie-walkie au dernier soldat. « Gerber, vous nous attendrez ici. Si nous avons besoin de vous, nous vous appellerons. »

Torino fronça les sourcils. « Lui avez-vous expliqué ce qu'il devra faire si nous ne revenons pas ? Si *je* ne reviens pas ? »

Le soldat examina le talkie-walkie et acquiesça. « Tout est prêt, Votre Excellence. Je sais ce que j'ai à faire.

– Où est Petersen ? Il surveille les prisonniers ?

– Affirmatif. »

Torino se tourna vers le tunnel. « Bien. Alors allons-y. »

Sur le seuil, le chant se fit entendre, un chant sinistre et inquiétant provenant des recoins obscurs de la grotte. Les nymphes se mirent alors à sortir des ténèbres, et bloquèrent l'entrée du tunnel. Torino en compta dix. Les soldats marquèrent le pas, déroutés par ces créatures.

« Dispersez-les, ordonna Torino. Ôtez-les de notre chemin. »

Bazin poussa un cri et pointa le canon de son fusil à pompe en direction d'une nymphe dont les cheveux étranges portaient des fleurs rouge sang. Celle-ci l'ignora et continua à chanter. Bazin se recula. « Lance-flammes », se contenta-t-il de dire à Weber.

Weber releva le bec de l'arme, enclencha la gâchette d'allumage, et appuya sur la détente. Un jet de liquide brûlant jaillit en direction des nymphes qui fuirent dans les ténèbres en hurlant. Leurs cris se répercutèrent sur les parois des grottes. Torino sourit de la vitesse avec laquelle elles avaient été mises en déroute. Il serait très facile de contrôler le jardin et ses créatures. Sous peu, il remodèlerait cet endroit afin d'assurer le triomphe de Rome. Et quel triomphe ! Les yeux rivés sur le tunnel, il flatta l'épaule de Weber d'une tape.

Celui-ci, de la pointe brûlante de son lance-flammes, poussa Hackett devant lui. « Allez. »

Ils gravirent lentement le sentier. À chaque pas, la lumière devenait plus éblouissante, le cristal qui recouvrait le tunnel intensifiant son éclat. Torino n'avait pas la moindre idée de ce qui les attendait au bout, mais il était convaincu que cela n'avait rien à voir avec les sinistres théories évolutionnistes de Ross Kelly. La *radix* du père Orlando et son arbre de la vie et de la mort ne sauraient constituer les preuves d'aucune théorie scientifique, mais bien la preuve indéniable de la présence de Dieu sur Terre, en tant que manifestation de Son pouvoir et de Sa majesté divins. À l'image de Moïse face au buisson ardent, Torino s'apprêtait à entrevoir, lui aussi, le visage de Dieu.

Tout à coup, Weber s'arrêta.

Devant lui, se trouvait une petite cascade. Le chemin s'élargissait en une petite salle, au fond de laquelle des marches grossières menaient au sommet de la chute d'eau, où le sentier s'élargissait en une autre salle avant de continuer sa route.

« Pourquoi nous arrêtons-nous ?

– Il refuse d'aller plus loin, répondit Weber en indiquant Hackett.

– Forcez-le », ordonna Torino. Hackett se retourna, prononçant des paroles incompréhensibles derrière son bâillon, le visage ruisselant de sueur, les yeux désignant le sommet de la cascade. « Laissez-le parler. »

Weber ôta son bâillon.

« J'ai vu quelque chose bouger », haleta Hackett.

Torino plissa les yeux : « Où ça ?

– Dans les trous, là-haut. »

Torino scruta la salle du niveau supérieur. Il pouvait voir des trous de tailles diverses, mais rien à l'intérieur. « Est-ce que quelqu'un voit quelque chose ?

– Non. »

Weber débloqua le cran de sécurité de son lance-flammes dans un cliquetis. Les autres firent de même avec leurs armes. « En avant ».

Hackett secoua la tête. « Hors de question. »

Weber fit cracher quelques gouttes de feu à son engin de mort. « En avant. »

Hackett esquiva les flammes dans un bond et se remit en route, traînant des pieds, clignant frénétiquement des yeux pour évacuer la sueur qui coulait de son front.

Hackett scrutait les trous noirs, chaque muscle de son corps tremblant, prêt à réagir. Il était sûr d'avoir vu quelque chose bouger dans ces orifices ténébreux, quelque chose de proprement cauchemardesque. Sa peur panique fut très vite nuancée par un sursaut de colère. Il serait si injuste de mourir ici, loin de tout, après avoir enfin trouvé la Cité oubliée de ses rêves. Il était pris d'une rage sourde à l'idée qu'il ne pourrait peut-être jamais profiter de la célébrité et de la richesse qu'une telle découverte n'aurait pas manqué de lui apporter.

En remontant lentement jusqu'au sommet de la cascade, il vit que les parois étaient percées non seulement de trous, mais d'innombrables failles qui donnaient sur une infinité de passages obscurs. Écarquillant les yeux pour arriver à discerner malgré la lumière éblouissante du tunnel ce qui se cachait dans les ténèbres, Hackett se mit spontanément à marcher plus rapidement, mû par le désir instinctif de se retrouver au plus vite loin de ces trous innombrables. Sa marche s'accéléra de plus en plus, jusqu'à ce qu'il se mette carrément à courir.

« Ralentissez », lança Weber.

Hackett ne prêta pas attention à cet ordre. Son lance-flammes pouvait le faire avancer, mais il était incapable de l'arrêter. La course lui permettait en outre d'éliminer le trop-plein d'adrénaline. Cette sensation était presque agréable. Un bref instant, il se permit de croire que les ombres qu'il avait surprises n'étaient que le fruit de son imagination.

C'est alors que Weber hurla.

Hackett aurait dû continuer à fuir. Mais malgré sa terreur, son instinct de médecin lui fit rebrousser chemin afin de venir en aide au soldat. Lorsqu'il se retourna, ce qu'il vit le figea sur place. Dans l'instant, il fut incapable de comprendre ce qui était en train de se passer : les trous noirs semblaient surgir des parois rocheuses, s'allongeant en ombres cylindriques. Weber se mit à hurler et s'effondra au sol sur lequel s'épanchait le sang de deux blessures parfaitement circulaires à la cuisse et à l'épaule. Hackett comprit alors que des créatures noires, semblables à des vers géants, jaillissaient des trous et mordaient la chair de Weber de leurs mâchoires acérées, avant de retourner presque instantanément au fond de leur repère. Il observait, immobile, bouche bée, les myriades de trous qui perforaient les parois.

Est-ce qu'il y a une créature par trou ?

« Le lance-flammes ! Servez-vous du lance-flammes ! » Le cri de Bazin, à l'autre bout du tunnel, secoua Hackett de sa léthargie, le poussant à l'action. Il se précipita vers Weber et s'agenouilla derrière son corps baigné de sang. Protégé par le réservoir d'essence que Weber portait dans le dos, Hackett prit le lance-flammes de la main flasque du soldat et appuya sur la gâchette de tir.

Le feu enveloppa aussitôt les créatures, et un violent hurlement emplit le tunnel. Ce cri n'avait rien à voir avec ceux que poussait Weber : ce fut un vacarme inhumain qui semblait provenir du plus profond de la roche. Les tirs des mitrailleuses lourdes amplifièrent encore le hurlement, tandis que Hackett continuait à presser la détente du lance-flammes en un jet continu.

Soudain, l'une des horribles créatures, plus large que la cuisse de Hackett, passa le mur de feu et transperça le gilet protecteur de Weber, dont le corps poussa Hackett au sol en le recouvrant. D'autres vers géants se précipitaient vers eux, enlevant à chaque assaut des quartiers de chair entiers à Weber. Quelque chose heurta alors l'épaule gauche de Hackett. La surprise fut si grande qu'il ne ressentit rien sur le coup. Il baissa les yeux sur la blessure, une plaie circulaire parfaite qui exposait muscles et os. Sa chemise était imbibée de sang. Il n'en avait jamais vu autant. La douleur se fit soudain sentir, brûlant dans ses veines comme un incendie. Il essaya de bouger son bras gauche mais une atroce souffrance le lui interdit. À l'aide de son autre bras, il tira le corps de Weber plus près de lui, et constata avec horreur que la fesse droite du soldat avait été emportée. Hackett se plaqua contre le sol de cristaux lorsque l'une des créatures, en tentant de l'atteindre, s'enfonça dans le coude de Weber, brisant tous les os sur son passage. Les monstres continuaient à assaillir le soldat, le dévorant petit bout par petit bout. Mais Weber était toujours vivant.

« Aidez-moi ! » hurlait le soldat au-dessus du grondement continu des armes à feu, mais Hackett avait déjà bien assez de mal à se protéger lui-même. L'une des créatures jaillit en direction du visage de Weber, juste en face de celui de Hackett, plantant ses yeux rouges dans son regard. Malgré toute l'horreur de ce spectacle, Hackett saisit chaque détail du monstre : son corps tubulaire, ses anneaux semblables à des plaques d'armure recouvertes de poussière. Juste avant de frapper, la créature ouvrit grand la gueule, révélant plusieurs rangs circulaires de crocs acérés, et une haleine empestant la pourriture et la chair décomposée.

Le cri de Weber fut étouffé par la créature qui mordit dans son visage, pour regagner aussitôt son trou, emportant sa langue. Le monstre suivant lui arracha la joue et l'œil gauches. Hackett se roula en position fœtale au moment même où une autre créature déchira son mollet droit. La douleur le saisit immédiatement, plus violente encore que celle de sa blessure à l'épaule.

Les tirs s'intensifièrent alors, et Hackett sentit des mains vigoureuses se saisir de Weber et de lui pour les traîner hors d'atteinte des monstres cauchemardesques. L'attaque n'avait duré en tout et pour tout que quelques secondes, les plus longues de toute l'existence de Hackett. Rampant à terre, se vidant de son sang, il n'était plus capable de penser qu'à une seule chose : la dernière vision qu'avait dû avoir Weber, avant que les créatures ne forent son visage de larges trous.

Quelques instants auparavant

Immobile au pied de la cascade, Torino contemplait au-dessus de lui le pandémonium jaillissant des parois. Bazin le poussa dans sa course, tout en faisant cracher son fusil à pompe, tandis que Fleischer faisait mugir sa mitrailleuse lourde. Les têtes de deux vers géants explosèrent, et les corps flasques étêtés regagnèrent leurs trous respectifs en laissant derrière eux une traînée de sang rouge sombre. Bazin tenta d'attraper Weber mais les flammes l'en empêchèrent. Le lance-flammes semblait presque inefficace face à la furie des créatures. Dans cet enfer de feu et de rage, Torino vit le corps de Weber déchiqueté par les créatures diaboliques, alors que Hackett, sous son corps, se tenait immobile, tentant en vain de se protéger de leurs attaques sans cesse répétées. Ce que Torino entendait était pourtant encore plus horrible que ce qu'il voyait : un hurlement inhumain cisaillait l'air, le forçant à se boucher les oreilles. Il aurait été incapable de dire si ce bruit infernal qui semblait l'assaillir de toutes parts provenait des vers géants, des nymphes dans l'antichambre, ou de ce qui se trouvait au bout du tunnel.

En état de choc, il observa Bazin et Fleischer traîner Hackett, qui saignait abondamment, et Weber, mutilé, plus mort que vif. Tout en les suivant, loin des flammes et des monstres, Torino ne put s'empêcher de regarder, au-delà de la scène du carnage, la lueur au bout du tunnel qui semblait l'appeler. Ces créatures étaient les laquais de Satan, placés dans ces trous pour éprouver sa détermination et l'empêcher d'atteindre la lumière de Dieu. Mais elles ne l'empêcheraient pas d'arriver à ses fins. Il trouverait bien un moyen d'en venir à bout.

Il observa un instant le cours d'eau rougi par le sang, puis examina les blessures de Hackett et le corps en charpie de Weber. Ross Kelly lui avait menti en prétendant que le tunnel ne présentait aucun danger. Il avait forcément vu les monstres qui avaient massacré les conquistadores. Il savait qu'ils se trouvaient encore là.

Qu'est-ce que Ross lui avait caché d'autre ? Que savait-il de plus ?

65

Mâchonnant son bâillon, sœur Chantal hocha à nouveau la tête. Ross jeta un coup d'œil par-dessus son épaule au soldat qui les gardait depuis déjà une heure. À ce rythme-là, il faudrait attendre la nuit pour que Ross ait fini de trancher les liens de sœur Chantal à l'aide du petit éclat de cristal qu'il avait ramassé dans la grotte. Le soleil commençait déjà à se coucher et l'obscurité allait leur permettre d'être encore plus discrets. Mais bientôt, Ross n'y verrait plus rien.

Sœur Chantal se mit soudain à secouer frénétiquement la tête. Ross regarda derrière lui. Le soldat tenait son talkie-walkie, l'air inquiet, scrutant au loin l'entrée des grottes interdites. Il mit fin à la communication et se précipita vers l'antichambre, en jetant tout juste un bref coup d'œil à ses prisonniers.

Tout en s'efforçant de ne pas imaginer ce qui se passait dans le tunnel, Ross s'approcha de sœur Chantal. Elle releva les mains afin de l'aider, mais le fait qu'il fût lui-même attaché ne facilitait en rien sa tâche. Le cristal était si petit, et le plastique si solide que Ross avait toutes les difficultés du monde à maintenir le tranchant sur le lien : le cristal ne cessait de glisser, égratignant les poignets de sœur Chantal. En utilisant la pointe, il parvint pourtant à faire une encoche dans le plastique, et se mit à scier le long d'une rainure.

La manipulation du cristal était plus que laborieuse. Ses doigts s'engourdissaient, et il était incapable de voir si ses efforts servaient à quoi que ce soit. Ross fut bientôt si absorbé par sa tâche que sœur Chantal dut elle-même éloigner ses mains pour qu'il relève enfin les yeux. Torino, Bazin et les autres sortaient des grottes interdites. Deux soldats traînaient Hackett et l'homme qui portait auparavant le lance-flammes. Son corps mutilé, couvert de sang, semblait sans vie. Hackett, bien que sanguinolent, bougeait encore.

« Plongez-les dans le lac, ordonna Bazin. Faites-leur boire l'eau du lac. » Hackett se traîna jusqu'au lac et se mit à boire avidement, ne prêtant pas la moindre attention à la nuée rouge qui, dans le lac, s'élargissait autour de lui. Alors que les soldats immergeaient le corps de leur camarade, le sergent hocha la tête.

« C'est fini. Il est mort. On ne peut plus rien pour lui. »

Ross pesta. Même le pouvoir de ce jardin miraculeux avait ses limites. Torino croisa son regard, et s'approcha à grandes enjambées, flanqué de Bazin. Fleischer les suivait de près.

Le visage de Torino était livide, déformé par la colère. « Retire-lui son bâillon, Marco. »

« Comment va Nigel ? furent les premiers mots de Ross.

– Il s'en tirera, répondit Torino. Mais il a été gravement blessé. Grâce à vous. Et Weber est mort. Il a été déchiré par ces créatures contre lesquelles vous avez omis de nous mettre en garde.

– Vous avez tué un homme », cracha Fleischer.

Ross ne lui répondit rien. Il sentait les regards de sœur Chantal et d'Elizabeth peser sur lui. Il n'avait pas voulu mettre en danger Hackett. Ce n'était pas lui qui l'avait obligé à s'engager dans le tunnel. C'était Torino et Bazin. Et en aucun cas il n'avait souhaité la mort de Weber. Mais en observant les soldats retirer Hackett du lac pour l'allonger sur l'herbe, il se sentit malgré lui coupable.

« Vous avez vu ces créatures dans le tunnel, n'est-ce pas, monsieur Kelly ? lança Torino. Et pourtant, vous en êtes revenu vivant. Qu'avez-vous vu ? Qu'avez-vous appris ? »

Ross resta muet, incapable d'effacer de sa mémoire la vision des vers géants dévorant la nymphe, et il imagina Hackett et Weber subissant le même sort.

« Dites-moi tout ce que vous savez, insista Torino sur un ton aussi calme que menaçant. Qui d'autre dois-je pousser dans ce maudit tunnel, dans les gueules de ces créatures démoniaques, pour que vous me révéliez enfin tout ce que vous savez ? » Il pointa du doigt sœur Chantal. « Elle ? » Puis Elizabeth. « Elle ? Combien devront encore mourir ? Marco, feldwebel Fleischer, soulagez-les de leurs bâillons. Peut-être nous aideront-elles à le convaincre. »

« Qu'est-ce qu'il raconte, Ross ? » demanda Elizabeth aussitôt qu'elle put parler.

Ross baissa la tête. « J'ai effectivement vu ces créatures dans le tunnel. Elles ont fait disparaître une nymphe mourante. Les autres nymphes la leur ont sacrifiée. Elles arrivent à contrôler ces créatures. En chantant d'une certaine façon. » Il exposa en détail ce qu'il avait vu et comment les nymphes étaient parvenues à tenir les créatures en respect.

Torino toisa Ross. « Vous me suggérez donc de pousser les nymphes devant nous dans le tunnel, afin d'apaiser ces monstres et de poursuivre notre route ?

– Je ne vous suggère rien. Je ne fais que vous raconter ce que j'ai vu et entendu.

– Nous pourrions facilement en réunir un groupe pour voir si ça marche », proposa Bazin.

Deux soldats traînèrent Hackett jusqu'au reste de l'expédition de Ross. Il avait été grièvement blessé à l'épaule et au mollet, mais l'hémorragie avait cessé. Bien que livide, il réussit à adresser un faible sourire à Elizabeth, et à répondre à Ross qui s'enquérait de son état. « Ce n'est pas aussi moche que ça en a l'air, et je me sens déjà beaucoup mieux après ce traitement express au lac. Je m'en suis plutôt bien sorti par comparaison avec mon collègue d'infortune. »

Bazin et Fleischer s'apprêtaient à les bâillonner à nouveau, mais Torino les en empêcha : « Non, laissez-les parler. Ils ont sûrement beaucoup de choses à se dire. » Il s'adressa alors à Ross. « Quelque chose me dit que vos amis aimeraient savoir pourquoi vous avez mis en danger l'un des leurs. » La clameur d'un orage retentit alors dans le jardin et il se mit aussitôt à pleuvoir, chaque goutte heurtant la bâche cirée comme autant de cailloux frappant la peau d'un tambour. Torino dut crier pour se faire entendre : « Nous nous servirons des nymphes demain, comme convenu. Et cette fois, c'est vous, monsieur Kelly, qui ouvrirez la marche. »

Torino, Bazin et Fleischer se précipitèrent dans leurs tentes. Ross dut crier de toutes ses forces sous l'averse pour expliquer à Hackett et à Elizabeth tout ce qu'il savait, et s'excuser d'avoir mis Hackett dans une si fâcheuse posture.

Dès qu'il eut fini, Elizabeth et Hackett le bombardèrent de questions. Mais l'heure n'était pas aux bavardages. Ross ouvrit sa main, révélant l'éclat de cristal, et sœur Chantal lui tendit aussitôt ses poignets. Dans la semi-obscurité, Ross profita alors d'une brève accalmie : « Elizabeth, Nigel, vous voulez perdre en questions un temps précieux ou vous préférez vous échapper d'ici ? »

Elizabeth et Hackett se turent, et Ross reprit sa tâche.

66

Il fallut plus d'une heure à Ross pour trancher les liens de sœur Chantal. Mais dès qu'elle fut libre, elle s'empressa d'en faire autant avec les siens. Une fois libre, Ross s'occupa de Hackett et d'Elizabeth.

La violente averse était autant une bénédiction qu'une malédiction. Personne ne pouvait les voir à travers les épaisses trombes d'eau, mais eux-mêmes n'y voyaient goutte. « Qu'est-ce qu'on fait maintenant ? » demanda Elizabeth en considérant les sombres cataractes. On pouvait apercevoir une faible lumière en direction des grottes interdites, là où Torino et ses hommes avaient installé leurs tentes.

« Nos sacs à dos sont quelque part par-là, indiqua Hackett en pointant la direction opposée aux grottes, vers l'entrée du jardin. Ils contiennent ce qui nous sera nécessaire pour revenir au bateau. Mon plan est simple : nous mettons la main dessus, et nous déguerpissons. Je doute qu'aucun garde ne s'aventure cette nuit sous une pluie pareille.

– Et vos blessures ? » demanda Elizabeth.

Il retroussa une jambe de son pantalon. La large plaie ressemblait à présent à une simple contusion, légèrement rougie. La peau recouvrait à nouveau le muscle et l'os. « Je suis déjà en train de guérir. C'est incroyable. Et mon épaule se porte bien, aussi.

– Vous êtes sûr ?

– Certain.

– Alors allez-y, dit Ross. Tous les trois. Je vous rejoindrai plus tard. J'ai une dernière chose à faire avant de partir.

– Quoi ? »

D'un mouvement de la tête, il désigna les grottes interdites. « Je ne m'en irai pas sans ce que je suis venu chercher.

– Le cristal pour Lauren ? dit Elizabeth. Je viens avec toi.

– Nous venons tous avec vous, renchérit sœur Chantal.

– Non, dit Ross. J'aurai plus de chance tout seul. Une personne seule peut espérer ne pas se faire remarquer. Prenez mon sac à dos. Donnons-nous rendez-vous au-delà des grottes de soufre. Si vous entendez quoi que ce soit d'étrange, ou si je n'arrive pas dans l'heure, continuez sans moi. »

Sœur Chantal protesta mais Ross resta inflexible. « Laissez-moi m'en charger, ma sœur. C'est le seul moyen qu'il vous reste de tenir votre promesse et de transmettre votre charge à Lauren. Elle sera alors seule responsable de ce lieu. Vous serez soulagée de votre fardeau. Maintenant, partez. »

La pluie s'était apaisée mais restait malgré tout la plus violente que Ross ait jamais connue. Sans la protection de la bâche, les gouttes de pluie tièdes piquaient sa peau comme des billes de pistolet à air comprimé. Il lui était difficile de garder les yeux ouverts, et encore plus compliqué d'y voir quoi que ce fût. Courbant la tête, il longea le lac phosphorescent jusqu'aux grottes interdites. Il était bien trop proche à son goût des tentes, mais les silhouettes qui s'y dessinaient en ombres chinoises lui indiquèrent que Torino et son équipe s'y trouvaient tous, à l'abri de l'averse. Il passa devant plusieurs tas impeccables de paquets jaunes. De près, il pouvait nettement discerner sur chacun d'eux le nom du fabricant, un triangle d'avertissement rouge et le mot THERMATE-TH3. Il atteignit enfin l'antichambre, heureux d'échapper à la pluie. En se repérant grâce à la lumière du tunnel, il s'approcha du cours d'eau, s'agenouilla au bord, et plongea sa main dans les remous.

Alors que sa main se refermait sur un assez gros éclat de cristal, un son lui fit relever la tête. Les nymphes sortaient une à une de l'obscurité du fond de l'antichambre. Dans la pénombre, elles paraissaient presque menaçantes. C'est alors que son amie aux fleurs rouges dans les cheveux se mit à chanter le thème de James Bond que Ross lui avait appris lors de leur premier échange. Ross sourit et l'accompagna. La nymphe émit alors le rire qui lui était propre, dans un staccato aigu, et s'approcha de lui. Ses congénères l'imitèrent et encerclèrent Ross. Il était tout proche de la sortie lorsque la nymphe aux fleurs rouges s'avança franchement et tendit la main vers son cristal. Ross le plaqua instinctivement contre sa poitrine. La créature poussa un bref éclat de rire, et alla chercher dans le tunnel un éclat plus gros et encore plus brillant qu'elle lui offrit. Ross posa le sien et accepta le cadeau qu'on lui tendait. « Merci beaucoup », dit-il.

La nymphe imita la musicalité de ses mots, ce qui fit à nouveau sourire Ross. Il lança un dernier regard au tunnel, médusé par la lumière qui émanait de cette Source qu'il n'avait pu voir. Il se rappela l'agonie finale de Weber, que l'eau du lac n'avait pu sauver, et se demanda à quel point le pouvoir d'*el Origen* du père Orlando était supérieur à celui du lac. Et si le cristal qu'il tenait dans sa paume ne suffisait pas à guérir Lauren ? Et si ses multiples lésions nerveuses nécessitaient quelque chose de plus puissant encore ? Autant de questions purement théoriques, car quand bien même il aurait pu échapper aux vers géants, il n'avait plus le temps d'explorer plus avant le tunnel. Il devait partir au plus vite, avant que les soldats ne remarquent leur fuite.

Il tourna les talons, et un bruit perçant fit subitement taire les nymphes. Le cri suraigu d'une alarme.

Merde.

Prises d'une très grande nervosité, les nymphes se bousculaient tout autour de lui, et il dut les pousser pour regarder à l'extérieur de l'antichambre, sous la pluie battante. Des silhouettes sortaient à toute vitesse des tentes et couraient sous le déluge en direction des grottes de soufre, par lesquelles les autres s'étaient échappés. Ou du moins, par lesquelles ils avaient tenté de s'échapper. Les soldats avaient dû installer des capteurs à l'entrée du jardin.

Merde. Merde.

Deux silhouettes marquèrent le pas, et se retournèrent pour se précipiter vers les grottes interdites. Vers Ross.

Merde. Merde. Merde.

Il était pris au piège. À moins que...

Il se fraya un chemin dans la cohue de nymphes, en direction du fond ténébreux de l'antichambre. Il existait bien une autre issue : celle qui, par le pont naturel à moitié brisé, passait au-dessus du lac de magma. Cette voie de secours n'était pas sans danger, et il ne disposerait d'aucune provision une fois dans la jungle, mais il pourrait toujours se servir du cristal pour se soigner et se sustenter. Il y avait également une deuxième issue possible : il pouvait toujours tenter sa chance dans le tunnel de sang. Ross s'immobilisa, incapable de choisir parmi ces options.

« Monsieur Kelly. »

Il regarda par-dessus son épaule. Torino se tenait sur le seuil de l'antichambre, son imperméable dégoulinant de pluie, un talkie-walkie à la main. Bazin était à ses côtés, et le regardait à travers le viseur de son fusil.

Le talkie-walkie crépita et Torino le porta à son oreille. « Excellent, feldwebel. S'ils vous posent le moindre problème, abattez-les. » Torino sourit. « Vos camarades sont cernés, monsieur Kelly. La grande évasion vient d'avorter.

– Mon fusil est pointé droit sur votre cœur, ajouta Bazin. Lâchez le cristal, levez les mains et avancez vers nous.

– Vous allez me descendre, Marco ? Comment est-ce que votre Dieu arrive à justifier le meurtre d'un homme innocent, non armé, qui ne souhaite que sauver sa femme ?

– Personne n'est innocent, Ross, dit Torino. Et ce lieu est bien plus important que la vie de votre épouse. Je ne peux pas me permettre de vous laisser filer avec le cristal. Pas avant que j'aie décidé quoi faire de ce jardin. »

Les nymphes qui fourmillaient autour de Ross le poussaient vers les recoins obscurs de la grotte. Il n'était pas facile de répondre à Torino dans ces conditions : « Mais vous avez d'ores et déjà décidé du sort du jardin, père Torino. J'ai vu vos paquets jaunes. Je sais ce que c'est. » Ross surprit le bref regard dubitatif que Bazin jeta au Supérieur général. « Mais je me fiche de vos plans. Si vous voulez récrire l'histoire de l'évolution, si vous voulez déformer la vérité au profit de vos croyances, allez-y. Tout ce que je veux, c'est sauver ma femme. » Il désigna le tunnel. « Une fois que vous aurez fait ce que vous voulez faire et que vous contrôlerez la Source, ou la *radix*, ou ce que vous voulez, vous n'aurez plus rien à craindre de moi, ni d'aucun d'entre nous. »

Torino hocha gravement la tête. « Ce cristal que vous tenez dans votre main est à présent la propriété du Vatican, dit-il. Seule l'Église détient le droit d'accomplir des miracles. Pas vous. » Les nymphes, de plus en plus nombreuses, se joignaient à la mêlée, guidant Ross vers le fond de l'antichambre. « Assez parlé. Marco, descends-le.

– Arrêtez de déconner, Ross, dit Bazin. Lâchez ce foutu cristal, levez les mains bien haut et avancez. Ces bestioles ne vous protégeront pas. » Une trentaine de nymphes se pressaient autour de Ross, et le poussaient de plus en plus fort, le forçant à reculer dans l'ombre. « Allez, Ross. Je n'ai pas envie de vous buter, mais je n'hésiterai pas à le faire. »

Ross devait prendre une décision. Sa seule chance d'échapper vivant était de plonger à terre, et de se servir des nymphes comme couverture pour se précipiter vers la deuxième sortie du jardin. À moins qu'il ne se rende, et tente de s'évader une autre fois. En espérant qu'il y ait une autre fois.

En une fraction de seconde, le choix fut fait à sa place. Les nymphes le bousculèrent si violemment qu'il glissa sur le sol humide. Alors qu'il tombait, Bazin tira. La déflagration retentit dans les caves. Ross n'y fit même pas attention. Son univers ne se résumait plus qu'à un seul objet : la balle qui le traversait et hâtait sa chute.

Et la douleur.

Étendu sur la roche brute, respirant plus douloureusement à chaque nouvelle bouffée d'air, il voyait les nymphes se réunir tout autour de lui, sans le quitter des yeux. Il empoigna sa poitrine, releva la main : elle ruisselait de sang. *Son* sang. Malgré l'insupportable douleur, ou peut-être à cause d'elle, il n'éprouvait étrangement aucune peur. Avec une lucidité effrayante, il constata qu'il était en train de mourir. Il pensa à Lauren et à l'enfant qu'elle portait, et une insondable tristesse l'envahit. Il n'était pas censé mourir. Il était censé les sauver.

Il saisit le cristal qui était tombé à côté de lui et tenta de le porter à sa bouche. S'il pouvait le mordre et en avaler un bout, son pouvoir le sauverait peut-être d'une mort certaine. Mais ses bras étaient sans force.

« Nous vous avions prévenu, Ross. » Ross reconnut la voix de Torino, comme perdue au loin. « Nous vous avions prévenu. »

Oui, pensa Ross, *vous m'aviez prévenu*.

Les nymphes continuaient à se presser autour de lui. Leur odeur musquée lui montait à la tête tant elle était forte. Des pans de peau tièdes et moites effleurèrent ses bras. D'innombrables petites mains – il était incapable de dire combien – le saisirent et, tel Gulliver, il se sentit soulevé et emmené.

Jusqu'où ?

Il s'aperçut vaguement que Bazin tentait en vain de le rattraper, tenu à distance par les nymphes. Toujours allongé sur le dos, Ross regarda ses pieds, au-delà desquels brillait une lumière : celle du tunnel. Les nymphes le transportaient dans le sinistre tunnel. La lumière fut bientôt si éclatante que dans sa semi-inconscience, il s'imagina que des anges pâles le transportaient jusqu'au paradis. Cette pensée l'amusa. Au bord de la perte de connaissance, il se laissait absorber par les formes chatoyantes et les couleurs changeantes du ciel du tunnel, recouvert d'une multitude de cristaux. Sa vue s'obscurcissait, et la douleur s'effaçait, remplacée insensiblement par une chaleur aveuglante qui se répandait dans tout son corps. Finalement, mourir n'était pas si désagréable que cela. Peut-être Dieu existait-il, peut-être y avait-il un paradis. Peut-être y retrouverait-il un jour Lauren et leur enfant.

Un chant familier brisa sa vision idyllique, et il comprit alors où les nymphes l'emmenaient. À ses propres funérailles. Il avait lu un jour que les Vikings défunts étaient incinérés sur des bûchers funéraires. En écoutant les deux notes incantatoires des nymphes, sans cesse répétées, il sut que son bûcher serait bien différent. Il entendit la rumeur de la petite cascade, et sentit qu'on le portait jusqu'à la salle sombre percée de trous, infestés de vers géants. L'image de la nymphe sacrifiée lui revint brutalement en mémoire, et malgré l'imminence de la mort, un frisson d'horreur le parcourut.

Du coin de l'œil, il surprit son amie aux fleurs rouges et se demanda si, en se donnant ainsi la peine de transporter jusqu'ici son corps démesuré pour qu'il se fasse dévorer par les vers géants, les nymphes ne lui rendaient pas une certaine forme d'honneur.

Il ferma les yeux, accueillant sa mort prochaine avec réconfort, espérant qu'elle le prendrait avant que les vers accomplissent leur terrible besogne. Il ne voulait plus souffrir.

Il voulait simplement dormir. À jamais. L'esprit obscurci, il guetta la fin du chant, et l'assaut des immondes créatures.

Quelques instants plus tôt

Il avait tiré par simple réflexe. Bazin avait pressé la détente au moment où Ross avait fait un mouvement brusque. Son expérience lui disait que le coup avait été mortel, mais lorsqu'il voulut approcher du corps pour s'en assurer, les nymphes sifflèrent d'un ton menaçant en montrant leurs crocs. Des crocs acérés. Elles étaient beaucoup trop nombreuses. Bazin regretta de ne pas avoir pris un lance-flammes. Il rejoignit le Supérieur général, et alors qu'ils les observaient transporter Ross dans le tunnel, une curieuse sensation l'assaillit. Ce sentiment était si inhabituel qu'il lui fallut un moment pour comprendre qu'il s'agissait de culpabilité. Jusqu'ici, il n'avait connu que de vue les gens qu'il avait tués. Il ne s'était jamais lié d'amitié avec aucune de ses victimes. Aucune ne lui avait jamais sauvé la vie.

« J'ai vu l'impact de la balle dans sa poitrine, dit Torino. Est-il mort ?

– Tout ce qu'il y a de plus mort, répondit Bazin. Je l'ai touché en plein cœur. Pourquoi ces trucs l'amènent là-haut ? »

Torino plissa les yeux. « Tu ne devines pas ? »

Tous deux se mirent à suivre la procession. Arrivés au pied de la petite cascade, ils aperçurent les ombres imprécises qui se tordaient dans les trous sombres, au-dessus de leurs têtes. Les nymphes commencèrent alors à chanter, et portèrent le corps inerte de Ross là où les vers géants avaient attaqué. Torino se tourna vers Bazin : « Tu te souviens de ce que nous a raconté Ross ? La mort de cette nymphe jetée en pâture aux vers ? »

Bazin acquiesça. Il comprenait à présent. « Tout ce que je lui souhaite, c'est que ma balle l'ait bien tué.

– Cela n'a plus la moindre espèce d'importance, trancha Torino. Il est mort de toute façon. »

Quatre nymphes se retournèrent soudain vers eux, montrant leurs crocs et sifflant à nouveau. D'autres nymphes les imitèrent, se rapprochant des deux demi-frères. « Nous en avons assez vu, déclara Torino. Partons. »

Ils rebroussèrent chemin le long du tunnel, suivis par la complainte monotone des nymphes.

67

La première chose dont Ross se rendit compte en reprenant vaguement connaissance fut l'absence de chant. Puis la douleur se rappela brutalement à son souvenir. Et la peur. Il n'osa pas ouvrir les yeux. Il ne voulait pas que la dernière chose qu'il verrait fût les gueules grandes ouvertes des vers géants.

Pourquoi est-ce que je suis encore en vie ? Quel instinct de survie déplacé l'avait réveillé ainsi du néant pour que, bel et bien conscient, il subisse la violence des derniers instants de son existence ?

Il sentit les mains qui le portaient, et comprit qu'il était toujours transporté par les nymphes. Il parvint à entrouvrir une paupière. La lumière était encore plus éblouissante qu'auparavant. Au-dessus de lui, le ciel cristallin du tunnel étincelait avec une intensité accrue. Il tourna la tête et ne vit aucune salle obscure, aucun trou ni aucune faille dans les parois. Un soulagement infini l'envahit. Les nymphes l'avaient emmené plus loin dans le tunnel, à l'écart des vers géants.

Il regarda ses pieds et son soulagement se changea en excitation. Il arrivait au bout du tunnel. Il passa un coude, et traversa un large portail donnant sur une salle d'une telle clarté qu'en comparaison le tunnel semblait rétrospectivement chichement éclairé. Il en aurait eu le souffle coupé s'il avait eu assez de force pour respirer. Tout l'espace semblait animé d'une pulsation, comme si les parois phosphorescentes avaient été vivantes. Il percevait d'infimes créatures brillantes sur les cristaux qui recouvraient les murs et le plafond rocheux. Il faisait nettement plus chaud. Il entendit un murmure cristallin, releva vaguement les yeux et vit de l'eau tomber en cascade du haut plafond de la salle, par une ouverture que dissimulaient de majestueuses stalactites incrustées dans la voûte, brillantes comme d'énormes lustres. Au milieu de la salle, l'eau emplissait un petit bassin, qui à son tour grossissait le ruisseau qui suivait le tunnel pour se déverser dans le jardin. Mais avant même de s'épancher dans le bassin, l'eau coulait sur un objet si éblouissant que les flots qui en frappaient la surface pétillaient et crépitaient tel un arc électrique. Mais c'était l'objet lui-même et ce qui semblait en émaner qui retenaient toute l'attention de Ross.

Il cracha du sang en une dernière contraction de sa poitrine, le visage baigné de chaudes larmes. Au cours de toutes ces années passées à étudier les merveilles de la nature dans le monde entier, il n'avait jamais rien vu d'aussi beau. Il ressentit un incroyable sentiment de gratitude. Même s'il devait mourir à l'instant, même s'il devait quitter à tout jamais Lauren et ne jamais voir leur enfant, il aurait au moins vu cela. Les ténèbres le réclamèrent, son cœur cessa de battre, et il sourit à l'ironie qui voulait qu'il mourût à cet instant, ici, en présence de ce qui avait insufflé la vie à une planète jadis stérile.

Hôpital du Sacré-Cœur.
Bridgeport, État du Connecticut

Ross Kelly mourait allongé dans les bras des nymphes, et Lauren reposait, plongée dans le coma sur son lit d'hôpital, au côté de sa mère. L'enfant qu'elle portait en était à son sixième mois de gestation, et pesait plus de 700 grammes. Bien qu'il parût normal sur les échographies, plusieurs de ses organes vitaux, et plus particulièrement ses poumons, souffraient d'un retard de développement.

Il serait difficile pour un aussi jeune prématuré de survivre, mais pour étonnant que cela pût paraître, il était possible de le faire venir au monde d'ici à quelques semaines, avec toutes les précautions spéciales requises en ce type de circonstance, et on pouvait même espérer qu'il s'en sorte. Il devrait alors passer de longs mois supplémentaires à l'hôpital, mais à la vérité, bien que ses chances de rester en vie fussent minces, elles étaient bien plus grandes que celles de sa mère ou de son père.

QUATRIÈME PARTIE

LA SOURCE

68

LE LENDEMAIN MATIN, LA PLUIE AVAIT LAISSÉ PLACE à un ciel bleu immaculé. Assise aux côtés de Hackett et d'Elizabeth, sœur Chantal était frappée par le contraste entre le calme absolu de leur désespoir et l'agitation frénétique qui s'était emparée des hommes de Torino. L'évasion de la veille avait été un modèle de futilité et de sottise. Dans leur presse, ils n'avaient pas remarqué le fil qui barrait le chemin menant aux grottes de soufre : l'alarme avait retenti bien avant qu'ils aient pu les atteindre. Fleischer et ses soldats les avaient cernés en l'espace de quelques minutes.

Lorsque Torino et Bazin leur avaient dit que Ross était mort, sœur Chantal avait vu sa propre horreur et sa propre incrédulité se refléter sur les visages d'Elizabeth et de Hackett. La mort de Juarez avait été un événement dramatique, mais il n'avait pas été tué sciemment. Ross, lui, avait été froidement abattu. Non seulement Bazin l'avait assassiné, mais Torino, Supérieur général de la Compagnie de Jésus, avait ordonné et approuvé ce crime. Il était à présent évident que Torino ne reculerait pas devant les pires atrocités pour assurer la protection de sa si précieuse Église.

Hackett semblait à bout de forces. Bien que ses blessures aient guéri, il ne subsistait plus rien en lui de ses attitudes guindées : une barbe de plusieurs jours assombrissait ses joues, et il semblait indifférent à tout. Tous ses rêves s'étaient écroulés. Il ne reverrait plus jamais sa Cité oubliée et ne révélerait jamais son existence au monde. Elizabeth, elle aussi, paraissait vaincue par le désespoir. Elle s'était lancée dans cette formidable aventure dans le but de sauver son amie et de découvrir l'endroit mythique décrit dans le manuscrit de Voynich, mais les choses ne s'étaient pas déroulées comme elle l'avait espéré. Sœur Chantal partageait ce sentiment, et il lui fallait puiser au fond d'elle-même le reliquat de courage qui subsistait encore pour ne pas s'effondrer en sanglots. Son regard se posa sur le petit tas de pierre qui indiquait le lieu où elle avait inhumé le père Orlando, et elle soupira. Était-ce bien la fin ? Était-ce ainsi que s'achèverait sa longue attente, sans porter de fruit, sans qu'elle pût transmettre le fardeau de sa responsabilité ?

« J'espère que Lauren ne se réveillera jamais », lâcha Elizabeth. Sa chevelure rougie au henné, ébouriffée, ne lui donnait plus un air original et créatif : elle semblait simplement jeune et vulnérable. « Il vaudrait mieux qu'elle ne sache jamais que Ross est mort en tentant de la sauver. » Elle se tourna vers Hackett. « Nigel, je parie que vous donneriez tout pour être resté dans votre Cité oubliée et ne jamais avoir mis un pied dans ce "jardin miraculeux". » Elle avait lâché avec dégoût ces deux derniers mots.

Il parvint à sourire tristement. « Je n'aurais raté cela pour rien au monde, Elizabeth. Mon seul et unique regret, c'est de vous avoir suivis, vous et vos compagnons, pour assurer votre sécurité, et d'avoir si lamentablement échoué. »

De ses mains liées, Elizabeth lui caressa tendrement l'épaule. « Vous ne vous en êtes pas si mal tiré. Vous m'avez sauvée de l'attaque du serpent, tout près du tas de fientes de chauves-souris.

– Oui, si on veut. » Il haussa les épaules et regarda au loin : deux soldats nettoyaient leurs armes et remplissaient les réservoirs des lance-flammes. Torino, Bazin et Fleischer se concertaient devant les tentes. « Reste à savoir ce qui nous attend, maintenant. »

Sœur Chantal poussa un profond soupir. « Ce qu'aura décidé le père Torino, dit-elle. Nous le découvrirons bien assez tôt. »

Torino s'éloigna des tentes. « Je veux que tout soit en place avant que nous nous aventurions à nouveau dans le tunnel. Tout est-il opérationnel ? »

Le feldwebel Fleischer acquiesça : « Gerber a placé les dispositifs thermite/napalm de sorte à obtenir une puissance optimale, comme vous l'avez demandé, Votre Excellence. »

Bazin fronça les sourcils. « Vous n'allez pas vous en servir, n'est-ce pas, Votre Excellence ? »

Bazin commençait à ennuyer Torino qui pria intérieurement pour que son demi-frère ne devienne pas un problème et n'interfère pas dans ses plans. « Du calme, Marco. Ce n'est qu'une simple mesure de précaution. » Il sourit en posant sa main sur l'épaule de Fleischer. « Le feldwebel Fleischer l'a bien compris. Nous n'opterons pour cette politique de la terre brûlée qu'en dernier recours, afin de nous assurer que personne n'utilisera ce curieux jardin et ses créatures pour nuire à l'Église. Afin qu'ils ne tombent pas aux mains de l'ennemi, si jamais cela devait arriver. »

Bazin acquiesça, apparemment satisfait.

Torino se tourna vers le sergent. « Comment dois-je faire pour les activer ? »

Fleischer lui tendit une boîte noire mate, pas plus grande qu'un radioémetteur. Sur l'une de ses faces se trouvaient une diode verte et un petit panneau amovible transparent qui protégeait un bouton rouge. « Gerber a équipé les engins explosifs de détonateurs sans fil. En ouvrant le petit clapet, vous armez le dispositif et révélez le bouton de mise à feu. Dès que la lumière verte s'allume, vous pourrez appuyer dessus.

– Et pour ce qui est du tunnel ?

– Nous allons de ce pas choisir deux nymphes, Votre Excellence.

– Si elles refusent de coopérer, n'hésitez pas à les tuer pour en prendre deux autres, et ainsi de suite jusqu'à ce qu'elles comprennent. Et cette fois-ci, je ne veux pas que nous nous contentions de passer devant ces vers diaboliques. Je veux que nous en détruisions le plus possible.

– Une fois immobilisés, ils seront bien plus faciles à tuer, assura Fleischer. Les fusils à pompe se sont révélés redoutablement efficaces. Nous chargerons en outre les mitrailleuses lourdes de balles perforantes.

– Bien, bien, conclut Torino. Venez me prévenir lorsque vous en aurez fini, feldwebel. »

Fleischer alla rejoindre ses hommes, et Torino tira Bazin vers lui. Sa voix n'était plus qu'un murmure : « Le Nouveau Vatican sera construit autour de ce qui se trouve au bout de ce tunnel, et ses miracles serviront l'Église. Mais si nous voulons nous-mêmes la servir au mieux, la nature de cette *radix* doit être gardée secrète. Personne, à l'exception de l'Église, ne doit la connaître. C'est là le dessein de Dieu, Marco, et tu as le privilège d'en faire partie. »

Bazin indiqua de la tête leurs trois prisonniers. « Et comment fait-on pour eux ? Comment s'assurer qu'ils ne parleront pas une fois que nous aurons quitté les lieux ? »

Torino plissa ses yeux. « Personne ne doit sortir d'ici. »

– Est-il vraiment nécessaire de les tuer ? »

Intérieurement, Torino trouva amusant que son demi-frère, jadis assassin dénué de remords et de pitié lorsqu'il tuait pour de l'argent, se souciât à présent de la nécessité de meurtres dictés par une cause juste. « Personne ne doit sortir d'ici, répéta-t-il.

– Et les soldats ?

– Ils nous sont encore utiles, pour l'instant. Mais une fois leur mission accomplie, seuls toi et moi devrons sortir d'ici. Est-ce bien compris ? Seuls toi et moi sommes dignes d'assurer la protection et la pureté de ce lieu. Si tu obéis, Marco, si tu accomplis cette tâche sacrée, alors tous tes péchés seront pardonnés, et le Saint-Père en personne te bénira d'avoir aussi efficacement contribué à la découverte de ce lieu saint de l'Église. » Il observa une courte pause. « Tu veux toujours ta rédemption, n'est-ce pas, Marco ? »

Bazin acquiesça, presque imperceptiblement. « Oui, répondit-il. Toujours. »

69

Deux heures plus tard

Sœur Chantal pénétra dans le tunnel, attachée telle une esclave à Hackett et Elizabeth, ainsi qu'aux deux nymphes qui ouvraient la marche. Leurs poignets étaient liés, et une corde enserrait leurs cous respectifs, les unissant tous les cinq. Derrière eux suivaient Petersen, Gerber et Bazin, qui avait passé la corde autour de sa taille. Fleischer et Torino fermaient la marche. Torino comptait sur les nymphes pour immobiliser les créatures qui avaient dévoré Weber, Ross Kelly et, bien des siècles auparavant, les conquistadores. Cependant, si elles échouaient, alors sœur Chantal, Elizabeth et Hackett serviraient de boucliers humains.

Sœur Chantal s'était toujours doutée que Torino ne les laisserait pas quitter le jardin vivants, mais elle ne s'était pas attendue à mourir ainsi. L'Inquisition avait jadis remis le père Orlando aux autorités séculières pour que celles-ci le condamnent à brûler sur le bûcher sans que les ecclésiastiques n'aient à violer l'un de leurs canons, *ecclesia abhorret a sanguine,* « le sang répugne à l'Église ». Cette fois-ci, c'était bien plus grave : le père Torino, Supérieur général de la Compagnie de Jésus, se contenterait de se tenir à distance en assistant à ces morts atroces qu'il avait décrétées. Par son biais, l'Église aurait les mains couvertes de sang.

La colère qu'elle concevait à l'idée que sa longue vie de sacrifices dût s'achever ainsi, en vain, n'était tempérée que par l'espoir que les nymphes agiraient conformément à ce que Torino attendait d'elles, et qu'il lui serait ainsi permis de voir ce qui se trouvait au bout du tunnel.

Les nymphes s'arrêtèrent brusquement au pied d'une petite cascade.

« Les créatures se trouvent au-dessus, dit Bazin en tirant la corde d'un côté.

– Où ça ? demanda Elizabeth qui serrait de toutes ses forces la main de Hackett dans la sienne.

– Au sommet de la cascade, répondit Hackett. À droite, dans la petite salle. Dans les trous de la paroi. »

Sœur Chantal releva les yeux et crut surprendre un vif mouvement dans les ténèbres. Elle entendit un déclic, et un jet de flammes jaillit devant elle, en direction des deux nymphes. Celles-ci gravirent les marches grossières qui menaient au niveau supérieur, et se mirent à chanter. La corde se tendit, obligeant sœur Chantal à les suivre. Torino et les soldats attendirent que les nymphes passent devant les trous obscurs. Sœur Chantal scruta les cercles de ténèbres qui perçaient la paroi sur sa droite et aperçut d'innombrables yeux rouges. À côté des trous, de larges failles s'enfonçaient dans la roche, menant à des lieux qu'elle n'osait pas même imaginer.

« Ça marche », dit Bazin dans son dos.

Torino et ses soldats se précipitèrent devant leurs prisonniers, dépassant les nymphes pour se retrouver hors de portée de l'horreur qui couvait dans la paroi. Sœur Chantal se réjouissait déjà de se trouver en lieu sûr lorsque la corde mollit soudain. Bazin bloquait le passage des nymphes, les obligeant à rester en face de la salle grêlée dc trous.

Flanqué des trois soldats, il s'approcha alors de la paroi. L'un des hommes resta en retrait, brandissant son lance-flammes, tandis que les autres, chargés de fusils à pompe et de mitrailleuses lourdes, ouvrirent le feu. Dès qu'une arme était vide, ils en saisissaient aussitôt une autre. Le vacarme fut assourdissant, le carnage total. Pendant de longues secondes, les créatures restèrent immobiles, comme si l'instinct qui les poussait à obéir au chant des nymphes, à peine audible dans le retentissement des déflagrations, était plus puissant que leur instinct de survie. La majorité des trous s'épanchait déjà d'un sang sombre lorsque de rares créatures attaquèrent. Elles furent facilement repoussées. Au-dessus du mugissement des armes, sœur Chantal entendit un hurlement inhumain, provenant du fond des entrailles de la grotte dans un crescendo déchirant. Le tunnel trembla, et des éclats de cristal tombèrent des parois. Lorsque les soldats cessèrent enfin de tirer sur les trous débordant de sang rouge sombre, sœur Chantal surprit un murmure sourd, celui de la reptation des vers qui, au cœur de la pierre, prenaient la fuite.

Bien que ce massacre lui donnât la nausée, elle éprouva un immense soulagement. Elle n'avait pas peur de mourir, mais ce n'était pas ainsi qu'elle aurait voulu disparaître. Qui plus est, elle désirait de toute son âme voir la Source avant de quitter cette terre. Torino et ses hommes se remirent en marche, et elle leur emboîta le pas. Bazin lui bloqua le passage : pendant un bref instant, elle crut qu'il allait les laisser là. Mais Bazin saisit son bras et l'aida à gravir la dernière section du tunnel. Alors qu'ils poursuivaient ainsi leur route, Torino se retourna vers elle et sourit. Elle fut incapable de lire ce qui se reflétait dans les yeux sombres du Supérieur général.

En passant le dernier coude du tunnel, Torino aperçut plus loin un portail qui donnait sur une salle d'une brillance incroyable. Ce qui l'attendait au-delà de ce seuil représentait à la fois un immense privilège et une responsabilité inimaginable. Il avait toujours su que l'Église l'avait distingué d'entre tous en vue d'accomplir un grand dessein, depuis ce jour où les jésuites, après l'avoir tiré des bas-fonds de Naples et lui avoir permis de montrer ses qualités, en avaient fait le meilleur d'entre eux. Il avait comblé leurs espoirs en rejetant tout plaisir terrestre, pour devenir le plus jeune Supérieur général que la Compagnie de Jésus ait jamais connu, et l'un des serviteurs les plus dévoués et les plus engagés de l'Église catholique romaine. Cependant, toutes ses certitudes quant à son brillant destin ne l'avaient pas préparé à cela. Il sentait qu'il était sur le point d'entrevoir le visage de Dieu, et cette révélation imminente le rendait plus humble qu'il ne l'avait jamais été. Dieu l'avait choisi non seulement comme témoin de ce qui se trouvait dans cette salle aveuglante, mais également comme son gardien.

Il se retourna vers Bazin et son escorte : « Attendez-moi ici. »

Sans même attendre leur réponse, il s'avança.

Il ne fit que quatre pas à l'intérieur de la salle avant de joindre ses mains en signe de prière, le souffle coupé. Cette salle était tout simplement un temple voué au miracle divin de la vie. L'air même en crépitait. Il en éprouvait la puissance jusqu'à la pointe de ses cheveux, jusqu'à l'extrémité de ses doigts. Le bassin du centre de la pièce brillait comme éclairé par le fond, et les concrétions cristallines qui recouvraient les parois fourmillaient d'innombrables créatures dont la phosphorescence ajoutait encore à l'éclat de la salle. Mais tout cela n'était rien comparé à la masse de plus de trois mètres cinquante qui se dressait au-dessus du bassin et semblait régner sur les lieux. Si cette salle était le temple de la vie, alors cette chose, cette *présence* était son autel.

Torino s'agenouilla en signe d'adoration, se gardant bien de trop s'approcher du monolithe cristallin aux larges facettes, dont il émanait une chaleur et une lumière intenses. L'une des facettes était recouverte d'une couche dorée métallique, une autre avait l'éclat de la perle, une autre encore était un prisme veiné d'argent et d'or qui reflétait toutes les couleurs de l'arc-en-ciel. De l'une des facettes jaillissait une énorme excroissance, semblable à une hydre, dont le tronc se dressait jusqu'au ciel de la grotte d'où elle se répandait en d'innombrables branches ou tentacules tubulaires, qui s'enfonçaient dans les parois rocheuses et envahissaient toute la salle. Un grand nombre de ces tentacules disparaissaient dans l'ombre d'un autre portail, opposé au tunnel maléfique, pour s'infiltrer dans le réseau de grottes. Ces tentacules présentaient des traits tant végétaux qu'animaux, des tiges et des feuilles, mais aussi de la chair, et des veines palpitant à intervalles réguliers. La partie du tronc la plus proche du monolithe semblait métallique et cristalline, comme si elle partageait les mêmes propriétés que la chose dont elle était issue. L'entité tout entière était un époustouflant hybride des mondes végétal, animal et minéral, si intimement mêlés qu'il était impossible de discerner où s'achevait l'un et où commençait l'autre. Sous un certain angle, on pouvait voir les racines irisées de l'hydre profondément ancrées au cœur chatoyant du monolithe, source des pulsations de l'ensemble. Bien que l'eau qui tombait du plafond baignât toute la surface du monolithe, le cristal ne présentait aucune trace d'érosion, comme s'il se reformait sans cesse, toujours changeant, et toujours le même.

Ross Kelly aurait sans doute expliqué ce phénomène par la chute d'un astéroïde, et il se pouvait qu'il eût raison. Pourtant, Torino savait que c'était Dieu en personne qui l'avait envoyé sur Terre. Il ne put réprimer un léger sourire en pensant à ce qui restait du petit météorite noir incrusté dans l'un des coins de la Kaaba, le bâtiment cubique au cœur de la Grande Mosquée de La Mecque qui, selon les musulmans, avait été construit par Adam, et reconstruit par Abraham. La Pierre Noire était sacrée aux yeux des fidèles, qui croyaient qu'elle était tombée du ciel du vivant d'Adam et Ève, et qu'elle avait le pouvoir de laver l'âme des croyants en absorbant leurs péchés. Selon eux, la Pierre Noire avait jadis été d'un blanc pur et éclatant, mais les péchés qu'elle avait emprisonnés en son sein lui avaient donné sa couleur sombre.

La pierre en face de laquelle se tenait Torino était, elle, *véritablement* sacrée. Ses pouvoirs miraculeux *avérés* deviendraient bientôt la pierre angulaire de l'Église, et assureraient à celle-ci la suprématie sur les autres religions. En pensant à l'avenir radieux qui s'annonçait ici et maintenant, il fut pris d'un léger vertige et dut réprimer une soudaine envie d'éclater de rire. Même si ni le pape ni Vasari n'avaient approuvé son expédition, Torino était convaincu que lorsque le souverain pontife verrait ceci, il lui pardonnerait – et lui donnerait – tout. Torino se releva et s'approcha de l'hydre qui sortait du cristal fertile, afin de mieux l'observer. La double définition du mot latin *radix*, à la fois racine et source, prenait là tout son sens. Voilà ce à quoi le père Orlando Falcón se référait en parlant de *vitae mortisque arbor*, l'arbre de la vie et de la mort.

Mais pourquoi « de la mort » ?

Torino fit le tour de la salle. À travers le portail sombre par lequel s'échappaient bon nombre de tentacules, il examina le passage qui menait à des failles obscures et sans nombre. Il se souvint alors des vers géants et frémit.

Il entendit dans son dos une brève exclamation, et se retourna aussitôt : sur le seuil de l'entrée, Bazin contemplait le monolithe, le visage illuminé par ses reflets multicolores. « C'est magnifique. C'est magnifique. »

Torino sourit : « Comment douter de l'existence de Dieu en face d'une telle chose ? » Il se sentit soudain magnanime. « Fais entrer sœur Chantal et ses compagnons. Tout le monde devrait voir cela au moins une fois avant de mourir. »

70

Lorsque sœur Chantal aperçut le monolithe, elle réagit exactement de la même façon que Torino : elle tomba à genoux et pria. Après tous ces siècles d'attente, elle était convaincue que c'était là l'œuvre de Dieu : c'était bien trop merveilleux et impressionnant pour ne pas être divin. Elle s'aperçut que Torino la regardait.

« À présent, vous comprenez certainement pourquoi notre Très Sainte Église se doit de posséder ceci », dit-il.

Elle hocha la tête avec véhémence : « Nulle religion ne peut réclamer sa propriété. Cela est bien plus important que n'importe quelle Église. Quiconque, juif, chrétien ou musulman, contemplerait ce joyau de la création y verrait le reflet de son dieu. Et c'est ainsi que cela doit être. » Pour sœur Chantal, la religion n'était qu'une forme de langage. La façon dont chacun s'adressait à Dieu ne dépendait que de la culture dans laquelle il naissait et grandissait. Rien de plus. Rien de moins.

En admirant le monolithe, bouche bée, Elizabeth Quinn sut instantanément que cette chose merveilleuse n'avait rien à voir avec un quelconque dieu abstrait et éthéré, mais était bel et bien un don de Gaïa. Tous les débats sur le réchauffement planétaire, les pluies acides et tout autre sujet écologique débouchaient sur une seule et même conclusion : il fallait maintenir en vie notre mère la Terre, il fallait faire en sorte que son cœur continue de battre. Et ce cristal géant qui vibrait sous ses yeux, et dont sortait cet arbre incroyable, n'était rien d'autre que le cœur de Gaïa qui battait, la Source de vie qui avait enfanté tout ce qui existait de bon sur Terre.

Elizabeth pensa à la condition humaine, intrinsèquement contradictoire, qui faisait de l'homme la seule espèce capable de protéger la Terre nourricière, et de la détruire. Ce cristal résumait à lui seul l'alternative simple et forte qui se posait à l'humanité tout entière : ou bien nourrir la mère qui lui avait donné vie, ou bien l'exploiter.

En tant que docteur et scientifique, Nigel Hackett ne vit rien de religieux ou de spirituel dans le monolithe, mais il n'en fut pas moins subjugué. Ce que représentait ce cristal était si incroyable qu'il ne ressentait pas le besoin de l'enrichir de concepts tels que Dieu ou Gaïa. À ses yeux, c'était tout simplement l'origine de toute vie sur cette planète, le génotype originel, qui contenait les constituants premiers et les instructions génétiques élémentaires qui avaient abouti à notre propre programme, l'ADN. Il sentait dans l'air une incroyable charge radioactive, et se demandait quel nombre invraisemblable de becquerels aurait révélé un compteur Geiger dans cette grotte. La radioactivité avait pour pouvoir de modifier l'ADN, aboutissant en cas d'irradiation massive au développement de cancers. Il n'était donc pas scientifiquement si étonnant que ce cristal hors du commun pût affecter *positivement* le génome humain, le réparer, ou le recréer.

Hackett contempla l'eau qui courait sur la surface du monolithe, lui arrachant d'infimes éléments pour les déverser dans le bassin, puis, par le cours d'eau du tunnel, dans le lac du jardin. Le pouvoir de ce cristal dépassait l'imagination. Si ce léger contact avec l'eau avait suffi à créer ce jardin miraculeux, toute la vie qu'il renfermait, ainsi que cette couche de cristaux qui recouvrait tout le tunnel jusqu'à l'antichambre, il n'était pas surprenant que ce même monolithe eût jadis fertilisé la totalité de la planète. En relevant les yeux sur l'hydre, Hackett se demanda depuis combien de temps celle-ci avait jailli du cristal. Ses branches, ou ses bras, s'étendaient probablement à l'ensemble du réseau de grottes. Hackett fut saisi d'une autre révélation : l'hydre devait être la forme de vie la plus ancienne de la Terre, un organisme aussi vieux que la vie elle-même, une créature multicellulaire qui aurait continué à évoluer et ne mourrait jamais.

Hackett éprouva alors une colère sourde envers Torino, qui osait vouloir utiliser une telle merveille pour asseoir sa foi superstitieuse en un dieu invisible. Hackett était convaincu que, loin de prouver l'existence d'un dieu quelconque, cette magnifique entité prouvait au contraire que la nature était en soi assez miraculeuse. Mais, absorbé par la beauté chatoyante du cristal, Hackett se refusa à dire quoi que ce fût à Torino. Cela aurait été une terrible perte de temps et de salive. Le simple fait d'avoir pu contempler cette chose lui suffisait.

Torino s'adressa alors à Bazin et aux soldats : « Nous allons à présent retourner au jardin afin de finaliser notre plan en vue de notre départ. Il me faut également un marteau de géologue. » Il pointa la Source du doigt. « Je dois prélever un échantillon.

– Nous n'en avons pas apporté, dit Fleischer.

– Ross Kelly est géologue. Fouillez son sac. Il a sûrement dû en prendre un. »

Bazin considéra alors Hackett, Elizabeth et sœur Chantal. « Et en ce qui les concerne ? »

Torino échangea avec son demi-frère un regard qui pétrifia Hackett. « Tu sais ce qu'il te reste à faire. »

71

VINGT MINUTES PLUS TARD

MERDE, MERDE, MERDE.

Elizabeth s'étonna de la vitesse à laquelle le plus intense sentiment d'émerveillement pouvait s'évaporer face à un danger imminent. Une poignée de minutes auparavant, elle avait été subjuguée par la Source. À présent, elle était bien trop absorbée par sa peur pour y penser. Elle n'arrivait pas à croire que Torino, Bazin et les soldats aient pu les attacher tous les trois à un rocher, juste en face des trous sombres dégoulinant de sang et de viscères, pour continuer ensuite leur route dans le tunnel avec les deux nymphes.

« Et si ces vers immondes reviennent ? leur avait-elle alors crié. Et si d'autres viennent ? » Elle eut pour seule réponse la vision de leurs dos disparaissant au fond du couloir. Et, comme elle s'y attendait, dix minutes plus tard, les parois rocheuses se mirent à bruire d'un terrifiant murmure.

Merde. Merde. Merde.

« Vite, Nigel, vite. Les vers arrivent. » Le carnage qui avait eu lieu auparavant à cet endroit avait laissé une insupportable odeur de charnier. La roche était souillée de sang sombre, et les semelles d'Elizabeth étaient poisseuses du même liquide abominable. À genoux entre sœur Chantal et elle, Hackett, habituellement si obsédé par la moindre salissure, semblait ne pas se soucier de cette horreur qui recouvrait le sol, et consciencieusement, sciait la corde qui les retenait contre une arête affilée du roc.

« Dépêchez-vous, Nigel. Dépêchez-vous, le pressa sœur Chantal.

– Me dépêcher ? Excellente idée, répondit Hackett entre ses dents, sans cesser le mouvement frénétique de ses mains. Je n'y avais pas pensé. » Il avait essayé de défaire le nœud de la corde, mais ses mains liées l'avaient empêché de mener à bien cette opération. Elizabeth constata que plusieurs fibres avaient cédé, mais la corde était encore loin d'être sectionnée.

« Il nous reste très peu de temps, insista-t-elle. Ils arrivent.

– Je sais, je sais, répondit Hackett. Je les entends, moi aussi. Avez-vous un autre plan à suggérer que celui que je tente d'appliquer ?

– Mordez la corde ! s'exclama sœur Chantal. Attaquez avec les dents ! »

Hackett se contenta de hocher la tête tout en continuant à trancher la corde contre le rocher. D'autres fibres cédèrent, mais le murmure dans les parois enflait de seconde en seconde. Elizabeth eut des sueurs froides en s'imaginant les carapaces des vers géants raclant la roche dans leur course. Tout son esprit était obnubilé par une seule question, celle de savoir s'il était préférable d'être dévorée en premier, ou de voir Nigel et sœur Chantal déchiquetés en lambeaux avant elle. Le bruit s'intensifia encore, et les parois rocheuses se mirent à vibrer.

Elizabeth eut soudain envie de consacrer ces derniers moments à un peu de chaleur humaine, avant que tout ne soit plus que douleur et agonie : elle aurait aimé détourner Nigel de sa tâche futile pour l'embrasser à pleine bouche, avant de serrer sœur Chantal dans ses bras. Elle aurait voulu leur dire à quel point tous deux, et plus particulièrement Nigel, étaient devenus importants pour elle.

« J'y suis presque », informa Hackett, refusant obstinément d'abandonner.

Elizabeth sentait à présent l'odeur infecte et rance des créatures qui serpentaient dans l'air chaud et confiné de leurs trous. Dans sa terreur, elle eut l'impression que le bruissement de leurs corps contre la roche s'amplifiait en un rugissement de train à grande vitesse, et qu'elle était attachée en travers des rails. Elle jeta un coup d'œil à la corde. Hackett avait beaucoup avancé, mais lorsqu'il tira dessus, les dernières fibres tinrent bon.

« Bon sang », souffla-t-il en se remettant à les scier.

À hauteur de leurs visages, quelque chose sembla remuer dans les ténèbres de trois des trous les plus profonds. Pétrifiée de peur, Elizabeth vit alors trois paires d'yeux rouges se précipiter vers eux, l'une juste en face d'elle. Sa terreur était si grande qu'elle n'essaya même pas de se mettre hors de leur portée. C'était inutile. La bouche sèche, elle eut à peine la force de chuchoter : « Je les vois. Ils sont là. »

Pour la première fois, Hackett s'interrompit pour relever les yeux de la corde. Malgré sa peur, Elizabeth fut surprise par l'expression de son visage lorsqu'il aperçut les créatures. Hackett ne semblait éprouver ni la terreur qu'elle ressentait ni l'horreur qui se reflétait sur les traits de sœur Chantal. Il semblait fâché, ennuyé, déçu du manque de fair-play des vers géants. Il se remit aussitôt à l'ouvrage.

« Tu vas céder, saloperie ! Tu vas céder ! »

Même s'il réussissait à trancher la corde, les créatures étaient à présent trop proches. Sœur Chantal baissa la tête et se mit à prier. Elizabeth voulait détourner le regard, mais elle en était incapable. Elle voulait voir ce qui allait la tuer.

« Ça y est », dit Hackett, en jetant la corde au loin. Elizabeth perçut une note de satisfaction dans sa voix, même s'il était déjà trop tard : de minuscules secondes les séparaient de la mort. Elle sentit sa main serrer la sienne. « Tout va bien, lui dit Hackett, je suis là. » Son calme était si parfait qu'elle en fut presque rassurée.

Lorsque le premier ver jaillit de son trou, elle ferma instinctivement les yeux en se recroquevillant. Cette réaction fut si vive qu'elle n'entendit pas tout de suite le son. Ce n'est qu'en l'absence de morsure et de cris qu'elle reconnut le chant. Elle rouvrit les yeux. Les vers géants avaient rejoint leurs trous, où ils se tenaient immobiles.

Les nymphes sont revenues, pensa-t-elle en dirigeant son regard vers le fond du tunnel, vers l'antichambre, s'attendant à voir Torino et son escorte se diriger de nouveau vers la Source. Sœur Chantal leva ses mains liées et tremblantes pour désigner l'une des failles qui ouvrait un large passage obscur à côté des trous. Une ombre indistincte se tenait dans l'ouverture, chantant l'incantation apaisante tout en leur faisant signe de la rejoindre. Elizabeth frémit à l'idée de passer devant tous ces trous emplis de vers géants pour s'enfoncer dans les méandres ténébreux des couloirs qui s'étendaient à côté. Sœur Chantal et Hackett partageaient manifestement son appréhension. Nul ne voulait entrer dans la tanière des monstres.

Elizabeth entendit soudain un chant identique qui remontait le tunnel maléfique : Torino revenait à la Source en compagnie des nymphes. « Les autres arrivent, dit Hackett. Il ne faut pas qu'ils nous retrouvent. »

Ils n'avaient pas le choix. Tous trois se précipitèrent dans la faille sombre. L'ombre s'arrêta de chanter pour trancher les liens qui retenaient leurs poignets. « Suivez-moi, dit-elle en les guidant dans les ténèbres. Je connais un autre chemin. »

Elizabeth ne put réprimer une exclamation de surprise en reconnaissant sa voix. C'était tout simplement impossible. Bazin lui avait tiré dessus et les vers l'avaient dévoré. C'est ce que Torino leur avait dit. Et pourtant, alors qu'il les guidait dans les profondeurs d'une galerie obscure, Ross Kelly semblait bel et bien vivant.

72

Alors qu'ils suivaient la pente descendante de la galerie, sœur Chantal entendit des coups de feu derrière eux. Mais elle n'en avait cure. Ross était en vie. Tout n'était pas perdu.

« Ils doivent sans doute tuer d'autres vers, pesta Hackett. Ces salopards croient sûrement que nous nous sommes déjà fait dévorer. » Hackett pressa le pas pour se retrouver à côté de Ross. « Torino nous a dit qu'ils *vous* avaient dévoré. Pourtant, vous êtes bien en vie. Que s'est-il passé ?

– Oui, insista Elizabeth. Qu'est-ce qui t'est arrivé ? Je pensais que... »

Ross posa son index sur ses lèvres et se remit à chanter. De chaque côté du couloir se trouvaient des trous et des failles encore plus profonds que ceux qu'ils avaient vus. Une infinité d'yeux rouges les fixèrent à leur passage. Sœur Chantal pouvait presque entendre le souffle des créatures. Elizabeth et Hackett avaient beau vouloir savoir à tout prix ce qui était arrivé à Ross, la religieuse n'avait besoin d'aucune explication. La Source l'avait sauvé, Dieu seul savait comment, et cette explication lui suffisait amplement.

Cette résurrection miraculeuse était un signe que Dieu lui adressait : elle était encore en mesure de tenir sa promesse. En écoutant le chant de Ross, elle serra dans ses mains la croix que lui avait donnée le père Orlando, et elle sourit aux démons tapis dans le noir.

Est-ce que les morts rêvent ? Pensent-ils, éprouvent-ils des émotions ? se demandait Ross sans cesser de chanter et en conduisant ses compagnons par de sombres galeries qui menaient à l'antichambre.

Sans aucun doute, conclut-il en se souvenant de la Source, en se souvenant de ce moment où, mort, il avait contemplé son propre cadavre :

Il ne ressent ni douleur ni peine en voyant les nymphes lui enlever ses vêtements pour plonger son corps nu dans le petit bassin, aux pieds du monolithe et de l'hydre. Il flotte dans l'eau laiteuse surchargée de minéraux, aussi facilement que sur la mer Morte. De la plaie ronde qui perce sa poitrine de part en part s'épanche un panache rose rouge.

Une vingtaine de nymphes forment un demi-cercle autour du monolithe, comme en prière. L'une des facettes du cristal rappelle à Ross la schreibersite, métallisée et riche en phosphore, qu'il a offerte à Lauren de retour d'Ouzbékistan, mais le reste du monolithe est unique, étranger à tout ce qu'il a pu voir au cours de toutes ces années passées à assouvir sa passion, la géologie.

Les nymphes entonnent un nouveau chant, aigu et pur, qui fait vibrer le monolithe. Une fissure se forme alors, tandis qu'un éclat se détache de sa surface, révélant la clarté du cœur du cristal. Celui-ci s'assombrit presque aussitôt, comme la rouille gagnerait un métal, ou comme une croûte recouvrerait un fromage. L'éclat tombe dans le bassin au fond duquel il se brise en morceaux parfaitement réguliers. Les nymphes s'écartent, et l'eau se met à pétiller et à mousser comme dans le chaudron d'une sorcière. Alors que la tête de Ross sombre sous la surface laiteuse de l'eau, sa perspective change soudain. Il ne se trouve plus dans la grotte du fond du tunnel, il ne se regarde plus de l'extérieur : il contemple un horizon infini, sans limite de temps ou d'espace. Il a lu un jour que notre vie entière se déroulait sous nos yeux lorsque nous mourions. Ce qu'il ressent est tout à fait différent : le rideau du temps semble avoir été tiré, et c'est l'histoire de toute vie *qui passe sous ses yeux. Il embrasse tout, de l'aube de la vie, il y a quatre milliards et demi d'années, jusqu'à maintenant, aussi facilement qu'un dieu.*

Il peut voir des centaines et des milliers de météores percer le ciel, pour écorcher et déformer la croûte nue de la Terre. Jusqu'à ce qu'une météorite présentant le cocktail exact *d'acides aminés percute une partie de la croûte terrestre contenant le* parfait *dosage d'éléments chimiques, de chaleur et d'eau. L'incroyable énergie dégagée par cette alliance entre la météorite et la terre nourricière provoque la fusion des acides aminés en peptides – l'étape évolutive précédant la naissance de protéines – et la venue au monde d'une incroyable progéniture : le monolithe.*

On dit que « eau plus chimie égale biologie ». Dans ce cas précis, l'eau catalyse les propriétés fertilisantes du monolithe, entraînant le développement de bactéries, la naissance de l'hydre, et la propagation des germes de la vie dans le monde entier. Ross voit la cellule originelle de l'hydre évoluer au cours de millions d'années, pour inclure les mondes animal, végétal et minéral en un seul et même organisme, dont la longévité dépasse l'imagination humaine. Il comprend à présent pourquoi le père Orlando l'a appelé l'arbre de la vie et de la mort : il incarne tous les aspects de l'existence.

Il assiste au moment où, il y a plusieurs millions d'années, l'accès à la Source et à son jardin fut condamné par la lave et la roche volcanique. Mais le génie de la vie était d'ores et déjà sorti de sa bouteille : la vie recouvrait la planète. Le dernier avant-poste à profiter directement du pouvoir miraculeux de la Source, et à en dépendre, est la Cité oubliée, grâce à sa fontaine. Toute autre vie sur Terre a appris depuis longtemps à évoluer et à s'adapter en dehors de son influence, en se dotant notamment d'un programme génétique autosuffisant, l'ADN. Seuls le jardin et ses habitants dépendent à présent de la force vitale de la Source pour subsister.

Le temps défile jusqu'à la conquête du Pérou par Pizarro, il y a près de cinq cents ans. Ross voit les conquistadores et l'Église revendiquer la propriété de la jungle et de ses habitants, qu'ils s'empressent d'exploiter sans vergogne. Puis il voit les compagnies forestière et pétrolière les imiter plus tard en ravageant l'Amazonie. Ross se souvient de ces années passées au service de l'industrie pétrolière, sans se soucier des conséquences de ses actes sur la vie de la planète, et un profond sentiment de culpabilité et de honte mêlées l'envahit.

Alors voici ce qui se passe lorsque l'on meurt, *pense-t-il. Il n'y a ni Dieu ni Diable, ni paradis ni enfer, rien qu'une dernière mise au point avec sa propre conscience, sans mensonge, la somme de douleurs des gens à qui l'on a fait du tort, et la somme de joies de ceux envers qui on s'est montré bon.*

La nymphe aux fleurs rouges apparaît soudain devant lui, et caresse de ses petites mains son abdomen gonflé. Elle se met à parler d'une voix singulièrement familière, dressant la liste de tous les actes de Ross, bons ou mauvais, comme si elle connaissait la moindre de ses pensées et de ses raisons. En dressant le bilan de ses actions, la nymphe se transforme en son épouse. Lauren se tient à présent face à lui, nue, magnifique, caressant son ventre de future mère.

« Nous sommes morts ? » demande-t-il.

Avec un sourire désarmant, Lauren lui dit que les actes sont tout, et qu'il peut encore réparer le mal qu'il a fait.

« Comment ? Que veux-tu que je fasse ?

– Je t'aime, Ross, et je sais que tu m'aimes, mais il y a quelque chose que tu dois me promettre de faire. »

Elle le lui dit, et il éclate en sanglots : « Mais je ne peux pas faire ça !

– Tu le peux, Ross, et tu le dois. C'est très important. Promets-le-moi. »

Il tente de la persuader, mais en vain. Au plus profond de lui, dépouillé de tout intérêt et de toute illusion, il sait qu'il n'a pas le choix. « Je te le promets », dit-il enfin.

Il suffoque alors. Il n'arrive plus à respirer. Une peur panique le saisit. Il essaye d'ouvrir les yeux, mais ils piquent comme s'il était plongé dans de l'acide. Un réflexe incontrôlable le fait inspirer. Il est pris d'un haut-le-cœur, et se redresse dans l'espoir de respirer. Il ouvre les yeux, et cette fois, ils ne piquent plus. Il a réintégré son corps, et se trouve assis dans le bassin, au centre de la grotte. Seul.

Il relève les yeux sur l'hydre arborescente et le monolithe cristallin, puis contemple l'eau dans laquelle il baigne. Il a dans la bouche un goût minéral très prononcé. L'eau est moins laiteuse qu'auparavant, presque limpide, et elle ne bouillonne plus. Il n'a aucune idée du temps qu'il a passé, allongé là, mais en regardant sa poitrine, il sait avec une froide certitude qu'il n'est plus mort, ni même mourant.

Il palpe sa poitrine, incapable de trouver la moindre trace du trou percé par la balle au travers de son corps, au travers de son cœur. Sœur Chantal prétend avoir survécu pendant plusieurs siècles grâce au lac et aux cristaux qu'elle ramassait à l'entrée du tunnel. Ces éléments, distants de la Source, ont leur limite : Weber a succombé, malgré son immersion dans le lac. Ross, lui, a bu à la Source même de toute vie. C'est ce qui l'a arraché à la mort. Il en est certain.

Il se lève, aussi nu que le jour de sa naissance, et sort du bassin. Il observe le trou au ciel de la grotte par lequel se déverse l'eau, et son expérience de géologue et de spéléologue lui fait comprendre que ce passage doit conduire à la surface. Ses vêtements reposent à côté du bassin. L'endroit est jonché de cristaux guérisseurs. Bien que moins puissants que la Source, ils sont nettement plus brillants que ceux du tunnel qui, à en croire sœur Chantal, suffiraient à guérir Lauren. Il pourrait très facilement en saisir un, grimper jusqu'au trou du plafond et s'échapper. En l'espace de quelques semaines, il serait au côté de Lauren, avec la seule chose au monde capable de les sauver, elle et leur enfant. Il pourrait obtenir tout ce qu'il désire, tout ce dont il rêve depuis le début de cette improbable aventure...

En débouchant du couloir sombre sur les grottes relativement plus éclairées qui donnaient sur l'antichambre, Ross savait que la vie lui avait été rendue afin qu'il tienne la promesse faite à Lauren lorsqu'il était mort, si c'était bien ce qui lui était arrivé. Mais quand bien même la voix de Lauren n'aurait été que celle de sa conscience, il savait que sa promesse correspondait en tout point aux opinions et aux désirs de son épouse. Il cessa de chanter, et Elizabeth toucha son bras, comme pour s'assurer qu'il était bien réel. « Qu'est-ce qui t'est arrivé ? » demanda-t-elle à nouveau en un murmure. Sa voix était pleine d'un émerveillement craintif. « Torino nous a dit que Marco t'avait tiré dessus, en plein cœur.

– C'est effectivement ce qu'il a fait.

– Il nous a dit que tu étais mort, dit-elle.

– Je l'étais.

– Je ne comprends pas, coupa Hackett. Ils disaient que les nymphes vous avaient sacrifié aux vers géants. »

Ross hocha la tête en désignant les silhouettes blanches affairées dans l'obscurité. « Les nymphes m'ont mené à la Source. »

Sœur Chantal sourit. « Et la Source vous a ramené. »

Il la regarda dans les yeux et acquiesça. « Oui. Elle m'a ramené. » Tout en les conduisant jusqu'à l'antichambre, Ross leur raconta ce qui lui était arrivé, jusqu'au moment où il les avait entendus entrer dans la salle de la Source. « Lorsque Torino est entré dans la grotte, j'en suis sorti par le portail de derrière, et je me suis faufilé dans les galeries qui m'ont guidé jusqu'à vous. »

Il y eut un bref silence, que Hackett finit par rompre. « Vous auriez pu vous échapper. Vous auriez pu partir et sauver votre épouse. Pourquoi ne pas l'avoir fait ?

– Il y a encore beaucoup à faire ici.

– Mais vous auriez pu guérir Lauren », dit sœur Chantal. Elle semblait en colère. « C'est pour cela que je vous ai conduit jusqu'ici. Afin qu'elle devienne la nouvelle Gardienne.

– La Gardienne de quoi ? demanda Ross. Avant que j'aie eu le temps de m'asseoir au chevet de Lauren, Torino vous aurait tous tués et aurait fait main basse sur la Source. » Dans le clair-obscur, il approcha son visage de celui de la religieuse. « Et il aurait détruit le jardin. Il l'aurait effacé de la surface de la Terre.

– Comment ? s'exclama sœur Chantal, horrifiée. Il n'oserait pas...

– Vraiment ? Vous avez dit vous-même que le jardin gênait l'Église, que les questions qu'il soulevait étaient trop nombreuses et trop délicates. Lauren ne me pardonnerait jamais de ne pas avoir tenté de l'en empêcher. C'est à cause de moi que Torino est arrivé jusqu'ici. Je suis seul responsable. C'est moi qui dois y remédier.

– Tu es sûr qu'il veut détruire le jardin ? demanda Elizabeth.

– Pas que le jardin. Toute forme de vie, à l'exception de la Source. Ces paquets jaunes que les soldats ont apportés sont des explosifs. J'en ai déjà vu : c'est ce qu'on utilise parfois pour mettre à nu une zone de forage. »

Alors qu'ils passaient devant la corniche, tout près du lac de lave et du pont précaire, Hackett fronça les sourcils. « Il semble relativement aisé d'anéantir le jardin et tout ce qu'il contient. Mais comment Torino entend-il tuer toutes les nymphes, tous les vers géants, et toutes ces choses-là ? » Il pointa alors du doigt les tentacules tubulaires qui couraient sur les parois rocheuses.

« Les soldats n'auront qu'à disposer quelques explosifs dans les tunnels des grottes. La combustion de la thermite entraîne des températures excessivement élevées, de l'ordre de deux mille degrés Celsius. Dans cet espace confiné, la boule de feu géante qui en résulterait ne laisserait rien sur son passage. À présent qu'ils ont décimé la quasi-totalité des vers géants, il leur sera très simple d'installer leurs bombes aux endroits stratégiques. La Source doit rester intacte, mais tout le reste doit être "nettoyé". »

Sœur Chantal frissonna en imaginant ce qui pourrait advenir du jardin qu'elle avait promis de protéger. « Qu'allons-nous faire ? » demanda-t-elle.

Ross lui sourit. « Il est grand temps de cesser d'être la Gardienne passive du jardin, et d'attendre sans fin que la cavalerie arrive. *Nous* sommes la cavalerie. Il ne tient qu'à nous d'empêcher Torino de s'accaparer cet endroit, et principalement la Source. » Il se tourna vers Hackett et Elizabeth. « Qu'en pensez-vous, vous deux ? Je sais que ce n'est pas vraiment votre combat...

– Mon cul, l'interrompit Hackett. Bien sûr que c'est aussi mon combat. Je ne compte pas laisser un cul-bénit arrogant s'arroger le contrôle de ce que j'ai vu. Vous pouvez compter sur moi...

– Sur moi aussi, lança aussitôt Elizabeth. Ce n'est pas parce que tu viens de te convertir à la cause écologique que tu devrais être le seul à t'amuser, Ross. Je la défends depuis bien plus longtemps que toi. »

73

ALORS QU'ILS S'APPROCHAIENT DE L'ANTICHAMBRE baignée d'une faible lueur, une foule de nymphes apparut en contre-jour. Ross entendit un craquement électrique et la voix d'un homme. Il fit signe aux autres de faire le moins de bruit possible et les poussa dans un coin d'ombre. Bien qu'ils fussent à nouveau réunis, avec un but commun, Ross ne savait toujours pas comment ils pourraient venir à bout de quatre assassins surentraînés, armés jusqu'aux dents, et d'un ecclésiastique fanatique convaincu d'être investi d'une mission divine. Il jeta un coup d'œil au-dessus de la cohue des nymphes : l'un des soldats parlait par l'entremise de son talkie-walkie. Il était seul, armé d'un lance-flammes et portait un sac à dos, en plus du réservoir de son arme. « Il doit y en avoir une dizaine, disait le soldat. Peut-être davantage dans les tunnels, un peu plus loin.

– Dispersez-les avec le lance-flammes, Gerber, puis posez les charges, répondit une voix qui grésillait dans le talkie-walkie. Et ne vous inquiétez pas : tant que vous aurez le lance-flammes, vous n'aurez rien à craindre.

– Pas de problème, je peux m'en occuper, s'empressa de répondre le soldat.

– Alors occupez-vous-en. Terminé. »

Il y eut un déclic, suivi d'un jet de feu. Le soldat éclata de rire en voyant les nymphes se retourner et prendre la fuite. La nymphe aux fleurs rouges passa devant Ross, aveuglée par la peur, se précipitant dans les tunnels obscurs. Le soldat suivait la horde en faisant jaillir des flammes çà et là. « Courez donc, bande d'ordures ! criait-il. C'est le dératiseur qui passe. Vous n'irez pas bien loin, de toute façon ! »

Ross et les autres se serrèrent un peu plus dans le coin ténébreux. Lorsque le soldat passa devant eux, Ross retint son souffle. Il ne réfléchit pas à ce qu'il allait faire. Il se contenta d'agir. Il bondit sur le réservoir du lance-flammes et le sac à dos du soldat, tirant de tout son poids et de toute sa force. Le soldat était robuste, et un bref instant, il résista.

Puis, dans un grognement, il tomba à la renverse.

Hackett se précipita sur lui et lui arracha le lance-flammes des mains. Elizabeth se saisit de son talkie-walkie. Sœur Chantal elle-même participa à l'attaque, en tenant fermement l'une de ses jambes. Le soldat fut bien vite dépouillé de son sac à dos et du réservoir. Il se débattit, commença à hurler, et se figea, muet, lorsque Ross le délesta de son arme et la brandit dans sa direction.

« Vous êtes mort », lâcha Gerber.

Ross posa le canon du pistolet sur le front du soldat. « On dirait que non.

– Mais Son Excellence vous a vu mourir. Il a dit que les nymphes vous avaient porté jusqu'aux vers.

– Un bon conseil : ne croyez pas tout ce qui sort de sa bouche. À propos, Gerber, où est le Supérieur général ? Où sont Marco Bazin et vos collègues ? »

Pour toute réponse, Gerber cracha en sa direction. « Vous allez tous crever. »

Elizabeth lui décocha alors un coup de pied dans les parties génitales.

Ross fit la grimace. « Ça, ça doit faire mal. »

Sous le coup de la douleur, Gerber se plia en deux. Elizabeth releva son pied, menaçant de réitérer le traitement. Il pointa le tunnel, incapable de parler.

« Ils sont tous au bout du tunnel ? »

Un acquiescement.

« Tous ? »

Un second acquiescement.

Ross releva les yeux. Les nymphes s'approchaient. Il y en avait plus qu'auparavant. Beaucoup plus. Son amie aux fleurs rouges se trouvait en tête du cortège. Ross se retourna vers Hackett. « Pouvez-vous désamorcer les explosifs dans le jardin ?

– Si vous m'expliquez comment. »

Ross tira un paquet jaune du sac à dos de Gerber et indiqua les deux fiches de métal qui y étaient plantées. « Il suffit de retirer ces détonateurs. Une très haute température est nécessaire pour entraîner la combustion de ces explosifs à base de thermite. Sans détonateur, le matériau reste tout à fait inerte. Mais vous devrez bien veiller à retirer les détonateurs de *tous* les paquets de chaque tas : si un seul explosait, la température générée serait suffisamment importante pour faire exploser les autres.

– Je viens avec vous, Nigel », dit Elizabeth.

Les nymphes resserrèrent leur cercle sur eux, et Ross sentit quelque chose saisir son bras. C'était la nymphe aux fleurs rouges qui le tirait à l'écart, tandis que ses congénères faisaient de même avec les amis de Ross. Lorsque, avec l'aide de Hackett, il voulut traîner Gerber pour le mettre à l'abri, les nymphes réagirent violemment, dévoilant leurs crocs acérés comme des lames de rasoir, ces crocs que Ross avait vu croquer du cristal comme un fruit mûr.

« Je crois qu'elles veulent que nous le laissions à leurs bons soins », fit remarquer Elizabeth alors que deux nymphes la poussaient, ainsi que sœur Chantal, loin du soldat.

– On ne peut pas laisser faire ça, dit Ross.

– Je doute fort qu'on ait vraiment le choix, à moins que vous ne vouliez tirer sur les nymphes, observa Hackett. Et étant donné qu'elles vous ont sauvé la vie, je vous le déconseille. »

Les nymphes se saisirent du soldat terrifié et se mirent à le traîner.

« Aidez-moi, supplia Gerber. Je ne faisais qu'obéir aux ordres du Supérieur général !

– *Je ne faisais qu'obéir aux ordres*, répéta Hackett en ramassant le sac à dos et le lance-flammes de Gerber. Il me semble avoir déjà entendu ce genre d'excuse quelque part. »

Ross était parvenu à attraper Gerber par un pan de son treillis, mais la nymphe aux fleurs rouges et ses semblables continuèrent à le repousser jusqu'à ce qu'il lâche prise. Il soupesa le pistolet qu'il tenait, tout en sachant qu'il ne s'en servirait pas contre les nymphes. Pendant un long moment, il scruta les ténèbres, emplies des cris de Gerber qui, se répercutant contre les parois du tunnel, s'éloignaient peu à peu. Hackett était pâle comme un linge : « Ross, qu'allez-vous faire pendant qu'Elizabeth et moi désamorcerons les charges explosives ? »

Ross se retourna vers le sombre labyrinthe d'où ils étaient sortis : « Je vais empêcher le père Torino d'endommager la Source.

– Je vous accompagne », dit sœur Chantal.

Ross s'apprêtait à s'y opposer, mais il croisa alors son regard. Ce qui était en jeu était aussi important pour elle que pour lui. Peut-être même plus. « Vous êtes sûre ?

– Sûre et certaine. »

Tous se souhaitèrent bonne chance et, alors qu'ils se séparaient, Elizabeth saisit Ross par le bras et l'embrassa sur la joue : « Lauren serait fière de toi, lui dit-elle.

– Je l'espère, répondit-il. Je l'espère. » Il se souvint de sa conversation d'outre-tombe avec Lauren, de la promesse qu'il lui avait faite, et se rendit compte du brusque changement qu'avait opéré cette simple promesse dans ses priorités. Bien qu'il s'efforçât de rationaliser ce qu'il avait vécu en se convainquant qu'il avait été victime d'une illusion, il savait qu'il devait tenir cette promesse, quel qu'en fût le prix.

Tandis qu'Elizabeth et Hackett prenaient la direction du jardin, Ross et sœur Chantal rebroussèrent chemin dans les couloirs obscurs du fond de l'antichambre, heureux que les hurlements de Gerber aient enfin cessé.

74

Torino était convaincu d'être à deux doigts de toucher le visage de Dieu. Au centre de la chambre de cristal, il tendit une main tremblante vers la Source. L'énergie statique qui enveloppait le monolithe était si puissante que l'air semblait palpable. Tendant les doigts avec plus de vigueur, il rencontra une résistance croissante, et, à une quinzaine de centimètres de la surface cristalline, buta contre une barrière invisible. Plus il poussait, et plus la résistance augmentait. Il retira sa main pour la lancer de toute sa force en direction de la pierre : son coup fut dévié avec une telle force que l'air parut bruire. L'hydre fut prise d'un frémissement, et Torino sentit la terre trembler sous ses pieds.

Il observa l'eau qui ruisselait sur le monolithe. Elle était en contact direct avec sa surface. Logiquement, il aurait dû être capable de la toucher également, mais il semblait que son corps et la roche magnétique avaient la même polarité. Il essaya à nouveau d'approcher sa main de la pierre, mais cette fois, en la tendant très lentement devant lui. Il sentait encore une résistance. Mais plus il ralentissait son mouvement, moins elle résistait. Et puis, enfin, il sentit le monolithe sous la pulpe de ses doigts. Il retira aussitôt sa main. La surface de la pierre était extrêmement chaude et semblait chargée d'électricité. La sensation de pouvoir qui s'en dégageait était incroyable. Torino fut parcouru d'un frisson. Il regarda sa main, et constata que le bout de ses doigts présentait de légères brûlures.

« Tout va bien, Votre Excellence ? »

Il se retourna vers le seuil de la salle, où Fleischer et Petersen étaient postés, aux côtés des deux nymphes qu'ils avaient attachées. « Tout va bien, feldwebel. Passez-moi le marteau, je vous prie. »

Fleischer lui tendit l'outil. « Avez-vous besoin d'aide ?

– Non. Attendez-moi dans le tunnel. Je vous appellerai au besoin. »

Il attendit de se retrouver seul pour presser lentement la pointe de la panne contre la roche. L'extrémité métallique étincela, et à nouveau la terre fut saisie d'un tremblement. Il releva le marteau et tapota doucement la surface. Le monolithe vibra tandis que l'hydre frémissait comme un serpent prêt à l'attaque. Un choc engourdit le bras de Torino. Les deux nymphes, plus loin dans le tunnel, se mirent alors à pousser un hurlement suraigu, à lui en percer les tympans.

« Faites-les taire ! » cria-t-il à Fleischer.

Torino examina la surface du monolithe et aperçut une plaque qui faisait saillie, à l'endroit où l'hydre jaillissait de la roche. Il pointa la panne du marteau dans sa direction. Quelques coups fermes suffiraient certainement à l'arracher du cristal. Il prit une ample inspiration, écarta les jambes pour assurer son équilibre, et releva le marteau.

« Je ne ferais pas cela si j'étais vous. » Le ton dur de cette voix qui ne lui était pas inconnue le brisa dans son élan.

Il se pencha lentement vers l'autre issue de la grotte, bouche béante d'ombre à l'extrémité de la salle. Sœur Chantal dardait son regard sur lui, mais la voix qui lui avait donné la chair de poule appartenait au fantôme qui se tenait à côté d'elle.

« Vous êtes mort, lâcha Torino d'une voix blanche. J'ai vu votre sang. J'ai vu la balle vous frapper. »

Ross Kelly lui montra le trou qui perçait sa chemise souillée de sang, précisément au niveau de son cœur. Ses yeux brûlaient d'une haine intense. « Elle m'a bel et bien touché. J'*étais* bel et bien mort. Mais la Source m'a ramené. » Ross s'approcha de Torino, comme figé en une statue de sel, prit sa main droite et la posa sur sa poitrine. « Si vous en doutez, vous pouvez toujours toucher la cicatrice. » Ross se retourna et lui montra son dos, ainsi que le trou plus large que la balle avait foré dans la chemise en sortant de son corps.

Torino fut incapable de résister à la curiosité. Il lâcha le marteau et engouffra ses doigts dans les trous de la chemise de Ross. Il n'y avait aucune blessure, ni sur le dos ni sur la poitrine. Pas la moindre égratignure. On n'aurait jamais cru qu'une balle l'avait transpercé. Pourtant Torino avait bien vu la balle traverser sa poitrine. Pourtant, Bazin, un tueur professionnel, avait juré que le coup avait été mortel. « J'ai vu les nymphes vous porter jusqu'au...

– Elles m'ont amené jusqu'ici, interrompit Ross en désignant le bassin au pied du monolithe. Elles ont plongé mon cadavre là-dedans. Elles m'ont fait boire à la Source. »

Torino en eut le souffle coupé. « Vous avez bu directement à la Source ? » Comparés à ceci, tous les miracles du jardin n'étaient rien. Ross Kelly n'avait pas guéri d'une simple fracture ou d'une quelconque maladie. Il avait ressuscité. Il avait été guéri de la mort. Torino était subjugué par Ross. Le géologue était devenu la preuve vivante du pouvoir ultime de la Source. « Dieu est miséricordieux, monsieur Kelly. Dieu vous a donné une seconde chance. Vous *devez* à présent comprendre l'étendue de Sa puissance, vous devez à présent savoir que la vie ne se résume pas uniquement à la science. »

Ross poussa un bref éclat de rire. « C'est *vous* qui devriez comprendre à présent que la vie ne se résume pas qu'à la religion, dit-il d'un ton sarcastique. Cette roche, cette Source, est bien plus importante que n'importe quelle Église au monde. »

Torino se braqua face à l'ignorance du géologue. « Plus importante que la Très Sainte Église catholique romaine ? »

Ross brandit un pistolet dans sa direction. Sa colère était presque palpable. « Bien sûr, plus importante. Il y a quatre milliards d'années, le plus grand miracle de cette planète, peut-être de l'univers tout entier, s'est réalisé ici même. Ce monolithe, cette Source, est né de l'impact d'une météorite, origine de toute vie. Avant cet instant crucial, la Terre n'était qu'un caillou carbonisé, bombardé par des météores, perdu au fin fond d'un coin perdu du cosmos. Les graines de la vie ont été semées précisément ici. Il n'y a pas plus sacré que la terre que vous foulez en ce moment même. Et cela n'a rien à voir avec aucune religion ni aucun dieu. Durant un peu moins de quatre milliards d'années, la vie a évolué avec le succès que l'on sait, et sans l'aide de l'être humain ou de la religion. Mais il y a moins d'une centaine de milliers d'années, notre espèce a vu le jour, avec cette conscience qui nous est propre et qui nous a poussés à vouloir expliquer ce que nous ne comprenions pas, y compris notre propre existence. Alors nous avons inventé la religion. Nous avons créé Dieu.

« Nous avons d'abord commencé par vénérer le Soleil et la Lune. Puis nous en avons créé de toutes pièces : les Grecs et les Romains avaient un dieu pour chaque chose. Et puis, il y a une poignée de milliers d'années de cela, Abraham eut une révélation : il ne pouvait exister qu'un seul dieu. Mais même ce dieu unique parvint à enfanter trois religions différentes : le judaïsme, le christianisme et l'islam. Et chacune de ces religions se subdivisa, et chaque subdivision proclama qu'elle, et elle seule, vénérait le seul vrai dieu. Impossible de voir ici autre chose que l'œuvre de l'homme.

« Votre Christ, père Torino, n'est apparu qu'il y a deux mille ans, dans la toute dernière seconde de l'histoire de la vie sur cette planète. Et vous osez considérer votre religion comme plus importante que quelque chose qui non seulement existe depuis les premiers instants de la vie sur Terre, mais qui en est l'origine même. Le pouvoir de ce cristal dépasse ceux de n'importe quel dieu invisible. Si quelque chose au monde mérite d'être vénéré, c'est bel et bien ce monolithe. Votre devoir n'est pas de l'altérer ou de l'exploiter. Vous vous devez de le respecter. De le protéger. »

Révolté par le sermon impie du géologue, Torino vociféra : « Comment osez-vous prétendre comprendre le pouvoir de la foi et le besoin de religion ?

– Ce sont des choses que je comprends mieux qu'aucun autre. Ma religion était l'industrie pétrolière. Ma foi en son pouvoir était absolue : sans elle, il n'y aurait ni carburant, ni matières plastiques, ni ordinateurs, ni peintures, pas plus que de balles de golf, toutes choses vitales pour la prospérité de notre civilisation. Mon dogme était simple : trouver du pétrole, coûte que coûte. Rien n'était plus important au monde. Je me fichais des conséquences, même si ma propre femme remettait sans cesse en question ma foi. Je ne me souciais pas du fait que le pétrole, qui s'était formé au cours d'un processus de plusieurs millions d'années, puisse être totalement épuisé en à peine plus d'une centaine d'années. Après tout, le monde tout entier appartient à l'homme. Dieu nous l'a donné afin que nous en disposions comme il nous plaît. N'est-ce pas là ce que tous les monothéismes nous enseignent, y compris le vôtre ? »

Toutes ces palabres commençaient à lasser Torino : « Vous n'êtes qu'un hypocrite, monsieur Kelly. Vous prétendez vouloir protéger la Source, et pourtant le fait de l'exploiter pour sauver votre épouse ne vous pose pas l'ombre d'un problème. » Il cria alors en direction du tunnel : « Feldwebel, j'ai besoin de votre aide. »

Lorsque Fleischer entra et aperçut Ross, il hésita avant de pointer sa mitrailleuse. Mais Ross avait profité de cet instant infime pour brandir le canon de son pistolet en direction de la tête de Torino. « Peut-être ne suis-je qu'un hypocrite, reprit Ross d'un ton posé. Mais j'ai à présent une proposition à vous faire. »

Torino fronça les sourcils : « Une proposition ? Laquelle ? »

75

ROSS TENTAIT D'IGNORER LE CANON NOIR de la mitrailleuse de Fleischer en gardant bien droit celui de son arme. Il avait tâché de garder son calme lorsqu'il avait tenté de raisonner l'homme qui avait causé tant de mal à son épouse et à ses amis. Pourtant, il lui fallait à présent rivaliser de sang-froid pour exprimer ce qu'il avait à lui dire.

Ross n'arrivait pas à s'arracher de l'esprit ce moment où il était mort, où son existence avait été dépouillée de tous les mensonges et de tous les faux-semblants, et où Lauren lui était apparue. « Ross, avait-elle dit, en fronçant les sourcils avec cette intensité qui lui était propre, tu dois protéger le jardin et la Source, quel qu'en soit le prix. Les protéger, non pas au profit de l'humanité, mais les protéger *de* l'humanité. » Elle lui avait indiqué très précisément ce qu'il devait faire, et lui avait fait promettre d'agir de la sorte.

« Alors, qu'avez-vous à me proposer ? demanda Torino.

– Avant que Marco m'abatte, vous m'avez dit que je ne devais prendre aucun éclat de cristal parce que cet endroit était beaucoup plus important que la guérison de mon épouse.

– Certes. Et ?

– Vous avez peut-être raison. Je suis prêt à accepter le fait que cet endroit soit plus important que ce que je chéris le plus au monde. Mais uniquement à la condition que vous soyez prêt à faire de même. » Torino plissa les yeux sans rien répondre. Ross eut du mal à avaler sa salive. « Je jure de quitter ce lieu sans rien lui arracher et de ne jamais en parler à qui que ce soit, même si cela doit entraîner la mort de ma femme et de notre enfant. » Il entendit dans son dos le profond soupir de sœur Chantal. « Mais vous devez agir de même, même si cela signifie que ni vous ni votre Église n'utiliserez jamais les miracles de la Source. »

Torino éclata de rire. « Vous avez le front de comparer la vie de votre épouse à l'Église ? Vous croyez vraiment que l'une et l'autre ont la même valeur ?

– Non, répondit Ross. La vie de ma femme est infiniment plus précieuse que n'importe quelle Église. Mais je sais que vous projetez de détruire tout à l'exception de la Source, et je sais que Lauren, si elle voyait cet endroit, le considérerait comme le bien le plus précieux au monde. Si nous quittons chacun de son côté ce jardin sans y toucher, et sans ébruiter son existence, votre si chère doctrine n'aura plus à craindre de se voir contredite par les faits. »

Torino se fit extrêmement grave. « Vous devez bien comprendre une chose, cher monsieur Kelly. Le fait de remodeler cet endroit afin qu'il ne puisse qu'apporter gloire et suprématie à l'Église n'est pas seulement mon droit le plus strict, c'est également mon *devoir*. Ceci est un don de Dieu au monde, et il ne saurait être apprécié à sa véritable valeur que par le truchement de l'Église catholique romaine. Depuis la résurrection de l'Institut des Miracles, dont le but est de révéler la main de Dieu dans le cours des choses, Rome attend un don semblable à celui-ci. Cette pierre sacrée nous permettra non seulement de valider des miracles, mais mieux encore, de les *générer*. Forts de ce contrôle absolu sur les miracles, nous serons à même de convaincre l'humanité tout entière de l'existence de Dieu. Il n'y aura plus la moindre raison d'en douter. Nous sauverons ainsi chaque personne vivant sur terre, et unirons le genre humain sous l'égide du seul vrai Dieu. Ne comprenez-vous pas, monsieur Kelly ? Cette pierre sacrée a peut-être bien donné la vie à cette planète. Il se peut qu'elle ait donné naissance à chaque enfant de Dieu. Mais elle peut à présent accomplir quelque chose d'infiniment plus important : sauver toute âme en ce monde. »

L'entêtement avec lequel Torino tournait tout fait et tout argument à l'avantage de son Église rappela à Ross l'arrogant aumônier de Pizarro, qui avait voulu soumettre le dernier empereur du peuple inca, à Cajamarca, en lui révélant que son seul espoir consistait à leur céder son empire, prêter allégeance à Jésus-Christ ainsi qu'à Charles Quint, dont il devait s'avouer le sujet.

« Vous n'avez pas entendu un seul mot de ce que je vous ai dit, constata Ross. Vous vous apprêtez à détruire le jardin et à tuer toutes les créatures qui y vivent, simplement parce que tout cela entre en contradiction avec votre Église et votre pape si parfait. Ne voyez-vous vraiment pas l'irrationalité, l'absurdité d'une telle position ?

– Il n'y a rien d'absurde à protéger la foi. Purger cet endroit est un prix dérisoire à payer pour la rédemption de toutes les âmes. Ce jardin et les créatures qu'il abrite ne sont qu'une malheureuse aberration, bonne à encourager d'impertinents scientifiques tels que vous à avancer des thèses aussi absconses qu'inutiles au sujet de l'évolution et de la création. Cet endroit ne représente qu'une interférence entre l'homme et la foi, une interférence que nous pouvons et que nous devons éradiquer. Nous ne pouvons pas nous permettre d'armer nos propres ennemis. Même si vous réfutez le bien-fondé de ma mission, vous pouvez certainement le comprendre.

– Tout ce que je comprends, c'est que votre foi doit être bien faible pour ne pas supporter la vérité.

– *Ma foi* n'a rien à voir là-dedans. C'est la foi des autres que j'ai le devoir de protéger.

– Quand vous dites "les autres", vous faites certainement référence à tous ceux et toutes celles qui préfèrent penser par eux-mêmes et arriver à leurs propres conclusions, en se fondant sur les faits, n'est-ce pas ? Bon sang, si la foi d'un individu est assez forte, rien ne saurait la détruire, pas même ce jardin. Seule l'interprétation qu'il en a changera. La foi de sœur Chantal est intacte, comme au premier jour, justement parce qu'elle ne croit pas avec la même rigidité que vous. »

Ross n'arrivait plus à contenir sa colère. La position du jésuite dépassait la raison. « Mais bien sûr, c'est précisément pour cela que vous refusez que vos ouailles puissent voir un jour cet endroit. Votre foutue doctrine n'a pas pour but d'encourager et de nourrir la foi : son unique finalité est de *contrôler* ce en quoi les gens croient, et comment ils doivent y croire. »

Le talkie-walkie de Torino grésilla dans son sac à dos. Lorsqu'il l'en tira, Ross aperçut dans le sac une boîte noire : la télécommande des explosifs. Torino porta le talkie-walkie à son oreille.

La voix de Bazin se fit entendre : « Je n'arrive plus à contacter Gerber, Votre Excellence. Mais je vois Hackett et Quinn dans le jardin. Ils sont équipés du matériel de Gerber et se dirigent vers les explosifs. Je crois qu'ils ont l'intention de saboter votre "plan d'urgence". »

Torino ne lâchait pas Ross du regard. « Arrête-les, Marco. Abats-les s'il le faut. Je serai de retour dans un instant. »

Il éteignit son talkie-walkie.

Ross pointait toujours son pistolet en direction de sa tête. « Votre "plan d'urgence" ? répéta-t-il. Marco ne sait pas ce que vous projetez de faire ? »

Torino haussa les épaules en se détournant de Ross. « Nous avons assez discuté comme ça. » Il ramassa le marteau et le leva en direction du monolithe.

« C'est une très mauvaise idée », dit Ross en visant, comprenant soudain qu'une balle perdue pourrait très facilement heurter le cristal. Il se rappela que les nymphes s'étaient postées à une certaine distance de la Source et avaient utilisé leur chant suraigu pour en détacher un fragment. Il frémit à l'idée de ce qui pourrait subvenir si l'on utilisait la force contre le monolithe. « Ne faites pas ça.

– Et pourquoi non ? » Torino adressa un sourire méprisant au canon que Ross pointait sur lui. « Vous tireriez sur moi ? Croyez-vous franchement que Dieu m'ait conduit jusqu'ici et m'ait conféré la responsabilité de cette pierre sacrée, uniquement pour me laisser tuer ? » Il s'adressa alors à Fleischer. « Tuez-le *ainsi* que sœur Chantal s'il tente de m'arrêter. » Et dans un mouvement fluide, il abattit le marteau sur le monolithe, arrachant un éclat de trente centimètres sur vingt à la base du tronc de l'hydre.

En se détachant de la Source, l'éclat provoqua une chaîne d'événements si rapides qu'ils parurent simultanés. Un tremblement violent saisit le tronc de l'hydre, ses branches, ainsi que toute la grotte. Les nymphes se mirent à hurler. Ross bondit sur Torino et le précipita à terre. Fleischer ouvrit le feu sur Ross, ou plutôt en direction de l'endroit où il se tenait l'instant d'avant, et le manqua. Ross s'écarta de Torino et tira sur Fleischer.

Soudain, tout sembla ralentir. Ross vit Fleischer se recroqueviller, le doigt toujours posé sur la détente. La mitrailleuse continua à cracher des balles tandis qu'il s'effondrait à terre, pointant le canon de son arme en direction du monolithe. Lorsque la première balle percuta la Source, le temps reprit subitement son cours, et tout ne fut plus que chaos.

Un hurlement suraigu s'éleva des profondeurs du réseau de grottes, comme si toutes les créatures qui y vivaient avaient été touchées par la balle qui avait heurté la Source. Ross saisit sa tête à pleines mains. Ses oreilles saignèrent. Le tronc de l'hydre était secoué de spasmes, et ses tentacules se contorsionnaient, brisant la couche de cristal qui recouvrait les parois, et secouant la grotte tout entière. D'énormes cristaux tombèrent au sol, révélant des failles béantes sur les parois rocheuses. Le dernier soldat, Petersen, apparut alors sur le seuil, et pointa son arme en direction de Ross. Un bref instant, celui-ci crut qu'il allait tirer, mais en relevant les yeux sur l'hydre dont les membres fouettaient l'air, Petersen, saisi de panique, tourna les talons et s'enfuit dans le tunnel, où se pressaient une foule de nymphes venues protéger la Source. Le soldat se fraya un chemin en tirant dans le tas, fauchant les nymphes comme de vulgaires blés, avant de disparaître au fond de la galerie.

Alors que le sol tremblait, Ross se retourna vers la Source et comprit pourquoi Petersen avait pris ses jambes à son cou : des sombres failles des murs et du plafond sortaient d'innombrables vers géants. Il fallut quelques secondes à Ross pour comprendre que les créatures faisaient partie intégrante de l'hydre, ce gigantesque organisme qui s'étendait dans le moindre recoin du réseau de grottes, à l'instar des excroissances tubulaires qui serpentaient dans les salles et les couloirs du fond de l'antichambre. Les cosses qui assuraient la survie des nymphes et les vers géants qui les dévoraient n'étaient que deux aspects d'une seule et même entité : l'arbre de la vie et de la mort du père Falcón, une énorme créature qui incarnait la vie sous toutes ses formes.

Un gros cristal, suivi de plusieurs pierres, tomba à deux pas de Ross. Dans le chaos, protégé par l'hydre furieuse, le monolithe se dressait, serein et intact, à l'exception du fragment qui reposait par terre à côté de Torino. Le Supérieur général tendit la main en sa direction, mais Ross se jeta sur le prêtre, le faisant tomber au sol, et se saisit du fragment de la Source. Il ressentait dans sa paume toute la chaleur et le pouvoir du cristal brillant aux multiples facettes. Ross jeta un regard à la sortie. Malgré la promesse qu'il avait faite à Lauren, la tentation de s'enfuir avec le fragment s'empara de lui.

Torino se releva à grand-peine et se jeta sur l'éclat, le saisissant avec une force surprenante. « Donnez-le-moi. Il appartient à Dieu et à Son Église. »

Ross tenta de le lui arracher des mains, mais une voix l'interrompit : « Ross, Ross. » Sœur Chantal gisait au sol, gémissante, les mains crispées sur son ventre. Ross regarda le fragment de la Source qu'il se disputait avec Torino, puis à nouveau la sortie de la grotte, et enfin, sœur Chantal. Il ne lui fallut pas plus d'une seconde pour se décider. Il relâcha son étreinte, laissant le cristal à Torino, et se précipita vers la religieuse. L'une des balles perdues de Fleischer lui avait transpercé l'estomac. Le sang de sa blessure coulait entre ses doigts crispés, et un filet rouge s'épanchait de la commissure de ses lèvres. Les yeux rivés au monolithe, elle semblait ne ressentir ni peur ni douleur. « C'est si beau. C'est si beau », répétait-elle sans fin.

Ross la prit dans ses bras et, au milieu des débris qui continuaient à tomber de toute part, la porta jusqu'au bain de jouvence, aux pieds de la Source. Elle se débattit. « Non. Portez-moi jusqu'au jardin, supplia-t-elle. Portez-moi jusqu'à la tombe du père Orlando. »

Ross regarda autour de lui. Torino avait disparu avec le fragment et la mitrailleuse de Fleischer. Le tunnel maléfique était bloqué par un amoncellement de roches. Une lance cristalline tomba du ciel de la grotte, manquant de transpercer Ross et sœur Chantal. Il devait la sortir de là au plus vite. Il s'enfonça dans le couloir sombre par lequel ils étaient arrivés, et se mit aussitôt à chanter afin de tenir les vers en respect. Dans l'obscur labyrinthe, portant la religieuse dans ses bras, il était hanté par une seule et même image : celle de Torino, tenant le fragment de la Source dans une main, et dans l'autre, la télécommande des explosifs.

Il n'espérait qu'une chose : que le prêtre ne sorte pas vivant du tunnel maudit.

76

Quelques instants plus tôt

Torino n'avait nulle intention de mourir. Il avait encore beaucoup à faire au nom de Dieu. Dès que Ross lâcha le fragment de la Source, Torino le serra contre lui, s'empara de la mitrailleuse de Fleischer et se fraya un chemin entre les chutes de pierres et de cristal pour se précipiter dans le tunnel.

Là, il dut jouer des coudes parmi la horde de nymphes terrorisées, mortes ou agonisantes pour beaucoup. Au-dessus des cris d'horreur, il pouvait entendre le craquement et le tintement du cristal, dont les fragiles couches immaculées se détachaient des parois rocheuses. Torino marchait aussi vite qu'il le pouvait, confiant son sort entre les mains de Dieu. À mi-parcours, son sac à dos s'accrocha à un éclat de cristal qui dépassait du mur. Alors qu'il tentait de se libérer, un ver géant rampa dans un trou qui perçait la paroi opposée, et se projeta dans sa direction. Torino pointa aussitôt le canon de la mitrailleuse vers l'ignoble créature et appuya sur la détente. L'arme sursauta dans sa main jusqu'à ce que le magasin soit vide. L'orage de balles avait déchiré le ver en lambeaux qui jonchaient à présent le fond du trou. Torino lâcha la mitrailleuse, à présent inutile, et d'un geste violent brisa l'éclat de cristal qui le retenait. Il reprit sa course en direction de l'antichambre, serrant le fragment de la Source tout contre lui, comme s'il s'agissait d'un talisman, d'un bouclier contre tous les démons qui le pourchassaient.

Un peu plus loin, il trouva Petersen qui baignait dans une mare de sang. Sa mitrailleuse lourde reposait à son côté, entourée de cartouches vides. Les restes sanguinolents des vers qu'il avait massacrés étaient dispersés tout autour de lui. Ses jambes étaient gravement mutilées, mais il était encore en vie. Il tenait dans sa main un pistolet, scrutant les trous des parois, attendant le retour imminent de ses bourreaux.

En apercevant Torino, Petersen tenta en vain de se relever. « Aidez-moi, Votre Excellence. Aidez-moi à sortir du tunnel. »

Torino s'arrêta à sa hauteur, et jeta un regard nerveux en direction des trous. « Votre pistolet est-il chargé ?

– Il me reste trois balles.

– Donnez-le-moi. »

Le visage recouvert de sang sombre coagulé, Petersen le dévisagea sans comprendre. Puis, humblement, il lui tendit son arme. « Aidez-moi à me relever, insista-t-il. Si je m'appuie sur votre épaule, je pense que je pourrai marcher. » Il tendit la main en sa direction, mais Torino se détourna. Aider Petersen aurait été futile et contre-productif. Le soldat ne ferait que le ralentir et, qui plus est, Torino avait déjà projeté la mort de toute son escorte afin de s'assurer que personne ne puisse révéler l'existence du jardin. C'était là la volonté de Dieu.

Le bruissement des vers revenant à la charge se précisa.

« Ils arrivent, Votre Excellence ! cria Petersen. Au nom de Dieu, aidez-moi ! »

Torino reprit son chemin. « Au nom de Dieu, je ne le puis.

– Alors rendez-moi mon arme, ou tuez-moi, mais ne me laissez pas finir comme ça ! »

Torino ne se retourna même pas. Lorsque les vers surgirent et que les supplications de Petersen ne furent plus que des hurlements informes, il n'en courut que plus vite.

Il devait sortir de là.

Il devait survivre.

Il devait accomplir le dessein de Dieu.

77

Recouvert de poussière, Ross déboucha dans le jardin éblouissant de lumière, sœur Chantal dans les bras. À peine quelques secondes plus tard, l'entrée des grottes interdites s'écroulait derrière eux, bloquant le cours d'eau qui nourrissait le lac.

Sans se retourner, il porta sœur Chantal jusqu'au petit tas de pierre, là où elle avait inhumé jadis les cendres du père Orlando Falcón. Bazin se tenait à deux pas de la tombe. Le lance-flammes et le sac à dos rempli d'explosifs que Ross et ses compagnons avaient pris à Gerber reposaient à ses pieds. Il pointait un pistolet en direction d'Elizabeth et Hackett.

« Expliquez-moi juste une chose, lui criait Elizabeth. Si c'est vraiment le jardin de Dieu, pourquoi le détestez-vous à ce point ?

– Je ne le déteste pas, répondit Bazin. C'est la plus belle chose que j'aie jamais vue.

– Alors pourquoi vouloir le détruire ? »

Il la considéra comme si elle était folle à lier. « Je ne veux pas le détruire. Je veux le protéger au nom de la Sainte Église. »

Elizabeth désigna le tas de paquets jaunes qui se dressait à quelques mètres. « Et vous comptez le protéger en plaçant des explosifs partout ?

– Ce n'est qu'une simple mesure de sécurité. Afin d'empêcher que le jardin ne tombe entre les mains de nos ennemis. Afin que personne ne puisse l'utiliser contre l'Église.

– Vous voulez parler de nous ? Quelle menace représentons-nous ? »

Bazin s'apprêtait à répondre lorsqu'il aperçut Ross. Il blêmit, et resta silencieux.

Ross ne détourna pas d'un centimètre son trajet en direction du tas de pierres. Il était épuisé, endolori, et extrêmement en colère. « Vous m'avez déjà tué une fois, Marco. Si vous tenez vraiment à le faire une seconde fois, alors tirez. Sinon, fermez-la et laissez-moi tranquille. »

Bazin brandit son pistolet, les yeux exorbités, sans rien dire.

« Ross, que s'est-il passé ? demanda Elizabeth. Le sol a été pris de secousses, ici.

– Torino a arraché un bout de la Source, et a plongé les grottes dans un chaos inimaginable.

– Et sœur Chantal ? Qu'est-ce qu'elle a ?

– Fleischer lui a tiré dessus. »

Ross passa devant Bazin, interdit, déposa sœur Chantal sur la mousse de la tombe, et prit délicatement la tête de la religieuse entre ses mains. Sa respiration était saccadée, mais elle était toujours en vie. « Voulez-vous que j'aille vous chercher de l'eau, ma sœur ? »

Elle hocha la tête. « Pas de ce lac. Je suis en train de mourir, et je ne veux pas aller mieux. » Son regard se fixa au-delà de Ross, et malgré son évidente souffrance, un sourire d'extase illumina son visage.

Sœur Chantal pouvait à présent le voir, aussi clairement que le jour où elle lui avait dit au revoir à Rome. Mais cette fois, le père Orlando n'était pas vêtu d'une robe de bure malpropre, et la torture que lui avait fait subir l'Inquisition ne le faisait plus boiter. Il se tenait face à elle, beau et sans âge, resplendissant dans la soutane noire qu'il portait avant que l'Église ne l'accuse d'hérésie.

« Je savais que vous m'attendriez », dit-elle, oubliant la présence de Ross, de Hackett et d'Elizabeth.

Le prêtre sourit. « Je te libère de ta promesse, sœur Chantal, déclara-t-il. Tu as accompli tout ce que je t'avais demandé, et plus encore. Passe ton fardeau au nouveau Gardien. Donne-lui la croix.

– Il n'est pas croyant.

– Donne-la-lui. Il pourra toujours trouver son salut dans la croix. »

Sœur Chantal se concentra alors sur Ross. « Le père Orlando est ici. Je le vois. Il m'a soulagée de ma responsabilité. Je peux le rejoindre, à présent. » Elle saisit la croix qu'elle portait au cou, et la tendit à Ross. Il voulut refuser, mais elle insista. « Prenez la croix, Ross. Le père Orlando me l'a donnée lorsque je suis devenue la Gardienne. Un jour, il se pourrait que vous trouviez réconfort en elle. »

Ross prit un air contrarié. « Je ne suis pas le nouveau Gardien et je n'ai pas besoin de crucifix. »

Sœur Chantal lui tendait toujours la croix. « Prenez-la. Libérez-moi. »

Il hésita un moment, puis accepta à contrecœur : « Je ne la prends que par respect envers vous. Uniquement parce qu'elle symbolise votre fardeau », dit-il comme pour s'excuser. Il saisit la croix et la passa à son cou.

Sœur Chantal poussa un soupir, et tout son corps se détendit. Elle regarda Elizabeth et Hackett et leur dit au revoir. Leurs yeux reflétaient une tristesse infinie, mais elle n'en ressentait aucune. Elle s'adressa alors à Bazin : « Je vous pardonne, mon fils. Vous n'avez fait que ce que le père Torino vous a dit être juste. Votre erreur a été de lui faire confiance, et de placer l'Église au-dessus de votre foi. Rappelez-vous toujours ceci : l'Église doit être votre servante et votre guide. Jamais votre maître. » Elle lui sourit. « Comme vous, Marco, je crois que ce jardin nous vient de Dieu. Si c'est vraiment la rédemption que vous recherchez, abaissez votre arme et aidez Ross à protéger ce lieu. De qui que ce soit. Y compris de *notre* Église. »

Le père Orlando lui fit alors signe, et elle fut envahie d'un intense sentiment de joie. Enfin, elle allait le rejoindre. Elle serra la main de Ross dans la sienne. « Je dois vous laisser, à présent, dit-elle simplement. Le père Orlando m'appelle. » Elle sourit une dernière fois et ferma les yeux, accueillant la paix qui s'offrait à elle.

Ross sentit toute vie quitter le corps de sœur Chantal et, pendant un long moment, personne ne parla. La tristesse qu'il éprouvait était nuancée par la paix qui se dégageait de ses traits, comme si elle goûtait enfin avec délice un sommeil bien mérité. Penché au-dessus d'elle sur la tombe du père Orlando, il sentait la croix de métal terne tirer de tout son poids sur son cou. Elle était étrangement lourde.

Il releva la tête, et son regard fixa le canon du pistolet de Bazin. « Alors, qu'est-ce que vous décidez ? demanda Ross. Vous nous aidez à protéger ce prétendu jardin de Dieu, ou vous aidez votre Supérieur général à le détruire ? »

L'arme tremblait dans la main de Bazin. Le souvenir des hommes qu'il avait tués ne l'avait que très rarement hanté. Le meurtre de Ross avait été tout à fait différent, en grande partie parce que celui-ci lui avait sauvé la vie. Le sentiment diffus de culpabilité qu'il avait éprouvé ne pouvait pourtant se comparer en rien à la confusion dans laquelle il se trouvait à présent. Le fait de regarder dans les yeux inquisiteurs de Ross, tout en sachant qu'il l'avait déjà tué une fois, était l'expérience la plus déconcertante de toute son existence. Bazin avait l'impression de regarder dans les yeux de tous ceux qu'il avait assassinés. Qu'est-ce que tout cela pouvait bien signifier ? Était-ce là une seconde chance de racheter ses fautes, ou était-ce une embûche destinée à éprouver sa détermination ?

« Je ne fais que ce qui est bon et juste, dit-il. Je sers la Très Sainte Église, la seule véritable gardienne du jardin de Dieu. »

Ross indiqua l'entrée éboulée des grottes interdites. « Vous savez ce qui s'est passé là-bas ? J'ai dit au Supérieur général que j'étais prêt à quitter ce lieu sans rien et à ne jamais en parler à personne s'il en faisait de même. Il a refusé.

– Bien sûr, il a refusé. Il a pour devoir de revendiquer cet endroit comme propriété de Dieu et de l'Église.

– Il ne s'est pas contenté de refuser. Il s'est présenté face à la Source avec un marteau. » Ross observa un bref silence. « Expliquez-moi quelque chose, Marco. Si cette Source est vraiment destinée à *votre* Église, pourquoi a-t-elle résisté avec une telle violence lorsque le père Torino en a arraché un fragment ? Et si je suis vraiment une menace pour cette Source, pourquoi m'a-t-elle ramené à la vie ? »

Bazin fixait les yeux de Ross, déterminé à ne pas laisser se refléter dans son regard la moindre ombre de doute.

« La vérité, Marco, c'est que, quoi que vous puissiez penser de mes opinions, j'étais prêt à sacrifier ma femme pour sauver le jardin de Dieu. Torino, lui, s'en fout complètement. Il le trouve très embarrassant. Il ne veut que la Source. Il a projeté de détruire tout le reste : j'ai vu la télécommande des explosifs dans son sac à dos. Pouvez-vous vraiment le laisser anéantir ce jardin magique et tous les êtres vivants qu'il contient, uniquement parce qu'il remet en question la doctrine du Vatican ? Qu'est-ce qui pourrait pousser Dieu à tolérer cela ?

– Les explosifs ne sont qu'une simple mesure de sécurité. » Bazin rapprocha le canon de son pistolet du visage de Ross. « Son Excellence préférerait ne pas s'en servir. Où se trouve-t-il, à propos ?

– Je l'ignore. Il est peut-être mort. »

Le talkie-walkie de Bazin crépita à sa ceinture. Il le porta à son oreille, et poussa un soupir de soulagement. C'était Torino, et il était bel et bien vivant.

78

Quelques instants plus tôt

Torino sortit du tunnel à bout de souffle. L'antichambre était plus sombre que d'ordinaire. Il était tombé des parois rocheuses tellement de cristal que la lumière qu'ils dégageaient s'était considérablement affaiblie. Mais Torino se rendit bientôt compte de la principale raison de cette obscurité : l'entrée de l'antichambre avait été comblée par un éboulement, qui avait de surcroît condamné le passage du cours d'eau, entraînant une montée de l'eau des deux bassins.

Les nymphes chantaient à pleine voix dans les recoins ténébreux derrière lui, mais Torino n'en avait cure. Il se sentait en sécurité, armé du pistolet de Petersen. Il se précipita vers l'entrée ensevelie qu'il tenta de dégager. Il ne parvint cependant qu'à former une ouverture étroite, semblable à une meurtrière horizontale, donnant directement sur le jardin. Il se pencha afin de regarder sur la droite de l'ouverture, et aperçut le lac. Puis il se pencha pour voir à gauche, et sourit. À quelque distance de là, arme au poing, Bazin dominait Ross de toute sa taille. Entre les deux hommes gisait sœur Chantal, inerte. Deux autres personnes étaient presque dissimulées par le coin gauche de la meurtrière : Elizabeth Quinn et Nigel Hackett.

Torino appela son demi-frère, mais son cri fut étouffé par le vacarme des nymphes. Il rangea le fragment de la Source et le pistolet dans son sac à dos, aux côtés de la télécommande des explosifs, et sortit son talkie-walkie. Il appuya sur le bouton de transmission et vit Bazin saisir son talkie-walkie pour le porter à l'oreille.

« Marco, c'est moi. Je suis enfermé dans l'antichambre. Tous les autres sont morts. Qui est avec toi ? Je ne parviens à voir complètement que Kelly et toi.

– J'ai Ross, Elizabeth Quinn et Hackett avec moi.

– Et sœur Chantal ?

– Elle est morte.

– Bien. Tue les autres et sors-moi d'ici.

– Pourquoi les tuer ? Ils ne veulent aucun mal au jardin. »

Torino eut une inspiration brusque. « Ne remets pas mes ordres en question. S'ils quittent ce lieu, ils diront à tout le monde ce qu'ils ont vu. Pour le bien de tous, notre Très Sainte Église doit veiller à ce que cet endroit et ses miracles restent secrets.

– Et pour ce qui est du jardin ? Si je les tue, nous n'aurons plus de raison de lui porter préjudice, n'est-ce pas ? »

Torino serra les dents, contenant son impatience à grand-peine. « Ce jardin appartient à l'Église, Marco. Rome décidera de ce qu'il convient d'en faire afin qu'il serve Dieu au mieux. » Il était évident que le jardin devait être détruit. Le pape lui avait dit très explicitement que rien de ce qu'il pourrait trouver ne devait contredire l'infaillible doctrine catholique. Il avait expressément précisé que les découvertes de Torino ne devraient apporter que gloire à Rome, et que le souverain pontife ne devait avoir connaissance de rien qu'il dût par la suite renier ou taire. Aussi, il était logique qu'avant de présenter ce lieu au pape et à Vasari, Torino en expurgeât tout ce qui aurait pu nuire au dogme de leur Église. Il n'existait cependant aucune garantie que son demi-frère parvienne à comprendre ce point crucial, et Torino avait besoin de son aide pour sortir de l'antichambre. Il baissa les yeux sur la télécommande. « Cependant, comme je te l'ai déjà dit, Marco, les explosifs n'ont jamais été rien d'autre qu'une simple mesure de précaution. Si tu suis mes ordres à la lettre, nous n'aurons plus de raison d'en faire usage.

– Je comprends.

– Alors accomplis ton devoir. Pour le salut de ton âme.

– Ce sera fait. »

La communication fut coupée, et Torino regarda par la meurtrière horizontale. Bazin était encore partiellement visible, mais les autres étaient hors de vue. Bazin tenait son pistolet dans sa main droite, tandis que la gauche gesticulait avec emportement. Il semblait crier sur ses prisonniers.

Trois coups de feu se succédèrent alors très rapidement. Torino tendit le cou, mais Bazin venait également de disparaître. Trois autres tirs retentirent, plus espacés. Torino imagina son demi-frère passant devant chaque corps, tour à tour, pour délivrer le coup de grâce. Bazin réapparut alors, portant le talkie-walkie devant sa bouche, et s'avançant dans sa direction.

L'émetteur-récepteur de Torino grésilla.

« C'est fait », dit Bazin.

79

Torino ne pouvait voir Bazin, mais l'entendait qui dégageait les pierres éboulées à l'extrémité de l'entrée où la falaise offrait un flanc porteur à l'amoncellement. Torino tenta de l'aider, mais la plupart des pierres de l'intérieur semblaient servir de support à celles qui se trouvaient dehors. En se servant de ses seules mains, Bazin abattit un travail considérable en un rien de temps. En quelques minutes, il dégagea un passage étroit, dans lequel il se glissa. Son visage apparut en premier, maculé de sueur et de poussière. Il sortit complètement, et s'épousseta.

« Comment vous sentez-vous, Votre Excellence ?

– Bien, bien. Je dois sortir d'ici au plus vite. »

Torino s'approchait du passage étroit lorsque Bazin posa sa main sur son épaule. « Donnez-moi votre sac. Vous ne passerez pas avec ça sur le dos.

– Je le pousserai devant moi. »

Bazin hocha la tête, l'air désolé. « Je veux la télécommande.

– Pourquoi cela ?

– Tu m'as promis que si je les tuais, tu ne détruirais pas le jardin.

– Je ne t'ai rien promis du tout. J'ai dit que c'était une mesure de sécurité. »

Bazin tendit la main. « J'ai fait tout ce que tu as exigé de moi depuis ce jour où je t'ai demandé l'absolution de mes péchés. Fais au moins *une* chose pour moi, Leo.

– Et pourquoi ça, Marco ? Je ne te dois rien. Lorsque tu es venu à moi, tu n'étais qu'un tueur, un vil assassin, la main gauche du diable. Je t'ai donné un but, je t'ai montré la voie de la rédemption. J'ai fait de toi un croisé de Dieu et de Sa Sainte Église. J'ai fait *beaucoup* pour toi. »

Bazin hocha à nouveau la tête. « Je suis toujours un assassin. J'ai tué pour toi.

– Pas pour moi. Tout ce que je t'ai demandé d'accomplir n'avait d'autre but que de servir l'Église et Dieu, et d'assurer le salut de ton âme. »

Bazin poussa un long soupir triste. « Depuis l'orphelinat, je t'ai toujours considéré comme meilleur que moi, Leo. Je me foutais que les pères jésuites n'aient jamais vu en moi que de la mauvaise graine. Je tirais toute ma fierté des soins qu'ils apportaient à ton éducation. Je t'ai toujours idolâtré, j'ai toujours recherché ton accord et ta bénédiction. Voilà pourquoi je m'en suis remis totalement à toi pour me laver de mes péchés, voilà pourquoi j'ai fait tout ce que tu as exigé de moi. Fais cela pour moi : donne-moi la télécommande. Pas en tant que Supérieur général de la Compagnie de Jésus, mais en tant que Leo, mon frère. »

Torino hocha la tête, catégorique. « C'est hors de question. C'est l'Église que je sers, pas toi.

– Alors tu m'as menti ? Les explosifs ne sont pas qu'une simple mesure de sécurité ?

– Je ne t'ai pas menti. Je pensais simplement que tu ne comprendrais pas. Les ennemis de l'Église pourraient se servir de ce qu'ils trouveraient ici. Ils parleraient d'évolution, remettraient en question les Écritures, sèmeraient le doute dans l'esprit des fidèles. Ce n'est qu'en détruisant le jardin et la vie impie qu'il contient, et en bâtissant un nouveau Vatican sur leurs cendres que nous parviendrons à prendre le contrôle de la Source, et que nous pourrons sauver l'âme de chaque être humain.

– Mais c'est le jardin de Dieu. Pourquoi le détruire ? »

Torino eut un grognement d'impatience. « Je savais que tu étais trop stupide pour comprendre, Marco.

– Trop stupide pour comprendre ? Ou assez stupide pour te faire confiance ? » Bazin tira son pistolet de derrière sa ceinture. « Donne-moi la télécommande, Leo. »

Torino jeta un regard sombre à son frère. Il craignait que cela finisse par arriver. Il enleva son sac à dos et y fouilla des deux mains. « Si c'est ce que tu veux. » Sa main gauche sortit la télécommande du sac, tandis que de la droite, il saisit le pistolet de Petersen, dirigea le canon vers sa cible, et tira trois fois au travers de la toile du sac.

Lorsque les balles transpercèrent Bazin, son visage refléta plus de surprise que de douleur. Il s'effondra par terre, laissant tomber son pistolet qui cliqueta sur la roche nue, dans un recoin d'ombre. Torino s'approcha de Bazin, ivre de colère. « Je t'ai offert la rémission de tes péchés, Marco. Je t'ai offert la rédemption de ton âme. Et tu l'as dédaignée. Et pour quoi ? Pour le salut d'un jardin sans valeur. » Il brandit la télécommande, dont il souleva le clapet transparent, dévoilant ainsi le bouton rouge, tandis que la diode verte s'allumait. « Tu ne l'as pas sauvé. Tu n'as rien sauvé du tout.

– Tu te trompes, Leo, souffla Bazin. J'ai sauvé quelque chose. » Un mouvement brusque provenant du passage qui donnait sur le jardin obligea Torino à se retourner. Ross Kelly rampait en direction de l'antichambre. Torino comprit soudain la rapidité avec laquelle Bazin avait dégagé ce passage. Il n'avait pas été seul dans cette tâche. Il avait fait semblant d'abattre Ross Kelly. Les autres se trouvaient certainement dehors, bien vivants eux aussi. Torino tira son pistolet du sac à dos, visa Ross, et appuya sur la détente.

L'arme cliqueta à vide. Plus de balles.

Ross était presque à l'intérieur. Torino jeta son pistolet en serrant fermement la télécommande dans sa main. Sa première priorité était de protéger l'Église. Il jeta un coup d'œil au jardin par la meurtrière.

Et il appuya sur le bouton rouge.

La tornade de feu gronda, plus comme un ouragan que comme une bombe. Elle passa en trombes dans le cratère en forme d'œil, plus puissante à chaque mètre parcouru, brûlant toute trace d'oxygène dans l'air et carbonisant tout sur son passage. Lorsque les flammes atteignirent le stock de munitions des soldats, la tornade s'enfla de nouvelles déflagrations. De l'antichambre, on aurait cru assister à une guerre. Une langue de feu jaillit du passage que Bazin avait creusé dans les débris, projetant Ross par terre. Torino sentit soudain sa poitrine se vider de tout son air : l'oxygène de l'antichambre était aspiré par le jardin. Il y eut un souffle assourdissant, et il sortit de la meurtrière horizontale un panache de poussière noire et de fumée.

Et tout fut fini. Le résultat d'une évolution de plusieurs milliards d'années avait été détruit en quelques minutes.

« Qu'as-tu fait ? » mugit Bazin, gisant au sol.

En rapprochant son visage de la meurtrière, Torino pouvait sentir la chaleur dégagée par les pierres. À travers les volutes de fumée âcre, il constata que le jardin n'existait plus. À sa place s'étendait une terre carbonisée, encerclée par le granit nu des bords de la dépression. Le cours d'eau s'était évaporé en grande partie, et le lac était noir de cendres. À l'exception de petits feux qui sévissaient là où il restait encore quelque chose à brûler, la destruction était totale. Bien que satisfait du résultat, Torino fut attristé par cette vision de désolation. Accomplir son devoir n'était pas toujours une chose agréable.

Ross était étendu au sol, sur le dos. Le sang coulait d'une plaie à son front. La langue de feu qui l'avait surpris avait noirci l'un des côtés de ses vêtements. Il semblait avoir perdu connaissance, à moins qu'il ne fût mort.

Torino surprit l'éclat du pistolet de Bazin dans les ténèbres, à côté du corps de son demi-frère. Il reviendrait avec encore plus d'explosifs afin de purger ces grottes de leurs dernières aberrations, l'hydre, les nymphes, et les vers. Seule resterait la Source, pour la plus grande gloire de l'Église, et l'on bâtirait alors un nouveau Vatican sur les cendres du jardin. Torino laissa son sac à dos à côté de l'éboulement qui obstruait l'entrée de l'antichambre, et s'enfonça dans les ténèbres pour se saisir du pistolet.

80

Bazin grogna au passage de Torino. Il était à présent douloureusement évident que son demi-frère n'avait pas assuré son salut, mais bien sa damnation éternelle. Lorsqu'il était encore la main gauche du diable, Bazin avait péché envers les hommes, mais en tuant pour Leo, au nom de l'Église, il avait péché directement envers Dieu. Et cela le déchirait plus encore que les balles logées dans son ventre.

Après une vie entière passée à tuer en toute impunité, il lui semblait étrange d'être jugé pour sa dernière action, qui avait consisté à épargner les vies de Ross, Elizabeth et Hackett. Mais il en était fier. Comme Ross aimait à le répéter, « les actes sont tout », et cela avait été un acte rare et pur, totalement désintéressé, au terme d'une vie de péchés et d'égoïsme. En considérant le corps immobile de Ross, Bazin craignit pourtant que tous ses efforts pour sauver la vie du géologue et de ses compagnons, sans même parler du jardin, eussent été vains.

Gisant dans une mare de son propre sang, il cria à son demi-frère : « Je sais que j'ai péché, Leo, mais je suis venu à toi pour trouver ma rédemption. Je voulais faire le bien. Dieu me pardonnera peut-être mes offenses, mais Il ne pardonnera *jamais* les tiennes. Tu as fait du jardin d'éden un charnier, en Son nom. Regarde un peu autour de toi, Leo. Ce n'est pas le royaume des cieux. C'est l'enfer, et c'est ton œuvre. » Bazin se savait proche de la mort à présent, mais il n'éprouvait aucune peur. Contrairement à ce qu'il avait ressenti à la clinique ou dans sa résidence alpine, lorsqu'il avait été malade.

Torino baissa les yeux sur lui, et hocha la tête d'un air affligé. « Tu es en train de mourir, Marco. J'ai voulu t'aider, vraiment. Mais tu t'es retourné contre Dieu, et tu passeras l'éternité en enfer. »

En observant Torino se pencher pour ramasser son pistolet, Bazin surprit le mouvement d'une ombre dans les ténèbres, derrière lui. La mort était là, et en se retournant à nouveau vers Ross, quelque chose le fit sourire. « Tu devrais plus craindre l'enfer que moi, Leo. »

Torino éclata de rire. « Je n'irai pas en enfer. »

Dans un dernier souffle, Bazin répondit : « Non, Leo. C'est l'enfer qui viendra à toi. »

Le dernier souffle de Bazin résonna dans l'antichambre comme un soupir de soulagement. La mort de son demi-frère attristait Torino, mais uniquement parce qu'il avait rejeté sa dernière chance de rédemption. S'il avait eu le courage d'aller jusqu'au bout de son serment et qu'il l'avait aidé à sécuriser la Source au profit du Vatican, il aurait pu sauver des millions d'âmes au nom de l'Église, au lieu de sacrifier bêtement la sienne.

Il était temps d'en finir. Torino ramassa le pistolet et se retourna vers Ross. Il fronça les sourcils. Ross avait disparu, de même que le sac à dos qui contenait le fragment de la Source. Pris d'une peur panique, il déambula dans l'antichambre et crut voir quelque chose remuer. Il tira une fois dans les ténèbres.

« Ross ! cria-t-il. Il n'y a aucune issue. Rendez-le-moi. Rendez-moi le fragment. » En prononçant ces mots, Torino compris que Ross Kelly ne lui rendrait pas le fragment, qu'il tenterait de le rendre à la Source. Il devait certainement prendre la direction du tunnel maléfique. Pour y parvenir sans se faire voir, Kelly devait cependant avancer dans l'ombre. Pas Torino. Il se précipita tout droit vers le tunnel.

Ross se déplaça aussi longtemps qu'il le put dans les ténèbres, mais dès qu'il en sortit pour courir vers l'entrée du tunnel, il comprit qu'il était déjà trop tard. Le tunnel était bien plus sombre qu'auparavant. La plupart des cristaux lumineux étaient tombés des parois rocheuses, et gisaient dans le cours d'eau ou sous les éboulements. Torino, lui, était bien visible. Il se tenait à moins de deux mètres à l'intérieur du tunnel, et arborait un large sourire. Son pistolet était pointé tout droit en direction de Ross.

« J'ai sur les mains le sang de mon propre frère à cause de vous, monsieur Kelly. À présent, vous comprenez certainement pourquoi je ne peux permettre à des scientifiques tels que vous de souiller cet endroit de leurs théorics blasphématoires. Si vous avez été capable de vous servir de ce jardin pour retourner mon frère contre moi, imaginez comment vos amis chercheurs pourraient l'utiliser pour tourner les fidèles contre leur Sainte Église. » Il avança de quelques pas, et Ross serra le sac à dos contre lui, sentant la chaleur qui émanait du fragment de la Source. « Donnez-moi ce sac, monsieur Kelly. »

Ross releva les yeux et s'immobilisa aussitôt. Torino prit sa surprise pour de la peur et sourit à nouveau : « Vous n'avez plus rien à dire, cher monsieur Kelly ? Plus la moindre pique arrogante contre mon Église ou ma foi ? » Torino croyait peut-être qu'une dernière joute verbale avec Ross lui donnerait plus de courage, et plus de plaisir à l'abattre. Ross ne répondit pas, et il en parut déçu : « Donnez-moi ce sac. Je veux le fragment de la Source.

– Je sais, mais il y a un problème, dit Ross. Un gros problème.

– Vraiment ? Et lequel ?

– Je crois qu'elles aussi le veulent.

– Vous voulez parler de ces créatures derrière vous ? demanda Torino. Je suis armé. Vos amies ne me font pas peur. » Ross jeta un coup d'œil par-dessus son épaule. Les rangs silencieux de nymphes qui bloquaient l'entrée du tunnel derrière lui ne semblaient plus être ses amies. Elles avaient l'air furieuses. « N'essayez pas de gagner du temps, reprit Torino. Donnez-moi le sac ».

Ross hocha la tête le moins brusquement possible : « En fait, je ne parlais pas de celles qui se trouvent derrière moi, mais derrière *vous*. »

Torino hésita un moment. « Vous me prenez pour un imbécile ? »

Ross ne répondit pas.

Torino jeta à son tour un coup d'œil derrière lui. Et lorsqu'il vit ce que Ross avait vu, il s'immobilisa. Le tunnel n'était plus qu'une masse grouillante de silhouettes serpentines. Certaines ressemblaient à des excroissances végétales et se terminaient par d'imposantes cosses, semblables à celles que l'on pouvait voir dans le manuscrit de Voynich. D'autres étaient des vers géants, et se terminaient par ces têtes monstrueuses en forme de balle où étincelaient des yeux rouges et des crocs acérés. Torino brandit son pistolet en direction de ces créatures qui n'en formaient qu'une : l'hydre. « Je n'ouvrirais pas le feu, si j'étais vous, père Torino, murmura Ross. C'est l'arbre de la vie et de la mort dont parle le père Orlando. Cette créature doit sa vie au monolithe qu'il protège en donnant la mort. Et je suis prêt à parier que ce que *vous* avez fait au monolithe et au jardin l'a méchamment foutue en rogne. À mon humble avis, il vaudrait mieux lui rendre le fragment.

– Le monolithe est un don de Dieu, siffla Torino entre ses dents. Il appartient à l'Église.

– Comme j'ai essayé de vous le dire plus tôt, je doute que Dieu ou l'Église ait quelque chose à voir là-dedans. »

Torino se retourna violemment en pointant son pistolet en direction du visage de Ross : « Fermez-la et donnez-moi immédiatement le fragment de la Source ! Il appartient au Vatican, à l'Église de Dieu, pas à ces démons ! »

Ross prit un certain moment avant de réagir. Puis il s'accroupit, et tira le cristal du sac à dos.

« Donnez-le-moi », exigea Torino.

Ross se releva, tendit le fragment à Torino, et soudain, le lança au-dessus de sa tête, de sorte qu'il atterrit plus avant dans le tunnel, juste en face des bras de l'hydre qui fouettaient l'air.

Personne ne bougea durant une fraction de seconde. Puis Torino bondit soudain vers le cristal. À cet instant précis, les branches de l'hydre se jetèrent dans la même direction.

Les nymphes s'engouffrèrent dans le tunnel, y poussant Ross, vers les bras innombrables de l'hydre.

81

Torino était si obnubilé par le fragment de la Source que lorsqu'il le saisit pour le plaquer contre sa poitrine, il ressentit une joie quasi orgasmique. Bien que Dieu semblât vouloir éprouver sa foi, plus que jamais, Torino savait qu'il saurait venir à bout de tous les démons qui barraient sa route, et parviendrait enfin à s'emparer de la Source au nom de l'Église catholique romaine. Même lorsque deux tentacules s'enroulèrent autour d'une de ses jambes et de son cou, il ne désespéra pas. Le fait même que ce démon l'attaquait ne faisait que réaffirmer la justesse de sa cause. Alors qu'il se débattait, d'autres tentacules s'enroulèrent autour de son corps, et le traînèrent le long du tunnel.

Il observa Ross qui, encerclé par les nymphes furieuses, le dévisageait. Leurs regards se croisèrent brièvement, et l'expression d'horreur qu'il lut dans les yeux du géologue amusa Torino. Il était presque désolé pour lui. Le scientifique qu'il était ne comprenait toujours pas que Torino n'avait rien à craindre. Il serra plus étroitement encore le fragment contre lui, convaincu que Dieu le délivrerait de tout mal. Il pensa à la devise jésuite, *Ad Majorem Dei Gloriam*, « à la plus grande gloire de Dieu ». En tant que Supérieur général de la Compagnie de Jésus, il ne faisait rien de plus que son devoir : revendiquer la Source pour la plus grande gloire de Dieu.

Les robustes tentacules affermirent leur étreinte et l'éloignèrent brusquement de Ross. Torino griffait le sol nu, en quête de la moindre aspérité à laquelle il aurait pu s'accrocher. Mais les tentacules étaient bien trop puissants. Les vers géants se balançaient tout autour de lui, sans pour autant l'attaquer, ce qui renforçait en lui la certitude que Dieu le protégeait. Même ces créatures diaboliques, dont l'unique fonction était d'éprouver la foi et la constance du juste, servaient Dieu et Lui obéissaient.

Après avoir croisé les dépouilles démembrées de Petersen et de nombreuses nymphes, Torino arriva dans la grotte de cristal où se dressait la Source. Dans la salle dévastée, le monolithe et l'hydre semblaient intacts. Une troupe de nymphes pâles se tenaient là, immobiles, les yeux fixés sur lui, chantant leur mélopée de deux notes, semblable à un chœur d'anges déchus.

Les tentacules relâchèrent soudain Torino. L'hydre et les nymphes semblèrent attendre une réaction. Serrant toujours le fragment contre sa poitrine, Torino se releva pour faire face au monolithe. Il joignit alors les mains en une prière : « Au nom de la Sainte Église catholique et apostolique, je revendique la propriété de ce don de Dieu. Je fais vœu de le délivrer des démons qui l'entourent et d'en utiliser les pouvoirs pour répandre la voix et la volonté de Dieu de par le monde. »

L'une des nymphes s'approcha et tendit les mains, comme si elle attendait quelque chose de lui. Il protégea le fragment au creux de son bras en hochant la tête. « Ceci appartient à l'Église. » Il désigna le monolithe. « Tout ceci appartient au Saint-Siège. »

La nymphe patienta encore un instant, avant de rejoindre les rangs de ses congénères. L'un des tentacules de l'hydre s'enroula alors autour de la jambe droite de Torino, tandis qu'un autre s'enroulait autour de la gauche. Deux autres se saisirent de chacun de ses bras et se mirent à les écarter. Torino garda ses mains jointes aussi longtemps qu'il put, mais les tentacules, bien plus puissants, l'obligèrent à lâcher le fragment de la Source. Les nymphes le ramassèrent et le placèrent à côté du monolithe. Torino s'attendit à ce que les tentacules le relâchent, mais ils n'en firent rien. Au contraire, ils continuèrent à tirer chacun de son côté, de sorte qu'il se retrouva un court instant dans la position de la croix. Puis les tentacules séparèrent ses jambes. Lentement, inexorablement, Torino sentit ses muscles, ses tendons, ses ligaments se tendre, comme soumis à la torture de l'écartèlement, ce supplice pratiqué par l'Inquisition.

La douleur devint vite insupportable. Torino n'en avait jamais connu de pareille. Son corps entier était secoué de spasmes d'agonie.

Et avec la douleur, survint la première ombre d'un doute : comment Dieu pouvait-il accepter qu'on fasse subir pareille souffrance à Son serviteur ? Le Seigneur finirait certainement par le sauver afin qu'il puisse accomplir sa mission sacrée.

Comme faisant écho aux efforts des tentacules qui écartelaient impitoyablement Torino, une pulsation régulière battait les flancs du tronc de l'hydre, la même pulsation qui semblait éclairer le monolithe. Torino sentit ses muscles se déchirer. Pourquoi cela lui arrivait-il ? Il n'avait rien commis de mal. Toutes ses actions avaient eu pour unique but d'apporter gloire et grandeur à l'Église. Son coude se démit dans un craquement atroce, ses tendons cédèrent, et Torino s'entendit hurler : « Pourquoi, mon Dieu, pourquoi ? »

D'autres tentacules s'approchèrent, bien différents de ceux qui le démembraient, doucement mais sûrement. Leurs extrémités étaient des têtes oblongues où luisaient dans la pénombre de terrifiantes gueules hérissées de crocs acérés et des yeux rouges perçants. Nymphes blanches et vers géants noirs l'observaient, anges et démons unis dans un seul et même but : le torturer. Cependant, malgré l'aspect terrifiant des vers géants, la souffrance de Torino était telle qu'il se réjouissait presque de s'en voir soulagé par les attaques imminentes et fulgurantes des vers. Mais pourquoi devait-il mourir ainsi, ici et maintenant ? Il avait encore tellement à réaliser. Pourquoi Dieu l'avait-il ainsi abandonné ?

Le premier assaut fut si rapide qu'il vit à peine le ver forer un trou parfaitement circulaire dans son abdomen avant de reculer, emportant avec lui ses entrailles. Baissant les yeux, Torino aperçut les méandres de ses intestins étalés sur son ventre ouvert, et il poussa un cri de douleur et de désespoir. Le deuxième ver le mordit à la hanche gauche, arrachant ses muscles déjà déchirés. Lorsque le troisième ver l'amputa de la plupart des doigts de sa main droite, Torino était encore convaincu que Dieu finirait par lui venir en aide.

Ce n'est qu'à la dernière seconde de son existence, lorsque les tentacules arrachèrent complètement son bras gauche, et que les vers géants se mirent à forer son visage, que ses cris appelant son salut se muèrent en hurlements d'âme damnée.

Ross entendit les cris de Torino, à l'autre bout du tunnel, mais n'en ressentit aucune satisfaction. Lorsque les hurlements cessèrent et que le sang du jésuite teinta le cours d'eau, il n'éprouva que de la peur, et de la honte. Ross était venu jusqu'ici dans le but de sauver Lauren, et tout au long de cette quête égoïste, il n'avait jamais pris en compte l'importance du jardin et de sa survie. Il avait pénétré dans ce sanctuaire sans le moindre respect et, dans son sillage, n'avait apporté que mort et destruction. Il avait non seulement permis à Torino de venir jusqu'ici, mais qui plus est, il n'avait pu empêcher le Supérieur général et ses hommes de détruire le jardin, de tuer des dizaines de nymphes et de s'attaquer au monolithe.

Alors que les nymphes et l'hydre s'approchaient de lui, Ross comprit qu'il était un intrus au même titre que Torino, un hôte indésirable qui n'avait fait que nuire à ce lieu et à ses habitants. Les nymphes l'avaient sauvé d'un de ses propres congénères, mais il était convaincu qu'elles entendaient à présent le châtier. Les tentacules n'étaient plus qu'à un mètre de lui, et il dut résister de toutes ses forces à la tentation de s'enfuir. Instinctivement, il saisit la lourde croix qu'il portait au cou. L'objet de huit centimètres sur cinq était assez rustique. Au croisement des deux barres, les initiales AMDG avaient été gravées dans le métal. Sœur Chantal lui avait expliqué qu'elles représentaient la devise de la Compagnie de Jésus, à laquelle le père Orlando avait appartenu : *Ad Majorem Dei Gloriam*, « pour la plus grande gloire de Dieu ». Il comprit alors que le père Orlando et sœur Chantal avaient voué leur vie et leur mort à cette devise, en plaçant leur foi en Dieu au-dessus de la doctrine de leur Église. Même s'il ne croyait pas en Dieu, la pureté de leur foi lui fit éprouver une grande humilité.

Quelque chose effleura son bras. Il releva la tête pour s'apercevoir qu'il s'agissait de deux tentacules, et un frisson d'horreur le parcourut. La nymphe aux fleurs rouges sortit alors de la foule de ses semblables, et tendit la main vers la croix. Ross l'enleva et la lui donna. Elle se mit à l'examiner, et d'autres nymphes s'approchèrent pour toucher l'objet, avec ce qui ressemblait à de la vénération. Lorsque Ross et ses compagnons avaient pénétré pour la première fois dans l'antichambre, sœur Chantal avait expliqué que la croix avait le pouvoir de calmer les nymphes. Il était évident que la croix et sœur Chantal étaient intimement et positivement liées du point de vue de ces créatures, et Ross espéra que la profanation de Torino n'avait pas annihilé toute bonté en elles.

Elles passèrent plusieurs minutes ainsi, à caresser et à observer la croix, avec un soin quasi maternel, jusqu'à ce que la nymphe aux fleurs rouges la rendît à Ross. Avant qu'il ait pu la passer à son cou, la nymphe le poussa brusquement, l'obligeant à reculer d'un pas. Elle le poussa à nouveau, et il recula encore. Les tentacules de l'hydre le suivaient de près. Il jeta un coup d'œil par-dessus son épaule et constata que les nymphes qui se trouvaient derrière lui s'étaient écartées en deux rangs, formant un passage au centre du tunnel. Il recula de la sorte, la croix dans une main et le sac à dos de Torino dans l'autre, jusqu'à sortir du tunnel. Les nymphes continuèrent à le pousser à travers l'antichambre, et son dos finit par heurter l'éboulement qui condamnait l'accès au jardin. Les pierres étaient maintenant beaucoup moins chaudes qu'auparavant. Ross savait qu'il n'était plus le bienvenu ici, et qu'il lui fallait en sortir, quelle que soit la chaleur qui régnait encore dans le jardin dévasté. Il s'agenouilla et s'engouffra dans la chatière que Bazin et lui avaient empruntée. La chaleur qui y régnait était encore étouffante, mais il ne cessa de ramper qu'une fois dehors, dans le jardin, hors de portée des nymphes et de l'hydre.

Derrière lui, le bruit de pierres qu'on déplaçait lui indiqua qu'on condamnait la chatière, scellant ainsi l'accès aux grottes interdites. La chaleur du sol traversait ses épaisses semelles, et l'air était si vicié par la fumée et les cendres qu'il toussa aussitôt dehors. Il regarda autour de lui et eut l'impression d'être dans un énorme incinérateur, un sinistre haut-fourneau de granit où toute vie avait été annihilée. Rien ne subsistait du jardin. Les arbres et les plantes avaient complètement disparu, et une épaisse couche de charbon et de suie recouvrait la terre. Tout était sombre, jusqu'à l'air, noir de particules que la lumière du soleil ne parvenait pas à transpercer. Le lac, terne de suie, semblait mort, sans la moindre trace de son ancienne phosphorescence.

Cette désolation l'attristait, mais il tâcha de se consoler en se disant qu'il avait au moins réussi à empêcher Torino de prendre la fuite avec le fragment de la Source. Si Ross avait échoué, nul doute que le Supérieur général serait revenu avec encore plus d'hommes et encore plus d'armes, pour détruire l'hydre et prendre le contrôle de la Source, à seule fin d'utiliser ses pouvoirs pour la seule gloire de son Église. Il observa les pierres qui condamnaient les grottes interdites, et surprit un mince filet d'eau phosphorescente, perçant entre les éboulis, en direction des flaques de boue, uniques vestiges du cours d'eau. Il savait que le feu régénérait les forêts. Il se dit que tant que la Source était saine et sauve, le jardin pourrait un jour recouvrir à nouveau ce cratère. Cette pensée le rassura. La vie trouverait bien un moyen de reprendre ses droits.

Il contempla à nouveau le paysage carbonisé, repensant aux atrocités commises par Torino pour s'accaparer cet endroit, et il imagina soudain un moyen de le protéger de futurs et hypothétiques intrus, qu'il s'agisse d'Églises, de compagnies pétrolières ou, tout simplement, de la civilisation humaine.

Le talkie-walkie qui se trouvait dans le sac crépita alors. Il entendit la voix d'Elizabeth, étouffée par le tissu : « Ross, Ross, tu m'entends ? »

Il sortit le talkie-walkie. « Elizabeth, c'est moi. Je suis dans le jardin. Où êtes-vous ? Est-ce que Nigel va bien ?

– Oui, nous sommes tous les deux dans la galerie, entre le jardin et les grottes de soufre, répondit Elizabeth. Il fait assez chaud, mais au moins on est en sécurité. Où sont Marco et le Supérieur général ?

– Ils sont morts tous les deux.

– Qu'en est-il de la Source ?

– Elle est toujours là, intacte. L'hydre également, ainsi que la plupart des nymphes. Elles sont passablement en rogne, mais elles vont bien. »

Son regard glissa sur le lac mort jusqu'à l'autre bout du jardin. Les arbres lui auraient barré la vue auparavant, mais à présent, le seul obstacle visuel était la fine cendre portée par l'air encore chaud. Il aperçut Elizabeth et Nigel sortir des grottes de soufre pour contempler, bouche bée, ce paysage de désolation. Il leur fit signe de la main, et les rejoignit d'un pas traînant dans l'épaisse couche de cendre. Elizabeth et Hackett le serrèrent dans leurs bras.

« Il ne reste plus rien, répétait Hackett. Je n'arrive pas à y croire. *Tout* a disparu. » Sa consternation encouragea Ross. Il était certain qu'Elizabeth, l'activiste écologiste, applaudirait des deux mains son plan pour protéger cet endroit, mais il lui fallait également l'accord indéfectible de Hackett. Bien que manifestement touché par la destruction du jardin, celui-ci avait rejoint leur quête principalement pour assouvir sa soif de gloire et d'or, et tous deux étaient encore à portée de main.

« Jusqu'où iriez-vous pour protéger cet endroit et empêcher que cela ne se reproduise un jour, Nigel ? » demanda Ross, en guettant la moindre de ses réactions.

Hackett fronça les sourcils. « Que voulez-vous dire ? À quoi pensez-vous ? »

Après que Ross eut exposé son plan, Elizabeth approuva avec enthousiasme et se tourna vers Hackett. Elle saisit sa main et la serra. « Alors, Nigel ? Qu'en dites-vous ? »

Pendant un long moment, il regarda leurs deux mains réunies. Alors, il releva les yeux vers Ross. « D'accord. »

Ross ne s'arrêta pas à ce simple mot : « Vous comprenez bien ce que ça signifie, Nigel ? Cet endroit et la Cité oubliée seront parfaitement protégés, mais, et ce n'est pas rien, vous ne pourrez jamais révéler à personne l'existence de votre Cité originelle. Vous ne jouirez jamais de la gloire dont vous rêviez. »

Hackett réfléchit un instant à toutes les implications du plan. Puis il porta son regard en direction de la Source. « Si vous êtes prêt à garder votre découverte géologique pour vous, je suppose que je pourrai en faire de même avec ma découverte archéologique. » Il haussa les épaules en souriant. « De toute façon, nous n'avons rien découvert. C'est le père Orlando qui a découvert cet endroit, et c'est sœur Chantal qui a découvert la Cité oubliée. Nous n'en sommes que les gardiens, dans un sens.

– Et pour l'or ?

– Ce ne sera pas facile, répondit Hackett. Mais je connais deux ou trois personnes.

– Dans ce cas, nous devons retourner à la civilisation au plus vite », observa Elizabeth. Elle indiqua l'entrée des grottes de soufre. « Nous avons réussi à sauver quelques sacs à dos avec des vivres et d'autres bricoles. »

Ross était heureux qu'ils aient réussi à sauver quelque chose, même s'il ne s'agissait que de provisions pour leur chemin de retour. Lui n'avait rien sauvé du tout : il était venu avec peu, et repartait avec encore moins. En ajustant la croix de sœur Chantal à son cou, il contempla une dernière fois le paysage désolé. Il se souvenait de l'euphorie qui les avait saisis lorsqu'ils étaient arrivés ici et de cet instant magique où sœur Chantal lui avait donné l'éclat de cristal, en lui certifiant qu'il pourrait guérir Lauren. Il était alors si plein d'espoir. Ce n'était plus le cas. Il ne désirait plus qu'une chose : retourner auprès de son épouse. Lui dire une dernière fois au revoir, avant qu'il soit trop tard.

« Partons d'ici, dit-il en conduisant Hackett et Elizabeth vers les grottes de soufre. Rentrons chez nous. »

82

Aéroport John Fitzgerald Kennedy, New York. Un mois plus tard

Sam Kelly lut le panneau des arrivées : le vol United Airlines en provenance de Lima venait d'atterrir. Bien qu'il se réjouît de revoir son fils, ce n'était pas sans appréhension. Lorsque Ross l'avait appelé de Lima pour lui dire qu'il rentrait, sa voix blanche et monocorde lui avait brisé le cœur. Et lorsqu'il avait demandé à son fils s'il avait trouvé quelque chose dans la forêt, la réponse vague de son fils avait suffi pour qu'il comprenne. L'expédition avait été vaine. Le jardin n'était qu'un mythe. Il n'y avait pas de miracle à espérer.

S'attendant au pire, Ross ne s'était enquis de l'état de santé de Lauren que par un simple : « J'imagine qu'il n'y a pas eu d'amélioration. » Sam s'était montré évasif, bien résolu à attendre le retour de son fils pour lui exposer la situation d'homme à homme. Malgré la fermeté de sa décision, il ne pouvait s'empêcher de se sentir nerveux, attendant derrière la barrière, observant attentivement les passagers qui quittaient un à un les guichets des douanes. Et lorsqu'il aperçut enfin son fils, amaigri, bronzé, les traits tirés, il ressentit une infinie tristesse à l'idée qu'il lui annoncerait bientôt la mauvaise nouvelle.

Ross ne remarqua pas tout de suite son père : en passant devant un kiosque à journaux, il croisa en effet le regard du Supérieur général Leonardo Torino. Selon le Vatican, le jésuite était porté disparu depuis plusieurs semaines, à la suite d'une expédition dans la forêt amazonienne. Les autorités péruviennes continuaient leurs recherches de concert avec le Vatican, mais les chances de retrouver le père Torino et son escorte s'amenuisaient de jour en jour. Le pape regrettait déjà publiquement la perte d'un homme de Dieu si exemplaire, et la Compagnie de Jésus envisageait un successeur.

En refermant le journal et en le reposant sur le stand, Ross surprit un petit article qui le fit presque sourire. Selon *Newsweek*, une petite entreprise d'extraction pétrolière, Scarlett Oil, avait découvert en Ouzbékistan d'importants gisements de ce que l'on commençait à appeler « du pétrole ancien ». Des compagnies pétrolières bien plus importantes (parmi lesquelles Alascon Oil, dont le partenariat avec Scarlett Oil aurait pu lui valoir la moitié des droits d'extraction si elle n'y avait pas mis fin) se pressaient à présent aux portes du siège de Scarlett Oil, dans l'espoir de racheter les brevets techniques d'extraction et d'exploitation de ce nouveau type de pétrole.

Ross aperçut enfin son père et lui fit signe de la main. Sam Kelly souriait, mais en se rapprochant de lui, Ross comprit que ce sourire n'était que de façade. Quelque chose n'allait pas. Quelque chose était arrivé. Ils s'embrassèrent, et Ross sentit que les épaules de son père étaient crispées. « C'est bon de te revoir, fiston. Ça fait plaisir de te voir en un seul morceau.

– Ça fait du bien d'être de retour, papa. Comment vont Lauren et le bébé ? »

Son père saisit sa valise. « Viens, je vais te ramener à la maison. On causera dans la voiture.

– Je préfère qu'on file à l'hôpital, papa. »

Sam Kelly observa un bref silence. « Tu as l'air crevé. Tu ne veux pas passer à la maison avant ? Histoire de te reposer un peu ? »

L'expression de son père inquiéta Ross. Quelle nouvelle cherchait-il à lui épargner ? « Non, papa, je veux la voir tout de suite. Il *faut* que je la voie. Quelque chose est arrivé, c'est ça ? »

Les lèvres de son père se pincèrent, confirmant les pires craintes de Ross. « Il y a eu du nouveau, Ross. Il y a un choix difficile à faire. »

83

LAUREN SE TROUVAIT TOUJOURS À L'HÔPITAL du sacré-cœur, près de Bridgeport, mais elle avait été transférée en salle de réanimation, tout au bout de la maternité. Elle occupait seule une chambre remplie d'appareils qui la maintenaient en vie. Malgré le changement de service et de chambre, elle gisait sur son lit dans la même position que lorsque Ross lui avait dit au revoir. La seule différence apparente était son ventre rond qui soulevait le drap.

Le docteur Greenbloom avait remis le dossier de Lauren, qui ne dépendait plus de son service, au docteur Anna Gunderson, obstétricienne. Ross comprit que Lauren était officiellement considérée comme une cause perdue. Elle n'était pas même la patiente prioritaire du docteur Gunderson. C'était le bébé qui monopolisait l'attention du médecin. Lauren était presque réduite à la fonction d'incubateur.

En s'asseyant dans la chambre de Lauren, aux côtés de son père et du docteur Gunderson, Ross trouva un infime réconfort à l'idée que la mère de Lauren se trouvait chez sa sœur, en Nouvelle-Angleterre, pour deux jours. Il n'était pas encore prêt à lui révéler où il avait passé toutes ces semaines.

« Comme votre père a dû vous le dire, l'état de Lauren se détériore de jour en jour. » Anna Gunderson murmurait presque, comme si elle craignait que Lauren l'entendît. « Nous en sommes à une phase critique. Lauren ne peut plus être sauvée, mais le bébé est à présent *susceptible* d'être viable. Nous pourrions provoquer l'accouchement dès aujourd'hui, mais ses chances de survie sont encore extrêmement minces. Chaque jour de gestation supplémentaire accroît cette faible probabilité. » Le docteur s'éclaircit la gorge. « Nous avons administré des stéroïdes afin que les poumons du bébé se développent, et plusieurs médicaments afin que votre épouse n'entre pas prématurément en travail, mais j'ignore combien de jours elle tiendra ainsi. Nous supervisons en permanence l'état de Lauren. Toute détérioration supplémentaire signifiera qu'il faudra la faire accoucher au plus vite. La marge de manœuvre est très limitée. Nous voudrions que le bébé puisse rester dans le ventre de sa mère aussi longtemps que possible, mais pas plus longtemps que Lauren ne saurait la garder.

– *La* garder ?

– C'est une fille. » Anna Gunderson saisit un porte-documents sur le rebord de la fenêtre, et en sortit une échographie qu'elle tendit à Ross. « Votre fille. »

L'image floue, brouillée par les parasites, eut un effet surprenant sur Ross. Jusque-là, il avait eu plus peur de perdre Lauren que « leur bébé », ce concept complètement abstrait. Même la dernière échographie, qui remontait à la seizième semaine de grossesse, n'avait pas suffi à modifier son point de vue. Mais cette image imprécise était très différente. Le bébé devenait soudain un être bien réel.

Une petite fille.

Sa fille.

Il s'approcha du lit et posa sa main sur le ventre de Lauren. Il sentit un mouvement, et ce signe de vie irréfutable le terrifia. Il avait de nouveau quelque chose à perdre. Et de nouveau, quelque chose à gagner. L'espoir, dans sa pureté, lui parut plus cruel encore que l'apathie du désespoir.

Il se retourna vers le docteur. « Plus ma fille restera dans le ventre de Lauren, plus elle aura de chances de survivre ?

– Tout à fait.

– Combien de jours avant qu'elle ait toutes les chances de son côté ? »

Le docteur fronça les sourcils. « Au minimum, trois ou quatre semaines supplémentaires.

– Quelles sont les probabilités pour qu'elle tienne jusque-là ? »

Une courte pause. « Pratiquement inexistantes.

– Étant donné l'état actuel de Lauren, combien de jours supplémentaires pensez-vous qu'elle pourra tenir ?

– Comme je vous l'ai dit, chaque jour accroît les chances de survie.

– Combien de jours ?

– C'est difficile à dire, monsieur Kelly.

– Quelle est votre estimation la plus optimiste ? »

Une autre pause. « Deux, trois jours, une semaine tout au plus.

– Et ce que vous attendez de moi, c'est la permission de faire naître le bébé dès que vous le jugerez nécessaire, c'est ça ? »

Anna Gunderson acquiesça.

« Même si les chances que ma fille survive sans complications sont infimes ?

– Oui. »

Ross inspira à pleins poumons. « Merci de votre franchise. »

Gunderson rejeta une mèche blonde. « Avez-vous d'autres questions ?

– Non, je vous remercie. Je n'ai pas vu mon épouse depuis longtemps, et tout ce que je veux à présent, c'est passer du temps seul avec elle. J'aimerais rester à son chevet cette nuit. »

84

Assis sur une chaise inconfortable, regardant tantôt Lauren, tantôt l'échographie de leur fille, Ross ne pouvait s'empêcher de penser qu'il avait serré, dans le creux de sa main droite, le remède qui aurait pu sauver Lauren. Il se souvenait de ce moment magique où la Source l'avait ramené d'entre les morts, ce moment où il aurait pu s'échapper avec une grosse provision de cristaux miraculeux. Mais il était resté pour aider ses compagnons, et pour empêcher Torino de contrôler la Source, parce qu'il pensait que telle était la volonté de Lauren.

À mesure qu'il se laissait bercer par les pulsations des appareils qui veillaient à la survie de Lauren, son esprit enfiévré se laissait submerger par sa grande fatigue physique. Il s'affaissa lentement sur sa chaise, dévoilant la lourde croix qui reposait sur sa chemise de coton, et tomba dans un sommeil agité et foisonnant de rêves.

Quelques heures plus tard, il se réveilla en sursaut, serrant le crucifix dans ses mains, en sueur. Il venait de revivre en rêve son épiphanie *post mortem* et sa rencontre onirique avec Lauren. Lorsque cela lui était arrivé, il avait su au plus profond de lui que c'était bel et bien Lauren qui lui faisait jurer de protéger la Source, quitte à la sacrifier. Et dans le contexte paradisiaque du jardin, cela lui avait semblé la seule chose à faire, pour douloureux que fût ce choix. Même lorsque tout fut fini, et qu'il avait contemplé ce jardin d'éden réduit en cendres, honteux de ce que l'être humain était capable de faire, Ross était resté concentré sur son plan visant à protéger la Source. Dans un sens, il avait fait bien plus pour protéger la Source et ses créatures que pour protéger sa propre famille.

Cela avait paru alors, dans ces lieux, la seule et unique décision à prendre. Mais à présent, dans la froideur sinistre de cette chambre d'hôpital aseptisée, au chevet de son épouse plongée dans le coma, c'était tout à fait différent. Surtout lorsqu'il pensait à l'enfant que portait Lauren. Quelle différence cela aurait-il fait s'il avait pris quelques cristaux pour Lauren ? Quel mal cela aurait-il fait à la Source ou à son écosystème ? Il effleura la croix et put presque entendre la voix de sœur Chantal lui répéter : « Une promesse est toute noire ou toute blanche. Il n'existe aucune excuse, aucune raison justifiée de la briser. Ou vous la tenez, ou vous ne la tenez pas. Il n'y a pas de place pour les faux-semblants. C'est votre parole, c'est vous que vous avez engagé en prêtant serment. »

Et votre promesse, sœur Chantal ?

Sœur Chantal l'avait guidé jusqu'au jardin dans le but de sauver son épouse. La Source était *censée* sauver Lauren afin qu'elle en devienne la protectrice, la Gardienne. Mais c'était finalement sur les épaules de Ross que sœur Chantal avait décidé de poser son fardeau. C'était *lui* qui était devenu le Gardien. Il examina la croix, grossière et laide, qu'elle lui avait léguée, cette croix que le père Orlando lui avait donnée quelque quatre siècles et demi plus tôt, et Ross sentit monter en lui une colère irrépressible.

Il pensait à toutes les souffrances que cette croix symbolisait. Pas seulement celles du Christ, mais toutes celles qui avaient été infligées au nom de la religion. Il pensait à ce que

Torino avait fait au nom de sa satanée Église : il avait fait du mal à Lauren, détruit le jardin, et abusé de la Source. Il avait utilisé Bazin comme un vulgaire instrument, lui promettant la rédemption, mais en définitive, usant de ses talents d'assassin pour un énième client, quelque divin qu'il pût être. Pour Ross, la croix ne sauvait personne : elle n'était synonyme que de souffrance et de damnation.

Dans sa colère et son désespoir, il l'arracha de son cou, et la lança de toutes ses forces à l'autre bout de la chambre. La croix heurtait à peine le mur, manquant de peu l'horloge, que déjà il regrettait son acte impulsif et idiot.

Alors, tous les appareils se mirent à sonner frénétiquement.

Merde.

La croix n'avait pourtant rien frappé, à part le mur.

Au bout de quelques secondes seulement, une infirmière entra dans la chambre.

Paniqué, mais incapable de l'aider, Ross se précipita à l'endroit où la croix était tombée. L'impact l'avait sérieusement abîmée. Il la ramassa et, en la tournant dans sa main, remarqua que sur la face postérieure de la croix, l'entaille due au choc révélait à présent un intérieur creux. Puis, levant les yeux vers l'horloge murale, il s'aperçut que l'aiguille des secondes s'était arrêtée. Ross se souvint aussitôt de l'expérience de Hackett, qui avait déposé sa montre dans la coupe trouvée dans les grottes de soufre : l'étain et le plomb du gobelet avaient servi de bouclier, et la trotteuse avait repris sa course. La vénération que les nymphes témoignaient envers la croix lui revint immédiatement à l'esprit. Émanait-il de ce crucifix quelque chose à laquelle elles étaient sensibles ?

Du bout de ses doigts tremblants, Ross élargit l'entaille dans le métal malléable et trouva à l'intérieur de la croix un éclat argenté. Pas plus grand qu'une écharde, il émettait un scintillement qui lui était propre. Son cœur se mit à battre la chamade quand il comprit ce dont il s'agissait. Le père Orlando Falcón avait dû avoir caché cet éclat dans sa croix lorsqu'il avait vu la Source pour la première fois. Il avait dû apprendre, d'une façon ou d'une autre, que certains métaux avaient la propriété de protéger son magnétisme et sa radioactivité si particuliers. Ceci expliquait comment le père Orlando avait réussi à guérir ses pieds suppliciés après la première séance de torture qu'il avait endurée, des siècles auparavant. Le prêtre avait certainement renoncé à utiliser cette écharde lorsque sa guérison miraculeuse, loin d'être considérée comme une preuve de l'existence du jardin de Dieu, avait été interprétée par l'Inquisition comme la preuve qu'il était possédé par le Diable.

Lorsque le père Orlando avait donné cette croix à sœur Chantal en lui disant qu'elle y trouverait son salut face à l'adversité, elle n'avait pas compris que cette phrase était à prendre au pied de la lettre. Pendant quatre cent cinquante ans, elle avait porté cette croix sans se douter de ce qu'elle contenait. Elle l'ignorait forcément, sinon elle aurait utilisé cet éclat de cristal pour guérir Lauren lorsqu'elle lui avait rendu visite à l'hôpital.

À moins que...

L'enthousiasme de Ross retomba brutalement. Sœur Chantal lui avait dit que les cristaux du tunnel n'avaient d'effet qu'à la condition d'être d'une certaine taille. Cette écharde provenait sans nul doute possible de la Source elle-même, mais elle était minuscule. Suffirait-elle pour guérir Lauren ?

Ross rabattit le métal plié, renfermant hermétiquement l'infime éclat dans le creux de la croix. Les appareils cessèrent immédiatement de sonner, et l'horloge se remit à fonctionner.

« C'est bizarre », dit l'infirmière dans son dos. Il se retourna, et elle lui adressa un sourire d'excuse. « Désolée pour tout ça. Je ne sais pas trop ce qui vient de se passer, mais tout va bien, votre épouse n'est pas en danger. Je vais en toucher deux mots à l'équipe technique. » Ross lui rendit son sourire. Dès qu'elle fut sortie de la chambre, il serra la croix contre son cœur, les yeux rivés sur la sonde gastrique de Lauren.

85

Le lendemain matin, Ross se réveilla en plein désarroi. Il était 6 h 18, et quelque chose venait d'arriver.

Quelque chose qui était loin d'être positif.

Les alarmes des appareils chargés de veiller sur Lauren retentissaient avec encore plus d'insistance que la veille au soir, et les courbes de ses signes vitaux oscillaient par à-coups irréguliers.

Le docteur Anne Gunderson tâchait de paraître calme, mais bien loin d'être aussi douce que la veille, sa voix était presque stridente. « Ross, nous devons préparer Lauren pour une intervention chirurgicale, immédiatement. Nous ne pouvons pas attendre une minute de plus. Il faut absolument que nous fassions sortir l'enfant. Il est peut-être déjà trop tard. »

Ross se frottait les yeux, encore ensommeillés. « Qu'est-ce qui se passe ? Qu'est-ce qui ne va pas ? »

Gunderson et d'autres médecins poussaient déjà le lit roulant de Lauren hors de la chambre, en direction de l'ascenseur. « Bloc opératoire numéro 9, cria Gunderson. Vite ! Vite ! »

Ross se lança à leur poursuite. « Je veux y assister.

– Ce n'est pas une bonne idée. Attendez ici. Nous vous tiendrons au courant de chaque étape. »

Ross entra dans l'ascenseur. « Je veux y assister. C'est une naissance. Je suis le père. J'ai le droit d'y assister. »

Gunderson lui jeta un regard clinique. « Ce n'est pas une naissance. C'est une opération. Il y a des chances pour que ce soit même tout le contraire d'une naissance. »

Ross ne céda pas. « Si c'est la dernière fois que je vois mon épouse et mon enfant, alors je veux être présent.

– Je ne pense vraiment pas que ce soit une bonne idée, soupira Gunderson. Mais si vous insistez.

– J'insiste. » Ross ne comprenait pas ce qui se passait. Après avoir découvert le fragment de la Source dans la croix, Ross l'avait plongé dans un peu d'eau, qu'il avait ensuite versée dans la pompe d'alimentation de Lauren, réitérant trois fois l'expérience avant de s'endormir. L'eau aurait dû s'imprégner des propriétés de la Source. Cela aurait dû marcher. Mais ce n'était pas le cas. Non seulement la Source n'avait pas aidé Lauren, mais elle avait aggravé son état.

Le docteur Gunderson avait dit que chaque jour supplémentaire de gestation augmentait d'autant les chances de survie de sa fille. Cela signifiait qu'une naissance aujourd'hui était le pire des scénarios envisageables.

Dans le bloc opératoire, Ross dut enfiler une tenue chirurgicale et un masque. On lui dit en outre de se tenir à l'écart de la table d'opération. On fit rouler Lauren de son lit sur la table, et une infirmière releva soudain les yeux : « Je crois qu'on n'aura pas besoin d'effectuer une césarienne. »

Gunderson finissait d'enfiler sa tenue dans le réduit conçu à cet effet. « Pourquoi ? » cria-t-elle pour se faire entendre.

L'infirmière désigna la tache sombre qui maculait le champ opératoire. « Elle vient de perdre ses eaux.

– C'est impossible ! »

Une sage-femme, qui faisait surtout acte de présence, s'avança. Elle était d'un certain âge, et quelque chose dans ses yeux, au-dessus de son masque chirurgical, rappela à Ross le regard de sœur Chantal. Brillants de sagesse et de compassion, ils semblaient avoir tout vu. Elle examina Lauren, et le plissement de ses yeux trahit un sourire. Un sourire qui toucha Ross au plus profond de son être. Un sourire confiant en l'avenir. « Elle a bien perdu ses eaux. Elle entre en travail.

– Mais c'est impossible », répéta Gunderson en approchant de la table d'opération, à côté de laquelle reposaient tous ses instruments chirurgicaux. Elle saisit un scalpel par réflexe.

« Impossible ou pas, c'est bien ce qui est en train de se passer, répondit la sage-femme. Le col de l'utérus est dilaté de presque neuf centimètres. » Elle n'attendit pas la réaction de Gunderson ; elle s'empressa de fixer des capteurs sur la tête du bébé, et lut les données qui s'affichèrent sur le moniteur. « Les pulsations cardiaques sont stables. » Puis, désignant les instruments chirurgicaux : « Vous n'en aurez pas besoin. La mère a des contractions.

– Elle est dans le coma. C'est possible ? demanda l'une des infirmières.

– Ça en a tout l'air, dit la sage-femme. On dirait que son organisme a pris les choses en main. » Elle fixa son regard sur Gunderson. « Je crois qu'elle peut y arriver toute seule. »

Gunderson hésita un instant, puis reposa le scalpel.

Ross, abasourdi, assista aux poussées successives que Lauren semblait exercer sans en avoir conscience. Durant près de vingt minutes, la sage-femme se livra à un véritable ballet avec Lauren, veillant à ce que l'enfant sorte de la meilleure façon.

Gunderson, reléguée au rôle de simple spectatrice, se tenait en retrait, hochant la tête, éberluée.

La sage-femme poussa soudain une exclamation joyeuse, et le bébé sortit. Elle la prit entre ses mains, et en la tendant au pédiatre, demanda à Gunderson : « Combien de semaines a cette enfant ?

– Vingt-six. »

À nouveau, les yeux de la sage-femme se plissèrent en un sourire : « Alors *ça*, c'est impossible. J'ai accouché des milliers de mères. Cette enfant est un peu petite, mais elle m'a l'air d'avoir ses trente-huit semaines révolues. »

Alors que le pédiatre examinait le bébé à l'autre bout du bloc, Ross regarda Lauren. Son visage reflétait une telle sérénité qu'il sentit monter en lui une irrésistible bouffée d'amour et de tristesse. Lorsque le bébé poussa son premier cri, il eut lui aussi envie de pleurer. Il s'approcha, et sa fille se remit à pleurer, plus fort, plus vigoureusement. Une infirmière la lui tendit. En la prenant dans ses bras, il se demanda quel nom il pourrait bien donner à ce miracle de la vie. Lauren et lui avaient jadis convenu que s'ils avaient un jour un fils, ce serait à Lauren de choisir son prénom, et s'il s'agissait d'une fille, la tâche reviendrait à Ross.

Gunderson l'appela soudain : « Ross, Ross ! » Sa voix était suraiguë, quasiment à bout de souffle.

Il regarda en direction de la table d'opération. Tous ceux et celles qui se tenaient autour étaient livides, et le fixaient des yeux, attendant sa réaction. Son cœur se brisa alors. C'était arrivé. Il repensa aux nymphes, chez qui lorsque l'une naissait, une autre mourait. Pendant un bref instant, il n'eut pas le courage de porter son regard sur Lauren. Puis il serra sa fille contre lui, y puisa toute la force nécessaire, et posa les yeux sur son épouse.

Ceux de Lauren étaient ouverts. Et elle le regardait.

« Elle les a ouverts lorsque le bébé a crié, dit Gunderson en examinant les jambes de Lauren. Ses réflexes sont impeccables. » Sa voix trahit alors son émotion. « C'est incroyable. C'est un miracle. » Elle effleura le mollet de Lauren, et celle-ci éloigna aussitôt sa jambe. « Elle a recouvré sa sensibilité et elle peut bouger les jambes. »

Ross s'approcha, et Lauren le suivit du regard. Il se pencha vers elle, et elle sourit. « Où est-ce que j'étais ? » murmura-t-elle d'une voix faible.

Ross s'agenouilla à son chevet, par peur que ses jambes ne le trahissent. « Ça n'a plus d'importance, à présent. Tu es là, à nouveau », répondit-il. Il lui tendit leur fille, et Lauren la prit dans ses bras. « J'ai quelqu'un à te présenter. Notre fille, Chantal. »

86

Six mois plus tard

Alors que l'avion atterrissait sur la piste de l'*Aeropuerto Internacional Jorge Chávez* de Lima, Ross jeta un regard à Elizabeth et sourit. Tant de choses avaient changé depuis leur premier voyage au Pérou, en compagnie de sœur Chantal.

Il avait eu beaucoup de mal à quitter Lauren et leur fille, mais ce n'était cette fois-ci que pour quelques jours, et le fait de retrouver Hackett l'enthousiasmait, mais pas autant qu'Elizabeth.

Au cours de ces six derniers mois, tandis qu'il s'était entièrement consacré à Lauren et à Chantal, Elizabeth et Hackett étaient retournés au Pérou, où ils avaient travaillé sans relâche à leur projet, revenant de temps à autre aux États-Unis pour s'entretenir avec des banquiers de New York, et rendre visite à Lauren, ainsi qu'à la filleule d'Elizabeth. La semaine précédente, à la *Beinecke Library* de l'université de Yale, Elizabeth avait assisté Lauren dans la présentation triomphale de sa traduction du manuscrit de Voynich, reconnue comme officielle. Dans le monde universitaire, on considérait à présent que la dernière section du manuscrit, écrite dans une langue originale inventée *a priori*, ne saurait être traduite en l'absence d'indications originales de l'auteur. Dans cette présentation, Lauren ne dévoila pas le nom de cet auteur, et ne suggéra à aucun moment que ce document eût pu présenter autre chose qu'une simple allégorie.

Hackett les attendait à l'aéroport. Il était bronzé et très en forme : c'était un autre homme, le parfait contraire de l'asthmatique pâlichon qui s'était présenté jadis à eux à Cajamarca. Elizabeth sauta dans ses bras avec tant d'enthousiasme que les rares doutes que nourrissait Ross au sujet de leur relation s'éclipsèrent aussitôt.

Hackett lui serra la main avant de l'embrasser. « Comment vont Lauren et la petite ?

– On ne peut mieux. » Et ce n'était pas une réponse convenue. Elles allaient vraiment très bien. Lauren avait parfaitement récupéré, et Chantal était un ange. Bien qu'assez menue à sa naissance, elle avait à présent une taille normale pour son âge, et sa courbe de croissance laissait augurer qu'elle serait plus grande que la moyenne. « Comment vont les choses, par ici ?

– Tout est fin prêt. Viens. Je vais te montrer. »

Hackett les conduisit jusqu'aux bureaux anonymes qu'Elizabeth et lui avaient loués à Lima. Dans la salle principale, sur un panneau de liège derrière le bureau, avait été accrochée une énorme carte du monde. Une partie importante de l'Amazonie péruvienne y était délimitée par des punaises rouges reliées par un ruban de même couleur. Ross sourit en constatant qu'elle empiétait en plein sur le tracé de l'oléoduc qu'Alascon Oil prévoyait de faire construire. La compagnie pétrolière serait obligée de contourner la zone, ou d'abandonner totalement le projet. Sur le bureau reposait une pile de feuilles à en-tête représentant une pyramide à degrés, une ziggourat de briques d'or. Hackett ouvrit un tiroir du bureau fermé à clef, et en sortit un chèque qu'il tendit à Ross.

Ross y jeta un coup d'œil et siffla d'admiration. Le montant à verser au gouvernement péruvien était impressionnant. « Je n'ai jamais vu autant de zéros. » Hackett et Elizabeth avaient déjà signé, en laissant une place pour une troisième signature.

Hackett lui passa un stylo : « Le chèque doit être signé par les trois dirigeants. »

Ross s'exécuta. « Et maintenant ? »

Hackett consulta sa montre. « Je vais te conduire à l'hôtel afin que tu te reposes un peu. À six heures, nous avons rendez-vous avec le ministre de l'Intérieur à qui nous remettrons le chèque, avant de participer à une conférence de presse. Hormis tout l'argent que nous allons lui donner, le gouvernement entend également redorer son blason écologique, en informant le monde entier qu'il vient de concéder à perpétuité une vaste zone de forêt vierge destinée à être protégée. »

Ross jeta un nouveau coup d'œil sur le chèque, abasourdi par son montant, puis le rendit à Hackett. Il lui semblait que l'or de la Cité perdue remplirait enfin le rôle que ses premiers propriétaires lui avaient destiné : la protection de leur ville et de la Source qui l'avait jadis alimentée. « Combien de "larmes du soleil" ce chèque a-t-il englouties ? »

Hackett sourit en le reconduisant jusqu'à la porte. « Il a à peine entamé la pyramide, Ross. Il y en a encore une quantité invraisemblable. Et nous en avons encore trouvé dans la cité. J'ignore même comment on pourrait en venir à bout. »

D'un dernier coup d'œil à la carte par-dessus son épaule, Ross embrassa toutes les zones menacées du monde, et sourit. « Je suis sûr qu'on trouvera bien deux ou trois idées. »

Cité du Vatican. Le lendemain

Le cardinal préfet Guido Vasari se précipitait dans les longs et vastes couloirs du palais menant tout droit au bureau du souverain pontife. Sans prêter attention aux gardes, il en poussa la porte et entra à grands pas. Le pape releva les yeux de son bureau, stylo figé au-dessus de documents attendant sa signature. Son mécontentement se lut sur son front plissé.

« Cardinal, qu'y a-t-il ? »

Vasari posa sur son bureau un exemplaire ouvert du *Time*. « Cela concerne le Supérieur général.

– L'a-t-on retrouvé ?

– Non.

– Alors quoi ? Je pensais que ce déplorable épisode était clos, et que nous étions d'accord pour considérer qu'il s'agissait d'un fâcheux excès de zèle du père Torino.

– Lisez cet article. »

Le pape le parcourut. « Eh bien ? Le manuscrit de Voynich a été traduit. Il n'y est fait aucune mention de l'implication de l'Église. Il n'est suggéré nulle part que ce jardin existe vraiment. Où est donc le problème ?

– La personne qui l'a traduit, la personne qui porte un bébé dans ses bras sur cette photo, n'est autre que l'épouse du géologue. Celle-là même qui était plongée dans le coma et paralysée par une lésion de la moelle épinière. Celle-là même qui était *mourante*. Celle-là même que le géologue a voulu sauver en trouvant le jardin. »

Le pape plissa ses yeux bleu passé. « Elle a guéri. Cela arrive. Vous ne suggérez tout de même pas que... »

Vasari recouvrit le magazine d'un exemplaire de l'*International Herald Tribune*, et l'ouvrit à la page quatre. Au-dessus d'un article que Vasari avait entouré en bleu se trouvait la photographie de deux hommes et d'une jeune femme se tenant aux côtés du ministre de l'Intérieur péruvien. Le pape se mit à lire l'article.

« L'homme qui se trouve à gauche est le géologue, Ross Kelly, dit Vasari. Ses collègues et lui ont réalisé ce que le Supérieur général avait projeté de faire : ils ont acheté une partie de la forêt vierge. Cette zone est à présent protégée, à perpétuité, et l'on ne peut y entrer qu'avec l'accord officiel des administrateurs. » Il observa une pause. « Je crains fort que les fantasmes du père Torino à l'égard du jardin de Dieu n'aient été totalement justifiés. »

Le pape ne répondit ni ne réagit dans un premier temps, se contentant de lire l'article. Son expression se décomposa soudain, et Vasari sut que le Saint-Père venait de voir ce qu'il avait vu : le nom de la société propriétaire de la concession amazonienne. Un nom que, excepté le Supérieur général, ils étaient censés être les seuls à connaître.

C'était le nom d'un homme que leurs prédécesseurs avaient condamné au bûcher quatre cent cinquante ans auparavant pour avoir déclaré qu'il existait un jardin d'éden dans la forêt amazonienne, un homme dont le Livre du Diable était devenu célèbre sous l'appellation de manuscrit de Voynich : Orlando Falcón.

Épilogue

La forêt qui encercle le cratère en forme d'œil semble un océan luxuriant de verdeur, où éclatent des teintes de couleurs primaires. La dépression, pourtant, fait figure d'arpent de désert perdu dans la forêt, une oasis en négatif, dépourvue de vie et de couleur, gris et noir.

Les rayons de soleil qui en pénètrent le fond révèlent l'étendue de la désolation : tout n'est que cendre blanche et charbon noir. Il paraît que le feu a le pouvoir de rendre plus fertile la vie sauvage, d'encourager une nouvelle croissance plus vigoureuse. Pourtant, la couche de cendre qui recouvre le sol est si épaisse qu'il est difficile de croire que quelque chose y poussera à nouveau. Le lac noir et circulaire au centre de la dépression semble croupi, comme aveugle.

Mais les apparences sont trompeuses dans le cratère en forme d'œil. Certaines zones recouvertes de suie sont plus sombres que d'autres, principalement au pied de l'éboulement qui bloque l'accès aux grottes, à l'autre bout du cratère. Et c'est paradoxalement dans ces zones, là où un faible filet d'eau verte phosphorescente coule entre les pierres pour noircir la suie, que se trouvent les premiers signes d'une vie nouvelle.

Dans la cendre noire se dresse une petite fleur aux pétales uniques. Elle ne ressemble à aucune autre plante de la forêt vierge qui l'entoure, et on ne la trouve nulle part ailleurs dans le monde entier.

DANS LA COLLECTION AILLEURS
AU CHERCHE MIDI

JEFF ABBOTT
Panique
traduit de l'anglais (États-Unis)
par Fabrice Pointeau

Trauma
traduit de l'anglais (États-Unis)
par Fabrice Pointeau

Faux-semblants
traduit de l'anglais (États-Unis)
par Simon Baril

STEVE BERRY
Le Troisième Secret
traduit de l'anglais (États-Unis)
par Jean-Luc Piningre

L'Héritage des Templiers
traduit de l'anglais (États-Unis)
par Françoise Smith

L'Énigme Alexandrie
traduit de l'anglais (États-Unis)
par Françoise Smith

LINDA FAIRSTEIN
Mausolée
traduit de l'anglais (États-Unis)
par Marie Dolan

DONALD HARSTAD
Onze jours
traduit de l'anglais (États-Unis)
par Serge Halff

Code 10
traduit de l'anglais (États-Unis)
par Gilles Morris-Dumoulin

–30°
traduit de l'anglais (États-Unis)
par Gilles Morris-Dumoulin

5 octobre, 23 h 33
traduit de l'anglais (États-Unis)
par Gilles Morris-Dumoulin

Quatre jours avant Noël
traduit de l'anglais (États-Unis)
par Gilles Morris-Dumoulin

JAMES GRIPPANDO
La Prière des défunts
traduit de l'anglais (États-Unis)
par Simon Baril

DAVID HEWSON
Une saison pour les morts
traduit de l'anglais
par Diniz Galhos

Villa des mystères
traduit de l'anglais
par Diniz Galhos

L'Héritage vénitien
traduit de l'anglais
par Diniz Galhos

RICHARD MONTANARI
Déviances
traduit de l'anglais (États-Unis)
par Fabrice Pointeau

Psycho
traduit de l'anglais (États-Unis)
par Fabrice Pointeau

Funérailles
traduit de l'anglais (États-Unis)
par Fabrice Pointeau

KATHERINE NEVILLE
Le Huit
traduit de l'anglais (États-Unis)
par Évelyne Jouve

Le Cercle magique
traduit de l'anglais (États-Unis)
par Gilles Morris-Dumoulin

Un risque calculé
traduit de l'anglais (États-Unis)
par Gilles Morris-Dumoulin

ARTHUR PHILLIPS
L'Égyptologue
traduit de l'anglais (États-Unis)
par Édith Ochs

PETER WATSON
Un paysage
de mensonges
traduit de l'anglais
par Gilles Morris-Dumoulin

RICHARD ZIMLER
Le Dernier Kabbaliste de Lisbonne
traduit de l'anglais (États-Unis)
par Erika Abrams

Les Sortilèges de Minuit
traduit de l'anglais (États-Unis)
par Gilles Morris-Dumoulin

Gardien de l'aube
traduit de l'anglais (États-Unis)
par Erika Abrams

Mis en pages par DV Arts Graphiques à La Rochelle
Imprimé en France par Normandie Roto Impression s.a.s.
61250 Lonrai
Dépôt légal : février 2009
N° d'édition : 1158 – N° d'impression : 084040
ISBN 978-2-74910-1158-2